रवीन्द्रनाथ ठाकुर

जन्म : 7 मई,1861, जोड़ासाँको, ठाकुरबाड़ी, कोलकाता।

नव सांस्कृतिक जागरण की प्रभात-वेला में जन्मे थे, गुरुदेव रवीन्द्रनाथ ठाकुर। औपचारिक शिक्षा की जड़-ज्ञान-वाहिनी प्रणाली उन्हें बालपन में ही अरुचिकर लगी थी; अतः उन्हें अनौपचारिक ढंग से घर पर ही संस्कृत, अंग्रेजी, बांग्ला का गहन अध्ययन कराया गया। संगीत भी उन्होंने घर पर ही सीखा। कहना अनावश्यक है कि शान्तिनिकेतन और विश्व भारती की अवधारणा इसी अवधि में अंकुरित हो गई थी।

'गीतांजलि' के माध्यम से विश्व-कवि के गौरव से मंडित रवीन्द्रनाथ ने भारतीय कथा-साहित्य को भी नवीन मार्ग दिखाया। कहानियों के अतिरिक्त बउ ठकुरानीर हाट (1883), राजर्षि (1885), चोखेर बाली (1902), नौका डूबी (1905), गोरा (1910), चतुरंग (1916), घरे बाइरे (1916), शेषेर कबिता (1929), जोगाजोग (1930), दुई बोन (1933), चार अध्याय (1934)आदि उपन्यास उनकी कीर्ति के प्रकाश स्तम्भ हैं।

निधन : 7 अगस्त, 1941

जयश्री दत्त

जन्म : बुद्ध पूर्णिमा, 1959

जयश्री भारतीय स्वाधीनता प्राप्ति के उद्देश्य से तत्कालीन पूर्वी बंगाल (वर्तमान बांग्लादेश) में गठित क्रान्तिकारी संस्था, 'अनुशीलन-समिति' के संस्थापक सदस्यों में से एक, श्री स्नेहमय दत्त और उसी समिति की क्रान्तिकारी सदस्य, श्रीमती मुकुलरानी दत्त की पुत्री हैं। विभाजन के बाद यह परिवार बिहार के भागलपुर नगर आ बसा, जहाँ जयश्री का जन्म हुआ। अर्थशास्त्र विषय में उच्च शिक्षा प्राप्त जयश्री अपने विश्वविद्यालयी जीवन में अर्थशास्त्र की कक्षा से अधिक बांग्ला-साहित्य की कक्षाओं में जाकर बैठती थीं। यहाँ परिवार से मिले साहित्यिक संस्कारों को मँजने-सँवरने का मौका मिला और समय आने पर वे अनुवाद की ओर झुक गईं।

जयश्री के जीवन का ढाई दशक से अधिक समय मणिपुर में व्यतीत हुआ। मणिपुरी भाषा के लिए होनेवाले आन्दोलन में उन्होंने सक्रिय भूमिका निभाई। उन्होंने मणिपुरी कहानियों का बांग्ला में अनुवाद भी किया है।

आधार सामग्री स्त्रोत

नौका डूबी

रवीन्द्रनाथ ठाकुर

रवीन्द्र रचनावली, तृतीय खंड, पुनर्मुद्रण, पौष-1410 (पृ. 203-373)
विश्व भारती ग्रंथन विभाग, 6-आचार्य जगदीशचन्द्र बसु रोड, कोलकाता-17

नौका डूबी

रवीन्द्रनाथ ठाकुर

अनुवाद

जयश्री दत्त

राजकमल पेपरबैक्स

राजकमल पेपरबैक्स में
पहला संस्करण : 2014
चौथा संस्करण : 2025

राजकमल पेपरबैक्स : उत्कृष्ट साहित्य के जनसुलभ संस्करण

राजकमल प्रकाशन प्रा.लि.
1-बी, नेताजी सुभाष मार्ग, दरियागंज
नई दिल्ली-110 002
द्वारा प्रकाशित

शाखाएँ : अशोक राजपथ, साइंस कॉलेज के सामने, पटना-800 006
पहली मंज़िल, दरबारी बिल्डिंग, महात्मा गाँधी मार्ग, प्रयागराज-211 001
1, अनमोल सोराबजी सन्तुक लेन, धोबी तलाव, मरीन लाइंस, मुम्बई-400 002
वेबसाइट : www.rajkamalprakashan.com
ई-मेल : info@rajkamalprakashan.com

बी.के. ऑफसेट
नवीन शाहदरा, दिल्ली-110 032
द्वारा मुद्रित

मूल्य : ₹250

NAUKA DOOBI
Novel by Ravindranath Thakur
Translated by Jaishree Dutt

ISBN : 978-81-267-2568-7

सूचना

पाठक को जो भार ग्रहण करना संगत होता है, उस भार को लेखक पर डालना उचित नहीं। अपनी रचना के बहाने आत्म-विश्लेषण शोभा नहीं देता। उसे अनुचित माना जाता है, इस कारण कि नितान्त निर्वैयक्तिक भाव से यह काम करना असम्भव होता है...इसीलिए निष्काम विचार की लाइन ठीक नहीं रहती। प्रकाशक ने जानना चाहा, नौका डूबी लिखा किसलिए। यह सब बात 'देवो न जानन्ति कुतो मनुष्यः' है। ऊपरी सूचना दी जा सकती है, वह हुआ प्रकाशक का तकाजा। उत्स तो गहरे भीतर है, गोमुखी तो उत्स नहीं है। प्रकाशक की फरमाइश को प्रेरणा कहना अतिशयोक्ति होगा। परन्तु इसके अलावा कहूँ क्या? कथानक का विकास करना और प्रकाशक को बढ़ावा देना सम्पूर्णतः भिन्न बात है। यह कहना अतिशयोक्ति होगा कि भीतर कथा की जल्दबाजी नहीं थी। कथा लिखनेवाला सिपाही जब दरवाजे से नहीं टला, तो बाध्य होकर सोचना पड़ा, क्या लिखूँ। समय की रुचि बदल गई है। इस युग में कथा का कौतूहल हो गया है, मनोविकलनमूलक। घटना-संघटन हो गया है, गौण। इसीलिए अस्वाभाविक अवस्था में मन का रहस्य खोजते हुए नायक-नायिका के जीवन में भयावह भूल की चाबी भर दी गई...अत्यन्त निष्ठुर, किन्तु औत्सुक्यजनक। इसका चरम साइकोलोजी का सवाल है यह, कि पति के सम्बन्ध की नित्यता को लेकर जो संस्कार हमारे देश की साधारण स्त्रियों के मन में है, उसका मूल इतना गहरा है या नहीं कि वह अज्ञानजनित प्रथम प्रेम के जाल को धिक्कार के साथ तोड़ सके। किन्तु इस प्रश्न का सार्वजनीन उत्तर सम्भव नहीं है। किसी एक विशेष युवती के मन में समाज के चिरकालीन संस्कार दुर्निवार रूप में इतने प्रबल होना असम्भव नहीं कि जिससे वह अपरिचित पति के समाचार मात्र से समस्त बन्धन तोड़कर उसकी ओर दौड़कर जा सके। बन्धन

और संस्कार, दोनों समान रूप से दृढ़ होकर यदि नारी के मन में अन्त तक दोनों पक्षों के अस्त्रों का संचालन होता, तो कथा की नाटकीयता बहुत तीव्र हो पाती, मन में हमेशा के लिए दाग दिए जाते उसकी ट्रेजिक शोचनीयता के घावों के चिह्न। ट्रेजिडी को सर्वप्रधान रूप में ढोनेवाला बना हतभागा रमेश...उसका दुख-भार प्रतिमुखी मनोभाव की विरोधिता के कारण उतना नहीं है, जितना घटना-जाल की दुर्मोच्य जटिलता के कारण। इस कारण यदि न्यायकर्ता रचयिता को अपराधी ठहराएँ, तो मैं उत्तर नहीं दूँगा। केवल कहूँगा, कथा में जिस अंश में, वर्णन में और वेदना में कवित्व का स्पर्श हुआ है, उसमें यदि रस का अपव्यय नहीं हुआ है, तो नौका डूबी का वही अंश शायद कवि की ख्याति कुछ-कुछ बचाए रख सकता है। किन्तु यह भी निस्संकोच भाव से नहीं कह सकता, क्योंकि रुचि में तीव्र बदलाव आ रहा है।

अग्रहायण 1347

–रवीन्द्रनाथ ठाकुर

रमेश इस बार क़ानून की परीक्षा में उत्तीर्ण हो जाएगा, इस सम्बन्ध में किसी को भी कोई सन्देह नहीं था। विश्वविद्यालय की सरस्वती अपने स्वर्ण-कमल की पँखुड़ी गिराकर रमेश को निरन्तर मेडल प्रदान करती आ रही हैं–स्कॉलरशिप में भी कभी व्यवधान नहीं पड़ा।

परीक्षा समाप्त करके अब उसकी घर जाने की बात है। किन्तु अभी तक उसमें बक्सा लगाने का कोई उत्साह दिखाई नहीं देता। पिताजी ने जल्दी घर आने के लिए पत्र लिखा है। रमेश ने उत्तर में लिख दिया है, परीक्षाफल निकलते ही वह घर आ जाएगा।

अन्नदा बाबू का पुत्र, योगेन्द्र रमेश का सहपाठी है। वह पड़ोस वाले घर में ही रहता है। अन्नदा बाबू ब्राह्म हैं। उनकी बिटिया, हेमनलिनी ने इस बार एफ.ए. दिया है। रमेश अन्नदा बाबू के घर चाय पीने और चाय न पीनी हो, तब भी अक्सर जाता था।

हेमनलिनी नहाने के बाद केश सुखाते-सुखाते छत पर टहलते हुए पाठ याद करती थी। उसी समय रमेश भी घर की सुनसान छत पर अटारी के एक ओर किताब लेकर बैठ जाता था। ऐसी जगह अध्ययन के लिए अनुकूल तो थी, परन्तु थोड़ा सोचकर देखते ही समझने में देर नहीं लगेगी कि अड़चन भी काफी थी।

विवाह के सम्बन्ध में अब तक किसी पक्ष की ओर से कोई प्रस्ताव नहीं हुआ है। अन्नदा बाबू की ओर से न होने का छोटा-सा कारण था। एक लड़का बैरिस्टर बनने के लिए विलायत गया है, मन-ही-मन अन्नदा बाबू का ध्यान उसकी ओर है।

उस दिन चाय की टेबल पर एक भारी बहस छिड़ गई थी। अक्षय अधिक परीक्षाएँ पास नहीं कर पाया। किन्तु ऐसा नहीं कि उसी कारण उस बेचारे की चाय-पान की और अन्यान्य श्रेणी की प्यास पढ़े-लिखे लड़कों से कुछ कम थी। अतएव कभी-कभी उसे भी हेमनलिनी की चाय की टेबल पर देखा जाता था। उसने बहस उठाई थी कि पुरुषों की बुद्धि खंग के समान, सान पर अधिक न चढ़ाने पर भी, केवल दबाव में अनेक कार्य कर सकती है, स्त्रियों की बुद्धि क़लम बनाने वाले चाकू के समान, जितनी भी धार क्यों न दो, उससे कोई बड़ा काम नहीं होता–इत्यादि। हेमनलिनी अक्षय की इस प्रगल्भता की चुपचाप उपेक्षा करने को तैयार थी। लेकिन उसका भाई योगेन्द्र भी स्त्री-बुद्धि को हीन बनाने के पक्ष में तर्क ले आया। तब रमेश

को और नहीं रोका जा सका। उसने उत्तेजित होकर स्त्री–जाति का सत्त्व–गान प्रारम्भ कर दिया।

इस तरह, नारी–भक्ति के उत्फुल्ल उत्साह में जब रमेश ने अन्य दिनों की अपेक्षा दो प्याले चाय अधिक पी डाली, उसी समय नौकर ने उसके हाथ में एक चिट्ठी थमाई। बाहर, उसके पिताजी की हस्तलिपि में उसका नाम लिखा था। चिट्ठी पढ़ते ही बहस को बीच में रोककर रमेश बड़ी बेचैनी के साथ उठ खड़ा हुआ। सभी ने पूछा, "क्या मामला है?"

रमेश बोला, "गाँव से पिताजी आए हैं।"

हेमनलिनी ने योगेन्द्र से कहा, "भैया, रमेश बाबू के पिताजी को यहीं क्यों नहीं बुला लाते, यहाँ चाय–वाय सब तैयार है।"

रमेश ने जल्दी से कहा, "नहीं, आज रहने दो, मैं चलता हूँ।"

अक्षय ने मन–ही–मन खुश होकर कहा, "शायद उन्हें यहाँ खाने–पीने में आपत्ति हो सकती है।"

रमेश के पिता ब्रजमोहन बाबू रमेश से बोले, "तुम्हें कल सुबह की गाड़ी से ही गाँव चलना पड़ेगा।"

रमेश ने सिर खुजलाते हुए पूछा, "क्या कोई विशेष काम है?"

ब्रजमोहन ने कहा, "ऐसा कुछ गुरुतर नहीं।"

तब इतनी जल्दबाज़ी क्यों, वह सुनने के लिए रमेश पिता के मुँह की ओर देखता रहा, उन्होंने उस जिज्ञासा को शान्त करना आवश्यक अनुभव नहीं किया।

सन्ध्या–सम्य जब ब्रजमोहन बाबू अपने कोलकाता के बन्धु–बान्धवों से मिलने बाहर निकले, तब रमेश उन्हें एक चिट्ठी लिखने बैठा। 'श्रीचरण कमलेषु' तक लिखकर लेख्य–विषय ने और आगे नहीं बढ़ना चाहा। लेकिन रमेश ने मन–ही–मन कहा, 'मैं हेमनलिनी के सम्बन्ध में जिस अनकही सच्चाई में बँध गया हूँ, पिताजी से उसे और छिपाना किसी भी तरह उचित नहीं होगा।' अनेक तरह से अनेक चिट्ठियाँ लिखीं–उसने सभी फाड़ डालीं।

ब्रजमोहन भोजन करके आराम से सो गए। रमेश घर की छत पर जाकर पड़ोसी के घर की ओर देखते हुए निशाचर की भाँति तेज़ी से चहलकदमी करने लगा।

अक्षय रात के नौ बजे अन्नदा बाबू के घर से बाहर निकला–रात के साढ़े नौ बजे रास्ते की ओर वाला दरवाज़ा बन्द हुआ–रात दस बजे अन्नदा बाबू की बैठक की रोशनी बुझ गई, रात के साढ़े दस बजे के बाद उस घर के हर कमरे में गहरी नींद विराजने लगी।

अगले दिन सुबह की ट्रेन से रमेश को रवाना होना पड़ा। ब्रजमोहन बाबू की सतर्कता के चलते गाड़ी छूट जाने का कोई भी मौका नहीं आया।

2

रमेश को घर पहुँचकर समाचार मिला, उसके विवाह के लिए पात्री[1] और दिन तय हो गए हैं। उसके पिता, ब्रजमोहन के बाल्य-बन्धु, ईशान जब वक़ालत करते थे, तब ब्रजमोहन की हालत अच्छी नहीं थी-ईशान की सहायता से ही उन्होंने उन्नति की थी। वही ईशान जब अकाल-मृत्यु के शिकार हो गए, तो देखने में आया कि उनकी जमा कुछ नहीं है-कर्ज़ है। उनकी विधवा एक छोटी बच्ची के साथ गरीबी में डूब गईं। वही लड़की आज विवाह-योग्य हो गई है, ब्रजमोहन ने उसी के साथ रमेश का विवाह तय कर दिया है। रमेश के किसी-किसी हितैषी ने आपत्ति करते हुए कहा था कि सुना है, "लड़की देखने में उतनी सुन्दर नहीं है।"

ब्रजमोहन बोले, "मैं वह सब बात अच्छी नहीं समझता-मनुष्य केवल फूल या तितली तो नहीं होता कि सुन्दर दिखने का विचार ही सबसे पहले उठाया जाए। लड़की की माँ जैसी सती-साध्वी है, लड़की भी यदि वैसी ही है, तो रमेश उसे ही भाग्य मान ले।"

शुभ-विवाह की लोक-चर्चा से रमेश का चेहरा सूख गया। वह उदासीन की भाँति इधर-उधर घूमने लगा। बच निकलने के नाना प्रकार के उपाय सोचने पर उसे कोई भी सम्भवपर नहीं लगा। अन्त में बड़ी मुश्किल से संकोच दूर करके पिता के पास जाकर बोला, "पिताजी, मेरे लिए यह विवाह असाध्य है। मैं दूसरी जगह वचनबद्ध हो चुका हूँ।"

ब्रजमोहन-क्या कह रहे हो! एकदम पानपत्र[2] हो गया है?

रमेश-नहीं, ठीक पानपत्र तो नहीं, तब भी-

ब्रजमोहन-कन्या-पक्ष के साथ सारी बातचीत तय हो गई है?

रमेश-नहीं, जिसे बातचीत कहा जाता है, वह नहीं हुई-

ब्रजमोहन-हुई तो नहीं! तब इतने दिन जब चुप हो, तो और कुछ दिन चुप रहने से ही हो जाएगा।

रमेश थोड़ा चुप रहकर बोला, "मेरा और किसी कन्या को पत्नी के रूप में ग्रहण करना अन्याय होगा।"

ब्रजमोहन ने कहा, "नहीं करना तुम्हारे लिए और अधिक अन्याय हो सकता है।"

रमेश और कुछ नहीं बोल पाया। वह सोचने लगा, इस बीच दैवक्रम से सब कुछ प्रकाश में आ सकता है।

---

1. पात्री : जिस लड़की का विवाह तय हो रहा होता है, उसे पात्री कहा जाता है।
2. पानपत्र : वर और कन्या-पक्ष के लोगों द्वारा पंडित के परामर्श से विवाह का दिन और समय तथा अन्य रस्में निश्चित किया जाना। पूर्वी बंगाल (वर्तमान बंगलादेश) के बंगाली-समाज में इसे 'पाटीपत्र' कहा जाता है।

रमेश के विवाह का जो दिन तय हुआ था, उसके बाद एक बरस का अकाल[1] था–वह सोच रहा था, किसी तरह वह दिन पार हो जाए, तो उसकी एक बरस की मियाद बढ़ जाएगी।

कन्या के घर नदी–मार्ग से जाना होगा–बहुत निकट नहीं है–छोटी–बड़ी दो–तीन नदियाँ पार करने में तीन–चार दिन लगने की बात है। ब्रजमोहन ने दैव के लिए पर्याप्त अवकाश छोड़कर एक सप्ताह पूर्व शुभ–मुहूर्त में यात्रा प्रारम्भ कर दी।

हवा लगातार अनुकूल थी। शिमुलघाट पहुँचने में पूरे तीन दिन भी नहीं लगे। विवाह में अभी भी चार दिन की देरी है।

ब्रजमोहन बाबू की दो–चार दिन पहले ही आने की इच्छा थी। शिमुलघाट में उनकी समधिन दीन–हीन अवस्था में रहती हैं। ब्रजमोहन बाबू की बहुत दिन से इच्छा थी कि उन लोगों को उनके निवास–स्थान से अपने गाँव ले जाकर सुख–स्वाधीनता के साथ रखें और मित्र–ऋण चुकाएँ। रिश्तेदारी का कोई सम्बन्ध न होने के कारण अचानक वैसा प्रस्ताव करना संगतिपूर्ण नहीं समझा। इस बार विवाह के बहाने अपनी समधिन को उन्होंने रहने की जगह बदलने के लिए राज़ी करा लिया। संसार में समधिन की बस एक लड़की है–उसके पास रहकर मातृहीन जामाता की मातृ–स्थानीय अधिकारिणी रहेंगी, वे इस पर आपत्ति नहीं कर पाईं। उन्होंने कहा, ''जो, जो भी कहे, कहने दो, जहाँ मेरे लड़की–दामाद रहेंगे, वहीं मेरी जगह है।''

ब्रजमोहन बाबू विवाह के कुछ दिन पहले आकर अपनी समधिन की गृहस्थी समेटने की व्यवस्था में जुट गए। उनकी इच्छा है कि विवाह के बाद सभी एक साथ मिलकर यात्रा करें। इसीलिए वे घर से कई रिश्तेदार–स्त्रियों को साथ ही ले आए थे।

विवाह के समय रमेश ने ठीक–से मन्त्रों की आवृत्ति नहीं की, शुभ–दृष्टि[2] के समय आँखें झपकाए रहा, वासरघर[3] का हँसी–मज़ाक का ऊधम चुपचाप चेहरा झुकाए सहन किया, रात को शय्या पर करवट लिए पड़ा रहा, भोर में बिछौने से उठकर बाहर चला गया।

---

1. अकाल: विवाह–मुहूर्त न रहने की समयावधि।
2. शुभ–दृष्टि : बंगाली समाज में विवाह–संस्कार के अवसर पर सम्पन्न होनेवाली एक रीत। इसमें वर–विवाह–संस्कार–मंडप में जाने के पूर्व उसी के निकट 'छादनातला' नामक स्थान पर खड़ा रहा है। विवाहित मामा, चाचा, भाई आदि कन्या को पीढ़े पर वहाँ लाते हैं। वे कन्या को पीढ़े पर बैठाए हुए ही वर के सात चक्कर कटवाते हैं। इसके पश्चात् दोनों के ऊपर एक सफेद वस्त्र तान दिया जाता है। पीढ़े पर बैठी कन्या अपने चेहरे के सामने से पान हटाती है और वर को पहली बार देखती है। इसे ही 'शुभ–दृष्टि' कहा जाता है।
3. वासरघर : विवाह–संस्कार के पश्चात्, जिस कमरे में वर–वधू को बैठाकर कुछ रस्में और हास–परिहास सम्पन्न होता है, उसे वासरघर कहा जाता है।

विवाह सम्पन्न हो जाने पर स्त्रियों ने एक नौका पर, वृद्धों ने एक नौका पर तथा वर और समवयसी बंधु-बांधवों ने एक और नौका पर यात्रा प्रारम्भ की। एक दूसरी नौका पर शहनाईवालों का दल जब-तब, जैसी-तैसी रागिनी जैसे-तैसे बजाने लगा।

सारा दिन असहनीय गरमी। आकाश में बादल नहीं, ऊपर से एक बे-रंग धुन्ध चारों ओर छाई है-किनारे के वृक्षों की पंक्ति मटमैली। पेड़ों के पत्ते हिल नहीं रहे हैं। नाविक पसीने-पसीने। सन्ध्या का अन्धकार छाने के पहले ही मल्लाहों ने कहा, ''मालिक, अब नाव घाट पर बाँध दें-आगे बहुत दूर नाव लगाने की जगह नहीं है।''

ब्रजमोहन बाबू रास्ते में देर नहीं करना चाहते। उन्होंने कहा, ''यहाँ बाँधने से नहीं चलेगा। आज पहली रात की ज्योत्स्ना है, बालूहाट पहुँचकर नाव बाँधेंगे। तुम लोगों को बख्शीश मिलेगी।''

नौका गाँव छोड़कर चलने लगी। एक ओर बालू का टापू धू-धू कर रहा है, दूसरी ओर ढहा हुआ ऊँचा किनारा है। कुहेलिका में चाँद निकला, किन्तु वह शराबी की आँखों के समान अत्यधिक गँदला दिखने लगा।

ऐसे समय, आकाश में बादल नहीं, कुछ भी नहीं, परन्तु कहीं से एक गर्जन-ध्वनि सुनाई पड़ी। पीछे दिगन्त की ओर देखने पर दिखाई दिया, एक विशाल अदृश्य झाड़ू टूटी हुई शाखाओं, घास-फूस, धूल-धक्कड़ को आकाश में उड़ाते हुए प्रचंड वेग से भागी चली आ रही है। 'बचाओ-बचाओ, सँभालो-सँभालो, हाय-हाय' करते-करते क्षण भर बाद क्या हो गया, कोई भी नहीं बता पाया। एक चक्रवात ने एक सँकरे मार्ग से होकर प्रबल वेग से सबकुछ उखाड़ते, उलट-पुलट करते हुए कुछ नावों का कहाँ क्या किया, उसकी कोई खोज नहीं मिल सकी।

3

कुहासा छँट गया। बहुत दूर तक फैले मरुमय बालू-क्षेत्र को निर्मल ज्योत्स्ना ने विधवा के शुभ-वस्त्र के समान ढँक लिया। नदी में नौकाएँ नहीं थीं, लहरें नहीं थीं, रोग की यन्त्रणा के पश्चात् जिस प्रकार मृत्यु निर्विकार शान्ति फैला देती है, उसी प्रकार की शान्ति स्तब्ध-भाव से जल-थल में विराज रही थी।

रमेश ने चेतना लौटने पर देखा, वह बालू-तट पर पड़ा है। क्या हुआ था, यह याद करने में उसे थोड़ा समय लगा-उसके बाद सारी घटना दु:स्वप्न की भाँति उसकी स्मृति में जाग उठी। उसके पिता और अन्यान्य सम्बन्धियों की क्या दशा हुई, इसकी खोज करने के लिए वह उठ खड़ा हुआ। चारों ओर ध्यान से देखा, कहीं भी किसी का भी कोई नामोनिशान नहीं। वह बालू-तट के किनारे पर खोजते-खोजते चलने लगा।

पद्मा की दो शाखा-बाहुओं के बीच यह शुभ्र-द्वीप नग्न-शिशु की भाँति ऊपर की ओर मुँह किए लेटा है। जब रमेश एक शाखा के किनारे से घूमते हुए दूसरी शाखा के किनारे पर पहुँचा, तो थोड़ी दूर पर लाल कपड़े जैसा दिखाई दिया। रमेश ने तेज़ क़दमों से निकट आकर देखा, लाल चेलि[1] ओढ़े नव-वधू प्राणहीन दशा में पड़ी है।

पानी में डूबनेवाले मरणापन्न व्यक्ति की श्वसन-क्रिया किस प्रकार कृत्रिम उपाय से लौटाई जाती है, रमेश यह जानता था। वह बहुत देर तक युवती के दोनों हाथ एक बार उसके सिर की ओर फैलाकर दूसरे ही क्षण उसके पेट के ऊपर दबाकर रखता रहा। धीरे-धीरे बहू की साँस चलने लगी और उसने आँखें खोलीं।

रमेश बहुत अधिक थक जाने के कारण कुछ देर चुप बैठा रहा। युवती से कोई प्रश्न करे, मानो इतना-सा साँस भी उसके नियन्त्रण में नहीं था।

युवती की चेतना तब भी पूरी तरह नहीं लौटी थी। एक बार आँखें खोलते ही उसकी पलकें तुरन्त मुँद गईं। रमेश ने जाँचकर देखा, उसकी श्वसन-क्रिया में और कोई अड़चन नहीं थी। तब रमेश इस निर्जन जल-स्थल की सीमा पर जीवन-मृत्यु के बीच उसी फीकी चाँदनी के आलोक में बहुत देर तक युवती के चेहरे की ओर देखता रहा।

किसने कहा, सुशीला देखने में सुन्दर नहीं है? मुँदी आँखोंवाला यह सुकुमार चेहरा छोटा है-पर इतने विशाल आकाश के नीचे, विस्तीर्ण ज्योत्स्ना में केवल यही सुन्दर-कोमल चेहरा एकमात्र देखने योग्य वस्तु के समान गौरव से खिल रहा है।

रमेश ने और सारी बातें भूलकर सोचा, 'इसे विवाहोत्सव के कोलाहल और लोगों की भीड़ में नहीं देखा, यह अच्छा ही हुआ। इसे कहीं भी इस तरह नहीं देख पाता। इसमें साँस का संचार करके इसे विवाह के मन्त्र-पाठ की अपेक्षा अधिक अपना बना लिया है। मन्त्र-पाठ करके इसे अपने निश्चित प्राप्य के रूप में पाता, अब इसे दयालु विधाता के प्रसादस्वरूप पा लिया है।'

चेतना पाते ही वधू ने उठकर बैठते हुए अस्त-व्यस्त वस्त्र सँभालकर सिर पर घूँघट खींच लिया। रमेश ने पूछा, "तुम लोगों की नौका के और सब कहाँ चले गए, कुछ पता है?"

उसने चुपचाप केवल सिर हिला दिया। रमेश ने उससे पूछा, "तुम यहाँ थोड़ा बैठ पाओगी? मैं एक बार चारों ओर घूमकर सबकी खोज कर आऊँ।"

---

1. चेलि : विशेष आकार का रेशमी वस्त्र। इसे किनारों पर जरी की गोट लगाकर और बीच-बीच में जरी के तारों के काम से सजाया जाता है। विवाह के अवसर पर इसे कन्या को इस प्रकार ओढ़ाया जाता है कि उसका सिर ढक जाए और वह पीठ तथा बाहुओं पर झूलने लगे। इससे सिर ढकने के बाद मुकुट बाँधा जाता है।

युवती ने उसका कोई उत्तर नहीं दिया। किन्तु उसके पूरे शरीर ने जैसे सिकुड़ते हुए कहा, 'मुझे यहाँ अकेली छोड़कर मत जाओ।'

रमेश यह समझ गया। उसने एक बार उठ खड़े होकर चारों ओर ताका–धवल रेत में कहीं भी कोई नामोनिशान नहीं। सम्बन्धियों का आह्वान करके प्राण–पण से ऊँची आवाज़ में पुकारने लगा, किसी का भी कोई प्रत्युत्तर नहीं मिल सका।

रमेश ने बेकार की कोशिश से निरस्त होकर बैठते ही देखा–वधू दोनों हाथों में चेहरा छिपाए रुलाई दबाने की चेष्टा कर रही है, उसकी छाती फूल–फूल जा रही है। रमेश सांत्वना की कोई बात कहे बिना युवती के अत्यन्त निकट बैठकर धीरे-धीरे उसके सिर और पीठ पर हाथ फिराने लगा। उसकी रुलाई और दबी नहीं रही–अव्यक्त स्वर में फूट पड़ी। रमेश की भी दोनों आँखों से अश्रु–धारा झरने लगी।

जब श्रान्त हृदय ने रोना बन्द किया, तब चन्द्रमा अस्त हो चुका था। अन्धकार से घिरा यह निर्जन भूमि–खंड अद्‌भुत स्वप्न के समान अनुभव हुआ। बालू के द्वीप की अपरिस्फुटित शुभ्रता प्रेत–लोक के समान शुक्ल–पीत–वर्णी नक्षत्रों के मन्द आलोक में नदी अजगर सर्प की चिकनी काली त्वचा के समान स्थान–स्थान पर झक्–झक् कर रही है।

तब रमेश ने युवती के भय से ठंडे पड़े छोटे–छोटे दोनों कोमल हाथों को अपने दोनों हाथों में लेकर वधू को धीरे से अपनी ओर खींच लिया। भयभीत युवती ने कोई बाधा नहीं डाली। वह उस समय मनुष्य को अपने निकट अनुभव करने को व्याकुल थी। घनीभूत अन्धकार में रमेश के श्वास–प्रश्वास से काँपते हृदय–पटल पर आश्रय पाकर उसने सन्तोष अनुभव किया। तब उसके लज्जा करने का समय नहीं था। उसने अपनी गहन-आसक्ति के साथ रमेश की दोनों बाहुओं में अपना स्थान बना लिया।

भोर में जब शुक्र–तारा डूबने को हुआ, पूर्व की ओर की नदी की नील–रेखा पर आकाश जब पहले शुक्ल–पीत और धीरे-धीरे रक्ताभ हो उठा, तो दिखाई दिया कि निद्रा–विह्वल रमेश बालू पर लेटा पड़ा है और उसके वक्ष पर हाथ व सिर टिकाए नव–वधू गहरी नींद में डूबी है। अन्त में जब प्रभात की कोमल धूप ने दोनों की पलकों को छुआ, तो दोनों ही हड़बड़ाते हुए जागकर बैठ गए। अचम्भे में पड़कर थोड़ी देर चारों तरफ देखा, उसके बाद अचानक याद आया, वे घर में नहीं हैं, ध्यान आया वे बहकर आए हैं।

4

प्रात:काल मछली पकड़नेवाली छोटी नौकाओं के सफेद–सफेद पालों से नदी भर गई। रमेश ने उन्हीं में से एक को बुलाकर मछुआरों की सहायता से एक बड़ी हल्की

सी नौका किराए पर ले ली तथा लापता रिश्तेदारों को ढूँढ़ने का कार्य पुलिस को सौंपकर वधू के साथ घर रवाना हो गया।

गाँव के घाट के निकट नौका पहुँचते ही रमेश को समाचार मिला, उसके पिता, सास और अन्य कई मित्रों-सम्बन्धियों के शव पुलिस ने नदी से निकाले हैं। कुछ मल्लाहों को छोड़कर और कोई बचा है, ऐसी आशा किसी को भी नहीं रही।

घर में रमेश की बूढ़ी दादी थीं, वे बहू के साथ रमेश को लौटते देख दहाड़ मारकर रोने लगीं। गाँव के जो सब बरात में गए थे, उनके यहाँ भी घर-घर रोना-धोना मच गया। शंख नहीं बजा, हुलु-ध्वनि[1] नहीं हुई, किसी ने वधू की वरण[2] के साथ अगवानी नहीं की, किसी ने उसकी ओर ताका तक नहीं।

रमेश ने तय किया था कि श्राद्ध-शान्ति शेष होते ही वधू को लेकर कहीं और चला जाएगा-किन्तु पैतृक धन-सम्पत्ति की व्यवस्था किए बिना वहाँ से उसके जल्दी हिलने का उपाय नहीं था। परिवार की शोकातुर स्त्रियों ने तीर्थ-वास के लिए उसे पकड़ रखा था, उसका प्रबन्ध भी करना होगा।

इस सारे काम-काज से फुर्सत के समय रमेश प्रणय-चर्चा के प्रति उदासीन नहीं था। यद्यपि जैसा पहले सुना था, वधू नितान्त वैसी बालिका नहीं थी, यहाँ तक कि गाँव की लड़कियाँ अधिक आयु वाली बोलकर उसकी भर्त्सना करती थीं, पर उसके

---

1. हुलु ध्वनि : विवाह आदि शुभ कर्मों के अवसर पर स्त्रियों द्वारा प्रकट की जानेवाली विशेष ध्वनि। इसके लिए होंठ कुछ आगे बढ़ाकर मुँह से सस्वर साँस बाहर फेंका जाता है और जीभ तीव्र गति से एक गाल से दूसरे गाल के मध्य गतिमान रहती है। इसे मंगल या मांगलिक ध्वनि कहा जाता है। 'हुलु-ध्वनि' में 'हुलु' का उच्चारण 'उलु' भी किया जाता है।
2. वरण : विवाह के पश्चात् जब वधू ससुराल आती है, तो सर्वप्रथम 'वरण' रीत का पालन होता है। इसके अन्तर्गत फूल-पत्ती खचित सूप काम में लाया जाता है, जिसे 'बरंडाला' कहा जाता है। बरंडाला में बीच में बेंत का बना पेंदा निकला गोल पात्र सजा होता है, जिसे 'सिन्दूर चुबड़ी' कहते हैं। इसमें धान भरे रहते हैं। इसके बाहरी हिस्से के एक ओर सिन्दूर लगा रहता है। एक पात्र या पुड़िया में सिन्दूर रखा रहता है। इसे 'सिन्दूर भंडी' कहते हैं। एक कटोरी में तेल में घुला सिन्दूर होता है। एक कटोरी में तेल में घुली हल्दी रखी जाती है। इसी के साथ बरंडाला में सरसों के दाने, काला तिल, गंगा की मिट्टी, पान-सुपारी, हल्दी की गाँठें, जौ, धान, दूर्वा, छोटा-सा दर्पण, लकड़ी की कंघी, छोटा-सा चँवर, दीपक आदि यथा-स्थान सजे रहते हैं। बहू के घर के प्रवेश-द्वार पर पहुँचते ही बरंडाला में रखा दीपक प्रज्ज्वलित कर लिया जाता है। सास द्वारा बरंडाला को तीन बार बहू के सामने आरते की भाँति घुमाया जाता है, फिर उसकी छाती से उसका स्पर्श कराया जाता है। तब सिन्दूर चुबड़ी के सिन्दूर लगे बाहरी हिस्से को उसकी माँग से छुआकर सिन्दूर-दान किया जाता है। इसी के पश्चात् बहू का घर के भीतर प्रवेश होता है। विवाह के लिए ससुराल पहुँचने पर वर का वरण रीत्यानुसार उसकी सास द्वारा किया जाता है। यह बताना भी उपयोगी होगा कि बरंडाला का काम विवाह में अनेक बार अनेक रीतियाँ निभाने के लिए करना होता है, अत: विवाह-कार्यक्रम प्रारम्भ होते ही उसे तैयार कर लेने की प्रथा है।

साथ किस प्रकार प्रणय किया जा सकता है, इस बी.ए. पास कर चुके युवक को अपनी किसी पोथी में वह शिक्षा प्राप्त नहीं हुई। वह इसे हमेशा असम्भव और असंगत के रूप में ही जानता था। परन्तु किसी पुस्तकीय-ज्ञान के साथ रंचमात्र न मिलने पर भी, आश्चर्य यही कि उसका उच्च शिक्षित मन भीतर-ही-भीतर एक अद्‌भुत रस से परिपूर्ण होकर इस छोटी बालिका की ओर झुक आया था। उसने इसी युवती में कल्पना के द्वारा अपनी भविष्य की गृह-लक्ष्मी को प्रकट कर लिया। उसी उपाय से उसकी पत्नी एक ही समय बालिका-वधू, तरुण-प्रेयसी और सन्तान की अप्रगल्भा माँ के रूप में विलक्षण-भाव में उसके ध्यान-नेत्रों के सम्मुख व्यक्त हो उठी। चित्रकार अपने भावी चित्र को, कवि अपनी भावी कविता को जिस प्रकार सम्पूर्ण सुन्दर रूप में कल्पित करके हृदय में एकनिष्ठ प्रेम से पोषित करता है, उसी प्रकार रमेश ने इस छोटी बालिका को बहाना भर बनाकर भावी प्रेयसी को, कल्याणी को, पूर्ण महीयसी की मूर्ति के रूप में हृदय में प्रतिष्ठित कर लिया।

5

इस प्रकार लगभग तीन माह बीत गए। धन-सम्पत्ति की व्यवस्था का पूर्ण समाधान हो गया। बूढ़ियाँ तीर्थवास के लिए तैयार हो गईं। पड़ोसी घरों से एक-दो साथिनें नव-वधू के साथ परिचय स्थापित करने हेतु आगे आने लगीं। रमेश के साथ युवती के प्रणय की पहली गाँठ शनैः-शनैः मजबूत हो आई।

अब दोनों ने सन्ध्या समय निर्जन छत पर खुले आकाश के नीचे चटाई बिछाकर बैठना प्रारम्भ कर दिया है। रमेश अचानक पीछे से आकर युवती की आँखें भींच लेता है, उसका सिर छाती के निकट खींच लेता है, जब वधू रात अधिक न होने पर भी बिना खाए सो जाती है, तो रमेश नाना प्रकार के उत्पातों से उसे जगाकर उसकी कुढ़न और तिरस्कार प्राप्त करता है।

रमेश ने एक दिन सन्ध्या समय युवती का जूड़ा पकड़कर हिलाते हुए कहा, ''सुशीला, आज तुम्हारा जूड़ा अच्छी तरह नहीं बँधा।''

युवती कह बैठी, ''अच्छा, तुम सभी मुझे सुशीला कहकर क्यों बुलाते हो?''

रमेश इस प्रश्न का कोई तात्पर्य न समझ पाने के कारण अवाक् होकर उसके मुँह की ओर देखता रहा।

वधू ने कहा, ''मेरा नाम बदल जाने से ही क्या मेरा सौभाग्य लौट आएगा? मैं तो बचपन से ही दुर्भाग्यशालिनी हूँ-मरे बिना मेरा कुलक्षण नष्ट नहीं होगा।''

अचानक रमेश का हृदय धड़क उठा, उसके चेहरे का रंग फीका पड़ गया-कहीं

कोई भ्रान्ति हो गई है, हठात् उसके मन में यह संशय जाग उठा। रमेश ने पूछा, "तुम बचपन से ही दुर्भाग्यशालिनी कैसे हुईं?"

वधू बोली, "मेरे जन्म के पूर्व ही मेरे पिताजी की मृत्यु हो गई, मुझे जन्म देने के छः महीने के भीतर मेरी माँ मर गईं। मामा के घर बड़े दुखों में थी। अचानक सुना, कहीं से आकर तुमने मुझे पसन्द कर लिया–दो ही दिन में ब्याह हो गया, उसके बाद देखो, क्या सब मुसीबत आ पड़ी!"

रमेश निश्चल होकर तकिए पर लेट गया। आकाश में चन्द्रमा चढ़ आया था, उसकी ज्योत्स्ना काली पड़ गई। रमेश को दूसरा प्रश्न करने में भय लगने लगा। जितना जान लिया था, उतने को भी वह प्रलाप के रूप में, स्वप्न मानकर दूर धकेल कर रखना चाहता है। होश में आए मूर्च्छित के दीर्घ-श्वास के समान ग्रीष्म की दखना-हवा बहने लगी। ज्योत्स्नालोक में निद्राहीन कोकिल कूक रही है–निकट ही नदी के घाट पर बँधी नौकाओं की छावन से मल्लाहों का गान आकाश में व्याप्त हो रहा है। काफी देर तक कोई प्रत्युत्तर न पाकर वधू ने बहुत धीरे-धीरे रमेश को छूते हुए कहा, "सो रहे हो?"

रमेश बोला, "नहीं।"

इसके बाद भी रमेश की और कोई प्रतिक्रिया नहीं मिल सकी। वधू भी कब सो गई। रमेश उठकर बैठा हुआ उसके निद्रित चेहरे की ओर देखता रहा। विधाता ने इसके भाल पर जो गुप्त लेख लिख रखा है, आज भी उसने इस चेहरे पर एक चिह्न अंकित नहीं किया। ऐसे सौन्दर्य के भीतर ऐसा भीषण परिणाम किस प्रकार छिपकर रह रहा है!

6

रमेश यह बात समझ गया कि युवती उसकी परिणीता नहीं है, लेकिन वह किसकी पत्नी है, यह पता लगाना आसान नहीं हुआ। रमेश ने उससे चतुराई के साथ पूछा, "विवाह के अवसर पर जब तुमने मुझे पहली बार देखा, तो तुम्हें क्या लगा?"

युवती बोली, "मैंने तो तुम्हें देखा ही नहीं, मैं आँखें झुकाए हुए थी।"

रमेश–तुमने मेरा नाम भी नहीं सुना था?

युवती–जिस दिन सुना विवाह होगा, उसके अगले ही दिन विवाह हो गया–तुम्हारा नाम मैंने सुना ही नहीं। मामी ने मुझे जल्दी से विदा करके छुटकारा पा लिया।

रमेश–अच्छा, तुमने तो पढ़ना-लिखना सीखा है, जरा अपना नाम अक्षर-विन्यास करके लिखो।

रमेश ने उसे एक काग़ज़ और एक पेंसिल दी। वह बोली, "अच्छा, मैं क्या लिख नहीं सकती! मेरे नाम की वर्तनी बहुत आसान है।" कहते हुए बड़े-बड़े अक्षरों में अपना नाम लिखा–श्रीमती कमला देवी।

रमेश–अच्छा, मामा का नाम लिखो।

कमला ने लिखा–श्रीयुत तारिणीचरण चट्टोपाध्याय।

पूछा, "कहीं भी भूल हुई है?"

रमेश ने कहा, "नहीं। अच्छा, तुम लोगों के गाँव का नाम लिखो ज़रा।"

उसने लिखा–धोबापुकुर।

इस तरह नाना उपायों से अत्यन्त सावधानीपूर्वक रमेश ने इस युवती का जितना जीवन-वृत्तान्त खोजा, उससे कोई बड़ी सुविधा नहीं हुई।

उसके बाद रमेश कर्तव्य के सम्बन्ध में सोचने बैठ गया। बहुत सम्भव है, इसका पति डूबकर मर गया हो। अथवा यदि ससुराल को खोज निकाला जाए, तो वहाँ भेजने पर वे लोग इसे अपनाएँगे या नहीं, इसमें सन्देह है। मांमा के घर भेजना भी इसके साथ न्यायपूर्ण व्यवहार करना नहीं होगा। इतने समय तक वधू के रूप में दूसरे के घर में रहने के बाद आज यदि असली स्थिति प्रकट की जाए, तो समाज में इसकी क्या दशा होगी, इसका स्थान कहाँ होगा? पति अगर बच गया हो, तो क्या वह इसे अपनाने की इच्छा या साहस करेगा? अब इस लड़की को जहाँ भी छोड़ा जाएगा, वहीं वह अतल समुद्र में गिरेगी।

रमेश इसे पत्नी के अतिरिक्त अन्य किसी रूप में भी अपने पास नहीं रख सकता, और अन्यत्र कहीं भी उसे रखने का स्थान नहीं है। लेकिन उसी कारण इसे अपनी पत्नी के रूप में भी स्वीकार नहीं किया जा सकता। रमेश इस युवती को, नाना रंगों की स्नेहसिक्त तूलिका द्वारा भविष्य के तट पर विस्तार देकर गृह-लक्ष्मी की जो छवि आँक रहा था, उसे तुरन्त पोंछ देना पड़ा।

रमेश और अपने गाँव में नहीं रह सका। कोलकाता में लोगों की भीड़ में घिरकर रहते हुए कोई उपाय खोजा जा सकेगा, यह बात सोचकर रमेश कमला को लेकर कोलकाता आ गया तथा जहाँ पहले था, वहाँ से दूर एक नया घर किराए पर ले लिया।

कोलकाता देखने की कमला की उत्सुकता की सीमा नहीं थी। पहले दिन घर में प्रविष्ट होते ही वह खिड़की पर जाकर बैठ गई–वहाँ से लोगों की भीड़ के निरन्तर प्रवाह ने उसके मन को नए-नए कुतूहल से भर दिया। घर में एक नौकरानी थी, उसके लिए कोलकाता बहुत पुराना था। वह युवती के विस्मय को बेकार की मूढ़ता समझकर कुढ़ते हुए कहने लगी, "अरी, मुँह फाड़कर क्या देख रही हो? दिन चढ़ आया है, स्नान नहीं करोगी?"

नौकरानी दिन में काम करके रात में घर चली जाएगी। ऐसा व्यक्ति नहीं मिला, जो रात को रह सके। रमेश सोचने लगा, 'अब तो कमला को एक ही बिछौने पर सुला नहीं सकता–यह युवती अपरिचित स्थान पर अकेली कैसे रात काटेगी?'

रात को भोजन के पश्चात् नौकरानी चली गई। रमेश ने कमला को उसका बिछौना दिखाकर कहा, "तुम लेट जाओ, मैं अपनी किताब पढ़कर बाद में लेटूँगा।"

यह कहकर रमेश ने एक किताब खोलकर पढ़ने का बहाना किया, थकी हुई कमला को भी नींद आने में देर नहीं लगी।

इस तरह उसने वह रात काटी। अगली रात भी किसी बहाने से रमेश ने कमला को बिछौने पर अकेली सुला दिया। उस दिन बड़ी गरमी थी। सोनेवाले कमरे के सामने छोटी–सी खुली छत है, रमेश वहीं एक दरी बिछाकर लेट गया और नाना बातें सोचते-सोचते तथा हाथ के पंखे की हवा खाते–खाते गहन रात्रि में सो गया।

रात्रि के दो–तीन बजे रमेश ने आधी नींद में अनुभव किया, वह अकेला नहीं लेटा है और उसके पास धीरे–धीरे एक हाथ का पंखा झला जा रहा है। रमेश ने नींद की घुमेर में बगलवाली को पास खींचते हुए विजड़ित स्वर में कहा, "सुशीला, तुम सो जाओ, मुझे पंखा झलने की आवश्यकता नहीं है।" अन्धकार–भीरु कमला रमेश के बाहु–पाश में उसकी छाती के सहारे निश्चिन्त होकर सो गई।

रमेश भोर में जागते ही चौंक उठा। देखा, सोई पड़ी कमला का दायाँ हाथ उसके गले से लिपटा है–वह नितान्त संकोचहीन होकर रमेश के ऊपर अपने विश्वस्त अधिकार का विस्तार करके उसके वक्ष से चिपटी हुई है। निद्रित युवती के चेहरे की ओर देखकर रमेश की दोनों आँखों में आँसू भर आए। वह इस संशयहीन बाहु–पाश को कैसे अलग करे? युवती रात में कब उसके पास आकर उसे धीरे–धीरे हवा करने लगी थी, वह बात भी उसे ध्यान आई–दीर्घ निःश्वास छोड़ते हुए धीरे–धीरे युवती के बाहु–बन्धन को ढीला करके रमेश बिछौना छोड़कर उठ गया।

रमेश ने बहुत सोचकर कमला को बालिका–विद्यालय के बोर्डिंग में रखने का निश्चय किया। ऐसा होने पर अन्ततः वह वर्तमान की चिन्ता के हाथ से कुछ समय के लिए मुक्त हो सकता है।

रमेश ने कमला से पूछा, "कमला, तुम पढ़ाई करोगी?"

कमला रमेश के चेहरे की ओर ताकती रही–भाव यही कि 'तुम क्या कह रहे हो?'

रमेश ने पढ़ाई–लिखाई की उपकारिता और आनन्द के सम्बन्ध में अनेक बातें कहीं। उसकी कोई आवश्यकता नहीं थी, कमला ने कहा, "मुझे पढ़ना–लिखना सिखाओ।"

रमेश बोला, "इसके लिए तुम्हें स्कूल जाना पड़ेगा।"

कमला ने विस्मित होकर कहा, "स्कूल? इतनी बड़ी लड़की होकर मैं स्कूल जाऊँगी?"

कमला के इस आयु-मर्यादा के अभिमान पर थोड़ा हँसते हुए रमेश बोला, "तुमसे भी बहुत बड़ी लड़कियाँ स्कूल जाती हैं।"

इसके बाद कमला और कुछ नहीं बोली, एक दिन रमेश के साथ गाड़ी में स्कूल चली गई। विशाल भवन-उससे बहुत बड़ी और छोटी कितनी लड़कियाँ, इसका ठिकाना नहीं। जब रमेश कमला को विद्यालय की प्रधानाध्यापिका को सौंपकर लौट रहा था, तो कमला भी उसके साथ-साथ आने लगी।

रमेश ने कहा, "कहाँ आ रही हो? तुम्हें तो यहीं रहना होगा।"

कमला भयभीत स्वर में बोली, "तुम यहाँ नहीं रहोगे?"

रमेश-मैं तो यहाँ नहीं रह सकता।

कमला ने रमेश का हाथ कसकर पकड़ते हुए कहा, "तब मैं यहाँ नहीं रह सकती, मुझे ले चलो।"

रमेश ने हाथ छुड़ाते हुए कहा, "छिः कमला!"

इस धिक्कार से कमला हक्की-बक्की खड़ी रह गई, उसका मुँह एकदम छोटा हो गया। रमेश व्यथित-हृदय लिये तुरन्त चल दिया, किन्तु युवती की वह स्तंभित असहाय भीत मुखश्री उसके मन पर मुद्रित हो गई।

7

रमेश का संकल्प था कि इस बार अलीपुर में वक़ालत का काम शुरू करेगा। लेकिन उसका मन टूट गया। मन पक्का करके काम में हाथ डालने और पहले पहल काम की शुरुआत की नाना विघ्न-बाधाओं को पार करने लायक उत्साह उसमें नहीं था। वह कुछ दिन अनावश्यक रूप से गंगा के पुल पर और गोलदिथि में घूमता फिरने लगा। एक बार सोचा, 'कुछ दिन पछाँह में भ्रमण कर आऊँ', ऐसे ही समय अन्नदा बाबू की एक चिट्ठी मिली।

अन्नदा बाबू ने लिखा है, 'गज़ट में देखा, तुम पास हो गए हो-किन्तु यह सूचना तुमसे न मिलने पर दुखी हुआ। बहुत दिनों से तुम्हारा कोई समाचार नहीं मिला। तुम कैसे हो और कोलकाता कब आओगे, सूचित करके मुझे निश्चिन्त व सुखी करना।'

यहाँ बताना अप्रासंगिक न होगा कि अन्नदा बाबू ने जिस विलायत गए लड़के पर आँखें गड़ा रखी थीं, वह बैरिस्टर बनकर लौट आया है और एक अमीर लड़की

के साथ उसके विवाह की तैयारी चल रही है।

इस बीच जो सारी घटनाएँ घटी हैं, उसके बाद हेमनलिनी के साथ भेंट करना उसके लिए उचित रहेगा या नहीं, रमेश यह किसी भी प्रकार तय नहीं कर पाया। सम्प्रति कमला के साथ उसका जो सम्बन्ध बनकर खड़ा हो गया है, उसकी बात किसी से भी बताना उसे उचित नहीं लगा। वह निरपराध कमला को संसार के सामने अपमानित नहीं कर सकता। परन्तु सारी बात साफ़-साफ़ बताए बिना हेमनलिनी के सामने वह अपने पहले के अधिकार को कैसे प्राप्त करेगा?

किन्तु अन्नदा बाबू के पत्र का उत्तर देने में और देरी करना उचित नहीं होगा। उसने लिखा, 'गम्भीर कारणवश आपके साथ भेंट करने में असमर्थ रहा, क्षमा करें।' अपना नया ठिकाना पत्र में नहीं लिखा।

इस चिट्ठी को डाक में छोड़ने के अगले ही दिन रमेश काला चोगा पहनकर अलीपुर की अदालत में हाजिरी देने निकला।

एक दिन वह अदालत से लौटते समय थोड़ा रास्ता पैदल तय करके एक किराया-गाड़ी के गाड़ीवान से किराया तय कर रहा था, उसी समय एक परिचित व्याकुल कंठ-स्वर सुनाई पड़ा, "पिताजी, ये रहे रमेश बाबू!"

"गाड़ीवान, रोको, रोको।"

गाड़ी रमेश की बगल में आकर खड़ी हो गई। उस दिन अलीपुर के चिड़ियाघर में पिकनिक के एक निमन्त्रण में भाग लेकर अन्नदा बाबू और उनकी बेटी घर लौट रहे थे-ऐसे में हठात् यह मुलाकात!

गाड़ी में हेमनलिनी का वही स्निग्ध-गम्भीर चेहरा, उसका वही विशेष शैली में साड़ी पहनना, उसका केश सँवारने का जाना-पहचाना ढंग, उसके हाथों में वही प्लेन कंगन और तारे की नक़्क़ाशी वाली सोने की दो-दो चूड़ियाँ देखते ही मानो, रमेश के हृदय से एक लहर एकदम कंठ तक उच्छ्वसित हो गई।

अन्नदा बाबू बोले, "यह तो रमेश है, भाग्य से राह में दर्शन हो गए। आजकल चिट्ठी लिखना ही छोड़ दिया है, अगर लिखते भी हो, तो पता-ठिकाना नहीं देते। अभी कहाँ जा रहे हो? कोई विशेष काम है?"

रमेश ने कहा, "नहीं, अदालत से लौट रहा हूँ।"

अन्नदा-तो चलो, हमारे यहाँ चाय पिएँगे, चलो।

रमेश का हृदय प्रसन्न हो उठा था-वहाँ और दुविधा के लिए जगह नहीं थी। वह गाड़ी पर बैठ गया। पूरी कोशिश से संकोच मिटाकर हेमनलिनी से पूछा, "आप ठीक हैं?"

हेमनलिनी ने कुशल-प्रश्न का उत्तर न देकर कहा, "आपने पास होने पर हम लोगों को एकदम खबर नहीं दी, खूब?"

रमेश ने इस प्रश्न का कोई उत्तर न खोज पाकर कहा, "देखा, आप भी पास हो गई हैं।"

हेमनलिनी हँसकर बोली, "फिर भी ठीक है, हम लोगों की ख़बर तो रखते हैं।"

अन्नदा बाबू ने कहा, "तुमने अब घर कहाँ ले लिया है?"

रमेश ने कहा, "दर्जीपाड़ा में।"

अन्नदा बाबू ने कहा, "क्यों, कलुटोला में तुम्हारा पुराना मकान तो बुरा नहीं था।"

हेमनलिनी ने उत्तर की प्रतीक्षा में विशेष कुतूहल के साथ रमेश की ओर देखा। उस दृष्टि से रमेश पर आघात किया–वह तत्क्षण बोल पड़ा, "हाँ, निश्चय किया है, उसी घर में लौट आऊँगा।"

रमेश अच्छी तरह समझ गया कि हेमनलिनी ने उसके इस घर बदलने को अपराध मान लिया है–सफाई देने का कोई उपाय न जानकर वह मन–ही–मन पीड़ित होने लगा। दूसरे पक्ष से और कोई सवाल नहीं उठा। हेमनलिनी गाड़ी के बाहर रास्ते की ओर देखती रही। रमेश और न रह पाकर अकारण अपने आप ही बोल पड़ा, "मेरे एक रिश्तेदार हेदुआ के पास रहते हैं, उनकी खैर–ख़बर लेने के लिए दर्जीपाड़ा में मकान लिया है।"

रमेश ने नितान्त झूठ नहीं कहा, लेकिन बात कैसी असंगत सुनाई पड़ी! बीच–बीच में रिश्तेदार की खैर–ख़बर लेने के लिए कलुटोला हेदुआ से ऐसा कितनी दूर है? हेमनलिनी दोनों आँखें गाड़ी के बाहर रास्ते की ओर ही गड़ाए रही। हतभागा रमेश इसके बाद क्या कहे, कुछ नहीं सोच पाया। केवल एक बार पूछा, "योगेन का क्या समाचार है?"

अन्नदा बाबू ने कहा, "वह कानून की परीक्षा में फेल होकर पछाँह हवाखोरी के लिए गया है।"

गाड़ी यथा–स्थान पहुँचने पर परिचित घर और गृह–सज्जा ने रमेश के ऊपर मन्त्र–जाल फैला दिया। उसके हृदय से गहरा दीर्घ–नि:श्वास उठा।

रमेश कुछ न कहकर चाय पीने लगा। अन्नदा बाबू ने अचानक पूछा, "इस बार तो तुम बहुत दिन घर पर थे, शायद काम था?"

रमेश ने कहा, "पिताजी की मृत्यु हो गई।"

अन्नदा–हँय, क्या कह रहे हो! यह क्या बात! कैसे हुई?

रमेश–वे पद्मा में नाव से घर आ रहे थे, अचानक तूफान में नौका डूब जाने से उनकी मृत्यु हो गई।

अचानक जैसे तेज़ हवा चलने पर घने मेघ छँट जाने से आकाश निर्मल हो जाता

है, वैसे ही इस शोक-समाचार से रमेश और हेमनलिनी के बीच की ग्लानि क्षण भर में छँट गई। हेम ने मन-ही-मन अनुताप करते हुए कहा, 'रमेश बाबू को ग़लत समझा था-वे पितृ-वियोग के शोक में और झंझट में उद्भ्रान्त हो गए थे। अभी भी शायद उसी को लेकर उन्मन रहते हैं। उन पर कौन-सा पारिवारिक संकट आ पड़ा, उनके मन को कौन-से भार ने दबा लिया, वह कुछ भी न जानने के कारण ही हम लोग उन्हें दोषी ठहरा रहे थे।'

हेमनलिनी इस पितृ-हीन का अत्यधिक ध्यान रखने लगी। रमेश का खाने में मन नहीं था, हेमनलिनी ने उसे विशेष अनुरोध के साथ खिलाया। बोली, "आप बहुत दुबले हो गए हैं, स्वास्थ्य की उपेक्षा मत कीजिए।" अन्नदा बाबू से कहा, "पिताजी, रमेश बाबू आज रात यहीं भोजन करके जाएँ-ना!"

अन्नदा बाबू ने कहा, "ठीक ही तो है।"

उसी समय अक्षय आ पहुँचा। उसी दिन से अन्नदा बाबू की चाय की टेबल पर अक्षय ने ही एकाधिकार जमा रखा है। आज सहसा वह रमेश को देखकर चौंक गया। आत्म-संवरण करके हँसते हुए बोला, "यह क्या! यह तो रमेश बाबू हैं! मैं कहूँ, लगता है, हम लोगों को एकदम से ही भूल गए।"

रमेश कोई उत्तर न देकर थोड़ा-सा हँसा। अक्षय ने कहा, "आपके पिताजी जिस तरह से आपको हड़बड़ी में गिरफ़्तार करके ले गए, मैं सोच रहा था, इस बार वे आपका विवाह किए बिना किसी तरह नहीं छोड़ेंगे-विपत्ति-योग को काटकर तो आए हैं?"

हेमनलिनी ने क्रोध भरी दृष्टि से अक्षय को बींध दिया।

अन्नदा बाबू ने कहा, "अक्षय, रमेश को पितृ-वियोग हुआ है।"

रमेश विवर्ण चेहरा झुकाए बैठा रहा। उसे दुख के ऊपर और दुख देने के कारण हेमनलिनी ने मन-ही-मन अक्षय पर भारी गुस्सा किया। जल्दी से रमेश से बोली, "रमेश बाबू, हमारी नई एल्बम दिखाना नहीं हो सका।" कहते हुए एल्बम लाकर रमेश की टेबल के एक किनारे पर ले जाकर चित्रों पर चर्चा करने लगी और मौका तलाश कर धीरे-धीरे बोली, "रमेश बाबू, लगता है नए घर में आप अकेले रहते हैं?"

रमेश ने कहा, "हाँ।"

हेमनलिनी-आप हमारे पड़ोस वाले घर में आने में देर मत कीजिए।

रमेश बोला, "नहीं, मैं निश्चयपूर्वक इस सोमवार को ही आ जाऊँगा।"

हेमनलिनी-सोच रही हूँ, कभी-कभी आपसे अपनी बी.ए. की फिलॉसफी समझ लूँगी।

रमेश ने इसमें विशेष उत्साह प्रकट किया।

8

रमेश ने पहले वाले घर में आने में देर नहीं लगाई।

इसके पूर्व हेमनलिनी के साथ रमेश का जो थोड़ा-बहुत दूरत्व का भाव था, इस बार वह और नहीं रहा। मानो, रमेश पूरी तरह घर का आदमी हो। हास-परिहास, निमन्त्रण-आमन्त्रण ज़ोरों से चलने लगा।

इसके पहले, लम्बे समय तक अधिक पढ़ाई करने से हेमनलिनी का चेहरा एक प्रकार से क्षण-भंगुर की तरह हो गया था। लगता था, जैसे थोड़ी ज़ोर की हवा लगते ही शरीर झुककर कमर से टूट सकता है। तब उसकी बातें कम थीं, और उसके साथ बतियाने में डर लगता था-कहीं साधारण सी बात का भी बुरा न मान जाए!

थोड़े दिनों में ही उसमें आश्चर्यजनक परिवर्तन हो गया है। उसके पांशु कपोलों पर लावण्य की कोमलता दिखाई देने लगी है। अब उसकी आँखें बात-बात पर हास्य की छटा बिखेरते हुए नाच उठती हैं। पहले वह वेशभूषा पर ध्यान देने को चपलता, यहाँ तक कि अनुचित मानती थी। अब किसी के भी साथ बहस किए बिना उसका मत किस प्रकार बदल रहा है, इसे उसके अन्तर्यामी को छोड़कर और कोई नहीं बता सकता।

कर्तव्य-बोध से भाराक्रान्त रमेश भी बहुत कम गम्भीर नहीं था। विचार-भक्ति की प्रबलता से मानो उसका शरीर और मन शिथिल पड़ गया था। आकाश के ज्योतिर्मय ग्रह-नक्षत्र चल-फिरकर, घूमकर गति कर रहे हैं, किन्तु वेधशाला अपने यन्त्र-तन्त्र लेकर अत्यन्त सावधानीपूर्वक चुप होकर बैठी रहती है-उसी भाँति रमेश इस चलायमान विश्व-जगत् में अपने पोथी-पत्रों, युक्ति-तर्क के आयोजन-भार से स्तंभित हो गया था, आज उसे भी इतना हल्का किसने कर दिया? आजकल वह भी हर समय परिहास का सदुत्तर न दे सकने पर हो-हो करके हँस उठता है। भले ही उसके केशों में कंघी न होती हो, लेकिन उसकी चादर पहले की तरह मैली नहीं रहती। अब उसके देह-मन में मानो, एक कर्म-शक्ति का आविर्भाव हो गया है।

9

काव्य में प्रणयी-जनों के लिए जो समस्त आयोजन-व्यवस्था रहती है, वह कोलकाता शहर में नहीं मिलती। कहाँ प्रफुल्लित अशोक-बकुल की पंक्तियाँ, कहाँ खिली हुई माधवी से ढका लता-वितान, कहाँ आम्रमंजरी के रस से परिपूर्ण कंठवाली

कोकिल की कुहु-काकली? फिर भी इस शुष्क-कठोर, सौन्दर्यहीन आधुनिक नगर में प्रेम की जादू-विद्या आहत होकर नहीं लौट जाती। इस गाड़ी-घोड़ों की विषम भीड़ में, इस लोहे की बेड़ियों में बँधे ट्राम के मार्ग में एक चिर-किशोर प्राचीन देवता अपना धनुष छिपाए लाल पगड़ीधारी प्रहरियों की आँखों के सामने से कितनी रात, कितने दिन, कितनी बार, कितनी जगह आना-जाना कर रहे हैं, यह कौन कह सकता है!

रमेश और हेमनलिनी चमड़े की दुकान के सामने परचून की दुकान के पास कलुटोला में किराए के घर में रह रहे थे, इसी कारण प्रणय-विकास के क्षेत्र में कुंज-कुटीरों में विचरण करनेवालों की अपेक्षा वे ज़रा भी पीछे थे, ऐसी बात कोई नहीं कह सकता। अन्नदा बाबू की चाय के दाग़ से मैली छोटी टेबल पद्म-सरोवर नहीं है, सोचकर रमेश रंचमात्र अभाव महसूस नहीं करता। हेमनलिनी की पालतू बिल्ली कृष्णसार मृग न होते हुए भी रमेश परिपूर्ण स्नेह से उसकी गरदन खुजला देता था और वह जब धनुष के समान पीठ फुलाकर आलस्य भगाते हुए देह चाटकर सजने-सँवरने में लग जाती, तो रमेश की मुग्ध-दृष्टि में यह प्राणी गौरव में किसी अन्य चौपाए से कम प्रतिभासित नहीं होता था।

हेमनलिनी परीक्षा पास करने की व्यस्तता के चलते सिलाई सीखने में विशेष पटुता हासिल नहीं कर पाई, अतः कुछ दिन से सीने-पिरोने में कुशल अपनी एक सखी से एकाग्रचित्त होकर सिलाई सीखने में लगी है। रमेश सिलाई को अत्यन्त अनावश्यक और तुच्छ समझता है। साहित्य में, दर्शन में उसका हेमनलिनी के साथ देना-पावना चलता है-लेकिन सिलाई के क्षेत्र में रमेश को दूर हटकर रहना पड़ता है। इसी कारण वह अक्सर कुछ अधीर होकर कहता है, "आपको आजकल सिलाई का काम इतना अच्छा क्यों लगता है? जिनके पास समय बिताने का कोई अच्छा उपाय नहीं होता, उनके लिए ही यह अच्छा है।"

हेमनलिनी कोई उत्तर न देकर थोड़ा मुस्कराते हुए सुई में रेशमी धागा पिरोती रहती है।

अक्षय तेज़ आवाज में कहता है, "जो सब काम संसार की किसी आवश्यकता की पूर्ति करते हैं, वे समस्त रमेश बाबू के विधान में तुच्छ हैं। महाशय, जितने बड़े तत्त्व-ज्ञानी हों, कवि क्यों न हों, तुच्छ को छोड़कर एक दिन भी काम नहीं चलता।"

रमेश उत्तेजित होकर इसके विरुद्ध बहस करने के लिए कमर कसकर बैठ जाता है।

हेमनलिनी रोकते हुए कहती है, "रमेश बाबू, आप सभी बातों का उत्तर देने के लिए इतने व्याकुल क्यों हो जाते हैं? इससे संसार में अनावश्यक बातें कितनी बढ़ जाती हैं, इसका ठिकाना नहीं।" यह कहकर वह सिर झुकाए खाने गिनते हुए

सावधानी से रेशमी धागा चलाने में लग जाती है।

रमेश ने एक दिन सुबह अपने पढ़नेवाले कमरे में आकर देखा, टेबल पर रेशम का फूल कढ़ा मखमल में बँधा एक ब्लॉटिंग-पैड सजा हुआ है। उसके एक कोने पर 'र' अक्षर लिखा है और दूसरे कोने पर सुनहरी जरी से एक कमल आँका हुआ है। पैड का इतिहास और तात्पर्य समझने में रमेश को क्षण मात्र देर नहीं लगी। उसका हृदय नाच उठा। सिलाई तुच्छ वस्तु नहीं होती, उसकी अन्तरात्मा ने बिना तर्क के, बिना प्रतिवाद के इसे स्वीकार कर लिया। ब्लॉटिंग-पैड को छाती में भींचकर वह अक्षय के सामने भी हार मानने को राजी हो गया। उसी समय उस ब्लॉटिंग-पैड को खोलकर, उसके ऊपर चिट्ठी लिखनेवाला काग़ज़ रखकर उसने लिखा–

'यदि मैं कवि होता, तो कविता रचकर प्रतिदान देता, किन्तु मैं उस प्रतिभा से वंचित हूँ। ईश्वर ने मुझे देने की क्षमता प्रदान नहीं की, लेकिन लेने की क्षमता भी तो एक क्षमता होती है। मैंने इस आशातीत उपहार को किस प्रकार ग्रहण किया, वह अन्तर्यामी के अतिरिक्त और कोई नहीं जान पाएगा। दान आँखों से दिखाई दे जाता है, किन्तु उसका ग्रहण हृदय में छिपा रहता है। इति, चिर ऋणी।'

इतनी-सी यह लिखत हेमनलिनी के हाथों में पहुँच गई। उसके बाद दोनों के बीच इस सम्बन्ध में और कोई बात नहीं हुई।

वर्षा-काल घिर आया। वर्षा-ऋतु सामान्यतः शहर के मनुष्य-समाज के लिए वैसी सुखकर नहीं होती–वह अरण्य-प्रकृति के लिए ही विशेष उपयोगी होती है, शहर के भवन अपनी बन्द खिड़कियों और छत के द्वारा, पथिक अपने छातों के द्वारा, ट्राम-गाड़ियाँ अपने पर्दों के द्वारा केवल वर्षा को रोकने की चेष्टा में पसीने की कीचड़ से भर जाते हैं। नदी-पर्वत-अरण्य क्षेत्र कलरव करते हुए बन्धु के रूप में वर्षा का सादर आह्वान करते हैं। वहीं वर्षा का वास्तविक समारोह होता है–वहाँ श्रवण में द्यूलोक-भूलोक के आनन्द-सम्मिलन के बीच कोई विरोध नहीं घटता।

किन्तु नूतन प्यार मनुष्य को अरण्य-पर्वत के साथ एक ही श्रेणी में शामिल कर देता है। लगातार की बारिश में अन्नदा बाबू का पेट दुगुना बिगड़ गया, किन्तु रमेश-हेमनलिनी की चित्त-स्फूर्ति में कोई व्यतिक्रम दिखाई नहीं दिया। मेघों की छाया ने, वज्र-गर्जन ने, बरसने की सुमधुर ध्वनि ने मानो, उन दोनों जनों के मन को अति-निकट ला दिया। वर्षा के कारण रमेश के अदालत जाने में प्रायः विघ्न घटने लगा। एक-एक दिन सुबह ऐसी मूसलाधार बारिश आती है कि हेमनलिनी बेचैन होकर कहती है, "रमेश बाबू, इस बारिश में आप घर कैसे जाएँगे?" रमेश नितान्त लज्जा की खातिर कहता है, "उतनी दूर तो नहीं है, किसी तरह चला जाऊँगा।" हेमनलिनी

कहती है, "क्यों भीगकर सर्दी लगाएँगे? यहीं खाकर जाइए ना।" रमेश को सर्दी की जरा भी आशंका नहीं थी, थोड़े-से में ही उसे सर्दी लग जाती हो, ऐसा कोई लक्षण भी उसके रिश्तेदारों-मित्रों ने नहीं देखा, किन्तु उसे बारिश के दिन हेमनलिनी की देखभाल के अधीन ही समय काटना पड़ता था। मात्र दो क़दम चलकर भी घर पहुँचने को अन्यायपूर्ण दुस्साहसिकता माना जाता था। किसी दिन बादलों के विशेष लक्षण दिखाई देते ही रमेश को हेमनलिनी के घर प्रातःकाल खिचड़ी और अपराह्न में तला-भुना खाने का निमन्त्रण मिलता था। अधिकांशतः देखा गया कि अचानक सर्दी लग जाने के सम्बन्ध में इन लोगों की आशंका अतिरिक्त रूप से जितनी प्रबल थी, उतनी पाचन-क्रिया की परेशानी के सम्बन्ध में नहीं थी।

इस प्रकार दिन बीतने लगे। रमेश ने स्पष्ट रूप से नहीं सोचा कि इस आत्म-विस्मृत हृदयावेग की परिणति कहाँ है, किन्तु अन्नदा बाबू सोच रहे थे तथा उनके समाज के और पाँच लोग आलोचना कर रहे थे। एक तो रमेश का पांडित्य जितना है, समयोचित विषयों की विवेचना शक्ति उतनी नहीं है, उसमें भी उसकी वर्तमान मुग्ध-अवस्था में उसकी सांसारिक बुद्धि और भी धुँधली पड़ गई है। अन्नदा बाबू प्रतिदिन विशेष प्रत्याशा के साथ उसके चेहरे की ओर देखते हैं, किन्तु जवाब नहीं मिलता।

10

अक्षय का गला विशेष अच्छा नहीं था, किन्तु जब वह स्वयं वायलिन बजाकर गाना गाता था, तो अत्यन्त कठोर समझदारों को छोड़कर साधारण श्रोताओं का दल आपत्ति नहीं करता था, बल्कि और गाने का अनुरोध करता था। अन्नदा बाबू की संगीत में विशेष अनुरक्ति नहीं थी, लेकिन वे यह बात स्वीकार नहीं कर पाते थे-तब भी वे अपने बचने की थोड़ी बहुत कोशिश करते थे। कोई अक्षय से गाना गाने का अनुरोध करता, तो वे कहते, "तुम लोगों का यही दोष है, बेचारा गा पाता है, तो क्या उस पर अत्याचार किया जाएगा?"

अक्षय विनयपूर्वक कहता, "नहीं-नहीं अन्नदा बाबू, उसके लिए मत सोचिए-अत्याचार किसके ऊपर होगा, यही विचारणीय है।"

अनुरोधकर्ता की ओर से जवाब आता, "तो परीक्षा हो जाए।"

उस दिन अपराह्न में खूब घनघोर मेघ छा गए थे। लगभग शाम हो आई थी, तब भी बारिश नहीं थमी। अक्षय फँस गया। हेमनलिनी ने कहा, "अक्षय बाबू, एक गाना गाइए।"

यह कहकर हेमनलिनी ने हारमोनियम पर सुर दिया। अक्षय ने वायोलिन

मिलाकर हिन्दुस्तानी गायन पकड़ा–

हवा बहे पुरवैया, निंदिया नहीं बिन सैंया।

गाने की सारी बातों का अर्थ समझ में नहीं आता–किन्तु प्रत्येक बात को समझना आवश्यक नहीं है। जब मन में विरह–मिलन की वेदना संचित हो आई हो, तो तनिक–सा आभास ही पर्याप्त है। इतना समझ में आया कि बादल बरस रहे हैं, मयूर पुकार रहे हैं और एक व्यक्ति के लिए दूसरे व्यक्ति की व्याकुलता का अन्त नहीं।

अक्षय सुरों की भाषा में अपनी अव्यक्त–भावना को व्यक्त करने की चेष्टा कर रहा था–लेकिन वह भाषा काम आ रही थी और दो लोगों के। दोनों जनों के हृदय उसी स्वर–लहरी के सहारे परस्पर आघात–अभिघात कर रहे थे। संसार में और कुछ नगण्य नहीं रहा। मानो, सब कुछ मनोरम हो गया। अब तक पृथिवी पर जितने लोगों ने जितना प्रेम किया है, सारा का सारा मानो दो हृदयों में विभक्त होकर अनिर्वचनीय सुख में, दुख में, आकांक्षा में, आकुलता में कम्पायमान होने लगा।

जिस प्रकार उस दिन मेघों में फाँक नहीं थी, उसी प्रकार गान में भी हो गया। हेमनलिनी अनुरोध करते हुए कहने लगी, "अक्षय बाबू, रुकिए मत, एक और गाना, और एक गाना।"

उत्साह और प्रबल आवेग में अक्षय का गाना अबाध रूप से प्रस्फुटित होने लगा। गायन का स्वर स्तर–स्तर पर सघन रूप में संचित हो गया, मानो वह सूची भेद्य हो उठा, मानो रह–रहकर उसमें विद्युत क्रीड़ा करने लगी–वेदनातुर हृदय उसमें ढक–छिप गए।

अक्षय उस दिन बहुत रात को गया। रमेश ने विदा लेते समय मानो गायन के सुर के भीतर से एक बार चुपचाप हेमनलिनी के चेहरे की ओर देखा। विस्मित की भाँति हेमनलिनी ने भी एक बार देखा, उसकी दृष्टि में भी गीत की छाया थी।

रमेश घर आ गया। बारिश क्षण भर के लिए थमी थी, फिर से झप–झप की आवाज़ के साथ पड़ने लगी। रमेश उस रात सो नहीं पाया। हेमनलिनी भी चुपचाप बैठकर बहुत देर तक घने अँधेरे में वर्षा की अविराम ध्वनि सुनती रही थी। उसके कानों में गूँज रहा था–

हवा बहे पुरवैया, निंदिया नहीं बिन सैंया।

अगले दिन रमेश ने सुबह–सुबह दीर्घ–निःश्वास छोड़ते हुए सोचा, 'अगर मैं केवल गाना गा पाता, तो उसके बदले अपनी अन्य अनेक विद्याओं का दान करने में संकोच नहीं करता।'

किन्तु रमेश को यह भरोसा नहीं था कि किसी उपाय से कभी भी वह गाना गा सकता है। उसने निश्चय किया, 'मैं वादन सीखूँगा।' इसके पूर्व एक दिन अवसर

पाकर अकेले में अन्नदा बाबू के घर में वह वायोलिन पर छड़ी खींच चुका था—उस छड़ी के एकमात्र आघात से सरस्वती ऐसा आर्तनाद कर उठी थीं कि अपने लिए वायोलिन की चर्चा नितान्त निष्ठुरता मानकर उसने उस आज्ञा का परित्याग कर दिया। आज वह देखकर एक छोटा हारमोनियम ख़रीद लाया। कमरे का दरवाज़ा बन्द करके अत्यधिक सावधानी के साथ अँगुलियाँ चलाकर इतना समझ गया कि और चाहे जो हो, इस यन्त्र की सहनशीलता वायोलिन से अधिक है।

दूसरे दिन अन्नदा बाबू के घर पहुँचते ही हेमनलिनी रमेश से बोली, "कल आपके कमरे से हारमोनियम की आवाज़ सुनाई पड़ रही थी।"

रमेश ने सोचा था, दरवाज़ा बन्द रहने पर पकड़े जाने की आशंका नहीं है, लेकिन ऐसे कान हैं, जहाँ रमेश के बन्द कमरे की आवाज़ भी समाचार ले आती है। रमेश को थोड़ा-सा शरमाते हुए स्वीकार कर लेना पड़ा कि वह एक हारमोनियम ख़रीद लाया है और उसकी इच्छा है कि बजाना सीख ले।

हेमनलिनी ने कहा, "कमरे का दरवाज़ा बन्द करके अपने आप ही वृथा चेष्टा क्यों कर रहे हैं! इसकी अपेक्षा आप हमारे यहाँ अभ्यास कीजिए—मैं जितना जानती हूँ, सहायता कर सकती हूँ।"

रमेश बोला, "लेकिन मैं पूरी तरह अनाड़ी हूँ, मेरे साथ आपको बड़ा कष्ट झेलना होगा।"

हेमनलिनी ने कहा, "मेरी जितनी विद्या है, उससे किसी प्रकार अनाड़ी को सिखाया जा सकता है।"

धीरे-धीरे प्रमाणित होने लगा कि रमेश ने अनाड़ी के रूप में अपना जो परिचय दिया था, वह नितान्त विनम्रता नहीं थी। ऐसे गुरु की इतनी अयाचित सहायता होते हुए भी सुर का ज्ञान रमेश के मगज में घुसने के लिए कोई जोड़ नहीं खोज पाया। जिस प्रकार तैराकी में मूढ़ पानी में उतरकर पागल की तरह इधर-उधर हाथ-पाँव चलाता रहता है, उसी प्रकार का व्यवहार संगीत के घुटनों-घुटनों पानी में रमेश करने लगा। उसकी कौन-सी अँगुली कब कहाँ जा पड़ेगी, इसका ठिकाना नहीं—कदम-कदम पर ग़लत सुर बजता है, किन्तु वह रमेश के कानों में नहीं खटकता, सुर-बेसुर के बीच किसी तरह का पक्षपात न करके वह एकदम निश्चिन्त मन से सर्वत्र राग-रागिनी का उल्लंघन करता जाता है। जैसे ही हेमनलिनी कहती है, "वह क्या कर रहे हैं, ग़लत हो गया—'बहुत जल्दी दूसरी ग़लती से पहली ग़लती का निराकरण कर देता है। गम्भीर स्वभाव का अध्यवसायी रमेश पतवार छोड़ देनेवाला आदमी नहीं है। जैसे सड़क बनानेवाला स्टीम-रोलर मन्थर गति से चलता रहता है, उसके नीचे जो दबा-कुचला जा रहा है, उसकी ओर दृष्टिपात तक नहीं करता, उसी प्रकार रमेश अबाध अन्धेपन के साथ हतभागी स्वर-लिपि और हारमोनियम की चाबियों के ऊपर से

बार-बार आना-जाना करने लगा।

रमेश की इस मूढ़ता पर हेमनलिनी हँसती है, रमेश भी हँसता है। रमेश की ग़लती करने की असाधारण शक्ति में हेमनलिनी को अत्यधिक आनन्द अनुभव होता है। ग़लती से, बे-सुर से, अक्षमता से आनन्द पाने की शक्ति प्यार की ही है। बालक चलना आरम्भ करते हुए पाँव बार-बार ग़लत रखता रहता है, उसी में माँ का वात्सल्य उद्वेलित हो उठता है। वादन के सम्बन्ध में रमेश जो अद्‌भुत प्रकार की अनभिज्ञता प्रकट करता है, हेमनलिनी के लिए यह एक बड़ा कौतुक है।

रमेश कभी-कभी कहता है, "अच्छा आप जो इतना हँस रही हैं, तो आप जब पहले पहल बजाना सीख रही थीं, तब ग़लती नहीं करती थीं?"

हेमनलिनी कहती है, "ग़लती निश्चय ही करती थी, लेकिन सच कह रही हूँ रमेश बाबू, आपके साथ तुलना ही नहीं हो सकती।"

रमेश इससे दबता नहीं था, हँसते हुए फिर शुरू से आरम्भ कर देता था। अन्नदा बाबू संगीत का अच्छा-बुरा कुछ भी नहीं समझते, वे कभी-कभी गम्भीर होकर सावधानी के साथ खड़े होकर कहते, "वही तो, धीरे-धीरे रमेश का हाथ काफी पकता आ रहा है।"

हेमनलिनी बोलती, "हाथ बे-सुर में पक रहा है।"

अन्नदा-नहीं-नहीं, पहले जैसा सुना था, अब उससे बहुत अधिक अभ्यास हो गया है। मुझे तो लगता है, अगर रमेश लगा रहे, तो उसका हाथ बहुत खराब नहीं होगा। गाने-बजाने में और कुछ नहीं, खूब रियाज करने की ज़रूरत है। एक बार 'सा रे गा मा' का बोध पैदा होते ही, उसके बाद सब आसान हो जाता है।

इन सब बातों का प्रतिवाद नहीं हो सकता। सबको निरुत्तर होकर सुनना पड़ता है।

11

अन्नदा बाबू शरद-काल में प्राय: प्रतिवर्ष पूजा का टिकट मिलने पर हेमनलिनी को लेकर अपने बहनोई की कार्य-स्थली जबलपुर घूमने जाते थे। पाचन-शक्ति बढ़ाने के लिए यह उनकी सांवत्सरिक कोशिश थी।

भाद्र माह का लगभग मध्य आ गया है, अब पूजा की छुट्टियों में बहुत अधिक देर नहीं है। अन्नदा बाबू अभी से अपनी यात्रा की तैयारी में व्यस्त हो गए हैं।

आसन्न विच्छेद की सम्भावना से आजकल रमेश बहुत अधिक हारमोनियम सीखने में जुट गया है। एक दिन बातों-ही-बातों में हेमनलिनी ने कहा, "रमेश बाबू, मुझे लगता है, आपको कम-से-कम कुछ दिन जलवायु-परिवर्तन की आवश्यकता

है। है न पिताजी?''

अन्नदा बाबू ने सोचा, बात तो उचित ही है, कारण, इस बीच रमेश बाबू के ऊपर से दुख और शोक का दुर्योग ग़ुजरा है। कहा, ''अन्ततः कुछ दिन के लिए कहीं भी घूम आना अच्छा है। समझ रहे हो रमेश, पश्चिम ही कहो या कोई और देश कहो, मैंने देखा है, केवल कुछ दिन के लिए थोड़ा फल मिलता है। पहले कुछ दिन खूब भूख बढ़ती है, काफी खाया जाता है, उसके बाद जैसे का तैसा। वही पेट भारी हो आता है, छाती जलती रहती है, जो खाया जाए, वो ही–''

हेमनलिनी–रमेश बाबू, आपने नर्मदा–झरना देखा है?

रमेश–नहीं, नहीं देखा।

हेमनलिनी–वह आपको देखना उचित है, नहीं पिताजी?

अन्नदा–ठीक तो है, रमेश हम लोगों के साथ ही क्यों नहीं चलते? जलवायु परिवर्तन भी हो जाएगा, मार्बल–पहाड़ भी देख लेंगे।

जलवायु–परिवर्तन करना और मार्बल–पहाड़ देखना, सम्प्रति मानो ये दोनों रमेश के लिए सर्वाधिक प्रयोजनीय हैं–अतः रमेश को भी राज़ी होना पड़ा।

रमेश का शरीर और मन जैसे उस दिन हवा में तैरने लगा। अशान्त हृदय के आवेग को कोई एक रास्ता देने के लिए वह अपने घर के कमरे का द्वार बन्द करके हारमोनियम लेकर बैठ गया। आज उसे दीन–दुनिया का कोई ज्ञान नहीं रहा–उसकी उन्मत्त अँगुलियाँ मन्त्र के ऊपर ताल–बेताल नृत्य करने लगीं। हेमनलिनी के दूर जाने की सम्भावना से कुछ दिन उसका हृदय भाराक्रान्त हो उठा था–आज उल्लास के वेग में संगीत–विद्या सम्बन्धी प्रत्येक प्रकार के न्याय–अन्याय–बोध को पूरी तरह विसर्जित कर दिया।

ऐसे ही समय दरवाज़े पर चोट पड़ी, ''आह, सर्वनाश! रुकिए, रुकिए रमेश बाबू, कर क्या रहे हैं?''

रमेश ने अत्यन्त लज्जित होकर आरक्त मुख दरवाज़ा खोल दिया। अक्षय ने कमरे में आकर कहा, ''रमेश बाबू, छिपकर बैठे हुए यह जो कांड कर रहे हैं, क्या यह आप लोगों के क्रिमिनल कोड की किसी दंड–विधि में नहीं आता?''

रमेश हँसने लगा; बोला, ''अपराध क़बूल करता हूँ।''

अक्षय ने कहा, ''रमेश बाबू, आप अगर बुरा न मानें, तो मुझे आपके साथ एक विषय में चर्चा करनी है।''

रमेश व्याकुल होकर चुपचाप आलोच्य–विषय की प्रतीक्षा करता रहा।

अक्षय–आप इतने दिन में, इतना तो समझ गए होंगे कि हेमनलिनी के भले–बुरे के सम्बन्ध में मैं उदासीन नहीं हूँ।

रमेश हाँ–ना कुछ न बोलकर चुपचाप सुनता रहा।

अक्षय–उनके सम्बन्ध में आपकी क्या इच्छा है, यह जानने का अधिकार मुझे है–मैं अन्नदा बाबू का हितैषी हूँ।

रमेश को बात और बात कहने की शैली बहुत खराब लगी। किन्तु कड़ा जवाब देने की आदत और क्षमता रमेश की नहीं है। उसने कोमल स्वर में कहा, "उनके प्रति मेरी कोई बुरी इच्छा है, क्या आपके मन में इस आशंका के आने का कोई कारण घटा है?"

अक्षय–देखिए, आप हिन्दू–परिवार से हैं, आपके पिताजी हिन्दू थे। मैं जानता हूँ, कहीं आप ब्राह्मण–घर में विवाह न कर लें, इसी आशंका के कारण वे अन्यत्र विवाह कराने के लिए आपको गाँव ले गए थे।

इस समाचार से अक्षय के अवगत होने का विशेष कारण था। कारण, रमेश के पिताजी के मन में अक्षय ने ही यह आशंका पैदा कर दी थी। रमेश क्षण भर के लिए अक्षय के चेहरे की ओर नहीं देख पाया।

अक्षय बोला, "हठात् आपके पिताजी की मृत्यु हो जाने से ही क्या आप अपने को स्वाधीन समझ रहे हैं? उनकी इच्छा क्या–"

रमेश ने और सहन न कर पाकर कहा, "देखिए अक्षय बाबू, अगर दूसरे के सम्बन्ध में मुझे उपदेश देने का अधिकार आपको है, तो दीजिए, मैं सुनता जाऊँगा–लेकिन मेरे पिताजी के साथ मेरा जो सम्बन्ध है, उसमें आपको कोई बात कहना उचित नहीं है।"

अक्षय ने कहा, "अच्छा, ठीक है, तब वह बात रहने दें। किन्तु हेमनलिनी से विवाह करने की इच्छा और स्थिति आपकी है अथवा नहीं, वह बात आपको बोलनी ही पड़ेगी।"

रमेश आघात पर आघात खाकर धीरे–धीरे उत्तेजित होता जा रहा था; बोला, "देखिए अक्षय बाबू, आप अन्नदा बाबू के हितैषी हो सकते हैं, लेकिन मेरे साथ आपकी वैसी गहरी घनिष्ठता नहीं है। कृपा करके आप यह सारा प्रसंग बन्द कीजिए।"

अक्षय–मेरे बन्द कर देने भर से अगर सारी बात बन्द हो जाती और आप अब जिस प्रकार फलाफल पर दृष्टि न रखते हुए नितान्त आराम से दिन काट रहे हैं, हमेशा इसी तरह काट पाते, तो कोई बात ही नहीं थी। लेकिन समाज आपके समान निश्चिन्त स्वभाव के लोगों के लिए सुख का स्थान नहीं है। यद्यपि आप लोग उच्च–स्तर के व्यक्ति हैं, संसार की बातें बहुत अधिक नहीं सोचते, तब भी कोशिश करने पर इतना–सा तो समझ ही पाएँगे कि एक भद्र–व्यक्ति की कन्या के साथ आप जैसा व्यवहार कर रहे हैं, वैसा करके आप बाहर के लोगों की जवाबदेही से अपने को बचा नहीं सकते–एवं जिनका आप सम्मान करते हैं, यह लोक–समाज में उन्हें असम्मान

का पात्र बनाने का तरीका है।

रमेश–मैंने आपका परामर्श कृतज्ञतापूर्वक ग्रहण कर लिया। मेरा जो कर्तव्य है, उसे मैं शीघ्र ही निश्चित करूँगा और पालन करूँगा, इस विषय में आप निश्चिन्त रहिए–इस सम्बन्ध में और अधिक चर्चा करने की आवश्यकता नहीं है।''

अक्षय–मुझे बचा लिया रमेश बाबू। इतने लम्बे समय के बाद आपने कर्तव्य निश्चित किया और कह रहे हैं कि पालन करेंगे, मैं इसी से निश्चिन्त हो गया–आपके साथ चर्चा करने का शौक मुझे नहीं है। आपके संगीत के रियाज़ में बाधा देने का अपराधी बन गया हूँ–क्षमा कीजिए। आप फिर से शुरू कीजिए, मैं विदा लेता हूँ।

यह कहकर अक्षय तेज़ी से बाहर निकल गया।

इसके पश्चात् अत्यन्त बेसुरा संगीत का रियाज़ भी और नहीं चला। रमेश सिर के नीचे दोनों हाथ रखकर बिछौने पर चित होकर लेट गया। इसी तरह बहुत समय निकल गया। हठात् घड़ी में टक्–टक् करके पाँच बजते सुनते ही वह जल्दी से उठ गया। क्या कर्तव्य निश्चित किया, यह तो अन्तर्यामी ही जानते हैं–लेकिन अभी पड़ोसी के घर जाकर दो–एक प्याले चाय पीना कर्तव्य है, इस विषय में उसके मन में कोई दुविधा नहीं रही।

हेमनलिनी ने चकित होकर कहा, ''रमेश बाबू, आप क्या अस्वस्थ हो गए हैं?''

रमेश बोला, ''विशेष कुछ नहीं।''

अन्नदा बाबू ने कहा, ''और कुछ नहीं, हाजमे में गड़बड़ी हो गई है–पित्ताधिक्य। मैं जो पिल प्रयोग करता रहता हूँ, उसमें से एक खाकर देखो ज़रा–''

हेमनलिनी ने हँसकर कहा, ''पिताजी, यह पिल मत खिलाइए, आपका ऐसा कोई परिचित नहीं देखा–उन लोगों का ऐसा क्या भला हो गया?

अन्नदा–अनिष्ट तो हुआ नहीं। मैंने स्वयं परीक्षा करके देखा है–अब तक जितनी तरह की पिल खाई हैं, यही सबसे उपकारी है।

हेमनलिनी–पिताजी, जब भी आप एक नई पिल खाना आरम्भ करते हैं, तभी कुछ दिन उसके अशेष गुण देखते रहते हैं–

अन्नदा–तुम लोग कुछ भी विश्वास नहीं करते–अच्छा, अक्षय से पूछकर देखो, मेरी चिकित्सा से उसे लाभ पहुँचा है या नहीं!

उस प्रामाणिक गवाह के मेहनताने के डर से हेमनलिनी को निरुत्तर रह जाना पड़ा। लेकिन गवाह अपने आप आकर हाज़िर हो गया। आते ही अन्नदा बाबू से बोला, ''अन्नदा बाबू, अपनी वही पिल मुझे एक और देनी पड़ेगी। बड़ा लाभ पहुँचा। आज तबीयत ऐसी हल्की लग रही है!''

अन्नदा बाबू ने गर्व के साथ अपनी बेटी के चेहरे की ओर देखा।

12

पिल खाने के बाद अन्नदा बाबू ने अक्षय को जल्दी छोड़ना नहीं चाहा। अक्षय भी जाने के लिए विशेष जल्दी प्रकट न करके बीच-बीच में रमेश के चेहरे की ओर कटाक्षपात करने लगा। रमेश की आँखों में आसानी से कुछ नहीं पड़ता-किन्तु आज अक्षय का यह कटाक्षपात उसकी आँखों से छिपा नहीं रहा। यह उसे बार-बार उद्विग्न करने लगा।

पछाँह घूमने जाने का समय निकट आ गया है-मन-ही-मन उसकी चर्चा करके आज हेमनलिनी का मन विशेष प्रफुल्लित था। उसने तय कर रखा था कि आज रमेश बाबू के आते ही छुट्टियाँ बिताने के सम्बन्ध में उनके साथ नाना प्रकार का परामर्श करेगी। वहाँ एकान्त में कौन-कौन सी किताबें पढ़कर समाप्त करनी होंगी, दोनों को मिलकर उसकी एक सूची बनाने की बात थी। तय था कि रमेश आज सुबह-सुबह आएगा, क्योंकि चाय के समय अक्षय अथवा और कोई-न-कोई आ धमकता है, तब सलाह-मशविरे का अवसर नहीं मिल पाता।

किन्तु आज रमेश अन्य दिनों की अपेक्षा भी देरी करके आया। उसकी मुख-मुद्रा भी अत्यधिक चिन्ताकुल थी। इससे हेमनलिनी के उत्साह को भारी चोट पहुँची। कोई एक सुयोग पाकर उसने रमेश से धीरे-धीरे पूछा, "आज आप बहुत देर करके आए?"

रमेश अन्यमनस्क भाव से बोला, "हाँ, आज थोड़ी देर तो हो ही गई।"

हेमनलिनी ने आज सुबह-सुबह कितनी जल्दी केश सँवार लिए थे। केश सँवारकर कपड़े बदलने के बाद आज वह कितनी बार घड़ी की ओर ताकती रही-बहुत देर तक सोचती रही, उसकी घड़ी ग़लत चल रही है, अभी देर नहीं हुई है। जब इस विश्वास की रक्षा करना नितान्त असाध्य हो उठा, तब वह खिड़की के पास बैठ एक सिलाई लेकर किसी तरह मन की धैर्यहीनता को शान्त रखने की चेष्टा करती रही। उसके बाद रमेश चेहरा गम्भीर बनाकर आया-किस कारण देर हुई, उसकी किसी प्रकार की जवाबदेही नहीं की-मानो आज जल्दी आने की कोई शर्त ही नहीं थी।

हेमनलिनी ने किसी तरह चाय पीना ख़तम कर लिया। कमरे के कोने में एक तिपाई पर कुछ किताबें थीं-हेमनलिनी ने कुछ विशेष कोशिश के साथ रमेश का ध्यान आकर्षित करते हुए वे किताबें लेकर कमरे से बाहर जाने का उपक्रम किया। तब अचानक रमेश को ध्यान आया; वह जल्दी से पास आकर बोला, "वे सब कहाँ लिये जा रही हैं? आज किताबें चुनेंगी नहीं?"

हेमनलिनी के अधरोष्ठ काँप रहे थे। उसने उद्वेलित आँसुओं के उच्छ्वास को

बहुत कष्ट से रोकते हुए कम्पित स्वर में कहा, "रहने दीजिए ना, किताबें छाँटकर और क्या होगा!"

यह कहकर वह तेज़ी से चली गई। ऊपर के सोनेवाले कमरे में जाकर किताबें फर्श पर पटक दीं।

रमेश का मन और विकल हो गया। अक्षय ने मन-ही-मन हँसते हुए कहा, "रमेश बाबू, लगता है आपकी तबीयत आज कुछ ठीक नहीं है?"

रमेश ने इसके उत्तर में अर्ध-स्फुट स्वर में क्या कहा, अच्छी तरह समझ में नहीं आया। स्वास्थ्य की बात पर अन्नदा बाबू ने उत्साहित होकर कहा, "वह तो मैंने रमेश को देखते ही कह दिया था।"

अक्षय ने मुँह दबाकर हँसते-हँसते कहा, "लगता है, रमेश बाबू जैसे लोग शरीर का ध्यान रखने को अत्यन्त तुच्छ समझते हैं। वे भाव-राज्य के मनुष्य हैं-भोजन न पचने पर, उसके लिए कोशिश करने को गँवारपन समझते हैं।"

अन्नदा बाबू बात को गम्भीर रूप में लेते हुए विस्तार के साथ प्रमाणित करने बैठ गए कि चिन्तनशील होने पर भी पाचन आवश्यक है ही।

रमेश चुप बैठा मन-ही-मन दग्ध होने लगा।

अक्षय ने कहा, "रमेश बाबू, मेरा परामर्श सुनिए-अन्नदा बाबू की पिल खाकर थोड़ा जल्दी सोने जाइए।"

रमेश बोला, "अन्नदा बाबू के साथ आज मेरी एक विशेष बात है, मैं उसी कारण प्रतीक्षा कर रहा हूँ।"

अक्षय ने क़ुर्सी छोड़कर उठते हुए कहा, "ये देखिए, यह बात पहले कहने से ही हो जाता। रमेश बाबू सारी बातें पेट में रख लेते हैं, अन्त में जब समय निकलने को होता है, तब बेचैन हो उठते हैं।"

अक्षय के चले जाने पर रमेश अपनी दोनों झुकी आँखें जूतों की जोड़ी पर टिकाए हुए कहने लगा, "अन्नदा बाबू, आपने मुझे रिश्तेदार के समान अपने घर में आना-जाना करने का अधिकार दिया, इसे मैं कितना बड़ा सौभाग्य मानता हूँ, यह आपसे मुँह से बोलकर पूरा नहीं कह सकता।"

अन्नदा बाबू बोले, "विलक्षण! तुम हमारे योगेन के मित्र हो, तुम्हें घर के लड़के के रूप में नहीं समझूँगा, तो क्या करूँगा?"

भूमिका तो हो गई, उसके बाद क्या कहना होगा, रमेश किसी तरह नहीं सोच पाया। अन्नदा बाबू ने रमेश का मार्ग सुगम बनाने के लिए कहा, "रमेश, तुम्हारे जैसे लड़के को घर का लड़का बना पाना हमारा ही क्या कम सौभाग्य है!"

इसके बाद भी रमेश बात का जुगाड़ नहीं कर सका।

अन्नदा बाबू ने कहा, "देखो ना, तुम लोगों के सम्बन्ध में बाहर के लोगों ने

अनेक बातें कहना आरम्भ कर दिया है। वे कहते हैं, हेमनलिनी की विवाह की उम्र हो गई है, अब उसे साथी चुनने के सम्बन्ध में विशेष सतर्क होना आवश्यक है। मैं उन लोगों से कहता हूँ, मैं रमेश पर खूब विश्वास करता हूँ–वह हमारे साथ कभी भी अनुचित व्यवहार नहीं कर सकता।''

रमेश–अन्नदा बाबू, मेरे बारे में आप सभी कुछ जानते हैं, अगर आप मुझे योग्य पात्र समझें, तो–

अन्नदा–यह बात कहना ही बेकार है। हम लोगों ने तो एक प्रकार से निश्चय ही कर रखा है–केवल तुम्हारी पारिवारिक दुर्घटनाओं के कारण दिन तय नहीं कर पाए। किन्तु बेटा, और देर करना उचित नहीं रहेगा। धीरे-धीरे इसे लेकर समाज में नाना बातें बन रही हैं–जितनी जल्दी हो, उन पर रोक लगाना ही कर्तव्य है। क्या कहते हो?

रमेश–आप जैसा आदेश करेंगे, वैसा ही होगा। निश्चय ही सबसे पहले आपकी बेटी का विचार जानना आवश्यक है।

अन्नदा–वह सही बात है। लेकिन एक प्रकार से वह जाना हुआ ही है। फिर भी, यह बात कल सुबह पक्की कर लूँगा।

रमेश–आपको सोने जाने में विलम्ब हो रहा है, आज तब चलता हूँ।

अन्नदा–ज़रा ठहरो। मेरा कहना है कि हम लोगों के जबलपुर जाने से पहले ही तुम लोगों का विवाह हो जाए, तो अच्छा होगा।

रमेश–उसमें तो और ज़्यादा देर नहीं है।

अन्नदा–नहीं, अभी भी दसेक दिन हैं। यदि आगामी रविवार को तुम लोगों का विवाह हो जाता है, तो उसके बाद भी यात्रा की तैयारी के लिए दो-तीन दिन का समय मिल जाएगा। समझ रहे हो रमेश, इतनी जल्दबाज़ी नहीं मचाता, किन्तु मेरे शरीर के बारे में चिन्ता है।

रमेश सहमत हो गया तथा और एक पिल निगलकर घर चला गया।

13

विद्यालय की छुट्टियाँ आने वाली हैं। रमेश ने प्रधानाध्यापिका से मिलकर पहले ही कमला को छुट्टियों में विद्यालय में ही रखने की बात तय कर ली थी।

रमेश ने सुबह उठकर मैदान के निर्जन रास्ते में टहलते-टहलते निश्चय कर लिया कि विवाह के पश्चात् वह हेमनलिनी को कमला के सम्बन्ध में सारी घटना प्रारम्भ से अन्त तक विस्तारपूर्वक बता देगा। उसके बाद कमला से भी सारी बात कहने का अवसर मिल जाएगा। इस प्रकार सभी पक्षों के बीच बातचीत द्वारा समाधान निकल

आने पर कमला स्वेच्छा से हेमनलिनी के साथ सखी के रूप में रह सकेगी। नगर में इसे लेकर तरह-तरह की बातें उठ सकती हैं, यह सोचकर उसने हजारीबाग जाकर प्रैक्टिस करने का निश्चय किया।

मैदान से लौटकर रमेश अन्नदा बाबू के घर गया। सीढ़ियों पर अचानक हेमनलिनी से भेंट हो गई। दूसरा दिन होता, तो इस तरह भेंट होने पर थोड़ी-बहुत बातें हो जातीं। आज हेमनलिनी का चेहरा लाल हो उठा, उसी रक्तिमता के भीतर हँसी की एक आभा उषा के आलोक के समान दीप्त हुई-हेमनलिनी मुँह घुमाकर, आँखें झुकाए तेज़ी से चली गई।

रमेश ने हेमनलिनी से हारमोनियम पर जो सुर सीखा था, उसे ही घर जाकर बहुत बार बजाने लगा। लेकिन एक ही सुर तो पूरे दिन बजाया नहीं जा सकता। तब कविता की पुस्तक पढ़ने की कोशिश की-लगा, उसके प्रेम का सुर जिस सुदूर ऊँचाई तक उठ गया है, उसके निकट तक कोई कविता नहीं पहुँच रही है।

और हेमनलिनी अनथक आनन्द के साथ अपने घर का सारा काम-काज निबटाकर एकान्त दोपहरी में शयनागार का द्वार बन्द करके अपनी सिलाई लेकर बैठ गई। चेहरे पर एक परिपूर्ण प्रसन्नता की शान्ति है। एक सर्वांगीण सार्थकता उसे घेरे हुए है।

चाय के समय से पहले ही कविता-पुस्तक और हारमोनियम छोड़कर रमेश अन्नदा बाबू के घर आ पहुँचा। अन्य दिन हेमनलिनी के साथ भेंट होने में अधिक देर नहीं लगती थी, किन्तु आज चाय के कमरे में देखा, वह कमरा सूना था, दुमंज़िले की बैठक में देखा, वह बैठक भी सूनी थी, हेमनलिनी अभी तक अपने शयनागार से उतरी नहीं।

अन्नदा बाबू यथा-समय आकर टेबल पर अधिकार करके बैठ गए। रमेश क्षण-क्षण चौंकते हुए दरवाज़े की ओर दृष्टिपात करने लगा।

पैरों की आहट हुई, किन्तु कमरे में प्रवेश किया अक्षय ने। यथेष्ट सहृदयता दिखाते हुए बोला, "ये रहे रमेश बाबू, मैं आप ही के घर गया था।"

सुनते ही रमेश के चेहरे पर उद्विग्नता की छाया फैल गई।

अक्षय ने हँसकर कहा, "डर किसका रमेश बाबू? आप पर हमला करने नहीं गया था। शुभ-समाचार के अवसर पर अभिनन्दन करना बंधु-बांधवों का कर्तव्य होता है-उसका पालन करने गया था।"

इस बात पर अन्नदा बाबू को ध्यान आया, हेमनलिनी मौजूद नहीं है। हेमनलिनी को आवाज लगाई-उत्तर न पाकर उन्होंने स्वयं ऊपर जाकर कहा, "हेम, यह क्या है, यहाँ सिलाई लिये बैठी हो। चाय जो तैयार है! अक्षय-रमेश आ गए हैं।"

हेमनलिनी ने चेहरा तनिक आरक्त करके कहा, "पिताजी, मेरी चाय ऊपर

भिजवा दीजिए, मैं आज सिलाई पूरी करना चाहती हूँ।''

अन्नदा–हेम, यही तुम्हारा दोष है! जब जो लेकर बैठ जाती हो, तब और कुछ भी ख़याल नहीं करतीं। जब पढ़ाई ले रखी थी, तब किताब गोद से नहीं उतरती थी–अब सिलाई लिये बैठी हो, तो अब और सब बन्द है। नहीं–नहीं, यह नहीं हो सकता–चलो, नीचे चलकर चाय पियो, चलो।

यह कहकर अन्नदा बाबू हेमनलिनी को जबर्दस्ती नीचे ले आए। वह आते ही किसी की ओर भी न देखकर जल्दी–जल्दी चाय ढालने के काम में भारी व्यस्त हो गई।

अन्नदा बाबू ने अधीर होकर कहा, ''हेम, यह क्या कर रही हो? मेरे प्याले में चीनी क्यों डाल रही हो? मैं तो कभी भी चीनी वाली चाय नहीं पीता।''

अक्षय ने होंठ दबाकर हँसते हुए कहा, ''आज वे औदार्य का संवरण नहीं कर पा रही हैं–आज सभी को मिठाई वितरित करेंगी।''

हेमनलिनी पर किया गया यह प्रच्छन्न व्यंग्य रमेश को मन–ही–मन असह्य लगा। उसने तत्काल निश्चित किया, और चाहे जो हो, विवाह के बाद अक्षय के साथ कोई सम्पर्क नहीं रखा जाएगा।

अक्षय बोला, ''रमेश बाबू, अपना नाम बदल डालिए।''

रमेश ने इस दिल्लगी की कोशिश पर अत्यधिक असन्तुष्ट होकर कहा, ''कहिए तो क्यों?''

अक्षय ने समाचार–पत्र खोलते हुए कहा, ''ये देखिए, आपके नाम वाला एक छात्र दूसरे व्यक्ति से अपने नाम पर परीक्षा दिलवाकर पास हो गया था–अचानक पकड़ा गया।''

हेमनलिनी जानती है, रमेश मुँह पर उत्तर नहीं दे पाता–उसी कारण अक्षय अब तक रमेश पर जो चोट करता आया है, उसका बदला वही चुकाती आई है। आज भी रह नहीं पाई। गूढ़ क्रोध के लक्षण दबाते हुए तनिक परिहास करके बोली, ''अक्षय नाम वाले शायद ढेर लोग जेलखाने में हैं।''

अक्षय ने कहा, ''यह देखिए, मित्र भाव से सत्परामर्श देने पर आप लोग गुस्सा हो रहे हैं। तब सारा इतिहास बताता हूँ। आप तो जानते हैं, मेरी छोटी बहन, शरत् बालिका विद्यालय में पढ़ने जाती है। उसने कल शाम के समय आकर कहा, 'भैया, आप लोगों के रमेश बाबू की पत्नी हमारे स्कूल में पढ़ती हैं।' मैं बोला, 'दुर् पगली! हमारे रमेश बाबू के अलावा और दूसरा रमेश बाबू क्या संसार में नहीं है?' शरत् ने कहा, 'वे जो भी हों, वे अपनी पत्नी के साथ भारी अन्याय कर रहे हैं। छुट्टी में प्राय: सभी लड़कियाँ घर जा रही हैं, उन्होंने अपनी पत्नी को बोर्डिंग में रखने का बन्दोबस्त कर दिया है। उसने रो–पीटकर आफत मचा रखी है।' मैंने तभी मन–ही–मन कहा,

यह तो अच्छी बात नहीं है, शरत् जैसी ग़लती कर रही थी, कोई-कोई और भी तो वैसी भूल कर सकता है!''

अन्नदा बाबू हँस पड़े, बोले, ''अक्षय, तुम कैसी पागलों जैसी बात कर रहे हो! किसी रमेश की पत्नी स्कूल में पड़ी रो रही है, इसी कारण हमारा रमेश क्या नाम बदल लेगा?''

उसी समय अचानक रमेश उतरा हुआ चेहरा लिये कमरे से उठकर चला गया। अक्षय बोल पड़ा, ''यह क्या रमेश बाबू, आप ग़ुस्सा करके चले गए क्या? देखिए, क्या आप समझ रहे हैं कि मैं आप पर सन्देह कर रहा हूँ?'' कहते हुए रमेश के पीछे-पीछे बाहर चला गया।

अन्नदा बाबू ने कहा, ''यह क्या मामला है?''

हेमनलिनी रोने लगी। अन्नदा बाबू ने बेचैन होकर कहा, ''यह क्या हेम, रोती क्यों है?''

वह आवेग के साथ रोते-रोते रुद्ध कंठ से बोली, ''पिताजी, अक्षय बाबू का भारी अन्याय है। वे क्यों हमारे घर में शिष्ट व्यक्ति का इस तरह अपमान करते हैं?''

अन्नदा बाबू ने कहा, ''अक्षय ने ठट्ठा करते हुए क्या थोड़ा-सा बोल दिया है, इसमें इतना बेचैन होने की क्या आवश्यकता थी?''

''इस तरह की दिल्लगी असहनीय है।'' कहकर हेमनलिनी तेज़ी से ऊपर चली गई।

इस बार कोलकाता आने के बाद से रमेश विशेष रूप से कोशिश करके कमला के पति की खोज कर रहा था। बहुत मुश्किल से, धोबापुकुर कौन-सी जगह है, यह पता लगाकर, कमला के मामा तारिणीचरण को एक पत्र लिखा था।

उक्त घटना के अगले दिन सुबह रमेश को उसी पत्र का उत्तर मिला। तारिणीचरण ने लिखा, दुर्घटना के बाद उनके जामाता, श्रीमान नलिनाक्ष का कोई भी समाचार नहीं मिल सका। वे रंगपुर में डॉक्टरी करते थे-वहाँ चिट्ठी लिखकर, तारिणीचरण को पता चला कि किसी को आज तक वहाँ भी उनके बारे में कोई ख़बर नहीं मिली। उनका जन्म-स्थान कहाँ है, यह तारिणीचरण नहीं जानते।

कमला के पति नलिनाक्ष जीवित हैं, रमेश के मन से आज यह आशा एकदम समाप्त हो गई।

सुबह रमेश के पास और अनेक चिट्ठियाँ आ पहुँचीं। विवाह की सूचना पाकर उसके बहुत से मिलने-जुलनेवालों ने उसे सम्मान और प्रशंसा प्रकट करनेवाले पत्र लिखे हैं। फिर किसी ने दावत की माँग की है, अथवा किसी ने उसके द्वारा सारी घटना को इतने दिन तक छिपाए रखने के कारण रमेश की आश्चर्य भरी भर्त्सना की है।

तभी अन्नदा बाबू के घर से नौकर ने एक चिट्ठी लाकर रमेश के हाथ में थमाई। हस्त-लिपि देखकर रमेश का हृदय भीतर से काँप उठा।

चिट्ठी हेमनलिनी की है। रमेश ने सोचा, अक्षय की बात सुनकर हेमनलिनी के मन में सन्देह उत्पन्न हो गया है और वही दूर करने के लिए उसने रमेश को पत्र लिखा है।

चिट्ठी खोलकर देखा, उसमें केवल यही कुछ बातें लिखी हैं–

> 'अक्षय बाबू ने कल आप पर भारी अन्याय किया। सोच रही थी, आज आप सुबह ही आएँगे, आए क्यों नहीं? अक्षय बाबू की बातों का आप इतना बुरा क्यों मान रहे हैं? आप तो जानते हैं, मैं उनकी बातों की परवाह नहीं करती। आज आप जल्दी आइए–मैं आज सिलाई उठाकर रख दूँगी।'

इन कुछ बातों में हेमनलिनी के सांत्वना-सुधापूर्ण कोमल हृदय की व्यथा अनुभव करके रमेश की आँखें भर आईं। वह समझ गया, हेमनलिनी कल से ही रमेश की वेदना शान्त करने के लिए व्याकुल-हृदय से प्रतीक्षा कर रही है। इसी तरह रात बीत गई, इसी तरह सुबह कट गई, अन्त में और न रह पाकर यह चिट्ठी लिखी है।

रमेश कल से सोच रहा है, और देरी न करके इस बार हेमनलिनी को सारी बात खोलकर बताना आवश्यक हो गया है। लेकिन कल की घटना के बाद बताना कठिन हो उठा है। अब पूरी तरह लगेगा कि जैसे, अपराध पकड़ा जाने पर सफाई देने की कोशिश हो रही है। केवल वही नहीं, कुछ हद तक अक्षय भी जीत जाएगा, वह भी असहनीय है।

रमेश सोचने लगा, अक्षय के मन में निश्चयपूर्वक यही धारणा है कि कमला का पति और कोई रमेश है–अन्यथा वह अब तक संकेत करके नहीं रह जाता, पूरे मुहल्ले में ढिंढोरा पीटता घूमता। अतएव इस समय जो भी हो, एक उपाय का सहारा लेना आवश्यक है।

उसी समय डाक से एक और चिट्ठी आई। रमेश ने खोलकर देखा, वह चिट्ठी स्त्री विद्यालय की प्रधानाध्यापिका की ओर से है। उन्होंने लिखा है, कमला बहुत कातर हो उठी है, इस अवस्था में वे उसे छुट्टियों के दौरान विद्यालय के बोर्डिंग में रखना उचित नहीं समझतीं। आगामी शनिवार को स्कूल के बाद छुट्टी हो जाएगी, उसी समय उसे विद्यालय से घर ले जाने की व्यवस्था करना आवश्यक है।

आनेवाले शनिवार को विद्यालय से कमला को ले आना होगा! आगामी रविवार को रमेश का विवाह है!

'रमेश बाबू, मुझे क्षमा कीजिए,' कहते हुए अक्षय ने कमरे में प्रवेश किया।

बोला, "एक साधारण से परिहास पर आप इतने गुस्सा हो जाएँगे, यह पहले जानता, तो मैं वह बात न उठाता। परिहास में कुछ सच होने पर ही लोग चिढ़ जाते हैं, किन्तु जो पूरी तरह आधारहीन है, उसे लेकर आपने सबके सामने इतना गुस्सा क्यों किया? अन्नदा बाबू तो कल से मेरी भर्त्सना कर रहे हैं–हेमनलिनी ने मेरे साथ बातचीत बन्द कर दी है। आज सुबह उनके यहाँ गया था, वे कमरा छोड़कर चली गईं। बताइए तो, मैंने ऐसा क्या अपराध कर दिया था!"

रमेश ने कहा, "यथा-समय यह सब विचार होगा। अभी मुझे क्षमा कीजिए–मुझे एक विशेष काम है।"

अक्षय–लगता है, शहनाई बजानेवालों को बयाना देने जा रहे हैं? इधर समय कम है। मैं आपके शुभ काम में रुकावट नहीं डालूँगा, चलता हूँ।

अक्षय के चले जाने पर रमेश अन्नदा बाबू के घर जा पहुँचा। घर में प्रवेश करते ही उसकी भेंट हेमनलिनी के साथ हुई। आज रमेश जल्दी आएगा, यह निश्चयपूर्वक तय करके हेमनलिनी तैयार होकर बैठी थी। उसने सिलाई का तामझाम तय करके रूमाल में बाँधकर टेबल पर रख दिया था। पास में हारमोनियम था। आज थोड़ी-बहुत संगीत की चर्चा हो सकती है, उसे ऐसी आशा थी, इसके अलावा अव्यक्त संगीत तो है ही।

रमेश के कमरे में आते ही हेमनलिनी के चेहरे पर एक उजली कोमल आभा फैल गई। लेकिन वह आभा क्षण भर में ही म्लान पड़ गई, जब रमेश ने और कोई बात कहे बिना, पहले ही पूछा, "अन्नदा बाबू कहाँ हैं?"

हेमनलिनी ने उत्तर दिया, "पिताजी अपनी बैठक में हैं। क्यों? क्या उनकी इसी समय आवश्यकता है? वे तो वही, चाय पीने के समय उतरकर आएँगे।"

रमेश–नहीं, मेरा विशेष प्रयोजन है। और देरी करना उचित नहीं होगा।

हेमनलिनी–तब जाइए, वे कमरे में ही हैं।

रमेश चला गया। प्रयोजन है। संसार में केवल प्रयोजनों को ही सब्र सहन नहीं होता। और प्रेम को ही दरवाज़े के बाहर अवसर की प्रतीक्षा करते हुए बैठे रहना पड़ता है।

शरत के इस निर्मल दिन ने मानो, निःश्वास छोड़कर अपने आनन्द-भंडार के स्वर्णिम सिंहद्वार को बन्द कर दिया। हेमनलिनी हारमोनियम के पास से कुर्सी खिसकाकर टेबल के पास बैठकर पूरे मन से सिलाई करने में लग गई। सुई चुभने लगी, केवल बाहर ही नहीं, भीतर भी। रमेश का प्रयोजन भी जल्दी पूरा नहीं हुआ। प्रयोजन राजा के समान आपका पूरा समय लेता है–और प्यार कंगाल होता है!

14

रमेश ने अन्नदा बाबू के कमरे में प्रवेश किया। उस समय वे चेहरे पर समाचार-पत्र ढके आरामकुर्सी पर पड़े नींद ले रहे थे। रमेश के कमरे में घुसकर खाँसते ही वे चौंककर उठते हुए समाचार-पत्र हटाकर रखते हुए बोले, ''देखा रमेश, इस बार हैजे में कितने लोग मारे गए?''

रमेश ने कहा, ''विवाह अभी कुछ दिन के लिए टालना होगा–मुझे विशेष काम है।''

अन्नदा बाबू के मस्तिष्क से शहर की मृत्यु-तालिका पूरी तरह लुप्त हो गई। पल भर रमेश के चेहरे पर ताककर बोले, ''यह क्या बात है रमेश! निमन्त्रण जो दे दिए गए हैं!''

रमेश ने कहा, ''इस रविवार के अगले रविवार को विवाह का दिन तय करके आज ही चिट्ठियाँ बाँटने के लिए दी जा सकती हैं।''

अन्नदा–रमेश, तुमने मुझे अवाक् कर दिया। यह क्या मुकदमा है कि तुम अपनी सुविधा के अनुसार दिन तय करके मुल्तवी करते रहोगे? सुनूँ तो, तुम्हारा क्या आवश्यक काम है।

रमेश–वह अत्यन्त विशेष काम है, देर नहीं की जा सकती।

अन्नदा बाबू वायु-ताड़ित कदली वृक्ष के समान आरामकुर्सी पर पीठ टिकाकर पड़ गए–बोले, ''देर नहीं की जा सकती! अच्छी बात है, अति उत्तम बात! अब तुम्हारी जो इच्छा हो, करो। तुम्हारी बुद्धि में निमन्त्रण लौटा लेने की जो व्यवस्था आए, वही करो। लोग जब मुझसे पूछेंगे, मैं कह दूँगा, 'मैं वह सब कुछ नहीं जानता–उनके लिए क्या आवश्यक है, वह वे ही जानते हैं, और कब उन्हें सुविधा होगी वह वे ही बता सकते हैं।''

रमेश बिना उत्तर दिए सिर झुकाए बैठा रहा। अन्नदा बाबू ने कहा, ''हेमनलिनी को सारी बात बताना हो गया है?''

रमेश–नहीं, वे अभी नहीं जानतीं।

अन्नदा–उनका जानना तो आवश्यक है। विवाह तुम्हारे अकेले का तो नहीं है।

रमेश–पहले आपको बताकर, फिर उन्हें बताने का निश्चय किया है।

अन्नदा बाबू ने आवाज़ लगाई, ''हेम! हेम!''

हेमनलिनी ने कमरे में आकर कहा, ''क्या है पिताजी?''

अन्नदा–रमेश कह रहे हैं, उन्हें क्या एक विशेष काम आ पड़ा है, उन्हें अभी विवाह करने की फुर्सत नहीं होगी।

हेमनलिनी ने एक बार विवर्ण मुख से रमेश के चेहरे की ओर देखा। रमेश अपराधी की भाँति निरुत्तर बैठा रहा।

रमेश ने ऐसी प्रत्याशा नहीं की थी कि हेमनलिनी को यह समाचार इस प्रकार दिया जाएगा। अप्रिय बात ने इस तरह अचानक रूढ़ भाव में हेमनलिनी को किस प्रकार मर्मान्तक चोट पहुँचाई, उसे रमेश अपने व्यथित अन्तःकरण में पूरी तरह अनुभव कर पाया। किन्तु जो तीर एक बार निक्षिप्त हो जाता है, वह और नहीं लौटता–रमेश मानो स्पष्ट देख सका कि यह निष्ठुर तीर हेमनलिनी के हृदय के ठीक बीच में धँसकर बिंधा रह गया।

अब बात को और किसी भी तरह कोमल बनाने का उपाय नहीं है। सभी सच है–विवाह अभी स्थगित रखना होगा, रमेश को विशेष आवश्यक काम है, क्या आवश्यक काम है, यह भी वह बताना नहीं चाहता। इसके ऊपर अब और नवीन व्याख्या क्या हो सकती है?

अन्नदा बाबू ने हेमनलिनी की ओर देखते हुए कहा, ''तुम्हीं लोगों का काज है, अब तुम लोग ही इसकी जो हो, एक निष्पत्ति कर लो।''

हेमनलिनी मुँह झुकाए बोली, ''पिताजी, मैं इस बारे में कुछ भी नहीं जानती।'' कहकर, जैसे तूफान के बादल के मुख में सूर्यास्त की म्लान आभा समा जाती है, उसी भाँति चली गई।

अन्नदा बाबू समाचार-पत्र मुँह के सामने करके पढ़ने का बहाना करके सोचने लगे। रमेश निस्तब्ध बैठा रहा।

एकाएक रमेश चौंकते हुए उठकर चला गया। बड़ी वाली बैठक में जाकर देखा, हेमनलिनी खिड़की के पास चुप खड़ी है। उसकी आँखों के सामने आनेवाली पूजा की छुट्टियों का कोलकाता, अपने समस्त मार्गों-गलियों में फैले जन-प्रवाह के माध्यम से, बाढ़वाली नदी के समान चंचल मुखर हो उठा है।

रमेश एकदम उसके निकट जाने में लज्जित हुआ। कुछ देर पीछे से उसे स्थिर दृष्टि से ताकता रहा। शरद के अपराह्न-आलोक में इस वातायनवर्तिनी स्तब्ध मूर्ति ने रमेश के मन में एक चिरस्थायी छवि आँक दी। यह सुकुमार कपोलों का अंश, यह जतन से बनाए गए जूड़े की भंगिमा, ये गरदन के ऊपर कोमल-बिरल केश, उसी के नीचे स्वर्ण-हार का तनिक-सा आभास, बाएँ कन्धे से झूलते आँचल का वक्र किनारा, सभी कुछ उसके पीड़ित हृदय में रेखांकन के रूप में टुकड़े-टुकड़े बैठ गया।

रमेश आहिस्ता-आहिस्ता हेमनलिनी के निकट आकर खड़ा हो गया। हेमनलिनी रमेश की अपेक्षा रास्ते के लोगों के प्रति अधिक उत्सुकता अनुभव करने लगी। रमेश आँसुओं से रुँध आए स्वर में बोला, ''मुझे आपसे एक भिक्षा चाहिए।''

रमेश के कंठ-स्वर में उद्वेलित वेदना का आघात अनुभव करके हेमनलिनी का

चेहरा क्षण भर में घूम गया। रमेश ने कहा, ''तुम मुझ पर अविश्वास मत करना।'' रमेश ने यही पहली बार हेमनलिनी को 'तुम' पुकारा, ''मुझसे कहो कि तुम कभी मुझ पर अविश्वास नहीं करोगी। मैं भी अन्तर्यामी को हृदय में साक्षी रखकर कहता हूँ, मैं कभी भी तुम्हारे प्रति अविश्वासी नहीं होऊँगा।''

रमेश के मुँह से और बात नहीं निकली, उसकी आँखों की कोरों में आँसू दिखे। तब हेमनलिनी ने अपनी दोनों स्निग्ध-करुण आँखें रमेश के चेहरे पर टिका लीं। इसके पश्चात् सहसा विगलित अश्रुधारा हेमनलिनी के कपोलों से होते हुए झरने लगी। देखते-देखते उसी निभृत वातायन के निकट दोनों जनों के मध्य एक निर्वाक् शान्ति और सांत्वना का स्वर्ग-खंड निर्मित हो गया।

थोड़ी देर इस अश्रु-जल-प्लावित गहन मौन में हृदय डुबोए रखकर चैन का एक दीर्घ निःश्वास छोड़ते हुए, रमेश ने कहा, ''मैं अभी एक सप्ताह के लिए विवाह स्थगित रखने का प्रस्ताव क्यों कर रहा हूँ, क्या तुम उसका कारण जानना चाहती हो?''

हेमनलिनी ने चुपचाप सिर हिलाया-''वह नहीं जानना चाहती?''

रमेश बोला, ''विवाह के पश्चात् मैं तुमसे सारी बात खोलकर बता दूँगा।''

इस बात से हेमनलिनी के कपोलों के पास तनिक-सी लालिमा उभर आई।

हेमनलिनी आज जब खाना खाने के बाद रमेश से मिलने की आशा में उत्सुक हृदय में शृंगार कर रही थी, तब वह हँसी की अनेक बातें, अनेक ऐकान्तिक परामर्श, छोटे-मोटे सुख की अनेक छवियाँ कल्पना में बना रही थी। लेकिन यह जो इन थोड़े-से क्षणों में दोनों हृदयों के बीच विश्वास का माला-बदल हो गया-यह जो आँखों से आँसू झर पड़े, कोई बातचीत नहीं हुई, दोनों जने कुछ देर पास-पास खड़े रहे-इसके निविड़ आनन्द, इसकी गहन शान्ति, इसके परम अविश्वास की कल्पना भी वह नहीं कर पाई थी।

हेमनलिनी ने कहा, ''आप एक बार पिताजी के पास चले जाइए, वे गुस्सा किए हुए हैं।''

रमेश प्रफुल्लित-चित्त संसार के छोटे-बड़े आघात-संघात छाती पर झेलने के लिए चला गया।

15

अन्नदा बाबू ने रमेश को फिर से कमरे में प्रवेश करते देख व्याकुलता के साथ उसके चेहरे की ओर ताका।

रमेश ने कहा, ''निमन्त्रण की सूची यदि मेरे हाथ में दे दें, तो दिन बदलने

सम्बन्धी चिट्ठियाँ आज ही रवाना कर सकता हूँ।''

अन्नदा बाबू बोले, ''तो दिन बदलना तय रहा?''

रमेश ने कहा, ''हाँ, और कोई भी दूसरा उपाय नहीं देख रहा हूँ।''

अन्नदा बाबू बोले, ''देखो बेटा, तब मैं इसमें नहीं हूँ। जो कुछ बन्दोबस्त करना है, वह तुम ही करना। मैं जग-हँसाई नहीं करा पाऊँगा। अगर विवाह-कारज को अपनी मर्ज़ी के अनुसार बालकों का खेल बना डाला है, तो मेरे जैसे बूढ़े आदमी का इसमें न रहना ही अच्छा है। यह लो अपने बुलावे की सूची। इस बीच मैंने कितना सारा रुपया खर्च कर डाला है, उसका बड़ा हिस्सा बर्बाद हो जाएगा। इस तरह बार-बार रुपया पानी में डाल सकूँ, ऐसा सामर्थ्य मुझमें नहीं है।''

रमेश सारे खर्च और व्यवस्था का भार अपने कन्धों पर लेने के लिए तैयार हो गया। वह उठने को तैयार हो रहा था, तभी अन्नदा बाबू ने कहा, ''रमेश, विवाह के बाद तुम प्रैक्टिस कहाँ करोगे, कुछ तय किया है? कोलकाता में नहीं?''

रमेश ने कहा, ''नहीं, पछाँह में एक अच्छी जगह की तलाश कर रहा हूँ।''

अन्नदा–वही अच्छा है, पछाँह ही सही है। इटावा भी तो खराब जगह नहीं है। वहाँ का पानी हाजमे के लिए अति उत्तम है–मैं वहाँ महीना भर रहा था–उसी एक माह में मेरे भोजन का परिमाण डबल बढ़ गया था। देखो बेटा, संसार में मेरी यह एकमात्र लड़की ही है–मेरे हमेशा उसके साथ-साथ न रहने से वह भी सुखी नहीं रहेगी, मैं भी निश्चिन्त नहीं रह सकूँगा। इसीलिए मेरी इच्छा है–तुम्हें एक स्वास्थ्यकर स्थान का चुनाव करना होगा।

रमेश के एक अपराध से मौका पाकर अन्नदा बाबू ने उस सुयोग के सहारे अपने बड़े-बड़े दावे पेश करने शुरू कर दिए। उस समय वे रमेश को अगर इटावा न बताकर गारो या चेरापूँजी की बात कहते, तो भी वह तत्काल राज़ी हो जाता। उसने कहा, ''जो आज्ञा, मैं इटावा में ही प्रैक्टिस करूँगा।'' यह कहकर रमेश ने निमन्त्रण पत्र भेजने का कार्यभार लेकर प्रस्थान किया।

थोड़ी देर बाद कमरे में अक्षय के आते ही अन्नदा बाबू ने कहा, ''रमेश ने अपने विवाह का दिन एक सप्ताह आगे खिसका दिया है।''

अक्षय–नहीं, नहीं, आप क्या कह रहे हैं! वह क्या कभी हो सकता है? परसों ही तो विवाह है।

अन्नदा–उचित तो हो पाना ही था–साधारण लोगों में ऐसा नहीं होता। लेकिन आजकल तुम लोगों के जिस प्रकार के कांड देख रहा हूँ, उनमें सब कुछ सम्भव है।

अक्षय अत्यन्त गम्भीर चेहरा बनाकर भारी दिखावे के साथ चिन्ता करने लगा। थोड़ी देर बाद बोला, ''आप लोग एक बार जिसे अच्छा व्यक्ति मान लेते हैं, उसके

बारे में दोनों आँखें बन्द किए रहते हैं। जिसके हाथों में बेटी को हमेशा के लिए सौंपने जा रहे हैं, उसके बारे में अच्छी तरह खोज-ख़बर रखना उचित है। भले ही वह स्वर्ग का देवता क्यों न हो, तब भी सावधानी में नुकसान नहीं।''

अन्नदा-रमेश जैसे लड़के पर भी अगर सन्देह करके चलना पड़े, तब तो दुनिया में किसी के भी साथ कोई सम्बन्ध रखना असम्भव हो जाएगा।

अक्षय-अच्छा, यही जो दिन पीछे खिसका दिया है, रमेश बाबू ने उसका कोई कारण बताया है?

अन्नदा बाबू सिर पर हाथ फिराते-फिराते बोले, ''नहीं, कारण तो कुछ भी नहीं बताया-पूछने पर कहा, विशेष आवश्यकता है।''

अक्षय मुँह फेरकर केवल थोड़ा हँस दिया। उसके बाद कहा, ''लगता है, आपकी बेटी से रमेश बाबू ने निश्चय ही कुछ कारण बताया है।''

अन्नदा-सम्भव तो है।

अक्षय-उन्हें एक बार बुलाकर पूछ देखना अच्छा नहीं रहेगा?

''सही कहा,'' कहकर अन्नदा बाबू ने ऊँची आवाज़ में हेमनलिनी को पुकारा। हेमनलिनी कमरे में आकर अक्षय को देख, अपने पिताजी के पास इस तरह खड़ी हो गई, जिससे अक्षय उसका चेहरा न देख सके।

अन्नदा बाबू ने पूछा, ''विवाह का दिन जो अचानक पीछे खिसक गया, रमेश ने तुमसे उसका कोई कारण बताया है?''

हेमनलिनी ने गरदन हिलाकर कहा, ''नहीं।''

अन्नदा-तुमने उससे कारण पूछा नहीं?

हेमनलिनी-नहीं।

अन्नदा-आश्चर्य की बात है! जैसा रमेश है, देख रहा हूँ, तुम भी वैसी ही हो। उन्होंने आकर कहा, 'मुझे विवाह की फुर्सत नहीं मिल रही है' तुमने भी कह दिया, 'ठीक है, अच्छा है, किसी और दिन हो जाएगा!' बस, और कोई बातचीत नहीं।

अक्षय ने हेमनलिनी का पक्ष लेते हुए कहा, ''जब एक आदमी स्पष्ट रूप से कारण छिपा रहा है, तो उस बात को लेकर उससे कोई सवाल करना क्या अच्छा दिखाई देता है? अगर बताने लायक कुछ होता, तो रमेश बाबू अपने से ही बताते।''

हेमनलिनी का चेहरा लाल हो गया। वह बोली, ''मैं इस विषय में बाहर के लोगों से कोई भी बात नहीं सुनना चाहती। जो हो चुका है, उससे मेरे मन में कोई क्षोभ नहीं है।''

यह कहकर हेमनलिनी तेज़ी से कमरे से बाहर निकल गई।

अक्षय ने उतरे हुए चेहरे पर हँसी लाते हुए कहा, ''संसार में मित्र के काम में

ही सबसे अधिक लांछना होती है। उसी कारण मैं मित्रता का गौरव अधिक अनुभव करता हूँ। आप लोग मुझे घृणा करें अथवा गाली दें, रमेश पर सन्देह करना ही मैं मित्र का कर्तव्य समझता हूँ। जहाँ आप लोगों के लिए किसी विपत्ति की सम्भावना होती है, वहाँ मैं संशयहीन स्थिति में नहीं रह पाता–मेरी यह एक भारी दुर्बलता है, यह बात मुझे स्वीकार करनी ही होगी। जो हो, योगेन तो कल ही आ रहा है, अगर सब देख–सुनकर वह भी अपनी बहन के सम्बन्ध में निश्चिन्त रहा, तो मैं इस विषय में और कोई बात नहीं कहूँगा।''

रमेश के आचरण के सम्बन्ध में सवाल करने का समय आ गया है, अन्नदा बाबू यह बात एकदम न समझते हों, ऐसा नहीं–किन्तु जो अगोचर है, उसे ज़बर्दस्ती मथकर, उसमें से अचानक एक तूफान खोज लिये जाने की सम्भावना के कारण, उसके प्रति वे अपने स्वभाव के वशीभूत तनिक भी उत्साह अनुभव नहीं कर रहे हैं।

उन्हें अक्षय पर ग़ुस्सा आया। वे बोले, ''अक्षय तुम्हारा स्वभाव बड़ा सन्देही है। प्रमाण न होते हुए भी तुम क्यों–''

अक्षय अपना दमन करना जानता है, किन्तु आज एक के बाद एक पड़नेवाली चोटों से उसका धैर्य जवाब दे गया। उसने उत्तेजित होकर कहा, ''देखिए अन्नदा बाबू, मेरे अनेक दोष हैं। मैं सत्पात्र के प्रति ईर्ष्या रखता हूँ, मैं सज्जन व्यक्ति पर सन्देह करता हूँ। भद्र व्यक्ति की लड़की को फिलॉसफी पढ़ाने लायक ज्ञान मेरा नहीं है और उनके साथ काव्य–आलोचना करने की स्पर्धा भी मैं नहीं रखता–मैं साधारण दस लोगों में ही गिना जाता हूँ–लेकिन मैं हमेशा आप लोगों के प्रति अनुरक्त हूँ, आप लोगों का अनुगत हूँ। रमेश बाबू के साथ और किसी विषय में मेरी तुलना नहीं हो सकती–किन्तु इतना–सा अहंकार मुझे है कि आप लोगों से कभी मेरा कुछ छिपा नहीं है। आप लोगों के सामने अपना सम्पूर्ण दैन्य प्रकट करके मैं भिक्षा माँग सकता हूँ, लेकिन सेंध लगाकर चोरी करना मेरा स्वभाव नहीं है। इस बात का क्या अर्थ है, वह आप लोग कल ही समझ पाएँगे।''

16

चिट्ठियाँ वितरित करने में रात हो गई। रमेश सोने गया, किन्तु नींद नहीं आई। उसके मन के भीतर गंगा–यमुना के समान धवल–श्वेत रंगों की चिन्ता–धाराएँ प्रवाहित होने लगीं। दोनों की कल्लोल एक साथ मिलकर उसके विश्राम के क्षणों को ध्वनित किए डाल रही थीं।

वह कई बार करवटें बदलकर उठ गया। खिड़की के पास आकर देखा, उन लोगों की निर्जन गली के एक किनारे भवनों की परछाईं है और दूसरे किनारे पर

शुभ्र-ज्योत्स्ना की रेखा।

रमेश जड़वत् खड़ा रहा। जो नित्य है, जो शान्त है, जो विश्वव्यापी है, जिसमें द्वन्द्व नहीं, दुविधा नहीं, रमेश की सम्पूर्ण अन्तःप्रकृति विगलित होकर उसी में समा गई। जिस शब्दहीन, निस्सीम महालोक के नेपथ्य से चिरकाल से जन्म और मृत्यु, कर्म और विश्राम, आरम्भ और अवसान किसी अनसुने संगीत की अवरूप ताल पर विश्व-रंग-मंच पर प्रवेश कर रहे हैं-रमेश ने नर-नारी के युगल-प्रेम को उसी प्रकाश-अन्धकारातीत देश से इस नक्षत्र-दीपों से आलोकित सम्पूर्ण जगत् में आविर्भूत होते देखा।

तब रमेश धीरे-धीरे छत पर चढ़ गया। अन्नदा बाबू के घर की ओर देखा। पूरा सन्नाटा। घर की दीवालों पर, छज्जे के नीचे, खिड़की-दरवाज़ों के खाँचों में, प्लास्टर झड़ी जगहों में चाँदनी और छाया ने विचित्र आकारों के रेखाचित्र बना दिए हैं।

यह कैसा आश्चर्य है! इस भीड़-भाड़ वाले नगर के बीच इस साधारण-से घर के भीतर एक मानवी-वेश में यह कैसा विस्मय है! इस राजधानी में कितने छात्र हैं, कितने वक़ील हैं, कितने प्रवासी और निवासी हैं, उनमें से रमेश जैसे एक साधारण व्यक्ति ने कहीं से एक दिन आश्विन की पीताभ धूप में इस खिड़की से एक लड़की के निकट चुपचाप खड़े होकर जीवन को और जगत् को एक अपरिसीम आनन्दमय रहस्य में प्रकाशित होते हुए देखा-यह कैसा विस्मय है। हृदय के भीतर आज यह कैसा विस्मय है, हृदय के बाहर आज यह कैसा विस्मय है!

रमेश बहुत रात तक छत पर घूमता रहा। धीरे-धीरे एक समय कब अधूरा चाँद सामनेवाले घर की ओट में उतर गया। धरती पर रात की कालिमा घनीभूत हो गई-आकाश तब भी विदा होनेवाले प्रकाश के आलिंगन में पांडु-वर्ण हो रहा था।

रमेश की क्लान्त देह ठंड से सिहर उठी। अचानक एक आशंका रह-रहकर उसके हृदय को दबोचने लगी। ध्यान आया कि कल फिर जीवन की रण-भूमि में लड़ने जाना होगा। यद्यपि आकाश में चिन्ता की रेखा नहीं है, ज्योत्स्ना में चेष्टा का चांचल्य नहीं है, यद्यपि रात्रि भी जड़वत् शान्त है, विश्व प्रकृति इस अगणित नक्षत्र-लोक के चिर-कर्म के मध्य चिर-विश्राम में डूबी है-तब भी मनुष्यों के आपाधापी भरे संघर्ष का अन्त नहीं, सुख-दुख में, विघ्न-बाधाओं में सम्पूर्ण जन-समाज तरंगायित है। एक ओर अनन्त की यह नित्य शान्ति है, दूसरी ओर संसार का यह नित्य संग्राम-दोनों एक ही समय एक साथ कैसे रह सकते हैं, रमेश के मन में दुश्चिन्ता के बीच भी यह प्रश्न उत्पन्न हो गया। थोड़ी देर पहले रमेश ने विश्व-मानव के अन्तःपुर में प्रेम की जो शाश्वत, सम्पूर्ण शान्त मूर्ति देखी थी, क्षण भर बाद उसी प्रेम को संसार के संघर्ष में, जीवन की जटिलता में क़दम-क़दम पर क्षुब्ध, निराश देखने लगा। इसमें कौन-सा सत्य है, कौन-सी माया?

17

योगेन्द्र अगले दिन सुबह गाड़ी से पछाँह से लौट आया। आज शनिवार है, कल रविवार को हेमनलिनी के विवाह की बात है। लेकिन योगेन्द्र को अपने घर के दरवाज़े के सामने पहुँचने पर उत्सव के रस की कोई गन्ध नहीं मिली। योगेन्द्र सोचता आ रहा था कि अब तक उन लोगों के घर के बरामदे के ऊपर देवदारु के पत्तों की झालरें लटकाया जाना शुरू हो गया होगा–निकट आकर देखा, शोभाहीन मलिनता में पड़ोस वाले घर से उनके घर में कोई भेद नहीं है।

भय हुआ, शायद किसी को हारी–बीमारी हो गई हो! घर में आकर देखा, चाय की टेबल पर उसके लिए नाश्ता–पानी है और अन्नदा बाबू आधा पिया चाय का प्याला सामने रखे अख़बार पढ़ रहे हैं।

योगेन्द्र ने घर में प्रवेश करते ही पूछा, ''हेम कैसी है?''

अन्नदा–अच्छी है।

योगेन्द्र–विवाह का क्या हुआ?

अन्नदा–कल रविवार के अगले रविवार को होगा।

योगेन्द्र–क्यों?

अन्नदा–क्यों, वह अपने दोस्त से पूछो। रमेश ने हम लोगों को केवल इतना बताया है कि उसका विशेष आवश्यक कार्य है, विवाह इस रविवार को स्थगित रखना होगा।

योगेन्द्र ने मन–ही–मन अपने असमर्थ पिता पर नाराज़ होते हुए कहा, ''पिताजी, मेरे न रहने पर तुम लोगों के साथ तरह–तरह का ग़लत घटता है। रमेश को विशेष ज़रूरी काम फिर किस बात का है? वह तो स्वाधीन है। माना जा सकता है कि उसका कोई रिश्तेदार भी नहीं है। अगर उसके साथ धन–सम्पत्ति सम्बन्धी कोई गड़बड़ी हो गई है, तो उस बात को खुलकर बोलने में कोई परेशानी नहीं समझता। आपने रमेश को इतनी आसानी से छोड़ क्यों दिया?''

अन्नदा–अच्छा, ठीक है, वह अभी भी भाग तो नहीं गया है–उससे तुम ही पूछकर देखो ना।

सुनते ही योगेन्द्र तत्क्षण एक प्याला गरम चाय जल्दी–जल्दी खतम करके बाहर निकल गया। अन्नदा बाबू ने कहा, ''आहा योगेन, इतनी जल्दी किस बात की? तुम्हारा जो खाना–वाना नहीं हुआ!''

यह बात योगेन्द्र के कानों तक नहीं पहुँची। वह रमेश के घर में घुसकर खट्–खट् करते हुए तेज़ क़दमों से सीढ़ियों से ऊपर चला गया–''रमेश! रमेश!'' रमेश की ओर से कोई जवाब नहीं। कमरे–कमरे खोज देखा–रमेश सोनेवाले कमरे में नहीं,

बैठक में नहीं, छत पर नहीं, पहली मंज़िल पर नहीं। बड़ी आवाज़ें लगाने के बाद नौकर को ढूँढ़कर पूछा, "बाबू कहाँ हैं?"

नौकर ने कहा, "बाबू तो भोर में ही बाहर चले गए हैं।"

योगेन्द्र–कब आएँगे?

नौकर ने बताया–बाबू अपने थोड़े–बहुत कपड़े लेकर गए हैं। कह गए हैं कि लौटने में चार–पाँच दिन की देरी हो सकती है।" गए कहाँ हैं, वह नौकर नहीं जानता।

योगेन्द्र गम्भीर होकर चाय की टेबल पर लौट आया। अन्नदा बाबू ने पूछा, "क्या हुआ?"

योगेन्द्रा ने खीझते हुए कहा, "होगा और क्या, आज के बाद कल जिसके साथ लड़की का विवाह करेंगे, उसे क्या काम पड़ गया है, वह कब, कहाँ रहता है, आप लोग उसकी कोई खोज–खबर नहीं रखते। जबकि आपके घर के निकट ही उसका मकान है।"

अन्नदा बाबू ने कहा, "क्यों, कल रात भी तो रमेश इस मकान में ही था।"

योगेन्द्र उत्तेजित होकर बोला, "आप लोगों को नहीं पता, वह कहाँ जाएगा; उसका नौकर नहीं जानता, वह कहाँ गया है, यह कैसा लुकाछिपी–कांड चल रहा है? मुझे तो यह ज़रा भी सही नहीं लग रहा है। पिताजी, आप निश्चिन्त कैसे बने हुए हैं?"

इस भर्त्सना से अन्नदा बाबू ने अचानक चिन्तित होने की चेष्टा की। चेहरा गम्भीर करके बोले, "वही तो, यह सब क्या है?"

समयोचित विचार–शक्ति से रहित रमेश कल रात आसानी से अन्नदा बाबू के पास विदा लेने जा सकता था। लेकिन यह बात उसके मन में आई भी नहीं। रमेश की धारणा थी कि उसने जो 'विशेष आवश्यक कार्य है,' कह रखा है, उसी में उसका सारी बातें कहना हो गया। अभी के लिए इस एक बात में ही हर तरह की छुट्टी मिली जानकर वह अपने सामने मौजूद कर्तव्य का निर्वाह करने से बचकर घूम रहा है।

योगेन्द्र–हेमनलिनी कहाँ है?

अन्नदा बाबू–वह आज जल्दी–जल्दी चाय पीकर ऊपर चली गई।

योगेन्द्र ने कहा, "लगता है, बेचारी रमेश के इस सारे आश्चर्य भरे व्यवहार से लज्जित हो रही है–इसी वजह से मेरे सामने पड़ने के डर से भाग गई है।"

कुंठित और व्यथित हेमनलिनी को ढाढ़स बँधाने के लिए योगेन्द्र ऊपर गया। हेमनलिनी अपने बड़े कमरे में कुर्सी पर चुपचाप अकेली बैठी थी। योगेन्द्र के पैरों की आहट सुनते ही वह जल्दी से एक किताब उठाकर पढ़ने का दिखावा करने लगी।

योगेन्द्र के कमरे में आते ही किताब रखकर उठ खड़े होते हुए मुस्कराते हुए बोली, "ये तो भैया हैं, कब आए? आप बहुत स्वस्थ नहीं लग रहे हैं।"

योगेन्द्र ने कुर्सी पर बैठते हुए कहा, "स्वस्थ दिखाई देने की तो बात ही नहीं है। हेम, मैंने सारी बात सुन ली है, लेकिन इस विषय में तुम कोई चिन्ता मत करना। मेरे न रहने के कारण ही इस तरह की गड़बड़ हो गई है। मैं सब ठीक कर दूँगा। अच्छा हेम, रमेश ने तुम्हें कोई कारण नहीं बताया?"

हेमनलिनी मुश्किल में पड़ गई। रमेश के सम्बन्ध में यह समस्त सन्देह भरी चर्चा उसके लिए असहनीय हो उठी है। रमेश ने विवाह का दिन आगे खिसकाने का उसे कोई कारण नहीं बताया, यह बात योगेन्द्र से कहने की उसकी इच्छा नहीं है, परन्तु उसके लिए झूठ बोलना भी असम्भव है। हेमनलिनी बोली, "वे मुझे कारण बताने को तैयार थे, मैंने सुनना आवश्यक नहीं समझा।"

योगेन्द्र ने सोचा, यह भारी अभिमान की बात है और इस प्रकार का अभिमान पूर्णतः स्वाभाविक है। बोला, "अच्छा, तुम ज़रा भी घबराना नहीं, 'कारण' मैं आज ही खोज निकालूँगा।"

हेमनलिनी ने गोद में रखी किताब के पन्ने अनावश्यक रूप से पलटते-पलटते कहा, "भैया, मैं तनिक भी नहीं घबराती। 'कारण' खोज निकालने के लिए आप उनसे आग्रह-अनुरोध करें, ऐसी मेरी इच्छा नहीं है।"

योगेन्द्र ने सोचा, यह भी अभिमान की बात है। बोला, "अच्छा, तुम्हें वह सब कुछ नहीं सोचना है।" कहते हुए उसी समय जाने के लिए तैयार हो गया।

हेमनलिनी ने तत्क्षण कुर्सी से उठते हुए कहा, "नहीं भैया, यह बात लेकर आप उनके साथ चर्चा करने नहीं जा पाएँगे। आप लोग उन्हें कुछ भी क्यों न समझें, मैं उन पर ज़रा भी सन्देह नहीं करती।"

तब योगेन्द्र को अचानक लगा, यह तो अभिमान जैसा प्रतीत नहीं होता। उसे स्नेह मिश्रत करुणा में मन-ही-मन हँसी आई। सोचा, इन लोगों को संसार का ज़रा भी ज्ञान नहीं है, एक ओर इतनी पढ़ाई-लिखाई कर ली है, दुनिया की खोज-ख़बर भी खूब रखती है, लेकिन कहाँ सन्देह करना चाहिए, इसकी जरा भी समझ इसे नहीं हुई। इस संशयहीन निर्भरता के साथ रमेश के छद्म-व्यवहार की तुलना करके योगेन्द्र मन-ही-मन रमेश पर और भी क्रुद्ध हो उठा। 'कारण' खोज निकालने की प्रतिज्ञा उसके मन में और भी दृढ़ हो गई। योगेन्द्र के दूसरी बार चलने को होते ही हेमनलिनी पास जाकर उसका हाथ पकड़ते हुए बोली, "भैया, आप प्रतिज्ञा कीजिए, उनके सामने ये सब बातें बिल्कुल नहीं उठाएँगे।"

योगेन्द्र ने कहा, "वह देखा जाएगा।"

हेमनलिनी-नहीं भैया, देखा नहीं जाएगा। मुझे वचन देकर जाइए। मैं आप

लोगों से निश्चयपूर्वक कह रही हूँ, आप लोगों के लिए चिन्ता की कोई बात नहीं है। एक बार मेरी यह एक बात रख लीजिए।

हेमनलिनी की इस प्रकार की दृढ़ता देखकर योगेन्द्र सोचने लगा कि रमेश ने निश्चय ही हेम से सारी बात बता दी है, लेकिन हेम को जैसा-तैसा बोलकर बहकाना तो कठिन नहीं है। बोला, ''देखो हेम, अविश्वास की बात नहीं हो रही है। कन्या-पक्ष के अभिभावकों का जो कर्तव्य है, वह तो निभाना ही पड़ेगा। अगर तुम्हारे साथ उसका कुछ समझाना-बुझाना हो गया है, तो तुम लोग ही जानो, किन्तु वह होना ही तो काफी नहीं-हम लोगों के साथ भी तो बातचीत के द्वारा निष्पत्ति आवश्यक है। सच बात कहूँ क्या हेम, अभी तुम्हारी अपेक्षा हम लोगों के साथ उसका समझाने-बुझाने का अधिक सम्बन्ध है-विवाह हो जाने पर हमारे पास कहने के लिए ज़्यादा बातें नहीं रहेंगी।''

यह कहकर योगेन्द्र जल्दी से चला गया। प्रेम जो आड़, जो आवरण खोजता है, वह और नहीं रहा? हेमनलिनी और रमेश का जो सम्बन्ध धीरे-धीरे विशेष रूप से घनिष्ठ होकर दोनों जनों को केवल दोनों जनों का ही बना देगा, आज उसी पर दस लोगों के सन्देह का कठोर स्पर्श बार-बार चोट कर रहा है। चारों ओर की इस सारी हलचल के आघात से हेमनलिनी इस तरह दुखी हो गई है कि रिश्तेदारों-मित्रों का सामना हो जाना मात्र भी उसे कुंठित कर डालता है। योगेन्द्र के चले जाने पर हेमनलिनी कुर्सी पर चुपचाप बैठी रही।

योगेन्द्र के बाहर जाते ही अक्षय ने आकर कहा, ''यही तो, योगेन्द्र तुम आ गए हो। सारी बातें सुन तो ली हैं? अब तुम्हें क्या लग रहा है?''

योगेन्द्र-मन में तो बहुत कुछ आ रहा है। उस सारे अनुमान पर झूठी बहसबाज़ी करके क्या होगा? अब क्या चाय की टेबल पर बैठकर मनस्तत्व की सूक्ष्म विवेचना का समय है?

अक्षय-तुम्हें तो पता ही है, सूक्ष्म-विवेचना मेरा स्वभाव नहीं है, वह चाहे मनस्तत्व हो, दर्शन हो या उसे काव्य ही कहो। मैं काम की बात ही अच्छी तरह समझता हूँ-तुम्हारे साथ वही बात करने आया हूँ।

अधीर स्वभावी योगेन्द्र ने कहा, ''अच्छा, काम की बात होगी। अभी बता सकते हो, रमेश कहाँ गया है?''

अक्षय बोला, ''बता सकता हूँ।''

योगेन्द्र ने पूछा, ''कहाँ?''

अक्षय ने कहा, ''वह मैं तुम्हें अभी नहीं बताऊँगा-आज तीन बजे तुम्हें रमेश से एकदम मिलवा दूँगा।''

योगेन्द्र ने कहा, ''मामला क्या है, बताओ तो! तुम सभी लोग मूर्तिमान पहेली

बन गए हो। मैं केवल कुछ दिन के लिए घूमने गया, उसी बीच संसार ऐसा भयानक रहस्यमय हो उठा। नहीं-नहीं, अक्षय, इस तरह दाब-ढाक करने से नहीं चलेगा।"

अक्षय-सुनकर खुशी हुई। दाब-ढाक न करने के चलते ही मेरा पक्ष एक प्रकार से अटल हो गया है-तुम्हारी बहन ने तो मेरा मुँह देखना बन्द कर दिया है, तुम्हारे पिताजी मुझे सन्देही स्वभाव का कहकर गाली देते हैं, और मेरे साथ भेंट होने पर रमेश बाबू भी आनन्द से रोमांचित नहीं होते। अब केवल तुम्हीं बचे हो। तुमसे मुझे डर लगता है-तुम सूक्ष्म विवेचना वाले आदमी नहीं हो, तुम्हें मोटा काम ही आसान लगता है-मैं कमज़ोर आदमी हूँ, तुम्हारी चोट मुझे सहन नहीं होगी।

योगेन्द्र-देखो अक्षय, तुम्हारी यह सब पेचदार चाल मुझे अच्छी नहीं लगती। अच्छी तरह समझ रहा हूँ, तुम्हारे पास देने के लिए क्या ख़बर है, उसे छिपाकर इतना भाव बढ़ाने की कोशिश क्यों कर रहे हो? आसानी से कह डालो, खतम हो जाए।

अक्षय-अच्छा, ठीक है, तो शुरू से ही बताता हूँ-तुम्हें बहुत सारी बातें पता नहीं हैं।

18

रमेश का दर्जीपाड़ा में जो मकान था, उस मकान की मियाद निकली नहीं है, उसे किसी और को भी किराए पर चढ़ाने के बारे में सोचने का रमेश को अवसर नहीं मिला। वह इन कुछ महीने पारिवारिक-व्यापार से अदृश्य हो गया था, लाभ-हानि को विचार में लाया ही नहीं।

आज उसने भोर में ही उस मकान में जाकर घर-द्वार साफ करवा लिया, तख़्तापोश पर बिस्तर लगा लिया और भोजन आदि की भी व्यवस्था करके रख ली। आज स्कूल की छुट्टी के बाद कमला को ले आना होगा।

उसमें अभी देरी है। इस बीच रमेश तख़्तपोश पर चित लेटकर भविष्य के विषय में सोचने लगा। उसने इटावा कभी देखा नहीं-लेकिन पछाँह की कल्पना करना कठिन नहीं है। शहर के छोर पर उसका घर है-तरु-श्रेणी की छाया से भरा बड़ा रास्ता उसके बग़ीचे के किनारे-किनारे चला गया है-रास्ते के उस ओर विशाल मैदान है, उस बीच-बीच में गड्ढे हैं, पशु-पक्षियों को भगाने के लिए कहीं-कहीं मचान बँधे हैं। खेत सींचने के लिए बैलों के सहारे पानी खींचा जा रहा है, पूरे दोपहर उसकी करुण आवाज़ सुनाई पड़ रही है-सड़क पर प्रचुर धूल उड़ाते हुए कभी-कभी एक्का-गाड़ी दौड़ी जा रही है, उसकी झन्-झन् आवाज से धूप से तपा आकाश गूँज रहा है। इस सुदूर प्रवास के तीव्र कष्ट, उदास दोपहरी और शून्य निर्जनता के बीच अपने बन्द दरवाज़ों वाले बँगले के कमरे में पूरे दिन हेमनलिनी के अकेली रहने की

कल्पना करके वह दुख अनुभव कर रहा था। उसके पास चिर-सखी के रूप में कमला को देखकर उसने राहत महसूस की।

रमेश ने तय किया कि अभी वह कमला से कुछ नहीं बताएगा। विवाह के पश्चात् हेमनलिनी उसे वक्ष से चिपटाएगी, तब अवसर पाकर करुण स्नेह के साथ धीरे-धीरे उसे उसका इतिहास बताएगा, जितना कम दुख सम्भव हो, देकर कमला के जीवन के इस जटिल रहस्य-जाल को धीरे-धीरे खोल देगा। उसके बाद उसी सुदूर परदेस में अपने लोगों के परिचित समाज के बाहर, किसी तरह की चोट न पाकर कमला अति सहजता से उन लोगों में अन्तर्भुक्त होकर उनकी अपनी बन जाएगी।

उस समय दोपहर में गली सुनसान थी, जिन्हें ऑफ़िस जाना है, वे ऑफिस चले गए हैं, जिन्हें नहीं जाना है, वे दिन में सोने की तैयारी कर रहे हैं। बहुत कम गर्म आश्विन की दुपहरी खुशनुमा हो रही है-आगामी छुट्टी के उल्लास ने मानो, अभी ही आकाश को आनन्द के आभास से लीप दिया है। रमेश अपने निर्जन घर में सन्नाटे भरी दोपहरी में सुख की छवि को उत्तरोत्तर विस्तार देकर आँकने लगा।

ऐसे समय एक बहुत बड़ी गाड़ी की आवाज़ सुनाई पड़ी। वह गाड़ी रमेश के मकान के दरवाज़े के सामने आकर रुक गई। रमेश समझ गया, स्कूल की गाड़ी कमला को पहुँचाने आई है। उसके हृदय के भीतर हलचल मचने लगी। कमला को किस रूप में देखेगा, उसके साथ किस रूप में बातचीत होगी, अथवा कमला ही रमेश को किस रूप में लेगी, हठात् इसी चिन्ता ने उसे आन्दोलित कर डाला।

नीचे उसके दो नौकर थे-पहले उन्होंने कमला का ट्रंक पकड़कर बरामदे में लाकर रखा-उसके बाद कमला कमरे के दरवाज़े के सामने तक आकर ठिठककर खड़ी हो गई, भीतर नहीं आई।

रमेश ने कहा, "कमला, कमरे में आओ।"

कमला ने एक संकोच के आक्रमण को नाकाम करके कमरे में प्रवेश किया। रमेश ने उसे छुट्टियों में विद्यालय में छोड़े रखना चाहा था, वह रोना-धोना मचाकर चली आई है, इस घटना से और कुछ महीनों के विच्छेद से रमेश के साथ मानो, उसके मन का थोड़ा अलगाव हो गया है। इसी कारण कमला कमरे में आकर रमेश के चहेरे की ओर देखने के बदले गरदन थोड़ी टेढ़ी करके खुले दरवाज़े के बाहर देखती रही।

रमेश कमला को देखते ही विस्मित हो गया। मानो उसे और एक बार नए रूप में देखा। इन कुछ महीनों में उसमें आश्चर्यजनक परिवर्तन हो गया है। वह कम हरी-भरी लता के समान काफी बड़ी हो गई है। गाँव-जवार की युवती के अविकसित सर्वांग में प्रचुर स्वास्थ्य की जो एक परिपुष्टता थी, वह कहाँ चली गई? उसके गोलमटोल चेहरे ने सूखकर लम्बा हो जाने के कारण एक विशेषत्व प्राप्त कर लिया

है, उसके दोनों कपोल श्यामाभ-चिक्कणता को छोड़कर कोमल पांडु-वर्ण के हो आए हैं, अब उसके व्यवहार, भाव भंगिमा में किसी प्रकार की जड़ता नहीं है। आज कमरे में आकर जब वह ऋतु-देह पर तनिक वक्र चेहरे के साथ खुली खिड़की के सामने खड़ी हुई, उसके चेहरे पर शरत के मध्याह्न का प्रकाश आकर छाया, उसके सिर पर पल्लू नहीं था, अग्र-भाग पर लाल फीते की गाँठ बँधी वेणी पीठ पर झूल रही थी, हल्के पीले रंग की मेरिनॉर साड़ी ने उसके खिलने-खिलने को हो आए शरीर को कसकर लपेट रखा था-तब रमेश थोड़ी देर तक उसकी ओर देखकर चुप रह गया।

इन कुछ महीनों में रमेश के मन में कमला का सौन्दर्य धुँधला-सा पड़ गया था, उसी सौन्दर्य ने नव्यतर विकास करके आज अचानक उसे चौंका दिया। वह मानो इसके लिए तैयार नहीं था।

रमेश ने कहा, "कमला, बैठो।"

कमला एक कुर्सी पर बैठ गई। रमेश बोला, "स्कूल में तुम्हारी पढ़ाई-लिखाई कैसी चल रही है?"

कमला ने अत्यन्त संक्षेप में कहा, "ठीक।"

रमेश सोचने लगा, अब क्या कहे! अकस्मात् एक बात याद आ गई, कहा, "लगता है बहुत देर से खाया नहीं है। तुम्हारे लिए खाना तैयार है। यहीं लाने को कह दूँ?"

कमला ने कहा, "नहीं खाऊँगी, मैं खाकर आ रही हूँ।"

रमेश ने कहा, "थोड़ा-सा भी कुछ नहीं खाओगी? मिठाई न ख़ानी हो, तो फल हैं-शरीफा, एप्पल, अनार-"

कमला ने कुछ कहे बिना गरदन हिला दी।

रमेश ने और एक बार कमला के चेहरे पर ताककर देखा। उस समय कमला मुँह थोड़ा झुकाए अपनी अंग्रेज़ी की पुस्तक में चित्र देख रही थी। सौन्दर्यवान चेहरा स्वर्ण-छड़ी की भाँति अपने चारों ओर के सुप्त सौन्दर्य को जगा देता है। शरत के आलोक को अचानक जैसे प्राण मिल गए, आश्विन के दिवस ने मानो आकार धारण कर लिया। जिस प्रकार केन्द्र अपनी परिधि को नियन्त्रित करता है-उसी प्रकार इस युवती ने आकाश को, वायु को, आलोक को विशेष भाव में अपने चारों ओर आकर्षित कर लिया-परन्तु वह स्वयं इस विषय में कुछ न जानकर चुपचाप बैठी अपनी पढ़नेवाली पुस्तक के चित्र देख रही थी।

रमेश ने जल्दी से उठकर एक थाली में कुछ एप्पल, नाशपाती, अनार लाकर सामने रख दिए। बोला, "कमला, देख रहा हूँ, तुम तो खाओगी नहीं, लेकिन मुझे भूख लगी है, मैं तो और सबर नहीं कर सकता।"

सुनकर कमला थोड़ा हँसी। इस आकस्मिक हँसी के प्रकाश में जैसे, दोनों के भीतर का कुहासा बहुत कुछ छँट गया।

रमेश चाकू लेकर एप्पल काटने लगा। किन्तु किसी प्रकार के हाथ के काम में रमेश को दक्षता प्राप्त नहीं थी। एक ओर उसकी भूख के आग्रह और दूसरी ओर टेढ़ा-मेढ़ा काटने का ढंग देखकर युवती को भारी हँसी आ गई–वह खिल्-खिल् करके हँस पड़ी।

रमेश इस हँसी फूट पड़ने से खुश होकर बोला, ''लगता है, मैं ठीक तरह नहीं काट पाता, इसीलिए हँस रही हो? अच्छा, तुम्हीं काट दो, देखूँ तुम्हारी कैसी विद्या है।''

कमला ने कहा, ''दराँती होने से मैं काट सकती हूँ, चाकू से नहीं काट सकती।''

रमेश ने कहा, ''तुम समझ रही हो, यहाँ दराँती नहीं है?'' नौकर को बुलाकर पूछा, ''दराँती है?''

वह बोला, ''है–रात के भोजन के लिए सब कुछ लाना हो गया है।''

रमेश ने कहा, ''अच्छी तरह धोकर एक दराँती ले आ।''

नौकर दराँती ले आया। कमला जूता खोलकर दराँती रखकर नीचे बैठ गई और हँसते हुए निपुण हाथों से घुमा-घुमाकर फल का छिलका उतारते हुए गोल-गोल फाँकें काटने लगी। रमेश ने ज़मीन पर उसके सामने बैठकर फल की फाँकें थाली में रख लीं।

रमेश बोला, ''तुम्हें भी खाना पड़ेगा।''

कमला ने कहा, ''नहीं।''

रमेश ने कहा, ''तब मैं भी नहीं खाऊँगा।''

कमला ने रमेश के चेहरे की ओर दोनों आँखें उठाते हुए कहा, ''अच्छा, पहले तुम खाओ, उसके बाद मैं खाऊँगी।''

रमेश ने कहा, ''देखना, आख़ीर में धोखा मत देना।''

कमला ने गम्भीर भाव से गरदन हिलाकर कहा, ''नहीं, सच कहती हूँ, धोखा नहीं दूँगी।''

युवती की इस सत्य-प्रतिज्ञा से आश्वस्त होकर रमेश ने थाली से एक फाँक फल लेकर मुँह में भर लिया।

अचानक उसका चबाना रुक गया। एकाएक देखा, योगेन्द्र और अक्षय उसके दरवाज़े के बाहर आ खड़े हुए हैं।

अक्षय ने कहा, ''रमेश बाबू, माफ कीजिए–मैं सोच रहा था कि शायद आप यहाँ अकेले ही हैं। योगेन, सूचना दिए बिना अचानक इस तरह आ जाना अच्छा नहीं हुआ। चलो, हम लोग चलकर नीचे बैठें।''

कमला जल्दी से दराँती छोड़कर उठ गई। कमरे से चले जाने के रास्ते में ही दोनों जने खड़े थे। योगेन्द्र ने जरा-सा हटकर रास्ता छोड़ दिया, लेकिन कमला के चेहरे से आँखें नहीं हटाईं-उसे तीव्र दृष्टि से निरीक्षण करके देख लिया। कमला सकुचाते हुए पासवाले कमरे में चली गई।

19

योगेन्द्र ने कहा, "रमेश, यह लड़की कौन है?"

रमेश बोला, "मेरी एक रिश्तेदार है।"

योगेन्द्र ने कहा, "कैसी रिश्तेदार? शायद कोई बड़ी तो होगी नहीं, प्रेम का सम्बन्ध भी नहीं लगता। तुम्हारे सभी रिश्तेदारों के विषय में तुमसे सुना है-इस रिश्तेदार का तो कोई वृत्तान्त नहीं सुना।"

अक्षय ने कहा, "योगेन, यह तुम्हारा अन्याय है-मनुष्य की क्या कोई ऐसी बात नहीं हो सकती, जो मित्रों के लिए भी गोपनीय हो?"

योगेन्द्र-क्या रमेश, अत्यन्त गोपनीय ही है क्या?

रमेश का चेहरा लाल हो उठा, वह बोला, "हाँ, गोपनीय है। इस लड़की के सम्बन्ध में तुम लोगों के साथ मैं कोई चर्चा करना नहीं चाहता।"

योगेन्द्र-किन्तु दुर्भाग्य से, तुम्हारे साथ चर्चा करने की मेरी विशेष इच्छा है। यदि हेम के साथ तुम्हारे विवाह का प्रस्ताव न होता, तो किसके साथ कितनी दूर तक तुम्हारा रिश्ता बन गया है, इसे लेकर इतनी उठापटक करने की कोई आवश्यकता न रहती-जो गोपनीय है, वह गोपनीय ही रहता।

रमेश ने कहा, "मैं तुम लोगों को इतना तो कह सकता हूँ कि संसार में किसी के भी साथ मेरा ऐसा सम्बन्ध नहीं है, जिससे हेमनलिनी के साथ पवित्र-सम्बन्ध में आबद्ध होने में मेरे सामने कोई बाधा हो सकती हो।"

योगेन्द्र-शायद तुम्हारे सामने कोई बाधा न हो सकती हो, किन्तु हेमनलिनी के रिश्तेदारों को हो सकती है। मैं तुमसे एक बात पूछता हूँ, जिस किसी के साथ तुम्हारी जैसी भी रिश्तेदारी क्यों न रहे, लेकिन उसे छिपाकर रखने का क्या कारण है?

रमेश-यदि वह कारण बता दूँ, तो और गोपन रख पाना सम्भव नहीं रहेगा। तुम मुझे छुटपन से जानते हो-कोई कारण न पूछकर तुम लोगों को केवल मुझ पर विश्वास रखना होगा।

योगेन्द्र-इस लड़की का नाम कमला है या नहीं?

रमेश-हाँ है।

योगेन्द्र–इसका परिचय अपनी पत्नी के रूप में दिया है या नहीं?

रमेश–हाँ, दिया है।

योगेन्द्र–तब भी तुम पर विश्वास रखना होगा? तुम हम लोगों को बताना चाहते हो कि यह लड़की तुम्हारी पत्नी नहीं है, अन्य सभी को बता दिया है कि यह तुम्हारी पत्नी है–यह सही में सत्यपरायणता का दृष्टान्त नहीं है।

अक्षय–अर्थात् विद्यालय के नीतिबोध में इस दृष्टान्त का प्रयोग सम्भव नहीं है, किन्तु भाई योगेन, संसार में दो पक्षों के सामने दो प्रकार की बातें कहना शायद अवस्था विशेष में आवश्यक हो सकता है। अन्ततः उनमें से एक का सत्य होना भी सम्भव है। रमेश बाबू जो तुम लोगों से कह रहे हैं, सम्भव है, वही सच हो।

रमेश–मैं तुम लोगों को कोई बात ही नहीं कह रहा हूँ। मैं केवल यही बात कह रहा हूँ कि हेमनलिनी के साथ विवाह करना मेरे कर्तव्य के विरुद्ध नहीं है। तुम लोगों के साथ कमला के सम्बन्ध में सारी बात पर चर्चा करने में भारी बाधा है–तुम लोगों द्वारा मुझ पर सन्देह करने पर भी मैं किसी भी तरह वह अन्याय नहीं कर सकूँगा। मेरे निजी सुख–दुख, मान–अपमान की बात होती, तो मैं तुम लोगों से नहीं छिपाता, लेकिन दूसरे के प्रति अन्याय नहीं कर सकता।

योगेन्द्र–हेमनलिनी से सारी बात बताई है?

रमेश–नहीं। उनसे विवाह के बाद बताने की बात है–अगर वे चाहें, तो उनसे अभी भी बता सकता हूँ।

योगेन्द्र–अच्छा, इस सम्बन्ध में कमला से एक–दो सवाल कर सकता हूँ?

रमेश–नहीं, किसी तरह नहीं। अगर मुझे अपराधी समझते हो, तो मेरे सम्बन्ध में यथोचित निर्णय ले सकते हो, किन्तु तुम लोगों के सामने सवाल–जवाब करने के लिए निर्दोष कमला को खड़ा नहीं कर सकता।

योगेन्द्र–किसी से भी सवाल–जवाब करने की कोई आवश्यकता नहीं है। जो जानना था, जान लिया। पर्याप्त प्रमाण भी मिल गया। अब मैं तुम्हें साफ़–साफ़ ही बता रहा हूँ–अगर इसके बाद हमारे घर में घुसने की कोशिश की तो तुम्हें अपमानित होना पड़ेगा।

रमेश उतरा मुँह लिये चुपचाप बैठा रहा।

योगेन्द्र ने कहा, ''एक और बात है, तुम हेम को चिट्ठी नहीं लिख सकोगे–उसके साथ तुम्हारा प्रकट अथवा गोपन, दूर का भी सम्बन्ध नहीं रहेगा। अगर चिट्ठी लिखी, तो तुम जिस बात को गुप्त रखना चाहते हो, मैं उस बात को सारे प्रमाणों के साथ सर्वसाधारण के सामने खोल दूँगा। अगर कोई अब हम लोगों से पूछता है कि तुम्हारे साथ हेम का विवाह क्यों टूट गया, तो मैं कह दूँगा कि इस विवाह में मेरी सहमति न होने के कारण तोड़ दिया–भीतर की बात नहीं कहूँगा। लेकिन तुम यदि

सावधान न रहे, तो सारी बात बाहर आ जाएगी। तुमने पाखंडी की तरह व्यवहार किया है, फिर भी मैंने अपने को जो रोक रखा है, वह तुम्हारे ऊपर दया करके नहीं–इससे मेरी बहन, हेम का सम्बन्ध होने के कारण ही तुम्हें इतनी आसानी से छुटकारा मिल गया है। अब तुमसे मेरी अन्तिम बात यही है कि हेम के साथ किसी समय तुम्हारा जो कोई परिचय था, तुम्हारी बातचीत या व्यवहार में उसका कोई प्रमाण न मिल जाए! इस सम्बन्ध में तुमसे सच नहीं बुलवा सका, कारण, इतने झूठ के बाद तुम्हारे मुँह में सच शोभा नहीं देगा। फिर भी, अगर अभी भी लज्जा है, अपमान का डर है, तो ग़लती से भी मेरी इस बात की अवहेलना मत करना।"

अक्षय–ओहो, योगेन, और क्यों? रमेश बाबू निरुत्तर हो गए हैं, फिर भी तुम्हारे मन में ज़रा भी दया नहीं आ रही है? अब चलो। रमेश बाबू, बुरा मत मानिए, अब हम लोग चलते हैं।

योगेन्द्र–अक्षय चले गए। रमेश काष्ठ प्रतिमा–सा सीधा बैठा रहा। हतबुद्धि–भाव छँट जाने पर उसकी इच्छा करने लगी कि घर से बाहर निकलकर तेज़ी से टहलते–टहलते एक बार पूरी स्थिति पर विचार करें। किन्तु उसे ध्यान आया, कमला है, उसे घर में अकेली छोड़कर नहीं जाया जा सकता।

रमेश ने पासवाले कमरे में जाकर देखा, कमला रास्ते की ओर वाली खिड़की का एक पर्दा खोलकर चुपचाप बैठी है। रमेश के पैरों की आहट सुनकर उसने पर्दा बन्द करके मुँह घुमाया। रमेश फर्श पर बैठ गया।

कमला ने पूछा, "ये दोनों लोग कौन हैं? आज सुबह हमारे स्कूल गए थे।"

रमेश ने विस्मित होकर कहा, "स्कूल गए थे?"

कमला बोली, "हाँ। वे लोग तुमसे क्या कह रहे थे?"

रमेश ने कहा, "मुझसे पूछ रहे थे, तुम मेरी कौन हो?"

यद्यपि ससुराल के अनुशासन के अभाव में कमला ने अभी लज्जा करना नहीं सीखा है, फिर भी आशैशव–संस्कारों के वशीभूत रमेश की इस बात से उसका चेहरा लाल हो उठा।

रमेश ने कहा, "मैंने उन लोगों को उत्तर दिया कि तुम मेरी कोई नहीं लगतीं।"

कमला ने सोचा, रमेश अनुचित ढंग से लज्जित करके उसे कष्ट पहुँचा रहा है। उसने मुँह घुमाकर भर्त्सना के स्वर में कहा, "जाओ!"

रमेश सोचने लगा, 'कमला से सारी बात खोलकर कैसे कहे!'

कमला अचानक हड़बड़ा उठी। बोली, "ऐ या, तुम्हारे फल कौवा लिए जा रहा है।" कहते हुए वह जल्दी से पासवाले कमरे में जाकर कौवे को उड़ाकर फल की थाली ले आई।

रमेश के सामने थाली रखते हुए कहा, "तुम खाओगे नहीं?"

रमेश का खाने का और उत्साह नहीं था, किन्तु कमला के इस सेवा-भाव ने रमेश का दिल छू लिया। उसने कहा, "कमला, तुम नहीं खाओगी?"

कमला ने कहा, "पहले तुम खाओ।"

इतनी-सी घटना, कोई बड़ी नहीं, लेकिन रमेश की वर्तमान अवस्था में हृदय के तनिक से इस कोमल आभास ने उसके हृदय के भीतर के अश्रु-मूल में जाकर मानो घाव कर दिया। रमेश बिना कोई बात कहे ज़बर्दस्ती फल खाने लगा।

खाने की बारी समाप्त होने पर रमेश बोला, "कमला, हम लोग आज रात को गाँव जाएँगे।"

कमला ने आँखें झुकाकर चेहरा दुखी बनाते हुए कहा, "मुझे वहाँ अच्छा नहीं लगता।"

रमेश-तुम्हें स्कूल में रहना अच्छा लगता है?

कमला-नहीं, मुझे स्कूल मत भेजना। मुझे लज्जा आती है। मुझसे लड़कियाँ केवल तुम्हारी बात पूछती हैं।

रमेश-तुम क्या कहती हो?

कमला-मैं कुछ भी नहीं बोल पाती। वे पूछती थीं, तुमने छुट्टियों में मुझे स्कूल में क्यों रखना चाहा-मैं-

कमला बात पूरी नहीं कर पाई। उसके हृदय के घाव में फिर से चीस मारने लगी।

रमेश-तुमने बोला क्यों नहीं, वे मेरे कोई नहीं होते!

कमला ने गुस्से में रमेश के चेहरे की ओर कुटिल कटाक्षपूर्वक देखा-बोली, "जाओ!"

रमेश मन-ही-मन फिर सोचने लगा, क्या किया जाए? इधर रमेश के हृदय के भीतर दबी एक वेदना निरन्तर कीट के समान गह्वर भेदकर बाहर निकलने की चेष्टा कर रही थी। इतनी देर में योगेन्द्र ने हेमनलिनी से क्या कह दिया है, हेमनलिनी क्या सोच रही है, हेमनलिनी को वास्तविक स्थिति किस प्रकार समझाएगा, अगर उसे हमेशा के लिए हेमनलिनी से बिछड़ना पड़ जाए, तो किस तरह जीवन व्यतीत करेगा-ये सारे जलते सवाल भीतर-ही-भीतर जमा होते जा रहे थे, परन्तु रमेश को उन पर सोच-विचार करने का अवसर नहीं मिल पा रहा था। रमेश इतना समझ गया था कि कमला के साथ उसका सम्बन्ध कोलकाता की उसकी मित्र और शत्रु मंडली में तीव्र आलोचना का विषय हो उठा है। इस गड़बड़ में यह किंवदन्ती अच्छी तरह फैल जाएगी कि रमेश कमला का पति है। इस समय रमेश के लिए और एक भी दिन कमला को लेकर कोलकाता में रहना उचित नहीं होगा।

अन्यमनस्क रमेश की इसी चिन्ता के बीच कमला ने अकस्मात् उसके चेहरे की

ओर देखते हुए कहा, "तुम क्या सोच रहे हो? अगर तुम गाँव में रहना चाहो, तो मैं वहीं रह लूँगी।"

युवती के मुँह से आत्म-संयम की यह बात सुनकर रमेश की छाती में फिर से घाव लगा, उसने फिर सोचा, क्या किया जाए? वह पुनर्वार अन्यमनस्क होकर सोचते-सोचते निरुत्तर अवस्था में कमला के चेहरे की ओर देखता रहा।

कमला ने गम्भीर चेहरा बनाकर पूछा, "अच्छा, मैंने छुट्‌टी में स्कूल में रहना नहीं चाहा, इसीलिए तुम ग़ुस्सा हो? सच बताओ!"

रमेश ने कहा, "सच ही कह रहा हूँ, तुम पर ग़ुस्सा नहीं हूँ, मैं अपने ऊपर ही ग़ुस्सा हूँ।"

रमेश अपने को ज़बर्दस्ती चिन्ता के जाल से मुक्त करके कमला के साथ बातचीत करने में लग गया। उससे पूछा, "अच्छा, कमला, बताओ तो, इतने दिनों में स्कूल में क्या सीखा?"

कमला अत्यन्त उत्साह के साथ अपनी शिक्षा का हिसाब देने लगी। सम्प्रति पृथ्वी के गोल आकार की बात उसके लिए अनजानी नहीं है, जब यह बताकर उसने रमेश को चमत्कृत कर डालने की चेष्टा की, तो रमेश ने गम्भीर चेहरे से भू-मंडल की गोलाई में सन्देह प्रकट किया। कहा, "क्या यह कभी सम्भव हो सकता है?"

कमला आँखें फाड़ते हुए बोली, "वाह, हमारी किताब में लिखा है-हम लोगों ने पढ़ा है।"

रमेश ने आश्चर्य प्रकट करते हुए कहा, "क्या कहती हो! किताब में लिखा है? कितनी बड़ी किताब?"

इस प्रश्न से थोड़ी कुंठित होकर कमला ने कहा, "बहुत बड़ी किताब नहीं है, लेकिन छपी हुई किताब है। उसमें चित्र भी दिया हुआ है।"

इतने बड़े प्रमाण के बाद रमेश को हार मान लेनी पड़ी। इसके बाद कमला शिक्षा का विवरण समाप्त करके विद्यालय की छात्राओं और शिक्षकों की बातों, वहाँ के दैनिक कार्यक्रम को लेकर बक-बक करने लगी। रमेश अन्यमनस्क होकर सोचते-सोचते बीच-बीच में हुँकारा भरता गया। अथवा कभी-कभी बात का आख़िरी सिरा पकड़कर एक-आध सवाल भी उसने किया। एक समय कमला बोल पड़ी, "तुम मेरी बात जरा भी नहीं सुन रहे हो।" कहकर नाराज़ होते हुए उसी समय उठ गई।

रमेश ने व्याकुल होकर कहा, "नहीं-नहीं, कमला, ग़ुस्सा मत करो-आज मेरी तबीयत अच्छी नहीं है।"

अच्छी नहीं है, सुनते ही कमला ने तुरन्त लौटकर कहा, "तुम अस्वस्थ हो? क्या हुआ है?"

रमेश ने कहा, "पूरी तरह अस्वस्थ नहीं हूँ-अरे कुछ नहीं-कभी-कभी मुझे

ऐसा होता रहता है–फिर अभी ठीक हो जाएगा।''

कमला ने रमेश को शिक्षा के साथ आनन्द देने के लिए कहा, ''मेरे भूगोल-प्रवेश में पृथ्वी का जो चित्र है, देखोगे?''

रमेश ने आग्रह प्रकट करते हुए देखना चाहा। कमला ने जल्दी से अपनी किताब लाकर रमेश के सामने खोलकर रख दी। कहा, ''ये जो दो गोले देख रहे हो, ये असल में एक हैं। गोल वस्तु के दोनों पहलू क्या कभी एक साथ दिखते हैं?''

रमेश ने ज़रा-सा सोचने का दिखावा करके कहा, ''चपटी वस्तु के भी नहीं दिखाई देते।''

कमला ने कहा, ''इसीलिए इस चित्र में पृथ्वी के दोनों पहलू अलग-अलग आँके गए हैं।''

इस प्रकार शाम बीत गई।

20

अन्नदा बाबू एकान्त मन से आशा कर रहे थे–योगेन्द्र अच्छा समाचार लेकर आएगा, सारी गड़बड़ बड़ी आसानी से ठीक हो जाएगी। जब योगेन्द्र और अक्षय घर पहुँचे, तो अन्नदा बाबू ने डरते हुए उनके चेहरे की ओर देखा।

योगेन्द्र बोला, ''पिताजी, कौन जानता था, आप रमेश को इतनी दूर तक बढ़ावा देंगे! मुझे पता होता तो आप लोगों के साथ उसका परिचय ही नहीं होने देता।''

अन्नदा बाबू–रमेश के साथ हेमनलिनी का विवाह तुम्हारी आन्तरिक इच्छा है, यह बात तो तुमने अनेक बार मुझसे कही है। अगर तुम्हारा रुकावट डालने का मन था–तो मुझे–

योगेन्द्र–निश्चय ही, मेरे मन में रुकावट डालने की बात एकदम नहीं आई, किन्तु उसी कारण–

अन्नदा बाबू–ये देखो, उसमें 'उसी कारण' के लिए कहाँ जगह है? या तो आगे बढ़ने देना होगा या रोक देना होगा, इसके बीच और क्या है?

योगेन्द्र–उसी के चलते एकदम इतनी दूर तक आगे बढ़ना–

अक्षय ने हँसते हुए कहा, ''कोई-कोई ऐसी बात होती है, जो अपनी झोंक में आगे बढ़ जाती है? उसे और बढ़ावा नहीं देना पड़ता–बढ़ते-बढ़ते अपने आप ही अति पर जा पहुँचती है। लेकिन जो हो गया है, उसे लेकर बहस करने से क्या लाभ? अब जो करना कर्तव्य है, उसी की सोचो।''

अन्नदा बाबू ने डरते-डरते पूछा, ''तुम लोगों की रमेश के साथ भेंट हुई?''

योगेन्द्र–खूब भेंट हुई–ऐसी भेंट की आशा नहीं की थी। यहाँ तक कि उसकी पत्नी से भी परिचय हो गया।

अन्नदा बाबू निर्वाक् विस्मय के साथ ताकते रहे। कुछ देर बाद पूछा, "किसकी पत्नी के साथ परिचय हुआ?"

योगेन्द्र–रमेश की पत्नी।

अन्नदा बाबू–तुम क्या कह रहे हो, मुझे कुछ भी समझ में नहीं आ पा रहा है? कौन–से रमेश की पत्नी!

योगेन्द्र–हमारे रमेश की। पाँच–छः महीने पहले जब वह गाँव गया था, तब वह विवाह करने ही गया था।

अन्नदा बाबू–लेकिन उसके पिताजी की मौत होने के कारण विवाह नहीं हो पाया।

योगेन्द्र–मरने के पहले ही विवाह हो गया।

अन्नदा बाबू स्तब्ध बैठे सिर पर हाथ फिराने लगे। कुछ देर सोचने के बाद बोले, "तब तो हमारी हेम के साथ उसका विवाह हो ही नहीं सकता।"

योगेन्द्र–हम लोग तो वही कह रहे हैं–

अन्नदा बाबू–तुम लोगों ने तो वही कह दिया, इधर जो विवाह की तैयारी लगभग सारी ही पूरी हो गई है–इस रविवार के बदले अगले रविवार का दिन तय करके निमन्त्रण बाँट दिए गए हैं–फिर से उसे निरस्त करके फिर चिट्ठियाँ लिखनी होंगी?

योगेन्द्र ने कहा, "पूरी तरह निरस्त करने की क्या आवश्यकता है–थोड़ा बदलाव करके काम चलाया जा सकता है।

अन्नदा बाबू ने अचम्भित होकर कहा, "उसमें बदलाव कहाँ करोगे?"

योगेन्द्र–जहाँ बदलाव करना सम्भव है, वहीं करना होगा। रमेश के बदले और कोई वर तय करके, जैसे भी हो, रविवार को ही काज सम्पन्न करना पड़ेगा। अन्यथा लोगों को मुँह नहीं दिखा पएँगे।

कहकर योगेन्द्र ने एक बार अक्षय की ओर देखा। अक्षय ने नम्रता के साथ चेहरा झुका लिया।

अन्नदा बाबू–इतनी जल्दी वर मिलेगा?

योगेन्द्र–वह आप निश्चिन्त रहिए।

अन्नदा बाबू–लेकिन हेम को तो राज़ी करना पड़ेगा!

योगेन्द्र–रमेश की सारी घटना सुनकर वह निश्चय ही राज़ी हो जाएगी।

अन्नदा बाबू–तब, जो तुम सही समझो, वही करो। किन्तु रमेश की अधिक समर्थ्य भी थी, फिर कमाने लायक विद्या–बुद्धि भी थी। यही परसों मेरे साथ बात पक्की हुई, वह इटावा जाकर प्रैक्टिस करेगा, इसी बीच देखो क्या कांड हो गया।

योगेन्द्र–उस वजह से क्यों चिन्ता कर रहे हैं पिताजी, रमेश अभी भी इटावा में प्रैक्टिस कर पाएगा। ज़रा हेम को बुला लाऊँ, और तो ज़्यादा समय बचा नहीं।

कुछ देर बाद योगेन्द्र हेमनलिनी को लेकर कमरे में आया। अक्षय कमरे के एक कोने में किताबों की अलमारी की ओट में बैठा रहा।

योगेन्द्र ने कहा, ''हेम, बैठो, तुमसे एक बात है।''

हेमनलिनी चुपचाप कुर्सी पर बैठ गई। वह जानती थी, उसकी एक परीक्षा आ रही है।

योगेन्द्र ने भूमिका के व्याज से पूछा, ''तुम रमेश के व्यवहार में सन्देह का कुछ भी कारण नहीं देख पा रही हो?''

हेमनलिनी ने कोई बात नहीं कही, केवल गरदन हिला दी।

योगेन्द्र–उसने जो विवाह का दिन एक सप्ताह आगे खिसका दिया, उसका ऐसा क्या कारण हो सकता है, जो हम में से किसी को भी नहीं बताया जा सकता!

हेमनलिनी आँखें झुकाकर बोली, ''कारण अवश्य ही कुछ है।''

योगेन्द्र–वह तो ठीक बात है। कारण तो है ही, किन्तु वह क्या सन्देहजनक नहीं है?

हेमनलिनी ने फिर चुपचाप गरदन हिलाकर बता दिया, ''नहीं।''

उन सब लोगों की अपेक्षा रमेश पर ऐसा असंदिग्ध विश्वास रखने के कारण योगेन्द्र को ग़ुस्सा आया। सावधानी के साथ भूमिका बनाकर बात उठाना और सम्भव नहीं हुआ।

योगेन्द्र कठोर होकर कहने लगा, ''तुम्हें तो याद है, रमेश छः एक महीने पहले अपने पिताजी के साथ गाँव चला गया था। उसके बाद बहुत दिन तक उसकी कोई चिट्ठी-पत्री न मिलने से हम लोग आश्चर्यचकित रह गए थे। तुम यह भी जानती हो, कि जो रमेश हमारे यहाँ दोनों वक़्त आता था, जो लगातार हमारे पड़ोस के घर में किराए पर रहता था, उसी ने कोलकाता आकर हम लोगों के साथ एक बार भी भेंट नहीं की, दूसरे घर में जाकर छिपकर रहने लगा–इतना होते हुए भी आप सब पहले की तरह विश्वास के साथ ही उसे घर बुला लाए! क्या मेरे रहते हुए कभी भी ऐसा हो पाता?''

हेमनलिनी चुप रही।

योगेन्द्र–आप लोग रमेश के इस प्रकार के व्यवहार का कोई अर्थ नहीं खोज पाए? इस विषय में आप लोगों के मन में क्या एक भी सवाल नहीं उठा? रमेश पर इतना गहरा विश्वास।

हेमनलिनी निरुत्तर।

योगेन्द्र–अच्छा, सही बात है–आप लोग सरल स्वभाव के हैं, किसी पर भी सन्देह नहीं करते–आशा करता हूँ, मुझ पर भी तुम्हारा थोड़ा-सा विश्वास है। मैंने स्वयं स्कूल जाकर पता लगाया है, रमेश अपनी पत्नी, कमला को वहाँ बोर्डिंग में

रखकर पढ़ा रहा था। उसे छुट्टियों के दौरान भी वहीं रखने की व्यवस्था कर दी थी। अचानक, दो-तीन दिन हुए, रमेश को स्कूल की प्रधानाध्यापिका से पत्र मिला कि अवकाश की अवधि में कमला को स्कूल में नहीं रखा जा सकता। आज उन लोगों की छुट्टियाँ शुरू हो गई हैं-स्कूल की गाड़ी ने कमला को दर्जीपाड़ा में उन लोगों के किराए के घर में पहुँचा दिया है। मैं खुद उसी घर में गया। जाकर देखा, कमला दराँती से एप्पल का छिलका उतारकर काट रही है और रमेश उसके सामने ज़मीन पर बैठा एक-एक फाँक लेकर मुँह में रख रहा है। रमेश से पूछा, 'क्या मामला है?' रमेश बोला, वह अभी हम लोगों से कुछ भी नहीं बताएगा। अगर रमेश एक बार भी कहता कि कमला उसकी पत्नी नहीं है, तो भी शायद उस ज़रा-सी बात पर निर्भर करके सन्देह को किसी तरह शान्त रखने की कोशिश की जा सकती थी। लेकिन वह हाँ-ना कुछ भी नहीं बोलना चाहता। अब, क्या इसके बाद भी रमेश पर विश्वास रखना चाहती हो?

प्रश्न के उत्तर की प्रतीक्षा में योगेन्द्र ने हेमनलिनी के चेहरे का निरीक्षण करके देखा, उसका चेहरा अस्वाभाविक रूप से सफेद पड़ गया है और उसमें जितनी ताक़त है, उससे दोनों हाथों में कुर्सी के हत्थे दबाए रखने की कोशिश कर रही है। पल भर में ही सामने की ओर झुकते हुए मूर्च्छित होकर वह कुर्सी से नीचे गिर पड़ी।

अन्नदा बाबू परेशान हो उठे। वे ज़मीन पर पड़ी हेमनलिनी का सिर दोनों हाथों से छाती के पास खींचकर बोले, "बेटी, क्या हुआ बेटी! तुम उन लोगों की बातों का तनिक विश्वास मत करना-सब झूठ है।"

योगेन्द्र ने अपने पिता को हटाकर हेमनलिनी को जल्दी से एक सोफे पर बैठा दिया, पास ही सुराही में पानी था, उससे पानी लेकर उसके मुँह और आँखों पर बारम्बार छींटे देने लगा, और अक्षय एक हाथ-पंखा लेकर उसे तेज़ी से हवा करने लगा।

हेमनलिनी कुछ देर बाद आँखें खोलते ही चौंक पड़ी; अन्नदा बाबू की ओर देखकर चीत्कार करते हुए बोली, "पिताजी-पिताजी, अक्षय बाबू को यहाँ से चले जाने को बोल दीजिए।"

अक्षय पंखा रखकर कमरे के बाहर दरवाज़े की ओट में खड़ा हो गया। अन्नदा बाबू सोफे पर हेमनलिनी के पास बैठकर उसके चेहरे और पीठ पर हाथ फिराने लगे, गहरा दीर्घ-निःश्वास छोड़ते हुए केवल एक बार बोले, "बेटी!"

देखते-देखते हेमनलिनी की दोनों आँखों से आँसू झरने लगे; उसकी छाती हाँफने लगी; पिता के घुटने से छाती को दबाए रखकर अपनी असहनीय वेदना के वेग को रोकने की चेष्टा करने लगी। अन्नदा बाबू अश्रु-रुद्ध कंठ से कहने लगे, "बेटी, तुम निश्चिन्त रहो बेटी! रमेश को मैं खूब जानता हूँ-वह कभी भी

अविश्वासी नहीं है, निश्चय ही योगेन से ग़लती हुई है।''

योगेन्द्र और नहीं रह पाया; बोला, ''पिताजी, झूठा आश्वासन मत दीजिए। इस समय के कष्ट से छुटकारा दिलाने की कोशिश करना, उसे दुगुने कष्ट में धकेलना हो जाएगा। पिताजी, हेम को अभी कुछ देर सोचने का समय दीजिए।''

हेमनलिनी तुरन्त पिता का घुटना छोड़कर उठ बैठी और योगेन्द्र के चेहरे की ओर देखते हुए बोली, ''मुझे जो सोचना है, सब सोच लिया। जब तक उनके अपने मुँह से न सुन लूँ, तब तक मैं किसी भी तरह विश्वास नहीं करूँगी, यह निश्चित रूप से जान लेना।''

यह बात कहकर वह उठ पड़ी। अन्नदा बाबू ने व्याकुल होकर उसे पकड़ लिया, कहा, ''गिर पड़ोगी।''

हेमनलिनी अन्नदा बाबू का हाथ पकड़कर अपने सोनेवाले कमरे में चली गई। बिछौने पर लेटकर बोली, ''पिताजी, ज़रा मुझे अकेली छोड़ जाइए, मैं सोऊँगी।''

अन्नदा बाबू ने कहा, ''हरि की माँ को बुला दूँ? हवा कर देगी?''

हेमनलिनी ने कहा, ''पिताजी, हवा की जरूरत नहीं है।''

अन्नदा बाबू पासवाले कमरे में जाकर बैठ गए। इस लड़की को छः महीने की शिशु-अवस्था में छोड़कर इसकी माँ मर गई थी, वे उसी हेम की माँ की बात सोचने लगे। वही सेवा, वही धैर्य, वही चिर-प्रसन्नता याद आई। उसी गृह-लक्ष्मी की प्रतिमूर्ति के समान जो बालिका इतने दिन तक उनकी गोद में बड़ी हुई, उसके, अनिष्ट की आशंका से उनका हृदय व्याकुल हो उठा। वे पासवाले कमरे में बैठे-बैठे उसे मन-ही-मन सम्बोधित करके कहने लगे, 'बेटी, तुम्हारे सारे विघ्न दूर हो जाएँ, तुम हमेशा सुखी रहो। तुम्हें सुखी देखकर, स्वस्थ देखकर, जिसे प्रेम करती हो, उसी के घर में लक्ष्मी के समान प्रतिष्ठित देखकर मैं मानो तुम्हारी माँ के पास जा सकता हूँ।' यह कहकर कुर्ते के किनारे से गीली आँखें पोंछ लीं।

योगेन्द्र में पहले से ही लड़कियों की बुद्धि के प्रति काफी अवज्ञा थी, आज वह और भी मज़बूत हो गई। ये लोग प्रत्यक्ष प्रमाण पर भी विश्वास नहीं करतीं-इनके साथ क्या किया जाए? दो और दो चार होंगे ही, इसमें व्यक्ति को चाहे सुख हो, चाहे दुख हो, ये स्थान विशेष पर इसे अनायास अस्वीकार कर सकती हैं। अगर तर्क काले को काला ही कहे और इन लोगों का प्यार उसे कहे सफेद, तो ये बेचारे तर्क पर भारी ख़फ़ा हो जाएँगी। इन लोगों के साथ संसार कैसे चलता है, योगेन्द्र किसी भी तरह नहीं सोच पाया।

योगेन्द्र ने पुकारा, ''अक्षय!''

अक्षय ने धीरे-धीरे कमरे में प्रवेश किया। योगेन्द्र ने कहा, ''सब तो सुन लिया है, अब इसका क्या उपाय है?''

अक्षय ने कहा, ‘‘मुझे इन सब बातों में क्यों घसीट रहे हो भाई? मैंने अब तक कोई बात ही नहीं कही, तुमने आते ही मुझे इस मुश्किल में धकेल दिया।’’

योगेन्द्र–अच्छा, ये सब शिकायत की बातें बाद में होंगी। अभी हेमनलिनी के सामने रमेश के अपने मुँह से सारी बात क़बूल करवाए बिना कोई उपाय नहीं दिखता।

अक्षय–पागल हो गए हो। व्यक्ति अपने मुँह से–

योगेन्द्र–अथवा यदि एक चिट्ठी लिख दे, वह होने से और अच्छा होगा। तुम्हें यह भार लेना ही होगा। किन्तु और देरी करना उचित नहीं।

अक्षय ने कहा, ‘‘देखता हूँ, कहाँ तक क्या कर सकता हूँ!’’

21

रमेश रात के नौ बजे कमला को लेकर सियालदह स्टेशन के लिए रवाना हुआ। जाते समय एक घुमावदार रास्ते से गया। गाड़ीवान को अनावश्यक रूप से कई गलियों के चक्कर कटवाए। कलुटोला के एक घर के सामने पहुँचकर तीव्र इच्छा के साथ मुँह आगे बढ़ाकर देखा। परिचित घर में कोई बदलाव नहीं आया है।

रमेश ने एक ऐसा गहरा दीर्घ–निःश्वास छोड़ा कि नींद से घिरी कमला चौंक पड़ी। पूछा, ‘‘क्या हुआ तुम्हें?’’

रमेश ने उत्तर दिया, ‘‘कुछ भी तो नहीं।’’ और कुछ नहीं बोला, गाड़ी के अन्धकार में चुप बैठा रहा। कमला देखते–देखते गाड़ी के किनारे पर सिर टिकाकर फिर सो गई। क्षण भर के लिए रमेश को कमला का अस्तित्व मानो असहनीय अनुभव हुआ।

गाड़ी यथा समय स्टेशन पहुँच गई। एक सेकंड–क्लास की बोगी में पहले से ही रिजर्वेशन कराया हुआ था, रमेश और कमला उसमें चढ़ गए। एक तरफ की बेंच पर कमला के लिए बिस्तर लगाकर गाड़ी की बत्ती के नीचे पर्दा खींचकर अँधेरा करके रमेश ने कमला से कहा, ‘‘तुम्हारा सोने का समय काफी पहले हो गया है, तुम यहाँ सो जाओ।’’

कमला ने कहा, ‘‘मैं गाड़ी चलने पर सोऊँगी, तब तक ज़रा इस खिड़की के किनारे बैठकर देखूँ?’’

रमेश सहमत हो गया। कमला सिर पर पल्लू खींचकर प्लेटफॉर्म की ओर वाली सीट के किनारे बैठकर लोगों का आना–जाना देखने लगी। रमेश बीच वाली सीट पर बैठा अन्यमनस्क भाव से देखता रहा। जब गाड़ी स्टेशन छोड़ रही थी, तो रमेश चौंक पड़ा–अचानक लगा, उसका एक परिचित व्यक्ति गाड़ी की ओर भागा आ रहा है।

अगले ही पल कमला खिल्–खिल् करके हँस पड़ी। रमेश ने खिड़की से गरदन

निकालकर देखा–रेलवे कर्मचारियों के रोकने के बावजूद एक आदमी किसी तरह चलती गाड़ी में चढ़ रहा है और खींचतान में उसकी चादर कर्मचारियों के हाथों में ही रह गई है। उस आदमी ने जब चादर लेने के लिए खिड़की से झुककर हाथ बढ़ाया, तब रमेश साफ समझ गया कि वह और कोई नहीं, अक्षय है।

चादर की खींचतान के इस दृश्य पर कमला की हँसी ने बहुत देर तक थमना नहीं चाहा।

रमेश ने कहा, ''साढ़े दस बज गए हैं, गाड़ी चल दी है, अब तुम सो जाओ।''

बिस्तर पर लेटकर युवती को जितनी देर तक नींद नहीं आई, बीच-बीच में खिल्-खिल् करके हँसती रही।

किन्तु इस घटना से रमेश को विशेष कौतुक अनुभव नहीं हुआ। रमेश जानता था, किसी गाँव-जवार के साथ अक्षय का कोई सम्बन्ध नहीं है, वह पीढ़ी-दर-पीढ़ी कोलकाता का निवासी है; आज रात इस तरह दम फुलाकर वह कोलकाता छोड़कर कहाँ जा रहा है? रमेश निश्चयपूर्वक समझ गया, अक्षय उसी का पीछा कर रहा है।

अगर अक्षय उनके गाँव में जाकर खोज शुरू करे और वहाँ रमेश के पक्ष वालों तथा विपक्षियों के बीच इस मामले को लेकर हलचल मचे, तो सारा मामला कैसा जघन्य हो जाएगा, उसकी कल्पना करके रमेश का हृदय अशान्त हो उठा। उनके मुहल्ले में कौन, क्या कहेगा, किस तरह बातें बनेंगी, रमेश मानो उसे प्रत्यक्ष देखने लगा। कोलकाता जैसे शहर में प्रत्येक अवस्था में आड़ खोजी जा सकती है, लेकिन छोटे गाँव में गहराई कम होने के कारण कम चोट से ही उसकी हलचल की लहरें ऊँची उठती हैं। रमेश यह बात जितनी सोचने लगा, उसका हृदय उतना ही कुंठित होने लगा।

गाड़ी जब बैरकपुर रुकी, तो रमेश गरदन निकालकर देखने लगा, अक्षय नहीं उतरा। नैहाटी पर भी अनेक लोग उतरना करने लगे, अक्षय उनमें भी दिखाई नहीं दिया। रमेश ने एक बार वृथा आशा में बगुला स्टेशन पर भी गरदन उचकाई–उतरनेवालों में अक्षय के निशान नहीं मिले। इसके बाद वाले और किसी स्टेशन पर अक्षय के उतरने की सम्भावना की कल्पना वह नहीं कर सका।

रमेश थककर बहुत रात को सो गया। अगले दिन सुबह गाड़ी ग्वालन्द पहुँचने पर रमेश ने देखा, अक्षय सिर और चेहरा चादर से ढके एक हाथ में बैग पकड़े जल्दी-जल्दी स्टीमर की ओर झपटा जा रहा है।

जिस स्टीमर पर रमेश को चढ़ना है, उसे चलने में अभी देर है। लेकिन दूसरे घाट पर एक और स्टीमर चलने को तैयार घन-घन सीटी बजा रहा है। रमेश ने पूछा, ''यह स्टीमर कहाँ जाएगा?''

उत्तर मिला, ''पछाँह।''

"कहाँ तक जाएगा?"

"पानी कम न हुआ, तो काशी तक।"

सुनकर रमेश तुरन्त उसी स्टीमर पर चढ़कर कमला को एक केबिन में बैठा आया और जल्दी से कुछ दूध, चावल, दाल तथा एक चरखा केला खरीद लिया।

इधर अक्षय दूसरे स्टीमर पर सब चढ़नेवालों से पहले चढ़कर गुड़ीमुड़ी होकर एक ऐसी जगह खड़ा रहा, जहाँ से अन्य यात्रियों की गतिविधियों पर नज़र रखी जा सके। यात्रियों को ख़ास जल्दी नहीं थी। जहाज छूटने में देर है–इस अन्तराल में वे लोग हाथ-मुँह धोने, स्नान करने या फिर कोई-कोई किनारे पर खाना बनाने का जुगाड़ करके खाना खाने लगे। अक्षय ग्वालन्द से परिचित नहीं है। उसने सोचा, निकट ही कहीं होटल या कुछ है, रमेश वहीं कमला को खिलाने ले गया है।

अन्त में स्टीमर सीटी देने लगा। तब भी रमेश दिखाई नहीं दिया, हिलते हुए पटरे से यात्री-दल ने जहाज पर चढ़ना आरम्भ कर दिया। जल्दी-जल्दी सीटी बजने की फूत्कार से लोगों की हड़बड़ी लगातार बढ़ने लगी। लेकिन आए हुओं और आनेवालों में रमेश का कोई चिह्न नहीं। जब चढ़नेवालों की संख्या शेष हो आई, तख़्ता उठा लिया गया और लंगर उठाने का हुक्म दे दिया गया, तब अक्षय ने परेशान होकर कहा, "मुझे उतरना है।" किन्तु खलासियों ने उसकी बात पर कान नहीं दिए। किनारा दूर नहीं था, अक्षय ने स्टीमर से छलाँग मार दी।

किनारे पहुँचकर रमेश का कोई पता नहीं चला। कुछ देर हुई, ग्वालन्द से सुबह की पैसेंजर ट्रेन से कोलकाता की ओर चला गया है। अक्षय ने मन-ही-मन सोचा, कल रात गाड़ी में चढ़ते समय की खींचातानी में वह निश्चय ही रमेश की नज़र में आ गया और रमेश अपने ख़िलाफ़ किसी षड्यन्त्र का अनुमान लगाकर गाँव जाने के स्थान पर फिर से सुबह की गाड़ी से ही कोलकाता लौट गया है। अगर कोई आदमी कोलकाता में छिपने की कोशिश करे, तो उसे बाहर निकाल पाना कठिन होगा।

22

अक्षय ग्वालन्द में ही छटपटाते हुए सारा दिन बिताकर शाम वाली डाक-गाड़ी पर चढ़ गया। अगले दिन भोर में कोलकाता पहुँचकर सबसे पहले रमेश के दर्जीपाड़ा वाले मकान पर जाकर देखा, उसका दरवाज़ा बन्द है, पूछने पर पता चला, वहाँ कोई नहीं आया।

कलुटोला में आकर देखा, रमेश का मकान ख़ाली है। अन्नदा बाबू के घर आकर योगेन्द्र से कहा, "भाग गया, पकड़ नहीं सका।"

योगेन्द्र ने कहा, "यह क्या बात है?"

अक्षय ने अपना भ्रमण-वृत्तान्त विस्तारपूर्वक कह दिया।

अक्षय को देखने मात्र से रमेश कमला को लेकर भाग गया, इस समाचार से रमेश के विरुद्ध योगेन्द्र का सारा सन्देह निश्चित विश्वास में परिणत हो गया।

योगेन्द्र ने कहा, "लेकिन अक्षय, यह सब युक्ति किसी काम नहीं आएगी। केवल हेमनलिनी ही क्यों, पिताजी तक एक ही रट लगा रहे हैं-वे कहते हैं, रमेश के अपने मुँह से सारी बात सुने बिना वे रमेश पर अविश्वास नहीं कर सकते। यहाँ तक कि, अगर रमेश आज भी आकर बोल दे कि 'मैं अभी कुछ नहीं कहूँगा', तो पिताजी निश्चय ही उसके साथ हेम का विवाह करने में हिचकेंगे नहीं। इन लोगों के साथ मैं ऐसी मुश्किल में पड़ गया हूँ। पिताजी हेमनलिनी का ज़रा-सा कष्ट भी सहन नहीं कर पाते, यदि हेम आज हठ कर बैठे कि रमेश की दूसरी पत्नी होने दो-मैं उसी से विवाह करूँगी, तो शायद पिताजी उसी में राज़ी हो जाएँ! जैसे हो, और जितनी जल्दी हो, रमेश से कबूल करवाना ही पड़ेगा। तुम्हारे हताश होने से नहीं चलेगा। मैं ही इस काम में लग जाता, लेकिन मेरे दिमाग़ में किसी प्रकार की चालबाज़ी नहीं आती, मैं शायद रमेश के साथ मारपीट कर बैठूँ! लगता है अभी तक तुम्हारा मुँह धोना, चाय पीना नहीं हुआ?"

अक्षय मुँह धोकर चाय पीते-पीते सोचने लगा। उसी समय अन्नदा बाबू हेमनलिनी का हाथ पकड़े हुए चाय पीने वाले कमरे में आ पहुँचे। अक्षय को देखने मात्र से ही हेमनलिनी घूमकर कमरे से बाहर हो गई।

योगेन्द्र ने गुस्सा होकर कहा, "हेम की यह भारी ग़लती है। पिताजी, आप उसकी इस सारी अशिष्टता को बढ़ावा मत दीजिए। उसे ज़बर्दस्ती यहाँ ले आना उचित होगा। हेम! हेम!"

हेमनलिनी तब तक ऊपर चली गई थी। अक्षय ने कहा, "योगेन, देख रहा हूँ, तुम मेरा केस और भी ख़राब कर दोगे। उसके सामने मेरे सम्बन्ध में कोई बात मत कहना! समय आने पर इसका निवारण हो जाएगा, ज़बर्दस्ती करने से सब मिट्टी हो जाएगा।"

यह कहकर अक्षय चाय पीकर चला गया। अक्षय में धैर्य का अभाव नहीं था। जब समस्त लक्षण उसके प्रतिकूल होते हैं, वह तब भी लगे रहना जानता है। उसके भाव में भी कोई विकार नहीं आता। वह अभिमान करके चेहरा गम्भीर नहीं बना लेता अथवा दूर नहीं चला जाता। अनादर-अवमानना में वह अविचलित रहता है। आदमी टिकाऊ है। उसके प्रति किसी का कैसा भी व्यवहार हो, वह टिका रहता है।

अक्षय के चले जाने पर अन्नदा बाबू फिर से हेमनलिनी को पकड़कर चाय की टेबल पर ले आए। आज उसके कपोल पीले हैं, उसकी आँखों के नीचे काले निशान

पड़ गए हैं। कमरे में आने पर उसने आँखें नीची कर लीं, योगेन्द्र के चेहरे की ओर देख नहीं सकी। वह जानती थी योगेन्द्र उस पर और रमेश पर गुस्सा है, उन लोगों के विरुद्ध कठोर युक्ति-प्रयोग कर रहा है। इसी कारण योगेन्द्र से आमना-सामना होना या आँखें मिलाना उसके लिए दुरूह हो गया है।

यद्यपि प्रेम ने हेमनलिनी के विश्वास को बचा रखा था, फिर भी तर्क को पूरी तरह रोककर नहीं रखा जा सकता। कल हेमनलिनी योगेन्द्र के सामने अपने विश्वास की दृढ़ता दिखाकर चली गई, किन्तु रात के अँधेरे में सोनेवाले कमरे में अकेला वही बल पूरी तरह नहीं रहता। वस्तुत: प्रारम्भ से ही रमेश के व्यवहार का कोई अर्थ समझ में नहीं आ रहा था। हेमनलिनी सन्देह के कारणों को जितना भी प्राण-पण से बलपूर्वक अपने विश्वास के दुर्ग में नहीं घुसने देती-वे बाहर खड़े होकर उतने ही अधिक बल से आक्रमण करते रहते हैं। जिस प्रकार माँ बालक को दोनों हाथों से छाती में दबाए रखकर सांघातिक आघात से उसकी रक्षा करती है, उसी प्रकार हेमनलिनी ने समस्त प्रमाणों के विरुद्ध रमेश के प्रति विश्वास को बलपूर्वक हृदय में जकड़ रखा है। किन्तु हाय, बल क्या हमेशा समान रहता है?

हेमनलिनी के पास वाले कमरे में रात में अन्नदा बाबू सो रहे थे। हेम जो बिछौने पर इस करवट, उस करवट कर रही थी, यह वे समझ पा रहे थे। एक-एक बार उसके कमरे में जाकर उससे कह रहे थे, "बेटी, तुम्हें नींद नहीं आ रही है ना?"

हेमनलिनी उत्तर दे रही थी, "पिताजी, आप क्यों जाग रहे हैं, मैं अभी सो जाऊँगी।"

दूसरे दिन भोर में उठकर हेमनलिनी छत पर घूम रही थी। रमेश के मकान का न कोई दरवाज़ा खुला था, न कोई खिड़की।

सूरज धीरे-धीरे पूरब वाले भवनों की शिखर-माला पर चढ़ आया। हेमनलिनी को आज का यह नवोदित दिन ऐसा शुष्क-शून्य ऐसा आशाहीन-आनन्दहीन अनुभव हुआ कि वह उसी छत के एक कोने में बैठकर दोनों हाथों से चेहरा ढककर रो पड़ी। आज पूरे दिन कोई नहीं आएगा, चाय के समय आशा किए जानेवाला कोई नहीं है, पास वाले घर में कोई एक व्यक्ति है, यह कल्पना करने का सुख तक मिट गया।

"हेम! हेम!"

हेमनलिनी ने जल्दी से उठकर आँखें पोंछते हुए उत्तर दिया, "क्या है पिताजी!"

अन्नदा बाबू ने छत पर आकर हेमनलिनी की पीठ पर हाथ फिराते हुए कहा, "आज मुझे उठने में देर हो गई।"

अन्नदा बाबू बेचैनी के कारण रात को सो नहीं पाए, भोर में सो गए थे। आँखों में रोशनी पड़ते ही उठकर जल्दी से मुँह धोकर हेमनलिनी की ख़बर लेने गए। देखा,

कमरे में कोई नहीं है। उसे सुबह-सुबह अकेली घूमते देखकर उनके हृदय को चोट पहुँची। बोले, ''चलो बेटी, चाय पीने चलो।''

हेमनलिनी की चाय की टेबल पर योगेन्द्र के सामने बैठकर चाय पीने की इच्छा नहीं थी। किन्तु वह जानती थी, किसी भी रूप में नियम में अन्यथा होना उसके पिता को कष्ट पहुँचाता है। इसके अलावा वह रोज़ाना अपने हाथ से अपने पिता के प्याले में चाय ढाल देती है, इस तनिक-सी सेवा से भी उसने अपने को वंचित नहीं करना चाहा।

नीचे जाकर कमरे में घुसने से पहले जब उसने बाहर से ही सुना कि योगेन्द्र किसी के साथ बातें कर रहा है, तो उसका हृदय काँप उठा-अचानक लगा, शायद रमेश आया है! इतनी सुबह और कौन आएगा?

काँपते पैरों से कमरे में घुसकर ज्यों ही देखा कि अक्षय है, वह किसी भी तरह अपने को रोक नहीं पाई-तुरन्त दौड़कर बाहर आ गई।

अन्नदा बाबू जब उसे दूसरी बार कमरे में ले आए, तो वह अपने पिता की कुर्सी से सटकर खड़ी हो चेहरा झुकाए उन्हें चाय तैयार करके देने लगी।

योगेन्द्र हेमनलिनी के व्यवहार पर बहुत अधिक गुस्सा हो गया था। हेम रमेश के लिए इस तरह दुख अनुभव करेगी, यह उसे असहनीय लग रहा था। इसके बाद जब देखा कि अन्नदा बाबू उसके इस दुख के साथी हो गए हैं और वह भी जैसे संसार के और सभी के निकट से हटकर अन्नदा बाबू की स्नेह-छाया में अपने को बचाने की चेष्टा कर रही है, तब उसका अधैर्य और भी बढ़ गया-'हम सभी मानो, अत्याचारी हैं! हम लोग जो स्नेह की खातिर ही कर्तव्य-पालन की चेष्टा कर रहे हैं, हम लोग ही वास्तव में इसका भला करने में लगे हैं, इसके लिए लेशमात्र कृतज्ञता तो दूर, मन-ही-मन हम लोगों को दोषी ठहरा रही है। पिताजी को तो किसी विषय में व्यवहार-ज्ञान नहीं है। अब सांत्वना देने का समय नहीं है, अब आघात करने का समय है। ऐसा न करके वे अप्रिय सत्य को लगातार उससे दूर भगाए रख रहे हैं।'

योगेन्द्र अन्नदा बाबू को सम्बोधित करके बोला, ''जानते हैं पिताजी, क्या हुआ?''

अन्नदा बाबू ने भयभीत होकर कहा, ''नहीं, क्या हुआ?''

योगेन्द्र-रमेश कल अपनी पत्नी को लेकर ग्वालन्द मेल से गाँव जा रहा था, अक्षय को उसी गाड़ी में चढ़ते देख गाँव न जाकर वह फिर कोलकाता भाग आया है।

हेमनलिनी के हाथ काँप गए, चाय ढालते हुए चाय गिर गई। वह कुर्सी पर बैठ गई।

योगेन्द्र एक बार उसकी ओर कटाक्षपात करके बोलने लगा, "भागने की क्या आवश्यकता थी, मैं तो कुछ भी नहीं समझ पाया। अक्षय के सामने तो पहले ही सब खुल गया था। एक तो उसका पहले का व्यवहार ही पर्याप्त हेय है, उसके बाद यह भीरुता, यह लगातार चोर की तरह भागते फिरना, मुझे अत्यन्त जघन्य लगता है। पता नहीं, हेम क्या सोचती है, किन्तु इस तरह के पलायन से ही उसके अपराध का पर्याप्त प्रमाण मिल रहा है।"

हेमनलिनी काँपते-काँपते कुर्सी छोड़कर उठ खड़ी हुई; बोली, "भैया, मैं प्रमाण की कोई अपेक्षा नहीं रखती। आप लोग उनका न्याय करना चाहें, तो कीजिए, मैं उनकी न्यायाधीश नहीं हूँ।"

योगेन्द्र-तुम्हारे साथ जिसका विवाह का सम्बन्ध हो रहा है, वह क्या हमारे लिए सम्बन्धहीन है?

हेमनलिनी-विवाह की बात कौन कर रहा है? आप लोग तोड़ डालना चाहते हैं, तो तोड़ दीजिए-वह आप लोगों की इच्छा है। लेकिन मेरा मन तोड़ने की कोशिश अनर्थक ही कर रहे हैं।

कहते-कहते हेमनलिनी की आवाज़ बन्द होकर, रुलाई फूट पड़ी। अन्नदा बाबू ने जल्दी से उठकर उसके आँसुओं से भीगे चेहरे को छाती में भींचते हुए कहा, "चलो हेम, हम लोग ऊपर चलें।"

23

स्टीमर चल पड़ा। पहले-दूसरे दर्ज़े के केबिनों में कोई नहीं था। रमेश ने एक केबिन चुनकर बिस्तर लगा दिया। कमला सुबह दूध पीने के बाद उसी केबिन का दरवाज़ा खोलकर नदी और नदी तट देखने लगी।

रमेश ने कहा, "पता है कमला, हम लोग कहाँ जा रहे हैं?"

कमला बोली, "गाँव जा रहे हैं।"

रमेश-गाँव तो तुम्हें अच्छा नहीं लगता-हम लोग गाँव नहीं जाएँगे।

कमला-तुमने मेरे लिए गाँव जाना छोड़ दिया?

रमेश-हाँ, तुम्हारे लिए ही।

कमला ने मुँह भारी करके कहा, "ऐसा क्यों किया? एक दिन मैंने बात-बात में जो बोल दिया था, लगता है उसी को इस तरह मन पर ले लिया है? किन्तु तुम बहुत थोड़े में ही नाराज़ हो जाते हो।"

रमेश ने हँसकर कहा, "मैं तनिक भी नाराज़ नहीं हूँ। गाँव जाने की इच्छा मेरी भी नहीं है।"

तब कमला ने उत्सुक होकर पूछा, "तो हम लोग कहाँ जा रहे हैं?"

रमेश–पछाँह।

'पछाँह' सुनकर कमला की आँखें फैल गईं। पछाँह! जिस व्यक्ति ने हमेशा घर में दिन बिताए हों, एक पछाँह बोलने से उसे कितना-सा समझ में आता है! पछाँह में तीर्थ हैं, पछाँह में स्वास्थ्य है, पछाँह में नए-नए स्थान हैं, नए-नए दृश्य हैं, कितने राजाओं और सम्राटों की पुरातन कीर्ति, कितने नक़्क़ाशीदार मन्दिर, कितनी प्राचीन कहानियाँ, कितना वीरता का इतिहास!

कमला ने पुलकित होकर पूछा, "पछाँह में हम कहाँ जा रहे हैं?"

रमेश ने कहा, "कुछ भी तय नहीं है। मुंगेर, पटना, दानापुर, बक्सर, ग़ाज़ीपुर, काशी, जहाँ हो, एक जगह पहुँचकर रह जाएँगे।"

इन सारे, कुछ जाने हुए और अनजाने शहरों के नाम सुनकर कमला की कल्पनावृत्ति और भी उत्तेजित हो उठी। वह ताली पीटते हुए बोली, "बहुत मज़ा आएगा।"

रमेश ने कहा, "मज़ा तो बाद में आएगा, लेकिन इन कुछ दिन खाने-वाने का क्या किया जाएगा? तुम खलासियों के हाथ का बना खाना खा पाओगी?"

कमला ने घृणा से मुँह बिगाड़कर कहा, "माँ री! वह मुझसे नहीं होगा।"

रमेश–तो क्या उपाय निकालोगी?

कमला–क्यों, मैं अपने आप राँध लूँगी।

रमेश–तुम राँध सकती हो?

कमला ने हँसते हुए कहा, "पता नहीं, तुम मुझे क्या समझते हो! राँध नहीं सकती, तो क्या? मैं क्या नन्ही बच्ची हूँ? मामा के घर तो हमेशा से राँधती आई हूँ।"

रमेश तत्काल अफसोस जताते हुए बोला, "वही तो, तुमसे यह पूछना एकदम उचित नहीं हुआ। तो अब राँधने का जुगाड़ किया जाए–क्या विचार है?"

रमेश यह कहकर चला गया और ढूँढ़-ढाँढ़कर लोहे का एक चूल्हा जुटा लिया। केवल वही नहीं, काशी पहुँचने का खर्च और वेतन देने का प्रलोभन देकर उमेश नामक एक कायस्थ बालक को पानी भरने, बरतन माँजने आदि कामों के लिए नियुक्त कर लिया।

रमेश ने कहा, "कमला, आज क्या खाना बनेगा?"

कमला बोली, "तुम्हारे पास तो भारी जुगाड़ है! एक दाल, एक चावल–आज खिचड़ी बनेगी।"

रमेश कमला के निर्देश के अनुसार खलासियों से मसाला जुटा लाया।

कमला रमेश की अनभिज्ञता पर हँस पड़ी, बोली, "खाली, मसाला लेकर क्या करूँगी? सिल-लोढ़े के बिना पीसूँगी कैसे? तुम तो भारी...।"

युवती की यह अवज्ञा झेलकर रमेश सिल-लोढ़े की खोज में भागा। सिल-लोढ़ा न मिला, तो खलासियों के पास से लोहे का एक हमामदस्ता उधार ले आया।

कमला को हमामदस्ते में मसाला कूटने का अभ्यास नहीं था। लाचारी में उसी को लेकर बैठना पड़ा। रमेश ने कहा, "न हो, तो मसाला किसी और से पिसवाकर ले आता हूँ।"

यह कमला को पसन्द नहीं आया। उसने स्वयं ही उत्साहपूर्वक कार्य आरम्भ कर दिया। इस आदत न होनेवाले तरीके से उत्पन्न कठिनाई में उसे आनन्द अनुभव हुआ। मसाला उछलकर चारों ओर छिटक रहा था और वह हँसी नहीं रोक पा रही थी। उसकी वह हँसी देख रमेश को भी हँसी आ रही थी।

इस तरह मसाला कूटने का अध्याय पूरा करके कमला ने कमर में आँचल खोसकर बाँस की चटाई से घिरी एक जगह खाना चढ़ा दिया। कोलकाता से एक हाँड़ी में सन्देश[1] लाया गया था, उस हाँड़ी से ही काम चला लिया गया।

खाना चढ़ाकर कमला ने रमेश से कहा, "तुम जाओ, जल्दी से नहा लो, मेरा खाना बनने में बहुत देर नहीं लगेगी।"

खाना बन गया, रमेश भी नहा आया। अब सवाल उठा, थाली तो है नहीं, खाया किसमें जाएगा?

रमेश ने बहुत डरते-डरते कहा, "खलासियों से चीनी मिट्टी की तश्तरियाँ उधार माँगकर लाई जा सकती हैं।"

कमला ने कहा, "छिः!"

रमेश ने कोमल स्वर में बताया कि उसके द्वारा पहले भी ऐसा अनाचार हो चुका है।

कमला बोली, "पहले जो हुआ, सो हुआ, अब नहीं हो सकता-मैं वैसा नहीं देख सकती।"

यह कहकर वह स्वयं ही, सन्देश की हाँड़ी पर जो ढकना था, उसे ही अच्छी तरह धोकर ले आई। बोली, "आज के लिए तुम इसी में खाओ, बाद में देखा जाएगा।"

भोजन का स्थान जल से धुलकर तैयार होने पर रमेश शुद्ध-भाव से खाने बैठ गया। दो-एक ग्रास मुँह में रखकर बोला, "वाह, चमत्कार हो गया!"

कमला ने लजाते हुए कहा, "जाओ, ठट्ठा मत करो।"

---

1. सन्देश: एक बंगाली मिठाई, जो छेना और खोआ मिलाकर बनाई जाती है। सामग्री को मीठा बनाने के लिए चीनी और खजूर के गुड़ का अलग-अलग प्रयोग किया जाता है। कड़ाही में भूनकर बनाए गए सन्देश को 'कड़ापाका सन्देश' और न भूने गए सन्देश को 'काचा सन्देश' कहा जाता है। कभी-कभी केवल खोआ से भी यह मिठाई बनाई जाती है।

रमेश ने कहा, "ठट्ठा नहीं है, यह अभी ही समझ जाओगी।" कहकर ढकने का सारा खाद्य देखते-देखते समाप्त करके और माँग लिया। कमला ने इस बार बहुत अधिक दे दिया। रमेश ने परेशान होकर कहा, "यह क्या कर रही हो? तुम्हारे अपने लिए कुछ बचा तो है?"

"ढेर सारा है, उसके लिए तुम्हें नहीं सोचना है।"

रमेश के तृप्तिपूर्वक भोजन करने से कमला बहुत खुश हुई। रमेश ने कहा, "तुम किसमें खाओगी?"

कमला बोली, "क्यों, इस ढकने में ही हो जाएगा।"

रमेश बेचैन हो गया। बोला, "नहीं, यह हो ही नहीं सकता।"

कमला ने आश्चर्यचकित होते हुए कहा, "क्यों, हो क्यों नहीं सकता?"

रमेश ने कहा, "नहीं-नहीं, ऐसा क्या होता है!"

कमला ने कहा, "ख़ूब होता है-मैं सब ठीक किए ले रही हूँ। उमेश, तू किसमें खाएगा?"

उमेश ने कहा, "माँ ठकुराइन[1], नीचे हलवाई खाना बेच रहा है, उससे पत्तल माँग लाता हूँ।"

रमेश ने कहा, "अगर तुम ढकने में ही खाओगी, तो मुझे दो, मैं अच्छी तरह धोकर लाता हूँ।"

कमला ने केवल संक्षेप में कहा, "पागल हो गए हो!"

कुछ देर बाद वह बोल पड़ी, "किन्तु पान नहीं बना पाई, तुमने मुझे पान लाकर नहीं दिया।"

रमेश ने कहा, "नीचे पानवाला पान बेच रहा है।"

इस प्रकार, अति सहजता से गृहस्थी शुरू हो गई।

रमेश मन-ही-मन उद्विग्न हो उठा। वह सोचने लगा-दाम्पत्य के भाव को किस तरह हटाकर रखा जाए!

गृहिणी के पद पर अधिकार जमाने के लिए कमला बाहर की किसी सहायता अथवा सीख की प्रत्याशा नहीं रखती। वह जितने दिन अपने मामा के घर थी, खाना बनाया-परोसा, बच्चे पाले, घर का कामकाज चलाया। उसकी निपुणता, तत्परता और कर्म का आनन्द देखकर रमेश को बहुत अच्छा लगा, किन्तु उसी के साथ वह एक बात भी सोचने लगा, 'भविष्य में इसके साथ कैसे चला जाएगा? इसे कैसे पास रखेगा? दूर कर देगा? दोनों के बीच कहाँ लक्ष्मण-रेखा खींचना उचित है? अगर हेमनलिनी दोनों के बीच रहती, तो सभी कुछ ठीक हो जाता। लेकिन उस आशा को

---

1. माँ ठकुराइन (ठाकरुन) : घरेलू नौकरों द्वारा घर की मालकिन के लिए बंगाल में प्रयुक्त सम्बोधन। मध्य भारत में इसके लिए 'माँजी' का प्रयोग मिलता है।

अगर छोड़ना पड़े, तो कमला को लेकर अकेले सारी समस्याओं का समाधान कैसे हो पाएगा, यह सोच पाना कठिन है।' रमेश ने तय किया–कमला से असली बात खोलकर बता देना ही उचित है, अब और दबाए रखना सम्भव नहीं।

24

अभी दिन ढला नहीं था कि स्टीमर रेत के टापू में फँस गया। उस दिन बहुत धक्का देने पर भी स्टीमर तैरा नहीं। ऊँचे तट के नीचे जलचर पक्षियों के पैरों की छाप से भरी सतह वाला बालू का नीचा तट कुछ दूर से फैलते हुए नदी में उतर आया है। वहीं ग्राम-वधुएँ दिन के आखिरी बार का पानी भरने के लिए घाट पर आई थीं। उनमें से कोई-कोई प्रगल्भा बिना घूँघट निकाले और कोई-कोई भीरू घूँघट में से स्टीमर की ओर ताककर अपना कुतूहल शान्त कर रही थी। गाँव के बालक तट पर खड़े होकर चीत्कार मचाते हुए दुर्गति में पड़े ऊँची नाक वाले घमंडी जलयान पर व्यंग्योक्ति करते-करते नाचने लगे।

सूरज उस पार वाले जन-शून्य टापू में अस्त हो गया। रमेश जहाज की रेलिंग पकड़े सन्ध्या की आभा से चमकते पश्चिमी दिगन्त की ओर चुपचाप देख रहा था। कमला अपनी बाड़े से घिरी रसोई से निकलकर केबिन के दरवाज़े के पास खड़ी हो गई। रमेश के जल्दी ही चेहरा पीछे घुमाने की सम्भावना न देख वह धीरे-से ज़रा-सा खाँसी, उसका भी कोई फल नहीं निकला, अन्त में वह अपने चाबी के गुच्छे से दरवाज़े पर ठक्-ठक् करने लगी। जब आवाज़ अधिक हो गई, तो रमेश ने मुँह घुमाया। कमला को देख, उसके निकट आकर बोला, "यह तुम्हारा बुलाने का कैसा तरीका है?"

कमला ने कहा, "तो, कैसे बुलाऊँ?"

रमेश ने कहा, "क्यों, अगर किसी व्यवहार में ही न आए, तो माँ-बाप ने मेरा नामकरण किसलिए किया था? जरूरत के समय मुझे रमेश बाबू कहकर बुलाने में क्या नुकसान है?"

फिर वही, एक ही तरह का ठट्ठा! कमला के कपोलों और कर्ण-मूलों में सन्ध्या की आभा के साथ और थोड़ी रक्तिम-आभा मिल गई, उसने गरदन टेढ़ी करके कहा, "तुम क्या बोल दोगे, कोई ठिकाना नहीं। सुनो, तुम्हारा खाना तैयार है, थोड़ा जल्दी खा लो। आज दिन में भी अच्छी तरह नहीं खाया था।"

नदी की हवा में रमेश को भूख महसूस हो रही थी। तैयार न होने के कारण कमला कहीं परेशान न हो उठे, इसीलिए कुछ बोला नहीं; ऐसे में बिना माँगे भोजन के समाचार से उसके मन में सुख की जो हलचल मचने लगी, उसमें थोड़ी

विलक्षणता थी। केवल क्षुधा–निवृत्ति की आसन्न सम्भावना का सुख नहीं, बल्कि जब वह जान नहीं रहा है, तब भी उसके लिए एक चिन्ता जाग रही है, एक चेष्टा विद्यमान है, उसके सम्बन्ध में कल्याण का एक विधान अपने आप कार्य करता चल रहा है, वह इसके गौरव को हृदय में अनुभव किए बिना नहीं रह पाया। लेकिन यह उसका प्राप्य नहीं है, इतनी बड़ी चीज़ केवल भ्रम पर टिकी है, इस चिन्ता के निष्ठुर आघात से भी वह बच नहीं पाया–उसने सिर झुकाए दीर्घ निःश्वास छोड़ते हुए केबिन में प्रवेश किया।

कमला ने उसके चेहरे की भंगिमा देखकर आश्चर्य के साथ कहा, ''लगता है, तुम्हारा खाने का मन नहीं है? भूख नहीं लगी? क्या मैं तुम्हें ज़बर्दस्ती खाने के लिए कह रही हूँ?''

रमेश ने जल्दी से प्रफुल्लता प्रकट करते हुए कहा, ''तुम क्यों ज़बर्दस्ती करोगी, मेरे पेट में ही ज़बर्दस्ती मच रही है। अभी तो खूब चाबी ठक्–ठक् करके बुला लाई, आख़िर में परोसते समय कहीं दर्पहारी मधुसूदन दिखाई न दे!''

यह कहकर रमेश ने चारों ओर देखकर कहा, ''कहाँ, खाने का समान तो कुछ दिख नहीं रहा। भूख का खूब ज़ोर होने पर भी यह असबाब मुझे हजम नहीं होगा, बचपन से मेरी दूसरी तरह की आदत है।''

रमेश ने केबिन के बिस्तर आदि की ओर अँगुली से इशारा करके दिखा दिया।

कमला खिल्–खिल् हँस पड़ी। हँसी का वेग थमने पर बोली, ''लगता है, और सबर सहन नहीं हो रहा है–ना? जब आकाश की ओर देख रहे थे, तब शायद भूख–प्यास नहीं थी। और जैसे ही मैंने बुलाया, वैसे ही याद आ गया, भारी भूख लगी है। अच्छा, तुम एक मिनट बैठो, मैं ला रही हूँ।''

रमेश ने कहा, ''लेकिन देर होने पर यह बिस्तर–विस्तर कुछ नहीं देख पाओगी–तब मुझे दोष मत देना।''

रसिकता की इस पुनरुक्ति से कमला को कम आनन्द नहीं हुआ। उसे फिर–से भारी हँसी आ गई। सरल हासोच्छ्वास से केबिन को सुधामय करके कमला तेज़ी से खाना लेने गई। रमेश की कृत्रिम प्रफुल्लता की बनावटी चमक पर क्षण भर में कालिमा छा गई।

कुछ देर बाद ही शाल के पत्तों से ढकी एक चँगेरी लिये कमला ने केबिन में प्रवेश किया। चँगेरी बिस्तर पर रखकर आँचल से केबिन का फर्श पोंछने लगी।

रमेश ने बेचैन होते हुए कहा, ''यह क्या कर रही हो?''

कमला बोली, ''मैं अभी कपड़े बदलूँगी।'' यह कहते हुए पत्तल उठाकर बिछाई तथा उस पर निपुण हाथों से पूड़ी और सब्ज़ी परोस दी।

रमेश ने कहा, ''क्या आश्चर्य है! पूड़ी का जुगाड़ कैसे कर लिया?''

कमला ने आसानी से रहस्य न खोल, अत्यन्त गूढ़ भाव धारण करके कहा, "बताओ तो कैसे?"

रमेश ने गम्भीर चिन्ता दिखाते हुए कहा, "निश्चय ही खलासियों के नाश्ते में से हिस्सा बाँट लिया है।"

कमला ने उत्तेजित होकर कहा, "कभी नहीं, राम भजो!"

रमेश ने खाते-खाते पूड़ियों के मूल कारण के सम्बन्ध में कितनी ही व्यर्थ की असम्भव कल्पनाओं द्वारा कमला को गुस्सा कर दिया। जब कहा, 'अरबी उपन्यास के चिरागवाले अलादीन ने बलूचिस्तान से गरम-गरम तलवाकर अपने दैत्य के जरिए सौगात भेजी है', तब कमला को ज़रा भी धैर्य नहीं रहा, उसने मुँह घुमाकर कहा, "तब जाओ, मैं नहीं बताऊँगी।"

रमेश ने परेशान होकर कहा, "नहीं, नहीं, मैं हार मान रहा हूँ। बीच दरिया में पूड़ी, यह कैसे सम्भव हो सकता है, मैं तो सोच ही नहीं पा रहा हूँ, लेकिन खाने में लाजवाब लग रही हैं।"

यह कहकर रमेश तत्त्व-निर्णय की अपेक्षा क्षुधा-निवृत्ति की श्रेष्ठता को तेज़ी से प्रमाणित करने लगा।

स्टीमर टापू में फँस गया, तो कमला ने खाली भंडार को भरने के लिए उमेश को गाँव भेज दिया था। स्कूल में रहते समय रमेश ने कमला को जलपान के नाम पर जो कुछ रुपए दिए थे, उन्हीं में से थोड़े-से बच गए थे, उन्हीं से कुछ घी-मैदा इकट्ठी हुई। कमला ने उमेश से पूछा, "उमेश, बोल तो, तू क्या खाएगा!"

उमेश ने कहा, "माँ ठकुराइन, अगर दया हो जाए, तो गाँव में ग्वाले के घर बड़ा गाढ़ा दही देख आया हूँ। केला तो घर में है ही, और दो-एक पैसे का चिवड़ा-मुड़की[1] होने से ही आज भर पेट फलाहार कर लूँ।"

लुब्ध बालक के फलाहार के उत्साह से कमला भी उत्साहित हो उठी, बोली, "पैसा कुछ बचा है, उमेश?"

उमेश ने कहा, "कुछ नहीं माँ।"

कमला मुश्किल में पड़ गई। रमेश से किस तरह मुँह फाड़कर पैसा माँगे, यही सोचने लगी। कुछ बाद में बोली, "तेरे भाग्य में अगर आज फलाहार न हो, तो पूड़ी हैं-तुझे चिन्ता नहीं। चल, मैदा गूँथ, चल।"

उमेश ने कहा, "किन्तु माँ, दही जो देख आया हूँ, उसे बस क्या बताऊँ!"

कमला ने कहा, "देख उमेश, जब बाबू खाने बैठें, तब तू अपना बाज़ार करने के लिए पैसा माँगने आना।"

---

1. मुड़की : चीनी या गुड़ की चाशनी में लावा या परमल से बनाया गया बिखरवा खाद्य पदार्थ।

रमेश का खाना थोड़ा पूरा होने पर उमेश आकर खड़ा होकर संकोच के साथ सिर खुजलाने लगा। रमेश ने उसकी ओर देखा। उसने आधी बात कही, "माँ, बाज़ार के लिए पैसा–"

तब रमेश को अचानक सूझा कि भोजन की व्यवस्था के लिए अर्थ की आवश्यकता पड़ती है, अलादीन के चिराग़ पर भरोसा करने से नहीं चलता। व्याकुल होते हुए कहा, "कमला, तुम्हारे पास तो कोई पैसा नहीं है। मुझे ध्यान क्यों नहीं दिला दिया?"

कमला ने चुपचाप अपराध स्वीकार कर लिया। भोजन के बाद रमेश ने कमला के हाथ में एक छोटा कैश-बॉक्स देते हुए कहा, "अभी के लिए तुम्हारा सारा धन-रत्न इसी में है।"

इस प्रकार गृहिणीपन का सारा भार अपने आप ही कमला के हाथों में चला जा रहा है, रमेश यह प्रत्यक्ष करके एक बार फिर जहाज की रेलिंग पकड़कर पश्चिम के आकाश की ओर देखने लगा। देखते-देखते पश्चिम का आकाश उसकी आँखों पर पूर्ण अन्धकार बनकर घिर आया।

उमेश ने आज चिवड़ा-दही केला मिलाकर भरपेट फलाहार किया। कमला ने सामने खड़ी होकर विस्तारपूर्वक उसका जीवन-वृत्तान्त जान लिया।

विमाता-शासित घर का उपेक्षित उमेश भागकर अपनी नानी के पास काशी जा रहा था, वह बोला, "माँ, अगर आग लोग अपने पास ही रख लो, तो मैं और कहीं भी नहीं जाऊँगा।"

मातृहीन बालक के मुँह से माँ सम्बोधन सुनकर युवती के कोमल हृदय के किसी गहरे तल से जननी ने आवाज़ लगाई; कमला ने स्निग्ध-स्वर में कहा, "ठीक है उमेश, तू हमारे साथ ही चल।"

25

तट की वनराजि ने अविराम मसि-लेख से सन्ध्या-वधू के सोने के आँचल पर काली किनारी आँक दी। गाँव के इधर-उधर की पानी वाली निचली भूमि पर दिन भर घूमकर वन-हंसों का दल आकाश की धुँधली पड़ती हुई सूर्यास्त की चमक के भीतर से उस किनारेवाले वृक्ष-हीन टापू के जलाशयों में रात्रि व्यतीत करने जा रहा है। कौवों के घोंसलों में लौटने की काँव-काँव थम गई है। उस समय नदी में नावें नहीं थीं; केवल एक बड़ी डोंगी गाढ़े स्वर्ण-हरित निस्तरंग जल पर अपनी कालिमा लादे लंगर उठाकर निश्शब्द चली आ रही थी।

रमेश जहाज की छत के सामनेवाले हिस्से में शुक्ल-पक्ष के नवोदित तरुण

चन्द्रमा के आलोक में बेंत की आरामकुर्सी खींचकर बैठा था।

पश्चिम के आकाश से सन्ध्या की शेष सुनहली छाया विलीन हो गई; चन्द्रालोक के इन्द्रजाल में कठोर-जगत् मानो, विगलित हो आया। रमेश अपने आप ही मृदु-स्वर में बोलने लगा, 'हेम, हेम!' नाम के वे शब्द जैसे सुमधुर स्पर्श के रूप में उसके सम्पूर्ण हृदय को बार-बार लपेटकर प्रदक्षिणा करने लगे, उस नाम के शब्द मानो, अपरिमित करुणा में डूबे दो छायामय नेत्र बनकर उसके चेहरे पर वेदना बिखेरकर देखते रहे। रमेश का पूरा शरीर पुलकित और दोनों आँखें आँसुओं से गीली हो आईं।

उसके पिछले दो वर्ष के जीवन का सारा इतिहास उसके मन के सामने फैल गया; हेमनलिनी के साथ अपने प्रथम परिचय का दिन याद आ गया। उस दिन को रमेश अपने जीवन के एक विशेष दिन के रूप में नहीं पहचान पाया। जब उसे योगेन्द्र अपनी चाय की टेबल पर ले गया, तो वहाँ हेमनलिनी को बैठे देखकर लजालू रमेश ने अपने को भारी मुसीबत में अनुभव किया था। धीरे-धीरे लज्जा चली गई, हेमनलिनी के साथ का अभ्यास हो आया, उस अभ्यास के बन्धन ने रमेश को क्रमश: बन्दी बना लिया। रमेश ने काव्य-साहित्य में प्रेम की जो कुछ बातें पढ़ी थीं, उन सभी को हेमनलिनी पर लागू करना शुरू कर दिया। 'मैं प्रेम कर रहा हूँ' सोचकर उसने मन-ही-मन अहंकार महसूस किया। उसके सहपाठी परीक्षा पास करने के लिए प्रेम की कविता का अर्थ याद करने में परेशान होते हैं, और रमेश सचमुच ही प्रेम करता है, यह सोचकर वह अन्य छात्रों को दया का पात्र समझता था। रमेश ने आज विचार करके देखा, उस दिन भी वह प्रेम के बाहरी दरवाज़े पर ही था। किन्तु जब कमला ने अचानक आकर उसके जीवन की समस्या को जटिल कर दिया, तभी देखते-देखते नाना विरोधी घात-प्रतिघातों में हेमनलिनी के प्रति उसका प्रेम आकार धारण करके, जीवन धारण करके जाग्रत हो उठा।

रमेश अपनी दोनों हथेलियों पर सिर झुकाकर सोचने लगा, सारा जीवन ही तो सामने पड़ा है, उसका क्षुधातुर उपवासी जीवन-उद्देश्य संकट-जाल में फँसा हुआ। क्या वह दोनों हाथों से बलपूर्वक इस जाल को तोड़ नहीं डालेगा?

यह कहकर उसने दृढ़ संकल्प के आवेग में अचानक मुँह उठाकर देखा, पास ही एक और बेंत की कुर्सी की पीठ पर हाथ टिकाए कमला खड़ी है। कमला चकित होकर बोल पड़ी, "तुम सो रहे थे, लगता है मैंने तुम्हें जगा दिया?"

पछताती कमला को जाने के लिए तैयार देख रमेश ने जल्दी से कहा, "नहीं नहीं कमला, मैं सोया नहीं हूँ-तुम बैठो, तुमको एक कहानी सुनाता हूँ।"

कहानी की बात सुनते ही कमला पुलकित होकर कुर्सी खींचकर बैठ गई। रमेश ने तय किया था, कमला को सारी बात साफ-साफ बताना अत्यावश्यक हो गया है।

किन्तु वह अकस्मात् इतना बड़ा आघात नहीं दे पाया–इसीलिए बोला, 'बैठो, तुम्हें एक कहानी सुनाऊँ'।

रमेश ने कहा, "प्राचीन काल में एक क्षत्रिय जाति थी, वे लोग–"

कमला ने पूछा, "कौन-से काल में? बहो–त समय पहले?"

रमेश ने कहा, "हाँ, वह ब...हो...त पहले। तब तुम्हारा जन्म नहीं हुआ था।"

कमला–तुम्हारा ही जन्म हो गया था क्या! तुम बहुत पुराने ज़माने के आदमी हो क्या! उसके बाद?

रमेश–उन क्षत्रियों का नियम था कि वे खुद विवाह करने न जाकर तलवार भिजवा देते थे। उसी तलवार के साथ वधू का विवाह होने पर उसे घर लाकर फिर से विवाह करते थे।

कमला–नहीं–नहीं, छिः! वह कैसा विवाह!

रमेश–मैं भी वैसा विवाह पसन्द नहीं करता, किन्तु क्या करूँ, जिन क्षत्रियों की बात कर रहा हूँ, वे खुद ससुराल जाकर विवाह करना अपमान समझते थे। मैं जिस राजा की कहानी सुना रहा हूँ, वह उसी जाति का क्षत्रिय था। एक दिन वह–

कमला–तुमने तो बताया नहीं, वह कहाँ का राजा था?

रमेश ने कह दिया, "मद्र देश का राजा। एक दिन वही राजा–"

कमला–पहले बताओ, राजा का क्या नाम था?

कमला सारी बात साफ कर लेना चाहती है, उससे कुछ भी अनकहा रखने से नहीं चलेगा। इतना पता होता, तो रमेश पहले से और अधिक तैयार होकर रहता; अब देख लिया, कहानी सुनने में कमला का चाहे जितना उत्साह हो, किन्तु कहानी में किसी भी जगह छिपाने की चेष्टा उसे सहन नहीं होती।

रमेश अचानक हुए सवाल पर थोड़ा चौंकते हुए कहा, "राजा का नाम था रणजीत सिंह।"

कमला ने एक बार दोहरा लिया, "रणजीत सिंह, मद्र देश का राजा। उसके बाद?"

रमेश–उसके बाद, एक दिन राजा ने भाट के मुँह से सुना, उनकी ही जाति के एक और राजा की एक परम सुन्दरी कन्या है।

कमला–फिर, वह कहाँ का राजा?

रमेश–सोच लो, वह कांची का राजा।

कमला–सोचूँ क्यों! तो क्या वह सच में कांची का राजा नहीं था?

रमेश–वह कांची का ही राजा था। तुम उसका नाम जानना चाहती हो? उसका नाम था, अमर सिंह।

कमला–उस लड़की का नाम तो बताया नहीं? वही परम सुन्दरी कन्या!

रमेश–हाँ–हाँ, ग़लती हो गई। उस लड़की का नाम–उसका नाम–ओह, उसका नाम चन्द्रा–

कमला–आश्चर्य है, तुम इस तरह भूल जाते हो! तुम तो मेरा नाम ही भूल गए थे।

रमेश–कौशल का राजा भाट के मुँह से यह बात सुनकर–

कमला–कौशल का राजा कहाँ से आ गया? तुमने तो कहा था मद्र देश का राजा–

रमेश–समझती हो कि वह एक जगह का राजा था? वह कौशल का भी राजा था, मद्र का भी राजा था।

कमला–लगता है, दोनों राज्य अगल–बगल थे?

रमेश–एकदम सटे हुए।

इस तरह बारम्बार भूल करते–करते और सतर्क कमला के सवालों की सहायता से किसी प्रकार उन सभी भूलों का सुधार करते–करते रमेश ने इस रूप में कहानी पूरी की–

मद्रराज रणजीत सिंह ने कांचीराज के पास राजकुमारी से विवाह का प्रस्ताव सूचित करने के लिए दूत भेज दिया। कांची के राजा, अमर सिंह प्रसन्नता के साथ सहमत हो गए।

तब रणजीत सिंह के छोटे भाई इन्द्रजीत सिंह ने सैनिक–सामन्त लेकर ध्वजा फहराते हुए, ढोल–नगाड़े, दुन्दुभि–दमामा बजाते हुए कांची के राज–उद्यान में जाकर तम्बू गाड़ दिया। कांची नगर में उत्सव की धूम मच गई।

राज–ज्योतिषी ने गणना करके शुभ दिन और मुहूर्त तय कर दिया। कृष्णा द्वादशी तिथि को रात के ढाई पहर के बाद का लग्न। रात में नगर के घर–घर में फूल–मालाएँ लटकाई गईं और दीप–मालाएँ जल उठीं। आज रात राजकुमारी चन्द्रा का विवाह है।

किन्तु राज–कन्या चन्द्रा नहीं जानती थीं कि विवाह किसके साथ हो रहा है। उनके जनम के समय परमहंस परमानन्द स्वामी ने राजा से कह दिया था, 'तुम्हारी इस कन्या पर अशुभ ग्रहों की दृष्टि है, विवाह के समय इस कन्या को वर का नाम पता न चल पाए।'

यथासमय तलवार के साथ राज–कन्या का ग्रन्थि–बन्धन हो गया। इन्द्रजीत सिंह ने यौतुक के साथ अपनी भाभी को प्रणाम किया। मद्र राज्य के रणजीत और इन्द्रजीत मानो, दूसरे राम–लक्ष्मण थे। इन्द्रजीत ने आर्या चन्द्रा के घूँघट में ढके लाज से लाल चेहरे की ओर ताका तक नहीं; केवल नूपुरों में लिपटे उनके सुकुमार चरणों की महावर–रेखा भर देखी।

विवाह के दूसरे ही दिन यथा–रीति मुक्ता–मालाओं की झालरों से सजी पालकी

में वधू को लेकर इन्द्रजीत ने अपने देश की ओर प्रस्थान किया। अशुभ ग्रहों की बात याद करके कांचीराज ने शंकित हृदय से कन्या के मस्तक पर दाहिना हाथ रखकर आशीर्वाद दिया, माता कन्या का मुख चूमते हुए आँसू नहीं रोक पाई–देव–मन्दिर में सहस्त्र गृह–विप्र स्वस्ति हेतु नियुक्त हुए।

कांची से मद्र बहुत दूर था, लगभग एक माह का रास्ता। दूसरी रात को जब इन्द्रजीत का दलबल वेतसा नदी के तट पर शिविर लगाकर विश्राम की तैयारी कर रहा था, तो जंगल में मशालों की रोशनी दिखाई दी। क्या मामला है, जानने के लिए इन्द्रजीत ने सैनिक भेज दिए।

सैनिकों ने आकर बताया, 'कुमार यह भी एक–दूसरे विवाह का यात्री–दल है। ये लोग भी हमारी स्व–श्रेणी के क्षत्रिय हैं, तलवार से ग्रन्थि–बन्धन सम्पन्न करके वधू को पति–गृह ले जा रहे हैं। मार्ग में नाना संकटों का डर है, इसी कारण ये लोग कुमार की शरण की प्रार्थना कर रहे हैं; अनुमति मिले, तो ये कुछ दूर तक हमारे आश्रय में यात्रा कर लें।'

कुमार इन्द्रजीत ने कहा, 'शरणापन्न को आश्रय देना हमारा धर्म है। प्रयत्नपूर्वक इनकी रक्षा करेंगे।'

इस प्रकार दोनों शिविर एक साथ हो गए।

तीसरी रात को अमावस्या थी। सामने छोटे–छोटे पहाड़, पीछे जंगल। थके हुए सैनिक झींगुरों की आवाज़ और निकटवर्ती झरने की कल–कल ध्वनि में गहरी नींद में डूब गए।

ऐसे में, अचानक उठे शोर में सभी ने जागकर देखा, मद्र–शिविर के घोड़े पागलों की तरह भागदौड़ मचा रहे हैं–किसी ने उनकी रस्सी काट दी है–और बीच–बीच में किसी–किसी तम्बू में आग लगा दी है और उसकी चमक से अमावस की रात रक्तिमवर्णी हो उठी है।

समझ में आ गया, दस्युओं ने हमला कर दिया है। मारामारी–काटाकाटी मच गई–अन्धकार में शत्रु–मित्र का भेद करना कठिन था; सब कुछ विशृंखल हो गया। दस्यु उसी मौके का फायदा उठाकर लूटपाट करके जंगल–पर्वत में अन्तर्ध्यान हो गए।

लड़ाई खतम होने पर राजकुमारी दिखाई नहीं दी। वह डर के मारे शिविर से बाहर निकल गई थी और भागनेवाले एक दल के लोगों को अपने पक्ष का समझकर उनमें मिल गई थी। वे लोग दूसरे विवाह दल के थे। गोलमाल में उनकी वधू को दस्यु हरण करके ले गए थे। वे लोग राज–कन्या चन्द्रा को ही अपनी वधू समझकर तेज़ी से अपने देश की ओर चल पड़े।

वे लोग दरिद्र क्षत्रिय थे, कलिंग के समुद्र के किनारे उनका निवास था। वहाँ

राज-कन्या के साथ दूसरे पक्ष के वर का मिलन हुआ। वर का नाम था, चेत सिंह।

चेत सिंह की माँ आकर, वरण करके वधू को घर में ले गईं। सभी नाते-रिश्तेदारों ने आकर कहा, 'आहा, ऐसा रूप तो देखने में नहीं आता।'

मुग्ध चेत सिंह नव-वधू को घर की कल्याण-लक्ष्मी मानकर मन-ही-मन पूजा करने लगा। राज-कन्या भी सती-धर्म की मर्यादा समझती थी, उसने भी चेत सिंह को अपना पति मानकर उसे मन-ही-मन अपना जीवन समर्पित कर दिया।

नव-परिणय की लज्जा दूर होने में कुछ दिन लग गए। जब लज्जा भंग हुई, तब बातों ही बातों में चेत सिंह जान पाया कि जिसे वह वधू के रूप में घर ले आया है, वह राजकन्या चन्द्रा है।"

26

कमला ने साँस रोककर एकान्त आग्रह के साथ पूछा, "उसके बाद?"

रमेश ने कहा, "यहीं तक जानता हूँ, इसके बाद नहीं जातना। ज़रा तुम्हीं बताओ, उसके बाद क्या!"

कमला-नहीं-नहीं, वह नहीं होगा, मुझे बताओ, उसके बाद क्या हुआ?

रमेश-सच कह रहा हूँ, जिस किताब में यह कहानी मिली है, वह अभी तक पूरी प्रकाशित नहीं हुई है-किसे पता है, बाद के अध्याय कब छपेंगे!

कमला ने बहुत अधिक ग़ुस्सा होते हुए कहा, "जाओ, तुम बड़े दुष्ट हो! तुम्हारा यह भारी अन्याय है।"

रमेश-जो किताब लिख रहे हैं, उन पर ग़ुस्सा करो। मैं तुमसे केवल यह सवाल कर रहा हूँ कि चेत सिंह चन्द्रा के विषय में क्या करेगा?

तब कमला नदी की ओर देखकर सोचने लगी; काफी देर बाद बोली, "मुझे नहीं पता, वह क्या करेगा-मैं तो सोच नहीं पाती।"

रमेश थोड़ी देर चुप रहा, फिर कहा, "क्या चेत सिंह चन्द्रा से सारी बात साफ-साफ बताएगा?"

कमला बोली, "तुम, जो भी हो, लगता है न बोलकर सारा गड़बड़ करके रख दोगे? यह बहुत खराब है। सब कुछ साफ होना चाहिए-ना।"

रमेश ने यन्त्रवत् कहा, "वह तो चाहिए ही।"

रमेश ने कुछ देर बाद कहा, "अच्छा, कमल, अगर-"

कमला-अगर क्या?

रमेश-समझ लो, मैं अगर सच ही चेत सिंह होऊँ, और तुम अगर चन्द्रा होओ-

कमला बोल पड़ी, "तुम मुझसे ऐसी बात मत करो; सच कहती हूँ, मुझे अच्छा

नहीं लगता।''

रमेश–नहीं, तुम्हें बताना ही पड़ेगा, वैसा होने पर मेरा क्या कर्तव्य है अथवा तुम्हारी क्या ज़िम्मेदारी है?''

कमला इस बात का कोई उत्तर दिए बिना कुर्सी छोड़कर तेज़ी से चली गई। देखा, उन लोगों के केबिन के बाहर चुप बैठा उमेश नदी की ओर देख रहा है। पूछा, ''उमेश, तूने कभी भूत देखा है?''

उमेश ने कहा, ''देखा है, माँ।''

सुनकर कमला पास से ही बेंत का एक मूढ़ा खींचकर बैठ गई; बोली, ''बता तो, किस तरह का भूत देखा था!''

कमला के गुस्सा होकर चले जाने पर रमेश ने उसे फिर से नहीं बुलाया। चाँद का टुकड़ा उसको देखते–देखते घने बाँस–वन के पीछे अदृश्य हो गया। चालक और खलासी डेक के ऊपर वाली बत्तियाँ बुझाकर जहाज की निचली मंज़िल पर भोजन और विश्राम के लिए चले गए हैं। पहले–दूसरे दर्ज़े में कोई यात्री नहीं था। तीसरे दर्ज़े के अधिकांश यात्री रंधन आदि की व्यवस्था करने के लिए पानी काटते हुए किनारे पर चले गए हैं। किनारे पर अन्धकार में डूबे पेड़–पौधों और झाड़ियों के बीच–बीच से निकटवर्ती बाज़ार की रोशनी दिखाई पड़ रही है। भरी हुई नदी की तेज़ धारा लंगर की लौह–जंज़ीरों में झनकार भरती जा रही है और गंगा की फूली हुई धमनियों के कम्पन के वेग से स्टीमर को रह–रहकर कम्पायमान किए डाल रही है।

इस अपरिस्फुटित विशालता, इस अन्धकार की निबिड़ता, इस अपरिचित दृश्य की प्रकांड अपूर्वता में डूबकर रमेश ने अपने कर्तव्य की समस्या को भेदने की चेष्टा की। रमेश समझ गया, हेमनलिनी अथवा कमला, दोनों में से एक जनी को छोड़ना ही होगा। दोनों की ही रक्षा करते हुए चलने का कोई मध्य–मार्ग नहीं है। तब भी हेमनलिनी का सहारा है–हेमनलिनी अभी भी रमेश को भूल सकती है, वह और किसी से भी विवाह कर सकती है, लेकिन कमला को छोड़ देने पर उसके पास इस जीवन में कोई उपाय नहीं है।

मनुष्य की स्वार्थपरता का अन्त नहीं है। हेमनलिनी के द्वारा रमेश को भूलने की सम्भावना है, उसकी रक्षा का उपाय है, रमेश के सम्बन्ध में उसकी अनन्य–गति नहीं है, इससे रमेश को कोई तसल्ली नहीं मिली; उसकी आसक्ति की अधीरता दुगुनी बढ़ गई। लगा, हेमनलिनी अभी ही उसके सामने से फिसलकर हमेशा के लिए अधिकार से बाहर होकर चली जा रही है, उसे मानो, अभी भी हाथ बढ़ाकर पकड़ा जा सकता है।

दोनों हथेलियों पर मुँह रखकर सोचने लगा। दूर सियार ने हुआँ–हुआँ किया, गाँव में दो–एक असहनशील कुत्ते खेऊ–खेऊ करने लगे। तब रमेश ने हथेलियों से

मुँह उठाकर देखा, कमला निर्जन अँधेरे डेक की रेलिंग थामे खड़ी है। रमेश ने कुर्सी छोड़कर उठते हुए कहा, "कमल, तुम अभी तक सोने नहीं गईं? रात तो कम नहीं हुई।"

कमला ने कहा, "तुम सोने नहीं जाओगे?"

रमेश ने कहा, "मैं अभी ही जाऊँगा, पूरब वाले केबिन में मेरा बिस्तर लग गया है। तुम और देरी मत करो।"

कमला और कुछ कहे बिना अपने लिए निर्धारित केबिन में चली गई। वह रमेश को नहीं बोल पाई कि कुछ देर पहले ही उसने भूत की कहानी सुनी है और उसका केबिन निर्जन है।

कमला की अनिच्छापूर्ण धीमी चाल से रमेश के हृदय को चोट पहुँची; बोला, "डरना मत कमल; तुम्हारे केबिन के पास ही मेरा केबिन है–बीच का दरवाज़ा खुला रखूँगा।"

कमला ने अभिमान में भरकर अपना सिर थोड़ा उठाकर कहा, "मैं किससे डरूँगी?"

रमेश अपने केबिन में जाकर बत्ती बुझाकर लेट गया; मन-ही-मन बोला, कमला का परित्याग करने का कोई रास्ता नहीं है, अतएव हेमनलिनी को विदा। आज यही तय हुआ कि और दुविधा करने से नहीं चलेगा।

हेमनलिनी को विदा कहने में जीवन से किस हद तक विदा है, रमेश अँधेरे में लेटे हुए महसूस करने लगा। रमेश बिछौने पर और चुप नहीं लेट पाया, उठकर बाहर आ गया; रात के अँधेरे में अनुभव कर लिया कि उसी की लज्जा ने, उसी की वेदना ने अनन्त भूगोल को, अनन्त काल को नहीं ढक रखा है, बल्कि आकाश को भरकर चिरकाल का सम्पूर्ण ज्योतिर्लोक स्तब्ध हो गया है। रमेश और हेमनलिनी का छोटा-सा इतिहास उन्हें स्पर्श भी नहीं कर रहा है; आश्विन की यह नदी अपने निर्जन बालू-तट पर फूले हुए काँस-वन की निचली भूमि से होकर इस तरह कितनी नक्षत्रालोकित रातों में सोए हुए ग्रामों के वन-प्रान्त की छाया में बहती रहेगी, जब रमेश के जीने का सम्पूर्ण धिक्कार श्मशान की मुट्ठी भर भस्म में चिर धैर्यमयी धरती में मिलकर हमेशा के लिए मौन हो जाएगा।

27

कमला जब दूसरे दिन नींद से जगी, तब ब्राह्म मुहूर्त था। चारों ओर ध्यान से देखा, केबिन में कोई नहीं। याद आ गया, वह जहाज पर है। धीरे-धीरे उठकर दरवाज़े में फाँक करके देखा, शान्त जल पर किंचित् सफेद झीना कुहासा छाया हुआ है,

अन्धकार फीका पड़ने लगा है और पूर्व दिशा की वृक्षावली के पीछे आकाश में सुनहरी छटा खिल रही है। देखते-देखते नदी की पांडुर-नील धारा मछली पकड़नेवाली नावों के सफेद-सफेद पालों से भर गई।

कमला किसी प्रकार नहीं समझ पाई कि कौन-सी गूढ़ वेदना उसके हृदय को पीड़ा पहुँचा रही है। शरद ऋतु की यह शिशिर-वाष्पाम्बरा उषा आज अपनी आनन्दमयी मूर्ति को क्यों प्रकाशित नहीं कर रही है? अश्रु-जल का एक आवेग युवती के हृदय के अन्दर से कंठ से होकर बार-बार नेत्रों के पास क्यों आकुल हो उठ रहा है? उसका ससुर नहीं है, सास नहीं है, सहेली नहीं है, स्वजन-परिजन कोई नहीं है, यह बात कल तो उसके मन में नहीं थी-इस बीच क्या घट गया, जिससे आज उसे लग रहा है कि अकेला रमेश ही क्या उसकी सम्पूर्ण निर्भरता का केन्द्र नहीं है? क्यों प्रतीत हो रहा है कि यह विश्व भुवन अत्यन्त विशाल है और यह युवती अत्यन्त क्षुद्र?

कमला बहुत देर तक दरवाज़ा पकड़े चुपचाप खड़ी रही। नदी का जल-प्रवाह तरल स्वर्ण-धारा की भाँति चमकने लगा। खलासी काम में लग गए हैं, इंजिन ने धक्-धक् करना आरम्भ कर दिया है, लंगर उठाने और जहाज को धकेलने की आवाज़ से असमय जागा बालकों का झुंड भागकर नदी के किनारे चला आया है।

उसी समय इस शोर-शराबे से जागकर रमेश कमला की खबर लेने के लिए उसके दरवाज़े के सामने पहुँचा। कमला ने चौंककर, आँचल ठीक जगह होने पर भी उसे और थोड़ा खींचकर मानो, अपने को विशेष रूप से ढकने की कोशिश की।

रमेश ने कहा, "कमला, तुम्हारा हाथ-मुँह धोना हो गया?"

इस सवाल पर कमला को क्यों ग़ुस्सा आ सकता है, उससे पूछा जाता, तो वह कुछ भी नहीं कह पाती। किन्तु अचानक ग़ुस्सा हो गई। उसने दूसरी ओर मुँह करके केवल सिर हिला दिया।

रमेश ने कहा, "देर होने से लोग उठ जाएँगे, इसी समय तैयार हो जाओ-ना।"

कमला उसका कोई उत्तर दिए बिना कोंचानो साड़ी[1], अँगोछा और जम्फर चारपाई से उठाकर तेज़ी से रमेश के पास से होकर स्नान-घर में चली गई।

रमेश सुबह-सुबह उठकर कमला का हालचाल लेने आया, कमला को यह केवल नितान्त अनावश्यक लगा हो, इतना भर नहीं, बल्कि इसने उसे मानो, अपमानित भी किया। रमेश की आत्मीयता की सीमा केवल कुछ दूर तक है, एक जगह आकर वह रुक जाती है, कमला ने सहसा इसे अनुभव कर लिया है। ससुराल

1. कोंचानो साड़ी : साधारण वस्त्रों के समान मोड़-मोड़कर तह न बनाकर घूम बनाकर ऐंठते हुए साड़ी को इस प्रकार रखना कि वह गाँठ के आकार में आ जाए। इस प्रकार रखी या टँगी साड़ी को 'कोंचानो साड़ी' कहा जाता है।

के किसी बड़े ने उसे लज्जा करना नहीं सिखाया, किस अवस्था में सिर पर कितना पल्ला रखना उचित है, उसका भी उसे अभ्यास नहीं है–किन्तु रमेश के सामने आते ही आज क्यों अकारण अपने हृदय में लज्जा के कारण कुंठित होने लगी!

कमला जब नहाकर अपने केबिन में आकर बैठी, तब उसके सामने दिन भर का काम दिखाई दिया। कन्धे पर से लटके आँचल में बँधा चाबी का गुच्छा लेकर कपड़ों का बक्सा खोलते ही उसमें रखे छोटे कैश-बॉक्स पर नज़र पड़ी। यही कैश-बॉक्स पाकर कल कमला ने एक नया गौरव प्राप्त किया था। उसके हाथ एक स्वाधीना शक्ति आ गई थी। उसी कारण उसने बॉक्स को ताला लगाकर अपने कपड़ों के ट्रंक में सँभालकर रख दिया था। आज कमला ने उस बॉक्स को हाथ में लेकर प्रसन्नता अनुभव नहीं की। आज यह बॉक्स, ठीक अपना-अपना बॉक्स नहीं लगा, यह रमेश का ही बॉक्स प्रतीत हुआ। इस बॉक्स पर कमला का पूरा अधिकार नहीं है। अतएव रुपयों का यह बॉक्स कमला के लिए भार मात्र है।

रमेश ने केबिन में आकर कहा, "खुले बॉक्स में क्या पहेली खोज रही हो? चुपचाप बैठी हो?"

कमला ने कैश-बॉक्स उठाकर कहा, "यह रहा तुम्हारा बॉक्स।"

रमेश ने कहा, "उसे लेकर मैं क्या करूँगा?"

कमला बोली, "तुम्हारी जैसी ज़रूरत हो, समझकर मुझे सामान ला दो।"

रमेश–लगता है, तुम्हारी कोई ज़रूरत ही नहीं है?

कमला गरदन ज़रा-सी टेढ़ी करके बोली, "मुझे पैसे की क्या ज़रूरत है?"

रमेश ने हँसकर कहा, "कितने लोग इतनी बड़ी बात कह सकते हैं! जो भी हो, तुम्हारे लिए जो चीज़ इतनी अपमानजनक है, क्या उसे ही दूसरे को दोगी? मैं ही क्यों ले लूँ?"

कमला ने कोई उत्तर न देकर कैश-बॉक्स फर्श पर रख दिया।

रमेश ने कहा, "अच्छा कमला, सच कहो, मैंने अपनी कहानी पूरी नहीं की, इसी कारण तुम मुझ पर ग़ुस्सा हो?"

कमला ने मुँह नीचा करके कहा, "गुस्सा कौन है?"

रमेश–जो ग़ुस्सा नहीं कर रहा है, वह इस कैश-बॉक्स को रखे; उसी से समझ में आ जाएगा कि उसकी बात सच है।

कमला–लगता है, ग़ुस्सा न करने से ही कैश-बॉक्स रखना पड़ेगा? अपनी चीज़ तुम रखते क्यों नहीं?

रमेश–मेरी चीज़ तो नहीं है; देने के बाद छीन लेने से मरने पर जो ब्रह्मराक्षस बन जाऊँगा। लगता है, मुझे उसका डर नहीं है?

रमेश की ब्रह्मराक्षस बन जाने की आशंका पर कमला को अचानक हँसी आ

गई। उसने हँसते-हँसते कहा, ''कभी नहीं। देने के बाद छीन लेने से ब्रह्मराक्षस बनना पड़ता है क्या? मैंने तो कभी सुना नहीं।''

इस अचानक हँसी से सन्धि का सूत्रपात हो गया। रमेश ने कहा, ''दूसरे से कैसे सुन लोगी? अगर कभी किसी ब्रह्मराक्षस से सामना हो जाए, तो उससे पूछने से ही सच-झूठ समझ सकोगी।''

कमला ने हठात् कुतूहली होकर पूछा, ''अच्छा, मज़ाक नहीं, तुमने कभी सचमुच का ब्रह्मराक्षस देखा है?''

रमेश ने कहा, ''सचमुच का नहीं, ऐसे ही अनेक ब्रह्मराक्षस देखे हैं। एकदम शुद्ध चीज़ संसार में दुर्लभ है।''

कमला-क्यों, उमेश जो कहता है-

रमेश-उमेश, उमेश कौन आदमी है?

कमला-आह, वही लड़का, जो हमारे साथ जा रहा है, उसने खुद ब्रह्मराक्षस देखा है।

रमेश-इस सम्पूर्ण विषय में मैं उमेश के बराबर नहीं हूँ, यह बात मुझे स्वीकार करनी ही पड़ेगी।

इस बीच बहुत कोशिश करके खलासियों के दल ने जहाज को तैराकर छोड़ दिया। थोड़ी दूर चला था कि सिर पर टोकरी रखे किनारे पर दौड़ते-दौड़ते एक आदमी हाथ उठाकर जहाज को रोकने की चिरौरी करने लगा। चालक ने उसकी व्याकुलता पर ध्यान नहीं दिया। तब उस आदमी ने रमेश की ओर संकेत करके 'बाबू-बाबू' चिल्लाना शुरू कर दिया। रमेश ने कहा, ''इस आदमी ने मुझे स्टीमर का टिकट बाबू समझ लिया है।'' रमेश ने दोनों हाथ हिलाकर जता दिया कि उसे स्टीमर रोकने का अधिकार नहीं है।

कमला अचानक बोल पड़ी, ''यह तो उमेश है! नहीं-नहीं, उसे छोड़कर मत जाओ-उसे चढ़ा लो।''

रमेश ने कहा, ''मेरे कहने से स्टीमर रुकेगा क्यों?''

कमला ने कातर होकर कहा, ''नहीं, तुम रुकने के लिए बोलो-बोलो-ना तुम-किनारा तो बहुत दूर नहीं है।''

तब रमेश ने जाकर चालक से स्टीमर रोकने का अनुरोध किया; चालक बोला, ''बाबू जी, कम्पनी का नियम नहीं है।''

कमला ने बाहर निकलकर कहा, ''उसे छोड़कर नहीं जा सकते-थोड़ा रोको। वह हमारा उमेश है।''

तब रमेश ने नियम के उल्लंघन और आपत्ति दूर करने के सरल उपाय का सहारा लिया। चालक ने पुरस्कार के भरोसे जहाज रोककर उमेश को चढ़ा लिया और उसकी

बहुत अधिक भर्त्सना करने लगा। उसने उस ओर कोई ध्यान दिए बिना टोकरी कमला के पैरों के पास उतार दी और इस तरह हँसने लगा कि मानो, कुछ हुआ ही नहीं।

कमला के हृदय का क्षोभ तब तक दूर नहीं हुआ था। वह बोली, "हँस रहा है! अगर जहाज न रुकता, तो तेरा क्या होता?"

उमेश ने इसका साफ जवाब न देकर टोकरी खाली कर दी। एक गुच्छा कच्चा केला, कई तरह के शाक, काशीफल के फूल और बैंगन निकल आए।

कमला ने पूछा, "यह सब कहाँ से लाया है?"

उमेश ने संग्रह का जो इतिहास प्रस्तुत किया, वह ज़रा भी सन्तोषजनक नहीं था। कल बाज़ार से दही आदि ख़रीदने जाते समय उसने गाँव में किसी के छप्पर पर, किसी के खेत में ये सब खाद्य पदार्थ देख लिए थे। आज भोर में जहाज छूटने के पूर्व किनारे जाकर जगह-जगह से इन चीजों को चुनने-एकत्र करने में जुट गया था, लेकिन किसी की अनुमति की प्रतीक्षा नहीं की थी।

रमेश ने अत्यधिक असन्तुष्ट होकर कहा, "तू यह सब दूसरे के खेत से चुराकर लाया है?"

उमेश ने कहा, "चुराऊँगा क्यों? खेत में कितनी सारी थी, मैं तो यही ज़रा-सी लाया हूँ, और कुछ तो नहीं, इसमें क्या नुकसान हो गया?"

रमेश-थोड़ा लाने से चोरी नहीं होती? अभागा! जा, यह सब यहाँ से ले जा।

उमेश ने करुणापूर्ण आँखों से एक बार कमला की ओर देखकर कहा, "माँ, इसे हमारे गाँव में पिड़िङ[1] साग कहते हैं, इसकी चच्चड़ी[2] बहुत स्वादिष्ट होती है। और यह बेतो[3] साग है-"

रमेश ने दुगुना असन्तुष्ट होकर कहा, "ले जा अपना पिड़िङ साग। अन्यथा मैं सारा नदी के पानी में फेंक दूँगा।"

इस सम्बन्ध में कर्तव्य-निर्धारण करने के लिए उसने कमला के चेहरे की ओर

---

1. पिड़िङ : एक विशेष प्रकार का शाक।
2. चच्चड़ी/चच्चरी : विभिन्न प्रकार के शाक, सब्जियाँ, सब्जियों के डंठल आदि मिलाकर पाँच फोड़न (सरसों, मेंथी, सौंफ, कलौंजी, अजवायन आदि) मसाले का प्रयोग करके बिना पानी डाले हल्के तेल में तैयार किया गया व्यंजन। इसमें वे सब्जियाँ नहीं डाली जातीं, जो पकते समय पानी या लसलसा पदार्थ छोड़ती हैं, जैसे लौकी, तुरई, भिंडी, काशीफल आदि। इनकी अलग-अलग करके चच्चड़ी बनाई जा सकती है। चच्चड़ी में प्रयुक्त सब्जियाँ एकदम पतली या छोटे-छोटे टुकड़ों में नहीं काटी जातीं। इन्हें पूरी तरह गलने भी नहीं दिया जाता, अत: तैयार होने पर व्यंजन बिखरवा रहता है। अगर पूरा गल जाए, तो वह चच्चड़ी न होकर 'लाबड़ा' बन जाता है। बंगाल में मछली की चच्चड़ी भी बनाई जाती है।
3. बेतो : शाक विशेष, जो औषधीय गुणों से युक्त होता है।

ताका। कमला ने ले जाने का इशारा किया। उस इशारे में करुणामिश्रित गुप्त प्रसन्नता देखकर उमेश साग-सब्जी इकट्ठी करके टोकरी में रखकर धीरे-धीरे चला गया।

रमेश ने कहा, ''यह बहुत अनुचित है। तुम लड़के को बढ़ावा मत दो।''

रमेश चिट्ठी-पत्री लिखने के लिए अपने केबिन में चला गया। कमला ने गरदन उचकाकर देखा, सेकंड क्लास के डेक को पार करके जहाज के किनारे की तरफ, जहाँ चटाई से घेरकर उन लोगों का रसोईघर बनाया गया था, उमेश वहीं चुपचाप बैठा है।

सेकंड क्लास में कोई यात्री नहीं था। कमला ने सिर से कमर तक एक शॉल ओढ़कर उमेश के पास जाकर कहा, ''वह सब फेंक दिया है क्या?''

उमेश ने कहा, ''फेंक क्यों दूँगा? सब इस रसोई में रख दिया है।''

कमला ने गुस्सा होने की कोशिश करते हुए कहा, ''लेकिन तूने बहुत ग़लत किया है। और कभी ऐसा काम मत करना। देख तो, अगर स्टीमर चला जाता।''

यह कहकर कमला ने रसोईघर में जाकर कठोर स्वर में कहा, ''ला, दराँती ला।''

उमेश ने दराँती ला दी। कमला तेज़ी से उमेश की लाई तरकारी काटने में जुट गई।

उमेश-माँ, पिसी हुई सरसों के साथ यह साग बड़ा चमत्कारी होता है।

कमला ने क्रुद्ध स्वर में कहा, ''अच्छा, तो सरसों पीस ले।''

इस तरह, कमला ने ऐसी सतर्कता का सहारा लिया, कि जिससे उमेश को बढ़ावा न मिले। चेहरा विशेष गम्भीर बनाकर उसका लाया साग, उसकी तरकारी, उसके बैंगन काटकर खाना चढ़ा दिया।

हाय, कमला इस घर छूटे बालक के साथ स्नेहपूर्ण व्यवहार किए बिना कैसे रह सकती है। साग की चोरी कितनी भारी बात है, कमला यह ठीक-ठीक नहीं समझती; किन्तु बेसहारा लड़की की सहारे की लालसा कितनी अधिक है, इसे वह समझती है। यही तो, यह अभागा बालक कमला को थोड़ा सा खुश करने के लिए इस थोड़ी-सी सब्जी को इकट्ठा करने का मौका खोजता घूम रहा था। और ज़रा-सा कुछ हो जाता, तो स्टीमर से गिर सकता था, क्या इसकी करुणा कमला को छुए बिना रह सकती है?

कमला ने कहा, ''उमेश, कल वाला वही दही तेरे लिए थोड़ा-सा बचा है, तुझे आज फिर दही खिलाऊँगी, मगर ख़बरदार ऐसा काम और कभी मत करना।''

उमेश ने बहुत दुखी होकर कहा, ''माँ, तो तुमने कल वह दही नहीं खाया था?''

कमला बोली, ''मुझे तेरी तरह दही का लोभ नहीं है। लेकिन उमेश, सब तो

हो गया, पर मछली का जुगाड़ कैसे होगा? मछली न हुई, तो बाबू को खाने को क्या दूँगी?''

उमेश–मछली का जुगाड़ कर सकता हूँ, माँ, किन्तु वह तो बिना पैसों के होनेवाला काम नहीं है।

कमला फिर से ताड़ना करने लगी। अपनी दोनों सुन्दर भौंहें सिकोड़ने की चेष्टा करते हुए कहा, ''उमेश, मैंने तेरे जैसा निर्बोध नहीं देखा। मैंने क्या तुझे बिना पैसे के सामान लाने को कहा है?''

उमेश के मन में कल से कैसे एक धारणा बैठ गई है कि कमला रमेश से पैसा माँगना आसान नहीं समझती। इसके अलावा, सब कुछ जोड़–जाड़कर रमेश उसे अच्छा नहीं लगता। इस कारण रमेश से आशा रखे बिना, केवल वह और कमला, यही दो असहाय मिलकर किस उपाय से गृहस्थी चला सकते हैं, वह मन–ही–मन उसी के कुछ आसान तरीकों की परिकल्पना कर रहा था। साग–बैंगन–कच्चे केले के सम्बन्ध में वह एक प्रकार से निश्चिन्त हो गया था, किन्तु मछली के मामले में वह कोई उपाय नहीं खोज पाया। संसार में निःस्वार्थ भक्ति के बल पर साधारण दही–मछली तक नहीं जुटाई जा सकती, पैसा चाहिए; इसीलिए कमला के इस अकिंचन भक्त–बालक के लिए संसार आसान जगह नहीं है।

उमेश ने थोड़ा कातर होकर कहा, ''माँ, अगर बाबू से कहकर किसी तरह पाँचेक गंडा[1] पैसों का जुगाड़ कर सको, तो बड़ी रोहू ला सकता हूँ।''

कमला घबराकर बोली, ''नहीं–नहीं, तुझे और स्टीमर से नहीं उतरने दूँगी, इस बार तू किनारे पर रह गया, तो कोई तुझे और नहीं चढ़ाएगा।''

उमेश ने कहा, ''किनारे पर क्यों उतरूँगा? आज सुबह खलासियों के जाल में खूब बड़ी–बड़ी मछलियाँ फँसी हैं; एकाध बेच भी तो सकते हैं।''

कमला ने सुनते ही जल्दी से एक रुपया लाकर उमेश के हाथ में दिया; कहा, ''जितना लगे दे देना, बाकी लौटा लाना।''

उमेश मछली ले आया, लेकिन कुछ लौटाकर नहीं लाया; बोला, ''एक रुपए से कम में किसी तरह नहीं दी।''

कमला समझ गई, बात पूरी तरह सच नहीं है; ज़रा-सा हँसकर बोली, ''इस बार से स्टीमर रुकने पर रुपया तुड़ाकर रखना पड़ेगा।''

उमेश ने गम्भीरता से कहा, ''वह बहुत ज़रूरी है। पूरा नोट एक बार निकालने पर लौटाना मुश्किल होता है।''

रमेश ने खाना खाते समय कहा, ''बड़ा स्वादिष्ट बना है। किन्तु इस सबका प्रबन्ध कहाँ से किया? यह तो रोहू मछली का सिर है।'' कहते हुए सँभालकर सिर

---

1. गंडा : पुराने चलन में चार पैसों के बराबर मुद्रा-प्रतीक

उठाकर पकड़ते हुए बोला, "यह तो स्वप्न नहीं, माया नहीं, मतिभ्रम नहीं है–यह तो सचमुच ही सिर है–जिसे कहा जाता है रोहित मत्स्य, उसी का उत्तम अंग।"

इस तरह उस दिन का दोपहर का भोजन समारोहपूर्वक सम्पन्न हो गया। रमेश ने डेक पर जाकर आरामकुर्सी पर पाचन क्रिया में ध्यान लगाया। तब कमला उमेश को खिलाने बैठी। मछली चच्चड़ी उमेश को इतनी अच्छी लगी कि भोजन का उत्साह आमोदजनक न रहकर धीरे-धीरे आशंकाजनक हो उठा। भयभीत कमला ने कहा, "उमेश और मत खा। तेरे लिए चच्चड़ी रख दी है, फिर रात को खाना।"

इस प्रकार दिन भर के कामों और हँसी-मज़ाक में सुबह का हृदय का भार कब हट गया, कमला जान ही नहीं पाई।

धीरे-धीरे दिन समाप्त होने को आ गया। सूर्य के प्रकाश ने टेढ़ा होकर पश्चिमी दिशा से जहाज की छत पर अधिकार कर लिया। शाम की मन्द पड़ती धूप हिलते हुए जल पर झिकमिक् कर रही है। नदी के दोनों किनारों पर नवीन-श्यामल शरद ऋतु की फसलों से भरे खेतों के बीच की बटिया से होकर ग्राम-रमणियाँ हाथ-पैर धोने के लिए घड़े बगल में दबाए चली आ रही हैं।

कमला पान बनाना समाप्त करके, केश सँवारकर, हाथ-मुँह धोकर, कपड़े बदलकर जब सन्ध्या-बाती के लिए तैयार हुई, तब सूर्य गाँव के बाँस-वनों के पीछे अस्त हो गया था। जहाज ने उस दिन के लिए स्टेशन-घाट पर लंगर डाल दिया।

आज कमला को रात के खाने में कुछ अधिक नहीं बनाना है। सुबह की बहुत-सी सब्ज़ी इस समय काम आ जाएगी। ऐसे समय रमेश ने आकर कहा, आज दोपहर में गरिष्ठ खाना हो गया है, वह रात को खाना नहीं खाएगा।

कमला दुखी होकर बोली, "कुछ नहीं खाओगे? केवल माछ-भाजा[1] के साथ–"

रमेश ने संक्षेप में कहा, "नहीं, माछ-भाजा रहने दो।" कहकर चला गया।

तब कमला ने सारा माछ-भाजा और चच्चड़ी पोंछकर उमेश की थाली में उड़ेल दी। उमेश ने कहा, "अपने लिए कुछ नहीं रखा?"

वह बोली, "मेरा खाना हो गया।"

इस प्रकार कमला की इस बहती हुई छोटी-सी गृहस्थी का एक दिन का सारा कर्तव्य सम्पन्न हो गया।

जल-थल में ज्योत्स्ना खिल रही है। किनारे पर गाँव नहीं हैं, धान के खेत की

---

1. माछ-भाजा : मछली के टुकड़े काटकर उन पर हल्दी व नमक लगाकर रख दिया जाता है। फिर उन्हें तेल में काफी तला जाता है। यही 'माछ-भाजा' कहलाता है। इसे भोजन के समय आनुषंगिक खाद्य के रूप में प्रयोग किया जाता है।

धान–कोमल सुविस्तीर्ण श्यामल निर्जनता पर कल्याणी नीरव–रात्रि विरहिणी की भाँति जाग रही है।

किनारे पर टिन की छतवाली जिस छोटी–सी कुटिया में स्टीमर का ऑफिस है, उसमें एक पतला–दुबला लिपिक स्टूल पर बैठा, डेस्क पर मिट्टी के तेल की डिबिया जलाए खाता लिख रहा था। खुले दरवाज़े के भीतर रमेश उस लिपिक को देख पा रहा था। दीर्घ नि:श्वास छोड़ते हुए रमेश सोच रहा था, 'अगर मेरा भाग्य मुझे इस लिपिक की तरह एक संकुचित, किन्तु एकदम स्पष्ट जीवन–यात्रा से बाँध देता है–हिसाब लिखता, काम करता, काम में ग़लती होने पर मालिक की डाँट खाता, काम निबटाकर रात में घर चला जाता–तो मुझे मुक्ति मिल जाती, मुझे छुटकारा मिल जाता।''

कुछ देर बाद ऑफिस–कक्ष की रोशनी बुझ गई। बाबू कमरे का ताला लगाकर ओस के डर से सिर पर चादर लपेटकर फसलों से भरे निर्जन खेतों के बीच से धीरे–धीरे किसी ओर चला गया, और दिखाई नहीं दिया।

रमेश को पता नहीं चला कि कमला बहुत देर से जहाज की रेलिंग पकड़े चुपचाप पीछे खड़ी थी। कमला ने सोचा था, शाम के समय रमेश उसे बुला लेगा। इसीलिए जब काम–काज निबटाकर देखा कि रमेश उसे ढूँढ़ने नहीं आया, तो वह धीरे–धीरे अपने आप जहाज की छत पर आ गई। लेकिन उसे अचानक चौंककर ठहर जाना पड़ा, वह रमेश के निकट नहीं जा पाई। चाँद की रोशनी रमेश के चेहरे पर पड़ रही थी–वह चेहरा मानो दूर, बहुत दूर है; कमला के साथ उसका सम्बन्ध नहीं है। ध्यान–मगन रमेश और संगी–विहीना युवती के बीच ज्योत्स्ना के उत्तरीय से आपादमस्तक ढकी एक विराट रात्रि मानो, अधरोष्ठ पर तर्जनी रखे नीरव खड़ी पहरा दे रही है।

रमेश जब दोनों हाथों से चेहरा ढके टेबल पर झुक गया, तब कमला धीरे–धीरे उसके केबिन की ओर गई। पैरों की आहट नहीं की, कहीं रमेश जान न जाए कि कमला उसे खोजने आई थी!

किन्तु उसका सोने वाला केबिन निर्जन, अँधेरा। घुसते ही उसकी छाती भीतर से काँप उठी, अपने को बिल्कुल ही परित्यक्त एवं एकाकिनी अनुभव किया; उस छोटे–से लकड़ी के केबिन ने किसी निष्ठुर अपरिचित पशु के खुले मुँह के समान उसके सामने अपना अन्धकार फैला दिया। वह कहाँ जाएगी? वह कहाँ अपनी क्षुद्र देह को टिकाकर, आँखें बन्द करके कह पाएगी, 'यही मेरी अपनी जगह है?'

कमला कमरे में झाँककर बाहर निकल आई। बाहर आते समय रमेश का छाता टिन के ट्रंक पर गिर पड़ने से एक आवाज़ हुई। रमेश ने उस आवाज़ से चौंककर चेहरा उठाया और कुर्सी छोड़कर उठते हए देखा, उसके सोनेवाले केबिन के सामने

कमला खड़ी है। बोला, "यह क्या कमला! मैंने सोचा था, तुम अब तक सो गई हो। तुम्हें डर लग रहा है क्या? अच्छा, मैं और बाहर नहीं बैठूँगा–इस पास वाले केबिन में ही लेटने जा रहा हूँ, बल्कि बीच वाला दरवाज़ा खुला छोड़ रहा हूँ।"

कमला ने उखड़े हुए स्वर में कहा, "मैं डरती नहीं हूँ।" कहकर तेज़ी से अँधेरे केबिन में चली गई और रमेश ने जो दरवाज़ा खुला छोड़ दिया था, उसे बन्द कर दिया। अपने आपको बिछौने पर डालकर मुँह पर एक चादर ढक ली; उसने मानो, संसार में और किसी को न पाकर केवल अपने आपसे अपने आपको कसकर लपेट लिया। उसका सम्पूर्ण हृदय विद्रोही हो उठा। जहाँ निर्भरता भी नहीं है, स्वाधीनता भी नहीं है, वहाँ प्राण कैसे बचें?

रात और नहीं कट रही। पास वाले केबिन में रमेश अब तक सो चुका है। कमला और बिस्तर पर नहीं रह पाई। धीरे-धीरे बाहर चली आई। जहाज की रेलिंग पकड़कर किनारे की ओर देखती रही। कहीं भी मानव-प्राणी की प्रतिध्वनि का शब्द नहीं है–चन्द्रमा पश्चिम की ओर झुकता जा रहा है। दोनों किनारों के शस्य-क्षेत्रों के बीच से जाती जो बटिया अदृश्य हो गई है, कमला उसी की ओर देखकर सोचने लगी–कितनी स्त्रियाँ प्रतिदिन पानी भरकर इसी बटिया से अपने घर जाती हैं। घर! घर कहते ही उसके प्राणों ने जैसे हृदय से बाहर भाग आना चाहा। मात्र छोटा-सा घर–लेकिन वह घर है कहाँ! शून्य किनारा साँय-साँय कर रहा है, विशाल आकाश क्षितिज से क्षितिज तक स्तब्ध है। अनावश्यक आकाश, अनावश्यक पृथ्वी–क्षुद्र युवती के लिए यह अन्तहीन विशालता अपरिसीम अनावश्यक है–उसे केवल एक घर की आवश्यकता थी।

तभी अचानक कमला चौंक पड़ी–उससे थोड़ी ही दूर कोई आदमी खड़ा है।

"डरो मत माँ, मैं उमेश हूँ। रात काफी हो गई है, सोई क्यों नहीं?"

जो आँसू अब तक नहीं गिरे थे, वही आँसू देखते-देखते दोनों आँखों से उमड़ पड़े। बड़ी-बड़ी बूँदों ने कोई बाधा नहीं मानी, बस लगातार झरने लगीं। कमला ने गरदन टेढ़ी करके उमेश की तरफ से मुँह घुमा लिया। जलराशि लिये मेघ उड़ता रहता है–जैसे ही, उसी के समान गृहहारा हवा का स्पर्श होता है, वैसे ही सम्पूर्ण जलराशि बरस पड़ती है; इस गृहहीन दरिद्र बालक की अपनेपन की एक बात सुनने भर से कमला अपनी छाती में भरी अश्रु-राशि और नहीं सँभाल पाई। कुछ कहने की कोशिश की, किन्तु अवरुद्ध कंठ से बात बाहर नहीं निकली।

पीड़ित हृदय उमेश सोच नहीं पाया कि सांत्वना कैसे दी जाती है। बहुत देर तक चुप रहकर अन्त में अचानक बोल पड़ा, "माँ, तुमने वही जो रुपया दिया था, इसमें से सात आने बचे हैं।"

तब तक कमला का अश्रु-भार कम हो आया था। उमेश के प्रसंग से हटे

समाचार पर थोड़ी स्नेहमिश्रित हँसी हँसते हुए बोली, "अच्छा, ठीक है, वे अपने पास रख ले। जा, अब सोने जा।"

चन्द्रमा वृक्षों की ओट में उतर गया। अब जैसे ही कमला बिस्तर पर आकर लेटी, वैसे ही उसकी थकी हुई दोनों आँखें बन्द होने लगीं। सुबह की धूप ने जब उसके केबिन का दरवाज़ा खटखटाया, तब भी वह निद्रामग्न थी।

28

अगले दिन कमला के दिन की शुरुआत थकन के बीच हुई। उस दिन उसकी आँखों में सूर्य का आलोक क्लान्त, नदी की धारा क्लान्त, किनारे के वृक्ष बहुत लम्बे मार्ग के पथिकों के समान क्लान्त।

उमेश जब उसके काम में सहायता करने आया, तो कमला ने थके स्वर में कहा, "जा उमेश, आज मुझे और परेशान मत कर।"

उमेश जरा-से में हट जानेवाला लड़का नहीं है। उसने कहा, "परेशान क्यों करूँगा माँ, मसाला पीसने आया हूँ।"

सुबह रमेश ने कमला की आँखों और चेहरे का भाव देखकर पूछा था, "कमला, क्या तुम्हारी तबीयत खराब है?"

ऐसा सवाल कितना अनावश्यक और असंगत है, कमला, मात्र एक बार जोर से गरदन हिलाकर बिना कोई उत्तर दिए, यह दर्शाकर रसोईघर की ओर चली गई।

रमेश समझ गया, समस्या रोज़ाना लगातार कठिन होती जा रही है। इसका अति शीघ्र कोई अन्तिम समाधान होना आवश्यक है। हेमनलिनी के साथ एक बार साफ-साफ समझाना-बुझाना होने पर कर्तव्य का निर्धारण आसान हो जाएगा, यह रमेश ने मन-ही-मन सोच-विचार कर देख लिया।

बहुत सोचने के बाद हेम को चिट्ठी लिखने बैठा। एक बार लिख रहा है, एक बार काट रहा है, उसी समय, "महाशय आपका नाम?" सुनकर चौंकते हुए चेहरा उठाया। देखा, पकी मूँछों और सिर पर सामने की ओर बिरल केशों के कारण गंजापन झलक आए एक प्रौढ़-वयस्क सज्जन सामने मौजूद हैं। रमेश के पूरी तरह डूबे हुए चित्त का ध्यान चिट्ठी की चिन्ता से अचानक उखड़कर क्षण भर के लिए भौंचक हो गया।

"आप ब्राह्मण हैं? नमस्कार। आपका नाम रमेश बाबू है, वह मैंने पहले ही पता लगा लिया है-फिर भी देखिए, हमारे देश में नाम पूछना परिचय की एक पद्धति है। वह शिष्टाचार है। आजकल कोई-कोई इसमें बुरा मान जाते हैं। यदि आप गुस्सा हो रहे हों, तो बदला चुका लीजिए। मुझसे पूछ लीजिए, मैं अपना नाम बताऊँगा, बाप

का नाम बताऊँगा, पितामह का नाम बताने में भी आपत्ति नहीं करूँगा।''

रमेश हँसकर बोला, ''मेरा ग़ुस्सा ऐसा अधिक भयंकर नहीं है, आपका अकेले का नाम जानकर ही मुझे खुशी होगी।''

''मेरा नाम है, त्रैलोक्य चक्रवर्ती। पछाँह में मुझे सभी 'चाचा' के रूप में जानते हैं। आपने इतिहास तो पढ़ा है? भारतवर्ष में भरत थे, चक्रवर्ती राजा, मैं उसी प्रकार सम्पूर्ण पछाँह-मुलुक का चक्रवर्ती चाचा हूँ। जब पछाँह जा रहे हैं, तो मेरा परिचय आपसे छिपा नहीं रहेगा। किन्तु महाशय कहाँ जाने का कार्यक्रम है?''

रमेश ने कहा, ''अभी तक निश्चय नहीं कर पाया।''

त्रैलोक्य–आपको निश्चय करने में देर लगती है, लेकिन जहाज पर सवार होने में तो देरी सहन नहीं हुई।

रमेश ने कहा, ''एक दिन ग्यालन्द में उतरकर देखा, जहाज सीटी बजा रहा है। तब यह ज़्यादा समझ में आया कि मेरे मन को निश्चय करने में देर लग सकती है, पर जहाज छूटने में देर नहीं है। इसीलिए जो काम जल्दबाज़ी का था, उसी को जल्दी से कर डाला।''

त्रैलोक्य–नमस्कार महाशय! मुझे आप पर श्रद्धा हो रही है। हम लोगों से आपकी बहुत भिन्नता है। हम लोग पहले निश्चय करते हैं, उसके बाद जहाज पर चढ़ते हैं–कारण, हम लोग अत्यन्त भीरू स्वभाव के हैं। आपने यह तय किया है कि जाएँगे, परन्तु कहाँ जाएँगे, यह कुछ भी तय नहीं किया, यह क्या छोटी बात है! परिवार साथ ही है?

इस प्रश्न का उत्तर 'हाँ' के रूप में देने में रमेश को क्षण भर के लिए आशंका हुई। उसे चुप देख चक्रवर्ती ने कहा, ''मुझे क्षमा करें–परिवार साथ है, यह समाचार विश्वस्त सूत्रों से मैंने पहले ही प्राप्त कर लिया है। बहूजी इसी कमरे में खाना बना रही हैं, पेट की खातिर मैं भी रसोईघर की खोज में वहाँ पहुँच गया था। बहू जी से बोला, 'बेटी, मुझे देखकर संकोच मत करो, मैं पछाँह–मुलुक का एकमात्र चक्रवर्ती चाचा हूँ।' आहा, बिटिया साक्षात् मानो, अन्नपूर्णा है! मैंने फिर कहा, 'बेटी, जब रसोईघर पर अधिकार किए हुए हो, तो अन्न से वंचित करने से नहीं चलेगा, मैं निरुपाय हूँ।' बेटी थोड़ी–सी मधुर हँसी हँसी, समझ गया प्रसन्न हो गई हैं, आज के लिए मुझे और चिन्ता नहीं है। हर बार ही तो पोथी–पत्रे में शुभ–घड़ी देखकर बाहर निकलता हूँ, किन्तु ऐसा सौभाग्य हर बार नहीं घटता। आप काम में लगे हैं, आपको और परेशान नहीं करूँगा–यदि अनुमति दें, तो बहू जी की थोड़ी सहायता कर दूँ। हमारे मौजूद रहते, वे कमल जैसे हाथों में बेड़ियाँ क्यों पहनेंगी? नहीं–नहीं, आप लिखिए, आपको नहीं उठना पड़ेगा–मैं परिचय कर लेना जानता हूँ।''

यह कहकर चक्रवर्ती चाचा विदा लेकर रसोई घर की ओर चले गए। जाते ही बोले,

"बड़ी अद्भुत खुशबू आ रही है, घंट[1] कैसा होगा, वह तो मुँह में रखने के पहले ही समझ में आ रहा है। लेकिन बेटी, चटनी मैं बनाऊँगा; जो पछाँह की गरमी में नहीं रहते, वे पूरे मनोयोगपूर्वक चटनी नहीं बना पाते। तुम सोच रही हो, बूढ़ा क्या कह रहा है– इमली नहीं है, चटनी बनाऊँगा किससे? लेकिन मेरे होते हुए तुम्हें इमली के बारे में चिन्ता नहीं करनी पड़ेगी। थोड़ा सबर करो, मैं सारा जुगाड़ किए ला रहा हूँ।"

कहते हुए चक्रवर्ती ने काग़ज़ में लिपटे एक कुल्हड़ में कासुन्दी[2] लाकर हाज़िर कर दी। बोले, "मैं जो चटनी बनाऊँगा, उसे आज के लायक खाकर बाकी उठाकर रख देनी पड़ेगी, खाने लायक होने में ठीक चार दिन लगेंगे। उसके बाद ज़रा सी मुँह में रखते ही समझ जाओगी कि चक्रवर्ती चाचा घमंड तो करता है, लेकिन चटनी भी बनाता है। जाओ बेटी, अब जाओ, हाथ-मुँह धो लो। बहुत समय हो गया है। जो राँधना बाकी है, उसे मैं निबटाए दे रहा हूँ। कोई संकोच मत करना, मुझे इस सबका अभ्यास है बेटी, मेरी घरवाली का शरीर हमेशा रोगग्रस्त रहता है, उसकी रुचि बदलने के लिए चटनी बनाते-बनाते मेरा हाथ पक्का हो गया है। बूढ़े की बात सुनकर हँस रही हो। किन्तु मज़ाक नहीं बेटी, यह सच बात है।"

कमला ने मुस्कराते हुए कहा, "मैं आपसे चटनी बनाना सीखूँगी।"

चक्रवर्ती–अरे बाप रे! विद्या क्या इतनी आसानी से प्रदान की जाती है? अगर एक ही दिन में सिखाकर विद्या की गरिमा नष्ट कर दूँ, तो वीणापाणि अप्रसन्न हो जाएँगी। दो-चार दिन इस बूढ़े की खुशामद करनी पड़ेगी। मुझे क्या करके खुश करना है, वह तुम्हें नहीं सोचना पड़ेगा; मैं स्वयं सब विस्तारपूर्वक बता दूँगा। पहली बात यह है कि मैं पान कुछ अधिक खाता हूँ, लेकिन सुपारी मोटी-मोटी नहीं चलेगी। मुझे वश में करना सहज काम नहीं है, किन्तु बिटिया के इस हँसते चेहरे से काम आगे बढ़ गया है। ओ रे, तेरा क्या नाम है रे?"

उमेश ने उत्तर नहीं दिया। वह गुस्सा था; उसे लग रहा था कि कमला के स्नेह-राज्य में यह बूढ़ा उसका साझीदार बनकर आ पहुँचा है। कमला ने उसे मौन

---

1. घंट : भिन्न-भिन्न प्रकार की सब्जियाँ मिलाकर बनाया गया व्यंजन। तेल में जीरा और तेजपात चटकाकर सब्जियाँ डाल दी जाती हैं। पानी नहीं डाला जाता। थोड़ा-सा पकने पर चने की दाल की पकौड़ियाँ अथवा उर्द की दाल की बड़ियाँ अलग से तलकर मिला दी जाती हैं। पूरा गलने के पूर्व ही सब्जियाँ चूल्हे से उतार ली जाती हैं, उतारने के कुछ क्षण पहले घी डाला जाता है। कुछ विशेष सब्जियों, जैसे मोचा (केले का फूल), लाऊ (लौकी), पुईं साग (एक विशेष प्रकार की लता), आदि का अलग-अलग 'घंट' भी बनाया जाता है। इस व्यंजन में स्वाद के लिए आलू मिलाने का चलन भी है।
2. कासुन्दी : सरसों को पीसकर विशेष रूप से तैयार किया गया अचार। इसमें हरी मिर्च और कच्चा आम पीसकर मिलाया जाता है। केवल रंगत के लिए हल्दी मिश्रित की जाती है। कासुन्दी को भोजन के प्रारम्भ में चावल के साथ मिलाकर खाया जाता है।

देखकर कहा, ''इसका नाम उमेश है।''

बूढ़े ने कहा, ''यह छोकरा बहुत अच्छा है। साफ देख रहा हूँ कि एकदम से इसका मन नहीं जीता जा सकता, लेकिन देखना बेटी, इसके साथ मेरी पटेगी। और देर मत करो, मेरा खाना बनने में ज़रा-सी भी देर नहीं होगी।''

कमला जो एक खालीपन अनुभव कर रही थी, वह इस बूढ़े से मिलकर भूल गई।

इस बूढ़े के आ जाने से रमेश भी अभी के लिए थोड़ा निश्चिन्त हो गया।

शुरू के कुछ महीने, जब रमेश कमला को अपनी पत्नी के रूप में ही समझता था, तब का उसका आचरण, तब की पारस्परिक बाधाहीन निकटता, आजकल से इतनी अलग थी कि अचानक आया यह अन्तर युवती के मन पर चोट किए बिना नहीं रह सका। ऐसे समय अगर यह चक्रवर्ती आकर रमेश की ओर से कमला की चिन्ता को थोड़ा कम कर सके, तो रमेश अपने हृदय की घायल वेदना पर पूरा ध्यान लगाकर निष्कृति पाए।

कमला निकट ही उसके केबिन के दरवाज़े के सामने आकर खड़ी हो गई। उसकी आन्तरिक इच्छा थी कि बिना काम-काज वाली लम्बी दोपहरी में वह चक्रवर्ती पर अकेली दखल जमा ले। चक्रवर्ती उसे देखते ही बोल पड़े, ''नहीं-नहीं बेटी, यह अच्छा नहीं हुआ। यह किसी भी तरह नहीं चलेगा।''

कमला, क्या अच्छा नहीं हुआ, कुछ भी न समझ पाकर अचम्भित और लज्जित हो गई। बुढ़ऊ ने कहा, ''यही जो, यह जूता! रमेश बाबू, यह आप ही की करनी से हुआ है। जो कहिए, यह आप लोग अधर्म कर रहे हैं-गाँव की माटी को इन सब चरणों के स्पर्श से वंचित मत कीजिए, वैसा होने पर गाँव मिट्टी बन जाएगा। अगर रामचन्द्र सीता को डसन का जूता पहना देते, तो क्या समझते हैं कि लक्ष्मण चौदह बरस वन में घूम पाते? कभी नहीं। रमेश बाबू मेरी बात सुनकर हँस रहे हैं, मन-ही-मन पूरी तरह पसन्द नहीं कर रहे हैं। न करनेवाली बात ही है। आप लोग जहाज की सीटी सुनते ही और नहीं रुक पाते, एकदम सवार हो जाते हैं, लेकिन एक बार भी नहीं सोचते कि जा कहाँ रहे हैं?''

रमेश ने कहा, ''चाचा, न हो, तो आप ही हम लोगों का गम्य-स्थान तय कर दीजिए-ना। जहाज की सीटी से आपका परामर्श पक्का रहेगा।''

चक्रवर्ती ने कहा, ''यह देखिए, इसी दौरान आपकी सोचने-समझने की शक्ति बढ़ गई है, जबकि थोड़ी देर का ही परिचय है। तब आइए, गाज़ीपुर चलिए। चलोगी बेटी, ग़ाज़ीपुर? वहाँ गुलाब के खेत हैं, और वहाँ तुम्हारा यह बूढ़ा भक्त भी रहता है।''

रमेश ने भी कमला के मुँह की ओर देखा। कमला ने तत्काल गरदन हिलाकर सहमति जता दी।

इसके पश्चात् उमेश और चक्रवर्ती ने मिलकर लज्जित कमला के केबिन में सभा जमाई। रमेश दीर्घ नि:श्वास छोड़कर बाहर ही रह गया। दोपहर में जहाज धक्-धक् करके चल रहा है। शारदी-धूप से रंजित दोनों किनारों की शान्तिमय विलक्षणता आँखों के ऊपर से स्वप्न की भाँति परिवर्तित होती चल रही है। कहीं धान के खेत हैं, कहीं नौका लगाने का घाट है, कहीं बालू-तट है, कहीं ग्राम्य गो-शाला है, कहीं फसल की मंडी की टीन की छत है, कहीं पुराने छायादार वट-वृक्ष के नीचे नाव की प्रतीक्षा करते पार वाले दो-चार यात्री हैं। इस शरद के मध्याह्न की सुमधुर स्तब्धता के बीच निकटवर्ती केबिन के भीतर से जब कमला की स्निग्ध कौतुक भरी हँसी ने क्षण-क्षण रमेश के कानों में प्रवेश किया, तो उसका हृदय पीड़ित होने लगा। सभी कुछ कितना सुन्दर है, परन्तु कितना अधिक दूर है। कैसे निदारुण आघात से रमेश के दुखी जीवन से विच्छिन्न!

29

कमला की उम्र अभी भी कम है-कोई संशय, आशंका या वेदना उसके मन में स्थायी रूप में टिकी नहीं रह सकती।

इन कुछ दिन उसे रमेश के व्यवहार के सम्बन्ध में चिन्ता करने का अवकाश नहीं मिला। धारा में जहाँ बाधा आ खड़ी होती है, सारा कूड़ा-कर्कट वहीं आकर जमा हो जाता है-रमेश के आचरण से कमला के चित्त की धारा के बहाव में अचानक एक जगह बाधा आ खड़ी हुई थी, वहीं भँवर बनकर एक ही जगह नाना प्रकार की बातें बार-बार चक्कर काट रही थीं। बूढ़े चक्रवर्ती के साथ हँसी करने, भर्त्सना करने, खाना बनाने, खिलाने में कमला के हृदय की धारा सारी बाधाएँ लाँघकर फिर से आगे बढ़ गईं, भँवर कट गई; जो कुछ जमा हो रहा था और चक्कर काट रहा था, वह सब बह गया। उसने अपने बारे में और कुछ भी नहीं सोचा।

आश्विन के सुन्दर दिनों ने नदी-पथ के दृश्यों को रमणीय बनाकर उन्हीं के बीच कमला के प्रतिदिन के आनन्दित गृहस्थीपने को मानो, सोने का पानी चढ़े चित्रों के मध्य सरल कविता के पृष्ठों की भाँति उलटाना शुरू कर दिया।

कर्म के उत्साह में दिन शुरू होता। आजकल उमेश स्टीमर पर चढ़ने में असफल नहीं रहता, और उसकी टोकरी भर कर आती है। छोटी-सी गृहस्थी में उमेश की यह प्रात:कालीन टोकरी परम कौतूहल का विषय है। 'यह क्या रे, यह लाउडगा[1]! हाय

1. लाउडगा : यह लौकी की बेल और उसकी शाखा-प्रशाखाओं के अग्र भाग को चुनकर तैयार किया गया व्यंजन है। इसे पानी में उबाला जाता है और आवश्यकतानुसार नमक मिलाया जाता है। इसे भोजन के प्रारम्भ में खाया जाता है।

माँ, तू कहाँ से सहजन की फली का जुगाड़ कर लाया? यह देखो, देखो चाचाजी, मुझे तो पता ही नहीं था कि खट्टा पालक खोट्टार-देश में मिलता है।' टोकरी लेकर रोज़ाना सुबह इसी तरह कलरव मचता है। जिस दिन रमेश मौजूद रहता है, उस दिन इसमें थोड़ा बेसुर लग जाता है-वह चोरी का सन्देह किए बना नहीं रह पाता। कमला उत्तेजित होकर कहती है, "वाह, मैंने उसे अपने हाथ से गिनकर पैसे दिए हैं।"

रमेश कहता है, "उसमें उसकी चोरी करने की सुविधा दुगुनी बढ़ जाती है। पैसा भी चुराता है, सब्जी भी चुराता है।"

यह कहते हुए रमेश उमेश को पुकारकर कहता है, "अच्छा, ज़रा हिसाब तो दे।"

उसमें उसके एक बार के हिसाब के साथ दूसरी बार का हिसाब मेल नहीं खाता। सही हिसाब देने पर जमा से ख़र्च का अंक ज़्यादा हो जाता है। इससे उमेश लेशमात्र लज्जित नहीं होता। वह कहता है, "अगर मैं हिसाब ही ठीक रख पाता, तो मेरी ऐसी दशा क्यों होती? मैं तो गुमाश्ता बन सकता था, ठीक है ना दादा जी?"

चक्रवर्ती कहते हैं, "रमेश बाबू, आप भोजन के बाद उसका न्याय कीजिए, तब सुन्याय कर पाएँगे। इस समय मैं इस लड़के को उत्साहित किए बना नहीं रह पा रहा हूँ। उमेश, बेटा, संग्रह करने की विद्या छोटी-मोटी विद्या नहीं है; कम लोग ही सीख पाते हैं। चेष्टा तो सभी करते हैं, सफल कितने लोग होते हैं? रमेश बाबू, मैं गुणी की मर्यादा समझता हूँ। यह सहजन की फली का मौसम नहीं है, तब बताइए इतनी सुबह परदेस में कितने लड़के सहजन की फली का जुगाड़ करके ला सकते हैं! महाशय, सन्देह बहुत लोग कर सकते हैं; किन्तु संग्रह हज़ार में से एक व्यक्ति कर सकता है।"

रमेश-चाचा, यह ठीक नहीं हो रहा है, उत्साह बढ़ाकर अनुचित कर रहे हैं।

चक्रवर्ती-लड़के की विद्या अधिक नहीं है-जितनी है, अगर वह भी उत्साह के अभाव में नष्ट हो जाए, तो बड़ा रोना हो जाएगा-कम-से-कम जितने दिन हम लोग स्टीमर पर हैं। ओ रे उमेश, कल नीम की पत्तियों का इन्तजाम करके लाना; अगर

---

1. सुक्तुनि : अनेक सब्जियाँ (जैसे-बैंगन, कच्चा केला, मूली, आलू, लोबिए की फली, सहजन की फली आदि) मिलाकर तैयार किया गया व्यंजन। ये सब्जियाँ लम्बे-लम्बे टुकड़ों में काटी जाती हैं। तेल में पंच फोड़न डालकर चटकने पर उसमें सब्जियाँ डाल दी जाती हैं। तत्पश्चात् पिसी हुई सरसों, पिसा हुआ अदरक व रुचि के अनुसार हल्दी मिलाकर ढक दिया जाता है। मिर्च का प्रयोग नहीं किया जाता। इसे रसेदार बनाया जाता है। पक जाने पर करेले के टुकड़े तलकर गर्म सब्जी पर रख दिए जाते हैं। स्वाद के अनुसार नारियल कसकर बुरका जा सकता है। इस व्यंजन की प्रकृति ठंडी मानी जाती है, अत: इसे अधिकतर गरमी के मौसम में तैयार किया जाता है।

करेला मिल सके, तो और अच्छा रहे–बेटी, सुक्तुनि[1] बहुत आवश्यक है। हमारे आयुर्वेद में कहा जाता है–रहने दो, आयुर्वेद की बात छोड़ो, इधर देरी होती जा रही है। उमेश, सब्जियाँ अच्छी तरह धोकर ले आ।

रमेश इस तरह से उमेश पर जितना शक करता है, खिच्-खिच् करता है उमेश मानो, उतना ही कमला का अधिक अपना होता जाता है। इस बीच चक्रवर्ती द्वारा उसकी तरफदारी किए जाने के कारण कमला का दल रमेश से कुछ अधिक ही अलग होने लगा। एक ओर रमेश अपनी सूक्ष्म विचार शक्ति के साथ अकेला; दूसरी ओर कमला, उमेश तथा चक्रवर्ती अपने कर्म-सूत्र में, स्नेह-सूत्र में, आमोद-आह्लाद के सूत्र में घनिष्ठ भाव से एक। चक्रवर्ती के आने के समय से उन लोगों के उत्साह के संक्रामक ताप के प्रभाव में रमेश कमला को पहले की अपेक्षा विशेष उत्सुकता के साथ देख रहा है, लेकिन फिर भी दल में शामिल नहीं हो पा रहा है। जिस प्रकार बड़ा जहाज किनारे लगना चाहता है, किन्तु पानी कम होने के कारण उसे अलग लंगर डालकर दूर से ही ताकते रहना पड़ता है, उधर छोटी-छोटी नावें और डोंगियाँ अनायास जाकर किनारे लग जाती हैं, रमेश की वही दशा हो रही है।

पूर्णिमा के आसपास एक दिन सुबह उठते ही दिखाई दिया, राशि-राशि काले मेघ झुंड बना-बनाकर आकाश में छा गए हैं। हवा झोंके खाकर चल रही है। कभी-कभी बारिश पड़ पड़ रही है, फिर थमकर धूप का आभास भी दिखाई पड़ रहा है। आज गंगा के बीच में और नौकाएँ नहीं हैं, एक-दो जो दिखाई भी पड़ रही हैं, उनकी बेचैनी साफ समझ में आ रही है। आज जलार्थिनी स्त्रियाँ घाट पर अधिक देर नहीं लगा रही हैं।

मेघों से फूटकर एक प्रलयंकारी प्रकाश जल पर पड़ रहा है और क्षण-क्षण नदी का जल एक किनारे से दूसरे किनारे तक सिहर रहा है।

स्टीमर विधिवत् चल रहा है। आँधी-पानी की नाना कठिनाइयों के बीच किसी तरह कमला का खाना बनाने का काम चलने लगा। चक्रवर्ती ने आकाश की ओर ताककर कहा, "बेटी, रात को खाना न बनाना पड़े, इसकी व्यवस्था करनी होगी। तुम खिचड़ी चढ़ा दो, मैं इस बीच रोटी बनाकर रख देता हूँ।"

आज खाना-पीना निबटाने में बहुत देर हो गई। झोंकेदार हवा का ज़ोर धीरे-धीरे बढ़ने लगा। नदी फेन-फेन होकर उफनने लगी। समझ में नहीं आया कि सूरज डूब गया है अथवा नहीं। स्टीमर ने जल्दी-जल्दी लंगर डाल दिया।

शाम बीत गई। ज्योत्स्ना का प्रकाश परिवर्तन की पांडुवर्णी हँसी की भाँति छिन्न-विच्छिन्न मेघों के बीच से बाहर आने लगा। तुमुल वेग से हवा और मूसलाधार बारिश शुरू हो गई।

कमला एक बार पानी में डूब चुकी है–वह तूफान के झोंके को नज़रंदाज़ नहीं

कर पाती। उसे रमेश ने आकर ढाढ़स बँधाया, ''स्टीमर पर कोई डर नहीं है कमला। तुम निश्चिन्त होकर सो सकती हो, मैं पास वाले केबिन में ही जाग रहा हूँ।''

चक्रवर्ती ने द्वार के सामने आकर कहा, ''प्यारी बिटिया, डरना मत, तूफान के बाप की मजाल क्या, जो तुम्हें छू सके!''

निश्चयपूर्वक कहना कठिन है कि तूफान के बाप की मजाल कितनी है, लेकिन तूफान की ताक़त कितनी है, यह कमला से छिपा नहीं है। उसने जल्दी से द्वार के पास आकर व्याकुल स्वर में कहा, ''चाचाजी, आप आकर केबिन में बैठिए।''

चक्रवर्ती ने हिचकिचाते हुए कहा, ''अभी तो तुम लोगों का सोने का समय हो गया बेटी, मैं अब–''

केबिन में आकर देखा, रमेश वहाँ नहीं है, आश्चर्यचकित होकर कहा, ''इस तूफान में रमेश बाबू कहाँ चले गए? सब्जी-चुराना तो उनकी आदत नहीं है।''

''कौन है, चाचा हैं क्या? यही तो, मैं पास वाले केबिन में ही हूँ।''

चक्रवर्ती ने पास वाले केबिन में झाँककर देखा, रमेश बिस्तर पर अधलेटा बत्ती जलाए किताब पढ़ रहा है।

चक्रवर्ती ने कहा, ''बहू जी अकेली डर से मरी जा रही हैं। आपकी किताब तो तूफान से डरती नहीं, सो उसे रख देना अनुचित नहीं होगा। आइए, इस केबिन में।''

कमला एक दुर्निवार आवेग के वशीभूत सुध-बुध खोकर जल्दी से चक्रवर्ती का हाथ कसकर पकड़ते हुए रुँधे गले से बोली, ''नहीं-नहीं, चाचाजी! नहीं-नहीं।'' तूफान के शोर में कमला की यह बात रमेश के कानों तक नहीं पहुँची, किन्तु चक्रवर्ती विस्मित होकर लौट आए।

रमेश किताब रखकर इस केबिन में आ गया। पूछा, ''क्या चक्रवर्ती चाचा, मामला क्या है? लगता है कमला ने आपको–''

कमला रमेश के चेहरे की ओर बिना देखे हड़बड़ाते हुए बोल पड़ी, ''नहीं-नहीं, उन्हें मैंने केवल कहानी सुनाने के लिए बुलाया था।''

कमला से पूछा जाता है कि किस बात के प्रतिवाद में उसने 'नहीं-नहीं' कहा है, तो वह बता नहीं पाती। अगर इस 'नहीं' का मतलब समझा जाए कि मेरा डर भगाने की आवश्यकता है–तो नहीं, आवश्यकता नहीं है। अगर समझो कि मेरा साथ देना ज़रूरी है–तो नहीं, जरूरी नहीं है।

अगले ही पल कमला बोली, ''चाचाजी, रात बढ़ती जा रही है, आप सोने जाइए। एक बार उमेश की खबर ले लीजिए, वह शायद डर रहा हो!''

दरवाज़े के पास से एक आवाज़ आई, ''माँ, मैं किसी से भी नहीं डरता।''

उमेश चादर लपेटकर कमला के दरवाजे के पास बैठा है। कमला का हृदय

विगलित हो उठा; उसने जल्दी से बाहर निकलकर कहा, "अँय रे उमेश, तू तूफान-बारिश में क्यों भीग रहा है? अभागा कहीं का, जा चाचाजी के साथ सोने जा।"

कमला के मुँह से निकले 'अभागा' सम्बोधन से बहुत अधिक परितृप्त होकर उमेश चक्रवर्ती चाचा के साथ सोने चला गया।

रमेश ने पूछा, "जब तक नींद न आए, क्या मैं बैठकर बातें करूँ?"

कमला बोली, "नहीं, मुझे बहुत नींद आ रही है।"

ऐसा नहीं कि रमेश कमला के मन का भाव नहीं समझा, किन्तु उसने दुबारा नहीं कहा, कमला के अभिमान-आहत चेहरे की ओर ताककर वह धीरे-धीरे अपने केबिन में चला गया।

नींद के इन्तज़ार में बिछौने पर चुपचाप पड़ी रह सके, कमला के मन में ऐसी शान्ति नहीं थी। तब भी वह जबर्दस्ती लेटी रही। तूफान के वेग के साथ पानी का शोर लगातार बढ़ने लगा। खलासियों का शोर-शराबा सुनाई पड़ने लगा। बीच-बीच में इंजिन-कक्ष में चालक की आदेशसूचक घंटी बजती रही। जहाज़ को हवा के प्रबल वेग के विरुद्ध खड़ा रखने के लिए लंगर बँधा होने की दशा में भी इंजिन धीरे-धीरे चालू रहा।

कमला बिस्तर छोड़कर केबिन के बाहर आकर खड़ी हो गई। क्षण भर के लिए वर्षा ने विश्राम लिया है, लेकिन तूफान की हवा तीर से बिंधे पशु के समान चीत्कार करते हुए दिशा-विदिशाओं में दौड़ती फिर रही है। मेघों के होते हुए भी शुक्ल चतुर्दशी का आकाश झीने आलोक में अशान्त संहार-मूर्ति को अपरिस्फुटित रूप में प्रकट कर रहा है। किनारा साफ दिखाई नहीं दे रहा है; नदी धुँधली दिखाई दे रही है; किन्तु ऊपर-नीचे, निकट-दूर, दृश्य-अदृश्य में एक मूढ़ उन्मत्तता, एक अन्धी हलचल मानो, अद्‌भुत मूर्ति का रूप ग्रहण करके यमराज के उठे हुए सींगों वाले काले भैंसे के समान सिर हिला-हिला रही है।

इस पागल रात्रि, इस आकुल आकाश की ओर देखकर कमला की छाती भीतर से काँपने लगी। वह भय के कारण था अथवा आनन्द की वजह से, निश्चयपूर्वक नहीं कहा जा सकता। इस प्रलय में जो एक अबाध शक्ति है, जो एक बन्धनहीन स्वाधीनता है, मानो उसने कमला के हृदय में सोई एक संगिनी को जगा दिया। इस सर्वव्यापी विद्रोह के वेग ने कमला के चित्त को विचलित कर डाला। विद्रोह किसके विरुद्ध, क्या इसका उत्तर तूफान के इस गर्जन में मिल सकता है? नहीं, वह कमला के हृदय के आवेग के समान ही अव्यक्त है। किसी अनिर्दिष्ट अमूर्त झूठ के, स्वप्न के, अन्धकार के जाल को छिन्न-विच्छिन्न करके बाहर निकलने के लिए आकाश-पाताल में यह मत्त हलचल, यह क्रोध में गरजता क्रन्दन है। मार्गहीन, सीमाहीन सीमा के किनारे से हवा केवल 'नहीं-नहीं' का चीत्कार करते-करते आधी रात को दौड़ी

चली आ रही है–केवल एक प्रचंड अस्वीकार। किसका अस्वीकार? वह निश्चयपूर्वक नहीं कहा जा सकता–किन्तु नहीं–किसी भी तरह नहीं, नहीं, नहीं, नहीं।

30

अगले दिन सुबह तूफान की गति कुछ कम हो गई, लेकिन पूरी तरह थमी नहीं। चालक अभी भी तय नहीं कर पाया कि लंगर उठाए अथवा नहीं, परेशान मुँह आकाश की ओर ताक रहा है।

चक्रवर्ती भोर में ही रमेश की खोज में कमला के पास वाले केबिन में आए। देखा, रमेश तब भी बिछौने पर लेटा है, चक्रवर्ती को देखकर वह हड़बड़ाते हुए उठ बैठा। इस केबिन में रमेश की सोने की स्थिति देखकर चक्रवर्ती ने मन–ही–मन पिछली रात की घटना का पूरा मेल बैठाया। पूछा, ''लगता है, कल रात इसी केबिन में सोना हुआ?''

रमेश ने इस प्रश्न के उत्तर को टालते हुए कहा, ''यह क्या दुर्योग आरम्भ हो गया है! कल रात चाचा को कैसी नींद आई?''

चक्रवर्ती ने कहा, ''मैं देखने में मूढ़ की भाँति हूँ, मेरी बातचीत भी उसी तरह की है, फिर भी इस उम्र में मुझे अनेक दुरूह विषयों के बारे में सोचना पड़ा है तथा उनमें से अनेक का समाधान भी पाया है–किन्तु आप सबसे अधिक दुरूह लग रहे हैं।''

रमेश का चेहरा क्षण भर के लिए थोड़ा लाल हो उठा, अगले ही क्षण अपने को संयमित करके मुस्कराते हुए बोला, ''दुरूह होना ही हमेशा अपराध का कारण हो, ऐसा नहीं है चाचा। तेलुगु भाषा का शिशु–पाठ भी दुरूह है, लेकिन तैलंग–बालक के लिए वह जल के समान सहज होता है। जिसे समझ न पाएँ, उसे तुरन्त दोष मत दीजिए और जिस अक्षर को समझते न हों, उस पर लगातार आँखें गड़ाकर कभी–न–कभी समझ जाएँगे, ऐसी आशा मत कीजिए।''

वृद्ध ने कहा, ''मुझे क्षमा करें रमेश बाबू! मेरे साथ जिसे समझने–समझाने का कोई सम्बन्ध नहीं, उसे समझने की चेष्टा करना ही धृष्टता होगी। लेकिन संसार में दैववश कोई–कोई ऐसा मनुष्य मिल जाता है, जिसे देखते ही उसके साथ पक्का सम्बन्ध जुड़ जाता है। उसकी गवाही, आप इस दाढ़ी वाले जहाज–चालक से ले लीजिए–बहू जी के साथ अपना आत्मीय सम्बन्ध उसे अभी ही स्वीकार करना पड़ेगा; उसकी गरदन कटेगी; न किया, तो मैं उसे मुसलमान नहीं मानूँगा। ऐसी दशा में बीच में अचानक तेलुगु भाषा आ पड़ने से भारी मुश्किल में पड़ना होगा। अकारण ग़ुस्सा होने से नहीं चलेगा रमेश बाबू, बात को सोचकर देखिए।''

रमेश ने कहा, "सोचकर देखने के कारण ही तो ग़ुस्सा नहीं कर पा रहा हूँ, लेकिन मैं ग़ुस्सा करूँ या न करूँ, आप दुखी हों या न हों, तेलुगु भाषा तेलुगु ही रहेगी–प्रकृति का ऐसा ही निष्ठुर नियम है।"

यह कहकर रमेश ने एक दीर्घ नि:श्वास छोड़ा।

इसी बीच रमेश सोचने लगा, ग़ाज़ीपुर जाना उचित है या नहीं! पहले उसने सोचा था, अपरिचित स्थान पर रहने में वृद्ध के साथ परिचय उसके काम आएगा। लेकिन अब लगा कि परिचय की ठिनाई भी है। कमला के साथ उसका सम्बन्ध चर्चा और खोज का विषय बन जाने पर एक दिन वह कमला के लिए अति-असहनीय होकर खड़ा हो जाएगा। इसकी अपेक्षा, जहाँ सभी अपरिचित हों, जहाँ सवाल करनेवाला कोई न हो, वहीं आश्रय लेना अच्छा है।

ग़ाज़ीपुर पहुँचने के पहले दिन रमेश ने चक्रवर्ती से कहा, "चाचा, ग़ाज़ीपुर को अपनी प्रैक्टिस के लिए अनुकूल नहीं समझ रहा हूँ, फ़िलहाल मैंने काशी जाना ही तय किया है।"

रमेश की बात में संशयहीनता का स्वर सुनकर वृद्ध ने हँसते हुए कहा, "बार-बार अलग-अलग तरह से निश्चय करने को निश्चय करना नहीं कहते–वह तो ढुलमुलपन है। जो हो, अभी के लिए काशी जाना आपका अन्तिम निश्चय है?"

रमेश ने संक्षेप में कहा, "हाँ।"

वृद्ध कोई उत्तर दिए बिना चले गए और सामान बाँधने में लग गए।

कमला ने आकर कहा, "चाचाजी, क्या आज मुझसे रूठे हुए हैं?"

वृद्ध ने कहा, "झगड़ा तो दोनों बखत ही होता है, लेकिन एक दिन भी तो जीत नहीं पाया।"

कमला–आज सुबह से आप भागते फिर रहे हैं?

चक्रवर्ती–तुम लोग तो बेटी, मुझसे बड़ी तरह के पलायन की कोशिश में हो, और मुझ पर भगोड़ा होने का आरोप लगा रही हो?

कमला बात न समझ पाने के कारण देखती रही। वृद्ध बोले, "तो क्या रमेश बाबू ने अभी तक नहीं बताया? तुम लोगों का काशी जाना तय हो गया है।"

सुनकर कमला ने हाँ-ना कुछ नहीं कहा। थोड़ी देर बाद बोली, "चाचाजी, आप नहीं कर सकेंगे, दीजिए, आपका बक्सा मैं लगा देती हूँ।"

काशी जाने के सम्बन्ध में कमला की इस उदासीनता से चक्रवर्ती के हृदय में गहरी चोट लगी। मन-ही-मन सोचा, 'अच्छा ही हो रहा है, मेरी जैसी आयु में फिर से नए जाल में क्यों फँसना?'

इसी बीच रमेश कमला को काशी जाने की बात की जानकारी देने आ पहुँचा। बोला, "मैं तुम्हें खोज रहा था।"

कमला चक्रवर्ती के कपड़े-लत्ते तह करके लगाने लगी। रमेश ने कहा, "कमला, इस बार हमारा ग़ाज़ीपुर जाना नहीं हुआ; मैंने तय किया है, काशी जाकर प्रैक्टिस करूँगा। तुम क्या कहती हो?"

कमला ने चक्रवर्ती के बक्से से नज़र हटाए बिना कहा, "नहीं, मैं ग़ाज़ीपुर ही जाऊँगी। मैंने सारा सामान लगा लिया है।"

कमला के इस दुविधाहीन उत्तर से रमेश थोड़ा आश्चर्य में पड़ गया, बोला, "तुम अकेली जाओगी क्या!"

कमला ने अपनी स्निग्ध-दृष्टि चक्रवर्ती की ओर उठाकर कहा, "क्यों, वहाँ चाचाजी तो हैं!"

कमला की इस बात पर चक्रवर्ती सकुचा गए; बोले, "बेटी, तुम अगर चाचा के प्रति इतना पक्षपात दिखाओगी, तो रमेश बाबू मुझे फूटी आँखों नहीं देख पाएँगे।"

इसके उत्तर में कमला ने केवल कहा, "मैं ग़ाज़ीपुर ही जाऊँगी।"

इस सम्बन्ध में किसी की भी किसी सहमति की अपेक्षा है, कमला के कंठ-स्वर से ऐसा प्रकट नहीं हुआ।

रमेश ने कहा, "चाचा, तब ग़ाज़ीपुर ही तय रहा।"

तूफान की बारिश के बाद उस दिन रात को निर्मल चाँदनी छिटकी। रमेश डेक पर आरामकुर्सी पर बैठकर सोचने लगा, 'इस तरह और नहीं चल सकता। धीरे-धीरे विद्रोही कमला के साथ जीवन की समस्या अत्यन्त कठिन हो जाएगी। इस तरह निकट रहते हुए दूरी बनाए रखना मुश्किल है। अब पतवार छोड़ दूँगा। कमला ही मेरी पत्नी है-मैंने तो उसे पत्नी के रूप में ही अपनाया था। मन्त्र-पाठ न होने से ही कोई संकोच करना अनुचित है। उस दिन यमराज ने कमला को वधू-रूप में मेरे निकट लाकर उस निर्जन सैकत-द्वीप पर स्वयं ग्रन्थि-बन्धन कराया है-ऐसा, उनके जैसा पुरोहित संसार में कहाँ है!'

हेमनलिनी और रमेश के बीच एक रण-भूमि आ खड़ी हुई है। यदि रमेश बाधा-अपमान-अविश्वास को नष्ट करके विजयी हो सके, तभी वह सिर उठाकर हेमनलिनी के पास जाकर खड़ा हो पाएगा। इसी युद्ध की बात याद आने पर उसे डर लगता है; जीतने की कोई आशा नहीं रहती। किस तरह प्रमाणित करेगा? और प्रमाणित करना पड़ा, तो सारी घटनाएँ जन-साधारण के सामने ऐसी घृणास्पद और कमला के लिए ऐसी भयंकर चोट पहुँचानेवाली हो जाएँगी कि वैसे संकल्प को मन में स्थान देना भी कठिन है।

अतएव दुर्बल की भाँति और दुविधा न करके कमला को पत्नी के रूप में स्वीकार करना ही हर दृष्टि से श्रेष्ठ होगा। हेमनलिनी तो उसे घृणा कर रही है-यह घृणा ही उसे उपयुक्त सत्पात्र के प्रति चित्त समर्पित करने में सहायता देगी। यही

सोचकर रमेश ने एक दीर्घ निःश्वास के द्वारा उस ओर की आशा को भूमिसात् कर दिया।

31

रमेश ने पूछा, ''क्या रे, तू कहाँ जा रहा है?''

उमेश ने कहा, ''मैं माँ ठकुराइन के साथ जा रहा हूँ।''

रमेश–मैंने जो तेरा काशी तक का टिकट बनवा दिया है! यह तो ग़ाज़ीपुर का घाट है। हम लोग तो काशी जाएँगे नहीं।

उमेश–मैं भी नहीं जाऊँगा।

उमेश उन लोगों की चिरस्थायी-व्यवस्था के बीच आ पड़ेगा, इस तरह की आशंका रमेश के मन में नहीं थी, किन्तु लड़के की अविचलित दृढ़ता को देखकर रमेश स्तम्भित रह गया। कमला से पूछा, ''कमला, उमेश को भी लेना पड़ेगा क्या?''

कमला ने कहा, ''न लेंगे, तो वह कहाँ जाएगा?''

रमेश–क्यों, काशी में उसके रिश्तेदार हैं।

कमला–नहीं, वह हम लोगों के साथ जाने के लिए ही कह रहा है। देख उमेश, तू चाचाजी के साथ-साथ रहना, नहीं तो परदेस में कहीं भीड़ में खो जाएगा।

किस जगह जाना है, किसे साथ लेना है, यह सब तय करने का भार कमला ने अकेले ही ले लिया है। पहले कमला नम्र-भाव से रमेश की इच्छा-अनिच्छा का बन्धन स्वीकार कर लेती थी, इन कुछ आखिरी दिनों में उसने अचानक मानो उसे काट डाला है।

अतएव उमेश भी अपनी छोटी-सी कपड़ों की एक पोटली बगल में दबाकर चल पड़ा; इस विषय में और अधिक चर्चा नहीं हुई।

शहर और साहबपाड़ा के लगभग बीच में एक जगह चाचाजी का एक छोटा-सा बँगला है। उसके पीछे आम का बाग़, सामने पक्का कुआँ, सामने की ओर नीची दीवार का परकोटा–कुएँ के सिंचित-जल से गोभी-मटर की क्यारियाँ लहलहा रही हैं।

कमला और रमेश जाकर पहले दिन इसी बँगले में ठहरे।

चक्रवर्ती चाचा की पत्नी हरिभाविनी का स्वास्थ्य खराब है, चाचा सभी लोगों में ऐसा प्रचार करते हैं, किन्तु उनमें दुर्बलता का कोई भी बाहरी लक्षण दिखाई नहीं देता। उनकी उम्र बहुत कम नहीं है, लेकिन चेहरा भरा-पूरा है। सामने के केश थोड़े-थोड़े पक गए हैं, परन्तु काले केश ही अधिक हैं। उनके सम्बन्ध में, बुढ़ापे को मानो, केवल डिगरी मिली है, किन्तु दखल नहीं मिल रहा है।

दरअसल, जब ये दम्पती युवा थे, तभी हरिभाविनी को मलेरिया ने कसकर पकड़ लिया था। जलवायु परिवर्तन के अलावा कोई उपाय न देख चक्रवर्ती ग़ाज़ीपुर स्कूल की मास्टरी का जुगाड़ करके यहाँ आकर रहने लगे। पत्नी के पूरी तरह स्वस्थ हो जाने पर भी चक्रवर्ती में उनके स्वास्थ्य के प्रति ज़रा भी विश्वास उत्पन्न नहीं हुआ।

अतिथियों को बाहर के कमरे में बिठाकर चक्रवर्ती ने अन्त:पुर में जाकर पुकारा, ''सझली बहू!''

इस समय सझली बहू चहारदीवारी से घिरे आँगन में रामकौलि से गेहूँ पिसवा रही थी और तरह-तरह के छोटे-बड़े बर्तनों और हाँड़ियों में नाना प्रकार का अचार-चटनी धूप में रख रही थी।

चक्रवर्ती ने आते ही कहा, ''यह देखो! ठंड पड़ रही है-शरीर पर एक चादर नहीं ओढ़ सकती?''

हरिभाविनी-आपकी हर बात अलग तरह की है। ठंड कहाँ है-धूप में पीठ झुलस रही है।

चक्रवर्ती-वह भी क्या ठीक है? छाया तो बहुत महँगी नहीं है।

हरिभाविनी-अच्छा, वह होगी, आपने आने में इतनी देर क्यों लगाई?

चक्रवर्ती-वह लम्बी कहानी है। फिलहाल घर में अतिथि आए हैं, स्वागत-सत्कार की व्यवस्था करनी होगी।

यह कहकर चक्रवर्ती ने आगन्तुकों का परिचय दिया। चक्रवर्ती के घर अचानक इस प्रकार अतिथियों का आवागमन प्राय: होता रहता है, किन्तु हरिभाविनी सपत्नीक अतिथि के लिए तैयार नहीं थी। उसने कहा, ''हाय मैया, आपके यहाँ कमरा कहाँ है?''

चक्रवर्ती ने कहा, ''पहले तो परिचय हो जाए, उसके बाद कमरे की बात बाद में होगी। हमारी शैल कहाँ हैं?''

हरिभाविनी-वह अपने बेटे को नहला रही है।

चक्रवर्ती जल्दी से कमला को अन्त:पुर में बुला लाए। कमला द्वारा हरिभाविनी को प्रणाम करके खड़े होते ही उन्होंने दाईं हथेली से कमला की ठोड़ी का स्पर्श करके अपनी अँगुलियाँ चूम लीं तथा पति से बोलीं, ''देख रहे हैं, चेहरा काफी कुछ हमारी विधु के समान है।''

विधु इन लोगों की बड़ी बेटी है, कानपुर में पति-गृह में रहती है। चक्रवर्ती मन-ही-मन हँसे। वे जानते थे, कमला के साथ विधु का कोई सादृश्य नहीं है, लेकिन हरिभाविनी रूप-गुण में बाहरी लड़की की विजय स्वीकार नहीं कर पातीं। शैलजा उनके घर में ही रहती है, कहीं उसके साथ प्रत्यक्ष तुलना में विवेचना की पराजय न

हो जाए, इसलिए गृहिणी ने अनुपस्थित को उपमा के स्थान पर रखकर विजय-पताका अपने ही घर में गाड़ ली।

हरिभाविनी–ये लोग आए हैं, बड़ा अच्छा हुआ, लेकिन हम लोगों के नए घर की मरम्मत तो पूरी हुई नहीं–यहाँ हम लोग किसी तरह दिन काट रहे हैं–इन लोगों को तो कष्ट होगा।

बाज़ार में चक्रवर्ती के एक छोटे-से भवन की मरम्मत चल रही है, पर वह एक दुकान है; वहाँ रहने की कोई सुविधा भी नहीं है, विचार भी नहीं है।

चक्रवर्ती ने इस झूठ का कोई प्रतिवाद न करके मुस्कराते हुए कहा, "अगर बिटिया कष्ट को कष्ट अनुभव करतीं, तो क्या उन्हें यहाँ लाता? (पत्नी से) जो हो, तुम बाहर और मत खड़ी रहो–शरद ऋतु की धूप बहुत खराब होती है।"

यह कहकर चक्रवर्ती रमेश के पास बाहर चले गए।

हरिभाविनी कमला का विस्तृत परिचय प्राप्त करने लगीं। "तुम्हारे पति शायद वकील हैं? वे कितने दिन से काम कर रहे हैं? वे कितनी कमाई करते हैं? लगता है अभी तक व्यवसाय आरम्भ नहीं किया? तो गुजारा कैसे चलता है? शायद तुम्हारे ससुर की सम्पत्ति है? जानती नहीं हो? हाय मैया, कैसी स्त्री है री! ससुराल की खबर नहीं रखती? पति गृहस्थी चलाने के लिए हर महीने तुम्हें कितना देते हैं? जब सास नहीं है, तो गृहस्थी का भार अपने हाथों में ही लेना होगा। तुम तो निहायत कच्ची उम्र की लड़की नहीं हो मेरा बड़ा दामाद जो कुछ कमाता है, सारा-का-सारा विधु के हाथों में गिन देता है।" आदि प्रश्नों और मन्तव्यों के द्वारा बहुत कम समय में ही कमला को अकुशल प्रमाणित कर दिया। कमला भी रमेश की अवस्था और इतिहास के सम्बन्ध में कितना कम जानती है तथा इसके रिश्ते को ध्यान में रखते हुए यह अल्प-ज्ञान कितना असंगत और लोक-समाज में कितना लज्जाजनक है, यह हरिभाविनी की प्रश्नमाला से उसके मन में साफ उभर आया। उसने सोचकर देखा, रमेश के साथ किसी बात पर अच्छी तरह चर्चा करने का अवसर उसे आज तक नहीं मिला–वह रमेश की पत्नी होते हुए भी रमेश के बारे में कुछ भी नहीं जानती। आज उसे यह स्वयं ही आश्चर्यजनक लगा और उसकी इस तुच्छता की लज्जा ने उसे पीड़ा से भर दिया।

हरिभाविनी ने फिर से शुरू कर दिया, "बहू, देखूँ तुम्हारा कंगन। यह सोना तो उतना अच्छा नहीं है। मायके से कोई ज़ेवर नहीं लाई? पिता नहीं हैं? उसी कारण क्या शरीर इस तरह खाली रखा जाता है? लगता है तुम्हारे पति कुछ नहीं देते? मेरा बड़ा दामाद हर दो महीने में विधु को एक गहना गढ़वा देता है।"

इस सारे सवाल-जवाब के बीच शैलजा अपनी दो बरस की बेटी का हाथ पकड़े आ पहुँची। शैलजा साँवली है, उसका चेहरा छोटा-सा है, मुट्ठी भर, आँखें चमकती

हुईं, ललाट चौड़ा–चेहरा देखते ही स्थिर बद्धि और एक शान्त परितृप्ति का भाव आँखों में पड़ता है।

शैलजा की छोटी लड़की कमला के सामने खड़ी होकर क्षण भर निरीक्षण–परीक्षण करने के बाद बोल पड़ी, "मौसी", विधु के साथ सादृश्य का विचार करके बोला हो, ऐसा नहीं, बल्कि एक विशेष आयु की जो कोई स्त्री उसे अप्रिय नहीं लगती, वह बिना विचारे उसी को मौसी पुकारती है। कमला ने उसे तुरन्त गोद में उठा लिया।

हरिभाविनी ने शैलजा को कमला का परिचय देते हुए कहा, "इनके पति वकील हैं, नया रोज़गार करने बाहर निकले हैं। यात्रा में कर्ता[1] के साथ भेंट हो गई थी, वे इन लोगों को ग़ाज़ीपुर ले आए।"

शैलजा ने कमला की ओर देखा, कमला ने भी शैलजा की ओर देखा और उस दृष्टिपात में ही एक पल में दोनों सखी–बन्धन में बँध गईं। हरिभाविनी अतिथ्य की तैयारी के लिए चली गईं; शैलजा कमला का हाथ पकड़कर बोली, "आओ बहन, मेरे कमरे में आओ।"

थोड़ी देर में ही दोनों के बीच घनिष्ठ–भाव से बातें शुरू हो गईं। शैलजा के साथ कमला की आयु का जो अन्तर था, वह देखने पर सहसा समझ में नहीं आता। शैलजा की कुल मिलाकर छोटी–मोटी संक्षिप्त–सी सत्ता है, कमला की इसके ठीक उलट है–आयतन और भाव–भंगी में वह अपनी आयु को बहुत पीछे छोड़ आई है। विवाह के बाद से उसके सिर पर ससुराल का किसी प्रकार का दबाव न रहने से हो अथवा जिस कारण से भी हो, देखते ही देखते उसकी संकोचहीनता बढ़ गई थी। उसके चेहरे की भंगिमा में एक स्वाधीनता का तेज था। उसके सामने जो कुछ आता है, वह अन्ततः मन–ही–मन भी उससे सवाल किए बिना नहीं रहती। 'चुप रहो', 'जैसा कहा, वैसा करती जाओ', 'बहुओं को इतना 'नहीं' कहना शोभा नहीं देता'–ये सब बातें उसे आज तक नहीं सुननी पड़ीं। इसी कारण वह मानो, सिर उठाकर सीधी खड़ी हो गई है, उसकी सरलता में सबलता है।

शैलजा की बेटी, उमि द्वारा दोनों का ध्यान पूरी तरह अपनी ओर खींचने के लिए योजनाबद्ध ढंग से कोशिश करने के बावजूद दोनों नई सखियों के बीच बातचीत जम गई। इस कथोपकथन–व्यापार में कमला अपने पक्ष के दैन्य को आसानी से समझ गई। शैलजा के पास कहने को बहुत बातें हैं, कमला के पास बोलने को कुछ नहीं है। कमला के जीवन के चित्रपट पर उसके दाम्पत्य का जो एक चित्र उभरा है, वह पेंसिल का एक क्षीण रेखा–चित्र मात्र है, उसमें सब जगह स्पष्टता और जुड़ाव नहीं

1. कर्ता : गृह–स्वामी, मुखिया। बंगाली समाज में स्त्रियों में 'पति' को 'कर्ता' कहकर उसके सन्दर्भ में चर्चा करने का प्रचलन रहा है।

है, उसे आज तक ज़रा-सा भी रँगा नहीं गया। कमला को इतने दिन तक इस खालीपन को स्पष्ट रूप से समझने का अवसर नहीं मिला; हृदय में अभाव अनुभव किया, कभी-कभी विद्रोह-भाव भी उत्पन्न हुआ, किन्तु उसका चेहरा उसकी आँखों में जागा नहीं। बन्धुत्व की पहली शुरुआत में ही जब शैलजा ने अपने पति की बातें बतानी आरम्भ कीं-जिस सुर में शैलजा के हृदय के समस्त तार बँधे हुए हैं, अँगुलियों के स्पर्श मात्र से जब वही सुर बज उठा, तब कमला ने देखा, कमला के हृदय से इस सुर की कोई झनकार उठनेवाली नहीं है; वह पति की कौन-सी बातें बताएगी, अथवा बताने का विषय ही क्या है! या फिर कहने का उत्साह ही कहाँ है। सुख का भार सँभाले शैलजा का इतिहास जहाँ हू-हू करके धारा में बहता चला जा रहा है, वहीं कमला की ख़ाली नाव ज़मीन से छूकर ठहर गई है।

शैलजा का पति विपिन ग़ाज़ीपुर में अफीम-विभाग में काम करता है। चक्रवर्ती की दो बेटियाँ हैं। बड़ी बेटी तो ससुराल चली गई है। मन पक्का करके विदाई न दे पाने के कारण चक्रवर्ती ने छोटी के लिए एक निर्धन दामाद खोज लिया और साहब की चिरौरी करके उसे यहीं पर काम में लगा दिया। विपिन इन लोगों के घर में ही रहता है।

बातें करते-करते अचानक शैल ने कहा, "तुम ज़रा बैठो बहन, मैं अभी आ रही हूँ।" अगले ही क्षण मुस्कराते हुए कारण दर्शाया, "वे नहाकर भीतर आ रहे हैं, भोजन करके ऑफिस जाएँगे।"

कमला ने सहज विस्मय के साथ प्रश्न किया, "तुम किस तरह जान पाई कि वे आ रहे हैं?"

शैलजा-और परिहास मत करो। जिस प्रकार सब जान पाती हैं, मैं भी वैसे ही जान लेती हूँ। तुम क्या अपने स्वामी के पैरों की आहट नहीं पहचानतीं?"

यह कहकर शैलजा कमला की ठोड़ी को पकड़कर ज़रा-सा हिलाते हुए आँचल में बँधे चाबी के गुच्छे को झन की आवाज़ के साथ पीठ पर फेंककर, लड़की को गोद में उठाकर चली गई। पदचाप की भाषा इतनी सहज है, यह कमला आज भी नहीं जान पाई। वह चुपचाप बैठी खिड़की के बाहर आँखें गड़ाए यही सोचने लगी। खिड़की के बाहर अमरूद के पेड़ की एक डाल अमरूद के फूलों से भर गई है, उन्हीं सब फूलों के पराग में उस समय मधुमक्खियों का दल लोटपोट कर रहा था।

32

गंगा किनारे थोड़ी खुली जगह एक अलग मकान लेने की कोशिश चल रही है। रमेश ने तय किया था कि ग़ाज़ीपुर-अदालत में नियमननुसार प्रवेश पाने के लिए और

सामान लाने के लिए एक बार कोलकाता जाना पड़ेगा, लेकिन उसका कोलकाता जाने का साहस नहीं हो रहा है। कोलकाता की एक विशेष गली का चित्र मन में उभरते ही रमेश की छाती के भीतर मानो, अभी भी कोई दबोच लेता है। अभी भी जाल कटा नहीं है, परन्तु कमला के साथ पति-पत्नी के सम्बन्ध को पूरी तरह स्वीकार करने में देरी और नहीं चल सकती। इसी सारी दुविधा में कोलकाता की यात्रा का दिन पीछे हटता जाने लगा।

कमला चक्रवर्ती के अन्त:पुर में ही रहती। इस बँगले में बहुत कम कमरे होने के कारण रमेश को बाहर वाले कमरे में ही रहना पड़ता है; कमला के साथ उसकी भेंट का सुयोग नहीं होता।

इस अनिवार्य-वियोग की दशा को लेकर शैलजा कमला के सामने लगातार दुख प्रकट करने लगी। कमला ने कहा, "क्यों बहन, तुम इतना पछतावा कर रही हो? ऐसी कौन-सी भयानक दुर्घटना घट गई है।"

शैलजा ने हँसते हुए कहा, "अश्, वही तो, एकदम पाषाण की तरह कठोर मन है! उस बहाने मुझे भुलावा नहीं दे पाओगी। तुम्हारे मन में क्या हो रहा है, क्या मैं उसे जानती नहीं!"

कमला ने पूछा, "अच्छा बहन, सच बताना, अगर तुम्हें विपिन बाबू दो दिन दिखाई न दें, तो क्या ऐसे ही-"

शैलजा ने गर्व से कहा, "अश्, दो दिन मिले बिना रहने का ताब उनमें है क्या!"

यह कहकर शैलजा विपिन बाबू की धैर्यहीनता की कहानी सुनाने लगी। शुरू-शुरू में विवाह के बाद बालक विपिन ने बड़े-बुजुर्गों का व्यूह भेदकर अपनी बालिका वधू से मिलने के लिए कितने प्रकार के कौशलों का आविष्कार किया था, कब असफल हो गया था, कब पकड़ में आ गया था, दिन में मिलने के निषेध के दुख को कम करने के लिए विपिन के दोपहर के भोजन के समय बड़ों के बिना जाने दोनों का किस तरह एक दर्पण में दृष्टि-विनिमय चलता था, यह बताते-बताते पुरानी स्मृतियों के आनन्द-कौतुक में शैलजा का चेहरा हँसी से चमकने लगा। उसके बाद, जब ऑफिस जाने की बारी आई, तब दोनों की वेदना और विपिन का जब-तब ऑफिस से भागना, उसकी भी लम्बी कहानी है। उसके बाद ससुर के कारोबार के सिलसिले में कुछ दिन के लिए विपिन की पटना जाने की बात आई, तब शैलजा ने अपने पति से पूछा था, 'तुम पटना जाकर रह पाओगे?' विपिन ने शेखी बघारते हुए कहा था, 'क्यों नहीं रह पाऊँगा, खूब रह पाऊँगा।' उस शेखी से शैलजा के मन में बहुत अभिमान हुआ था। उसने प्राणपण से प्रतिज्ञा की थी कि विदा की पहली रात को वह किसी भी तरह ज़रा-सा भी दुख प्रकट नहीं करेगी; वह प्रतिज्ञा किस

प्रकार अचानक आँखों के पानी की बाढ़ में बह गई और दूसरे दिन जब यात्रा की सारी तैयारी पूरी थी, तब अचानक विपिन को ऐसा सिर दर्द हुआ कि वह एक तरह से बीमार लगने लगा और यात्रा रोक देनी पड़ी, उसके बाद जब डॉक्टर दवाई दे गया, तो दवा की शीशी को छिपाकर नाली में खाली करके किस प्रकार के अपूर्व उपाय से बीमारी का खातमा हुआ–यह सारी कहानी कहते–कहते कब दिन चला जाता है, शैलजा को इसका होश नहीं रहता–परन्तु उसी समय अचानक दूर दरवाज़े पर किसी के खटखटाने की आवाज़ हो–या–न–हो, शैल बेचैनी के साथ खड़ी हो जाती है। विपिन बाबू ऑफिस से लौट आए हैं। सारी हँसी–कहानी के बीच एक उत्कंठित हृदय उसी रास्ते के किनारे वाले बाहरी दरवाज़े की ओर ही कान लगाए बैठा था।

ऐसा नहीं कि कमला के लिए ये सारी बातें एकदम आकाश–कुसुम की तरह हैं; इनका कुछ–कुछ आभास उसे हो चुका है। शुरू के कई महीने रमेश के साथ परिचय के रहस्य में मानो इसी प्रकार की एक रागिनी बज उठती थी। उसके बाद भी जब कमला स्कूल से छुटकारा पाकर रमेश के पास लौट आई, तब भी कभी–कभी इसी सब तरंगित अपूर्व संगीत और अपरूप नृत्य ने उसके हृदय को खटखटाया–उसका ठीक अर्थ वह आज शैलजा की इन सब कहानियों में से होकर समझ पा रही है। किन्तु उसका तो सब कुछ छिन्न–भिन्न हो गया है, उसकी कोई धारावाहिकता नहीं है। मानो, उसे किसी एक परिणाम तक नहीं पहुँचने दिया गया। शैलजा और विपिन के बीच जो एक आसक्ति का आकर्षण है, वह रमेश और उसके बीच कहाँ है? इन्हीं कई दिनों से उनके बीच जो भेंट–मुलाकात रुकी हुई है, उससे उसके मन में ऐसी क्या बेचैनी उत्पन्न हुई–और रमेश भी उससे मिलने के लिए बाहर बैठा–बैठा किसी तरह के कौशल का अन्वेषण कर रहा है, यह किसी भी प्रकार विश्वास योग्य नहीं है।

इस दौरान जिस दिन रविवार आया, उस दिन शैलजा थोड़ी मुश्किल में पड़ गई। उसे अपनी नई सखी को बहुत देर तक एकदम अकेली छोड़ देने में शर्म आने लगी, परन्तु आज छुट्टी का दिन पूरी तरह बर्बाद कर दे, इतनी भारी त्यागशीलता भी उसमें नहीं है। इधर रमेश बाबू के निकट रहते हुए भी जब कमला मिलन से वंचित हो गई है, तो छुट्टी के उत्सव में अपने निर्धारित का पूरा भोग करने में उसे दुख भी महसूस हुआ। हाय, अगर किसी तरह रमेश से कमला का मिलन करवा दिया जाए!

इस सबमें बड़ों से सलाह–मशविरा नहीं चलता। किन्तु चक्रवर्ती सलाह–मशविरे के लिए प्रतीक्षा करनेवाले आदमी नहीं हैं–उन्होंने घर में प्रचार कर दिया कि वे विशेष काम से शहर के बाहर जा रहे हैं। रमेश को समझा गए कि आज बाहर का कोई आदमी उनके घर नहीं आ रहा है, अतः वे सदर दरवाज़ा बन्द करके जा रहे हैं। उन्होंने विशेष रूप से यह ख़बर अपनी बेटी को भी सुना दी–निश्चयपूर्वक जानते

थे कि किस संकेत का क्या अर्थ है, यह समझने में शैलजा को देर नहीं लगती।

स्नान के पश्चात् शैलजा कमला से बोली, ''आओ बहन, तुम्हारे केश सुखा दूँ।''

कमला ने कहा, ''क्यों, आज इतनी जल्दबाज़ी किस बात की?''

शैलजा–वह बात बाद में होगी, पहले तुम्हारे केश बाँध दूँ।'' कहते हुए कमला के केश लेकर बैठ गई। आज मींधियों की संख्या बहुत अधिक थी, अतः जूड़ा एक विशाल घटना बन गया।

उसके बाद कपड़ों को लेकर दोनों के बीच भारी बहस छिड़ गई। शैलजा उसे जो रंगीन साड़ी पहनाना चाहती है, कमला को खोजने पर भी उसे पहनने का कारण नहीं मिला। अन्त में शैलजा का मन रखने के लिए पहननी पड़ी।

दोपहर में भोजन के पश्चात् शैलजा अपने पति के कान में कुछ कहकर थोड़ी देर के लिए छुट्टी लेकर आई। उसके बाद कमला को बाहर वाले कमरे में भेजने के लिए आग्रह–अनुरोध शुरू हुआ।

कमला इसके पहले रमेश के पास अनेक बार निःसंकोच भाव से गई है। इस सम्बन्ध में समाज में लज्जा प्रकट करने का भी कोई विधान है, यह जानने का उसे कोई अवसर नहीं मिला। परिचय के आरम्भ में ही रमेश ने संकोच दूर कर दिया था। निर्लज्जता का आरोप लगाकर धिक्कारनेवाली संगिनी भी उसके साथ कोई नहीं थी।

किन्तु आज उसके लिए शैलजा के अनुरोध का पालन करना दुःसाध्य हो उठा। शैलजा जिस अधिकार से पति के पास जाती है, उसे वह जानती है; कमला जब उस अधिकार का गौरव ही अनुभव नहीं कर रही है, तो वह आज दीन भाव से कैसे जाए!

जब किसी भी तरह कमला को नहीं मनाया जा सका, तो शैल ने समझा, वह रमेश से रूठी हुई है। रूठनेवाली बात ही है। कई दिन बीत गए, फिर भी रमेश ने किसी बहाने एक बार भेंट–मुलाक़ात की कोशिश तक नहीं की।

घर की मालकिन उस समय खाना खाने के बाद कमरे का दरवाज़ा भेड़कर सो रही थी। शैलजा ने विपिन से आकर कहा, ''आज तुम रमेश बाबू को कमला का नाम लेकर घर के भीतर ही बुला लाओ। पिताजी कुछ सोचेंगे नहीं और माँ कुछ जान ही नहीं पाएँगी।''

विपिन के समान चुप्पा और शर्मीले व्यक्ति के लिए इस तरह का दौत्य किसी भी प्रकार रुचिकर नहीं होता, फिर भी उसने छुट्टी के दिन इस अनुरोध का उल्लंघन करने का साहस नहीं किया।

रमेश उस समय बाहर वाले कमरे में जाजम बिछाकर फर्श पर चित लेटा एक पैर के उठे हुए घुटने पर दूसरा पैर टिकाए 'पायोनियर' पढ़ रहा था। पाठ्य अंश समाप्त करके जब वह काम न होने के कारण उसके विज्ञापनों पर ध्यान देने का

उपक्रम कर रहा था, तब विपिन को कमरे में आता देख खिल उठा। संगी के लिहाज से विपिन के एकदम प्रथम श्रेणी का पदार्थ न होते हुए भी रमेश ने परदेस में दोपहरी बिताने के लिए उसे परम उपलब्धि माना और बोल पड़ा, "आइए विपिन बाबू, आइए, बैठिए।"

विपिन ने बिना बैठे ही हलका-सा सिर खुजलाते हुए कहा, "वे आपको ज़रा भीतर बुला रही हैं।"

रमेश ने पूछा, "कौन, कमला?"

विपिन ने कहा, "हाँ।"

रमेश को थोड़ा आश्चर्य हुआ। रमेश ने पहले ही निश्चय कर लिया है कि कमला को वह पत्नी के रूप में ही स्वीकार करेगा, लेकिन उसका स्वाभाविक रूप से दुविधाग्रस्त मन उसके पहले कई दिन अवकाश पाकर विश्राम करने लगा। कमला को कल्पना में गृहिणी के पद पर अभिषिक्त करके वह नाना प्रकार के भावी सुख के आश्वासनों से मन को उत्तेजित भी कर रहा है, किन्तु पहली शुरुआत ही कठिन है। कुछ दिन से कमला से जितनी दूरी बनाए रखने की आदत हो गई है, अचानक एक दिन में उसे कैसे मिटा दे, इसे वह सोच नहीं पा रहा था; इसी वजह से किराए का मकान लेने की उसे इतनी जल्दी नहीं थी।

कमला ने बुलाया है, सुनकर रमेश को लगा, निश्चय ही कोई विशेष आवश्यकता आ पड़ी है। तब भी आवश्यकता का बुलावा होते हुए भी उसके मन में एक हिल्लोल उठी। जब वह 'पायोनियर' रखकर विपिन के पीछे अन्तःपुर की ओर चला, तो मधुकर गुंजरित कार्तिक की आलस्य-दीर्घ निर्जन दोपहरी में अभिसार के आभास ने उसके चित्त को तनिक चंचल बना डाला।

विपिन थोड़ी दूर से कमरा दिखाकर चला गया। कमला ने सोच लिया था, शैलजा उसके मामले में हथियार डालकर विपिन के पास चली गई है। उसी कारण वह खुले दरवाज़े की चौखट पर बैठकर सामनेवाले बगीचे की ओर देख रही थी। शैलजा ने किसी तरह कमला के भीतर-बाहर प्रेम का एक सुर जगा दिया था। बाहर, जैसे थोड़ी गरम हवा में पेड़ों के पत्ते मर्मर ध्वनि के साथ काँप रहे थे, उसी प्रकार कमला के हृदय के भीतर भी कभी-कभी एक दीर्घ निःश्वास की हवा चलकर अव्यक्त वेदना में एक अपरूप स्पन्दन का संचार कर रही थी।

ऐसे समय रमेश ने कमरे में प्रवेश करके जब उसके पीछे से पुकारा-'कमला', तो वह चकित होकर उठ खड़ी हुई; उसके हृदय में रक्त तरंगायित होने लगा, इसके पूर्व जो कमला कभी रमेश के सामने विशेष लज्जा अनुभव नहीं करती थी, वही आज ठीक से चेहरा उठाकर देख भी नहीं पाई। उसके कर्ण-मूल आरक्त हो उठे।

आज की साज-सज्जा और भंगिमा-प्रदर्शन में रमेश ने कमला की नवीन मूर्ति

के दर्शन किए। अचानक हुए कमला के इस विकास ने उसे आश्चर्यचकित और अभिभूत कर दिया। उसने आहिस्ता-आहिस्ता कमला के पास आकर थोड़ी देर चुपचाप खड़े होकर कोमल स्वर में कहा, ''कमला, तुमने मुझे बुलाया?''

कमला चौंककर अनावश्यक उत्तेजना के साथ बोल पड़ी, ''ना-ना-ना, मैंने नहीं बुलाया-मैं क्यों बुलाऊँगी?''

रमेश ने कहा, ''बुलाया ही हो, तो दोष क्या है कमला?''

कमला दुगुनी प्रबलता के साथ बोली, ''ना, मैंने नहीं बुलाया।''

रमेश ने कहा, ''तो, ठीक है। तुम्हारे बुलाए बिना ही मैं आया हूँ। इसी कारण क्या अपमानित होकर लौट जाना पड़ेगा?''

कमला-तुम यहाँ आए हो, सब जान जाएँगे, तो बुरा मानेंगे-तुम जाओ। मैंने तुमको नहीं बुलाया।

रमेश ने कमला का हाथ कसकर पकड़ते हुए कहा, ''अच्छा, तुम मेरे कमरे में चलो-वहाँ बाहर का कोई आदमी नहीं है।''

कमला ने काँपते हुए जल्दी से रमेश से हाथ छुड़ाकर पास वाले कमरे में जाकर दरवाज़ा बन्द कर लिया।

रमेश समझ गया, यह सब घर की किसी स्त्री का षड्यन्त्र है-यह समझकर पुलकित देह बाहरवाले कमरे में आ गया। चित लेटकर एक बार फिर से 'पायोनियर' खींचकर उसके विज्ञापन-वर्ग पर नज़र दौड़ाने लगा, किन्तु कोई अर्थ समझ में नहीं आया। उसके हृदयाकाश में नाना रंग के भावों के मेघ उठकर हवा में तैरते हुए घूमने लगे।

शैल ने बन्द कमरा खटखटाया; किसी ने दरवाज़ा नहीं खोला। तब उसने दरवाज़े की खड़खड़ी उठा बाहर से हाथ डालकर चटकनी खोल दी। कमरे में जाकर देखा, कमला फर्श पर औंधी पड़ी दोनों हाथों में चेहरा छिपाए रो रही है।

शैल आश्चर्यचकित हो गई। ऐसी क्या घटना घट सकती है, जिससे कमला को इतनी चोट पहुँच सकती है! जल्दी से उसके निकट बैठकर उसके कान के पास मुँह ले जाकर कोमल स्वर में कहने लगी, ''क्यों बहन, तुम्हें क्या हुआ है, तुम क्यों रो रही हो?''

कमला ने कहा, ''तुम उन्हें क्यों बुलाकर लाईं? यह तुम्हारा भारी अन्याय है।''

कमला की यह सम्पूर्ण आकस्मिक आवेग की प्रबलता उसके अपने लिए भी समझना बहुत कठिन है और दूसरे के लिए भी। इसमें उसकी कितने दिन की गुप्त वेदना संचित है, यह कोई नहीं जानता।

कमला आज एक कल्पना-लोक अधिकार में किए उसे बहुत सजाए बैठी थी। अगर रमेश बहुत सहजता से उसमें प्रवेश करता, तो सुख की बात ही होती। किन्तु

उसे बुलाकर लाया जाना सब कुछ नष्ट-भ्रष्ट कर डालना हो गया। छुट्टी के समय कमला को स्कूल में बन्दी करके रखने की चेष्टा, स्टीमर पर रमेश की उदासीनता, यह सब मन की गहराई में आलोड़ित होने लगा। निकट पाना ही पाना हुआ, बुलाकर लाने से ही आना हुआ, यह नहीं है–असली बात क्या है, यह कमला ग़ाजीपुर आने के बाद बहुत कम दिनों में ही जैसे साफ समझ गई है।

लेकिन शैल के लिए यह सब बात समझना कठिन है। कमला और रमेश के बीच किसी प्रकार का वास्तविक व्यवधान रह सकता है, वह इसकी कल्पना भी नहीं कर पाती। उसने बहुत सँभालकर कमला का सिर अपनी गोद में खींचकर पूछा, "अच्छा बहन, क्या रमेश बाबू ने तुम्हें कोई कठोर बात कह दी है? शायद ये उन्हें बुलाने चले गए थे, इसीलिए वे गुस्सा हो गए। तुमने कह क्यों नहीं दिया कि यह सब मेरा किया-धरा है!"

कमला ने कहा, "नहीं-नहीं, उन्होंने कुछ भी नहीं कहा। किन्तु तुम उन्हें क्यों बुलाकर लाईं?"

शैल ने दुखी होकर कहा, "अच्छा बहन, ग़लती हो गई, माफ कर दो।"

कमला जल्दी से उठकर बैठते हुए शैल की गरदन से लिपट गई, बोली, "जाओ बहन, जाओ तुम, विपिन बाबू नाराज़ हो रहे हैं।"

बाहर के एकान्त कमरे में बहुत देर तक 'पायोनियर' पर वृथा आँखें घुमाने के बाद रमेश ने अचानक उसे पूरी ताक़त से फेंक दिया। उसके बाद उठकर बैठते हुए कहा, "नहीं, और नहीं। कल ही कोलकाता जाकर तैयार होकर आऊँगा। कमला को अपनी पत्नी के रूप में स्वीकार करने में जितने दिन की देरी हो रही है, मेरा अन्याय उतना ही बढ़ रहा है।"

रमेश की कर्तव्य-बुद्धि ने आज अचानक पूर्ण भाव में जाग्रत् होकर सारे दुविधा-संशय को एक छलाँग में पार कर लिया।

33

रमेश ने तय किया था कि वह कोलकाता में केवल काम निबटाकर चला आएगा, कलुटोला की उस गली के आस-पास से भी नहीं गुजरेगा।

रमेश दर्जीपाड़ा वाले मकान में जाकर ठहरा। दिन का बहुत थोड़ा-सा समय ही काम-काज में गुजरता है, बाकी समय बीतना नहीं चाहता। रमेश कोलकाता में जिस दल के साथ मिलता-जुलता था, इस बार आकर उन लोगों के साथ नहीं मिल पाया। अगर दैववश रास्ते में किसी के साथ भी मुलाकात हो जाए, इस भय से वह यथासाध्य सावधान रहता था।

लेकिन रमेश ने कोलकाता आते ही एक बदलाव महसूस किया। जिस निर्जन अन्तराल में, जिस निर्मल शान्ति के घेरे में कमला अपने नव-कैशोर्य के प्रथम आविर्भाव के साथ रमेश को रमणीय बनकर दिखाई दी थी, कोलकाता में उसका मोह बहुत कुछ छूट गया। रमेश ने दर्जीपाड़ा के घर में कमला को कल्पना-जगत् में लाकर प्रेम के मुग्ध नेत्रों से देखने की चेष्टा की, किन्तु यहाँ उसके मन ने किसी भी तरह आह्वान का उत्तर नहीं दिया; आज कमला उसके सामने अपरिणता, अशिक्षिता बालिका के रूप में प्रतिभासित हुई।

बल जितनी अधिक मात्रा में प्रयोग किया जाता है, उसमें उतनी ही कमी आती चली जाती है। हेमनलिनी को किसी भी तरह मन में स्थान नहीं देगा, यह प्रतिज्ञा करते-करते ही रमेश के मन में रात-दिन हेमनलिनी की बात ही जागती रहती है। उखाड़ फेंकने का कठोर संकल्प ही याद रखने में प्रबल सहायक बन गया।

अगर रमेश को ज़रा भी जल्दी रहती, तो वह कोलकाता का कार्य समाप्त करके बहुत पहले ही लौट सकता था। लेकिन साधारण काम भी कछुए की चाल से चल रहा था। अन्त में वह भी पूरा हो गया।

रमेश कल काम के सिलसिले में इलाहाबाद के लिए चलेगा, वहाँ से ग़ाज़ीपुर लौटेगा। वह इतने दिन से धैर्य रखता आ रहा है, किन्तु इस धैर्य का कोई पुरस्कार नहीं है? विदा से पहले छिपकर एक बार कलुटोला की ख़बर ले आने में क्या नुकसान है?

आज कलुटोला की उसी गली में जाने का निश्चय करके वह एक चिट्ठी लिखने बैठ गया। उसमें कमला के साथ अपना सम्बन्ध आद्योपान्त विस्तारपूर्वक लिखा। यह भी ज्ञापित कर दिया कि इस बार वह ग़ाज़ीपुर लौटकर उपायहीना हतभागिनी कमला को अपनी परिणीता-पत्नी के रूप में अपना लेगा। इस तरह हेमनलिनी के साथ प्रत्येक रूप से अपना विच्छेद घटने के पूर्व उसने सच्ची घटना पूरी तरह बताकर इस पत्र के माध्यम से विदा ले ली।

चिट्ठी लिखने के बाद लिफाफे में रखकर उस पर किसी का भी नाम नहीं लिखा, भीतर भी किसी को भी सम्बोधित नहीं किया। अन्नदा बाबू के नौकर-चाकर रमेश के भक्त थे-कारण, रमेश हेमनलिनी के सम्पर्क वाले समस्त स्वजन-परिजनों को एक विशेष अपनेपन के साथ देखता था। इसी कारण उस घर के नौकर-चाकर विभिन्न अवसरों पर रमेश से कपड़ों और त्योहार के इनाम की पावती से वंचित नहीं रहते थे। रमेश ने तय किया था कि सन्ध्या के झुटपुटे में कलुटोला वाले घर में जाकर हेमनलिनी को एक बार दूर से ही देख आएगा और चिट्ठी छिपे रूप में किसी नौकर के माध्यम से हेमनलिनी के हाथों में पहुँचाकर वह हमेशा के लिए अपने पूर्व-बन्धन को तोड़कर चला जाएगा।

रमेश ने चिट्ठी हाथ में लिये सन्ध्या-समय धड़कते दिल और काँपते पैरों से

उसी चिर-परिचित गली में प्रवेश किया। द्वार के पास आकर देखा, द्वार बन्द; ऊपर ताककर देखा, सारी खिड़कियाँ बन्द, घर खाली, अन्धकार।

फिर भी रमेश ने द्वार पर दस्तक दी। दो-चार बार खटखटाने के बाद भीतर से एक नौकर दरवाज़ा खोलकर बाहर निकला।

रमेश ने पूछा, ''कौन? सुखन है ना?''

नौकर ने कहा, ''हाँ बाबू, मैं सुखन हूँ।''

रमेश-बाबू कहाँ गए हैं?

नौकर-दीदी ठकुराइन को लेकर पछाँह घूमने गए हैं।

रमेश-कहाँ गए हैं?

नौकर-वह तो नहीं कह सकता।

रमेश-और कौन साथ गए हैं?

नौकर-नलिन बाबू साथ गए हैं।

रमेश-कौन नलिन बाबू?

नौकर-वह तो नहीं बता सकता।

रमेश ने सवाल पूछ-पूछकर जान लिया कि नलिन बाबू एक युवा-पुरुष हैं और कुछ दिन से इस घर में आना-जाना कर रहे हैं। यद्यपि रमेश हेमनलिनी की आशा छोड़कर जा रहा था, तब भी नलिन बाबू के प्रति उसका सद्भाव आकृष्ट नहीं हुआ।

रमेश-तेरी दीदी ठकुराइन का स्वास्थ्य कैसा है?

नौकर ने कहा, ''उनका स्वास्थ्य तो ठीक ही है।''

सुखन नौकर ने सोचा था, इस अच्छे समाचार से रमेश बाबू निश्चिन्त और सुखी होंगे। अन्तर्यामी जानते हैं कि सुखन नौकर ने ग़लत समझा था।

रमेश ने कहा, ''मैं ज़रा ऊपर वाले कमरे में जाऊँगा।''

नौकर अपनी धुआँ छोड़ती किरोसिन की डिबिया लेकर रमेश को ऊपर लिवा गया। रमेश भूत की तरह हर कमरे में घूमता रहा, एक-दो कुर्सियाँ और सोफा चुनकर उन पर बैठा। साज़ो-सामान, गृह-सज्जा, सब एकदम पहले की तरह ही है, बीच में कौन नलिन बाबू आ गया? संसार में किसी का भी अभाव अधिक दिन ज़रा भी खाली नहीं रहता। एक दिन रमेश ने जिस खिड़की के सामने हेमनलिनी के निकट खड़े होकर दो हृदयों के निःशब्द मिलन को थमी हुई बारिश वाले सावन के दिन के सूर्यास्त की आभा से मंडित कर लिया था, उस खिड़की पर क्या सूर्यास्त की आभा और नहीं पड़ती? उसी खिड़की के सामने और किसी दिन और कोई आकर जब युगल-मूर्ति की रचना करना चाहेगा, तो क्या पूर्व-इतिहास आकर उन लोगों की जगह घेरकर खड़ा हो जाएगा, चुपचाप तर्जनी उठाकर उन लोगों को दूर हटा देगा?

पीड़ित-अभिमान में रमेश का हृदय ज़ोर-ज़ोर से धड़कने लगा।

अगले दिन रमेश इलाहाबाद न जाकर सीधा ग़ाज़ीपुर चला गया।

34

रमेश कोलकाता में लगभग एक माह व्यतीत करके आया है। यह एक महीना कमला के लिए कम दिन नहीं हैं। कमला के जीवन में परिणति की एक धारा अचानक अत्यन्त तीव्र वेग से बह रही है। देखते-ही-देखते जैसे उषा का प्रकाश प्रातःकाल की धूप में फूट पड़ता है, वैसे ही कमला की नारी-प्रकृति बहुत कम समय में ही सुप्तावस्था से जागरण के बीच सजग हो उठी है। अगर उसका शैलजा के साथ घनिष्ठ परिचय न होता, शैलजा के जीवन से प्रेम के आलोक की छटा और उष्णता प्रतिफलित होकर अगर उसके हृदय पर न पड़ती, तो कहा नहीं जा सकता कि उसे कब तक प्रतीक्षा करनी पड़ती।

इस बीच रमेश के आने में देरी देखकर चाचा ने शैलजा के विशेष अनुरोध पर कमला के रहने के लिए शहर के बाहर गंगा के किनारे एक बँगला तय कर दिया। थोड़ा-थोड़ा सामान इकट्ठा करके घर को रहने लायक बनाने की तैयारी कर रहे हैं और नवीन गृहस्थी के लिए आवश्यकतानुसार नौकर-दासी भी तय कर दिए हैं।

जब रमेश बहुत दिन की देरी करके लौटकर ग़ाज़ीपुर आया, तो चाचा के घर में पड़े रहने का और कोई बहाना नहीं रहा। इतने दिन बाद कमला ने अपनी स्वाधीन-गृहस्थी में प्रवेश किया।

बँगले के चारों तरफ बगीचा बनाने के लिए काफी ज़मीन है। दोनों किनारों पर ऊँचे-ऊँचे शीशम के पेड़ों के बीच से एक छायादार रास्ता गया है। शीत-काल की पतली गंगा के बहुत दूर खिसक जाने से घर और गंगा के बीच एक निचला रेतीला टापू निर्मित हो गया है-उस टापू पर किसानों ने जगह-जगह गेहूँ बो दिए हैं और जगह-जगह तरबूज तथा ख़रबूजे लगा रहे हैं। घर के दक्षिणी सिवाने पर गंगा की ओर एक विशाल बूढ़ा नीम का पेड़ है, जिसके नीचे चबूतरा है।

बहुत दिन से किराएदार के अभाव में घर और ज़मीन उपेक्षित अवस्था में रहने के कारण बग़ीचे में पेड़-पौधे लगभग एकदम नहीं थे और कमरे भी गन्दे हुए पड़े थे। फिर भी कमला को यह सारा बहुत अच्छा लगा। गृहिणी-पद मिल जाने के आनन्द की आभा में उसकी दृष्टि में सब सुन्दर लगने लगा। कौन-से कमरे को किस काम में लेना है, ज़मीन में कहाँ किस ढंग से पेड़-पौधे रोपने हैं, यह उसने मन-ही-मन तय कर लिया। चाचा के साथ सलाह-मशविरा करके कमला ने सारी ज़मीन को खेती लायक बनाने की व्यवस्था कर ली। स्वयं उपस्थित रहकर रसोई घर में चूल्हा

बनवा लिया और उससे सटे भंडारघर में जहाँ जैसा परिवर्तन आवश्यक लगा, उसका उपाय कर लिया। पूरे दिन माँजना-धोना, सजाना-सँभालना-और काम-काज का अन्त नहीं। कमला का ममत्व चारों ओर ही खिंचने लगा।

रमणी का सौन्दर्य गृहस्थी के कार्यों के मध्य जैसा विलक्षण, जैसा मधुर हो उठता है, वैसा और कहीं भी नहीं। रमेश ने आज कमला को उन्हीं कार्यों के बीच देखा; तो मानो पक्षी को पिंजरे के बाहर आकाश में उड़ान भरते देख लिया। उसके प्रफुल्ल चेहरे ने, उसके सुनिपुण कौशल ने रमेश के मन में एक नवीन विस्मय और आनन्द का उद्रेक कर दिया।

रमेश ने इतने दिन कमला को उसकी अपनी जगह पर नहीं देखा था। आज जब उसे उसकी नवीन-गृहस्थी के शिखर-क्षेत्र में देखा, तो उसके सौन्दर्य के साथ एक महिमा के दर्शन किए।

रमेश ने कमला के निकट आकर कहा, "कमला, कर क्या रही हो? थक जाओगी-ना।"

कमला अपने काम के बीच थोड़ा ठिठककर रमेश की ओर चेहरा उठाकर अपने कोमल-मधुर मुँह से हँसी बोली, "नहीं, मुझे कुछ नहीं होगा।"

रमेश उसका हालचाल जानने आया; इस जरा-सी बात को पुरस्कार के रूप में ग्रहण करके वह तत्काल फिर से काम-काज में जुट गई।

मुग्ध रमेश ने बहाना बनाकर फिर से उसके निकट जाकर कहा, "तुम्हारा खाना-वाना तो हो गया है कमला?"

कमला बोली, "बहुत ठीक, खाना-वाना नहीं हुआ तो क्या हुआ है? कब का खा चुकी हूँ।"

रमेश को यह बात पता थी, फिर भी इस सवाल के बहाने कमला के प्रति थोड़ा-सा प्यार प्रकट किए बिना नहीं रह सका; कमला भी, ऐसा नहीं कि रमेश के इस प्रश्न से थोड़ी-सी खुश नहीं हुई।

रमेश ने पुनः थोड़ी बातचीत शुरू करने के लिए कहा, "कमला, तुम अपने हाथ से कितना करोगी, मुझसे थोड़ा परिश्रम करवा लो-ना।"

कर्मनिष्ठ लोगों का दोष यह होता है कि दूसरे लोगों की कार्य-कुशलता पर उनका अधिक विश्वास नहीं रहता। उन्हें डर रहता है कि जो काम वे स्वयं नहीं कर रहे हैं, दूसरे उस काम को करके कहीं पूरी तरह बिगाड़ न डालें। कमला ने हँसते हुए कहा, "नहीं, यह सारा काम तुम लोगों का नहीं है।"

रमेश बोला, "पुरुष बहुत सहनशील होते हैं, इसी कारण हम लोग पुरुष-जाति के प्रति तुम लोगों की इस अवहेलना को सहन करते रहते हैं, विद्रोह नहीं करते, यदि तुम लोगों के समान ही स्त्रियाँ होते, तो भारी झगड़ा खड़ा कर देते। अच्छा, चाचा से

काम करवाने में तो तुम कोई चूक नहीं करती, मैं क्या इतना ही अकर्मण्य हूँ?''

कमला ने कहा, ''वह तो पता नहीं, लेकिन तुम रसोईघर में जाला साफ कर रहे हो, यह सोचते ही मुझे हँसी आ जाती है। तुम यहाँ से हट जाओ, यहाँ बहुत धूल उड़ रही है।''

रमेश कमला के साथ बातचीत जारी रखने के लिए बोला, ''धूल तो मनुष्यों में भेदभाव नहीं करती, धूल जिस दृष्टि से मुझे देखती है, उसी दृष्टि से तुम्हें भी देखती है।''

कमला–मेरा काम है, मैं इसीलिए धूल सहन कर रही हूँ; तुम्हारा काम नहीं है, तुम क्यों धूल सहन करोगे?''

रमेश ने नौकरों के कान बचाते हुए मृदु–स्वर में कहा, ''काम रहे या न रहे, जो तुम सहन करोगी, उसमें मैं भी हिस्सा बँटाऊँगा।''

कमला के कर्ण–मूल तनिक लाल हो उठे; उसने रमेश की बात का कोई उत्तर न देकर थोड़ा हटते हुए कहा, ''उमेश यहाँ और एक घड़ा पानी डालना। देखता नहीं कितनी कीचड़ जमी हुई है? मेरे हाथ में झाड़ू तो दे!''

कहते हुए झाड़ू लेकर बड़ी तेज़ी से सफाई के काम में लग गई।

रमेश ने कमला को झाड़ू लगाते देख बहुत बेचैन होते हुए कहा, ''ओ हो कमला, यह क्या कर रही हो?''

पीछे से सुनाई पड़ा, ''क्यों रमेश बाबू, क्या अनुचित काम हो रहा है? इधर आप लोग अंग्रेज़ी पढ़कर मुँह से समता का प्रचार करते हैं; अगर झाड़ू देने का काम इतना ही हेय लगता है, तो नौकर के हाथ में ही झाड़ू क्यों थमाते हैं? मैं तो मूर्ख हूँ, अगर मुझसे पूछें, तो सती बिटिया के हाथ की इस झाड़ू की एक–एक सींक मेरे लिए सूर्य की रश्मि–छटा के समान आभावान है। बिटिया, तुम्हारा जंगल एक तरह से मैं लगभग साफ कर आया हूँ, अब मुझे दिखा देना पड़ेगा कि सब्ज़ी किस तरफ उगाओगी?''

कमला ने कहा, ''चाचाजी, ज़रा ठहरिए, मेरे इस कमरे की सफाई होने ही वाली है।''

यह कहकर कमला कमरा साफ करने का काम पूरा करके कमर में खुँसा आँचल सिर पर खींचकर बाहर आकर सब्ज़ी की क्यारी के सम्बन्ध में चाचा के साथ गम्भीर परामर्श में लग गई।

इस प्रकार देखते–देखते दिन समाप्त हो गया, किन्तु कमरे की साज–सज्जा अभी तक ठीक तरह पूरी नहीं हुई। बँगला बहुत दिन से व्यवहार में नहीं आ रहा था और बन्द था, समझ में आ गया कि कमरों की धुलाई–सफाई करके दो–चार दिन और दरवाज़े–खिड़कियाँ खुली रखे बिना वह रहने लायक नहीं हो पाएगा।

काम-काज के कारण आज फिर शाम होने के बाद चाचा के ही घर आश्रय लेना पड़ेगा। इससे रमेश का मन आज थोड़ा कुंठित हो गया। आज उन लोगों के अपने कमरे में सन्ध्या-बाती होगी और कमला की सलज्ज मन्द मुस्कान के समक्ष रमेश अपना सम्पूर्ण हृदय निवेदित कर देगा, वह पूरे दिन रह-रहकर इसकी कल्पना कर रहा था। और दो-चार दिन देरी की सम्भावना देखकर रमेश अपने अदालत-प्रवेश सम्बन्धी काम से अगले दिन इलाहाबाद चला गया।

35

अगले दिन शैल को कमला के नए घर में वनभोज का न्योता मिला। भोजन के बाद विपिन के ऑफिस चले जाने पर शैल न्योते का मान रखने गई। उस दिन चाचा ने कमला के अनुरोध पर सोमवार के स्कूल से छुट्टी मार ली थी। दोनों लोगों ने मिलकर नीम के पेड़ के नीचे खाना चढ़ा दिया, उमेश सहायता-कार्य में लग गया।

बनाना-खाना होने पर चाचा कमरे में जाकर दोपहर की नींद लेने लगे और दोनों सखियाँ नीम की छाया में बैठ हमेशा की अपनी उसी बतकही में लग गईं। कमला के लिए यह नदी-तट, जाड़े की यह धूप, पेड़ की यह छाया इन बातों के साथ मिलकर अत्यन्त अपूर्व हो उठी; इस मेघ-शून्य आकाश में जितनी सुदूर ऊँचाई पर रेखा के समान बनकर चील उड़ रही है, कमला के वक्ष में निवास करनेवाली एक उद्देश्यहारा आकांक्षा भी अदृश्य होकर उतनी ही दूर उड़ गई।

शाम होते-न-होते शैल बेचैन हो उठी। उसका पति ऑफिस से लौटेगा। कमला बोली, ''सखी, क्या एक दिन भी तुम्हारा नियम टूटना सम्भव नहीं?''

शैल ने इसका कोई जवाब न देकर थोड़ा-सा हँसते हुए कमला की ठोड़ी पकड़कर हिला दी और बँगले में जाकर अपने पिता को नींद से जगाकर कहा, ''पिताजी, मैं घर जा रही हूँ।''

चाचा ने कमला से कहा, ''बेटी, तुम भी चलो।''

कमला बोली, ''नहीं, मेरा काम पड़ा है, मैं शाम होने के बाद आऊँगी।''

चाचा अपने पुराने नौकर और उमेश को कमला के पास छोड़कर शैल को घर पहुँचाने चले गए, वहाँ उन्हें कुछ काम था; बोले, ''मुझे लौटने में ज़्यादा देर नहीं लगेगी।''

जब कमला ने कमरा सजाने का काम पूरा किया, तो सूरज छिपा नहीं था; वह देह पर एक चादर ओढ़कर नीम के पेड़ के नीचे आकर बैठ गई। दूर, उस पार जहाँ दो-तीन बड़ी-बड़ी नौकाओं के मस्तूल अग्निवर्णी आकाश में काले दाग़ों के रूप में खड़े थे, उसी के पीछेवाली ऊँची पहाड़ी की ओट में सूरज उतर गया।

ऐसे समय उमेश एक बहाने से उसके पास आकर खड़ा हो गया। बोला, ''माँजी, आपने बड़ी देर से पान नहीं खाया–उस घर से आते समय मैं पान का जुगाड़ कर लाया हूँ।'' कहते हुए एक काग़ज़ में लिपटे कई पान कमला के हाथ में थमा दिए।

तब कमला को चेतना हुई कि शाम हो आई है। हड़बड़ाकर उठ खड़ी हुई; उमेश ने कहा, ''चक्रवर्ती महाशय ने गाड़ी भेज दी है।''

कमला गाड़ी में बैठने के पूर्व कमरों को और एक बार देखने के लिए बँगले के भीतर गई।

बड़े वाले कमरे में जाड़े के दिनों में आग जलाने के लिए विलायती शैली का एक आतिशदान था। उसी से सटे ताख पर केरोसिन का लैम्प जल रहा था। कमला उसी ताख पर पान की पुड़िया रखकर पता नहीं क्या देखने जा रही थी। उसी समय अचानक काग़ज़ के मोड़ पर रमेश की हस्तलिपि में उसका अपना नाम कमला की आँखों में पड़ा।

कमला ने उमेश से पूछा, ''यह काग़ज़ तुझे कहाँ मिला?''

उमेश बोला, ''बाबू के कमरे के कोने में पड़ा हुआ था, झाड़ू लगाते समय उठा लाया।''

कमला उस काग़ज़ को फैलाकर पढ़ने लगी।

जो लम्बी चिट्ठी रमेश ने उस दिन हेमनलिनी को लिखी थी, यह वही चिट्ठी है। आलसी रमेश के हाथ से वह कब कहाँ गिरकर इधर से उधर हो रही थी, उसे इसका होश ही नहीं था।

कमला का पढ़ना हो गया। उमेश ने कहा, ''माँ, इस तरह चुप क्यों खड़ी हैं! रात बढ़ती जा रही है।''

कमरा सन्नाटे से भर गया। उमेश कमला के चेहरे की ओर देखकर डर गया। बोला, ''माँ, मेरी बात सुन रही हो माँ? घर चलो, रात हो गई है।''

थोड़ी देर बाद चाचा के नौकर ने आकर कहा, ''माई जी, गाड़ी बहुत देर से खड़ी है। चलिए हम लोग चलें।''

36

शैलजा ने पूछा, ''सखी, आज तुम्हारी तबीयत ठीक नहीं है? सिर दर्द है?''

कमला ने कहा, ''नहीं, चाचाजी क्यों दिखाई नहीं दे रहे हैं?''

शैल ने कहा, ''स्कूल में बड़े दिन की छुट्टी है। माँ ने उन्हें दीदी को देखने के लिए इलाहाबाद भेज दिया है–कुछ दिन से दीदी का स्वास्थ्य ठीक नहीं है।''

कमला बोली, "वे कब लौटेंगे?"

शैल–उनके लौटने में कम–से–कम एक सप्ताह लगने की बात है। अपना बँगला सजाने में तुम सारा दिन बहुत अधिक मेहनत करती हो, आज तुम बहुत कमज़ोर लग रही हो। आज जल्दी खाकर सो जाओ।

कमला अगर शैल को सारी बात बता पाती, तो उसे चैन मिल जाता, लेकिन बताई जा सकनेवाली बात नहीं है। 'जिसे इतने दिन तक पति के रूप में जानती थी, वह मेरा पति नहीं है', यह बात किसी और से भले ही हो, शैल से किसी तरह नहीं कही जा सकती।

कमला सोनेवाले कमरे में आकर दरवाज़ा बन्द करके दीपक की रोशनी में फिर से रमेश की उस चिट्ठी को लेकर बैठ गई। चिट्ठी जिसे उद्देश्य बनाकर लिखी गई है, उसका नाम नहीं, ठिकाना नहीं, किन्तु वह स्त्री है, रमेश के साथ उसके विवाह का प्रस्ताव हुआ था और कमला के कारण उसके साथ सम्बन्ध टूट गया, यह चिट्ठी से साफ समझ में आता है। जिसे चिट्ठी लिखी गई है, रमेश उसे ही सम्पूर्ण हृदय से प्रेम करता है तथा दैव–दुर्विपाक से कहीं से कमला के उसके गले आ पड़ने के कारण, वह निरुपाय होकर अनाथ के प्रति दया करके प्रेम के इस बन्धन को तोड़ने के लिए तैयार हुआ है, चिट्ठी में यह बात भी छिपी नहीं है।

उस नदी के बालुका–टापू पर रमेश के साथ पहली बार मिलने से आरम्भ करके इस ग़ाज़ीपुर आने तक की सारी यादें कमला ने मन–ही–मन दोहरा लीं, जो अस्पष्ट था, वह भी साफ हो गया।

जब रमेश उसे लगातार दूसरे की पत्नी के रूप में जानता रहा और यह सोचकर परेशान होता रहा कि उसका क्या उपाय करेगा, तब कमला निश्चिन्त भाव से उसे पति मानकर बिना किसी संकोच के उसके साथ चिरस्थायी गृहस्थी का सम्बन्ध स्थापित करने के लिए बैठी रही, कमला को यह लज्जा बार–बार तपा हुआ भाला बनकर बींधती रही। रोज़ाना की विलक्षण बातें याद आने पर वह जैसे धरती में गड़ी जाने लगी। यह लज्जा एकदम से उसके जीवन में घुल गई, इससे किसी तरह उसका उद्धार सम्भव नहीं।

कमला बन्द कमरे का दरवाज़ा खोलकर पिछवाड़े वाले बग़ीचे में निकल आई। जाड़े की अँधेरी रात, काला आकाश काले पत्थर के समान कड़कड़ाता ठंडा। कहीं भी कोहरे का नामोनिशान नहीं; तारे साफ झिलमिला रहे हैं।

सामने छोटा–सा कलमी आम का बगीचा अन्धकार बढ़ाता हुआ खड़ा रहा। कमला किसी भी तरह कुछ नहीं सोच पाई। वह ठंडी घास पर बैठ गई, काष्ठ–प्रतिमा–सी जड़ बनी रही; उसकी आँखों से एक बूँद पानी बाहर नहीं निकला।

कहा नहीं जा सकता कि वह इस तरह कितनी देर बैठी रही; किन्तु भीषण ठंड

ने उसके हृदय को हिला दिया, उसकी पूरी देह ठक्-ठक् काँपने लगी। गहन-रात्रि में जब कृष्ण-पक्ष के चन्द्रोदय ने निस्तब्ध ताड़-वन के पीछे अन्धकार के एक कोने को छेद डाला, तब कमला ने धीरे-धीरे उठकर कमरे में जाकर द्वार बन्द कर लिया।

कमला ने सुबह आँखें खोलकर देखा, शैल उसकी चारपाई के निकट खड़ी है। बहुत देर हो गई, समझकर लज्जित हुई कमला जल्दी से बिस्तर पर उठकर बैठ गई।

शैल ने कहा, ''नहीं सखी, तुम उठो मत, थोड़ा और सो जाओ-निश्चय ही तुम्हारी तबीयत ठीक नहीं है। तुम्हारा चेहरा बहुत सूखा लग रहा है, आँखों के नीचे झाँईं पड़ गई है। क्या हुआ सखी, मुझे बताओ-ना!'' कहकर शैलजा कमला के पास बैठकर उसकी गरदन से लिपट गई।

कमला का दम फूलने लगा, उसके आँसू और नहीं रुक सके। शैलजा के कन्धे पर मुँह छिपाकर उसका रोना एकदम फूटकर बाहर निकल आया। शैल ने एक बात भी बिना कहे उसे कसकर आलिंगन में जकड़ लिया।

थोड़ी ही देर में कमला जल्दी से शैलजा का बाहु-बन्धन छुड़ाकर उठ गई; आँखें पोंछकर ज़बर्दस्ती हँसने लगी। शैल ने कहा, ''रहने दो, रहने दो, और हँसो मत। बहुत-बहुत लड़कियाँ देखीं, लेकिन मैंने तुम्हारे जैसी छिपाऊ लड़की नहीं देखी। किन्तु तुम समझ रही हो कि मुझसे छिपा लोगी-मुझे उतनी बुद्धू मत समझो। तो बताऊँ? रमेश बाबू ने इलाहाबाद जाकर तुम्हें एक चिट्ठी भी नहीं लिखी, इसीलिए ग़ुस्सा हो-अभिमानिनी! लेकिन तुम्हें भी समझना उचित है कि वे वहाँ काम से गए हैं, दो दिन बाद ही आ जाएँगे, इस बीच अगर समय नहीं निकाल पाए, तो क्या इतना ग़ुस्सा करना चाहिए। छिः! यह बात भी है बहन, कि तुम्हें आज इतना उपदेश दे रही हूँ, लेकिन मैं भी होती, तो बिल्कुल ऐसा ही कांड कर बैठती। ऐसी बात-बेबात रोनेवाली स्त्री को बहुत रोना पड़ता है। फिर ऐसा रोना थमकर जब हँसी फूट पड़ती है, तो मन में कुछ भी नहीं रहता।'' यह कहकर शैल ने कमला को छाती के पास खींचकर कहा, ''तुम आज समझ रही हो कि रमेश बाबू को और कभी माफ नहीं करोगी-यही ना? अच्छा सच बताओ।''

कमला ने कहा, ''हाँ, सच ही कह रही हूँ।''

शैल कमला के गाल पर हथेली से मारते हुए बोली, ''इश्श! ऐसा ही है क्या! देखा जाएगा। अच्छा शर्त रख लो।''

कमला से बातें होने के बाद शैल ने अपने पिताजी को इलाहाबाद चिट्ठी भेज दी, उसमें लिखा, ''रमेश बाबू की कोई चिट्ठी-पत्री न पाने के कारण कमला अत्यन्त चिन्तित हो गई है। एक तो बेचारी नई-नई परदेस में आई है, उस पर रमेश बाबू उसे जब-तब छोड़कर चल देते हैं और चिट्ठी-पत्री भी नहीं लिखते, ज़रा

सोचकर देखिए कि उसे इससे कितना कष्ट हो रहा है। उनका इलाहाबाद का काम क्या कभी ख़तम नहीं होगा? काम तो बहुत लोगों को होता है, लेकिन क्या उसी कारण दो लाइन की चिट्ठी लिखने की फुर्सत नहीं मिलती?''

चाचा ने रमेश से मिलकर अपनी बेटी के पत्र का अंश विशेष सुनाकर उसकी भर्त्सना की। यह सत्य है कि रमेश का मन कमला की ओर पर्याप्त रूप में आकर्षित हो गया है, किन्तु आकृष्ट हो जाने के कारण ही उसकी दुविधा भी और बढ़ गई है।

रमेश इस दुविधा में पड़कर किसी भी तरह इलाहाबाद से लौट नहीं पा रहा था। इसी बीच चाचा से शैली की चिट्ठी सुन ली।

चिट्ठी से अच्छी तरह समझ में आ गया कि कमला रमेश के लिए बहुत व्यग्रता प्रकट कर रही है–बस, वह लज्जा के चलते स्वयं लिख नहीं पा रही है।

इससे देखते-देखते रमेश की दुविधा की दोनों धाराएँ मिल एक हो गईं। अब तो केवल रमेश के ही सुख-दुख की बात नहीं है, बल्कि कमला भी रमेश को प्यार कर रही है। ऐसा नहीं कि, नदी के बालू-तट पर विधाता ने उन दोनों को ही मिलाया हो, उनके हृदयों को भी मिलाकर एक कर दिया था।

यही सोचकर रमेश और तनिक भी विलम्ब न करके कमला को एक चिट्ठी लिखने बैठ गया।

लिखा–

प्रियतमासु–

कमला, तुम्हें जो यह सम्बोधन किया है, इसे पत्र लिखने की एक प्रचलित पद्धति का पालना मत समझना। अगर आज तुम्हें संसार में सबसे प्रिय न समझता, तो कभी भी 'प्रियतमा' सम्बोधित न कर पाता। यदि तुम्हारे मन में कभी कोई सन्देह रहा हो, यदि तुम्हारे कोमल हृदय को कभी कोई आघात पहुँचाया हो, तो आज जो तुम्हें सच्चे रूप में 'प्रियतमा' सम्बोधित किया है, उसी से आज अपने समस्त संशय को, सम्पूर्ण वेदना को पूरी तरह धो डालना। इससे अधिक विस्तार से तुम्हें और क्या कहूँ? अब तक मेरा बहुत-सा आचरण तुम्हारे लिए पीड़ाजनक रहा है–अगर तुम उसके लिए मन-ही-मन मुझ पर आरोप लगाओगी, तो मैं प्रतिवादी बनकर उसका लेशमात्र प्रतिवाद नहीं करूँगा–मैं केवल यही कहूँगा, आज तुम मेरी प्रियतमा हो, मेरे लिए तुमसे अधिक प्रिय और कोई नहीं है। अगर इससे भी मेरे समस्त अपराध का, समस्त असंगत आचरण का अन्तिम रूप से प्रतिकार नहीं होता, तो और किसी से नहीं हो सकता।

अतएव, कमला, आज तुम्हें यह 'प्रियतमा' सम्बोधन देकर हम लोगों के संशयाच्छन्न अतीत को दूर हटा रहा हूँ और यही 'प्रियतमा' सम्बोधन

देकर हम लोगों के प्यार के भविष्य को शुरू कर रहा हूँ। तुमसे मेरी एकान्त विनती है, तुम आज मेरी 'प्रियतमा' वाली बात पर पूरा विश्वास करो। अगर तुम इसे हृदय में सही रूप में ग्रहण कर पाईं, तो कोई संशय लेकर मुझसे और कोई सवाल करने की आवश्यकता नहीं रहेगी।

उसके बाद, मुझे तुम्हारा प्रेम मिला या नहीं, मुझे तुमसे यह बात पूछने का साहस नहीं होगा। मैं पूछूँगा भी नहीं। मेरे इस अनकहे सवाल का अनुकूल उत्तर एक दिन तुम्हारे हृदय से मेरे हृदय में शब्दों के बिना ही आ पहुँचेगा, मुझे इसमें कोई सन्देह नहीं है। यह मैं अपने प्यार के बल पर कह रहा हूँ। मैं अपनी योग्यता का अहंकार नहीं करता, किन्तु मेरी साधना क्यों सार्थक नहीं होगी?

मैं अच्छी तरह समझ रहा हूँ कि मैं जो लिख रहा हूँ, वह स्वाभाविक नहीं बन पड़ रहा है, वह कविता के समान लग रहा है। मन करता है, इस चिट्ठी को फाड़कर फेंक दूँ। किन्तु जो चिट्ठी मन-मुताबिक हो, वह चिट्ठी लिखना अभी सम्भव नहीं है। कारण, चिट्ठी दो लोगों की चीज़ होती है, जब केवल एक ही पक्ष चिट्ठी लिखता है, तो उस चिट्ठी में सारी बातें अच्छी तरह नहीं लिखी जा सकतीं; जिस दिन मेरा-तुम्हारा मन जानना शेष नहीं रहेगा, उसी दिन चिट्ठी जैसी चिट्ठी लिख पाऊँगा; आमने-सामने के दोनों दरवाज़े खुले रहते हैं, तो कमरे में हवा हवाध खेला करती है। कमला, प्रियतमा, कब तुम्हारे हृदय को सम्पूर्णतः उद्घाटित कर पाऊँगा?

इन सब बातों की मीमांसा क्रमशः धीरे-धीरे होगी; बेचैनी का कोई लाभ नहीं। जिस दिन तुम्हें मेरी चिट्ठी मिलेगी, मैं उसके अगले दिन सुबह ही ग़ाज़ीपुर पहुँचूँगा। तुमसे मेरा अनुरोध है, ग़ाज़ीपुर पहुँचने पर तुम्हें हम लोगों के घर में ही देख पाऊँ। बहुत दिन गृहहारा के समान काट दिए- मुझे और धैर्य नहीं-इस बार घर में प्रवेश करूँगा, हृदय-लक्ष्मी को गृह-लक्ष्मी के रूप में देखूँगा। उसी मुहूर्त में हम लोगों की दूसरी बार शुभ-दृष्टि होगी। याद है-वही पहली बार हम लोगों की शुभ-दृष्टि? उसी चाँदनी रात में, वही, नदी के किनारे, जन-शून्य बालू-तट पर? वहाँ छत नहीं थी, दीवारें नहीं थीं, पिता-माता-भाई, परिजन-पड़ोसी का रिश्ता नहीं था-वह घर से एकदम बाहर था। जैसे कि वह स्वप्न था, जैसे कि वह ज़रा भी सच नहीं था। उसी कारण और एक दिन स्निग्ध-निर्मल प्रातःकाल के प्रकाश में, घर में, सत्य के मध्य, उसी शुभदृष्टि को सम्पूर्ण रूप से सम्पन्न करने की प्रतीक्षा है। पुण्य-पौष के प्रातःकाल में हम लोगों के घर के द्वार

पर तुम्हारी सरल, सहास्य मूर्ति को हमेशा के लिए अपने हृदय में अंकित कर लूँगा, मैं इस आग्रह से भर उठा हूँ। प्रियतमे, मैं तुम्हारे हृदय के द्वार पर अतिथि हूँ, मुझे लौटा मत देना।

–प्रसाद भिक्षु, रमेश।

37

शैल ने उदास कमला को तनिक उत्साहित करने के लिए कहा, "आज अपने बँगले पर नहीं जाओगी?"

कमला ने कहा, "नहीं, और ज़रूरत नहीं है।"

शैल–तुम्हारी घर की साज–गोझ निबट गई?

कमला–हाँ बहन, निबट गई।

शैल ने कुछ देर बाद फिर आकर कहा, "अगर एक चीज़ दूँ, तो बोल क्या देगी?"

कमला ने कहा, "मेरे पास क्या है दीदी?"

शैल–एकदम कुछ भी नहीं?

कमला–कुछ भी नहीं।

शैल कमला के कपोल पर कराघात करते हुए बोली, "अश्, वही तो, जो कुछ था, लगता है एक ही आदमी को समर्पित कर दिया है? बता तो यह क्या है!" कहकर शैल ने अपने आँचल के भीतर से एक चिट्ठी निकाली।

लिफाफे पर रमेश के हस्ताक्षर देखते ही कमला का चेहरा विवर्ण हो गया–उसने मुँह थोड़ा–सा घुमा लिया।

शैल ने कहा, "अरी, और अभिमान मत दिखा, बहुत हो गया। इधर तो चिट्ठी पर झपट्टा मारने के लिए मन के भीतर खलबली मच रही है–लेकिन मुँह खोलकर माँगे बिना मैं नहीं दूँगी। कभी नहीं दूँगी, देखूँ कब तक हठ ठाने रह सकती है।"

उसी समय उमा साबुन के एक बक्से में रस्सी बाँधकर खींचते हुए आकर बोली, "मौसी, ग–ग।"

कमला जल्दी से उमि को गोद में उठाकर बार–बार चूमते हुए सोनेवाले कमरे में ले गई। उमि अपने गाड़ी खींचने में अचानक बाधा आ खड़ी होने से चीत्कार करने लगी, किन्तु कमला ने किसी तरह नहीं छोड़ा–उसे कमरे में ले जाकर तेज़ी से नाना प्रकार की व्यर्थ की बातों से उसके मनोविनोद की कोशिश में लग गई।

शैल ने आकर कहा, "हार मान गई, तेरी ही जीत हुई–मैं तो नहीं कर पाती। धन्य लड़की है! यह ले बहन, क्यों बेकार पाप लूँगा?"

यह कहते हुए बिस्तर पर चिट्ठी फेंककर उर्मि को कमला के हाथों से छुड़ाकर चली गई।

कमला ने लिफाफा लेकर, थोड़ा-सा इधर-उधर हिलाकर चिट्ठी खोली; पहली दो-चार लाइनों पर नज़र पड़ते ही उसका चेहरा लाल हो उठा। उसने लज्जा के कारण चिट्ठी फेंककर गिरा दी। पहले धक्के की प्रबल वितृष्णा के प्रहार से सँभलकर फिर ज़मीन से चिट्ठी उठाकर उसने पूरी पढ़ी। पता नहीं, वह पूरी चिट्ठी उसने अच्छी तरह समझी या नहीं; लेकिन उसे महसूस हुआ कि जैसे उस हाथ में एक कीचड़ भरा पदार्थ कसमसा रहा है। उसने चिट्ठी को फिर फेंक दिया। जो आदमी उसका पति नहीं है, उसी के साथ गृहस्थी करनी होगी, उसी के लिए यह आह्वान है! रमेश ने जान-बूझकर इतने दिन बाद उसका यह अपमान किया है! ग़ाज़ीपुर आकर कमला ने अपना जो हृदय रमेश की ओर बढ़ा दिया था, वह रमेश के लिए था या रमेश के उसका पति होने के कारण? रमेश ने उसी को लक्ष्य किया था, उसी कारण अनाथ पर दया करके आज उसे यह प्रेम भरी चिट्ठी लिखी है। भ्रम के चलते रमेश से खुलापन पाया था, कमला उसे आज किस तरह लौटा पाएगी-किस तरह! ऐसी लज्जा, ऐसी घृणा कमला के भाग्य में क्यों आई! उसने जन्म लेकर किसका क्या अपराध कर डाला? इस बार घर नामक एक बीभत्स वस्तु कमला को ग्रसने आ रही है, कमला अपने को कैसे बचा पाएगी! कमला दो दिन पहले क्या सपने में भी कल्पना कर सकती थी कि रमेश उसके लिए इतनी बड़ी विभीषिका बन जाएगा?

इसी बीच उमेश दरवाज़े के निकट आकर थोड़ा-सा खाँसा। कमला की ओर से कोई प्रत्युत्तर न पाकर उसने आहिस्ता-आहिस्ता पुकारा, ''माँ!'' कमला द्वार के पास आई, उमेश सिर खुजलाते हुए बोला, ''माँ, आज सिधु बाबू की बेटी के विवाह में कोलकाता से एक जात्रा[1]-दल बुलाया गया है।''

कमला ने कहा, ''बड़ा अच्छा है उमेश, तू जात्रा सुनने जा।''

उमेश-कल सुबह क्या फूल चुनकर लाने होंगे?

कमला-नहीं-नहीं, फूलों की ज़रूरत नहीं है।

उमेश जब चला जा रहा था, तो कमला ने उसे लौटने के लिए आवाज़ दी, बोली, ''ओ उमेश, तू जात्रा सुनने जा रहा है, यह ले, पाँच रुपए ले।''

उमेश अचम्भे में पड़ गया। वह जात्रा सुनने के साथ पाँच रुपए का कोई

---

1. जात्रा : चैतन्य महाप्रभु द्वारा प्रवर्तित वैष्णव-मत के प्रचारार्थ भक्तों की मंडलियाँ यात्राएँ करती थीं। रात्रि-विश्राम के समय भक्त कीर्तन किया करते थे। बाद में जन-रुचि का ध्यान रखते हुए कीर्ति-गायन के साथ नाटक भी किए जाने लगे। कहा जाता है कि स्वयं चैतन्य महाप्रभु इन नाटकों में श्रीराधा का अभिनय करते थे। कीर्तन और नाटक के इस आयोजन को **'जात्रा'** कहा जाने लगा। कालान्तर में बंगाल में नाट्य को जात्रा कहने की लोक-रीति भी प्रचलित हो गई।

सम्बन्ध नहीं समझ पाया। बोला, "माँ, क्या शहर से आपके लिए कुछ खरीदकर लाना है?"

कमला–नहीं–नहीं, मुझे कुछ नहीं चाहिए। तू रख ले, तेरे काम आएँगें।

हतबुद्धि उमेश जाने को हुआ कि कमला ने फिर उसे पुकारकर कहा, "उमेश, तू क्या इन्हीं कपड़ों में जात्रा सुनने जाएगा, लोग तुझे क्या कहेंगे?"

साज–सज्जा के सम्बन्ध में लोग उमेश से बहुत आशा रखते हैं और ग़लती देखने पर आलोचना करते हैं, उमेश की ऐसी धारणा नहीं थी–इसीलिए धोती के उजलेपन और चादर एकदम न होने के सम्बन्ध में वह पूरी तरह उदासीन था। कमला का सवाल सुनकर उमेश कुछ न कहकर थोड़ा–सा हँस दिया।

अपना साड़ियों का जोड़ा निकालकर उमेश के सामने डालते हुए कमला ने कहा, "यह ले, जा, पहन।"

साड़ी की सुन्दर–चौड़ी किनारी देखकर उमेश उत्फुल्ल हो उठा, कमला के पाँवों में घुटनों के बल प्रणाम किया तथा हँसी दबाने की वृथा चेष्टा में पूरा चेहरा बिगाड़कर चला गया। उमेश के चले जाने पर कमला आँखों में आए दो बूँद आँसू पोंछकर खिड़की के पास चुपचाप खड़ी रही।

शैल कमरे में आकर बोली, "बहन कमल, मुझे अपनी चिट्ठी नहीं दिखाएगी?"

कमला से शैल का कुछ भी छिपा हुआ नहीं था, इसी कारण शैल ने इतने दिन बाद सुयोग पाकर यह आग्रह किया।

कमला बोली, "यही तो है दीदी, देख लो–ना।" कहकर ज़मीन पर जो चिट्ठी पड़ी थी, दिखा दी। शैल ने आश्चर्यचकित होकरा सोचा, 'वाह रे, गुस्सा अभी तक गया नहीं!' शैल ने ज़मीन से उठाकर पूरी चिट्ठी पढ़ी। चिट्ठी में प्रेम की बहुत सारी बातें तो हैं, लेकिन फिर भी यह किस ढंग की चिट्ठी है! आदमी अपनी पत्नी को इस तरह की चिट्ठी लिखता है! यह कैसा ढंग है! शैल ने पूछा, "अच्छा बहन, तुम्हारे पति क्या नॉवेल लिखते हैं?"

'पति' शब्द सुनकर भौचक्केपन में कमला का देह–मन जैसे कुंठित हो गया। वह बोली, "पता नहीं।"

शैल ने कहा, "तो आज तुम बँगले पर जाओगी?"

कमला ने सिर हिलाकर बता दिया कि जाएगी।

शैल ने कहा, "मैं भी आज शाम तक तुम्हारे साथ रह सकती थी, किन्तु जानती तो हो बहन, आज नरसिंह बाबू की बहू आएगी। लेकिन माँ तुम्हारे साथ जाएँगी।"

कमला परेशान होते हुए बोली, "नहीं–नहीं, माँ जाकर क्या करेंगी? वहाँ तो नौकर है।"

शैल ने हँसकर कहा, "और तुम्हारा वाहन, उमेश भी है, तुम्हें क्या डर?"

उस समय उमा किसी की पेंसिल उठाकर जहाँ-तहाँ आड़ी-तिरछी रेखाएँ खींच रही थी और चीत्कार करके अव्यक्त भाषा में बोल रही थी, समझ रही थी, 'पढ़ रही है'। शैल ने उसे उसकी साहित्य-रचना से बलपूर्वक हटा लिया; जब उसने प्रबल संगीत के स्वर में आपत्ति प्रकट की, तो कमला बोली, "आ, एक मज़ेदार चीज़ देती हूँ।"

यह कहते हुए कमरे में ले जाकर उसे बिछौने पर डालकर प्यार करके बेहाल कर डाला। जब उसने वचन दिए हुए उपहार को देने का आग्रह किया, तो कमला ने अपना बक्सा खोलकर सोने के एक जोड़ी ब्रेसलेट निकाले। इस दुर्लभ खिलौने को पाकर उमि बहुत खुश हो गई। मौसी द्वारा उसके हाथों में पहनाते ही वह इन ढीले-ढाले गहनों की जोड़ी के साथ दोनों हाथ सँभालकर उठाए-उठाए गर्व के साथ अपनी माँ को दिखाने गई। माँ ने परेशान होकर, जिसकी चीज़ है, उसी को सौंपने के लिए ब्रेसलेट छीन लिये; कहा, "कमल, तुम्हारी बुद्धि कैसी है! ये चीजें उसके हाथ में क्यों दे दीं?"

इस दुर्व्यवहार पर उमि के आर्त्तनाद की नालिश ने आकाश बींध डाला। कमला ने पास आकर कहा, "दीदी, ब्रेसलेट का यह जोड़ा मैंने उमि को ही दिया है।"

शैल ने आश्चर्य में भरकर कहा, "पागल हो क्या!"

कमला बोली, "मेरी क़सम खाओ दीदी, ब्रेसलेट का यह जोड़ा तुम मझे वापस नहीं करोगी। इन्हें तुड़वाकर उमि के लिए हार बनवा देना।"

शैल ने कहा, "नहीं, सच कह रही हूँ, मैंने तेरी जैसी बावली लड़की नहीं देखी।"

यह कहकर कमला को गले से लपेट लिया। कमला ने कहा, "मैं तो आज आप लोगों के यहाँ से जा रही हूँ-बहुत सुख में थी-मैंने जीवन में कभी ऐसा सुख नहीं पाया।" कहते-कहते उसकी आँखों से झर-झर आँसू बहने लगे।

शैल भी उभरते आँसू दबाकर बोली, "कमल, बता तो तेरा ढंग कैसा है, कितनी दूर जा रही है! जैसे सुख में थी, वह मुझे समझना बाकी नहीं है। अब तेरी सारी मुसीबत दूर हो गई, अपने घर में अकेली सुख से राज करेगी-हम लोग कभी जा धमके, तो सोचेगी, आफत टले, तो चैन मिले।"

विदा के समय कमला के शैल को प्रणाम करने पर शैल ने कहा, "मैं कल दोपहर में तुम लोगों के यहाँ आऊँगी।"

कमला इसके उत्तर में हाँ-ना, कुछ नहीं बोली।

बँगले पर जाकर कमला ने देखा, उमेश आया है।

कमला ने कहा, "तू! जात्रा सुनने नहीं जाएगा?"

उमेश ने कहा, "आज तुम जो यहाँ रहोगी, मैं–"

कमला–अच्छा, अच्छा, वह तुझे नहीं सोचना तू जात्रा सुनने जा, यहाँ बिशन है। जा, देरी मत कर।"

उमेश–अभी तो जात्रा में काफी देर है।

कमला–वह होने दे ना, शादी वाले घर में कितनी धूमधाम हो रही है, अच्छी तरह देखकर आना रे, जा।

इस सम्बन्ध में उमेश को अधिक उत्साहित करने की आवश्यकता नहीं थी। वह चले जाने को तैयार हुआ कि अचानक कमला ने उसे बुलाकर कहा, "देख, चाचाजी के आने पर तू–"

इतना–सा बोलकर सोच ही नहीं पाई कि बात कैसे पूरी करे। उमेश मुँह फाड़े खड़ा रहा। कमला थोड़ी देर सोचकर बोली, "याद रख, चाचाजी तुझे चाहते हैं, तुझे जब, जिस चीज़ की ज़रूरत हो, मेरा प्रणाम कहकर उनसे माँग लेना, वे दे देंगे–उन्हें मेरा प्रणाम देना बिल्कुल मत भूलना–पता है?"

उमेश इस आदेश का कोई अर्थ न समझकर 'जो आज्ञा' कहकर चला गया।

दोपहर बाद बिशन ने पूछा, "माँजी, कहाँ जा रही हैं?"

कमला बोली, "गंगा–स्नान को जा रही हूँ।"

बिशन ने कहा, "साथ चलूँ?"

कमला ने कहा, "नहीं, तू घर की रखवाली कर।"

कहकर अनावश्यक ही उसके हाथ में एक रुपया थमाकर कमला गंगा की ओर चली गई।

38

अन्नदा बाबू एक दिन अपराह्न में हेमनलिनी के साथ अकेले में चाय पीने की आशा से उसे खोजते हुए दुमंज़िले पर आए; दुमंज़िले वाली बैठक में खोजने पर उसे नहीं पाया, सोनेवाले कमरे में भी वह नहीं थी। नौकर से पूछने पर पता चला, हेमनलिनी बाहर कहीं भी नहीं गई है। तब बहुत परेशान होकर अन्नदा छत पर चढ़ गए।

उस समय कोलकाता शहर की नाना आकार और क्षेत्रफल की बहुत दूर तक फैली छतों पर हेमन्त की क्लान्त धूप म्लान हो आई थी, दिनान्त की धीमी हवा रह-रहकर इच्छानुसार घूम–फिर रही थी। हेमनलिनी अटारी की दीवार की छाया में चुप बैठी थी।

वह देख भी नहीं पाई कि अन्नदा बाबू कब उसके पीछे आकर खड़े हो गए। अन्त में जब अन्नदा बाबू ने आहिस्ता–आहिस्ता उसके निकट आकर उसके कन्धे

पर हाथ रखा, तो वह चौंक पड़ी और अगले ही पल उसका चेहरा लज्जा से लाल हो गया। हेमनलिनी के जल्दी से उठने के पहले ही अन्नदा बाबू उसके पास बैठ गए। थोड़ा चुप रहकर दीर्घ निःश्वास छोड़ते हुए बोले, ''हेम, अगर इस समय तेरी माँ होती! मैं तो तेरे किसी भी काम नहीं आया।''

वृद्ध के मुँह से यह करुण उक्ति सुनने भर से हेमनलिनी मानो एक गहरी मूर्च्छा से तत्काल जाग पड़ी। अपने पिता के चेहरे पर ध्यान से देखा। उस चेहरे पर कैसा स्नेह, कैसी करुणा, कैसी वेदना! इन कुछ दिनों में उस चेहरे में कितना बदलाव हो गया है! समाज में हेमनलिनी को लेकर जो तूफान उठ खड़ा हुआ है, उसके सम्पूर्ण वेग को स्वयं पर झेलकर वृद्ध अकेले जूझ रहे हैं, बार-बार लौट-लौटकर बेटी के आहत हृदय के निकट आ रहे हैं; सांत्वना देने की सारी कोशिश बेकार जाती देखकर आज उन्हें हेमनलिनी की माँ याद आ रही है और उनके अक्षम स्नेह के अन्तःस्तर से दीर्घ निःश्वास उच्छ्वसित हो रहा है–आज यह सब अचानक जैसे तड़ित के आलोक में हेमनलिनी के समक्ष प्रकाशित हुआ। धिक्कार का आघात एक पल में उसे उसके शोक के घेरे से बाहर निकाल लाया। उसके लिए जो संसार छाया के समान विलीन हो आया था, वह अब सत्य बनकर चमकने लगा। इसी समय अचानक हेमनलिनी के मन में भारी लज्जा उत्पन्न हो गई। वह जिन सारी स्मृतियों से पूरी तरह ढकी बैठी थी, उन सबको अपने चारों ओर से बलपूर्वक झाड़-फेंककर उसने स्वयं को मुक्ति प्रदान की। पूछा, ''पिताजी, अब आपका स्वास्थ्य कैसा है?''

स्वास्थ्य! इन कुछ दिनों अन्नदा भूल गए थे कि स्वास्थ्य भी सोचने का विषय है। उन्होंने कहा, ''मेरा स्वास्थ्य! मेरा स्वास्थ्य तो बहुत अच्छा है बेटी। जिस तरह का तुम्हारा चेहरा हो आया है, उसके कारण अब मुझे तुम्हारे स्वास्थ्य की ही चिन्ता है। हम लोगों का शरीर इतने बरस तक टिका हुआ है, हमें आसानी से कुछ नहीं होगा, तुम लोगों का शरीर कम दिनों का है, डर लगता है कि अगर कहीं चोट न सह पाए।''

यह कहकर धीरे-धीरे उसकी पीठ पर हाथ फिराया।

हेमनलिनी ने पूछा, ''अच्छा पिताजी, जब माँ की मृत्यु हुई, तो मैं कितनी बड़ी थी?''

अन्नदा–तब तू तीन बरस की लड़की थी, उस समय तू बोलना शुरू कर रही थी। मुझे खूब याद है, तूने मुझसे पूछा, 'माँ कहाँ हैं?' मैं बोला, 'माँ अपने पिताजी के पास गई हैं।' तेरे जन्म के पहले ही तेरी माँ के पिताजी की मृत्यु हो गई थी, तू उन्हें नहीं जानती थी। मेरी बात सुनकर कुछ न समझने के कारण मेरे मुँह की ओर गम्भीर होकर देखती रही। थोड़ी देर बाद मेरा हाथ पकड़कर अपनी माँ के सोनेवाले खाली कमरे की ओर ले जाने के लिए खींचने लगी। तुझे विश्वास था, वहाँ के खालीपन के भीतर से मैं तुझे कोई खोज-ख़बर दे सकता हूँ। तू समझती थी, तेरे

पिताजी बड़े आदमी हैं, तेरे मन में यह बात आती ही नहीं थी कि जितनी यथार्थ बातें हैं, उनके सम्बन्ध में तेरे महान पिताजी बालक के समान ही अज्ञ और अक्षम हैं। आज भी वही बात याद पड़ती है कि हम कितने असमर्थ हैं–ईश्वर ने पिता के मन में स्नेह दिया है, किन्तु सामर्थ्य कितनी कम प्रदान की है।

यह कहते हुए उन्होंने एक बार हेमनलिनी के सिर पर दाएँ हाथ से स्पर्श किया।

हेमनलिनी पिता के उस कल्याणवर्षी कम्पायमान हाथ को अपने दाएँ हाथ में खींचकर उस पर दूसरा हाथ फिराने लगी। बोली, ''मुझे माँ की बहुत कम, थोड़ी सी याद है। मुझे याद आता है–वे दोपहर में बिस्तर पर लेटकर किताब पढ़ती थीं, वह मुझे ज़रा भी अच्छा नहीं लगता था, मैं किताब छीनने की कोशिश करती थी।''

इससे फिर उस समय की बातें छिड़ गईं। माँ कैसी थीं, क्या करती थीं, तब क्या होता था, इसी की चर्चा होते-होते सूर्य अस्तगित हो चला एवं आकाश मलिन ताम्रवर्णी हो आया। चारों ओर कोलकाता का कामकाज और कोलाहल, उसी के बीच एक गली के घर की छत के होने में ये वृद्ध और नवयुवती, दोनों ने मिलकर पिता और पुत्री के चिरन्तन स्निग्ध सम्बन्ध को सन्ध्या के आकाश की म्रियमाण छाया में अश्रुसिक्त माधुरी में खिला दिया।

उसी समय सीढ़ियों में योगेन्द्र की पदचाप सुनकर दोनों जनों की लम्बी बातचीत तुरन्त थम गई और दोनों जने ही चौंककर उठ खड़े हुए। योगेन्द्र ने आते ही दोनों के चेहरे पर तीव्र दृष्टि डाली और कहा, ''लगता है, आजकल हेम की सभा छत पर ही...?''

योगेन्द्र अधीर हो उठा था। घर में दिन-रात शोक की जो एक कालिमा छाई रहती है, इसने उससे लगभग घर छुड़वा दिया है। ऊपर से बन्धु-बान्धवों के घरों में जाने पर हेमनलिनी के विवाह के सम्बन्ध में नाना प्रकार की जवाबदेही में पड़ने के कारण कहीं भी जाना मुश्किल हो गया है। वह बराबर कह रहा है, 'हेमनलिनी ने बहुत अतिरेक आरम्भ कर दिया है। लड़कियों को अंग्रेजी कथा-पुस्तकें पढ़ने देने से ऐसी ही दुर्गति होती है।' हेम सोच रही है–'जब रमेश ने मेरा परित्याग कर दिया है, तो मेरा हृदय टूट जाना ही उचित है', उसी कारण वह खूब समारोहपूर्वक हृदय तोड़ने बैठ गई है। नॉवेल पढ़नेवाली अनेक लड़कियों के भाग्य में प्रेम के नैराश्य को सहने के ऐसे चमत्कारपूर्ण अवसर आते हैं!

योगेन्द्र के कठोर-व्यंग्य से बेटी को बचाने के लिए अन्नदा बाबू जल्दी से बोले, ''मैं हेम के साथ थोड़ी-सी बातें कर रहा हूँ।''

मानो, बातें करने के लिए वे ही हेम को छत पर खींच लाए हैं।

योगेन्द्र ने कहा, ''क्यों, चाय की टेबल पर क्या और बातें नहीं हो सकतीं?

पिताजी, आप केवल हेम को पागल बनाने की कोशिश में हैं। ऐसा होने से घर में टिकना मुश्किल हो जाएगा।''

हेमनलिनी ने अचम्भित होकर कहा, ''पिताजी, क्या अभी तक आपका चाय पीना नहीं हुआ?''

योगेन्द्र–चाय कवि-कल्पना तो नहीं है, जो शाम के आकाश के सूर्यास्त की आभा से अपने आप झर पड़ेगी! छत के कोने में बैठे रहने से चाय का प्याला नहीं भर जाता, यह बात भी क्या नए ढंग से समझानी पड़ेगी।

अन्नदा हेमनलिनी की लज्जा का निवारण करने के लिए जल्दी से बोल पड़े, ''मैंने तय किया है कि आज चाय नहीं पीऊँगा।''

योगेन्द्र–क्यों पिताजी, आप सब तपस्वी बन जाएँगे क्या? वैसा होने पर मेरी क्या हालत होगी? मुझे वायु-आहार नहीं पचता।

अन्नदा–नहीं-नहीं, तपस्या की बात नहीं हो रही है, कल रात मुझे ठीक से नींद नहीं आई, इसीलिए सोचा कि आज चाय न पीकर देखा जाए, कैसा रहता हूँ।

असल में, हेमनलिनी के साथ बातें करते समय भरे हुए चाय के प्याले की ध्यान मूर्ति अन्नदा बाबू को अनेक बार ललचा गई थी, किन्तु आज वे उठ नहीं पाए। आज, बहुत दिनों के बाद हेम उनके साथ स्वाभाविक होकर बातें कर रही थी, इस एकान्त छत पर दोनों के बीच अत्यन्त घनिष्ठ बातचीत जम गई थी, उन्हें याद नहीं पड़ता कि पहले कभी ऐसे गहन गम्भीर भाव से बातें हुई हों। यह बातचीत एक जगह से दूसरी जगह खींच ले जाना नहीं सहेगी–हिलाने की कोशिश करते ही डरपोक हिरन की तरह सब कुछ छोड़कर भाग जाएगी। इसी कारण अन्नदा बाबू आज चाय की प्याली के बार-बार के बुलावे की अवहेलना कर रहे थे।

अन्नदा बाबू चाय न पीकर अनिद्रा के इलाज में लगे हैं, हेमनलिनी ने इस बात पर विश्वास नहीं किया; उसने कहा, ''चलिए पिताजी, चाय पीने चलिए।''

अन्नदा बाबू उसी पल अनिद्रा की आशंका को भूलकर तेज़ी से टेबल की ओर दौड़ पड़े।

चाय पीनेवाले कमरे में प्रवेश करते ही अन्नदा बाबू ने देखा, वहाँ अक्षय बैठा है। उनके मन में बेचैनी दौड़ गई। उन्होंने सोचा, हेम का मन आज थोड़ा-सा स्वस्थ हुआ है, अक्षय को देखते ही फिर विकल हो जाएगा–लेकिन तब और कोई उपाय नहीं था। अगले ही पल हेमनलिनी कमरे में आ गई।

अक्षय उसे देखते ही उठ गया, बोला, ''योगेन, तो आज मैं चलता हूँ।''

हेमनलिनी ने कहा, ''क्यों अक्षय बाबू, क्या आपको कोई काम है? एक प्याला चाय पी जाइए।''

हेमनलिनी की इस आवभगत पर घर के सभी लोग आश्चर्यचकित हो गए।

अक्षय ने फिर-से आसन ग्रहण करते हुए कहा, "आपकी अनुपस्थिति में मैं दो प्याले चाय पी चुका हूँ–आग्रह-अनुरोध करने पर और दो प्याले चाय नहीं चल सकती, ऐसा नहीं कह सकता।"

हेमनलिनी ने हँसते हुए कहा, "चाय के प्याले के लिए आपसे कभी भी तो आग्रह-अनुरोध नहीं करना पड़ता।"

अक्षय बोला, "नहीं, आवश्यकता नहीं है, कहकर मैं कभी अच्छी चीज़ों को लौटने नहीं देता, विधाता ने मुझे इतनी बुद्धि प्रदान की है।"

योगेन्द्र ने कहा, "इसी बात का ख़याल करके अच्छी वस्तुएँ भी, आवश्यकता नहीं है, कहकर कभी भी लौटने न दें, मैं तुम्हें यही आशीर्वाद देता हूँ।"

अन्नदा की चाय की टेबल पर बातचीत बहुत दिन बाद सहज रूप में जमी। हेमनलिनी हमेशा शान्त-भाव से हँसती है, आज उसकी हँसी की आवाज़ बीच-बीच में बातचीत के ऊपर गूँजने लगी। उसने अन्नदा बाबू से ठट्ठा करते हुए कहा, "पिताजी, अक्षय बाबू का अन्याय देखिए, कई दिन आपकी पिल न खाने पर भी वे एकदम भले-चंगे हैं। अगर ज़रा-सी भी कृतज्ञता होती, तो कम-से-कम सिर दर्द तो होता!"

योगेन्द्र–इसे ही कहते हैं पिल-हरामी।

अन्नदा बाबू बहुत खुश होकर हँसने लगे। बहुत दिन बाद फिर से उनके पिल-बॉक्स पर आत्मीय-स्वजनों का कटाक्षपात शुरू हुआ, इसे उन्होंने पारिवारिक स्वास्थ्य का लक्षण माना; उनके मन से एक भार उतर गया।

वे बोले, "यह बात है! आदमी के विश्वास में हस्तक्षेप! मेरे पिलाहारी दल में यही एकमात्र अक्षय है, उसे भी तोड़ लेने की कोशिश!"

अक्षय ने कहा, "उसके लिए मत डरिए अन्नदा बाबू! अक्षय को तोड़ लेना कठिन है।"

योगेन्द्र–नकली नोट की तरह, भुनाने जाने पर पुलिस-केस की आशंका है।

इस प्रकार, हास-परिहास में मानो बहुत दिन का एक भूत अन्नदा बाबू की चाय की टेबल को छोड़ भागा।

आज की यह चाय-सभा जल्दी नहीं उठती, लेकिन आज समय पर जूड़ा न बनाने के कारण हेमनलिनी को उठ जाना पड़ा; तब अक्षय को भी एक विशेष काम याद आ गया, वह भी चला गया।

योगेन्द्र ने कहा, "पिताजी, और देरी नहीं, अब हेम के विवाह की व्यवस्था कीजिए।"

अन्नदा बाबू अवाक् देखते रहे। योगेन्द्र बोला, "रमेश के साथ विवाह टूट जाने को लेकर समाज में बहुत कानाफूसी चल रही है, इसके लिए मैं कहाँ तक सब लोगों

के साथ अकेला झगड़ा करता फिरूँगा? अगर सारी बातें खुलकर कहने का उपाय होता, तो झगड़ा करने में आपत्ति न होती। किन्तु हेम के कारण मुँह तोड़कर कुछ नहीं कह पाता, इसी कारण हाथापाई करनी पड़ती है। उस दिन अखिल की ठुकाई करके आना पड़ा–सुना कि वह आदमी, जो मुँह में आए, वही बक रहा था। अगर जल्दी ही हेम का विवाह हो जाए, तो सारी बात ख़तम हो जाए और मुझे भी रात-दिन आस्तीन चढ़ाए दुनिया भर के लोगों को धमकाते हुए न घूमना पड़े। मेरी बात मानिए, और देरी मत कीजिए।''

अन्नदा–विवाह किसके साथ होगा योगेन?

योगेन्द्र–एक ही आदमी है। जो कांड घट गया है और जो सब बाताबाती उठ रही है, उसके चलते पात्र मिलना असम्भव है। केवल बेचारा अक्षय रह गया है, जिसे कोई बात नहीं दबा सकती। उसे पिल खाने को बोलो, तो पिल खा लेगा, विवाह करने को कहो, तो विवाह कर लेगा।

अन्नदा–पागल हो गए हो योगेन? हेम अक्षय से विवाह कर लेगी?

योगेन्द्र–अगर आप गड़बड़ न करें, तो मैं उसे मना सकता हूँ।

अन्नदा ने परेशान होते हुए कहा, ''नहीं योगेन, नहीं, तुम हेम को एकदम नहीं समझते! तुम उसे डर दिखाकर, कष्ट देकर परेशान कर डालोगे। उसे अभी कुछ दिन आराम से रहने दो; उस बेचारी ने बड़ा दुख झेला है। विवाह में काफी समय है।''

योगेन्द्र ने कहा, ''मैं उसे ज़रा भी दुख नहीं पहुँचाऊँगा, जहाँ तक सावधानी और कोमलता से काम बन सकता होगा, उसमें ग़लती नहीं होगी। क्या आप लोग समझते हैं कि मैं झगड़ा किए बिना बात नहीं कर सकता?''

योगेन्द्र अधीर स्वभाव का व्यक्ति है। उसी दिन शाम को हेमनलिनी के जूड़ा बनाना निबटाकर बाहर निकलते ही योगेन्द्र ने उसे आवाज़ लगाकर कहा, ''हेम, एक बात है।''

काम है, सुनते ही हेम की छाती धक् से रह गई। धीरे-धीरे योगेन्द्र के पीछे-पीछे आकर बैठक में बैठ गई।

योगेन्द्र बोला, ''हेम, देखा है, पिताजी का स्वास्थ्य कैसा बिगड़ गया है?''

हेमनलिनी के चेहरे पर एक बेचैनी दिखाई दी; वह कुछ नहीं बोली।

योगेन्द्र–मैं कह रहा हूँ, इसका समाधान न खोजा गया, तो वे सख़्त बीमार पड़ जाएँगे।

हेमनलिनी समझ गई, पिता की इस अस्वस्थता का अपराध उसी पर पड़ रहा है। वह सिर झुकाए उतरे हुए चेहरे पर साड़ी की किनारी खींचने लगी।

योगेन्द्र बोला, ''जो हो चुका, वह तो हो ही चुका; उसे लेकर जितना पश्चात्ताप करते रहेंगे, हमारे लिए उतनी ही लज्जा की बात होगी। अब यदि पिताजी के मन को

पूरी तरह ठीक करना चाहती हो, तो जितनी जल्दी हो सके, इस सारी अप्रिय घटना को जड़मूल से उखाड़ फेंकना होगा।''

यह कहकर योगेन्द्र उत्तर की प्रत्याशा में हेमनलिनी के चेहरे की ओर देखते हुए चुप रहा।

हेम सलज्ज मुँह से बोली, ''इन समस्त बातों को लेकर मैं कभी पिताजी को परेशान करूँगी, ऐसी सम्भावना नहीं है।''

योगेन्द्र–पता है, तुम नहीं करोगी, किन्तु उससे दूसरे लोगों का मुँह तो बन्द नहीं हो जाएगा।

हेम ने कहा, ''तो बताइए, मैं क्या कर सकती हूँ!''

योगेन्द्र–चारों तरफ तरह-तरह की जो सब बातें उठ रही हैं, उन्हें बन्द करने का केवल एक उपाय है।

योगेन्द्र ने मन-ही-मन जो उपाय तय कर रखा है, हेमनलिनी उसे समझकर जल्दी से बोली, ''अभी कुछ दिन के लिए पिताजी को लेकर पछाँह घूमने जाना अच्छा नहीं रहेगा? दो-चार महीने काट आएँ, तब तक सारी गड़बड़ ठीक हो जाएगी।''

योगेन्द्र ने कहा, ''उसका भी कोई परिणाम नहीं निकलेगा। जब तक पिताजी को इस बात का पक्का विश्वास नहीं हो जाएगा कि तुम्हारे मन में कोई क्षोभ नहीं है, तब तक उनके मन में भाला चुभा रहेगा–तब तक उन्हें किसी भी तरह स्वस्थ नहीं होने देगा।''

देखते-देखते हेमनलिनी की दोनों आँखों से आँसू बहने लगे। उसने जल्दी से आँसू पोंछ डाले, बोली, ''मुझे क्या करने को कहते हैं, कहिए।''

योगेन्द्र ने कहा, ''जानता हूँ, तुम्हें सुनने में कड़वा लगेगा, लेकिन अगर सब ओर से भलाई चाहती हो, तो तुम्हें बिना देर किए विवाह करना पड़ेगा।''

हेमनलिनी जड़वत् बैठी रही। योगेन्द्र अपने अधैर्य को दबा न पाने के कारण बोल पड़ा, ''हेम, तुम लोगों को कल्पना के सहारे बात का बतंगड़ बनाना अच्छा लगता है। तुम्हारे विवाह के सम्बन्ध में जैसा गड़बड़झाला हुआ है, वैसा कितनी ही लड़कियों के साथ होता है, फिर हो-हवाकर खत्म हो जाता है; अन्यथा घर में बात-बात में नॉवेल लिख डालने से तो आदमी का उद्धार होता नहीं। 'चिर-जीवन संन्यासिनी बनकर छत पर बैठकर आकाश की ओर ताकती रहूँगी। उस अपदार्थ मिथ्याचारी की स्मृति को हृदय-मन्दिर में स्थापि करके पूजा करूँगी'–संसार के लोगों के सामने यह सब कविता करने में तुम्हें लज्जा नहीं आएगी, लेकिन हम लोग तो शर्म से मर जाएँगे। भले घर में विवाह करके, जितनी जल्दी हो सके, इस अभागी कविता को नष्ट कर डालो।''

हेमनलिनी बहुत अच्छी तरह जानती है कि लोगों की आँखों में कविता हो जाने की शर्म कितनी होती है, इसी कारण योगेन्द्र की व्यंग्योक्ति ने उसे छुरी के समान बींध डाला। वह बोली, "भैया, क्या मैंने कहा है कि संन्यासिनी बनकर रहूँगी, विवाह नहीं करूँगी?"

योगेन्द्र ने कहा, "अगर वैसा नहीं कहना चाहतीं, तो विवाह करो। अगर तुम कहोगी कि स्वर्ग-राज्य के इन्द्रदेव के अलावा तुम्हें कोई पसन्द नहीं, तो निश्चय ही वही संन्यासिनी-व्रत धारण करना पड़ेगा। संसार में कितनी वस्तुएँ मन-मुताबिक मिलती हैं, जो मिलता है, मन को उसी के मुताबिक ढालना पड़ता है। मैं तो कहता हूँ, इसी में मनुष्य का वास्तविक महत्त्व है।"

हेमनलिनी ने मर्माहत होकर कहा, "भैया, आप इस तरह चुभते हुए ढंग से मेरे साथ क्यों बात कर रहे हैं? क्या मैंने आपसे पसन्द को लेकर कोई बात कही है?"

योगेन्द्र-ठीक है, नहीं कही है, लेकिन मैंने देखा है, तुम अपने किसी-किसी हितैषी मित्र के प्रति अकारण और अनुचित कारण से विद्वेष प्रकट करने में संकोच नहीं करतीं। परन्तु तुम्हें यह बात स्वीकार करनी ही पड़ेगी कि इस जीवन में जितने लोगों के साथ तुम्हारा परिचय हुआ है, उनमें से एक आदमी ऐसा दिखाई दिया, जिसने सुख-दुख में, मान-अपमान में तुम्हारे प्रति अपना हृदय दृढ़ रखा है। इसीलिए मन-ही-मन मैं उसे अत्यधिक श्रद्धा करता हूँ। अगर ऐसा पति चाहती हो, जो तुम्हें सुखी रखने के लिए जीवन दे सकता हो, तो उस व्यक्ति को खोजना नहीं पड़ेगा। और अगर कविता करना चाहती हो, तो-"

हेमनलिनी ने उठ खड़े होकर कहा, "आप मुझसे इस तरह मत बोलिए। पिताजी मुझे जो आदेश देंगे, जिससे विवाह करने को कहेंगे, मैं मान लूँगी। अगर न मानूँ, तब अपनी कविता वाली बात उठाइएगा।"

योगेन्द्र ने तत्क्षण नरम पड़ते हुए कहा, "हेम, नाराज़ मत हो बहन। पता तो है, मन दुखी होने पर मेरी बुद्धि ठिकाने नहीं रहती-जो मुँह में आता है, वही बोल बैठता हूँ। मैंने क्या तुम्हें बचपन से देखा नहीं, मुझे क्या पता नहीं कि लज्जा तुम्हारे लिए कितनी स्वाभाविक है और तुम पिताजी को कितना प्यार करती हो!"

यह कहकर योगेन्द्र अन्नदा बाबू के कमरे में चला गया। पता नहीं योगेन्द्र अपनी बहन का किस प्रकार उत्पीड़न कर रहा है, उसी की कल्पना करते हुए अन्नदा बाबू अपने कमरे में बेचैन बैठे थे; जाकर भाई-बहन की बातचीत में पड़ने के लिए उठना-उठना कर रहे थे कि तभी योगेन्द्र आ पहुँचा-अन्नदा उसके चेहरे की ओर देखते रहे।

योगेन्द्र ने कहा, "पिताजी, हेम विवाह के लिए राज़ी हो गई है। आप सोच रहे

हैं कि लगता है मैंने उसे बहुत अधिक ज़िद करके राज़ी किया है–वैसा एकदम नहीं है। अब आपके एक बार मुँह खोलकर बोलते ही वह अक्षय से विवाह करने में कोई आपत्ति नहीं करेगी।''

अन्नदा ने कहा, ''मुझे बोलना पड़ेगा?''

योगेन्द्र–आप नहीं बोलेंगे, तो क्या वह खुद आकर बोलेगी, 'मैं अक्षय से विवाह करूँगी?' अच्छा, अगर आपको अपने मुँह से बोलने में संकोच होता है, तो मुझे अनुमति दीजिए, मैं उसे आपके आदेश की जानकारी दे दूँ।''

अन्नदा परेशान होकर बोले, ''नहीं–नहीं, मुझे जो कहना है, मैं खुद ही कहूँगा। किन्तु इतनी जल्दी मचाने की क्या आवश्यकता है? मेरी राय में, अभी कुछ और दिन गुजरने देना उचित है।''

योगेन्द्र ने कहा, ''नहीं पिताजी, देरी करने से अनेक रुकावटें आ सकती हैं–इस तरह अधिक दिन रुकनेवाली कोई बात नहीं है।''

योगेन्द्र की जिद के सामने घर में किसी का वश नहीं चलता, वह जो ठान बैठता है, उसे पूरा किए बिना नहीं छोड़ता। अन्नदा मन–ही–मन उससे डरते हैं। उन्होंने बात को फिलहाल टालने के लिए कहा, ''अच्छा, मैं कहूँगा।''

योगेन्द्र ने कहा, ''पिताजी, बोलने का आज ही उपयुक्त समय है। वह आपके आदेश की प्रतीक्षा में बैठी है। जो हो, आज ही निबटा डालिए।''

अन्नदा बैठकर सोचने लगे।

योगेन्द्र ने कहा, ''पिताजी, आपके सोचने से नहीं चलेगा, हेम के पास चलिए।''

अन्नदा ने कहा, ''योगेन, तुम ठहरो, मैं अकेला ही उसके पास जाऊँगा।''

योगेन्द्र ने कहा, ''अच्छा, मैं यहीं बैठा रहता हूँ।''

अन्नदा ने बैठक में घुसकर देखा, कमरे में अँधेरा है। जल्दी से एक कोच से एक व्यक्ति तड़फड़ाते हुए उठकर खड़ा हो गया–और अगले ही पल आँसुओं से भीगी एक आवाज ने कहा, ''पिताजी, लैम्प बुझ गया है–नौकर से जलाने के लिए कहती हूँ।''

अन्नदा लैम्प बुझने का कारण अच्छी तरह समझ गए, वे बोले, ''रहने दे ना बेटी, रोशनी की क्या जरूरत है।'' कहकर टटोलते हुए हेमनलिनी के निकट आकर बैठ गए।

हेम ने कहा, ''पिताजी, आप अपने स्वास्थ्य का ध्यान नहीं रख रहे हैं।''

अन्नदा बोले, ''बिटिया, इसका विशेष कारण है, स्वास्थ्य काफी अच्छा है, इसीलिए ध्यान नहीं रखता। पर हेम तुम अपने स्वास्थ्य की ओर थोड़ा ध्यान दो।''

हेमनलिनी दुखी होकर बोली, ''आप सब लोग एक ही बात कह रहे हैं...बड़ा

अन्याय है पिताजी। मैं तो एकदम स्वाभाविक मनुष्य की तरह हूँ...क्या मुझे स्वास्थ्य की उपेक्षा करते देखा है, बताइए तो। अगर आप लोगों को लगता है, मुझे स्वास्थ्य के लिए कुछ करना आवश्यक है, तो मुझसे कहते क्यों नहीं? मैंने क्या कभी आपकी किसी बात के लिए 'ना' कहा है, पिताजी?'' अन्त की ओर आते-आते कंठ-स्वर दुगुना भीगा हुआ सुनाई पड़ा।

अन्नदा ने हैरान-परेशान होकर कहा, ''कभी भी नहीं बेटी। तुम्हें कभी कुछ बोलना भी नहीं पड़ता; तुम तो मेरी बेटी हो ना, इसीलिए तुम मेरे अन्तर की बात जानती हो...तुमने मेरी इच्छा को समझकर काम किया है। यदि मेरे अन्तर्मन का आशीर्वाद निष्फल न जाए, तो ईश्वर तुम्हें हमेशा सुखी रखेंगे।''

हेम ने कहा, ''पिताजी, क्या मुझे अपने पास नहीं रखेंगे?''

अन्नदा-''क्यों नहीं रखूँगा?''

हेम-जब तक भैया की बहू नहीं आ जाती, कम-से-कम तब तक तो रह सकती हूँ। मैं न रही, तो आपकी देखभाल कौन करेगा?''

अन्नदा-मेरी देखभाल! ऐसी बात मत कर बेटी। मेरी देखभाल के लिए तुम लोगों को लगे रहना पड़ेगा, उतना महत्त्व मेरा नहीं है।

हेम ने कहा, ''पिताजी, कमरे में बड़ा अँधेरा है, लालटेन ले आती हूँ।'' कहकर पास वाले कमरे से एक हाथ-लालटेन लाकर उस कमरे में रख दी। बोली, ''कई दिन झंझट के चलते सन्ध्या समय आपको अखबार पढ़कर सुनाना नहीं हुआ। आज सुनाती हूँ।''

अन्नदा ने उठते हुए कहा, ''अच्छा, ज़रा बैठो बिटिया, मैं लौटकर सुनता हूँ।'' कहते हुए योगेन्द्र के पास गए। मन में तय किया था, कह देंगे...आज बात नहीं हो सकी, और किसी दिन हो जाएगी। लेकिन योगेन्द्र ने जैसे ही पूछा, ''क्या हुआ पिताजी? विवाह की बात कही?'' वैसे ही जल्दी से कह दिया, ''हाँ, बोल दी है।'' उन्हें डर था, कहीं योगेन्द्र स्वयं जाकर हेमनलिनी को दुखी न करे!

योगेन्द्र ने कहा, ''वह निश्चय ही राजी हो गई है?''

अन्नदा-हाँ, एक तरह से राजी ही है।

योगेन्द्र ने कहा, ''तब तो मैं अक्षय को बताकर आता हूँ।''

अन्नदा परेशान होते हुए बोले, ''नहीं-नहीं, अक्षय से अभी कुछ मत कहना। समझते हो योगेन, इतनी ज़्यादा जल्दी मचाने से सब गड़बड़ हो जाएगा। अभी किसी से कुछ बताने की आवश्यकता नहीं है; बल्कि हम लोग एक बार पछाँह घूम आएँ, उसके बाद सब ठीक हो जाएगा।''

योगेन्द्र उस बात का कोई उत्तर दिए बिना चला गया। कन्धे पर एक चादर डाल सीधे अक्षय के घर जा धमका। अक्षय उस समय अंग्रेजी महाजनी हिसाब की एक

किताब लिये बुक कीपिंग सीख रहा था। योगेन्द्र उसकी खाताबही छीनकर फेंकते हुए बोला, "वह सब बाद में होगा, अभी तुम अपने विवाह का दिन तय करो।"

अक्षय बोला, "क्या कह रहे हो!"

39

अगले दिन भोर में उठकर जब हेमनलिनी तैयार होकर बाहर निकली, तो देखा, अन्नदा बाबू अपने सोनेवाले कमरे की खिड़की के पास कैनवास की एक आराम कुर्सी खींचकर चुपचाप बैठे हुए हैं। कमरे में ज़्यादा सामान नहीं है, एक चारपाई है, एक कोने में एक अलमारी, एक दीवार पर अन्नदा बाबू की परलोकगता पत्नी का लगभग छाया के समान विलीयमान फ्रेम में जड़ा फोटोग्राफ...और उसी के सामने की दीवार पर उनकी पत्नी के हाथ की रेशम की एक शिल्पकारी। पत्नी के जीवन-काल में जो सब थोड़ी-बहुत शौक की चीज़ें अलमारी में जिस रूप में सजी हुई थीं, आज भी वे वैसी ही हैं।

पिता के पीछे खड़े होकर पके केश उठाने के बहाने सिर में कोमल अँगुलियाँ चलाते हुए हेम बोली, "पिताजी, चलिए, आज जल्दी-जल्दी चाय पी लेते हैं। उसके बाद आपके कमरे में बैठकर आपके ज़माने की कहानी सुनूँगी...बता नहीं सकती, वह सब कहानी मुझे कितनी अच्छी लगती है!"

हेमनलिनी के सम्बन्ध में अन्नदा बाबू की बोध-शक्ति आजकल इतनी प्रखर हो उठी है कि इस चाय पीने की हड़बड़ी मचाने का कारण समझने में उन्हें ज़रा भी देर नहीं लगी। थोड़ी देर बाद ही अक्षय चाय की टेबल पर आकार हाज़िर हो जाएगा; उसी की संगत को टालने के लिए हेम जल्दी से चाय पीना निबटाकर पिता के कमरे में एकान्त में आश्रय पाना चाहती है, यह वे क्षण भर में ही समझ गए। उनकी बेटी व्याघ्र के भय से भयभीत हरिणी के समान हमेशा डरी-डरी रहती है, इसने उनके हृदय को चोट पहुँचाई।

नीचे जाकर देखा, नौकर ने अभी तक चाय का पानी तैयार नहीं किया था। उस पर अचानक बहुत गुस्सा हो उठे; उसने समझाने की वृथा कोशिश की कि आज निर्धारित समय के पूर्व ही चाय की माँग हो गई है। नौकर सारे के सारे बाबू हो गए हैं, उन्हें नींद से जगाने के लिए और आदमी रखने की ज़रूरत आ पड़ी है, उन्होंने नितान्त संशयहीन रूप में इस प्रकार की राय की घोषणा कर दी।

नौकर ने तो जल्दी से चाय का पानी लाकर हाज़िर कर दिया, लेकिन अन्नदा बाबू जिस तरह दूसरे दिन बातें करते-करते धीरे-धीरे आराम के साथ चाय-रस का उपभोग करते थे, आज वैसा न करके अनावश्यक ज़ल्दबाज़ी के साथ प्याला खतम

करने में लग गए। हेमनलिनी थोड़ा आश्चर्यचकित होकर बोली, "पिताजी, क्या आज आपको कहीं बाहर जाने की जल्दी है?"

अन्नदा बाबू ने कहा, "कुछ नहीं, कुछ नहीं। सर्दी के दिनों में गरम चाय एक घूँट में पी लेने से काफी पसीना आ जाने पर शरीर हल्का हो जाता है।"

परन्तु अन्नदा बाबू के शरीर में पसीना आने के पहले ही योगेन्द्र ने अक्षय को लिये कमरे में प्रवेश किया। आज अक्षय की वेशभूषा में थोड़ा-सा विशेष पारिपाट्य[1] था। हाथ में चाँदी जड़ी मूठ वाली छड़ी, छाती पर घड़ी की जंजीर झूल रही है...बाएँ हाथ में ब्राउन काग़ज़ में लिपटी एक किताब। अन्य दिन अक्षय टेबल के जिस किनारे पर बैठता था, आज वहाँ न बैठकर हेमनलिनी के निकट एक कुर्सी खींच ली; मुस्कराते हुए बोला, "आज आप लोगों की घड़ी तेज चल रही है।"

हेमनलिनी ने अक्षय की ओर नहीं देखा, उसकी बात का उत्तर तक नहीं दिया। अन्नदा बाबू ने कहा, "हेम, चलो तो बिटिया, ऊपर। जरा मेरे गरम कपड़े धूप में डालने ज़रूरी हैं।"

योगेन्द्र बोला, "पिताजी, धूप भागी तो नहीं जा रही है, इतनी हड़बड़ी क्यों है? हेम, अक्षय के लिए एक प्याला चाय तैयार कर दो। मुझे भी चाय की ज़रूरत है, लेकिन पहले अतिथि।"

अक्षय ने हँसते हुए हेमनलिनी से कहा, "कर्तव्य के लिए इतना बड़ा आत्म-त्याग देख रही हैं? द्वितीय सर फिलिप सिडनी!"

हेमनलिनी ने अक्षय की बात पर लेशमात्र ध्यान न देते हुए दो प्याले चाय तैयार करके, एक प्याला योगेन्द्र को दिया और दूसरा प्याला अक्षय की तरफ थोड़ा-सा सरकाकर अन्नदा बाबू की ओर ताका। अन्नदा बाबू ने कहा, "धूप तेज हो गई है, परेशानी होगी, चलो, तुरन्त चलो।"

योगेन्द्र बोला, "आज कपड़े धूप में डालना छोड़ो ना! अक्षय आया है..."

अन्नदा अचानक उत्तेजित होकर बोल पड़े, "केवल तुम लोगों की ज़बर्दस्ती! तुम लोग बस जिद करके दूसरे की मर्मान्तक पीड़ा पर अपनी इच्छा लादना चाहते हो। मैं बहुत दिनों से चुपचाप सहन कर रहा हूँ, लेकिन इस तरह और नहीं चलेगा। बेटी हेम, कल से मैं और तुम मेरे ऊपर वाले कमरे में चाय पिएँगे।"

यह कहते हुए हेम को लेकर चले जाने को होते ही हेम ने शान्त स्वर में कहा, "पिताजी, थोड़ा और बैठिए। आज आपका अच्छी तरह चाय पीना नहीं हुआ। अक्षय बाबू, क्या काग़ज़ में लिपटे इस रहस्य के बारे में पूछ सकती हूँ?"

अक्षय बोला, "केवल पूछना क्यों, इस रहस्य का उद्घाटन भी कर सकती हैं।" कहते हुए पैकेट हेमनलिनी की ओर बढ़ा दिया।

---

1. पारिपाट्य : वेश-विन्यास, साज-सज्जा की परिपाटी ।

हेम ने खोलकर देखा, मरक्को[1] जिल्द चढ़ा टेनीसन। अचानक चौंककर उसका चेहरा पीला पड़ गया। ठीक यही टेनीसन, इसी तरह की जिल्द चढ़ा, उसे पहले उपहार में मिला है और वह पुस्तक आज भी उसके सोनेवाले कमरे की अलमारी में छिपाकर जतन से रखी हुई है।

योगेन्द्र ने थोड़ा हँसकर कहा, ''रहस्य अभी भी पूरा उद्घाटित नहीं हुआ।''

यह कहते हुए किताब का पहला खाली पन्ना खोलकर उसके हाथ में पकड़ा दिया। उस पन्ने पर लिखा था : श्रीमती हेमनलिनी के लिए अक्षय सम्मान का उपहार।

किताब तत्काल हेम के हाथ से सीधे ज़मीन पर गिर गई...तथा उस पर ज़रा भी ध्यान दिए बिना उसने कहा, ''पिताजी, चलिए।''

दोनों कमरे से बाहर निकलकर चले गए। योगेन्द्र की दोनों आँखें अंगार की तरह जलने लगीं। वह बोला, ''नहीं, यहाँ मेरा और रहना नहीं हो सकता। मैं जहाँ हो, एक स्कूल-मास्टरी लेकर यहाँ से चला जाऊँगा।''

अक्षय ने कहा, ''भाई, तुम यूँ ही गुस्सा कर रहे हो। मैंने तो तभी सन्देह प्रकट किया था, कि तुम गलत समझे हो। तुम्हारे बारम्बार आश्वासन देने की वजह से ही मैं विचलित हो गया था। लेकिन मैं निश्चयपूर्वक कह रहा हूँ, मेरे प्रति हेमनलिनी का मन कभी भी अनुकूल नहीं होगा। अतएव वह आशा छोड़ दो। पर असली बात यह है कि तुम लोगों को वैसा करना कर्तव्य है, जिससे वे रमेश को भूल सकें।''

योगेन्द्र ने कहा, ''तुमने कह तो दिया कर्तव्य, लेकिन सुनूँ ज़रा उपाय क्या है!''

अक्षय ने कहा, ''मेरे अलावा संसार में और विवाह योग्य पुरुष नहीं हैं क्या? मैं देख रहा हूँ, अगर तुम अपनी बहन होते, तो तुम्हारा कुँवारा नाम मिटाने के लिए पूर्वजों को हताश भाव से दिन नहीं गिनने पड़ते। जैसे भी हो, एक अच्छा वर खोजना ज़रूरी है, जिसकी ओर ताकने भर से तुरन्त कपड़े धूप में फैलाने की इच्छा प्रबल न हो उठे।''

योगेन्द्र–वर तो फरमाइश करने भर से मिल नहीं जाता!

अक्षय–तुम एकदम इतनी जल्दी हिम्मत क्यों हार बैठते हो? वर की खोज मैं बता सकता हूँ, लेकिन अगर हबड-तबड़ करोगे, तो सब मिट्‌टी में मिल जाएगा। शुरू में ही विवाह की बात उठाकर दोनों पक्षों को आशंकित कर डालने से नहीं चलेगा। धीरे-धीरे मेल-मिलाप जमने दो, उसके बाद अवसर देखकर दिन तय करना।

योगेन्द्र–तरीका तो अति उत्तम है, परन्तु आदमी कौन है, सुनूँ तो!

अक्षय–तुम उसे उतनी अच्छी तरह नहीं जानते, लेकिन देखा है। डॉक्टर नलिनाक्ष।

---

1. मरक्को : जिल्दबन्दी के काम आनेवाला विशेष प्रकार का चमड़ा।

योगेन्द्र–नलिनाक्ष!

अक्षय–चौंकते क्यों हो? उसे लेकर ब्राह्म–समाज में बखेड़ा चल रहा है, चलने दो ना! उसी कारण ऐसे वर को हाथ से निकल जाने दोगे?

योगेन्द्र–मेरा हाथ खड़े कर देना भर अगर ऐसे वर का हाथ से निकल जाना होता, तो सोचना क्या था? किन्तु नलिनाक्ष क्या विवाह के लिए राजी होगा?

अक्षय–आज ही हो जाएगा, ऐसी बात नहीं कह सकता, लेकिन समय आने पर क्या नहीं हो सकता! योगेन, मेरी बात सुनो। कल नलिनाक्ष के भाषण का दिन है। उस भाषण में हेमनलिनी को लिवा जाओ। आदमी में बोलने की क्षमता है। स्त्रियों का हृदय आकर्षित करने के लिए वह क्षमता कम नहीं है। हाय, अबोध अबलाएँ यह बात नहीं समझतीं कि वक्ता पति की अपेक्षा श्रोता पति अधिक अच्छा होता है।

योगेन्द्र–किन्तु नलिनाक्ष का इतिहास क्या है, अच्छी तरह कहो, सुना जाए।

अक्षय–देखो योगेन, इतिहास में अगर थोड़ी–बहुत कमी भी रहे, तो उसे लेकर बहुत परेशान मत होओ। थोड़ी–सी कमी में दुर्लभ वस्तु सुलभ हो जाए, तो मैं तो उसे लाभ समझता हूँ।

अक्षय ने नलिनाक्ष का जो इतिहास बखाना, वह संक्षेप में यह है...

नलिनाक्ष के पिता, राजवल्लभ फरीदपुर अंचल के एक छोटे–मोटे जमींदार थे। तीस बरस की उम्र में वे ब्राह्म–धर्म में दीक्षित हुए। लेकिन उनकी पत्नी ने किसी तरह स्वामी का धर्म ग्रहण नहीं किया और आचार–विचार के सम्बन्ध में वे अत्यन्त सतर्कता बरतते हुए स्वामी के साथ स्वतंत्रता की रक्षा करते हुए चलने लगीं...कहना अनावश्यक होगा कि यह राजवल्लभ के लिए सुखकर नहीं हुआ। उनके पुत्र नलिनाक्ष ने धर्म–प्रचार के उत्साह और वक्तृता–शक्ति द्वारा यथायोग्य आयु में ब्राह्म–समाज में प्रतिष्ठा अर्जित कर ली। वे सरकारी डॉक्टर के काम में बाँगला[1] में नाना स्थानों पर पदस्थ रहकर चरित्र की निर्मलता, चिकित्सा के नैपुण्य और सत्कर्म के उद्योग से सर्वत्र ख्याति का विस्तार करते रहे।

इसी बीच एक अभावनीय घटना घट गई। राजवल्लभ अचानक वृद्धावस्था में एक विधवा से विवाह के लिए पागल हो उठे। कोई उन्हें रोक नहीं पाया। राजवल्लभ कहने लगे, ''मेरी वर्तमान पत्नी मेरी वास्तविक सहधर्मिणी नहीं है; जिसके साथ धर्म में, विचार में, व्यवहार में और हृदय में मेल हुआ है, उसे पत्नी के रूप में ग्रहण न करना अन्याय होगा।'' यह कहकर राजवल्लभ ने सर्वसाधारण के धिक्कार के बीच सहसा उस विधवा से हिन्दू मत के अनुसार विवाह कर लिया।

इसके बाद नलिनाक्ष की माँ के घर छोड़कर काशी जाने को तैयार होते ही

---

1. बांग्ला : तत्कालीन पूर्वी बंगाल (वर्तमान में बांग्लादेश) के अर्थ में प्रयुक्त।

नलिनाक्ष रंगपुर की डॉक्टरी छोड़, आकर बोला, "माँ, मैं भी तुम्हारे साथ काशी जाऊँगा।"

माँ ने रोते हुए कहा, "बेटा, तुम लोगों का तो मेरे साथ कुछ भी नहीं मिलता, बिना बात के क्यों कष्ट पाएगा?"

नलिनाक्ष ने कहा, "तुम्हारे साथ मेरा कुछ भी अमेल नहीं होगा।"

नलिनाक्ष अपनी इस पति-परित्यक्त उपेक्षिता माँ को सुखी बनाने को दृढ़-संकल्पित हो गया। उनके संग काशी गया।

माँ ने कहा, "बेटा, क्या घर में बहू नहीं आएगी?"

नलिनाक्ष विपद् में पड़ गया, बोला, "ज़रूरत क्या है माँ, ठीक तो हूँ।"

माँ समझीं, नलिन ने बहुत त्याग किया है, किन्तु उसी कारण ब्राह्म परिवार के बाहर विवाह को तैयार नहीं है। उन्होंने व्यथित होकर कहा, "बेटा, तू मेरे लिए चिर जीवन संन्यासी बनकर रहे, यह तो किसी भी तरह नहीं हो सकता। तेरी जहाँ रुचि हो, तू विवाह कर बेटा, मैं कभी आपत्ति नहीं करूँगी।"

नलिन ने एक-दो दिन सोचकर कहा, "तुम जैसी चाहो, वैसी ही एक बहू लाकर तुम्हारी दासी बना दूँगा; किसी विषय में तुम्हारे साथ मत न मिले, तुम्हें दुख दे, ऐसी लड़की मैं कभी भी घर नहीं लाऊँगा।"

यह कहकर नलिन कन्या की खोज में बांग्लादेश चला आया था। इसके बाद बीच में इतिहास में थोड़ा झोल है। कोई कहता है, गुप्त रूप से एक गाँव में जाकर उसने किसी एक अनाथ से विवाह कर लिया था और विवाह के बाद ही उसे पत्नी-वियोग हो गया था। कोई उसमें सन्देह प्रकट करता है। अक्षय का विश्वास यह है कि विवाह करने आकर अन्तिम क्षण वह पीछे हट गया था।

जो भी हो, अक्षय के मत में, निश्चय ही अब नलिनाक्ष जिसे भी पसन्द करके विवाह करेगा, उसकी माँ उसमें आपत्ति न करके खुश ही होगी। हेमनलिनी जैसी लड़की नलिनाक्ष को कहाँ मिलेगी? और जो भी हो, हेम का जैसा मधुर स्वभाव है, उसमें वह अपनी सास को पर्याप्त भक्ति और श्रद्धा करके चलेगी, उन्हें किसी भी तरह कष्ट नहीं देगी, इस विषय में कोई सन्देह नहीं है। नलिनाक्ष हेम को दो दिन अच्छी तरह देख लेते ही यह समझ जाएगा। अतएव अक्षय की सलाह यह है कि किसी प्रकार दोनों जनों का परिचय करा दिया जाए।

40

अक्षय के जाते ही योगेन्द्र दु-मंजिले पर गया। देखा, ऊपर की बैठक में अन्नदा बाबू हेमनलिनी को पास बैठाए गपशप कर रहे हैं। योगेन्द्र को देखकर अन्नदा तनिक

लज्जित हो गए। आज चाय की टेबल पर उनका स्वाभाविक शान्त--भाव नष्ट होकर अचानक उनका रोष प्रकट हो गया था, इसका उन्हें मन–ही–मन क्षोभ था। इसीलिए जल्दी से विशेष स्नेह के स्वर में बोले, "आओ योगेन्द्र, बैठो।"

योगेन्द्र ने कहा, "पिताजी, आप लोगों ने कहीं बाहर जाना एकदम ही छोड़ दिया है। दोनों लोगों का रात–दिन घर में बैठे रहना क्या अच्छा है?"

अन्नदा ने कहा, "लो सुन लो, हम लोगों ने तो हमेशा से इसी तरह कोने में बैठकर काट दी है। हेम को तो कहीं भी बाहर ले जाने में सिर खपाना पड़ता है।"

हेम बोली, "पिताजी, मुझे क्यों दोष दे रहे हैं? आप मुझे कहाँ ले जाना चाहते हैं, चलिए ना!"

हेमनलिनी अपने स्वभाव के विरुद्ध जाकर भी बलपूर्वक प्रमाणित करना चाहती है कि वह मन में एक दुख को दबाए रखकर घर की मिट्टी को जकड़े नहीं पड़ी है...उसके चारों ओर जहाँ जो कुछ हो रहा है, हर विषय में उसका औत्सुक्य अत्यन्त सजीव बना हुआ है।

योगेन्द्र ने कहा, "पिताजी, कल एक मीटिंग है, वहाँ हेम को ले चलिए ना!"

अन्नदा जानते हैं, मीटिंग की भीड़ में प्रवेश करने में हेमनलिनी हमेशा ही एकान्त अनिच्छा और संकोच अनुभव करती है; इसीलिए उन्होंने कुछ न बोलकर एक बार हेम के चेहरे की ओर देखा।

हेम ने अचानक एक अस्वाभाविक उत्साह दिखाते हुए कहा, "मीटिंग? भैया, वहाँ कौन भाषण देगा?"

योगेन्द्र–डॉक्टर नलिनाक्ष।

अन्नदा–नलिनाक्ष!

योगेन्द्र–भारी चमत्कारपूर्ण बोल सकते हैं। इसके अलावा, इस आदमी के जीवन का इतिहास सुनकर आश्चर्यचकित हो जाना पड़ता है। ऐसा त्याग–स्वीकार! ऐसी दृढ़ता! ऐसे मनुष्य के समान मनुष्य मिलना दुर्लभ है।

दो घंटे पहले एक धुँधली जन–श्रुति के अलावा योगेन्द्र नलिनाक्ष के सम्बन्ध में कुछ भी नहीं जानता था।

हेम आग्रह दर्शाते हुए बोली, "ठीक ही तो है पिताजी, चलिए ना, उनका भाषण सुनने चलेंगे।"

हेमनलिनी के इस प्रकार के उत्साह के भाव पर अन्नदा ने पूरी तरह विश्वास नहीं किया; तब भी वे मन–ही–मन थोड़े खुश हुए। उन्होंने सोचा, अगर हेम ज़बर्दस्ती भी इस तरह का मेलजोल, आना–जाना करती रहे, तो जल्दी ही उसका मन स्वस्थ हो जाएगा। मनुष्य की मनुष्य के साथ संगत ही प्रत्येक प्रकार के मनोवैकल्य की मुख्य दवा है। वे बोले, "ठीक तो है योगेन्द्र, कल ठीक समय पर हमें मीटिंग में ले

चलना। किन्तु बताओ तो, नलिनाक्ष के बारे में क्या जानते हो! अनेक लोग तो अनेक तरह की बातें कहते हैं।''

जो अनेक लोग अनेक तरह की बातें कहते रहते हैं, पहले तो योगेन्द्र ने उन्हें एकछूट खूब गालियाँ दे लीं। बोला, ''जो धर्म को लेकर ढोंग करते हैं, वे सोचते हैं, बात-बात में दूसरों के प्रति अन्याय और परनिंदा करने के लिए उन्होंने भगवान का स्व-हस्ताक्षरित रुक्का लेकर जन्म ग्रहण किया है...धर्म व्यवसायियों के समान भारी संकीर्ण-हृदय, विश्व निन्दक संसार में और कोई नहीं।''

बोलते-बोलते योगेन्द्र अत्यन्त उत्तेजित हो उठा।

अन्नदा योगेन्द्र को शान्त करने के लिए बार-बार कहने लगे, ''वह ठीक बात है, वह ठीक बात है। दूसरों के दोष-त्रुटियाँ लेकर केवल आलोचना करते रहने से मन छोटा हो जाता है, स्वभाव सन्दिग्ध हो उठता है, हृदय में सरसता नहीं रहती।''

योगेन्द्र ने कहा, ''पिताजी, आप क्या मुझे लक्ष्य करके बोल रहे हैं? परन्तु धार्मिकों के समान मेरा स्वभाव नहीं है; मैं बुरा बोलना भी जानता हूँ, भला बोलना भी जानता हूँ और मुँह पर साफ़ बोलकर हाथोहाथ सारी बात चुकता कर देता हूँ।''

अन्नदा ने परेशान होकर कहा, ''योगेन, तुम क्या पागल हो गए हो! तुम्हें लक्ष्य करके क्यों बोलूँगा? मैं क्या तुम्हें पहचानता नहीं?''

तब भूरि-भूरि प्रशंसा के वाक्यों से परिपूर्ण करके योगेन्द्र ने नलिनाक्ष का वृत्तांत बयान किया। कहा, ''माता को सुखी करने के लिए नलिनाक्ष आचार के सम्बन्ध में संयत होकर काशी में रह रहा है, इसीलिए, पिताजी, आप जिन्हें अनेक लोग कह रहे हैं, जो अनेक बातें कहते हैं, लेकिन मैं तो इसके लिए नलिनाक्ष को भला ही कहता हूँ। हेम तुम क्या कहती हो?''

हेमनलिनी ने कहा, ''मैं भी तो वही कहती हूँ।''

योगेन्द्र बोला, ''हेम अच्छा ही कहेगी, वह मैं निश्चयपूर्वक जानता था। पिताजी को सुखी बनाने के लिए ज़रा-सा त्याग-स्वीकार करने का बहाना पाते ही उसे चैन मिलता है, वह मैं अच्छी तरह समझ सकता हूँ।''

अन्नदा ने स्नेह कोमल हँसी के साथ हेम की ओर देखा...हेमनलिनी ने लज्जा-रक्तिम चेहरा झुका लिया।

41

सभा समाप्त होने के बाद जब अन्नदा हेमनलिनी को लेकर घर लौटे, तो शाम नहीं हुई थी। चाय पीने बैठकर अन्नदा बाबू ने कहा, ''आज बड़ा आनन्द लाभ हुआ।''

उन्होंने इससे अधिक और बात नहीं की; उनके मन के भीतर एक भाव-धारा

बह रही थी।

हेमनलिनी आज चाय पीने के बाद ही धीरे-धीरे ऊपर चली गई, अन्नदा बाबू ने इस पर ध्यान नहीं दिया।

आज सभा-स्थल पर...नलिनाक्ष...जिन्होंने भाषण दिया था, देखने में आश्चर्यजनक रूप से तरुण और सुकुमार लगे; युवावस्था में भी मानो शैशव के अम्लान लावण्य ने उनकी मुखश्री का परित्याग नहीं किया है; बल्कि उनकी अन्तरात्मा से जैसे एक ध्यानपरता का गाम्भीर्य उनके चतुर्दिक् विकीर्ण हो रहा है।

उनके भाषण का विषय था, 'क्षति'। उन्होंने कहा था, संसार में जो व्यक्ति कुछ खोता नहीं, वह कुछ पाता नहीं। जो हमारे हाथ में यों ही आ जाता है, उसे हम सम्पूर्णतः नहीं पाते; जब हम उसे त्याग के द्वारा पाते हैं, तभी वह यथार्थ में हमारे अन्तर का धन हो जाता है। जो हमारी प्रकृत-सम्पदा है, उसके सामने से हटते ही जो व्यक्ति उसे खो देता है, वह व्यक्ति अभागा है; बल्कि उसका त्याग करके उसे अधिक बनाकर पाने की क्षमता मानव-चित्त में है। मेरा जो चला जाता है, यदि मैं उसके सम्बन्ध में नम्र होकर हाथ जोड़कर कह पाऊँ, 'मैंने दिया, अपने त्याग का दान, अपने दुख का दान, अपने अश्रु का दान'...तब क्षुद्र वृहत् बन जाता है, अनित्य नित्य हो जाता है एवं जो हमारे व्यवहार का उपकरण मात्र था, वह पूजा का उपकरण बनकर हमारे अन्तःकरण के देव मन्दिर के रत्न-भंडार में चिर संचित हो रहता है।

आज ये सारी बातें हेमनलिनी के सम्पूर्ण हृदय पर आघात कर रही हैं। वह आज नक्षत्रालोकित आकाश के नीचे छत पर चुप बैठी है। उसका हृदय सम्पूर्ण है; समस्त आकाश, समस्त जगत्-संसार आज उसके लिए परिपूर्ण है।

भाषण-सभा से लौटते समय योगेन्द्र ने कहा, "अक्षय, जो भी हो, तुमने अच्छा वर तलाशा है। यह तो संन्यासी है! इसकी आधी बातें तो मैं समझ ही नहीं पाया।"

अक्षय ने कहा, "रोगी की दशा समझकर ही दवा की व्यवस्था की जाती है। हेमनलिनी रमेश के ध्यान में डूबी है; वह ध्यान संन्यासी को छोड़कर हमारे जैसा साधारण आदमी भंग नहीं कर सकता। आज ही क्या नहीं देखा?"

योगेन्द्र-देख तो रहा था, बहुत अच्छी तरह समझ में आ रहा था कि खूब रुच रहा है। किन्तु भाषण रुचने भर से वरमाला अर्पित करना आसान हो जाए, ऐसा कोई कारण दिखाई नहीं देता।

अक्षय-यही भाषण क्या हमारे जैसे किसी के भी मुँह से सुनने पर अच्छा लगता? तुम्हें पता नहीं योगेन्द्र, तपस्वियों के प्रति लड़कियों में एक विशेष आकर्षण होता है। संन्यासी के लिए उमा ने तपस्या की थी, कालिदास वह काव्य में लिख गए हैं। मैं तुम्हें कह रहा हूँ, और जो कोई वर तुम खड़ा करोगे, हेमनलिनी मन-ही-मन रमेश से उसकी तुलना करेगी; उस तुलना में कोई टिक नहीं पाएगा। नलिनाक्ष

सामान्य व्यक्ति के समान नहीं है; इसके साथ तुलना की बात मन में आएगी ही नहीं। अन्य किसी युवक को हेमनलिनी के सम्मुख ले आते ही वह तुम लोगों का उद्देश्य साफ़ समझ जाएगी और उसका सम्पूर्ण हृदय विद्रोह कर उठेगा। लेकिन अगर नलिनाक्ष को कुछ अधिक कौशलपूर्वक यहाँ ला सको, तो हेम के मन में कोई सन्देह नहीं उठेगा; उसके बाद धीरे-धीरे सम्मान से माल्यदान तक लिए चले जाना नितान्त कठिन नहीं होगा।

योगेन्द्र–कौशल मुझसे अच्छी तरह निभाया नहीं जाता...मेरे लिए बोलना आसान है। परन्तु जो कहो, वर मुझे पसन्द नहीं आ रहा है।

अक्षय–देखो योगेन, तुम अपनी जिद में सारा मिट्टी में मत मिलाओ। सारी सुविधाएँ इकट्ठी नहीं मिल जातीं। जैसे भी हो, हेमनलिनी के मन से रमेश की चिन्ता को न भगा पाने को मैं तो अच्छा नहीं समझता। मन में भी मत लाओ कि तुम उसे ज़बर्दस्ती कर पाओगे। अगर मेरी सलाह के अनुसार ठीक से चलते हो, तो तुम लोगों का भला हो भी सकता है।

योगेन्द्र–असली बात, नलिनाक्ष मेरे लिए कुछ ज़्यादा ही दुर्बोध है। ऐसे लोगों के साथ सम्बन्ध बनाने में मुझे भय होता है। एक संकट से मुक्त होने जाकर फिर और एक संकट में पड़ जाऊँगा।

अक्षय–भाई, तुम लोग अपनी गलती से ही जल रहे हो और आज सिंदूरे-मेघ[1] देखकर आतंक हो रहा है। रमेश के सम्बन्ध में तुम लोग शुरू से ही अन्धे थे। ऐसा लड़का और नहीं हो सकता, छलना किसे कहा जाता है, रमेश जानता ही नहीं, दर्शन-शास्त्र में रमेश को दूसरा शंकराचार्य कहा जा सकता है, और साहित्य में स्वयं सरस्वती का उन्नीसवीं शताब्दी का पुरुष-संस्करण! रमेश प्रारम्भ से ही मुझे अच्छा नहीं लगता...इस प्रकार के अत्युच्च आदर्श वाले व्यक्ति मैंने अपने जीवन में ढेरों देखे हैं। किन्तु मेरे पास कहने का मौक़ा नहीं था; तुम लोग समझते थे, मेरे जैसे अयोग्य, अपात्र केवल महात्मा लोगों से ईर्ष्या करना ही जानते हैं, हममें और कोई क्षमता ही नहीं है। जो हो, इतने दिन बाद समझे, महापुरुषों की दूर से भक्ति की जा सकती है, किन्तु उनके साथ अपनी बहन का विवाह सम्बन्ध निरापद नहीं है। परन्तु कंटकेनैव कंटकम्। जब यही एकमात्र उपाय है, तो इसमें और मीन-मेख निकालने मत बैठो।

योगेन्द्र–देखो अक्षय, हम सबसे पहले तुम रमेश को पहचान पाए थे, इस बात पर मैं हज़ार बार कहने पर भी विश्वास नहीं करूँगा। तब तुम नितान्त ईर्ष्या के चलते रमेश को फूटी आँख नहीं देख पाते थे; मैं नहीं मान सकता कि वह तुम्हारी असाधारण बुद्धि का परिचय है। जो हो, कौशल-चतुराई का प्रयोजन हो, तो तुम जुटो, मुझसे नहीं होगा। कुल मिलाकर नलिनाक्ष मुझे अच्छा ही नहीं लग रहा है।

योगेन्द्र और अक्षय दोनों जब अन्नदा के चाय पीनेवाले कमरे में पहुँचे, तो देखा, हेमनलिनी कमरे के दूसरे दरवाजे से बाहर निकलकर जा रही है। अक्षय समझ गया, हेमनलिनी ने उसे खिड़की से रास्ते में ही देख लिया था। वह मुस्कराते हुए अन्नदा के निकट आकर बैठ गया। चाय का प्याला भरकर लेते हुए बोला, ''नलिनाक्ष बाबू जो कहते हैं, एकदम हृदय के भीतर से कहते हैं, उसी कारण उनकी बातें इतनी सहजता से हृदय के भीतर प्रवेश कर जाती हैं।''

अन्नदा बाबू ने कहा, ''आदमी में क्षमता है।''

अक्षय ने कहा, ''मात्र क्षमता! ऐसे साधु-चरित्र के व्यक्ति देखने में नहीं आते।''

यद्यपि योगेन्द्र भी षड्यंत्र में था, तब भी वह रह न पाने के कारण बोल पड़ा, ''आह, साधु-चरित्र की बात और मत कहो; भगवान साधु-संगत से हमारा परित्राण करें।''

कल ही योगेन्द्र ने इस नलिनाक्ष की साधुता की अजस्र प्रशंसा की थी, और जो नलिनाक्ष के विरुद्ध बातें करते हैं, उन्हें निन्दक कहकर गालियाँ दी थीं।

अन्नदा बोले, ''छी: योगेन्द्र, ऐसी बात नहीं कहते। जो बाहर से भले प्रतीत होते हैं, वे भीतर से भी भले होते हैं, इस बात पर विश्वास करके मैं ठगे जाने को भी तैयार हूँ, किन्तु अपनी क्षुद्र बुद्धिमत्ता के गौरव की रक्षा के लिए साधुता पर सन्देह करने को तैयार नहीं हूँ। नलिनाक्ष बाबू ने जो सारी बातें कही हैं, वे सब दूसरों की कही बातें नहीं हैं; अपने निजी आध्यात्मिक अनुभव के भीतर से उन्होंने जो प्रकट किया है, वह मुझे आज नवीन लाभ के रूप में अनुभव हो रहा है। जो आदमी कपटी होगा, वह आदमी सत्य का तत्त्व देगा कहाँ से? सोना जैसे बनाया नहीं जा सकता, वैसे ही ये सब बातें भी नहीं बनाई जा सकतीं। मेरी इच्छा होती है कि मैं स्वयं जाकर नलिनाक्ष बाबू को साधुवाद दे आऊँ।''

अक्षय ने कहा, ''मुझे भय है, उनका शरीर टिकेगा या नहीं!''

अन्नदा बाबू परेशान होकर बोले, ''क्यों, क्या इनका शरीर स्वस्थ नहीं है?''

अक्षय-स्वस्थ रहनेवाली बात ही नहीं है; दिन-रात अपनी साधना और शास्त्र-चर्चा ही लिये रहते हैं, शरीर का तो और ध्यान ही नहीं है।

अन्नदा ने कहा, ''यह भारी अन्याय है। शरीर नष्ट करने का अधिकार हमें नहीं है; हमने अपना शरीर नहीं बनाया है। यदि मैं उसे निकट रख पाता, तो निश्चयपूर्वक थोड़े दिनों में ही मैं उसके स्वास्थ्य की व्यवस्था कर दे सकता था। दरअसल, स्वास्थ्य-रक्षा के मोटे-मोटे आसान से नियम हैं, उनमें से पहला है...''

योगेन्द्र अधीर होकर बोला, ''पिताजी, आप लोग क्यों वृथा सोचकर मर रहे हैं? नलिनाक्ष बाबू का शरीर तो अलौकिक ही देखा है; आज उन्हें देखकर मुझे तो अच्छा

ही लगा, साधुत्व तत्त्व स्वास्थ्यकर होता है। मुझे स्वयं लग रहा है कि उसे चेष्टा करके देखा जाए।"

अन्नदा ने कहा, "नहीं योगेन्द्र, अक्षय जो कह रहा है, वह हो भी सकता है। हमारे देश में बड़े-बड़े लोग प्रायः अल्पायु में ही मर जाते हैं, ये अपने शरीर की उपेक्षा करके देश का नुकसान करते रहते हैं। यह किसी भी तरह घटने देना उचित नहीं है। योगेन्द्र, तुम नलिनाक्ष बाबू को जो सोच रहे हो, वैसा नहीं है, उनमें यथार्थ-तत्त्व है। उन्हें अभी से सावधान कर देना आवश्यक है।"

अक्षय-मैं उन्हें लाकर आपके सामने उपस्थित कर दूँगा। अगर आप उन्हें थोड़ा अच्छी तरह समझा दें, तो ठीक रहे। और, मुझे लगता है, आपने परीक्षा के समय मुझे वही जो जड़ी का रस दिया था, वह आश्चर्यजनक रूप से बलकारक है। जो कोई आदमी हमेशा मानसिक परिश्रम कर रहा है, उसके लिए ऐसा महौषध और नहीं है। आप यदि एक बार नलिनाक्ष बाबू को...

योगेन्द्र ने एकदम कुर्सी छोड़कर उठते हुए कहा, "आह अक्षय, तुमने तो तंग कर डाला। बहुत अति कर रहे हो। मैं चलता हूँ।"

'घर पोड़ा गोरु, सिंदुरे मेघ देखिले डराय।' इस कहावत का शब्दार्थ है कि जिस गाय की गो-शाला जल जाती है, वह सांध्यकालीन आकाश में सिंदूरी मेघ देखने भर से डर जाती है। मूल भाव है कि एक बार विपत्ति झेल चुका मनुष्य विपत्ति के अनुमान भर से डरने लगता है।

42

पहले जब उनका स्वास्थ्य ठीक था, तब अन्नदा बाबू हमेशा डॉक्टरी और कविराजी अनेक प्रकार की वटिकाओं का व्यवहार करते थे...लेकिन अब और औषधियाँ खाने का उत्साह नहीं रहा और आजकल वे अपनी अस्वस्थता के विषय में चर्चा तक नहीं करते, बल्कि उसे छिपाने की चेष्टा करते हैं।

आज जब वे असमय आरामकुर्सी पर सो रहे थे, तो हेमनलिनी सीढ़ियों में पैरों की आहट सुनकर गोद से सिलाई का सामान उतारकर अपने भैया को सावधान करने के लिए दरवाजे के पास गई। जाकर देखा, उसके भैया के साथ-साथ नलिनाक्ष बाबू आ पहुँचे हैं। जल्दी से दूसरे कमरे में जाने को होते ही योगेन्द्र ने उसे पुकारकर कहा, "हेम, नलिनाक्ष बाबू आए हैं, इनके साथ तुम्हारा परिचय करा दूँ।"

हेम रुककर खड़ी हो गई और नलिनाक्ष के उसके सम्मुख आते ही उसके चेहरे की ओर देखे बिना ही नमस्कार कर दिया। अन्नदा बाबू ने जागकर पुकारा, "हेम!"

हेम ने उनके निकट आकर धीरे-से कहा, "नलिनाक्ष बाबू आए हैं।"

योगेन्द्र के साथ नलिनाक्ष द्वारा कमरे में प्रवेश करते ही अन्नदा बाबू हड़बड़ाते हुए आगे बढ़कर उनकी अगवानी करके लिवा लाए। बोले, "आज मेरा बड़ा सौभाग्य, जो आप मेरे घर आए हैं। हेम, कहाँ जा रही हो बेटी, यहाँ बैठो। नलिनाक्ष बाबू, यह मेरी बेटी हेम है...उस दिन हम दोनों ही आपका भाषण सुनने जाकर बड़ा आनन्द प्राप्त करके लौटे। आपने वही जो एक बात कही...हमें जो मिला है, उसे कभी नहीं खो सकते, जो वास्तव में मिला ही नहीं, उसे ही खो देते हैं, इस बात का बड़ा गहरा अर्थ है। बेटी हेम, क्या कहती हो? वास्तविक रूप में, कौन-सी वस्तु को हम अपना बना पाए और किसे नहीं बना सके, इसकी परीक्षा तभी होती है, जब वह हमारे हाथ से खिसक जाती है। नलिनाक्ष बाबू, आपसे हम लोगों का एक अनुरोध है। आप अगर बीच-बीच में आकर हमारे साथ चर्चा कर जाएँ, तो हम लोगों का बड़ा उपकार हो। हम कहीं भी अधिक बाहर नहीं निकलते...आप जब भी आएँगे, मुझे और मेरी बेटी को इस कमरे में ही देखेंगे।"

नलिनाक्ष ने आलज्जित हेमनलिनी के चेहरे की ओर एक बार देखकर कहा, "मेरे भाषण-सभा में बड़ी-बड़ी बातें बोल आने के चलते आप लोग मुझे प्रकांड गम्भीर व्यक्ति मत समझिए। उस दिन छात्रों द्वारा एकदम पकड़ लिए जाने के कारण भाषण देने गया था...अनुरोध ठुकराने की क्षमता मुझमें बिलकुल नहीं है...लेकिन इस तरह बोल आया हूँ कि मुझे दूसरी बार अनुरुद्ध होने की आशंका नहीं है। छात्र स्पष्ट कह रहे हैं, मेरा भाषण बारह आना समझा ही नहीं जा सकता। योगेन बाबू, उस दिन आप भी तो उपस्थित थे...आपको सतृष्ण नेत्रों से घड़ी की ओर ताकते देखकर मेरा मन विचलित नहीं था, यह बात मत समझिए।"

योगेन्द्र ने कहा, "मैं अच्छी तरह नहीं समझ पाया, यह मेरी बुद्धि का दोष हो सकता है, इसके लिए आप बिलकुल क्षुब्ध मत होइए।"

अन्नदा-योगेन, सारी आयु सारी बातें समझने की नहीं होती।

नलिनाक्ष-हर बात समझने की ज़रूरत भी सब समय दिखाई नहीं देती।

अन्नदा-किन्तु नलिन बाबू, मुझे आपसे एक बात कहनी है। ईश्वर ने आप लोगों को काम करवाने के लिए पृथ्वी पर भेजा है, इसलिए शरीर की अवहेलना मत कीजिए। जो दाता हैं, उन्हें सर्वदा यह बात स्मरण करानी पड़ती है कि मूलधन नष्ट करके मत फेंकिए, वैसा होने पर दान करने की शक्ति चली जाएगी।

नलिनाक्ष-आपको यदि कभी मुझे अच्छी तरह जानने का अवसर मिले, तो देखेंगे कि मैं संसार में किसी की कुछ की भी अवहेलना नहीं करता। संसार में नितान्त ही भिक्षुक की भाँति आया था, बहुत कष्ट से बहुत लोगों की अनुकूलता से शरीर और मन धीरे-धीरे तैयार हुआ है। मुझे वह नवाबी शोभा नहीं देती कि मैं कुछ को भी अवहेलित करके नष्ट कर दूँ। जो व्यक्ति बना नहीं सकता, वह व्यक्ति तोड़

डालने का अधिकारी भी नहीं है।

अन्नदा–बड़ी अच्छी बात कही है। आपने कितनी ही इसी भाव की बातें उस दिन की चर्चा में भी कही थीं।

योगेन्द्र–आप लोग बैठिए, मैं चलता हूँ...एक काम है।

नलिनाक्ष–योगेन बाबू, आप मुझे माफ कीजिए। निश्चय जानिए, लोगों को परेशान करना मेरा स्वभाव नहीं है। तो आज मैं उठता हूँ। चलिए, रास्ते में कुछ दूर आपके साथ चला जाए।

योगेन्द्र–नहीं–नहीं, आप बैठिए। मुझ पर ध्यान मत दीजिए। मैं कहीं भी अधिक देर चुपचाप बैठा नहीं रह पाता।

अन्नदा–नलिनाक्ष बाबू, आप योगेन के लिए परेशान मत होइए, योगेन ऐसा है कि जब खुशी हो आता है, जब खुंशी हो जाता है, उसे पकड़ रखना कठिन है।

योगेन्द्र के चले जाने के बाद अन्नदा बाबू ने पूछा, "नलिन बाबू, अभी आप कहाँ हैं?"

नलिनाक्ष ने हँसकर कहा, "मैं विशेष रूप से कहीं हूँ, यह नहीं कह सकता। मेरे अनेक परिचित लोग हैं, वे मुझे खींचतान करके लिये घूमते हैं। वह मुझे बुरा नहीं लगता। किन्तु मनुष्य को चुपचाप रहने की भी आवश्यकता है। उसी कारण योगेन बाबू ने आप लोगों के एकदम निकट वाले घर में मुझे जगह दिलवा दी है। यह गली काफी निर्जन है।"

इस समाचार पर अन्नदा बाबू ने विशेष आनन्द प्रकट किया। परन्तु यदि वे लक्ष्य करके देखते, तो देख पाते कि बात सुनने मात्र से क्षण भर के लिए हेमनलिनी का चेहरा वेदना से विवर्ण हो गया है। इस निकट वाले घर में ही रमेश था।

इस बीच चाय तैयार होने की खबर पाकर सब मिलकर नीचे चाय पीनेवाले कमरे में गए। अन्नदा बाबू बोले, "बेटी हेम, नलिनाक्ष बाबू को एक प्याला चाय दो।"

नलिनाक्ष ने कहा, "नहीं अन्नदा बाबू, मैं चाय नहीं पीऊँगा।"

अन्नदा–यह क्या बात हुई नलिन बाबू! एक प्याला चाय...न हो तो, फिर कुछ मिठाई लीजिए।"

नलिनाक्ष–मुझे माफ कीजिए।

अन्नदा–आप डॉक्टर हैं, आपसे और क्या कहूँ! दोपहर के भोजन के तीन-चार घंटे बाद चाय के बहाने थोड़ा गरम पानी पीना पाचन के लिहाज से नितान्त उपकारी होता है। अगर आदत न हो, तो आपके लिए बहुत पतली चाय तैयार करवा देता हूँ।

नलिनाक्ष झिझकते हुए हेमनलिनी के चेहरे की ओर देखकर समझ गया कि

हेमनलिनी चाय पीने को लेकर नलिनाक्ष के संकोच के सम्बन्ध में क्या अन्दाजा लगा रही है और उसके कारण मन-ही-मन आन्दोलित हो रही है। तत्काल हेमनलिनी की ओर देखते हुए नलिनाक्ष बोला, "आप जो समझ रही हैं, वह पूरी तरह ठीक नहीं है। सोचिए भी मत कि मैं आप लोगों की चाय की टेबल से घृणा कर रहा हूँ। पहले मैं बहुत चाय पीता था, चाय की गन्ध से अब भी मेरे मन में उत्सुकता जगती है...आप लोगों को चाय पीते देख मुझे आनन्द हो रहा है। लेकिन लगता है आप लोगों को पता नहीं है, मेरी माँ अत्यन्त आचार परायणा हैं...यथार्थ में मुझे छोड़कर उनका अपना कोई नहीं है...उन्हीं माँ के सम्मुख मैं कुंठित होकर नहीं जा पाऊँगा। इसीलिए मैं चाय नहीं पीता। परन्तु आप लोग चाय पीकर जो आनन्द प्राप्त कर रहे हैं, मुझे उसमें हिस्सा मिल रहा है। मैं आप लोगों के आतिथ्य से वंचित नहीं हूँ।"

इसके पहले नलिनाक्ष की बातों से हेमनलिनी को मन-ही-मन आघात पहुँच रहा था। वह समझ रही थी, नलिनाक्ष उन लोगों के सामने अपने को ठीक से प्रकट नहीं कर रहा है। वह केवल ज़्यादा बातें बोलकर अपने को ढके रखने की कोशिश कर रहा है। हेमनलिनी को पता नहीं था कि नलिनाक्ष प्रथम परिचय में गहन संकोच के भाव को ज़रा भी दूर नहीं कर पाता। इसीलिए अनेक जगहों पर नए लोगों के सामने वह अपने स्वभाव के विरुद्ध ज़बर्दस्ती प्रगल्भ हो उठता है। अपने अकृत्रिम मन की बात कहने पर भी उसमें एक श्रुति-कटु स्वर लगा देता है। वह उसके अपने कान में भी बजता है। यही कारण है कि आज जब योगेन्द्र बेचैन होकर उठ गया, तो नलिनाक्ष ने अपने मन में एक धिक्कार अनुभव करके उसी के साथ पलायन करने की कोशिश की थी।

लेकिन नलिनाक्ष ने जब माँ की बात बताई, तो हेमनलिनी उसकी ओर श्रद्धा भरे नेत्रों से देखे बिना नहीं रह सकी तथा माँ के उल्लेख मात्र से नलिनाक्ष के चेहरे पर उस क्षण सरस भक्ति का जो एक गाम्भीर्य चमकने लगा, उसे देखकर हेमनलिनी का मन भीग आया। उसकी इच्छा हो आई, नलिनाक्ष उसके साथ माँ के बारे में चर्चा करे, किन्तु संकोच के चलते वह नहीं हो पाया।

अन्नदा बाबू बेचैन होते हुए बोल पड़े, "विलक्षण! यह बात पहले जानता, तो आपसे कभी भी चाय पीने का अनुरोध नहीं करता। क्षमा कीजिए।"

नलिनाक्ष ने मुस्कराते हुए कहा, "चाय न ले पाने की वजह से आप लोगों के स्नेह भरे अनुरोध से क्यों वंचित हो जाऊँ?"

नलिनाक्ष के चले जाने के बाद हेमनलिनी अपने पिता को लेकर दु-मंजिले वाले कमरे में जा बैठी और बांग्ला मासिक पत्रिका से एक लेख चुनकर उन्हें पढ़कर सुनाने लगी। सुनते-सुनते थोड़ी देर में ही अन्नदा बाबू सो गए। कुछ दिन से अन्नदा

बाबू के शरीर में इस प्रकार के अत्यधिक थकावट के लक्षण नियमित रूप से दिखाई दे रहे हैं।

43

कुछ दिन में ही नलिनाक्ष के साथ अन्नदा बाबू का परिचय घनिष्ठ हो आया। पहले हेमनलिनी सोचती थी, नलिनाक्ष जैसे आदमी से केवल बड़े-बड़े आध्यात्मिक विषयों पर उपदेश सुने जा सकते हैं; कल्पना भी नहीं कर पाई थी कि ऐसे मनुष्य के साथ सामान्य विषयों पर साधारण लोगों की तरह बातचीत भी हो सकती है। इतने पर भी समस्त हास्यालाप में नलिनाक्ष का कैसा एक दूरत्व भी था।

एक दिन अन्नदा बाबू और हेमनलिनी के साथ नलिनाक्ष की बातचीत चल रही थी, तभी योगेन्द्र ने कुछ उत्तेजित होकर आते हुए कहा, "जानते हैं पिताजी, आजकल समाज के लोगों ने हमें नलिनाक्ष बाबू का चेला बोलना शुरू कर दिया है। अभी ही, इसे लेकर परेश के साथ मेरा खूब झगड़ा हो गया।"

अन्नदा बाबू तनिक हँसते हुए बोले, "इसमें मुझे तो लज्जा की कोई बात दिखाई नहीं देती। जहाँ सभी गुरु हैं, कोई चेला नहीं है, मुझे उसी दल में शामिल होने में लज्जा अनुभव होती है; वहाँ शिक्षा देने की होड़ाहोड़ी में शिक्षा पाने का अवकाश ही नहीं रहता।"

नलिनाक्ष–अन्नदा बाबू, मैं भी आपके दल में हूँ; हम चेलों का दल है। हमारे लिए जहाँ कुछ सीखने की सम्भावना है, हम वहीं आह्वान लिये घूमते रहेंगे।

योगेन्द्र अधीर होकर बोला, "नहीं-नहीं, यह बात ठीक नहीं है। नलिन बाबू, कोई आपका मित्र अथवा आत्मीय नहीं हो सकता, जो आपके पास आएँगे, वे ही आपके चेले के रूप में प्रसिद्ध हो जाएँगे, ऐसी बदनामी हँसी में उड़ा देने की चीज़ नहीं है। आप क्या सब कांड करते रहते हैं, वे सब छोड़ दीजिए।"

नलिनाक्ष–बताइए तो, क्या करता रहता हूँ!

योगेन्द्र–वही जो सुना है, प्राणायाम करते हैं, प्रातःकाल सूर्य की ओर ताकते रहते हैं, खान-पान के सम्बन्ध में तरह-तरह का आचार-विचार करना नहीं छोड़ते, इससे समाज में आप अलग-थलग पड़ गए हैं।

योगेन्द्र के इन कटु वाक्यों से व्यथित होकर हेमनलिनी ने सिर झुका लिया। नलिनाक्ष ने हँसते हुए कहा, "योगेन्द्र बाबू, समाज में अलग-थलग पड़ जाना बुरी बात है। किन्तु चाहे तलवार हो, चाहे मनुष्य हो, क्या वे पूरे-के-पूरे म्यान में रहते हैं? तलवार का जो भाग म्यान में रहने को बाध्य है, उसमें सारी तलवारें ही समान होती हैं...बाहर रहनेवाली तलवार की मूठ पर शिल्पी की इच्छा और नैपुण्य के

अनुसार नाना प्रकार की कारीगरी रहती है। मनुष्य में भी समाज की म्यान के बाहर अपनी विशेष कारीगरी का एक स्थान है, क्या उसे भी आप लोग बेदखल करना चाहते हैं? और, मुझे यह भी आश्चर्यजनक लगता है कि मैं जो सारे शान्तिपूर्ण अनुष्ठान सबके अगोचर घर में बैठकर करता रहता हूँ, वे लोगों की आँखों में कैसे पड़ जाते हैं, और उन्हें लेकर चर्चा क्यों होती है?''

योगेन्द्र–लगता है आप तो जानते ही नहीं हैं? जिन्होंने धरती की उन्नति का भार सारा अपने कन्धों पर ले रखा है, वे दूसरों के घरों में कहाँ क्या घट रहा है, इसे खोजकर बाहर निकालना कर्तव्यों में ही गण्य करते हैं। जितनी खबर नहीं मिलती, उतनी की पूर्ति कर लेने की शक्ति भी उनमें होती है। ऐसा न हो, तो विश्व के सुधार का कार्य चलेगा कैसे? उसके अलावा नलिन बाबू, पाँच लोग जो न करते हों, उसे आँखों की ओट में करने पर, वह आँखों में पड़ ही जाता है, और जो सब ही करते हैं, उस पर कोई दृष्टिपात नहीं करता। यही क्यों नहीं देखते, आप छत पर बैठकर क्या सब तमाशा करते रहते हैं, हमारी हेम की आँखों में भी पड़ गया है...हेम वह बात पिताजी से कह रही थी...यद्यपि हेम ने तो आपको सुधारने का भार लिया नहीं है।

हेमनलिनी का चेहरा आरक्त हो उठा; उसके व्यथित होकर कुछ बोलने को होते ही नलिनाक्ष ने कहा, ''आप तनिक भी लज्जित मत होइए; सुबह-शाम छत पर टहलते समय यदि आप मेरे दैनन्दिन कृत्यों को देखती रहती हैं, तो उसके लिए कौन आपको दोषी ठहराएगा? आपकी दो आँखें हैं, इसीलिए आप लज्जित मत होइए; वह दोष हमारा भी है।''

अन्नदा–इसके अलावा, आपके दैनिक कृत्यों के सम्बन्ध में हेम मुझसे कोई आपत्ति नहीं जताती। वह श्रद्धापूर्वक आपकी साधना-प्रणाली के बारे में मुझसे प्रश्न कर रही थी।

योगेन्द्र–मैं लेकिन वह सब नहीं समझता। हम लोग साधारण परिवार में सहज ढंग से जिस रूप में जीवन बिताते चले जा रहे हैं, उसमें कोई विशेष परेशानी नहीं दिखाई देती...मुझे ऐसा नहीं लगता कि छिपाकर अजीब-गरीब हरकतें करने से कोई विशेष लाभ होता है...बल्कि वह मन के सामंजस्य को नष्ट करके मनुष्य को एक तरफ झुकनेवाला बना देता है। परन्तु आप मेरी बात का बुरा मत मानिए...मैं नितान्त साधारण मनुष्य हूँ, मैं संसार में निहायत मध्यम श्रेणी के स्थान पर रहता हूँ; जो लोग किसी तरह ऊँचे मंच पर चढ़कर बैठ गए हैं, मेरे अनुसार ढेला मारे बिना उन्हें पहुँच में रखने की कोई सम्भावना नहीं है। मेरे समान असंख्य लोग हैं, इसलिए आप यदि सबको छोड़कर किसी अद्‌भुत लोक में गायब हो जाएँ, तो आपको असंख्य ढेले खाने पड़ेंगे।

नलिनाक्ष–ढेले तो नाना प्रकार के होते हैं। कोई केवल छूता है, कोई निशान

बनाकर जाता है। अगर कोई कहे, आदमी पागलपन कर रहा है, बचपना कर रहा है, तो उससे कोई नुकसान नहीं करता; किन्तु जब कहता है, आदमी साधुगीरी-साधकगीरी कर रहा है, गुरु बनकर चेले जुटाने की कोशिश कर रहा है, तब उस बात को हँसी में उड़ाने का प्रयत्न करने के लिए जिस परिमाण में हँसी की ज़रूरत पड़ती है, उस परिमाण की पर्याप्त हँसी आती नहीं है।

योगेन्द्र–किन्तु फिर कह रहा हूँ, मुझ पर गुस्सा मत कीजिए नलिन बाबू। आप छत पर चढ़कर जो खुशी करें, मैं उसमें आपत्ति करनेवाला कौन होता हूँ? मेरा केवल यही कहना है कि साधारण की सीमा में अपने को जकड़ रखने पर कोई आलोचना नहीं होती। सब जिस तरह चल रहे हैं, मेरा उसी तरह चलते जाना काफी है; उससे ज़्यादा चलने भर से ही लोगों की भीड़ जुट जाएगी। वे गाली दें या भक्ति करें, उससे कुछ नहीं आता-जाता; लेकिन जीवन को इस प्रकार की भीड़ में बिताना क्या आरामदेह है?

नलिनाक्ष–योगेन बाबू, जा कहाँ रहे हैं? मुझे मेरी छत पर से सीधे सर्वसाधारण के पहली मंजिल के पत्थर के फर्श पर अचानक ज़बर्दस्ती उतारकर भाग जाने से कैसे चलेगा?

योगेन्द्र–आज मेरे लिए काफी हो गया, और नहीं। ज़रा थोड़ा-सा घूम आऊँ।

योगेन्द्र के चले जाने के बाद हेमनलिनी सिर झुकाए मेजपोश की झालरों से अकारण छेड़छाड़ करने लगी। उस समय खोजबीन की जाती, तो उसकी पलकों के किनारों पर आर्द्रता के लक्षण भी दिखाई दे जाते।

हेमनलिनी दिन-प्रतिदिन नलिनाक्ष के साथ बातें करते-करते अपने अन्तर के दैन्य को देख पाई और नलिनाक्ष के मार्ग का अनुसरण करने के लिए व्याकुल भाव से उत्सुक हो उठी। अत्यन्त दुख के समय, जब वह भीतर-बाहर कोई अवलम्बन नहीं खोज पा रही थी, तभी नलिनाक्ष ने विश्व को उसके सम्मुख नवीन रूप में उद्घाटित कर दिया। उसका मन कुछ दिन से ब्रह्मचारिणी के समान नियम-पालन के लिए उत्सुक था...कारण, नियम-पालन मन का एक दृढ़ अवलम्बन है; केवल वही नहीं, शोक केवलमात्र मन के भाव के आकार में टिकना नहीं चाहता, वह बाहर भी किसी कृच्छ साधना में अपने को सत्य बनाने की चेष्टा करता है। अब तक हेमनलिनी वैसा कुछ नहीं कर पाती, लोगों के आँखें झपकाने के संकोच में वह दुख को अत्यधिक छिपाकर अपने मन में ही रखती आ रही है। नलिनाक्ष की साधना-पद्धति का अनुसरण करके आज जब उसने पवित्र आचार और निरामिष आहार अपनाया, तो उसके मन को बड़ी तृप्ति मिली। अपने सोनेवाले कमरे के फर्श से चटाई और कारपेट समेटकर बिछौने के एक किनारे परदे से आड़ कर ली; उस कमरे में और कोई सामान नहीं रखा। हेमनलिनी प्रतिदिन अपने हाथ से पानी डालकर उस

फर्श की सफाई करती...एक तश्तरी में कुछ फूल रहते; स्नान के उपरांत श्वेत वस्त्र पहनकर हेमनलिनी उसी फर्श पर बैठती; सारी खुली खिड़कियों से उस कमरे में प्रकाश निर्बाध प्रवेश करता और उसी आलोक द्वारा, आकाश द्वारा, वायु द्वारा वह अपने अन्त:करण को अभिषिक्त कर लेती। अन्नदा बाबू पूरे मन से हेमनलिनी का सहयोग नहीं कर पाते थे; किन्तु नियम-पालन द्वारा हेमनलिनी के चेहरे पर परितृप्ति की जो एक दीप्ति प्रकाशित होती, उसे देखकर वृद्ध का मन स्निग्ध हो जाता। अब से नलिनाक्ष के आने पर हेमनलिनी के इसी कमरे में फर्श पर बैठकर उन तीनों लोगों में बातचीत होती।

योगेन्द्र पूरी तरह विद्रोही हो उठा, ''यह सब क्या हो रहा है? आप सब लोगों ने मिलकर घर को भयंकर रूप से पवित्र कर डाला...मेरे जैसे आदमी के लिए यहाँ पैर रखने की जगह नहीं बची।''

पहले होता तो हेमनलिनी योगेन्द्र के व्यंग्य से बहुत अधिक कुंठित हो जाती...अब अन्नदा बाबू कभी-कभी योगेन्द्र की बातों पर क्रोध कर बैठते हैं, किन्तु हेमनलिनी नलिनाक्ष के साथ शान्त-स्निग्ध भाव से हँसती रहती है। अब उसने एक द्विधाहीन, निश्चिन्त निर्भर अवलम्बन को अपना लिया है...इस सम्बन्ध में वह लज्जा करने को भी दुर्बलता मानती है। वह जानती थी, लोग उसके आजकल के सारे आचरण को अद्‌भुत मानकर परिहास करते हैं; किन्तु नलिनाक्ष के प्रति उसकी भक्ति और विश्वास ने सम्पूर्ण लोक को आच्छन्न कर लिया है...इसीलिए वह लोगों के सम्मुख और कुंठित नहीं पड़ती थी।

एक दिन हेमनलिनी प्रात:स्नान के पश्चात् उपासना समाप्त करके अपने उसी एकाकी कक्ष में खिड़की के सामने चुपचाप बैठी थी, उसी समय अन्नदा बाबू अचानक नलिनाक्ष को लिये वहाँ आ पहुँचे। उस क्षण हेमनलिनी का हृदय पूरी तरह विभोर था। उसने तत्क्षण भूमिष्ठ होकर पहले नलिनाक्ष को और उसके बाद अपने पिता को प्रणाम करके चरण-धूलि ग्रहण की। नलिनाक्ष सकुचा गया। अन्नदा बाबू बोले, ''परेशान मत होइए नलिन बाबू, हेम ने आप ही का करणीय-कर्म किया है।''

नलिनाक्ष कभी इतनी सुबह यहाँ नहीं आता। इसीलिए हेमनलिनी ने विशेष औत्सुक्य के साथ नलिनाक्ष की ओर देखा।

नलिनाक्ष ने कहा, ''काशी से माँ का समाचार आया है, उनका स्वास्थ्य अच्छा नहीं है; इसी कारण आज शाम की ट्रेन से काशी जाना तय किया है। दिन में मुझे यथासम्भव अपने सभी काम निबटा लेने होंगे, इसीलिए अभी आप लोगों से विदा लेने आया हूँ।''

अन्नदा बाबू ने कहा, ''और क्या कहूँ, आपकी माँ अस्वस्थ हैं, भगवान करे वे शीघ्र स्वस्थ हो जाएँ। इन कुछ दिनों में आपसे हमारा जो उपकार हुआ है, उसका

ऋण-शोध कभी नहीं कर पाऊँगा।"

नलिनाक्ष बोला, "निश्चय जानिए, आप लोगों से मेरा बहुत उपकार हुआ है। पड़ोसी का जैसे खयाल रखा जाता है, वह तो रखा ही है...इसके अतिरिक्त मैं अभी तक मन-ही-मन जो सब गम्भीर बातें सोच रहा था, उन्हें आप लोगों की श्रद्धा द्वारा नवीन तेज प्राप्त हुआ है...मेरी भावना और साधना आप लोगों का जीवन-अवलम्बन पाकर मेरी और भी दुगुनी आश्रय-स्थली बन गई है। अन्य लोगों के हृदय के सहयोग से सार्थकता-लाभ कितना सहज हो सकता है, यह मैं अच्छी तरह समझ गया हूँ।"

अन्नदा ने कहा, "मैंने यह आश्चर्य देखा है, हम लोगों की एक बहुत बड़ी आवश्यकता आन पड़ी थी, लेकिन हमें नहीं पता था कि वह क्या है; ठीक तभी कहीं से आप मिल गए और देखा, आप नहीं होते, तो हम लोग उसमें समर्थ नहीं हो पाते। हम लोग बड़े घर-घुसड़ू हैं, लोगों के बीच हमारा अधिक आना-जाना नहीं है; किसी सभा में जाकर भाषण सुनने की धुन, कहा जा सकता है कि हममें एकदम नहीं है...अगर मैं चला भी जाऊँ, तो हेम को झुका पाना बड़ा कठिन है। किन्तु बताइए तो उस दिन कैसा आश्चर्य हुआ...जैसे ही योगेन्द्र से सुना कि आप भाषण देंगे, हम दोनों ही बिना किसी हील-हुज्जत के वहाँ जा पहुँचे...ऐसी घटना कभी नहीं हुई थी। नलिन बाबू ये सारी बातें याद रखिए। इसी से समझेंगे, हम लोगों को आपकी निःसंदिग्ध रूप से आवश्यकता है, अन्यथा ऐसा नहीं घट पाता। हम लोग आपके दाय स्वरूप हैं।"

नलिनाक्ष-आप लोग भी यह बात स्मरण रखिए, आप लोगों के अतिरिक्त मैंने किसी के भी सामने अपने जीवन की गूढ़ बातें प्रकट नहीं की हैं। सत्य को प्रकट कर पाना ही सत्य की चरम शिक्षा है। उसे प्रकट करके ही आप लोगों के माध्यम से गहन प्रयोजन पूर्ण कर पाया हूँ। अतएव, मुझे भी आप लोगों की कितनी आवश्यकता थी, यह बात भी आप लोग कभी मत भूलिए।

हेमनलिनी कुछ नहीं बोली; धूप खिड़की से आकर फर्श पर पड़ रही थी, वह उसी की ओर देखती हुई चुपचाप बैठी थी। जब नलिनाक्ष के उठने का समय हुआ, तब वह बोली, "आपकी माँ कैसी हैं, यह समाचार हमें अवश्य भेजिए।"

नलिनाक्ष के उठकर खड़े होते ही हेमनलिनी ने भूमिष्ठ होकर उसे पुनः प्रणाम किया।

44

कुछ दिन से अक्षय दिखाई नहीं दिया। नलिनाक्ष के काशी चले जाने के बाद आज वह योगेन्द्र के साथ अन्नदा बाबू की चाय की टेबल पर दिखाई दिया है। अक्षय ने

मन-ही-मन तय किया था कि हेमनलिनी के मन में रमेश की स्मृति कितनी जगी रह गई है, उसे परखने का सहज उपाय अक्षय के प्रति उसकी विरक्ति का प्रकटीकरण है। आज देखा, हेमनलिनी का मुख प्रशान्त है; अक्षय को देखकर उसके चेहरे का भाव तनिक भी विकृत नहीं हुआ; हेमनलिनी ने सहज प्रसन्नता के साथ कहा, ''आपको इतने दिन से देखा ही नहीं?''

अक्षय ने कहा, ''हम लोग क्या प्रतिदिन देखे जाने योग्य हैं?''

हेमनलिनी हँसकर बोली, ''वह योग्यता न रहने पर यदि मिलना-जुलना बन्द करना उचित समझते हैं, तो हम लोगों में से अनेक को ही निर्जन-वास का सहारा लेना पड़ेगा।''

योगेन्द्र-अक्षय ने सोचा था, अकेला विनयी बनकर बहादुरी दिखाएगा, हेम उससे ऊपर उठकर समस्त मानव-जाति की होकर विनयी बन गई, किन्तु इस सम्बन्ध में मुझे एक बात कहनी है। हमारे जैसे साधारण लोग ही रोजाना मिलने-जुलने लायक हैं...जो असाधारण हैं, उनके साथ कभी-कभार मिलना ही अच्छा है, उन्हें ज़्यादा सहना कठिन होता है। इसी कारण वे जंगल-पर्वत-गुफाओं में घूमते रहते हैं...वे लोग स्थायी रूप से लोक-समाज में रहना आरम्भ कर देते, तो अक्षय-योगेन्द्र आदि नितान्त सामान्य लोगों को जंगलों-पहाड़ों में भाग जाना पड़ता।

योगेन्द्र की बातों में जो हूल थी, उसने हेमनलिनी को बींध डाला। उसने कोई उत्तर दिए बिना तीन प्याले चाय तैयार करके अन्नदा, अक्षय और योगेन्द्र के सामने रख दिए।

योगेन्द्र बोला, ''लगता है, तुम चाय नहीं पियोगी?''

हेमनलिनी को पता था, अब योगेन्द्र की कठोर बातें सुननी होंगी, फिर भी वह शान्त-दृढ़ता के साथ बोली, ''नहीं, मैंने चाय छोड़ दी है।''

योगेन्द्र-लगता है, अब पूरी तरह तपस्या आरम्भ हो गई है! शायद चाय की पत्तियों में यथेष्ट आध्यात्मिक तेज नहीं होता, जो कुछ है, वह सारा हरीतकी में है? किस विपद् में पड़ गई हो! हेम, वह सब रहने दो। अगर एक प्याला चाय पीने से ही तुम्हारा योग-याज्ञ भंग हो जाता है, तो हो जाने दो ना...इस संसार में बहुत मज़बूत वस्तु भी नहीं टिकती, इस तरह के अत्यन्त दुर्बल अनुष्ठान के साथ पाँच लोगों के बीच रहना असम्भव है।

यह कहते हुए योगेन्द्र ने उठकर अपने हाथ से एक प्याला चाय तैयार करके हेमनलिनी के सामने रख दी। उसने उसमें हस्तक्षेप न करके अन्नदा बाबू से कहा, ''पिताजी, आज आपने केवल चाय पी ली? कुछ खाएँगे नहीं?''

अन्नदा बाबू का कंठ-स्वर और हाथ काँपने लगे, ''बेटी, मैं सच कह रहा हूँ, इस टेबल पर कुछ खाना मुझे नहीं रुचता। मैं बहुत देर से चुपचाप योगेन्द्र की बातें

सहन करने की कोशिश कर रहा हूँ। जानता हूँ, अपने शरीर और मन की इस अवस्था में बात कहने पर मुझे क्या कहना हो और क्या कह डालूँ...अन्त में अफ़सोस करना पड़ेगा।''

हेमनलिनी अपने पिता की चेयर के पास खड़ी होकर बोली, ''पिताजी, आप गुस्सा मत कीजिए। भैया मुझे चाय पिलाना चाहते हैं, वह तो अच्छा ही है; मुझे तो इससे कुछ बुरा नहीं लगा। नहीं पिताजी, आपको खाना होगा...पता है, खाली पेट चाय पीने से आपकी तबीयत खराब हो जाती है।''

यह कहकर हेमनलिनी खाने की चीज़ों का पात्र अपने पिता के सामने खींच लाई। अन्नदा धीरे-धीरे खाने लगे।

हेमनलिनी अपनी कुर्सी पर लौटकर योगेन्द्र द्वारा दिए गए चाय के प्याले से चाय पीने को तैयार हो गई। अक्षय ने जल्दी से उठकर कहा, ''क्षमा कीजिए, यह प्याला मुझे देना पड़ेगा, मेरा प्याला खाली हो गया है।''

योगेन्द्र ने उठकर हेमनलिनी के हाथ से प्याला खींच लिया और अन्नदा से कहा, ''मुझसे अन्याय हुआ है, मुझे माफ कीजिए।''

अन्नदा इसका कोई उत्तर नहीं दे पाए, देखते-देखते उनकी दोनों आँखों से आँसू बहने लगे।

योगेन्द्र अक्षय को लेकर धीरे-धीरे कमरे से खिसक गया। अन्नदा बाबू खाने के बाद उठकर हेमनलिनी का हाथ पकड़कर काँपते पैरों से ऊपर चले गए।

उसी रात अन्नदा बाबू को पेट-दर्द जैसा हुआ। डॉक्टर आकर जाँच करने के बाद बोला कि उनके यकृत में विकार उत्पन्न हो गया है...अभी रोग बढ़ा नहीं है, अभी ही पछाँह में किसी स्वास्थ्यकर स्थान पर जाकर लगभग एक बरस या छः माह रह आने से शरीर नीरोग हो सकता है।

वेदना शान्त होने और डॉक्टर के चले जाने पर अन्नदा बाबू ने कहा, ''हेम, चलो बिटिया, हम लोग कुछ दिन काशी जाकर रहें।''

ठीक एक ही समय हेमनलिनी के मन में भी वही बात आई थी। नलिनाक्ष के चले जाते ही हेम ने अपनी साधना में एक दुर्बलता अनुभव करनी आरम्भ कर दी थी। नलिनाक्ष की उपस्थिति भर ही हेमनलिनी के समस्त दैनन्दिन क्रियाकलापों को जैसे मज़बूत सहारा देती थी। नलिनाक्ष की मुखश्री में जो एक स्थिर निष्ठा और प्रशान्त प्रसन्नता की दीप्ति थी, उसने ही हेमनलिनी के विश्वास को हमेशा ही मानो विकसित बनाए रखा था, नलिनाक्ष की अनुपस्थिति में उसके उत्साह पर जैसे एक म्लान छाया आ पड़ी। इसीलिए आज पूरे दिन हेमनलिनी ने नलिनाक्ष द्वारा उपदिष्ट समस्त अनुष्ठान बहुत ज़बर्दस्ती और अधिक करके पालन किए। किन्तु उस पर थकन के साथ ऐसा नैराश्य छा गया था कि वह आँसू नहीं रोक पाई। वह चाय की

टेबल पर दृढ़ता के साथ आतिथ्य में प्रवृत्त हुई थी, लेकिन उसके हृदय को एक भार ने दबा रखा था। उस पर फिर से उसकी पूर्व-स्मृतियों की वेदना ने दुगुने वेग से आक्रमण कर दिया...फिर से उसका मन जैसे गृह-हीन, आश्रय-हीन के समान हा-हा करके भटकने को तैयार हो गया। उसी कारण जब उसने काशी जाने का प्रस्ताव सुना, तो व्यग्र होकर बोली, ''पिताजी, वहीं ठीक रहेगा।''

अगले दिन एक आयोजन की तैयारी देखकर योगेन्द्र ने पूछा, ''क्या है, बात क्या है?''

अन्नदा ने कहा, ''हम लोग पछाँह जा रहे हैं।''

योगेन्द्र ने पूछा, ''पछाँह में कहाँ?''

अन्नदा ने कहा, ''घूमते-घूमते कोई एक जगह पसन्द कर लेंगे।'' वे काशी जा रहे हैं, एकदम से यह बात योगेन्द्र को बताने में हिचकिचाए।

योगेन्द्र बोला, ''लेकिन मैं इस बार आप लोगों के साथ नहीं जा पाऊँगा। मैंने हेड मास्टरी के लिए दरख्वास्त भेजी है, उसके उत्तर की प्रतीक्षा कर रहा हूँ।''

45

रमेश सुबह ही इलाहाबाद से ग़ाज़ीपुर लौट आया। उस समय मार्ग में अधिक लोग नहीं थे और शीत की जड़िमा में रास्ते के किनारे वाले पेड़ मानो पत्तों के आवरण में ठिठुरते हुए खड़े थे। मोहल्ले के टिन की छत वाले घरों पर सफ़ेद कुहासे के टुकड़े अभी तक डिम्बों पर चुपचाप बैठे राजहंसों के समान जमे हुए थे। उसी निर्जन मार्ग पर गाड़ी के भीतर एक भारी मोटे ओवरकोट के नीचे हृदय-पिंड के आघात से रमेश का वक्ष-स्थल तरंगित हो रहा था।

रमेश बँगले के बाहर गाड़ी खड़ी करवाकर उतर गया। सोचा, गाड़ी की आवाज़ कमला ने ज़रूर सुन ली होगी, आवाज़ सुनकर शायद वह बरामदे में आ गई है। रमेश ने इलाहाबाद से अपने हाथ से कमला के गले में पहनाने के लिए एक महँगा नेकलेस खरीद लिया था; रमेश ने उसी के बक्से को अपने ओवरकोट की बड़ी-सी जेब से निकाल लिया।

बँगले के सामने आकर रमेश ने देखा, बरामदे में बिशन चौकीदार लेटा हुआ घोड़े बेचकर सो रहा है...कमरों के दरवाजे बन्द हैं। चेहरे पर असन्तोष लिए रमेश ठिठककर खड़ा हो गया। ज़रा ऊँचे स्वर में आवाज़ लगाई, ''बिशन!'' सोचा, इस पुकार से घर के भीतर की नींद भी टूट जाएगी। लेकिन इस ढंग से नींद तोड़ने की जो आशा थी, उसने उसके मन को चोट पहुँचाई; रमेश भी तो आधी रात सो नहीं सका था।

दो–तीन बार आवाज़ लगाने पर भी बिशन नहीं जगा; अन्त में उसे धकेलकर उठाना पड़ा। बिशन जागने के बाद क्षण भर हतबुद्धि के समान देखता रहा। रमेश ने पूछा, "बहू जी घर में हैं?"

शुरू में विशन मानो रमेश की बात समझ ही नहीं सका; उसके बाद चौंकते हुए बोला, "हाँ, वे घर में ही हैं।"

इसके बाद वह फिर से लेटकर सोने की कोशिश करने लगा।

रमेश के ठेलते ही दरवाजा खुल गया। भीतर घुसकर कमरे–कमरे में घूमकर देखा, कहीं भी कोई नहीं। फिर भी एक बार ऊँची आवाज़ में पुकारा, "कमला!" कहीं से कोई जवाब नहीं मिला। बाहर बगीचे के नीम के पेड़ के नीचे तक घूम आया; रसोई में, नौकरों के कमरे में, अस्तबल में ढूँढ़ आया; कमला कहीं भी नहीं मिली। तब तक धूप निकल आई थी...कौवे बोलने लगे थे तथा बँगले के कुएँ से पानी भरने के लिए गोहल्ले की एक दो स्त्रियाँ सिर पर घड़े रखे दिखाई देने लगी थीं। सड़क के उस पार झोंपड़ी के आँगन में किसी ग्रामीण स्त्री ने विचित्र रूप से ऊँचे स्वर में गीत गाते–गाते हाथ–चक्की में गेहूँ पीसने आरम्भ कर दिए थे।

रमेश ने बँगले में लौटकर देखा, बिशन फिर से गहरी नींद में डूबा है। तब वह झुककर बहुत जोर से बिशन को झिंझोड़ने लगा; देखा, उसकी साँस से ताड़ी की भारी गन्ध निकल रही है।

तेजी से झिंझोड़ने के कारण बिशन बहुत–कुछ प्रकृतिस्थ होकर हड़बड़ाते हुए उठकर खड़ा हो गया। रमेश ने फिर पूछा, "बहू जी कहाँ हैं?"

बिशन ने कहा, "बहू जी तो घर में ही हैं।"

रमेश–कहाँ, घर में कहाँ?"

बिशन–कल तो यहीं आई थीं।

रमेश–उसके बाद कहाँ गईं?

बिशन मुँह फाड़े रमेश की ओर देखता रहा।

उसी समय खूब चौड़े किनारेवाली सुन्दर धोती बाँधे चादर लहराते हुए लाल आँखें लिए उमेश आ पहुँचा। रमेश ने उससे पूछा, "उमेश, तेरी माँ कहाँ है?"

उमेश बोला, "माँ तो कल से यहीं हैं।"

रमेश ने पूछा, "तू कहाँ था?"

उमेश ने बताया, "माँ ने मुझे कल शाम को सिधु बाबू के घर जात्रा सुनने भेज दिया था।"

गाड़ी वाले ने आकर कहा, "बाबू, मेरा भाड़ा!"

रमेश जल्दी से उसी गाड़ी पर चढ़कर सीधा चाचा के घर जा पहुँचा। वहाँ जाकर

देखा, पूरा घर ही जैसे बेचैन है। रमेश को लगा, शायद कमला की तबीयत खराब हो गई है। परन्तु वैसा नहीं था। कल शाम के कुछ बाद ही उमी ने अचानक बहुत जोर से चीत्कार करके रोना आरम्भ कर दिया और उसका मुँह नीला तथा हाथ-पाँव ठंडे पड़ जाने से सभी बहुत डर गए। उसके इलाज को लेकर कल पूरा घर हैरान-परेशान हो उठा था। पूरी रात कोई भी सो नहीं पाया।

रमेश ने सोचा, उमी की तबीयत खराब होने के कारण कल निश्चय ही कमला को यहाँ लिवा लाए होंगे। विपिन से कहा, ''कमला उमी को लेकर बड़ी बेचैन हो गई है?''

विपिन पक्के तौर पर नहीं जानता था कि कमला कल रात यहाँ आई थी या नहीं, इसलिए उसने एक तरह से रमेश की बात का समर्थन करते हुए कहा, ''हाँ, वे जिस तरह उमी को प्यार करती हैं, उसमें परेशान तो हो ही रही हैं। लेकिन डॉक्टर ने कहा है, चिन्ता का कोई कारण नहीं है।'' जो भी हो, अत्यन्त उल्लास के मुहाने पर कल्पना की उड़ान में बाधा आ पड़ने से रमेश का मन विकल हो उठा। वह सोचने लगा, उन लोगों के मिलन में जैसे दैव का ही व्याघात है।

तभी रमेश के बँगले से उमेश आ पहुँचा। यहाँ अन्त:पुर में उसका आना-जाना था। शैलजा इस बालक को स्नेह भी करती थी। जैसे ही उसे घर के भीतर शैलजा के कमरे में घुसते देखा, शैल उमी की नींद टूट जाने के डर से जल्दी से कमरे से बाहर आ गई।

उमेश ने पूछा, ''मौसी, माँ कहाँ हैं?''

शैल ने विस्मित होते हुए कहा, ''क्यों रे, उसे साथ लेकर कल तू ही तो उस घर गया था। शाम के बाद हमारी लछमनिया को वहाँ भेजने की बात थी, बच्ची की बीमारी के कारण वैसा नहीं हो पाया।''

उमेश ने चेहरा म्लान करते हुए कहा, ''उस घर में तो उन्हें देखा नहीं।''

शैल परेशान होकर बोली, ''यह क्या बात है! कल रात तू कहाँ था?''

उमेश-मुझे तो माँ ने रुकने नहीं दिया। उस घर पहुँचते ही उन्होंने मुझे सिधु बाबू के यहाँ जात्रा सुनने भेज दिया था।

शैल-तेरी भी तो भारी अकल देख रही हूँ। बिशन कहाँ था?

उमेश-बिशन तो कुछ भी बता नहीं पा रहा है। कल उसने खूब ताड़ी पी थी।

शैल-जा-जा, बाबू को जल्दी से बुला ला।

विपिन के आते ही शैल ने कहा, ''ए जी, यह क्या सर्वनाश हो गया?''

विपिन का मुँह पीला पड़ गया। उसने परेशान होते हुए कहा, ''क्यों, क्या हो गया?''

शैल-कमल कल उस बँगले पर गई थी, किन्तु वह वहाँ ढूँढ़े नहीं मिल रही है।

विपिन–क्या कल रात वे यहाँ नहीं आईं?

शैल–नहीं जी, सोच रही थी, उमी बीमार है, बुला लूँगी, लेकिन आदमी कहाँ था? क्या रमेश बाबू आ गए हैं?

विपिन–लगता है, उस बँगले पर न मिलने पर सोचा होगा कि कमला यहीं है। वे तो हमारे यहाँ आए हैं।

शैल–ए जी, जाओ-जाओ, जल्दी जाओ, उन्हें लेकर खोजो। उमी अभी सो रही है...वह ठीक ही है।

विपिन और रमेश फिर उसी गाड़ी से बँगले लौट आए तथा बिशन से पूछताछ करने लगे। बड़ी कोशिश के बाद जोड़-तोड़ भिड़ाकर जो खबर बाहर आई, वह यही थी कि–...कमला कल शाम को अकेली गंगा-किनारे की ओर चली गई थी। बिशन ने उसके साथ जाने के लिए कहा, कमला ने उसके हाथ पर एक रुपया रखकर उसे मना करके लौटा दिया। वह पहरे पर बगीचे के गेट के पास बैठा था, उसी समय पेड़ से तुरत इकट्ठी की गई फेन उठती ताड़ी का घड़ा बहँगी पर लटकाए ताड़ी वाला उसके सामने से जा रहा था...उसके बाद से दुनिया-जहान में क्या हुआ, वह बिशन को पता नहीं है। जिस रास्ते से कमला को गंगा की ओर जाते देखा था, वह बिशन ने दिखा दिया।

उसी रास्ते के सहारे ओस से भीगी फसल वाले खेत के बीच से रमेश, विपिन और उमेश कमला की खोज में चल दिए। अपहरण कर लिये गए बच्चे वाले शिकारी पशु के समान उमेश चारों ओर तीक्ष्ण-व्याकुल दृष्टि दौड़ाने लगा। तीनों जने गंगा के तट पर पहुँचकर एक बार खड़े हो गए। वहाँ चारों ओर खुला है। धूसर बालू प्रभात की धूप में धू-धू कर रहा है। कहीं भी कोई भी दिखाई नहीं पड़ा। उमेश ने ऊँची आवाज़ में चीत्कार करते हुए पुकारा, ''माँ, अरी माँ, माँ कहाँ हो?'' उस पार के सुदूर ऊँचे किनारे से उसकी प्रतिध्वनि लौट आई...किसी ने जवाब नहीं दिया।

खोजते-खोजते अचानक उमेश को दूर सफ़ेद-सा कुछ दिखाई दिया। जल्दी से निकट आकर देखा, पानी के एकदम किनारे पर ही चाबी का एक गुच्छा एक रुमाल में बँधा पड़ा है।

''क्या रे, वह क्या है?'' कहते हुए रमेश भी आ पहुँचा। देखा, कमला का चाबी का गुच्छा है।

जहाँ चाबी पड़ी थी, वहाँ बालू-तट के किनारे गँदली मिट्टी की परत जम गई है। उस कच्ची मिट्टी के ऊपर गंगा के पानी तक दो पैरों के छोटे-छोटे निशान बनते चले गए हैं। उथले पानी में कुछ झक-झक कर रहा था, वह उमेश की आँखों से नहीं बच पाया; उसके उसे जल्दी से उठाते ही पता चला, सोने पर एनामिल किया एक छोटा ब्रोच है...यह रमेश का ही दिया उपहार है।

इस प्रकार जब सारे संकेतों ने ही गंगा के पानी की ओर अँगुली-निर्देश किया, तो उमेश अपने को और नहीं रोक पाया...''माँ, हे माँ'' कहकर चीत्कार करते हुए पानी में कूद गया। वहाँ पानी अधिक नहीं था; उमेश पागल के समान बार-बार डुबकी लगाकर नीचे ढूँढ़ता घूमने लगा, पानी गँदला कर डाला।

रमेश हतबुद्धि की भाँति खड़ा रहा। विपिन बोला, ''उमेश, तू क्या कर रहा है? निकल आ।''

उमेश मुँह से पानी निकालते-निकालते कहने लगा, ''मैं नहीं निकलूँगा, मैं नहीं निकलूँगा। हे माँ, तुम मुझे छोड़कर नहीं जा सकतीं।''

विपिन डर गया। किन्तु उमेश मछली की तरह तैर सकता है, उसके लिए पानी में आत्म-हत्या करना अत्यन्त कठिन है। वह बहुत उछलने-कूदने से थककर किनारे पर निकल आया और बालू पर लोट-पोट करते हुए रोने लगा।

विपिन निश्चल खड़े रमेश को छूकर बोला, ''यहाँ खड़े रहने से क्या होगा! पुलिस को खबर दे दी जाए, वे सारी खोजबीन करके देखें।''

उस दिन शैलजा के घर खाना-सोना बन्द होकर रोने-धोने का दौर चला। मछुआरे नौका लिये नदी में जाल डालकर बहुत दूर तक घूमे। पुलिस चारों तरफ खोज करने लगी। विशेष रूप से स्टेशन जाकर पता लगाया कि कमला से मिलती-जुलती कोई बंगाली स्त्री रात में रेलगाड़ी पर तो नहीं चढ़ी!

उसी दिन शाम को चाचाजी आ पहुँचे। कुछ दिन का कमला का व्यवहार और प्रारम्भ से अब तक का सारा वृत्तान्त सुनकर उन्हें कोई सन्देह नहीं रहा कि कमला पानी में डूबकर आत्म-हत्या करके मर गई है।

लछमनिया बोली, ''उसी वजह से कल रात बच्ची ने अकारण रोते-रोते ऐसा अजीब-सा कांड किया, उसकी अच्छी तरह झाड़-फूँक करवाने की ज़रूरत है।''

रमेश की छाती जैसे भीतर से सूख गई; उसमें आँसुओं की वाष्प तक नहीं थी। वह बैठे-बैठे सोचने लगा...'एक दिन यही कमला इसी गंगा के पानी से निकलकर मेरे पास आई थी, और एक दिन पूजा के पवित्र फूल के समान इसी गंगा के जल में समा गई।'

जब सूर्य अस्ताचल को गया, तो रमेश फिर उसी गंगा के किनारे आ गया; जहाँ चाबी का गुच्छा पड़ा था, वहीं खड़े होकर पैरों के उन निशानों को एकटक देखा; उसके बाद किनारे पर जूता खोला, धोती ऊपर चढ़ाकर कुछ दूर तक पानी में उतर गया और बक्से से उस नए नेकलेस को निकालकर दूर पानी में उछालकर फेंक दिया।

रमेश कब ग़ाज़ीपुर से चला गया, चाचाजी के घर में इसकी खबर लेने जैसी स्थिति किसी की भी नहीं रही।

46

अब रमेश के पास कोई काम नहीं रहा। उसे महसूस होने लगा, वह इस जीवन में जैसे कोई काम नहीं करेगा, कहीं भी स्थायी रूप से नहीं रह पाएगा। ऐसा नहीं कि हेमनलिनी की बात उसके मन में एकदम नहीं उठती, लेकिन उसने उसे परे सरका दिया है; उसने मन-ही-मन कहा, 'मेरे जीवन पर जिन दारुण घटनाओं ने आघात किया है, उन्होंने मुझे हमेशा के लिए संसार के लिए अयोग्य बना दिया है। बिजली गिरा पेड़ प्रफुल्ल उपवन में स्थान पाने की आशा कैसे करेगा?'

रमेश भ्रमण पर निकल पड़ा। कहीं भी एक जगह अधिक दिन नहीं रहा। उसने नाव पर चढ़कर काशी के घाटों की शोभा देखी, वह दिल्ली में कुतुबमीनार पर चढ़ा, चाँदनी रात में ताजमहल देखने आगरा गया। अमृतसर में गुरु-दरबार देखकर राजपूताना के आबू पर्वत शिखर के मन्दिर देखने गया...इस तरह रमेश ने अपने शरीर और मन को विश्राम नहीं लेने दिया।

अन्त में इस भ्रमणशील युवक का अन्तःकरण घर देखने के लिए हा-हा करने लगा। एक शान्तिमय घर की अतीत स्मृति और एक सम्भवपर घर की सुखमय कल्पना उसके मन पर आघात करने लगी। अन्ततः शोक-काल बितानेवाला उसका भ्रमण एक दिन अचानक समाप्त हो गया और वह एक भारी दीर्घ निःश्वास छोड़ते हुए कोलकाता का टिकट खरीदकर गाड़ी में बैठ गया।

कोलकाता पहुँचकर रमेश अचानक कलुटोला की उस गली में प्रवेश नहीं कर पाया। वहाँ जाकर वह क्या देखेगा, क्या सुनेगा, इसका कोई ठिकाना नहीं। मन में केवल एक आशंका होने लगी, वहाँ भारी बदलाव आ गया होगा। एक दिन तो वह उस गली के मोड़ तक जाकर लौट आया। दूसरे दिन शाम को रमेश ने अपने को ज़बर्दस्ती उस घर के सामने पहुँचा दिया। देखा, घर के सब खिड़की-दरवाजे बन्द हैं, ऐसा लक्षण नहीं कि भीतर कोई आदमी है। तब भी शायद सुखन दरबान खाली घर की रखवाली कर रहा होगा, सोचकर रमेश ने दरबान को आवाज़ लगाकर दरवाजा खटखटाया। किसी ने उत्तर नहीं दिया। पड़ोसी चन्द्रमोहन अपने घर के बाहर बैठा तम्बाकू पी रहा था; वह बोला, "कौन है जी! रमेश बाबू हैं क्या! ठीक तो हैं? इस घर में अन्नदा बाबू लोगों में से तो अब कोई नहीं है।"

रमेश-वे लोग कहाँ गए हैं, पता है?

चन्द्र-वह तो नहीं बता सकता, इतना जानता हूँ कि पछाँह गए हैं।

रमेश-जी, कौन-कौन गए हैं?

चन्द्र-अन्नदा बाबू और उनकी बेटी।

रमेश-ठीक पता है, उनके साथ और कोई नहीं गया?

चन्द्र-ठीक ही तो पता है, जाते समय भी उनके साथ भेंट हुई थी।

तब रमेश धीरज रखने में असमर्थ होकर बोला, ''मुझे किसी से समाचार मिला है कि नलिन बाबू नाम के एक सज्जन उनके साथ गए हैं।''

चन्द्र–गलत समाचार मिला है। नलिन बाबू आपके इसी घर में कुछ दिन थे। इनके यात्रा पर निकलने के दो–चार दिन पहले ही वे काशी चले गए।

इसके बाद रमेश ने प्रश्न कर–करके चन्द्रमोहन से इन नलिन बाबू का ब्योरा प्राप्त कर लिया। इनका नाम नलिनाक्ष चट्टोपाध्याय है। सुना गया कि पहले रंगपुर में डॉक्टरी करते थे, अब माँ के साथ काशी में हैं। रमेश कुछ देर चुप रहा। फिर पूछा, ''बता सकते हैं, योगेन अब कहाँ है?''

चन्द्रमोहन ने समाचार दिया, योगेन्द्र मेमनसिंह के एक ज़मींदार द्वारा स्थापित हाईस्कूल का हेडमास्टर होकर बिशाईपुर चला गया है।

चन्द्रमोहन ने पूछा, ''रमेश बाबू, आपको तो बहुत दिन से देखा नहीं; आप अब तक कहाँ थे?''

रमेश को और छिपाने का कारण नज़र नहीं आया; बोला, ''प्रैक्टिस करने ग़ाज़ीपुर चला गया था।''

चन्द्र–तो अब क्या वहीं रहोगे?

रमेश–नहीं, मेरा वहाँ रहना नहीं हो पाया; अब कहाँ जाऊँगा, तय नहीं किया।

रमेश के चले जाने के थोड़ी देर बाद ही अक्षय आ पहुँचा। योगेन्द्र जाते समय कभी–कभी अपने घर की देखभाल की जिम्मेदारी अक्षय को सौंप गया था। अक्षय जो जिम्मेदारी ले लेता है, उसे निभाने में कभी कोताही नहीं बरतता; उसी कारण वह अचानक जब–तब आकर देख जाता है कि घर के दो दरबानों में से एक भी मौजूद रहकर रखवाली कर रहा है या नहीं!

चन्द्रमोहन ने उसे बताया, ''अभी थोड़ी देर पहले ही रमेश बाबू यहाँ से गए हैं।''

अक्षय–क्या कह रहे हैं! क्या करने आए थे?

चन्द्र–वह तो नहीं पता। मुझसे अन्नदा बाबू लोगों के सब समाचार जान लिए हैं। इतने कमजोर हो गए हैं कि अचानक उन्हें पहचान पाना कठिन है; अगर दरबान को न पुकारते, तो मैं पहचान ही नहीं पाता।

अक्षय–पता चला, अब कहाँ रहते हैं?

चन्द्र–इतने दिन ग़ाज़ीपुर थे; अब वहाँ से चले आए हैं, ठीक से बता नहीं पाए कि कहाँ रहेंगे।

अक्षय बोला, ''ऑ।'' कहकर अपने काम में लग गया।

रमेश घर लौटकर सोचने लगा, 'अदृष्ट यह कैसे विषम कौतुक में प्रवृत्त हो गया है! एक ओर मेरे साथ कमला और दूसरी ओर नलिनाक्ष के साथ हेमनलिनी का यह

मिलन, यह तो एकदम उपन्यास की तरह है...वह भी कु-लिखित उपन्यास। इस प्रकार का पूरा उलटा-पुलटा मेल करवा देना तो अदृष्ट के समान लापरवाह रचयिता के लिए ही सम्भव है...वही संसार में ऐसे अद्‌भुत कांड घटाता है, जिन्हें कायर लेखक काल्पनिक उपाख्यानों में लिखने का साहस नहीं करते।' लेकिन रमेश ने सोचा, अब वह जब अपने जीवन के समस्या-जाल से मुक्त हो गया है, तो बहुत सम्भव है कि अदृष्ट इस जटिल उपन्यास के अन्तिम अध्याय में रमेश के लिए निदारुण उपसंहार नहीं लिखेगा।

योगेन्द्र को बिशाईपुर ज़मींदार घर के निकट एक इक-मंजिले घर में रहने की जगह मिली थी; वहाँ रविवार की सुबह समाचार-पत्र पढ़ रहा था कि उसी समय बाजार के एक आदमी ने उसके हाथ में एक चिट्‌ठी थमाई। लिफ़ाफ़े के ऊपर के अक्षर देखते ही वह आश्चर्य में पड़ गया। खोलकर देखा, रमेश ने लिखा है...वह बिशाईपुर में एक दुकान पर प्रतीक्षा कर रहा है, कुछ खास बातें कहनी हैं।

योगेन्द्र कुर्सी छोड़कर उछल पड़ा। यद्यपि वह एक दिन रमेश का अपमान करने के लिए बाध्य हुआ था, तब भी अपने उसी बाल्य-बन्धु को इतने दिन न देखने के बाद इस दूर देश में लौटा नहीं पाया। यहाँ तक कि उसके मन में आनन्द ही हुआ, कौतूहल भी कम नहीं हुआ। विशेषत: जब हेमनलिनी पास नहीं है, तो रमेश के द्वारा किसी अनिष्ट की आशंका नहीं की जा सकती।

पत्रवाहक को साथ लेकर योगेन्द्र स्वयं ही रमेश की खोज में निकला। देखा, वह एक पंसारी की दुकान पर किरोसिन के एक खाली कनस्तर को खड़ा करके उस पर चुपचाप बैठा है; पंसारी उसे ब्राह्मण के हुक्के में तम्बाकू देने को प्रस्तुत हुआ था, लेकिन चश्मा पहने बाबू तम्बाकू नहीं पीता, सुनकर पंसारी ने उसे शहर में जन्मे किसी अद्‌भुत श्रेणी के पदार्थों में शुमार कर लिया था। उस अवधि में उनमें आपस में किसी जान-पहचान या बातचीत की चेष्टा नहीं हुई।

योगेन्द्र ने तेज़ी से आकर रमेश का हाथ पकड़कर उसे खींच लिया; बोला, "तुम्हारे साथ बड़ी मुश्किल है। तुम अपनी दुविधा में रहे। कहाँ तो एकदम सीधे मेरे आवास पर पहुँचना था और कहाँ बीच रास्ते में पंसारी की दुकान पर गुड़ के बताशों और परमल की चकतियों में अटल होकर बैठे हो!"

रमेश अप्रतिभ होकर थोड़ा-सा हँसा। योगेन्द्र रास्ते में अनर्गल बकझक करने लगा; बोला, "जो चाहे जो कहे, विधाता को हममें से कोई भी नहीं पहचान पाया। उन्होंने मुझे शहर में पाल-पोसकर इतना बड़ा शहरी बनाया, वह क्या इस घोर गाँव में मेरी जीवात्मा को पूरी तरह मार डालने के लिए?"

रमेश ने चारों ओर देखकर कहा, "क्यों, जगह तो बुरी नहीं है।"

योगेन्द्र-अर्थात?

रमेश–अर्थात, निर्जन...

योगेन्द्र–इसीलिए अपने जैसे एक और आदमी को कम करके इस निर्जनता को और थोड़ा बढ़ाने के लिए मैं दिन-रात व्याकुल बना हुआ हूँ।

रमेश–जो भी कहो, मन की शान्ति के लिए...

योगेन्द्र–वे सब बातें मुझसे मत कहो...कुछ दिन प्रचुर मन-शान्ति पाकर मेरे प्राण एकदम गले में आकर अटक गए हैं। अपने सामर्थ्य भर इस शान्ति को भंग करने की गलती नहीं की। इस बीच सेक्रेटरी के साथ हाथापाई की नौबत आ पहुँची है। ज़मींदार बाबू को भी अपने मिज़ाज का जिस रूप में परिचय दे दिया है, उससे वे आसानी से मेरे काम में टाँग अड़ाने नहीं आएँगे। वे मुझसे अंग्रेजी समाचार-पत्रों में अपना जयघोष कराने के इच्छुक थे...किन्तु मेरी इच्छा स्वतंत्र है, वह मैंने उन्हें कुछ जोरदार ढंग से समझा दिया है। तब भी जो टिका हूँ, वह मेरा अपना गुण नहीं है। यहाँ के ज्वाइंट साहब मुझे बहुत पसन्द करते हैं; उसी के चलते ज़मींदार डर के मारे मुझे विदा नहीं कर पा रहे हैं। जिस दिन गजट में देख लूँगा, ज्वाइंट बदल रहे हैं, उसी दिन समझ जाऊँगा, मेरा हेडमास्टरी का सूर्य बिशाईपुर के आकाश में अस्तमित हो गया। इस दौरान यहाँ मुझसे बतियानेवाले हैं, पाँचों कुत्ते। और सभी मेरी ओर जिस तरह देख रहे हैं, उसे किसी भी तरह कल्याणी-दृष्टि नहीं कहा जा सकता।

योगेन्द्र के आवास पर पहुँचकर रमेश एक कुर्सी पर बैठ गया। योगेन्द्र बोला, ''नहीं, बैठो नहीं। मुझे पता है, प्रात:स्नान नामक तुम्हारा एक घोरतर कुसंस्कार है, उसे निबटा आओ। इस बीच और एक बार गरम पानी की केतली आग पर चढ़ा दूँ। आतिथ्य की दुहाई देकर आज दूसरी बार चाय पी लूँगा।''

इस प्रकार भोजन, बातचीत और विश्राम में दिन कट गया। रमेश जो विशेष बात कहने के लिए यहाँ आया था, योगेन्द्र ने पूरे दिन किसी भी तरह उसे कहने का अवसर नहीं दिया। शाम के बाद भोजनोपरान्त दोनों जने किरोसिन की रोशनी में दो आरामकुर्सियाँ खींचकर बैठ गए। निकट ही शृंगाल बोल उठा और बाहर अँधेरी रात झींगुर की झनकार से स्पन्दित होने लगी।

रमेश बोला, ''योगेन, तुम तो जानते ही हो, मैं यहाँ तुमसे क्या बात कहने आया हूँ। एक दिन तुमने मुझसे जो प्रश्न किया था, उस प्रश्न का उत्तर देने का समय तब नहीं आया था। आज उत्तर देने में कोई बाधा नहीं है।''

यह कहकर रमेश कुछ देर चुप बैठा रहा। उसके बाद उसने प्रारम्भ से अन्त तक की सारी घटना कह सुनाई। बीच-बीच में उसका स्वर रुद्ध होकर गला काँपने लगा, बीच-बीच में किसी-किसी जगह वह एक-दो मिनट मौन रहा। योगेन्द्र ने कोई बात न कहकर स्थिर होकर सुना।

जब कहना हो गया, तो योगेन्द्र ने एक दीर्घ नि:श्वास छोड़ते हुए कहा, ''यह

सब बात अगर उस दिन कहते, तो मैं विश्वास नहीं कर पाता।"

रमेश–विश्वास करने का कारण जितना तब था, उतना ही अब है। इसलिए तुमसे मेरी यह प्रार्थना है कि मैंने जिस गाँव में विवाह किया था, तुम्हें उस गाँव में एक बार चलना होगा। उसके बाद वहाँ से कमला के मामा के घर भी ले जाऊँगा।

योगेन्द्र–मैं कहीं एक कदम भी नहीं हिलूँगा, मैं इसी आरामकुर्सी पर अटल बैठकर तुम्हारी बात के प्रत्येक अक्षर पर विश्वास करूँगा। तुम्हारी हर बात पर विश्वास करना मेरी हमेशा की आदत है; जीवन में केवल एक बार उसमें व्याघात पड़ा है, उसी के लिए मैं तुमसे क्षमा चाहता हूँ।

यह कहकर योगेन्द्र कुर्सी छोड़कर रमेश के सम्मुख आ गया; रमेश के उठकर खड़ा होते ही दोनों बाल–बन्धुओं ने एकदम से एक–दूसरे की कौली भर ली। रमेश ने रुँधे गले को साफ़ करते हुए कहा, "मैं कहाँ से भाग्य–रचित एक ऐसे दुश्छेद्य मिथ्या के जाल में फँस गया था कि उसमें ही पूरी तरह से जकड़ा रहने के अलावा मैं किसी ओर कोई उपाय ही नहीं देख पा रहा था। आज मैं उससे मुक्त हो गया हूँ और मेरे पास किसी से कुछ भी छिपाने को नहीं है, इससे मुझे चैन मिला है। कमला ने क्या जानकर, क्या सोचकर आत्महत्या की, मैं आज तक नहीं समझ पाया, और समझने की कोई सम्भावना भी नहीं रही...किन्तु इतना पक्का है, यदि मृत्यु हम दोनों के जीवन की कठोर गाँठ को इस तरह नहीं काट देती, तो अन्त में हम दोनों कौन–सी दुर्गति में जा पड़ते, यह सोचकर अब भी मेरा हृदय काँप उठता है। एक दिन जो समस्या अचानक मृत्यु के ग्रास से उठकर आ गई थी, एक और दिन वही समस्या उसी प्रकार अकस्मात् मृत्यु के गर्भ में ही विलीन हो गई।"

योगेन्द्र–कमला ने निश्चय ही आत्महत्या कर ली है, इसे संशयहीन रूप में मानकर मत बैठ जाना। वह जो भी हो, इधर तो तुम्हारा रास्ता साफ हो गया, अब मैं नलिनाक्ष की बात सोच रहा हूँ।

उसके बाद योगेन्द्र नलिनाक्ष को लेकर बैठ गया। बोला, "मैं उस तरह के लोगों को भलीभाँति नहीं समझता और जिसे समझता नहीं, उसे पसन्द भी नहीं करता। किन्तु अनेक लोगों की अनेक तरह की बुद्धि होती है, वे जिसे समझते नहीं, उसे ही अधिक पसन्द करते हैं। उसी कारण हेम के लिए मुझे बहुत डर होता है। जब देखा, उसने चाय छोड़ दी है, मांस–मछली भी नहीं खाती, यहाँ तक कि हास–परिहास करने पर पहले की भाँति उसकी आँखें छलछला नहीं आतीं, बल्कि कोमल–मन्द हँसती रहती है, तब समझ गया कि लक्षण अच्छे नहीं हैं। जो भी हो, तुम्हारी सहायता से उसे बचाने में ज़रा भी देर नहीं लगेगी, यह भी मैं निश्चयपूर्वक जानता हूँ; अतएव तैयार हो जाओ, दोनों मित्रों को मिलकर संन्यासी के विरुद्ध युद्ध–यात्रा पर निकलना होगा।"

रमेश ने हँसकर कहा, "यद्यपि मेरी वीर पुरुष के रूप में ख्याति नहीं है, तो भी तैयार हूँ।"

योगेन्द्र–रुक जाओ, मेरी क्रिसमस की छुट्‌टी आ जाने दो।

रमेश–उसमें तो देरी है, तब तक मैं अकेला ही क्यों न आगे बढ़ूँ?

योगेन्द्र–नहीं–नहीं, वह किसी तरह नहीं हो सकता। तुम लोगों का विवाह मैंने ही तुड़वाया था, मैं अपने हाथों उसका प्रतिकार करूँगा। तुम पहले भाग कर मेरे इस शुभ–काज को हड़प लोगे, वह मैं नहीं होने दूँगा। छुट्‌टी में और दस ही दिन तो बाकी हैं।

रमेश–तो इस बीच मैं एक बार...

योगेन्द्र–नहीं–नहीं, मैं वह सब कुछ नहीं सुनना चाहता...तुम इन दस दिन मेरे यहाँ ही हो। यहाँ झगड़ा करने के लिए जितने लोग थे, उन सबको मैं एक–एक कर निबटा चुका हूँ; अब मुँह का स्वाद बदलने के लिए एक मित्र की आवश्यकता पड़ गई है, ऐसी दशा में तुम्हें छोड़ देने का उपाय नहीं है। इतने दिन शाम को बस सियार की बोली सुनता आ रहा हूँ; अब, ऐसा हो गया है कि तुम्हारा कंठ–स्वर भी मुझे वीणा–विनिन्दित लग रहा है, मेरी इतनी शोचनीय अवस्था है।

47

चन्द्रमोहन से रमेश का समाचार पाकर अक्षय के मन में भारी चिन्ता पैदा हो गई। वह सोचने लगा, क्या झमेला है? रमेश ग़ाज़ीपुर में प्रैक्टिस कर रहा था, इतने दिन तक अपने को काफी छिपाकर रखा, इस बीच ऐसा क्या हो गया कि वह वहाँ से प्रैक्टिस छोड़कर फिर से साहसपूर्वक अपने को प्रकट करने के लिए कलुटोला की इस गली में आ पहुँचा। रमेश को किसी दिन कहीं से यह खबर मिल जाएगी कि अन्नदा बाबू लोग काशी में हैं और निश्चय ही वह वहाँ जाकर हाजिर हो जाएगा। अक्षय ने तय किया, इस दौरान ग़ाज़ीपुर जाकर वह सारी बातें पता कर लेगा तथा उसके बाद एक बार काशी जाकर अन्नदा बाबू से मिल आएगा।

एक दिन अगहन के अपराह्न में अपना बैग हाथ में थामे अक्षय ग़ाज़ीपुर आ पहुँचा। पहले बाज़ार में पूछा, "रमेश बाबू नाम के एक बंगाली वकील का घर किस तरफ है।" बहुतों से पूछने पर पता चला, बाज़ार में रमेश बाबू नाम के किसी व्यक्ति की वकील के रूप में ख्याति नहीं है। तब वह अदालत गया। उस समय अदालत उठ रही थी। काला कोट पहने एक बंगाली वकील गाड़ी पर चढ़ने जा रहे थे, अक्षय ने उनसे पूछा, "महाशय, रमेशचन्द्र चौधुरी नाम के एक नए बंगाली वकील ग़ाज़ीपुर में आए हैं, जानते हैं, उनका घर कहाँ है?"

अक्षय को उनसे पता चला कि रमेश तो इतने दिन तक चाचाजी के घर पर ही

था, अब वह वहीं है या कहीं चला गया है, नहीं कहा जा सकता। उसकी पत्नी नहीं मिल रही है, सम्भवत: वह पानी में डूबकर मर गई है।

अक्षय चाचा के घर की ओर चल पड़ा। रास्ते में चलते-चलते सोचने लगा, अब रमेश की चाल समझ में आ रही है। पत्नी मर गई है; अब वह निस्संकोच भाव से हेमनलिनी के सामने प्रमाणित करने की कोशिश करेगा कि उसकी पत्नी कभी थी ही नहीं। हेमनलिनी की जैसी मनोदशा है, उसमें रमेश की बातों पर अविश्वास करना उसके लिए असम्भव होगा। जो धर्म-नीति लिए अधिक दिखाते घूमते हैं, छिपे रूप में वे कितने भयानक लोग होते हैं, अक्षय इस पर मन-ही-मन अपने पर गर्व अनुभव करने लगा।

चाचा के पास जाकर उनसे रमेश और कमला की बात पूछते ही वे शोक-संवरण नहीं कर पाए, उनकी आँखों से आँसू बहने लगे। वे बोले, "आप जब रमेश बाबू के खास दोस्त हैं, तो मेरी बेटी, कमला को निश्चय ही अपनी आत्मीय के समान मानते होंगे; किन्तु मैं यह कह रहा हूँ कि मात्र कुछ दिन मिलकर ही मैं अपनी बेटी के साथ उसके भेद को भूल गया था। यह क्या मुझे पता था कि माँ-लक्ष्मी[1] दो दिन के लिए माया बढ़ाकर मुझ पर ऐसा वज्राघात करके छोड़कर चली जाएगी!"

अक्षय ने मुख म्लान करते हुए कहा, "ऐसी घटना हुई कैसे, मैं तो कुछ भी नहीं समझ पा रहा हूँ। निश्चय ही रमेश कमला के साथ अच्छा व्यवहार नहीं करता होगा।"

चाचा-आप बुरा मत मानिए, आप लोगों के रमेश को मैं आज तक पहचान नहीं पाया। इधर, बाहर से तो विलक्षण व्यक्ति हैं; लेकिन मन में क्या सोचते हैं, क्या करते हैं, समझने का उपाय नहीं है। अन्यथा कमला जैसी पत्नी का क्या सोचकर अनादर करते थे, यह विचार कर भी पता नहीं लगाया जा सकता। कमला ऐसी सती-लक्ष्मी, मेरी बेटी के साथ उसका अपनी बहन के समान नेह था...तब भी कभी एक दिन भी अपने पति के विरुद्ध एक बात भी नहीं बोली। मेरी बेटी कभी-कभी समझ जाती थी कि वह मन में बहुत दुख अनुभव कर रही है, किन्तु अन्तिम दिन तक एक बात नहीं कहलवा पाई। ऐसी पत्नी कितना असहनीय दुख पाकर ऐसा काम कर सकती है, यह तो आप समझ ही सकते हैं...यह बात सोचकर भी छाती फट जाती है। ऊपर से मेरा ऐसा भाग्य कि मैं उस समय इलाहाबाद चला गया था, अन्यथा क्या बिटिया कभी मुझे छोड़कर जा सकती थी?

अगले दिन सुबह अक्षय चाचा को लेकर रमेश के बँगले और गंगा-तट पर

---

1. माँ-लक्ष्मी : बहुत अच्छी, बहुत भली, बहुत प्रिय आदि के अर्थ में प्रयुक्त। हिन्दी लोक-क्षेत्र में इसके लिए 'रानी बिटिया' और 'सोनी बिटिया' प्रयोग देखने को मिलता है।

चक्कर लगा आया। घर लौटकर बोला, "देखिए महाशय, कमला ने गंगा में डूबकर आत्महत्या कर ली है, इस सम्बन्ध में आप जितने निश्चिन्त हैं, उतना मैं नहीं हो पा रहा हूँ।"

चाचा–आप क्या सोचते हैं?

अक्षय–मुझे लगता है, वे घर छोड़कर चली गई हैं, उन्हें अच्छी तरह खोजना उचित है।

चाचा अचानक उत्तेजित होते हुए बोले, "आपने ठीक कहा, बात एकदम से असम्भव नहीं है।"

अक्षय–काशी–तीर्थ निकट ही है। वहाँ मेरे एक परम मित्र हैं; ऐसा भी हो सकता है, कमला ने उनके पास जाकर आश्रय ले लिया हो!

चाचा ने आशान्वित होकर कहा, "कहाँ, उनकी बात तो रमेश बाबू ने हमसे कभी बताई नहीं। अगर पता होता, तो क्या खोजने में कमी रखता?"

अक्षय–तो, एक बार चलिए ना, हम दोनों जने काशी चलें। पश्चिम-अंचल सारा ही आपका देखा-भाला है, आप अच्छी तरह खोज पाएँगे।

चाचा उत्साहपूर्वक इस प्रस्ताव से सहमत हो गए। अक्षय जानता था, हेमनलिनी सहजता से उसकी बात का विश्वास नहीं करेगी, इसीलिए प्रामाणिक साक्षी के रूप में चाचा को लेकर काशी गया।

48

अन्नदा बाबू शहर के बाहर कैंटोनमेंट के अधिकार–क्षेत्र में पड़नेवाली खाली जगह पर एक बंगला किराए पर लेकर रह रहे हैं।

काशी पहुँचते ही अन्नदा बाबू को पता चला, नलिनाक्ष की माँ, क्षेमंकरी का सामान्य खाँसी–बुखार धीरे–धीरे न्यूमोनिया बनकर खड़ा हो गया है। बुखार के ऊपर इस शीत में उन्होंने नियमित प्रातःस्नान बन्द नहीं किया, जिसके चलते उनकी ऐसी संकटापन्न अवस्था हो गई।

कुछ दिन तक हेम द्वारा अनथक प्रयत्नपूर्वक की गई उनकी सेवा के बाद क्षेमंकरी की संकट की अवस्था पार हो गई। इसके बावजूद उनकी अतिशय दुर्बल अवस्था बनी हुई है। शुचिता को लेकर अत्यन्त विचार करने के चलते पथ्य-जल आदि के सम्बन्ध में हेमनलिनी की सहायता उनके किसी काम नहीं आई। इसके पूर्व वे अपना पकाया भोजन करती थीं, अब नलिनाक्ष उनका पथ्य तैयार करके देने लगा और भोजन सम्बन्धी माँ की सारी सेवा नलिनाक्ष को अपने हाथों से करनी पड़ती थी।

इससे क्षेमंकरी हमेशा मनस्ताप प्रकट करते हुए कहती रहने लगीं, ''मेरा तो चले जाना ही ठीक था, विश्वेश्वर ने केवल तुम लोगों को कष्ट देने के लिए ही मुझे बचा लिया है।''

क्षेमंकरी अपने सम्बन्ध में कठोरता का सहारा ले रही थीं, किन्तु अपने चतुर्दिक् की सुव्यवस्था और सौन्दर्य-विन्यास पर उनकी दृष्टि बहुत अधिक थी। हेमनलिनी ने यह बात नलिनाक्ष से सुनी थी। इसीलिए वह विशेष प्रयत्न के साथ चारों ओर सार-सँभालकर और घर-द्वार सजाकर तथा अपने को भी यत्नपूर्वक सजाकर क्षेमंकरी के सामने आती थी। अन्नदा ने कैंटोनमेंट में जो बगीचा किराए पर लिया था, वे प्रतिदिन वहाँ से फूल चुनकर ला देते थे, हेमनलिनी उन फूलों को नाना ढंग से क्षेमंकरी की रोग-शय्या के निकट सजाकर रख देती थी।

नलिनाक्ष ने अनेक बार माँ की सेवा के लिए दासी रखने की कोशिश की थी, लेकिन उन्हें किसी भी तरह उनसे सेवा करवाने में अभिरुचि नहीं होती थी। अवश्य ही, जल भरने आदि के लिए नौकर-नौकरानियाँ थे, परन्तु वे अपने निजी कार्यकलाप में किसी वेतनभुक्त नौकर का हस्तक्षेप सहन नहीं कर पाती थीं। हरी की माँ ने उन्हें बचपन में पाला-पोसा था, उसकी मृत्यु के बाद से अति भयंकर बीमारी के समय भी वे किसी दासी को पंखा झलने या शरीर सहलाने नहीं देतीं।

सुन्दर बालक और सुन्दर चेहरे उन्हें बहुत प्यारे लगते थे। दशाश्वमेघ घाट पर प्रातःस्नान निबटाने के बाद मार्ग में प्रत्येक शिवलिंग पर पुष्प और गंगा-जल चढ़ा कर घर लौटते समय किसी-किसी दिन कहीं से किसी सुन्दर हिन्दुस्तानी[1] लड़के को या किसी गोरी सुश्री हिन्दुस्तानी ब्राह्मण कन्या को घर लेकर पहुँच जाती थीं। मोहल्ले के एक-दो सुन्दर लड़कों को उन्होंने खिलौने, पैसे, खाने की चीज़ें देकर वश में कर लिया था; वे जब-तब उनके घर में यहाँ-वहाँ ऊधम मचाते हुए खेलते रहते थे, इसमें उन्हें बड़ा आनन्द मिलता था। उनमें एक और सनक थी। कोई छोटी-मोटी सुन्दर चीज़ देखते ही वे उसे खरीदे बिना नहीं रह पाती थीं। वे सब उनके किसी काम नहीं आती थीं; लेकिन किस चीज़ के मिलने से कौन खुश होगा, इसका अनुमान करके उपहार भेजने में उन्हें विशेष आनन्द मिलता था। कई बार उनके दूर के सम्बन्धी और परिचित भी इस प्रकार की कोई चीज़ डाक से पाकर आश्चर्य में पड़ जाते थे। उनके एक आबनूस के सन्दूक में इसी तरह की बहुत सी अनावश्यक चीज़ें और नलिन के कपड़े-लत्ते इकट्ठे थे। उन्होंने मन-ही-मन तय कर रखा था, जब नलिन की बहू आएगी, तो ये सारी चीज़ें उसकी हो जाएँगी। नलिन की एक परम सुन्दरी बालिका वधु उन्होंने मन में कल्पित कर रखी थी...वह उनके घर को

1. हिन्दुस्तानी : पहले बंगाली-समाज में उत्तर प्रदेश, बिहार, मध्य प्रदेश आदि हिन्दीभाषी क्षेत्रों के निवासियों को 'हिन्दुस्तानी' कहा जाता था।

प्रकाशित करके खेलती फिर रही है, उसे वे सजा रही हैं, पहना-ओढ़ा रही हैं, इसी सुख की कल्पना में उनका अनेक दिन का बहुत-सा समय बीता है।

वे स्वयं तपस्विनी के समान थीं; स्नान आदि दैनिक कार्यों, पूजा-पाठ में प्रायः दिन बीत जाने पर एक बखत फल-दूध-मिठाई खाकर रहती थीं; किन्तु नलिनाक्ष की नियम-संयम की इतनी निष्ठा उन्हें मन में अच्छी नहीं लगती थी। वे बोलती थीं, 'पुरुष लोगों का आचार-विचार का इतना दिखावा क्यों?' पुरुषों को वे बड़े बालकों के समान समझती थीं; खानपान-चालचलन में उन लोगों का परिमाण-बोध या कर्तव्य-बोध न रहने पर वे मानो, वे उसकी प्रश्रय-बुद्धि के साथ संगति बैठा लेती थीं, क्षमा भाव के साथ बोलती थीं, 'पुरुष क्या कठोर अनुशासन का पालन कर सकता है!' अवश्य ही धर्म की सभी को रक्षा करनी होगी, किन्तु आचार पुरुषों के लिए नहीं है, उन्होंने मन-ही-मन यही निश्चित कर लिया था। यदि नलिनाक्ष अन्यान्य पुरुषों के समान थोड़ा-सा अविवेचक और स्वेच्छाचारी होता, सावधानी बरतने में केवलमात्र उनके पूजा-घर में प्रवेश तथा असमय उन्हें स्पर्श करने को बचाकर चलता, तो उतने से ही उन्हें खुशी होती।

जब बीमारी से उठीं, तो क्षेमंकरी ने देखा, हेमनलिनी नलिनाक्ष के उपदेशों के अनुसार नाना प्रकार के नियम-पालन में जुट गई है, यहाँ तक कि वृद्ध अन्नदा बाबू भी नलिनाक्ष की सारी बातें कुशल गुरु-वाक्यों के समान विशेष श्रद्धा और भक्ति के साथ मनोयोगपूर्वक सुनते हैं।

क्षेमंकरी को इसमें बड़ा कौतुक अनुभव हुआ। उन्होंने एक दिन हेमनलिनी को बुलाकर हँसते हुए कहा, "बेटी, देख रही हूँ, तुम लोग नलिन को और पागल बना दोगे। उसकी वे सब पागलपन की बातें क्यों सुनते हो? सज-धजकर, हँसते-खेलते हुए आमोद-आह्लाद करते घूमो; अभी क्या तुम लोगों की तपस्या करने की उम्र है? यदि कहो 'आप ही बराबर यह सब लिए क्यों बैठी रहती हैं', तो उसके पीछे एक बात है। मेरे माँ-बाप बड़े निष्ठावान थे। हम सब भाई-बहन बचपन से उसी सब शिक्षा में बड़े हुए हैं। अगर हम यह छोड़ दें, तो हमारा दूसरा कोई सहारा नहीं रहेगा। लेकिन तुम लोग तो ऐसे नहीं हो; तुम्हारी सारी शिक्षा-दीक्षा मुझे पता है। तुम लोग जो कर रहे हो, वह सब ज़बर्दस्ती कर रहे हो; उसमें लाभ क्या है बेटी? जो जिसे मिला है, वह उसी की अच्छी तरह रक्षा करके चले, मेरा तो यही कहना है। नहीं-नहीं, वह सब कुछ नहीं, वह सब छोड़ो। तुम लोगों को फिर निरामिष क्यों खाना है, योग-तप किसलिए! और नलिन ही इतना बड़ा गुरु कब से बन बैठा? उसे इस सबका क्या पता? वह तो कल तक, जो खुशी, वही करता घूम रहा था, शास्त्र की बात सुनते ही एकदम क्रोध-मूर्ति का रूप धारण कर लेता था। मुझे खुश करने के लिए उसने यह सब आरम्भ कर दिया है, लगता है, अन्त में पूरा संन्यासी बनकर

निकल जाएगा। मैं उससे बार-बार कहती हूँ, 'बचपन से तेरा जो विश्वास था, तू उसी के साथ रह; वह कुछ बुरा नहीं है, मैं उसमें सन्तुष्ट या असन्तुष्ट नहीं होऊँगी।' सुनकर नलिन हँसता है; यह उसका स्वभाव है, सारी बातें चुपचाप सुनता रहता है, गाली देने पर भी उत्तर नहीं देता।''

अपराह्न में पाँच बजे के बाद हेमनलिनी के केश बाँधते-बाँधते यही चर्चा चलती थी। हेम का जूड़ा बाँधना क्षेमंकरी को पसन्द नहीं आता था। वे कहतीं, ''बेटी, लगता है, तुम सोचती हो, मैं नितान्त पुराने ज़माने की हूँ, आजकल का फैशन बिलकुल नहीं जानती। किन्तु मुझे जितने प्रकार के केश बाँधने आते हैं, उतने तुम लोगों को भी नहीं आते बिटिया। एक बड़ी अच्छी मेम मिल गई थी, वह मुझे सिलाई सिखाने आती थी, उसी से कितनी तरह के केश बाँधने भी सीख लिए थे। उसके जाते ही मुझे नहाकर कपड़े बदलने पड़ते थे। क्या करूँ बेटी, संस्कार है, उसका अच्छा-बुरा नहीं जानती...न मानकर रह नहीं पाती। तुम लोगों के साथ भी जो उतनी छुआछूत बरतती हूँ, बुरा मत मानना बेटी। उसका अर्थ घृणा नहीं है, वह केवल एक आदत है। नलिन लोगों के घर जब दूसरा मत ग्रहण किया गया, हिन्दुआनी समाप्त हो गई, तब तो मैंने बहुत सहा, कोई बात ही नहीं कही; मैंने बस एक बात कही, कि जो ठीक समझो, करो...मैं मूर्ख स्त्री हूँ, अब तक जो करती आ रही हूँ, उसे नहीं छोड़ पाऊँगी।''

बोलते-बोलते क्षेमंकरी ने आँखों में आए कुछ बूँद आँसू जल्दी से आँचल से पोंछ डाले।

इस प्रकार, हेमनलिनी का जूड़ा खोलकर उसके सुदीर्घ केश-गुच्छ की प्रतिदिन नए-नए ढंग से वेणी गूँथना क्षेमंकरी को बहुत अच्छा लगता था। ऐसा भी हुआ कि उन्होंने अपने आबनूस के सन्दूक से अपनी पसन्द के रंग के कपड़े निकालकर उसे पहना दिए। अपने मनोनुकूल सजाने में उन्हें बहुत आनन्द आता है। हेमनलिनी प्रायः रोजाना अपनी सिलाई क्षेमंकरी को दिखाने ले जाती; क्षेमंकरी ने उसे नए-नए ढंग की सिलाई की शिक्षा देनी शुरू कर दी। यह सब उनका सन्ध्या-समय का काम था। बांग्ला मासिक-पत्र और कहानियों की पुस्तकें पढ़ने का उनका उत्साह भी कम नहीं था। हेमनलिनी के पास जो कुछ किताबें और पत्रिकाएँ थीं, उसने सभी क्षेमंकरी को लाकर दे दी थीं। किसी-किसी निबन्ध और पुस्तक पर क्षेमंकरी की आलोचना सुनकर हेम आश्चर्य में पड़ जाती थी; अंग्रेजी न पढ़कर भी इस प्रकार बुद्धि-विचार के साथ सोचा जा सकता है, यह उसकी धारणा ही नहीं थी। नलिनाक्ष की माँ की बातचीत और संस्कार-आचरण, सब कुछ के प्रकाश में हेमनलिनी को वे बड़ी आश्चर्यजनक स्त्री प्रतीत हुईं। वह जो सोचकर आई थी, उसमें से कुछ भी नहीं, सभी कुछ अप्रत्याशित।

49

क्षेमंकरी फिर से बुखार में पड़ गईं। किन्तु इस बार का बुखार ऊपर से ही टल गया। नलिनाक्ष सन्ध्या-समय प्रणाम करके उनकी चरण-रज लेकर बोला, "माँ, तुम्हें कुछ दिन रोगी के विधान के अनुसार चलना पड़ेगा। दुर्बल शरीर कठोरता सहन नहीं कर सकता।"

क्षेमंकरी बोलीं, "मैं रोगी के विधान के अनुसार चलूँगी और तुम योगी के विधान के अनुसार चलोगे! नलिन, तुम्हारा यह सब बहुत दिन नहीं चल सकता। मैं आदेश देती हूँ, अब तुम्हें विवाह करना ही होगा।"

नलिनाक्ष चुप लगाए बैठा रहा। क्षेमंकरी ने कहा, "देखो बेटा, मेरा यह शरीर तो और ठीक होने से रहा; अब मैं तुम्हें गृहस्थ देखकर जा सकूँ, तो चैन से मौत आए। पहले सोचती थी, एक छोटी-सी, सोनी-सी बहू मेरे घर आएगी, मैं उसे अपने हाथों सिखा-पढ़ाकर बड़ा करूँगी, उसे सजा-सँभालकर सुखपूर्वक रहूँगी। किन्तु इस बार की बीमारी ने भगवान ने मेरी आँखें खोल दी हैं। अपनी आयु पर इतना विश्वास रखकर नहीं चला जा सकता, मैं कब रहूँ, कब न रहूँ, क्या ठिकाना! एक छोटी-सी लड़की को तुम्हारी गर्दन में बाँध दूँ, तो वह और मुश्किल हो जाएगी। उससे अच्छा है, अपने समान बड़ी आयु वाली लड़की से ही विवाह करो। बुखार के दौरान यही सारी बातें सोचते-सोचते मुझे रात में नींद नहीं आती थी। मैं अच्छी तरह समझ गई हूँ, मेरा यही आखिरी काम बच गया है, इसे निबटाने की आशा में ही मुझे ज़िन्दा रहना होगा, अन्यथा मुझे शान्ति नहीं मिलेगी।"

नलिनाक्ष-हम लोगों के साथ घुल-मिल जाए, ऐसी लड़की मिलेगी कहाँ?

क्षेमंकरी बोलीं, "अच्छा, अब यह तुम्हें मैं तय करके बताऊँगी, इसके लिए तुम्हें चिन्ता नहीं करनी पड़ेगी।"

क्षेमंकरी आज तक अन्नदा बाबू के सामने नहीं आती थीं। जब अन्नदा बाबू प्रतिदिन की भाँति शाम होने के कुछ पहले घूमते-घूमते नलिनाक्ष के घर आए, तो क्षेमंकरी ने उन्हें बुला भेजा। उनसे बोलीं, "आपकी बिटिया बड़ी सुलक्षिणी है, मुझे उससे बड़ा लाड़ हो गया है। मेरे नलिनाक्ष को तो आप लोग जानते ही हैं, उस लड़के पर कोई भी कोई दोष नहीं लगा सकता...डॉक्टरी में भी उसका बहुत नाम है। अपनी बेटी के लिए इस तरह का रिश्ता क्या आसानी से खोज पाएँगे?"

अन्नदा बाबू हकबकाते हुए बोल पड़े, "क्या कह रही हैं? इस तरह की बात की आशा करने का साहस तक मैं नहीं कर सकता। यदि नलिनाक्ष के संग मेरी बिटिया का विवाह हो, तो इससे बड़ा सौभाग्य मेरा और क्या हो सकता है। लेकिन क्या वे..."

क्षेमंकरी बोलीं, "नलिन आपत्ति नहीं करेगा। वह आजकल के लड़कों की तरह नहीं है, वह मेरी बात सुनता है। और, इसमें निहोरे करनेवाली बात ही क्या है! कौन है, जो आपकी बेटी को पसन्द नहीं करेगा? परन्तु यह काज मैं बहुत जल्दी ही निबटाना चाहती हूँ। मुझे अपने स्वास्थ्य के लक्षण अच्छे नहीं दिख रहे हैं।"

उस रात अन्नदा बाबू प्रफुल्ल मन घर लौटे। रात में ही हेमनलिनी को बुलाकर कहा, "बेटी, मेरी उम्र काफी हो गई है, इन दिनों मेरा स्वास्थ्य भी ठीक नहीं चल रहा है। तुम्हारा एक ठौर-ठिकाना किए बिना चले जाने पर मुझे चैन नहीं मिलेगा। हेम, मेरे सामने शरमाने से नहीं चलेगा; तुम्हारी माँ रही नहीं, अब तो तुम्हारा सारा दायित्व मुझ पर ही है।"

हेमनलिनी उत्कंठित होकर अपने पिता की ओर देखती रही।

अन्नदा बाबू बोले, "बेटी, तुम्हारे लिए एक ऐसा रिश्ता आया है कि मन के आनन्द को मैं और दबा नहीं पा रहा हूँ। मुझे केवल यही डर हो रहा है कि कोई विघ्न न पड़ जाए! आज नलिनाक्ष की माँ ने मुझे अपने आप बुलाकर अपने बेटे के संग तुम्हारे विवाह का प्रस्ताव किया।"

हेमनलिनी ने चेहरा लाल करके सकुचाते हुए कहा, "पिताजी, आप क्या बोल रहे हैं! नहीं-नहीं, ऐसा कभी हो ही नहीं सकता।"

नलिनाक्ष के संग कभी विवाह हो सकता है, इस सम्भावना का सन्देह तक हेमनलिनी के मस्तिष्क में नहीं आता। अचानक पिता के मुँह से यह प्रस्ताव सुनकर लज्जा और संकोच ने उसे बेचैन कर डाला।

अन्नदा ने पूछा, "क्यों नहीं हो सकता?"

हेमनलिनी ने कहा, "नलिनाक्ष बाबू! क्या ऐसा भी कभी होता है!" इस प्रकार के उत्तर को सही तर्क नहीं कहा जा सकता, लेकिन यह तर्क की अपेक्षा अनेक गुना शक्तिशाली है।

हेम और नहीं ठहर पाई, वह बरामदे में चली गई।

अन्नदा बाबू अत्यन्त दुखी हो गए। उन्होंने इस प्रकार की बाधा की कल्पना भी नहीं की थी। बल्कि उनकी धारणा थी कि नलिनाक्ष के साथ विवाह के प्रस्ताव से हेम मन-ही-मन प्रसन्न हो जाएगी। हतबुद्धि वृद्ध दुखी चेहरा लिये केरोसिन की रोशनी की ओर देखते हुए स्त्री-स्वभाव के अचिन्तनीय रहस्य और हेमनलिनी की माँ के अभाव के विषय में मन-ही-मन सोच-विचार करने लगे।

हेम बहुत देर तक बरामदे के अँधेरे में बैठी रही। उसके बाद कमरे की ओर देखने पर अपने पिता के नितान्त हताशा भरे चेहरे का भाव आँखों में पढ़ते ही उसके मन को दुख पहुँचा। जल्दी से अपने पिता की कुर्सी के पीछे खड़ी होकर उनके सिर

में अँगुलियाँ चलाते-चलाते बोली, ''पिताजी, चलिए, बहुत पहले खाना परोस दिया था, खाना ठंडा हो गया।''

अन्नदा बाबू यंत्रचालित की भाँति उठकर खाने की जगह पर चले गए, किन्तु अच्छी तरह खा ही नहीं पाए। हेमनलिनी का सारा अशुभ समय बीत गया है, सोचकर वे बहुत आशान्वित हो उठे थे, किन्तु हेमनलिनी की ओर से ही इतनी बड़ी बाधा आ जाने के कारण वे अत्यन्त निरुत्साहित हो गए। उन्होंने व्याकुल दीर्घ नि:श्वास छोड़ते हुए सोचा, तो हेम अभी भी रमेश को भूल नहीं पाई है।

अन्य दिन, अन्नदा बाबू भोजन करते ही सोने चले जाते थे, आज बरामदे में किरमिच की आरामकुर्सी पर बैठकर घर के बगीचे के सामने वाले कैंटोनमेंट के निर्जन रास्ते की ओर देखते हुए सोचने में लग गए।

हेमनलिनी ने आकर कोमल स्वर में कहा, ''पिताजी, यहाँ बड़ी ठंड है, सोने चलिए।''

अन्नदा बोले, ''तुम सोने जाओ, मैं कुछ देर बाद आ रहा हूँ।''

हेमनलिनी चुपचाप उनके पास खड़ी रही। कुछ ही देर बाद फिर बोली, ''पिताजी, आपको ठंड लग रही है, न हो, बैठक में ही चलिए।''

अन्नदा बाबू कुर्सी से उठकर बिना कुछ कहे सोने चले गए।

कहीं उसके कर्तव्य को नुकसान न पहुँचे, हेमनलिनी रमेश की बातों को मन-ही-मन उथल-पुथल मचाने देकर अपने को पीड़ित नहीं होने देती। इसी के चलते वह अब तक अपने साथ बहुत लड़ाई करती आ रही है। लेकिन जब बाहर से खिंचाव पड़ता है, तो घाव की सारी टीस जाग उठती है। हेमनलिनी का भावी जीवन किस रूप में व्यतीत होगा, इसे वह अब तक ज़रा भी साफ़-साफ़ नहीं समझ पा रही थी, इसी कारण कोई मज़बूत सहारा खोजने के क्रम में अन्त में नलिनाक्ष को गुरु मानकर उसके उपदेश के अनुसार चलने को तैयार हो गई थी। किन्तु जैसे ही विवाह के प्रस्ताव द्वारा उसे उसके हृदय के गहन प्रदेश के आश्रय-सूत्र से खींचकर लाना चाहा, वैसे ही वह समझ गई कि वह बन्धन कितना कठोर है! किसी के उसे तोड़ने को आते ही हेमनलिनी का सम्पूर्ण मन व्याकुल होकर उस बन्धन को दुगुनी ताकत से जकड़कर रखने की कोशिश करने लगता है।

50

इधर क्षेमंकरी ने नलिनाक्ष को बुलाकर कहा, ''मैंने तुम्हारे लिए लड़की तय कर दी है।''

नलिनाक्ष ने थोड़ा हँसकर कहा, ''पूरी तरह से तय कर दी है?''

क्षेमंकरी–नहीं तो क्या? मैं क्या चिरकाल जीवित रहूँगी? तो सुनो, मैंने हेमनलिनी को ही पसन्द किया है...ऐसी लड़की और नहीं मिलेगी। रंग भले ही उतना साफ़ नहीं है, लेकिन...

नलिनाक्ष–तुम्हारी सौगन्ध माँ, मैं रंग गोरा होने की बात नहीं सोच रहा हूँ। परन्तु हेमनलिनी के संग कैसे होगा? ऐसा क्या कभी होता है?

क्षेमंकरी–यह फिर क्या बात! न होने का तो कोई कारण दिखाई नहीं दे रहा है।

नलिनाक्ष के लिए इसका उत्तर देना बहुत मुश्किल है। किन्तु हेमनलिनी...जिसे इतने दिन तक निकट बैठाकर निःसंकोच भाव से गुरु के समान उपदेश देता आ रहा है, अचानक उसके संग विवाह का प्रस्ताव आ जाने पर जैसे लज्जा ने नलिनाक्ष के हृदय पर आघात किया।

नलिनाक्ष को चुप रहते देख क्षेमंकरी बोलीं, "मैं इस बार तुम्हारा कोई बहाना नहीं सुनूँगी। मेरे लिए तुम इस आयु में सब कुछ छोड़कर काशीवासी बने तपस्या करते रहोगे, मैं इसे किसी भी तरह सहन नहीं करूँगी। इस बार जब भी शुभ दिन आएगा, वह दिन यों ही नहीं चला जाएगा, यह मैं कहे दे रही हूँ।"

नलिनाक्ष कुछ देर स्तब्ध रहकर बोला, "तब माँ तुमसे एक बात कहता हूँ। किन्तु पहले ही कह रहा हूँ, तुम परेशान मत हो जाना। जिस घटना की बात बता रहा हूँ, वह आज की नहीं है, दस महीने हो गए हैं, उसे लेकर आज परेशान होने की आवश्यकता नहीं है। परन्तु माँ, जैसा तुम्हारा स्वभाव है, एक अमंगल छँट जाने पर भी उसका भय तुम्हें किसी भी तरह छोड़ना नहीं चाहता। इसी वजह से कितने दिन से तुमसे कहना कहना करते हुए भी कहना नहीं हो सका। मेरी ग्रह–शान्ति के लिए जितना अनुष्ठान कराना चाहो, करवा लो, लेकिन अनावश्यक रूप से मन को दुखी मत करना।"

क्षेमंकरी ने उद्विग्न होते हुए कहा, "क्या जानूँ बेटा, क्या कहूँ, किन्तु तुम्हारी भूमिका सुनकर मेरा मन और घबराने लगा है। जितने दिन संसार में हूँ, अपने को इस तरह छिपाकर तो नहीं चला जा सकता। मैं तो दूर ही रहना चाहती हूँ, पर बुरे को ढूँढ़कर बाहर तो नहीं निकालना पड़ता; वह स्वयं ही गर्दन पर सवार हो जाता है। तो, अच्छी हो या बुरी, बोलो, तुम्हारी बात सुनूँ।"

नलिनाक्ष ने कहा, "इसी माघ के महीने में रंगपुर का अपना सारा सामान बेचने के बाद मैं अपने बगीचे वाले घर को किराए पर चढ़ाकर लौट रहा था। साँड़ा आकर मुझे क्या पागलपन सूझा कि सोचा, कोलकाता तक रेल के बदले नाव से आऊँ। साँड़ा में एक बड़ी नौका किराए पर लेकर यात्रा पर निकल पड़ा। दो दिन का सफर तय करने के बाद एक द्वीप के निकट नौका बाँधकर स्नान कर रहा था, तभी अचानक देखा, हमारा भूपेन एक बन्दूक हाथ में पकड़े हाजिर है। मुझे देखते ही वह उछल

पड़ा, बोला, 'शिकार पर निकलते ही बहुत बड़ा शिकार मिल गया।' वह उधर ही कहीं डिपुटी-मजिस्ट्रेटी कर रहा था और शिविर से नगर के बाहर घूमने निकला था। बड़े दिन बाद मिलना हुआ था, मुझे तो किसी भी तरह छोड़ा ही नहीं, साथ-साथ लिये घूमने लगा। एक दिन धोबापुकुर नाम के स्थान पर उसका शिविर लग गया। सन्ध्या-समय हम लोग गाँव घूमने निकले...काफी बड़ा गाँव, एक विशाल खेत के किनारे टटिया से घिरे छप्परवाले एक घर में घुस गए। गृह-स्वामी ने हम लोगों को आँगन में बैठने के लिए दो मूढ़े ला दिए। उस समय चबूतरे पर स्कूल चल रहा था। लकड़ी की कुर्सी पर विराजमान प्राइमरी स्कूल के पंडित ने कमरे के एक स्तम्भ के सहारे दोनों पैर उठा रखे थे। स्लेट पकड़े बालक ज़मीन पर बैठकर भयावह कोलाहल करते हुए विद्या-लाभ कर रहे थे। गृह-स्वामी का नाम था, तारिणी चाटुर्ज्या। उन्होंने भूपेन से मेरा छोटे-से-छोटा परिचय प्राप्त कर लिया। शिविर की ओर लौटते हुए भूपेन बोला, 'वाह, तुम्हारा भाग्य अच्छा है, तुम्हारे लिए एक रिश्ता आनेवाला है।' मैं बोला, 'यह किस तरह की बात है?' भूपेन ने कहा, 'यह तारिणी चाटुर्ज्या महाजनी करता है, इतना बड़ा कंजूस दुनिया भर में नहीं होगा। यही जो स्कूल के लिए घर में जगह दी है, उस कारण नए मजिस्ट्रेट के आते ही अपनी लोक-हितैषिता को लेकर भारी आडम्बर रचता है। लेकिन स्कूल के पंडित को घर में केवल खाना खिलाकर रात दस बजे तक सूद का हिसाब करवा लेता है, महीना तो गवर्नमेंट की सहायता और स्कूल की फीस से निकल ही आता है। इसकी एक बहन पति के देहान्त के बाद बेचारी कहीं भी आश्रय न मिलने के कारण इसी के पास आ गई। उस समय वह गर्भिणी थी। यहाँ आकर एक कन्या को जन्म देने के बाद कोई इलाज न होने के कारण वह मर गई। और एक बहन घर-गृहस्थी का सारा काम करके बाई रखने का खर्चा बचा लेती थी, उसी ने इस लड़की को बेटी के समान पाला-पोसा। लड़की के कुछ बड़ा होते ही उसकी भी मृत्यु हो गई। उसी समय से मामा-मामी की गुलामी करती हुई, दिन-रात लानत-मलामत सहकर लड़की बड़ी हो रही है। विवाह के लिए काफी उम्र हो गई है, लेकिन ऐसी अनाथ के लिए वर कहाँ से मिले? विशेषकर उसके माँ-बाप को यहाँ कोई जानता नहीं था, पितृहीन अवस्था में इसका जन्म हुआ है, इसे लेकर मोहल्ले के षड्यंत्रकारी काफी सन्देह प्रकट करते रहते हैं। सभी को पता है, तारिणी चाटुर्ज्या के पास अगाध पैसा है, लोगों की इच्छा है...इस लड़की के विवाह के बहाने कन्या के सम्बन्ध में उलटा-सीधा कहकर इसका कुछ ज्यादा ही दोहन किया जाए। वह तो आज चार बरस से लड़की की आयु दस बरस बताकर परिचय देता चला आ रहा है। इस हिसाब से अन्ततः इस समय उसकी आयु चौदह होगी। पर, जो भी कहो, लड़की का नाम भी कमला है और सब विषयों में नितान्त लक्ष्मी की प्रतिमा है। मैंने तो इतनी सुन्दर लड़की देखी नहीं। इस गाँव में परदेस से

किसी ब्राह्मण-युवक के आते ही तारिणी उससे विवाह के लिए हाथ-पाँव जोड़ता है। लेकिन अगर कोई राजी हो जाता है, तो गाँव के लोग भाँजी मारकर उसे भगा देते हैं। इसीलिए, निश्चयपूर्वक अब तुम्हारी बारी है।' जानती हो माँ, उस समय मेरे मन की अवस्था एक प्रकार से प्राणों की बाजी लगाने जैसी हो रही थी; मैंने बिना कुछ सोचे-विचारे बोल दिया, 'इस लड़की से मैं ही शादी करूँगा।' इसके पहले मैंने निश्चय किया था, एक हिन्दू लड़की को ब्याह लाकर तुम्हें चमत्कृत कर दूँगा; मैं जानता था, बड़ी आयु की ब्राह्म लड़की हमारे इस घर में आने पर सभी पक्ष दुखी हो जाएँगे। भूपेन तो एकदम से अचम्भित हो गया। वह बोला, 'क्या कह रहे हो!' मैं बोला, 'बोलने की बात नहीं, मैंने पूरी तरह से मन पक्का कर लिया है।' भूपेन ने कहा, 'पक्का?' मैंने कहा, 'पक्का।' उसी शाम खुद तारिणी चाटुर्ज्या हमारे शिविर में आ पहुँचा। ब्राह्मण हाथ में जनेऊ लपेटकर हाथ जोड़कर बोला, ' मेरा उद्धार करना ही पड़ेगा। लड़की अपनी आँखों से देख लीजिए, अगर पसन्द न आए, तो दूसरी बात है...लेकिन दुश्मन-पक्ष की बातों में न आइए।' मैं बोला, 'देखने की आवश्यकता नहीं, दिन निश्चित कर लीजिए।' तारिणी ने कहा, 'परसों शुभ दिन है, परसों ही हो जाए।' जल्दी की दुहाई लगाकर यथासाध्य विवाह का खर्चा बचाने की इच्छा उसकी थी। विवाह हो गया।''

क्षेमंकरी ने चौंकते हुए कहा, ''विवाह हो गया...क्या कहते हो नलिन!''

नलिनाक्ष-हाँ, हो गया, बहू लेकर नौका पर भी चढ़ गया। जिस दिन शाम को चढ़ा, उसी दिन दो-एक घंटे होने पर सूरज छिपने के एक पहर के बाद अचानक बिना समय उस फाल्गुन माह में कहीं से अत्यन्त गरम चक्रवाती हवा ने आकर एक पल में हमारी नौका को उलटकर पता नहीं क्या कर डाला, जैसे कुछ समझ में ही नहीं आया।

क्षेमंकरी बोलीं, ''मधुसूदन!'' उनके पूरे शरीर के रोंगटे खड़े हो गए।

नलिनाक्ष-क्षण भर बाद जब चेतना लौटी, तो देखा, मैं नदी में एक जगह तैर रहा हूँ, लेकिन आस-पास किसी नौका या यात्री का कोई चिह्न नहीं है। पुलिस को खबर देकर बहुत खोज-बीन की गई, किन्तु कोई फल नहीं निकला।

क्षेमंकरी विवर्ण-मुख बोलीं, ''जाने दो, जो हो गया, सो हो गया, यह बात मेरे सामने फिर कभी मत उठाना...सोचने से ही मेरी छाती काँप रही है।''

नलिनाक्ष-यह बात मैं कभी भी तुमसे नहीं कहता, लेकिन विवाह की बात लेकर तुम बहुत जिद कर रही हो, इसीलिए कहनी पड़ी।

क्षेमंकरी बोलीं, ''एक बार एक दुर्घटना घट जाने भर से तू इस जीवन में कभी विवाह करेगा ही नहीं?''

नलिनाक्ष ने कहा, ''माँ, उस कारण नहीं, लेकिन अगर वह लड़की बच गई हो?''

क्षेमंकरी–पागल हो गया है! बच गई होती, तो तुझे खबर नहीं करती?

नलिनाक्ष–मेरे बारे में उसे क्या पता है? उसके लिए मुझसे अपरिचित कौन है? लगता है, उसने मेरा चेहरा भी नहीं देखा। काशी लौटकर तारिणी चाटुर्ज्या को अपना पता सूचित किया था; उन्होंने भी कमला की कोई खोज–खबर न पाने की मुझे चिट्ठी लिखी थी।

क्षेमंकरी–तो फिर क्या!

नलिनाक्ष–मैंने मन–ही–मन तय किया है, पूरे एक बरस प्रतीक्षा करने के बाद उसकी मृत्यु को पक्का मानूँगा।

क्षेमंकरी–तुम्हारी हर बात में हद है। फिर किस वजह से एक बरस प्रतीक्षा करनी है?

नलिनाक्ष–माँ, एक बरस में और देर ही कितनी है! अब अगहन है; पौष में विवाह हो ही नहीं सकता; उसके बाद माघ बीतते ही फागुन।

क्षेमंकरी–अच्छा, ठीक है। लेकिन कन्या तय रही। मैंने हेमनलिनी के बाप को वचन दिया है।

नलिनाक्ष ने कहा, ''माँ, आदमी तो केवल वचन ही दे सकता है, जिनके हाथ में उस वचन को सफल बनाना है, उन्हीं के सहारे रहूँगा।''

क्षेमंकरी–जो हो बेटा, तुम्हारी उस घटना को सुनकर अभी तक मेरा शरीर काँप रहा है।

नलिनाक्ष–वह मैं जानता हूँ माँ, तुम्हारे मन को शान्त होने में बहुत दिन लगेंगे। तुम्हारा मन एक बार ज़रा–सा अशान्त हो जाए, तो किसी भी तरह उसकी बेचैनी थमना नहीं चाहती। उसी कारण तो माँ, तुम्हें इस प्रकार के समाचार देना ही नहीं चाहता।

क्षेमंकरी–अच्छा ही करते हो बेटा...पता नहीं आजकल मुझे क्या हो गया है, ज़रा–सा बुरा सुनते ही उसका डर किसी भी तरह कटता ही नहीं। मुझे डाक से आई एक चिट्ठी खोलने में भी डर लगता है, कहीं उसमें कोई अशुभ समाचार न हो। मैंने भी तो तुम लोगों से कह रखा है, मुझे कोई खबर देने की कोई ज़रूरत नहीं; मैं तो सोचती हूँ, इस संसार में मैं मर ही गई हूँ, फिर यहाँ की चोटें मुझ पर क्यों!

51

कमला जब गंगा–तट पर पहुँची, तो रश्मि–शोभाहीन म्लान सूर्यदेव पश्चिमी आकाश के कोने में उतर आए थे। कमला ने आसन्न अन्धकार के समक्ष उसी अस्तगामी सूर्य को प्रणाम किया। उसके पश्चात् सिर पर गंगा–जल के छींटे देकर नदी में कुछ दूर

उतर गई और जुड़ी हुई हथेलियों में गंगा–जल भरकर अंजलि–दान करके फूल बहा दिए। उसके बाद समस्त गुरुजनों को लक्ष्य करके प्रणाम किया। प्रणाम करके सिर उठाते ही उसने एक और प्रणम्य व्यक्ति का स्मरण किया। कभी आँखें उठाकर उनके चेहरे की ओर उसने नहीं देखा; जब एक दिन रात को वह उनके निकट बैठी थी, तब उनके पैरों की ओर भी उसकी आँखें नहीं पड़ीं, वासरघर में अन्य लड़कियों के साथ उन्होंने जो दो–चार बातें कही थीं, वे भी घूँघट में, लज्जा के चलते उतनी साफ़–साफ़ नहीं सुन पाई थी। आज इस जल–धारा में खड़े होकर उसने एकान्त मन से उनके उसी कंठ–स्वर को स्मृति में उभारने की चेष्टा की, किन्तु वह किसी भी तरह याद नहीं आया।

उसका विवाह–लग्न बहुत रात में था; शरीर बहुत थका होने के कारण वह कब कहाँ सो गई थी, वह भी याद नहीं; सुबह उठकर देखा, उनके पड़ोसी घर की एक बहू उसे ठेलकर जगाते हुए खिल्–खिल् करके हँस रही है...बिछौने पर और कोई नहीं है। जीवन के इस शेष मुहूर्त में उसके पास जीवनेश्वर को स्मरण करने का तनिक–सा भी संबल नहीं। उस ओर एकदम से अँधेरा...कोई मूर्ति नहीं, कोई वाक्य नहीं, कोई चिह्न नहीं। जिस लाल चेलि के संग उसकी चादर का ग्रन्थि–बन्धन हुआ था, तारिणी चरण की दी हुई उस नितान्त कम कीमत की चेलि का मूल्य तो कमला जानती नहीं थी; उस चेलि को भी उसने सँभालकर नहीं रखा।

रमेश ने हेमनलिनी को जो चिट्ठी लिखी थी, वह कमला के आँचल के कोने में बँधी हुई थी; बालू–तट पर बैठकर उसी चिट्ठी का एक टुकड़ा खोलकर गोधूलि के आलोक में पढ़ने लगी। उस टुकड़े में उसके पति का परिचय था...अधिक बातें नहीं, केवल उनका नाम नलिनाक्ष चट्टोपाध्याय, और वे जो रंगपुर में डॉक्टरी करते थे, अब वहाँ उनकी खोज–खबर नहीं मिलती, बस इतना। बहुत ढूँढ़ने पर भी चिट्ठी का बाकी हिस्सा नहीं मिला। 'नलिनाक्ष' यह नाम उसके मन में सुधा–वर्षण करने लगा; मानो यह नाम उसके सम्पूर्ण हृदय में व्याप्त हो गया; इस नाम ने मांस–मज्जा हीन देह के साथ उसे आविष्ट कर लिया; उसकी आँखों से अविश्राम बहती अश्रु–धारा ने उसके हृदय को स्निग्ध कर दिया...प्रतीत हुआ, उसका असह्य दुख जैसे शान्त हो गया। कमला का अन्तःकरण कहने लगा, 'यह तो शून्यता नहीं है, यह तो अन्धकार नहीं है...मैं देख रही हूँ, वह जो है, वह मेरा ही है।' तब कमला प्राणपण से बोल पड़ी, 'यदि मैं सती हूँ, तो इसी जन्म में उनकी चरण–धूलि प्राप्त करूँगी, विधाता मुझे कभी नहीं रोक पाएँगे। मैं हूँ, तो वे कभी नहीं जा सकते, उन्हीं की सेवा के लिए भगवान ने मुझे बचा रखा है।'

यह कहकर उसने अपने रूमाल में बँधा चाबी का गुच्छा वहीं फेंक दिया और हठात् उसे याद आया कि रमेश का दिया एक ब्रोच उसके कपड़ों में लगा है। जल्दी

से उसे खोलकर पानी में फेंक दिया। उसके पश्चात् पश्चिम की ओर मुँह करके चलना प्रारम्भ कर दिया...कहाँ जाएगी, क्या करेगी, यह उसके मन में स्पष्ट नहीं था; उसे केवल यह पता था कि उसे चलते रहना होगा, यहाँ उसके लिए एक पल खड़े रहने का अवकाश नहीं है।

शीत के दिनान्त के आलोक का अवसान होने में विलम्ब नहीं हुआ। अन्धकार में धवल बालू-तट पर धुँधला सन्नाटा छाने लगा, जैसे किसी ने हठात् एक स्थान पर विचित्र रचनावली के मध्य सृष्टि की क्षणिक चित्रलेखा को पूर्णत: पोंछ डाला हो। कृष्ण-पक्ष की अँधेरी रात अपने सभी निर्निमेष तारों के साथ इस निर्जन नदी-तट पर बहुत धीरे से नि:श्वास छोड़ने लगी।

कमला सामने गृहहीन अनन्त अन्धकार के अतिरिक्त और कुछ भी नहीं देख पा रही थी, लेकिन वह समझ गई कि उसे चलना ही होगा...कहीं पहुँचेगी भी या नहीं, यह सोचने का सामर्थ्य उसमें नहीं था।

उसने तय किया कि वह निरन्तर नदी के किनारे-किनारे चलेगी; उससे किसी से रास्ता नहीं पूछना पड़ेगा और अगर उस पर विपत्ति हमला करे, तो माँ-गंगा उसे क्षण भर में ही आश्रय प्रदान कर देंगी।

आकाश में लेशमात्र कुहासा नहीं था। जौ के खेत के किनारे शृंगाल बोल गया। कमला के बहुत दूर चलते चलते बालू का द्वीप समाप्त होने के बाद मिट्टी की ढांग आरम्भ हुई। नदी के किनारे ही एक गाँव दिखाई दिया। कमला ने काँपते हृदय से गाँव के निकट आकर देखा, गाँव सोया हुआ है। डरते-डरते गाँव पार होने पर चलते-चलते उसके शरीर में और शक्ति नहीं रही। अन्त में एक ऐसी जगह टूटे किनारे पर आ पहुँची, जिसके आगे और कोई रास्ता नहीं मिला। नितान्त अशक्त होकर एक वट-वृक्ष के नीचे लेट गई, जान भी नहीं सकी कि लेटते ही कब नींद आ गई।

भोर में आँखें मलते हुए देखा, कृष्ण-पक्ष के चन्द्रमा का प्रकाश अन्धकार में क्षीण पड़ता जा रहा है और एक प्रौढ़ा स्त्री उससे पूछ रही है, ''अरी, तुम कौन हो? जाड़े की रात में इस पेड़ के नीचे कौन सो रहा है?''

कमला चौंकते हुए उठ बैठी। देखा, उसके निकट ही घाट पर दो बजरे बँधे हैं...यह प्रौढ़ा लोगों के जागने के पूर्व ही स्नान निबटा लेने को तैयार होकर आई है। प्रौढ़ा बोली, ''अरी, तुम तो बंगाली के समान लग रही हो।''

कमला ने कहा, ''मैं बंगाली हूँ ।''

प्रौढ़ा-यहाँ जो पड़ी हो?

कमला-मैं काशी जाने के लिए निकली थी। रात अधिक होने पर नींद आ गई, यहीं सो गई।

प्रौढ़ा–ओ माँ, यह क्या बात हुई! काशी पैदल जा रही हो? अच्छा चलो, मैं नहा कर आ रही हूँ।

स्नान के पश्चात् इस स्त्री के साथ कमला का परिचय हुआ।

ग़ाज़ीपुर में जिन सिद्धेश्वर लोगों के घर बड़े तामझाम के साथ विवाह हुआ है, वे इन लोगों के सम्बन्धी हैं। इस प्रौढ़ा का नाम नवीनकाली है। इसके पति का नाम मुकुन्दलाल दत्त...कुछ समय से काशी में ही रह रहे हैं। ये लोग सम्बन्धियों के घर के निमंत्रण की उपेक्षा नहीं कर पाए, परन्तु उनके घर खाना अथवा रहना पड़ेगा, इस कारण बोट लेकर गए थे। विवाह वाले घर की स्वामिनी के क्षोभ प्रकट करने पर नवीनकाली ने कह दिया था, 'बहना, जानती तो हो, पति का स्वास्थ्य ठीक नहीं है। और बचपन से उनकी ऐसी ही आदत है। घर में गाय पालकर, उसके दूध से मक्खन निकालकर, उस मक्खन से बने घी में उनके लिए पूरियाँ बनाई जाती हैं...और उस गाय को जैसा–तैसा नहीं खिलाया जा सकता।' इत्यादि–इत्यादि।

नवीनकाली ने पूछा, "तुम्हारा नाम क्या है?"

कमला ने कहा, "मेरा नाम कमला है।"

नवीनकाली–तुम्हारे हाथ में लोहा दिखाई दे रहा है, लगता है पति है?

कमला ने कहा, "विवाह के अगले दिन से ही पति लापता हो गए हैं।

नवीनकाली–ओ माँ, यह क्या बात! तुम्हारी उम्र तो कोई ज़्यादा नहीं लगती। आपादमस्तक उसका निरीक्षण करते हुए बोली, "पन्द्रह से अधिक नहीं होगी।"

कमला ने कहा, "उम्र ठीक–ठीक नहीं जानती, शायद पन्द्रह ही होगी।"

नवीनकाली–तुम तो ब्राह्मण लड़की हो ना?

कमला ने कहा, "हाँ।"

नवीनकाली बोली, "तुम लोगों का घर कहाँ है?"

कमला–कभी ससुराल तो गई नहीं, मेरे पिता का घर विशुखाली में है।

कमला का मायका विशुखाली में ही था, यह उसे पता था।

नवीनकाली–तुम्हारे माँ–बाप...

कमला–मेरे माँ–बाप कोई नहीं रहे।

नवीनकाली–हरी बोलो! तब तुम क्या करोगी?

कमला–यदि काशी में कोई भद्र गृहस्थ मुझे अपने घर में जगह देकर दो–बखत थोड़ा खाना दे देगा, तो मैं काम कर लूँगी। मैं खाना बना सकती हूँ।

नवीनकाली बिना वेतन की पाचिका–ब्राह्मणी पाकर मन–ही–मन बहुत प्रसन्न हुई। बोली, "हम लोगों को तो ज़रूरत नहीं है...ब्राह्मन–चाकर सभी हमारे पास हैं। ऊपर से, हमारे यहाँ ऐसा–वैसा बाह्मन होने से चलेगा नहीं...घर के मालिक के

खाने में ज़रा-सा भी इधर-उधर होने से खैर नहीं। बाह्मन को तनख्वाह देनी पड़ती है, चौदह रुपया; उसके ऊपर खाना-कपड़ा है। वह होने दो, तुम ब्राह्मन लड़की हो, विपदा में पड़ गई हो...तो, चलो, हमारे यहाँ चलो। कितने लोग खा-पका रहे हैं, कितना फेंका-बिरान किया जा रहा है, एक और जना बढ़ने पर कोई जान भी नहीं पाएगा। हमारा काम भी उतना अधिक नहीं है। यहाँ बस, पति और मैं हूँ। बेटियों की सबकी शादी कर दी है; वे बहुत बड़े घरों में ही गई हैं। मेरा केवल एक बेटा है, वह हाकिम है, अभी सेराजगंज में है, लाट साहब के यहाँ से दो माह के अन्तराल पर उसके नाम से चिट्ठी आती है। मैं अपने पति से कहती हूँ, हमारे नोटो को कोई कमी तो है नहीं, तब क्यों वह ऐसी कठिनाई में रहता है! इतना बड़ा हाकिम सबके भाग्य में नहीं आता, यह जानती हूँ, लेकिन फिर भी तो बच्चे को उस परदेस में पड़े रहना पड़ता है। क्यों? ज़रूरत क्या है? पति कहते हैं, 'अरी, उस कारण नहीं, उस वजह से नहीं। तुम औरत ज़ात, समझती नहीं हो। मैंने क्या रोज़गार के लिए नोटो को नौकरी में भेजा है? मेरे पास कमी किस बात की है? तब भी, हाथ में एक काम रहना ज़रूरी होता है, वरना छोटी उम्र में, क्या पता कब कैसी मति हो जाए!' ''

पाल में हवा का जोर था, काशी पहुँचने में अधिक समय नहीं लगा। सब लोग शहर के बाहर ही छोटे-से बगीचे वाले दो-मंजिले घर में पहुँचे।

वहाँ खोजने पर भी चौदह रुपए तनख्वाह वाला कोई ब्राह्मण नहीं मिला...एक ओडिया ब्राह्मण था, थोड़े दिन बाद ही एक दिन अचानक नवीनकाली ने उस पर बहुत आग-बबूला होकर बिना वेतन दिए ही उसे विदा कर दिया। इस बीच चौदह रुपए तनख्वाह वाले अति दुर्लभ दूसरे ब्राह्मण का प्रबन्ध करने की अवधि में राँधने-पकाने का सारा भार कमला को ही उठाना पड़ा।

नवीनकाली कमला को बार-बार सतर्क करते हुए कहती थी, ''देखो बिटिया, काशी शहर अच्छी जगह नहीं है। तुम्हारी उम्र भी कम है। घर के बाहर कभी मत जाना। गंगा-स्नान, विश्वेश्वर-दर्शन के लिए मैं जब जाऊँगी, तुम्हें साथ ले जाऊँगी।''

दैवात् कहीं कमला हाथ से निकल न जाए, इसलिए नवीनकाली उसे बड़ी सतर्क होकर रखती थी। उसे बंगाली लड़कियों के साथ भी बातचीत का अधिक अवसर नहीं देती थी। दिन के समय तो काम का अभाव नहीं था...शाम के बाद थोड़ी देर, नवीनकाली अपना जो ऐश्वर्य, जो गहना-आभूषण, जो सोने-चाँदी के बर्तन, जो मखमल-किमखाब की गृह सज्जा चोरों के डर से काशी नहीं ला पाई थी, उसी की चर्चा करती थी। 'मेरे पति को काँसे की थाली में खाने की कभी आदत नहीं रही, इसी वजह से वे पहले इसे लेकर बड़ी बकझक करते थे। कहते थे, न हो, दो-चार चोरी चले जाएँ, वह भी अच्छा है, फिर से बनवाने में कितनी देर लगती है!

लेकिन पैसा है, इसी कारण नुकसान करना होगा, यह मैं किसी भी तरह सहन नहीं कर सकती। बल्कि उसके बदले कुछ समय कष्ट उठाकर रहना भी अच्छा है। यही देखो ना, गाँव में हमारा बहुत बड़ा घर है, वहाँ कितना भी लाव-लश्कर रहे, कुछ आता-जाता नहीं; उसी कारण क्या यहाँ सात कोड़ी चाकर ले आना उचित है? पति कहते हैं, न हो तो, आसपास ही एक और घर भाड़े पर ले लेंगे। मैंने कहा, नहीं, वह मैं नहीं कर सकती...कहाँ, यहाँ थोड़ा आराम करूँगी या इतने सारे नौकर-चाकर, घर-बार लेकर रात-दिन चिन्ता का अन्त नहीं रहेगा।' इत्यादि।

52

नवीनकाली के आश्रय में कमला के प्राण उथली पोखर की मछली की भाँति छटपटाने लगे। यहाँ से बाहर निकल पाए, तो उसकी रक्षा हो, लेकिन बाहर जाकर खड़ी कहाँ होगी? उस दिन की रात को गृहहीन होकर बाहर की दुनिया को उसने जान लिया है; वहाँ अन्ध-भाव से आत्म-समर्पण का साहस उसमें और नहीं है।

ऐसा नहीं कि नवीनकाली कमला को प्यार नहीं करती थी, किन्तु उस प्यार में रस नहीं था। हारी-बीमारी के समय उसने एक-दो दिन कमला की देखभाल भी की थी, लेकिन उस देखभाल को कृतज्ञता-भाव से ग्रहण करना बड़ा कठिन है। उसका काम-काज में बने रहना अच्छा था, उसे जो समय नवीनकाली के सखीत्व में बिताना पड़ता, वही उसके लिए सबसे कठिन समय होता था।

एक दिन सुबह नवीनकाली ने कमला को बुलाकर कहा, "अरी, ओ बाह्मन ठकुराइन, आज इनकी तबीयत बहुत अच्छी नहीं है, आज भात नहीं बनेगा, आज रोटी। लेकिन उसी के चलते ढेर सारा घी मत ले लेना। जानती तो हूँ, तुम्हारे राँधने की शोभा; समझ नहीं पाती, इतना घी खर्च कैसे हो जाता है! इससे तो वह ओडिया बाह्मन अच्छा था; घी लेता ज़रूर था, पर राँधने में घी का स्वाद आधा-अधूरा मिल जाता था।"

कमला इन सारी बातों का कोई जवाब ही नहीं देती थी; मानो सुन ही न पाई हो, इस भाव से चुपचाप काम करती रहती थी।

अपमान के गोपन भार से आक्रान्त हृदय कमला आज चुपचाप सब्जी काट रही थी, उसे सम्पूर्ण संसार विरस और जीवन दुस्सह प्रतीत हो रहा था, उसी समय गृह-स्वामिनी के कमरे से एक वाक्य ने उसके कान में आकर उसको एकदम आश्चर्यचकित कर दिया। नवीनकाली अपने नौकर को बुलाकर कह रही थी, "ओ रे तुलसी, शहर से नलिनाक्ष डॉक्टर को जल्दी से बुला ला। कहना मालिक की

तबीयत बहुत खराब है।''

नलिनाक्ष डॉक्टर! कमला की आँखों के सामने सम्पूर्ण आकाश का आलोक आहत वीणा की स्वर्ण-तंत्री की भाँति कम्पायमान हो उठा। वह सब्जी काटना छोड़ द्वार के निकट आकर खड़ी हो गई। तुलसी के नीचे उतरते ही कमला ने पूछा, ''कहाँ जा रहा है तुलसी?'' वह बोला, ''नलिनाक्ष डॉक्टर को बुलाने जा रहा हूँ।''

कमला ने कहा, ''यह कौन डॉक्टर है?''

तुलसी ने कहा, ''वे यहाँ के एक बड़े डॉक्टर हैं।''

कमला-वे रहते कहाँ हैं?

तुलसी ने कहा, ''शहर में ही रहते हैं, यहाँ से आधा कोस होगा।''

जो थोड़ी-बहुत भोजन सामग्री बचा पाती थी, उसे कमला घर के नौकर-चाकरों में बाँट देती थी। इसके लिए उसने बहुत लानत-मलामत भी उठाई, लेकिन यह आदत छोड़ नहीं पाई। विशेष रूप से गृहस्वामिनी के कड़े क़ानून के अन्तर्गत इस घर के नौकरों को खाने का बड़ा कष्ट था। इसके अलावा मालिक-मालकिन को भोजन करने में देर होती थी; उसी के बाद नौकर खा पाते थे। वे जब आकर कमला को बताते, 'बाह्मन ठकुराइन, बड़ी भूख लगी है', तो वह उन्हें कुछ-न-कुछ खाने को दिए बिना नहीं रह पाती थी। इस तरह घर के नौकर-चाकर दो ही दिन में कमला के वश में हो गए थे।

ऊपर से आवाज़ आई, ''रसोई के दरवाज़े के पास खड़े होकर किस बात की सलाह हो रही है रे तुलसी? समझता है, मेरी आँखें नहीं हैं? क्या शहर जाने के रास्ते में एक बार रसोईघर में घुसे बिना काम नहीं चलता? इसी तरह सामान सरकाया जाता है ना! बाह्मन ठकुराइन, रास्ते में पड़ी थी, दया करके तुम्हें सहारा दिया, लगता है, उसी का बदला इस तरह चुका रही हो!''

सभी उसका सामान चोरी कर रहे हैं, यह सन्देह किसी भी तरह नवीनकाली का पीछा नहीं छोड़ रहा है। जब लेशमात्र प्रमाण नहीं रहता, तो वह अंदाज़े से भर्त्सना करने लगती है। उसने निश्चय कर लिया था कि अँधेरे में ढेले मारने पर भी अधिकतर ढेले सही जगह जाकर लगते हैं और वह हमेशा सावधान रहती है और उसे धोखा नहीं दिया जा सकता, इसे नौकर समझ जाते हैं।

आज नवीनकाली की कड़वी बातें कमला के मन को दुखी नहीं कर सकीं। वह आज बस, मशीन की तरह काम कर रही है, उसका मन कहाँ खोया हुआ है, इसका ठिकाना नहीं।

कमला नीचे रसोईघर के दरवाज़े के पास खड़ी प्रतीक्षा कर रही थी। उसी समय तुलसी लौट आया, लेकिन वह अकेला ही आया। कमला ने पूछा, ''तुलसी, डॉक्टर बाबू नहीं आए?''

तुलसी ने कहा, "नहीं, वे नहीं आए।"

कमला–क्यों?

तुलसी–उनकी माँ की तबीयत खराब है।

कमला–माँ की तबीयत खराब? घर में क्या और कोई नहीं है?

तुलसी–नहीं, उन्होंने तो ब्याह ही नहीं किया।

कमला–ब्याह नहीं किया, तुझे कैसे पता चला?

तुलसी–नौकरों के मुँह से ही तो सुना है कि उनकी पत्नी नहीं है।

कमला–हो सकता है, उनकी पत्नी मर गई हो!

तुलसी–वह तो हो सकता है। लेकिन उनके नौकर ब्रज का कहना है कि वे जब रंगपुर में नौकरी करते थे, तब भी उनकी पत्नी नहीं थी।

ऊपर से बुलावा आ गया, "तुलसी!" कमला जल्दी से रसोईघर में जा घुसी और तुलसी ऊपर चला गया।

नलिनाक्ष...रंगपुर में डॉक्टरी करते थे...कमला के मन में और कोई सन्देह नहीं बचा। तुलसी के नीचे आने पर कमला ने उससे फिर पूछा, "देख तुलसी, डॉक्टर बाबू के नाम के मेरे एक रिश्तेदार हैं...बता तो, वे ब्राह्मण ही हैं ना?"

तुलसी–हाँ ब्राह्मण, चाटुज्जे[1]।

घर की मालकिन के देख लेने के डर से तुलसी ने ब्राह्मण ठकुराइन के साथ अधिक देर तक बातें करने का साहस नहीं किया, वह चला गया।

कमला नवीनकाली के पास जाकर बोली, "सारा कामधाम निबटाकर आज मैं ज़रा दशाश्वमेध घाट पर नहाकर आऊँगी।"

नवीनकाली–तुम्हारा सब कुछ उलटराग है। आज वे बीमार हैं, कब क्या ज़रूरत पड़ जाए, इसका क्या पता...आज तुम्हारे जाने से कैसे चलेगा?

कमला ने कहा, "खबर मिली है कि मेरे एक रिश्तेदार काशी में हैं, तनिक उनसे मिलने जाना है।"

नवीनकाली–यह सब अच्छी बात नहीं है। मेरी काफी उम्र हो आई है, मैं सब समझती हूँ। खबर तुम्हें किसने लाकर दे दी? लगता है, तुलसी ने? उस लड़के के लिए और जगह नहीं है। सुनो बाह्मन ठकुराइन, कहे दे रही हूँ, जितने दिन मेरे पास हो, घाट पर अकेले नहाने जाना, रिश्तेदारों की खोज में शहर जाने के लिए बाहर निकलना, यह सब नहीं चलेगा।

दरबान को हुकुम दे दिया गया, तुलसी को इसी पल निकाल बाहर किया जाए, इस तरह कि इस घर की तरफ़ झाँक न सके।

मालकिन के दमन के चलते दूसरे नौकरों ने यथा-सम्भव कमला के साथ

---

1. चाटुज्जे : चाटुर्ज्या।

सम्बन्ध तोड़ लिया।

कमला जब तक नलिनाक्ष के सम्बन्ध में निश्चित नहीं थी, तब तक उसमें धैर्य था; अब उसके लिए धैर्य बनाए रखना दु:साध्य हो उठा। उसके पति इसी नगर में मौजूद हैं, फिर भी वह पराए घर आश्रय लेकर रहे, यह उसके लिए असह्य हो गया। उससे कामकाज में कदम-कदम पर गलतियाँ होने लगीं।

नवीनकाली बोली, ''बाह्मन ठकुराइन, तुम्हारे लच्छन तो अच्छे दिखलाई नहीं पड़ रहे हैं। तुम पर क्या भूत सवार हो गया है? तुमने खुद तो खाना-पीना बन्द कर ही दिया है, क्या हम लोगों को भी उपवास करवाकर मार डालोगी? आजकल तुम्हारा बना खाना मुँह में रखना मुश्किल हो चला है।''

कमला ने कहा, ''मैं यहाँ और काम नहीं कर पा रही हूँ, किसी भी तरह मेरा मन नहीं टिक पा रहा है। मुझे विदा कर दीजिए।''

नवीनकाली फुफकारते हुए बोली, ''ठीक ही तो है! कलयुग में किसी का भला नहीं करना चाहिए। तुम पर दया करके सहारा देने के लिए अपने इतने पुराने, इतने अच्छे बाह्मन को छुड़ा दिया, एक बार भी नहीं पूछा कि तुम सचमुच बाह्मन की लड़की हो या नहीं! आज वे कह रही हैं, मुझे विदा कर दीजिए। अगर भागने की कोशिश की, तो पुलिस को खबर नहीं दूँगी! मेरा बेटा हाकिम है...उसके हुकुम से कितने लोगों को फाँसी हो गई है, तुम्हारी चालाकी मेरे सामने नहीं चलेगी। सुना तो होगा, गदा इनके मुँह पर जवाब देने चला था, आज तक जेल में सड़ रहा है। तुम हम लोगों को ऐसा-वैसा मत समझना।''

बात झूठ नहीं है...नौकर गदा को घड़ी की चोरी के आरोप में जेल भिजवा दिया गया है।

कमला को ढूँढ़ने पर भी कोई रास्ता नहीं मिला। जब उसके चिर जीवन की सार्थकता हाथ बढ़ाते ही मिलनेवाली हो, तब उसी हाथ में बेड़ी डाल देने के समान निष्ठुरता और क्या हो सकती है! कमला आप लोगों के काम के चलते किसी भी तरह और कमरे में बन्द होकर नहीं रह सकती। अपना रात का काम निबट जाने पर वह जाड़े में एक चादर सिर पर ओढ़ बाहर बगीचे में निकल आती। दीवार के किनारे खड़ी होकर, जो रास्ता शहर की ओर चला गया है, उसी की ओर देखती रहती। उसका जो तरुण हृदय सेवा के लिए व्याकुल, भक्ति-निवेदन के लिए व्यग्र हो उठा है, कमला उसी हृदय को रजनी के निर्जन पथ पर नगर के बीच किसी एक अपरिचित घर की दिशा में प्रेरित करती...उसके बाद बहुत देर तक स्तब्ध खड़ी रहने के बाद भूमिष्ठ होकर प्रणाम करके अपने शयन-कक्ष में लौट आती।

लेकिन कमला का इतना-सा सुख, इतनी-सी स्वाधीनता भी अधिक दिन तक नहीं टिके। रात का सारा काम-काज निबट जाने पर भी एक दिन नवीनकाली ने

किसी कारण कमला को बुला भेजा। नौकर ने लौटकर खबर दी, ''बाह्मन ठकुराइन तो दिखाई नहीं पड़ीं।''

नवीनकाली ने परेशान होकर कहा, ''यह क्या है रे, कहीं भाग तो नहीं गई?''

रात के उस वक्त ही नवीनकाली अपने हाथ में लालटेन पकड़े हर कमरे में ढूँढ़ आई, कमला कहीं भी नहीं मिली। मुकुन्द बाबू अधखुली आँखों गुड़गुड़ी के कश खींच रहे थे; जाकर उनसे बोली, ''अजी, सुनते हो? लगता है, बाह्मन ठकुराइन रफूचक्कर हो गई है।''

इसने भी मुकुन्द बाबू की शान्ति भंग नहीं की; उन्होंने आलस्यजनित स्वर में केवल इतना कहा, ''इसीलिए तो मना किया था; जान-पहचान की नहीं है। कुछ हटा तो नहीं ले गई?''

गृहस्थिन बोली, ''उस दिन उसे जाड़ों के जो कपड़े पहनने को दिए थे, वे तो कमरे में नहीं हैं, इसके अलावा और क्या चला गया, अभी नहीं देखा।''

मुकुन्द बाबू ने धीर-गम्भीर आवाज़ में कहा, ''पुलिस को खबर कर देनी चाहिए।''

एक नौकर लालटेन लिये बाहर रास्ते में निकला। इसी बीच कमला ने अपने कमरे में लौटकर देखा, नवीनकाली उसी कमरे में सारा सामान एक-एक कर देख रही है। वह इस खोज में लगी थी कि कहीं कोई सामान चोरी तो नहीं चला गया! ऐसे समय अचानक कमला को देखते ही नवीनकाली बोली, ''मैं कहूँ, क्या बवंडर मचा रखा है? कहाँ गई थी?''

कमला ने कहा, ''मैं काम निबटाकर ज़रा बगीचे में टहल रही थी।''

नवीनकाली के मुँह में जो आया, वही बकती गई। घर के सारे नौकर-चाकर आकर दरवाजे के पास जुट गए। कमला कभी भी नवीनकाली की किसी भर्त्सना पर उसके सामने आँसू नहीं बहाती। आज भी वह काठ की मूर्ति के समान जड़वत् खड़ी रही।

नवीनकाली की बातों की बौछार थोड़ी-सी थमते ही कमला बोली, ''आप लोग मुझसे आजिज़ आ गए हैं, सो मुझे विदा कर दीजिए।''

नवीनकाली-विदा तो कर ही दूँगी। तुम्हारे जैसी अहसान फरामोश को खाना-कपड़ा देकर हमेशा पालूँगी, यह मन में सोचना भी मत। लेकिन कैसे आदमी के पंजे में पड़ गई हो, पहले अच्छी तरह यह जान लूँ, तब विदा करूँगी।

इसके बाद से कमला बाहर निकलने का और साहस नहीं करती। वह दरवाजा बन्द करके कमरे में मन-ही-मन कहती, जो इनसान इतना दुख उठा रहा है, भगवान निश्चय ही उसके लिए कोई-न-कोई रास्ता निकाल देंगे।

मुकुन्द बाबू अपने दो नौकरों के साथ गाड़ी पर हवाखोरी के लिए बाहर निकल गए हैं। घर के प्रवेश द्वार की साँकल भीतर से बन्द है। सन्ध्या हो आई है।

दरवाजे के पास आवाज़ हुई, ''मुकुन्द बाबू घर पर हैं क्या?''

नवीनकाली चौंककर बोली, ''अरे, डॉक्टर नलिनाक्ष आए हैं। बुधिया, बुधिया!''

बुधिया नाम वाले की तरफ से कोई प्रत्युत्तर नहीं मिला। तब नवीनकाली बोली, ''बाह्मन ठकुराइन, जाओ तो, जल्दी से दरवाजा खोल दो। डॉक्टर बाबू से कहना, मालिक हवाखोरी के लिए बाहर गए हैं, अभी आ जाएँगे; बस थोड़ा इन्तज़ार कीजिए।''

कमला लालटेन लेकर नीचे उतर गई...उसके पाँव थरथरा रहे हैं, उसकी छाती में गुड़गुड़ हो रहा है, उसकी हथेलियाँ हिम-शीतल हो गई हैं। उसे भय सताने लगा, इस भयानक बेचैनी के चलते अगर कहीं वह आँखों से अच्छी तरह देख न पाए!

कमला भीतर से साँकल खोलकर, घूँघट खींचकर किवाड़ों के पीछे खड़ी हो गई।

नलिनाक्ष ने पूछा, ''मुकुन्द बाबू घर पर हैं क्या?''

कमला किसी तरह बोली, ''नहीं, आप आइए।''

नलिनाक्ष बैठक में आकर बैठ गया। इस बीच बुधिया ने आकर बताया, ''मालिक टहलने गए हैं, अभी आ जाएँगे, आप ज़रा बैठिए।''

कमला की साँसें तेज होने के कारण उसकी छाती में कष्ट हो रहा था। अँधेरे बरामदे में वह एक ऐसी जगह चली गई, जहाँ से नलिनाक्ष साफ़ दिखाई पड़े, लेकिन खड़ी नहीं रह सकी। उसे विक्षुब्ध हृदय को शान्त करने के लिए वहीं बैठ जाना पड़ा। जाड़े की हवा उसके हृत्पिंड की चंचलता के साथ मिलकर उसे थर-थर कँपाने लगी।

किरोसिन की रोशनी के पास चुपचाप बैठा नलिनाक्ष पता नहीं क्या सोच रहा था! कँपकँपाती कमला अन्धकार के भीतर से नलिनाक्ष के चेहरे की ओर एकटक देखती रही। देखते-देखते उसकी दोनों आँखों में बार-बार आँसू छलछलाने लगे। उसने जल्दी से आँसू पोंछकर नलिनाक्ष को अपनी एकाग्र दृष्टि द्वारा मानो, अपने अन्तःकरण के गहनतम आभ्यन्तर क्षेत्र में खींच लिया। जिस उन्नत ललाटवाले गर्वित चेहरे पर दीपालोक मूर्च्छित हो गया है, वही चेहरा कमला के आभ्यन्तर में जितना अंकित और परिस्फुटित होने लगा, उतना ही उसका सम्पूर्ण शरीर मानो, अवश होकर चारों ओर के आकाश में घुल जाने लगा; विश्व-जगत में और कुछ भी नहीं बचा, मात्र यह आलोकित चेहरा शेष रहा...जिसके समक्ष रहा, मानो वह भी सम्पूर्ण भाव से इस चेहरे में विलीन हो गया।

कुछ क्षण तक कमला इसी भाँति सचेत थी अथवा अचेत, नहीं कहा जा सकता;

उसी समय उसने अचानक चौंककर देखा, नलिनाक्ष कुर्सी से उठ खड़ा हुआ है और मुकुन्द बाबू से बातें कर रहा है।

अगर कहीं ये लोग इसी समय बरामदे से बाहर निकल आएँ और कमला पकड़ी जाए, इसी भय से कमला बरामदा छोड़कर नीचे अपने रसोईघर में आकर बैठ गई। रसोईघर प्रांगण के एक सिरे पर है और घर के भीतर से बाहर जानेवाला रास्ता इसी प्रांगण में से है।

कमला सर्वांग मन पुलकित होकर सोचने लगी, 'मेरे जैसी हतभागिनी का ऐसा पति! देवता के समान सौम्य-निर्मल प्रसन्न-सुन्दर मूर्ति! हे ठाकुर[1], मेरा सारा दुख सार्थक हो गया।'

कहते हुए बार-बार भगवान को प्रणाम किया।

सीढ़ियों से नीचे आने की पदचाप सुनाई पड़ी। कमला जल्दी से अँधेरे में दरवाजे के निकट खड़ी हो गई। बुधिया लालटेन पकड़े आगे-आगे चला, उसके पीछे नलिनाक्ष बाहर निकल आया।

कमला मन-ही-मन बोली, 'आपके श्रीचरणों की सेविका होकर यहाँ परायों के दरवाजे पर दासत्व में जकड़ी पड़ी हूँ, सामने से चले गए, पर जान भी नहीं पाए।'

मुकुन्द बाबू भोजन के लिए भीतर गए, तो कमला उसी बैठक में आई। जिस कुर्सी पर नलिनाक्ष बैठा था, उसके सामने की भूमि पर मस्तक टिकाकर वहाँ की धूलि का चुम्बन किया। सेवा करने का अवसर न पाने से अवरुद्ध भक्ति के कारण कमला का हृदय कातर हो उठा था।

कमला को अगले दिन समाचार मिला, डॉक्टर बाबू ने गृहस्वामी को काशी की अपेक्षा स्वास्थ्यकर स्थान पर सुदूर पछाँह में जलवायु परिवर्तन के लिए जाने का परामर्श दिया है। इसी कारण आज से यात्रा की तैयारी आरम्भ हो गई है।

कमला ने नवीनकाली से जाकर कहा, "मैं तो काशी छोड़कर जा नहीं पाऊँगी।"

नवीनकाली-हम लोग जा सकेंगे, और तुम नहीं जा पाओगी! बड़ी भक्ति दिख रही है।

कमला-आप जो कहें, मैं यहीं रहूँगी।

नवीनकाली-अच्छा, तो देखा जाएगा, कैसे रहोगी!

---

1. ठाकुर : यह मूलतः भगवान और देवी-देवताओं के लिए प्रयुक्त सम्बोधन शब्द है। इसे कुछ अन्य सन्दर्भों में भी प्रयोग में लाया जाता है, जैसे-गुरु ठाकुर (दीक्षा-गुरु के लिए), पुरोहित ठाकुर (पुजारी ब्राह्मण के लिए), बामोन ठाकुर (भोजन बनानेवाले ब्राह्मण के लिए)। श्वसुर आदि के लिए भी स्त्रियाँ इस सम्बोधन का प्रयोग करती हैं। यहाँ इसे भगवान के अर्थ में प्रयोग किया गया है।

कमला ने कहा, "मुझ पर दया कीजिए, मुझे यहाँ से मत ले जाइए।"

नवीनकाली–तुम तो बड़ी भयानक औरत हो। ठीक जाने के समय बहाना करने लगी। अब हम हड़बड़ी में आदमी कहाँ खोज पाएँगे! हमारा काम कैसे चलेगा?

कमला का अनुनय-विनय सब व्यर्थ चला गया; वह अपने कमरे का द्वार बन्द करके भगवान को याद करके रोने लगी।

53

जिस दिन शाम को नलिनाक्ष से विवाह को लेकर हेमनलिनी के साथ अन्नदा बाबू की बातचीत हुई थी, उसी दिन रात को अन्नदा बाबू को फिर से वही शूल-वेदना उठी।

रात्रि कष्ट में व्यतीत हो गई है। प्रातःकाल अपनी वेदना का उपशमन होने पर वे अपने घर के बगीचे में रास्ते के निकट शीतकालीन प्रभात के तरुण सूर्यालोक के सम्मुख एक तिपाई लेकर बैठे हैं, हेमनलिनी वहीं उनके लिए चाय की व्यवस्था कर रही है। गत रात्रि के कष्ट में अन्नदा बाबू का चेहरा विवर्ण और कृश हो गया है, उनकी आँखों के नीचे झाँइयाँ पड़ गई हैं, लगता है, जैसे एक ही रात में उनकी उम्र काफी बढ़ गई है।

अन्नदा बाबू के इस क्लेशयुक्त चेहरे की ओर जब-जब हेमनलिनी की दृष्टि उठ रही है, तब-तब मानो, उसकी छाती में छुरी बिंध रही है। नलिनाक्ष के साथ विवाह में हेमनलिनी की असहमति से ये वृद्ध व्यथित हो गए हैं, और उनकी यह मनोवेदना ही उनकी पीड़ा का स्पष्ट कारण है, यह हेमनलिनी के लिए एकान्तिक परिताप का विषय बन गया है। वह क्या करेगी, क्या करके वृद्ध पिता को सांत्वना दे पाएगी, यह बार-बार सोचकर भी किसी भी तरह स्थिर नहीं कर पा रही थी।

ऐसे ही समय अचानक चाचाजी को लेकर अक्षय वहाँ आ पहुँचा। हेमनलिनी के जल्दी-जल्दी वहाँ से चले जाने का उपक्रम करते ही अक्षय बोला, "आप जाइए मत, ये ग़ाज़ीपुर के चक्रवर्ती महाशय हैं, पश्चिमी अंचल में इन्हें सभी जानते हैं...आप लोगों से इनकी विशेष बात है।"

उस जगह पक्का चबूतरा जैसा था, चाचाजी और अक्षय वहीं बैठ गए।

चाचाजी बोले, "सुना है, रमेश बाबू के साथ आप लोगों की विशेष निकटता है, मैं इसीलिए पता करने आया हूँ, क्या आप लोगों को उनकी पत्नी की कोई खबर मिली है?"

अन्नदा बाबू क्षण भर को अवाक् रह गए, उसके बाद बोले, "रमेश बाबू की पत्नी!"

हेमनालिनी आँखें नीची किए रही। चक्रवर्ती बोले, "बेटी, लगता है, आप लोग मुझे नितान्त पुरातन गँवार समझ रहे हैं। तनिक धैर्य के साथ सुनने से ही समझ जाओगे कि मैं खामखाँ ज़बर्दस्ती दूसरे की बात लेकर आप लोगों के साथ चर्चा करने नहीं आया। पूजा के अवसर पर जब रमेश बाबू अपनी पत्नी के साथ स्टीमर से पछाँह की यात्रा कर रहे थे, उसी समय उस स्टीमर पर ही उन लोगों से मेरा परिचय हुआ था। आप लोगों को तो पता है, जिसने कमला को एक बार देखा हो, वह कभी उसे पराई नहीं समझ सकता। अनेक शोक-ताप झेलकर इस बुढ़ापे में मेरा हृदय कठोर हो गया है, फिर भी अपनी उस लक्ष्मी-बिटिया को किसी भी तरह नहीं भुला पा रहा हूँ। रमेश बाबू ने कुछ भी निश्चित नहीं किया था कि कहाँ जाना है...परन्तु इस बूढ़े को दो-दिन देखने से ही कमला बिटिया में ऐसा स्नेह पैदा हो गया था कि उसने रमेश बाबू को ग़ाज़ीपुर में मेरे घर ठहरने को मना लिया। वहाँ कमला, मेरी मँझली बेटी, शैल के संग उसकी अपनी बहन से भी अधिक जतन से थी। लेकिन क्या जो हुआ, कुछ भी नहीं कह सकता...बिटिया क्यों हम सबको इस तरह रुलाकर चली गई, आज तक सोच नहीं पाया। शैल के आँसू उसी समय से किसी भी प्रकार सूख नहीं रहे हैं।"

बोलते-बोलते चक्रवर्ती के दोनों नेत्रों से आँसू झरने लगे। अन्नदा बाबू परेशान हो उठे; बोले, "उसे क्या हुआ, वह कहाँ गई?"

चाचाजी ने कहा, "अक्षय बाबू, आपने तो सारी बात सुनी है, आप ही कहिए। मेरी तो, कहते छाती फटी जाती है।"

अक्षय ने सारी घटना का आद्योपांत विस्तारपूर्वक वर्णन कर दिया। अपनी ओर से किसी प्रकार की टीका नहीं की, पर उसके वर्णन से रमेश का चरित्र रमणीय रूप में प्रकट नहीं हुआ।

अन्नदा बाबू बार-बार कहने लगे, "हम लोगों ने तो यह सारी बात ज़रा भी नहीं सुनी। रमेश जिस दिन से कोलकाता से बाहर गया है, उसकी एक चिट्ठी तक नहीं मिली।"

अक्षय ने उसी में जोड़ा, "यहाँ तक कि उसने कमला से विवाह कर लिया है, हम लोग यह बात भी पक्के तौर पर नहीं जानते थे। अच्छा, चक्रवर्ती महाशय, आपसे पूछता हूँ, कमला रमेश की पत्नी ही है? बहन अथवा और कोई रिश्तेदार तो नहीं है?"

चक्रवर्ती बोले, "अक्षय बाबू, आप क्या कह रहे हैं? पत्नी नहीं, तो क्या है! ऐसी सती-लक्ष्मी पत्नी कितनों के भाग्य में होती है?"

अक्षय ने कहा, "लेकिन आश्चर्य यही है कि पत्नी जितनी अच्छी होती है, उसका अनादर भी उतना ही अधिक होता है। लगता है, भगवान अच्छे लोगों को ही सबसे कठिन परीक्षा में झोंकते हैं।"

यह कहकर अक्षय ने एक दीर्घ निःश्वास छोड़ा।

अन्नदा अपनी बिरल केश-राशि में अँगुली फिराते-फिराते बोले, "सन्देह नहीं कि बड़े दुख का विषय है किन्तु जो होना था, वह तो हो ही गया है, अब वृथा शोक करने का क्या फल?"

अक्षय ने कहा, "मेरे मन में सन्देह हुआ, कहीं अगर ऐसा हो कि कमला आत्म-हत्या न करके घर छोड़कर चली आई हो! इसी कारण एक बार ढूँढ़ने के लिए चक्रवर्ती महाशय को लेकर काशी चला आया। अच्छी तरह समझ में आ रहा है, आप लोगों को कोई खबर नहीं मिली। जो हो, यहाँ दो-चार दिन तलाश करके देखा जाए।"

अन्नदा बाबू बोले, "रमेश अब कहाँ है?"

चाचाजी ने कहा, "वे तो हम लोगों को कुछ बताए बिना ही चले गए।"

अक्षय ने कहा, "मुझसे भेंट नहीं हुई, लेकिन लोगों के मुँह से सुना है कि वे कोलकाता ही गए हैं। शायद अलीपुर में प्रैक्टिस करेंगे। आदमी अनन्त काल तक शोक करके तो नहीं रह सकता, विशेषकर उनकी आयु भी कम है। चक्रवर्ती महाशय, चलिए, शहर में एक बार अच्छी तरह ढूँढ़कर देखा जाए।"

अन्नदा बाबू ने पूछा, "अक्षय, तुम तो यहीं आ रहे हो?"

अक्षय बोला, "ठीक-ठीक नहीं कह सकता। अन्नदा बाबू, मेरे मन को बहुत खराब लग रहा है। जब तक काशी में हूँ, मुझे इस खोज में ही जुटे रहना पड़ेगा। बताइए तो, भद्र व्यक्ति की बेटी है, यद्यपि वह मन के दुख में घर छोड़कर चली आई है, तब भी आज किस विपत्ति में फँसी होगी, बताइए ज़रा। रमेश बाबू एकदम निश्चिन्त होकर रह सकते हैं, परन्तु मैं तो नहीं रह सकता।"

अक्षय चाचाजी को साथ लेकर चला गया।

अन्नदा बाबू ने अत्यन्त उद्विग्न होकर एक बार हेमनलिनी के चेहरे की ओर ताककर देखा। हेमनलिनी प्राणपण से अपने को संयत किए बैठी थी। वह जानती थी, पिताजी मन-ही-मन उसके प्रति आशंका अनुभव कर रहे हैं।

हेमनलिनी ने कहा, "पिताजी, आज डॉक्टर से अपने शरीर की अच्छी तरह जाँच करवाइए। ज़रा-से में ही आपका स्वास्थ्य खराब हो जाता है, इसका उपाय करना उचित है।"

अन्नदा बाबू ने मन-ही-मन भारी सन्तोष अनुभव किया। रमेश के विषय में इतनी विशद चर्चा के बाद भी हेमनलिनी ने उनकी पीड़ा को लेकर उद्विग्नता प्रकट की, इससे उनकी छाती से एक बोझ उतर गया। दूसरे अवसर पर वे अपनी पीड़ा के प्रसंग को उड़ा देने की चेष्टा करते, आज बोले, "यह तो सही बात है। शरीर की जाँच करा ही ली जाए। तो आज डॉक्टर नलिनाक्ष को बुलवा लूँ! क्या कहती हो?"

हेमनलिनी नलिनाक्ष के सम्बन्ध में थोड़े संकोच में पड़ गई। पिता के सामने उसके साथ पहले की तरह सहज भाव से मिलना उसके लिए कठिन होगा, फिर भी वह बोली, "वही अच्छा है, उन्हें बुलाने के लिए आदमी भेज देती हूँ।"

अन्नदा बाबू ने हेम का अविचिलित भाव देखकर धीरे-धीरे साहस बटोरकर कहा, "हेम, रमेश का यह सब कांड..."

हेमनलिनी ने तत्क्षण उन्हें बाधा देते हुए कहा, "पिताजी, धूप की झाँझ बढ़ गई है...चलिए, अब कमरे में चलिए।" कहकर, आपत्ति करने का अवसर न देते हुए उन्हें हाथ पकड़कर कमरे में खींच ले गई। वहाँ उन्हें आरामकुर्सी पर बैठाकर, उनकी देह को काफी गरम कपड़ों से घेरकर उनके हाथ में एक अखबार थमाया तथा चश्मे के बक्से से चश्मा निकालकर स्वयं उनकी आँखों पर चढ़ाकर बोली, "अखबार पढ़िए, मैं आ रही हूँ।"

अन्नदा बाबू आज्ञाकारी बालक के समान हेगनलिनी के आदेश-पालन की कोशिश करने लगे, किन्तु किसी भी तरह मन नहीं लगा पाए। उनका मन हेमनालिनी के लिए उत्कंठित होने लगा। अन्त में एक समय अखबार रखकर हेम की खोज में निकल पड़े। देखा, उस प्रातःकाल असमय उसके कमरे का द्वार बन्द है।

अन्नदा बाबू कुछ कहे बिना चहलकदमी करते हुए बरामदे में टहलने लगे। बहुत देर बाद फिर से एक बार हेमनलिनी को खोजने जाकर देखा, उसका दरवाजा अब तक बन्द है। तब थके हुए अन्नदा बाबू अपनी कुर्सी पर पसरकर बार-बार अँगुलियाँ चलाकर सिर के केशों को उलटा-सीधा करके खड़ा करने लगे।

नलिनाक्ष ने आकर अन्नदा बाबू की जाँच करके यथा-कर्तव्य बता दिया और हेमनलिनी से पूछा, "क्या अन्नदा बाबू के मन में कोई विशेष दुश्चिन्ता है?"

हेम ने कहा, "वह हो सकती है।"

नलिनाक्ष बोला, "यदि सम्भव हो, उनके मन को पूरा विश्राम आवश्यक है। मेरी माँ के सम्बन्ध में भी यही एक मुश्किल आ खड़ी हुई है; वे ज़रा-से में ही इतनी परेशान हो उठती हैं कि उनके शरीर को स्वस्थ रखना कठिन हो गया है। लगता है, किसी साधारण-सी समस्या को लेकर वे कल पूरी रात सो नहीं पाईं। मैं ऐसी चेष्टा करता हूँ कि जिससे वे ज़रा भी चिन्तित न हों, पर संसार में रहते यह किसी भी प्रकार सम्भव नहीं होता।"

हेमनलिनी ने कहा, "आज आप भी उतने स्वस्थ दिखाई नहीं पड़ रहे हैं।"

नलिनाक्ष-नहीं, मैं तो एकदम स्वस्थ हूँ। अस्वस्थ रहना मेरी आदत नहीं है। तब भी, लगता है, कल कुछ देर रात तक जागना पड़ा था, सो आज मैं उतना तरोताजा दिखाई नहीं पड़ रहा हूँ।

हेमनलिनी-आपकी माँ की सेवा के लिए अगर हमेशा एक स्त्री उनके पास

रहती, तो शायद अच्छा होता। आप अकेले हैं, आपका कामधाम है, आप कैसे उनकी सेवा कर पाएँगे?

हेमनलिनी ने यह बात सहज भाव से ही कही थी, बात ठीक भी है, इस विषय में भी कोई सन्देह नहीं। परन्तु बोलने के बाद ही अचानक उसे लज्जा महसूस हुई, उसका चेहरा लाल हो गया। उसे सहसा लगा, अगर कहीं नलिनाक्ष बाबू कुछ सोच बैठें! हेमनलिनी के चेहरे पर अचानक लज्जा का आविर्भाव देखकर नलिनाक्ष भी अपनी माँ के प्रस्ताव की बात याद किए बिना नहीं रह सका।

हेमनलिनी जल्दी-से सुधारते हुए बोली, "उनके पास एक काम-वाली रखना ठीक नहीं होगा?"

नलिनाक्ष ने कहा, "अनेक बार कोशिश की, माँ किसी तरह राजी नहीं होतीं। शुद्धाचार के सम्बन्ध में अत्यन्त सतर्क होने के चलते तनख्वाह वाले लोगों के काम के प्रति उनका विश्वास नहीं होता। इसके अलावा, उनका स्वभाव ऐसा है कि कोई कर्तव्य के वशीभूत उनकी सेवा कर रहा है, इसे वे सहन नहीं कर पातीं।"

इसके बाद इस सम्बन्ध में हेमनलिनी ने और कोई बात नहीं चलाई। उसने थोड़ा चुप रहकर कहा, "आपकी शिक्षाओं के अनुसार चलते हुए बीच-बीच में कभी-कभी बाधा आ खड़ी होती है, मैं फिर पिछड़ जाती हूँ। मुझे भय होता है, जैसे मुझमें कोई आशा नहीं है। क्या मेरा मन कभी स्थिर नहीं होगा, मुझे क्या केवल बाहरी आघात से अस्थिर होकर घूमना पड़ेगा?"

नलिनाक्ष हेमनलिनी के इस कातर निवेदन से तनिक चिन्तित होता हुआ बोला, "देखिए, विघ्न हमारे हृदय की सम्पूर्ण शक्ति को जाग्रत करने के लिए ही उपस्थित होते हैं। आप हताश मत होइए।"

हेमनलिनी ने कहा, "आप कल सुबह एक बार आ सकेंगे? आपकी सहायता पाकर मुझे बड़ा बल मिल जाता है।"

नलिनाक्ष के चेहरे पर और कंठ-स्वर में अविचिलित शान्ति का जो एक भाव है, उसमें हेमनलिनी को जैसे आश्रय मिल जाता है। नलिनाक्ष चला गया, किन्तु हेमनलिनी के मन को सांत्वना का एक स्पर्श प्रदान कर गया। वह अपने सोनेवाले कमरे के सामनेवाले बरामदे में खड़ी होकर जाड़े की धूप से आलोकित बाहर की ओर देखने लगी। उसके चतुर्दिक् विश्व-प्रकृति के मध्य रमणीय मध्याह्न में कर्म के साथ विश्राम, शक्ति के साथ शान्ति, उद्योग के साथ वैराग्य एक साथ विराज रहे थे; उसी वृहत् भाव के क्रोड में उसने अपने व्यथित हृदय को समर्पित कर दिया...तब सूर्यालोक और उन्मुक्त-उज्ज्वल नीलाम्बर ने उसके अन्तःकरण में जगत के नित्य उच्चरित सुगम्भीर आशीर्वचन के प्रेरण का अवकाश पा लिया।

हेमनलिनी नलिनाक्ष की माँ की बात सोचने लगी। वे किस चिन्ता में डूबी हैं,

वे रात को सो क्यों नहीं पा रही हैं, हेमनलिनी इसे नहीं समझ पाई। नलिनाक्ष के साथ उसके विवाह-प्रस्ताव का प्रथम आघात और प्रथम संकोच छँट चुका है। नलिनाक्ष के प्रति हेमनलिनी की एकान्त निर्भर पर भक्ति धीरे-धीरे बढ़ती जा रही थी, किन्तु उसमें प्रेम की विद्युत संचारमयी वेदना नहीं थी...वह रहे भी नहीं। ऐसा लगता ही नहीं कि आत्म-प्रतिष्ठित नलिनाक्ष किसी स्त्री के प्रेम की अपेक्षा रखता है। तब भी सेवा की आवश्यकता तो सभी को होती है। नलिनाक्ष की माँ बीमार हैं और पुराने विचारों की हैं, नलिनाक्ष को कौन सँभालेगा? इस संसार में नलिनाक्ष का जीवन तो अनादर की वस्तु नहीं है; ऐसे व्यक्ति की सेवा, भक्ति की सेवा ही होनी चाहिए।

हेमनलिनी ने आज सुबह रमेश के जीवन-इतिहास का जो एक अंश सुना, उससे उसके मर्म को प्रचंड आघात पहुँचा, उस निदारुण आघात से आत्म-रक्षा के लिए उसके सम्पूर्ण मन की सम्पूर्ण शक्ति आज तैयार होकर खड़ी है। आज ऐसी अवस्था आ पहुँची है कि रमेश के लिए वेदना अनुभव करना उसके पक्ष में लज्जाजनक हो उठा है। वह न्याय करके रमेश को अपराधी भी नहीं ठहराना चाहती। पृथ्वी पर कितने शत-सहस्त्र लोग कितने अच्छे-बुरे कामों में लिप्त हैं, संसार-चक्र चल रहा है...हेमनलिनी ने उनके न्याय का ठेका तो लिया नहीं है। रमेश की बातों को मन में भी लाने की हेमनलिनी की इच्छा नहीं करती। बीच-बीच में आत्मघातिनी कमला की बात की कल्पना करके उसका शरीर सिहर उठता है; उसे लगने लगता है, 'क्या उस हतभागिनी की आत्म-हत्या के साथ मेरा कोई सम्बन्ध है?' तब लज्जा, घृणा, करुणा उसके सम्पूर्ण हृदय को मथने लगते हैं। वह हाथ जोड़कर कहने लगती है, 'हे ईश्वर, मैंने तो अपराध किया नहीं, फिर मैं क्यों इस प्रकार जुड़ गई? मेरा यह बन्धन खोल दो, एकदम तोड़ डालो। मुझे और कुछ नहीं चाहिए, मुझे अपने इस संसार में सहज भाव से जीने दो।'

रमेश और कमला की घटना सुनकर हेमनलिनी क्या सोच रही है, अन्नदा बाबू यह जानने को उत्सुक हैं, फिर भी उन्हें साफ़-साफ़ बात उठाने का साहस नहीं हो रहा है। हेमनलिनी चुपचाप बरामदे में बैठी सिलाई कर रही थी, वहाँ एक-एक बार जाकर हेमनलिनी के चिन्तारत चेहरे की ओर ताककर वे लौट-लौट आए हैं।

डॉक्टर के निर्देशानुसार सन्ध्या समय अन्नदा बाबू को पाचक-चूर्ण मिश्रित दूध पिलाकर हेमनलिनी उनके निकट बैठी। अन्नदा बाबू बोले, ''आँखों के सामने से लालटेन हटा दो।''

कमरे में थोड़ा अन्धकार होने पर अन्नदा बाबू ने कहा, ''सुबह जो वृद्ध आए थे, वे देखने में तो बड़े सरल लगे।''

हेमनलिनी ने इस प्रसंग को लेकर कोई बात नहीं की, चुप रही। अन्नदा बाबू और अधिक भूमिका नहीं बाँध पाए। वे बोले, ''रमेश की घटना सुनकर मैं आश्चर्य

में पड़ गया...लोगों ने उसके बारे में अनेक बातें कहीं, मैंने आज तक उन पर विश्वास नहीं किया, लेकिन और तो...''

हेमनलिनी ने करुण स्वर में कहा, ''पिताजी, उन सब बातों की चर्चा रहने दीजिए।''

अन्नदा बाबू बोले, ''बेटी, चर्चा करने की इच्छा तो नहीं करती। लेकिन विधि के विधान में अचानक एक आदमी के साथ हम लोगों का सुख-दुख जुड़ जाता है, तब उसके किसी आचरण की और उपेक्षा करने का उपाय नहीं बचता।''

हेमनलिनी तेज़ी से बोल उठी, ''नहीं, नहीं, सुख-दुख की गाँठ इस तरह जहाँ-तहाँ क्यों बँधने दूँगी! पिताजी, मैं ठीक हूँ, मेरे लिए व्यर्थ ही उद्विग्न होकर मुझे लज्जित मत कीजिए।''

अन्नदा बाबू ने कहा, ''बेटी हेम, मेरी उम्र हो चली है, अब तुम्हारा एक ठिकाना किए बिना मेरा मन चैन नहीं पाएगा। क्या मैं तुम्हें एक तपस्विनी की भाँति छोड़कर जा सकता हूँ?''

हेमनलिनी चुप रही। अन्नदा बाबू बोले, ''देखो बेटी, संसार में एक आशा चूर्ण हो जाने से और सारी दुर्मूल्य वस्तुओं को अग्राह्य मान लिया जाए, ऐसी कोई बात नहीं है। किसमें तुम्हारा जीवन सुखी होगा, सार्थक होगा, मन के क्षोभ के कारण शायद आज तुम जान भी न पाओ, लेकिन मैं हमेशा तुम्हारे मंगल की चिन्ता करता हूँ...मैं जानता हूँ, किसमें तुम्हारा सुख है, किसमें मंगल है...मेरे प्रस्ताव की एकदम से उपेक्षा मत करना।''

हेमनलिनी दोनों आँखें छल-छल करके बोल पड़ी, ''ऐसी बात मत कहिए, मैं आपकी किसी भी बात की उपेक्षा नहीं करती। आप जो आदेश करेंगे, मैं निश्चयपूर्वक उसका पालन करूँगी, केवल एक बार अन्तःकरण को परिष्कृत करके अच्छी तरह तैयार हो लेना चाहती हूँ।''

अन्नदा बाबू ने उसी अन्धकार में हेमनलिनी के अश्रुसिक्त चेहरे पर हाथ फिराते हुए उसके माथे को छुआ। और कोई बात नहीं कही।

अगले दिन सुबह जब अन्नदा बाबू हेमनलिनी को लेकर बाहर पेड़ के नीचे चाय पीने बैठे, तभी अक्षय आ पहुँचा। अन्नदा बाबू ने नीरव प्रश्न के साथ उसके मुँह की ओर देखा। अक्षय बोला, ''अभी तक कोई अता-पता नहीं चला।'' इतना कहकर वह एक प्याला चाय लेकर वहाँ बैठ गया।

धीरे-धीरे बात उठाई, ''रमेश बाबू और कमला का कुछ-कुछ सामान चक्रवर्ती महाशय के यहाँ रह गया है, वह सब वे कहाँ किसके पास भेजें, वही सोच रहे हैं। रमेश बाबू निश्चय ही आप लोगों का पता लगाकर शीघ्र यहाँ आएँगे, इसीलिए अगर आप लोगों के यहाँ...''

अन्नदा बाबू अचानक अत्यन्त क्रोधित होकर बोले, "अक्षय, तुम्हें स्थिति-ज्ञान एकदम नहीं है। रमेश हमारे यहाँ क्यों आएगा, और मैं ही उसका सामान क्यों रखूँगा?"

अक्षय ने कहा, "जो भी हो, अन्याय किया हो या भूल की हो, रमेश बाबू इस समय निश्चय ही पछता रहे होंगे, ऐसे समय क्या उनके पुराने मित्रों का कर्तव्य उन्हें सांत्वना देना नहीं है? क्या उनका पूरी तरह परित्याग कर देना होगा?"

अन्नदा बाबू बोले, "अक्षय, तुम केवल हमें कष्ट पहुँचाने के लिए क्यों बार-बार इस बात को छेड़ रहे हो? मैं तुम्हें विशेष रूप से कहे दे रहा हूँ, तुम इस प्रसंग को हमारे सामने कभी मत उठाना।"

हेमनलिनी कोमल स्वर में बोली, "पिताजी, आप गुस्सा मत होइए, आप बीमार पड़ जाएँगे...अक्षय बाबू जो बोलना चाहें, बोलें, उसमें दोष क्या है!"

अक्षय ने कहा, "नहीं-नहीं, मुझे क्षमा कीजिए, मैं ठीक से समझ नहीं पाया।"

54

मुकुन्द बाबू परिजनों के साथ काशी छोड़कर मेरठ जाएँगे, तय हो गया है। सामान बाँधना निबट गया है, कल सुबह ही निकलना होगा। कमला ने पूरी आशा की थी, इस बीच ऐसी कोई एक घटना घटेगी, जिससे उन लोगों का जाना रुक जाएगा। उसने एकान्त मन से यह आशा भी की थी कि डॉक्टर नलिनाक्ष शायद और एक-दो बार अपने मरीज़ को देखने आएँगे। किन्तु दोनों में से कोई भी आशा पूरी नहीं हुई।

'अगर कहीं बाह्मन ठकुराइन को यात्रा की तैयारी के झमेले में भाग जाने का मौक़ा मिल जाए', इस आशंका में नवीनकाली ने उसे कई दिन अपने इर्द-गिर्द चिपकाए रखा, उससे सामान बाँधने-बूँधने का बहुत-सा काम करवा लिया।

कमला पूरे मन से कामना करने लगी, आज रात में उसे ऐसी एक भयानक बीमारी हो जाए, जिससे नवीनकाली को उसे साथ ले जाना असम्भव हो जाए। ऐसा नहीं कि उसने मन-ही-मन यह न सोचा हो कि उस भयानक बीमारी की चिकित्सा का दायित्व किस पर होगा। उस बीमारी में अन्त में यदि उसकी मौत आ जाए, तो वह आसन्न मृत्यु-काल में उसी चिकित्सक के पैरों की धूल लेकर मर सकेगी, वह आँखें बन्द करके यह भी कल्पना कर रही थी।

नवीनकाली रात में कमला को अपने कमरे में लेकर सोई। अगले दिन स्टेशन जाते समय अपनी गाड़ी में चढ़ा लिया। मुकुन्द बाबू रेलगाड़ी के सेकंड क्लास में चढ़े, नवीनकाली ने ब्राह्मण ठकुराइन के साथ इंटरमीडिएट लेडीज़-बोगी में आश्रय ग्रहण किया।

अन्ततः गाड़ी ने काशी स्टेशन छोड़ दिया; मस्त हाथी जैसे लता को तोड़ लेता है, उसी तरह रेलगाड़ी गर्जन करते-करते कमला को विच्छिन्न करके लेकर चली गई। कमला क्षुधातुर नेत्रों से खिड़की से बाहर की ओर देखती रही। नवीनकाली ने कहा, "बाह्मन ठकुराइन, पानदान कहाँ रखा है?"

कमला ने पानदान बाहर निकालकर दे दिया। उसे खोलते ही नवीनकाली बोली, "यह देखो, जो सोच रही थी, वही हुआ। चूने की डिबिया फेंक आई हो? अब मैं क्या करूँ! मैंने जो काम खुद नहीं देखा, उसमें कुछ-न-कुछ गलती रह ही गई। लेकिन बाह्मन ठकुराइन, यह शैतानी तुमने जानबूझकर की है। मुझे सबक सिखाने के मतलब से। जानबूझकर हम लोगों को कुढ़ा रही हो। आज सब्जी में नमक नहीं, कल खीर में जलने की गन्ध...सोचती हो, यह सारी चालाकी हम समझते नहीं। अच्छा, चलो मेरठ, उसके बाद देखा जाएगा, तुम ही कौन हो, और मैं ही कौन हूँ।"

जब गाड़ी पुल पर से गुजरी, कमला ने खिड़की से मुँह निकालकर गंगा किनारे वाले काशी शहर को एक बार देख लिया। उसे कुछ भी पता नहीं, इस शहर में किधर नलिनाक्ष का घर है। रेलगाड़ी की तेज रफ़्तार में घाट-घर, मन्दिर-गुम्बद, जो कुछ उसकी आँखों में पड़ा, सभी नलिनाक्ष की उपस्थिति से मंडित होकर उसके हृदय को स्पर्श कर गए।

नवीनकाली बोली, "अरी, इतना झुककर क्या देख रही हो? तुम चिड़िया नहीं हो, तुम्हारे पंख नहीं हैं, जो उड़ जाओगी।"

काशी नगरी का दृश्य कहाँ छिप गया, कमला निश्चल नीरव बैठी आकाश की ओर ताकती रही।

अन्ततः गाड़ी मुगलसराय रुकी। स्टेशन का कोलाहल, लोगों की भीड़, सब कुछ कमला को छाया के समान, स्वप्न के समान लगने लगा। वह चाबी वाली गुड़िया की तरह एक गाड़ी से दूसरी गाड़ी में चढ़ गई।

गाड़ी छूटने का समय हो रहा है, तभी कमला अचानक चौंक उठी, सुनाई पड़ा, कोई परिचित कंठ उसे 'माँ' कहकर पुकार रहा है। कमला ने प्लेटफॉर्म की ओर मुँह घुमाकर देखा...उमेश।

कमला के चेहरे पर चमक दौड़ गई; बोली, "क्या रे, उमेश!"

उमेश ने बोगी का दरवाजा खोल दिया और कमला पलक झपकते उतर पड़ी। उमेश ने जल्दी से भूमिष्ठ होकर प्रणाम करके कमला के चरणों की धूल माथे पर धारण की। उसका आकर्ण प्रसारित मुख हँसी से भर उठा।

अगले ही पल गार्ड ने बोगी का दरवाजा बन्द कर दिया। नवीनकाली हायहल्ला मचाने लगी, "बाह्मन ठकुराइन, क्या कर रही हो! गाड़ी छूटनेवाली है! चढ़ो चढ़ो!"

वह बात कमला के कानों तक पहुँची ही नहीं। गाड़ी भी सीटी देकर गस्-गस् शोर मचाते हुए स्टेशन से बाहर निकल गई।

कमला ने पूछा, ''उमेश, तू कहाँ से आ रहा है?''

उमेश ने कहा, ''ग़ाज़ीपुर से।''

कमला ने पूछा, ''वहाँ सब लोग कुशल तो हैं? चाचाजी का क्या समाचार है?''

उमेश ने कहा, ''वे ठीक हैं।''

कमला-मेरी दीदी कैसी हैं?

उमेश-माँ, वे तो आपके लिए रो-रोकर अनर्थ किए डाल रही हैं।''

अचानक कमला की आँखों में आँसू उभर आए। पूछा, ''उमी कैसी है रे? क्या वह कभी-कभी अपनी मौसी को याद करती है?''

उमेश ने कहा, ''आप जो उसे एक जोड़ी गहने दे आई थीं, उन्हें पहनाए बिना उसे किसी भी तरह दूध नहीं पिलाया जा सकता। उन्हें पहनकर ही वह दोनों हाथ घुमाते हुए कहती रहती है, 'मौसी च च चली गई,' और उसकी माँ की आँखों से आँसू बहते रहते हैं।''

कमला ने पूछा, ''तू यहाँ क्या करने आया है?''

उमेश ने कहा, ''मुझे ग़ाज़ीपुर में अच्छा नहीं लग रहा था, इसीलिए मैं चला आया।''

कमला-''जाएगा कहाँ?''

उमेश ने कहा, ''माँ, मैं तुम्हारे साथ चलूँगा।''

कमला बोली, ''मेरे पास तो एक पैसा भी नहीं है।''

उमेश ने कहा, ''मेरे पास है।''

कमला-तुझे मिला कहाँ से?

उमेश-वही, आपने मुझे जो पाँच रुपए दिए थे, वे तो मेरे खर्च हुए नहीं।

कहते हुए गाँठ से पाँच रुपए निकालकर दिखा दिए।

कमला-तो चल उमेश, हम लोग काशी चलें, क्या कहता है? तू टिकट तो ले पाएगा?

उमेश ने कहा, ''ले पाऊँगा।'' कहकर तुरन्त टिकट खरीद लाया। गाड़ी तैयार थी, कमला को चढ़ा दिया; बोला, ''माँ, मैं पासवाले डिब्बे में ही हूँ।''

काशी स्टेशन पर उतरकर कमला ने उमेश से पूछा, ''उमेश, बता अब कहाँ चलें?''

उमेश बोला, ''माँ, आप कोई चिन्ता मत कीजिए; मैं आपको सही जगह लिये जा रहा हूँ।''

कमला-कौन-सी ठीक जगह रे! तू यहाँ के बारे में क्या जानता है, बता तो?

उमेश ने कहा, ''सब जानता हूँ। देखिए तो, कहाँ लिये जाता हूँ!''

कहकर, कमला को एक किराए की गाड़ी पर चढ़ाकर वह कोच-बॉक्स में चढ़कर बैठ गया। गाड़ी एक घर के सामने खड़ी होने पर बोला, ''माँ, यहाँ उतर जाइए।''

कमला के गाड़ी से उतरकर उमेश के पीछे-पीछे घर में प्रवेश करते ही उमेश ने आवाज़ लगाई, ''दादाजी, घर पर हैं क्या?''

पास के एक कमरे से जवाब मिला, ''कौन, उमेश है क्या! तू कहाँ से आ गया?''

अगले ही क्षण हाथ में हुक्का सँभाले स्वयं चक्रवर्ती महाशय आकर उपस्थित हो गए। उमेश खिले हुए चेहरे से चुपचाप हँसने लगा। आश्चर्यचकित कमला ने भूमिष्ठ होकर चक्रवर्ती को प्रणाम किया। कुछ देर तक चाचा के मुँह से बात नहीं निकली; वे क्या कहें, हुक्का कहाँ रखें, कुछ भी नहीं सोच पाए। अन्त में कमला की चिबुक पकड़कर उसके लज्जा से झुके चेहरे को तनिक उठाकर बोले, ''मेरी बिटिया लौट आई! चलो, चलो, ऊपर चलो।''

''ओ शैल, शैल! आ देख, कौन आया है!''

शैलजा जल्दी-जल्दी कमरे से बाहर निकलकर बरामदे की सीढ़ियों के सामने आकर खड़ी हो गई। कमला ने उसके पैरों की धूल ग्रहण करके प्रणाम किया। शैल ने उसे एकदम छाती में भींचकर उसका ललाट चूम लिया। दोनों गालों पर आँसू ढुलकाते हुए बोली, ''हम लोगों को इस तरह रुलाकर जाना चाहिए था!''

चाचाजी ने कहा, ''वो सब बात रहने दे शैल, अभी उसके नहाने-खाने का प्रबन्ध कर।''

तभी उमी 'मौसी-मौसी' करते हुए दौड़कर बाहर निकल आई। कमला ने उसे जल्दी से गोद में उठाकर छाती से चिपटाकर चूम-चूमकर अघा डाला।

शैलजा कमला के रूखे केश और मैले कपड़े देखकर रह नहीं पाई। उसे खींच ले जाकर जतन से नहलाया, अपनी एक अच्छी साड़ी निकालकर उसे पहना दी। बोली, ''लगता है, कल रात अच्छी तरह नींद नहीं आई। आँखें धँस गई हैं। तू बिछौने पर थोड़ा आराम कर। मैं राँधना निबटाकर आती हूँ।''

कमला ने कहा, ''नहीं दीदी, चलो, तुम्हारे साथ मैं भी रसोई में चलती हूँ।''

दोनों सखियाँ साथ-साथ राँधने चली गईं।

जब चक्रवर्ती चाचा अक्षय की सलाह पर काशी आने के लिए तैयार हुए, तो शैलजा अड़ गई, ''पिताजी, मैं भी आप लोगों के साथ काशी चलूँगी।''

चाचा बोले, ''अभी विपिन की तो छुट्टी नहीं है।''

शैल ने कहा, ''न हो, मैं अकेली ही जाऊँगी। माँ हैं, उन्हें असुविधा नहीं होगी।''

शैल ने इस प्रकार पति को छोड़कर रहने का प्रस्ताव इसके पूर्व कभी नहीं किया था।

चाचाजी को राजी होना पड़ा। ग़ाज़ीपुर से चले। काशी स्टेशन पर उतरते ही देखा, उमेश भी गाड़ी से उतर रहा है।..."और, तू क्यों चला आया रे!" जिस कारण सब आए थे, उसका भी वही एक कारण था। किन्तु उमेश आजकल चाचाजी के घर के काम पर नियुक्त है; उसके अचानक इस तरह चले आने से गृहस्वामिनी बहुत नाराज़ हो उठेंगी, यह जानकर सभी ने बहुत कोशिश करके उमेश को ग़ाज़ीपुर लौटा दिया। उसके बाद क्या घटा, यह सभी जानते हैं। वह किसी भी तरह ग़ाज़ीपुर नहीं टिक पाया। गृहस्वामिनी ने उसे बाज़ार करने भेजा था, वही बाज़ार का पैसा लेकर वह गंगा पार करके स्टेशन आ पहुँचा। उस दिन चक्रवर्ती-गृहस्वामिनी ने इस छोकरे की व्यर्थ प्रतीक्षा की थी।

55

अक्षय दिन में एक बार चक्रवर्ती से भेंट करने आया था। उन्होंने कमला के लौटने के सम्बन्ध में उससे कोई भी बात नहीं की। रमेश के साथ अक्षय का विशेष बन्धुत्व नहीं है, यह चाचा समझ गए हैं।

कमला क्यों चली गई थी, कहाँ चली गई थी, इस सम्बन्ध में घर के किसी ने कोई सवाल ही नहीं किया...मानो, कमला इन्हीं के साथ काशी घूमने आई है, इसी प्रकार दिन व्यतीत हो गया। उमी की आया लछमनिया स्नेह मिश्रित भर्त्सना के बहाने कुछ कहने जा रही थी, चाचा ने उसे तत्काल आड़ में बुलाकर डाँट दिया था।

रात को शैलजा कमला को अपने बिस्तर में लेकर सोई। गलबाँही करके उसे छाती के पास खींच लिया और दाएँ हाथ से उसका शरीर सहलाने लगी। यह कोमल हस्त-स्पर्श नीरव-प्रश्न की भाँति उसकी छिपी वेदना के बारे में पूछने लगा।

कमला ने कहा, "दीदी, आप लोगों ने क्या सोचा था? मुझ पर गुस्सा नहीं हुए?"

शैल बोली, "क्या हम लोगों को अक्ल-वक्ल कुछ नहीं है? क्या हम यह नहीं समझते कि संसार में अगर तेरा कोई सहारा होता, तो तू यह रास्ता नहीं चुनती। हम लोग केवल इस कारण रोए कि भगवान ने तुझे ऐसी मुसीबत में क्यों धकेल दिया। जो व्यक्ति कोई अपराध करना नहीं जानता, वह भी दंड भोगता है!"

कमला ने कहा, "दीदी, तुम मेरी सारी बात सुनोगी?"

शैल कोमल स्वर में बोली, "सुनूँगी नहीं बहन, तो क्या?"

कमला-उस समय तुम्हें क्यों नहीं बता पाई, यह नहीं जानती। तब मेरे पास कोई

बात सोचकर देखने का समय नहीं था। अचानक सिर पर ऐसा वज्राघात हुआ था कि लज्जा के कारण तुम्हें मुँह नहीं दिखा पा रही थी। संसार में मेरी माँ-बहन कोई नहीं है, दीदी, तुम मेरी माँ-बहन, दोनों हो...इसीलिए तुमसे सब बात कह रही हूँ, अन्यथा मेरी जो बात है, वह किसी के सामने कहने लायक नहीं है।

कमला और लेटी नहीं रह सकी, उठकर बैठ गई। शैल भी उठकर उसके सामने बैठ गई। उसी अँधेरे में बिछौने पर बैठी कमला अपनी जीवन-कथा विवाह से शुरू करके बताने लगी।

कमला जब बोली कि विवाह के पहले या विवाह की रात को उसने अपने पति को नहीं देखा, तो शैल ने कहा, ''मैंने तेरे जैसी बुद्धू लड़की नहीं देखी। मेरा विवाह तुझसे कम उम्र में हुआ था...क्या तू समझती है, मैंने लज्जा के चलते अपने वर को किसी बहाने देख नहीं लिया था!''

कमला ने कहा, ''लज्जा नहीं दीदी! मेरी विवाह की आयु प्रायः-प्रायः निकल गई थी। ऐसे में जब अचानक मेरे विवाह की बात तय हो गई, तो मेरी सारी सहेलियों ने मुझे बहुत चिढ़ाना शुरू कर दिया था। अधिक आयु में वर मिल जाने से मुझे कोई सात राजाओं का धन-रत्न नहीं मिल गया है, यही दिखाने के लिए मैंने उनकी ओर आँख तक नहीं उठाई। यहाँ तक कि उनके लिए मन में ज़रा-सा आग्रह अनुभव करना भी मैंने भारी लज्जा का विषय, अपमान का विषय समझा था। आज उसी का चुकता कर रही हूँ।''

यह कहकर कमला कुछ देर चुप रही। उसके बाद शुरू किया, ''विवाह के बाद नौका डूबने की घटना होने पर हम लोग किस तरह बचे, वह बात तो तुम्हें पहले ही बता चुकी हूँ। किन्तु जब बताई थी, तब यह नहीं जानती थी कि मौत से बचकर जिनके हाथ में पड़ गई हूँ, जिन्हें पति के रूप में जाना है, वे मेरे पति नहीं हैं।''

शैलजा चौंक उठी; जल्दी से कमला के निकट खिसककर उसकी गर्दन से लिपटकर बोली, ''हाय रे फूटी किस्मत...ओ, वही तो! अब सारी बात समझी। इस तरह भी सर्वनाश होता है।''

कमला ने कहा, ''बोलो दीदी, जब मर जाने भर से सब कुछ खतम हो जाता, तो विधाता ने ऐसी मुसीबत क्यों पैदा की?''

शैलजा ने पूछा, ''रमेश बाबू को भी कुछ पता नहीं चल पाया?''

कमला ने कहा, ''विवाह के कुछ समय बाद वे मुझे एक दिन सुशीला कहकर बुला रहे थे, मैं उनसे बोली, 'मेरा नाम कमला है, तो आप सब मुझे सुशीला क्यों बुलाते हैं?' मैं अब समझ रही हूँ, उस दिन उनका भ्रम टूट गया था। किन्तु दीदी, उन सब दिनों की वह बात याद करने से भी मेरा सिर झुक जाता है।'' कमला यह कहकर चुप हो रही।

शैलजा ने थोड़ा-थोड़ा करके बातों-बातों में प्रारम्भ से अन्त तक सारा वृत्तान्त जान लिया। सारी बात सुनना होने पर वह बोली, ''बहन, तेरी फूटी किस्मत, लेकिन मैं यह सोच रही हूँ कि तू भाग्य से रमेश बाबू के हाथों में पड़ गई थी। जो भी कह, बेचारे रमेश बाबू की बात सोचने पर बड़ा दुख होता है। आज बहुत रात हो गई, कमल आज तू सो जा। कितने दिन-रात जागकर रोते रहने से चेहरा काला पड़ गया है। अब क्या करना है, कल सब तय किया जाएगा।''

रमेश की लिखी वही चिट्ठी कमला के पास थी। अगले दिन शैलजा ने वह चिट्ठी लेकर अपने पिताजी को अकेले कमरे में बुलवाया और चिट्ठी उनके हाथ में दे दी। चाचा ने आँखों पर चश्मा चढ़ाकर बहुत धीरे-धीरे पढ़ा; उसके बाद चिट्ठी मोड़कर चश्मा उतारकर बेटी से पूछा, ''वही तो, अब क्या करणीय है?''

शैल ने कहा, ''पिताजी, उमी को कई दिन से सर्दी-खाँसी हो रही है, ज़रा डॉक्टर नलिनाक्ष को बुला लाइए-ना! काशी में उनका और उनकी माँ का बड़ा नाम सुनाई पड़ता है। एक बार उन्हें देख तो लूँ।''

डॉक्टर रोगी को देखने आया और शैल डॉक्टर को देखने के लिए बेचैन हो उठी। बोली, ''कमला, आ, जल्दी आ।''

नवीनकाली के घर में जो कमला डॉक्टर को देखने की व्यग्रता में अपने को लगभग भूल गई थी, वही कमला आज लज्जा के कारण उठना नहीं चाहती।

''देख करमजली, मैं बहुत देर तेरे निहोरे नहीं करूँगी, कहे देती हूँ...मेरे पास समय नहीं है...उमी की बीमारी नाम भर की है, डॉक्टर ज़्यादा देर नहीं रुकेगा...तेरी मान-मनौवल में मेरा भी देखना रह जाएगा।''

शैलजा यह कहकर कमला को ज़बर्दस्ती खींचते हुए दरवाजे के पीछे आकर खड़ी हो गई। नलिनाक्ष उमी की छाती और पीठ की अच्छी तरह जाँच करके दवा लिखकर चला गया।

शैल ने कमला से कहा, ''कमल, विधाता ने तुझे जितने भी दुख दिए हों, तेरा भाग्य अच्छा है। अब एक-दो दिन, बहन, तुझे धीरज के साथ रहना होगा...हम लोग एक प्रबन्ध किए दे रहे हैं। इस बीच उमी के लिए जल्दी-जल्दी डॉक्टर की ज़रूरत पड़ेगी, इसलिए तुझे एकदम से वंचित नहीं रहना पड़ेगा।''

चाचा एक दिन ऐसा समय छाँटकर डॉक्टर को बुलाने गए, जब नलिनाक्ष घर पर नहीं रहता। नौकर ने कहा, ''डॉक्टर बाबू नहीं हैं।''

चाचा ने कहा, ''माँ ठकुराइन तो हैं, उन्हें खबर दो। कहो, एक वृद्ध ब्राह्मण उनसे भेंट करना चाहता है।''

ऊपर से बुलावा आया। चाचा ने जाकर कहा, ''माँजी, काशी में आपका नाम विख्यात है। इसीलिए आपके दर्शन का पुण्य कमाने आया हूँ। मेरी और कोई कामना

नहीं है। मेरी एक दौहित्री अस्वस्थ है, आपके बेटे को लिवाने आया था, वे घर पर नहीं हैं; उसी कारण सोचा, खाली-खाली नहीं लौटूँगा, आपके दर्शन करके जाऊँगा।''

क्षेमंकरी बोलीं, ''नलिन अभी आ जाएगा, आप तनिक तब तक बैठिए। समय कोई कम नहीं हुआ है, आपके लिए कुछ जलपान मँगवा देती हूँ।''

चाचा ने कहा, ''मैं जानता था, आप मुझे बिना खिलाए नहीं छोड़ेंगी...मुझे जो खाने का ज़रा ज़्यादा ही शौक है, यह लोग देखते ही ताड़ जाते हैं, और इस विषय में सभी मुझ पर थोड़ी दया भी करते हैं।''

चाचा को जलपान कराकर क्षेमंकरी बड़ी प्रसन्न हुईं। बोलीं, ''कल मेरे यहाँ आपका दोपहर के भोजन का निमंत्रण रहा; आज तैयारी नहीं थी, आपको अच्छी तरह नहीं खिला पाई।''

चाचा ने कहा, ''जब भी तैयारी हो, इस ब्राह्मण का खयाल कीजिए। मैं आपके घर से बहुत दूर नहीं रहता। कहिए तो, आपके नौकर को ले जाकर अपना घर दिखा दूँ!''

इस प्रकार चाचा ने दो-चार दिन के आने-जाने में ही नलिनाक्ष के घर में काफी पकड़ बना ली।

क्षेमंकरी ने नलिनाक्ष को बुलाकर कहा, ''ओ नलिन, तू चक्रवर्ती महाशय से विजिट मत लेना!''

चाचा हँसते हुए बोले, ''मातृ-आज्ञा मिलने के पूर्व से ही पालन करते आ रहे हैं, मुझसे वे कुछ भी नहीं लेते। जो दाता हैं, वे निर्धन को देखते ही पहचान जाते हैं।''

दो-एक दिन पिता-पुत्री में परामर्श चला। उसके बाद एक दिन सुबह चाचा ने कमला से कहा, ''चलो बेटी, हम लोग दशाश्वमेघ पर स्नान करने चलें।''

कमला ने शैल से कहा, ''दीदी, तुम भी चलो ना।''

शैल ने कहा, ''ना भाई, उमी का स्वास्थ्य उतना अच्छा नहीं है।''

चाचा जिस रास्ते से स्नान-घाट पर गए थे, स्नान के बाद उसी से न आकर एक दूसरे रास्ते से आए। कुछ दूर जाते ही देखा, एक वृद्धा स्नान करके कौशेय वस्त्र धारण किए लोटे में गंगा-जल लिये धीरे-धीरे चली आ रही हैं।

कमला को सामने करके चाचा बोले, ''बेटी, इन्हें प्रणाम करो, ये डॉक्टर बाबू की माताजी हैं।''

कमला सुनते ही चौंक गई, तत्क्षण क्षेमंकरी को प्रणाम कर उनकी चरण-धूलि ग्रहण की।

क्षेमंकरी ने कहा, ''अरी, तुम कौन हो! देखूँ-देखूँ, क्या रूप है! जैसे लक्ष्मी की प्रतिमा!''

कहते हुए कमला का घूँघट हटाकर उसकी झुकी आँखें, चेहरा अच्छी तरह देखा। बोलीं, ''बिटिया, तुम्हारा नाम क्या है?''

कमला के उत्तर देने के पहले ही चाचा ने कहा, ''इसका नाम हरिदासी है। यह मेरे दूर के रिश्ते के भाई की बेटी है। इसका माँ-बाप कोई नहीं, मेरे सहारे है।''

क्षेमंकरी बोलीं, ''चक्रवर्ती महाशय, आइए ना, मेरे घर आइए।''

घर ले जाकर क्षेमंकरी ने एक बार नलिनाक्ष को पुकारा। वह उस समय बाहर चला गया था।

चाचा ने आसन ग्रहण किया, कमला फर्श पर बैठ गई। चाचा ने कहा, ''देखिए, मेरी इस भतीजी का भाग्य बड़ा हेठा है। इसका पति ब्याह के अगले ही दिन संन्यासी बनकर निकल गया, इसके संग और मिलन-भेंट नहीं हुई। हरिदासी की इच्छा है कि धर्म-कर्म के साथ तीर्थवास करे...इसके पास धर्म के अलावा सांत्वना का और कोई उपाय भी तो नहीं है। मेरा घर यहाँ है नहीं, मेरी चाकरी है...मुझे उपार्जन करके घर चलाना पड़ता है। मेरी ऐसी सुविधा नहीं कि मैं यहाँ आकर इसे लेकर रहूँ। इसीलिए आपकी शरण में आया हूँ। अगर आप इसे अपनी बेटी की तरह अपने पास रख लें, तो मैं बड़ा निश्चिन्त हो जाऊँ। जब भी असुविधा अनुभव करें, मेरे पास ग़ाज़ीपुर भेज दीजिए। किन्तु मैं कहता हूँ, इसे दो दिन अपने पास रखते ही समझ जाएँगी, लड़की कैसी रत्न है, तब क्षण भर को भी अलग करना नहीं चाहेंगी।''

क्षेमंकरी खुश होकर बोलीं, ''अहा, यह तो अच्छी बात है। ऐसी लड़की को आप मेरे पास छोड़कर जा रहे हैं, इसमें तो मेरा बड़ा लाभ है। मैं कितने दिन रास्ते से दूसरे की लड़कियों को घर लाकर खिला-पिलाकर आनन्दित होती हूँ, लेकिन उनको रख तो नहीं पाती। तो, हरिदासी मेरी हो गई, आप इसके लिए तनिक भी चिन्ता मत कीजिए। मेरे लड़के के बारे में आप पाँच लोगों से सुन लेंगे...नलिनाक्ष...वह बड़ा अच्छा लड़का है। उसके अलावा घर में और कोई नहीं है।''

चाचा ने कहा, ''नलिनाक्ष बाबू का नाम सभी जानते हैं। यह जानकर कि वे यहाँ आपके पास रहते हैं, मैं और भी निश्चिन्त हुआ। मैंने सुना है, विवाह के बाद दुर्घटना में अपनी पत्नी के डूबकर मर जाने के समय से वे एक प्रकार से ब्रह्मचारी के समान रहते हैं।''

क्षेमंकरी ने कहा, ''वह जो हो गया, सो हो गया, वह बात और मत उठाइए... याद करने से भी मेरे रोंगटे खड़े हो जाते हैं।''

चाचा ने कहा, ''अगर अनुमति हो, तो लड़की को आपके पास छोड़कर मैं विदा लूँ! कभी-कभी आकर देख जाऊँगा। इसकी एक बड़ी बहन है, वह भी आपको प्रणाम करने आएगी।''

चाचा के चले जाने पर क्षेमंकरी ने कमला को निकट खींचकर कहा, ''आओ तो बेटी, देखूँ। तुम्हारी आयु तो अधिक नहीं है। अहा, तुम्हें छोड़कर जा पाए, संसार में ऐसा पाषाण भी है! मैं आशीर्वाद देती हूँ, वह फिर लौटकर आएगा। विधाता ने इतना रूप वृथा नष्ट करने के लिए नहीं रचा है।''

कहकर कमला का चिबुक छूकर अँगुलियों से चूम लिया।

क्षेमंकरी बोलीं, ''यहाँ तुम्हारी कोई समवयस्क संगिनी नहीं है, अकेले मेरे पास रह तो पाओगी?''

कमला ने अपनी दोनों बड़ी-बड़ी आँखों से सम्पूर्णत: आत्म-निवेदन करते हुए कहा, ''रह पाऊँगी, माँ!''

क्षेमंकरी ने कहा, ''मैं यही सोच रही हूँ कि तुम्हारा दिन कैसे कटेगा!''

कमला ने कहा, ''मैं आपका काम करूँगी।''

क्षेमंकरी–फूटी किस्मत! मेरा फिर काम! संसार में यही तो मेरा एकमात्र लड़का है, वह भी संन्यासी की तरह रहता है...अगर कभी कहता, 'माँ, मुझे यह चाहिए, मैं यही खाना चाहता हूँ, मुझे यही अच्छा लगता है, तो मैं कितनी खुश होती...वह भी कभी नहीं कहता। ढेर सारा कमाता है, हाथ में कुछ नहीं रखता; कितने सत्कार्यों में कितनी तरह से खरच करता है, यह किसी को पता नहीं लगने देता। देखो बेटी, जब तुम्हें मेरे पास चौबीसों घंटे रहना है, तो यह बात पहले से ही कहे रखती हूँ, मेरे मुँह से बार-बार मेरे बेटे का गुणगान सुनकर तुम्हें विरक्ति होगी, किन्तु यह तुम्हें सहन करते रहना पड़ेगा।

कमला ने पुलकित हृदय आँखें झुका लीं।

क्षेमंकरी ने कहा, ''सोच रही हूँ, तुम्हें क्या काम दूँ। सिलाई जानती हो?''

कमला बोली, ''अच्छी तरह नहीं जानती माँ!''

क्षेमंकरी ने कहा, ''अच्छा, मैं तुम्हें सिलाई सिखा दूँगी।''

क्षेमंकरी ने पूछा, ''पढ़ना तो जानती ही?''

कमला ने कहा, ''हाँ जानती हूँ।''

क्षेमंकरी ने कहा, ''यह अच्छा हुआ। आँखों पर चश्मा चढ़ाए बिना देख नहीं पाती, तुम मुझे पढ़कर सुना सकती हो।''

कमला ने कहा, ''मैंने राँधना-पकाना, घर-गृहस्थी का सारा काम सीखा है।''

क्षेमंकरी ने कहा, ''ऐसा अन्नपूर्णा के समान चेहरा है, तुम अगर राँधने-पकाने का काम न जानोगी, तो कौन जानेगा! मैं आज तक नलिनाक्ष को खुद राँधकर खिलाती आ रही हूँ...मेरे बीमार पड़ जाने पर खुद राँधकर खाता है...किन्तु किसी और के हाथ का नहीं खाता। अब से तुम्हारी कृपा से मैं उसका अपने आप पकाकर खाना

बन्द कर दूँगी। और, असमर्थ हो जाने पर अगर चार दाने हविष्यान्न[1] पकाकर मुझे भी खिला दोगी, तो मेरी उसमें अरुचि नहीं होगी। चलो बेटी, तुम्हें अपना भांडारघर, रसोईघर सब दिखा लाऊँ।"

यह कहकर क्षेमंकरी ने अपनी छोटी-सी गृहस्थी का पूरा नेपथ्य-गृह कमला को दिखा दिया। इसी बीच अवसर भाँपकर कमला ने धीरे-धीरे अपना प्रार्थना-पत्र प्रस्तुत कर दिया। कहा, "माँ, आज मुझे राँधने दीजिए ना!"

क्षेमंकरी थोड़ा हँसीं। बोलीं, "गृहिणी का राज भांडारघर में और रसोईघर में...जीवन में बहुत-सी चीज़ें छोड़नी पड़ी हैं, तब भी इतना भर साथ-साथ जुड़ा रह गया है। तो बेटी, आज तुम्हीं खाना बनाओ...दो-चार दिन गुजर जाने दो, धीरे-धीरे सारी जिम्मेदारी अपने आप ही तुम्हारे कन्धों पर आ पड़ेगी, मुझे भी भगवान से लौ लगाने का समय मिल जाएगा। बन्धन एकदम से तो कट नहीं जाता...अभी भी मन दो-चार दिन चंचल रहेगा, आखिर भांडारघर का शासन कोई छोटी चीज़ तो है नहीं।"

यह कहकर क्षेमंकरी, क्या बनाना है, क्या करना है, कमला को सारा निर्देश देकर पूजा-गृह में चली गईं। आज क्षेमंकरी के समक्ष कमला की गृहस्थी-परीक्षा प्रारम्भ हुई।

कमला अपनी स्वाभाविक तत्परता के साथ खाना बनाने की सारी सामग्री तैयार करके, आँचल कमर में खोंसकर, सिर के खुले हुए केशों का जूड़ा बाँधकर राँधने में जुट गई।

नलिनाक्ष बाहर से घर लौटते ही सबसे पहले माँ से मिलता था। उसकी माँ के स्वास्थ्य की चिन्ता उसे कभी नहीं छोड़ती थी। आज घर में प्रवेश करते ही रसोईघर की आवाज़ और गन्ध ने उस पर आक्रमण कर दिया। माँ अभी खाना बनाने में जुटी हैं, सोचकर नलिनाक्ष रसोईघर के दरवाजे के सामने जा पहुँचा।

पैरों की आहट से चौंकी कमला के पीछे घूमकर देखते ही आँखों-ही-आँखों में उसका नलिनाक्ष से मिलन हो गया। हड़बड़ाते हुए हाथ से घूँघट खींचने की वृथा कोशिश की...आँचल तो कमर में खुँसा था...खींचतान करके जब तक घूँघट सिर के किनारे तक आया, तब तक विस्मित नलिनाक्ष वहाँ से जा चुका था। उसके बाद जब कमला ने रमचा उठाया, तो उसके हाथ काँप रहे थे।

जल्दी-जल्दी पूजा निबटाकर क्षेमंकरी रसोईघर में गईं, तो देखा, खाना बन

---

1. हविष्यान्न (घृतान्न) : हविष्यान्न में जिस चावल का प्रयोग किया जाता है, उसे 'आतप-चाल' या 'आलो चाल' कहा जाता है। यह चावल धान को बिना उबाले ही कूटकर निकाला जाता है। इस चावल और सब्जी को एक साथ उबाला जाता है तथा उसमें नमक और घी मिलाया जाता है। इसे मूलत: देवताओं का हविष्य माना जाता है।

चुका है। कमला ने रसोईघर धोकर साफ़ कर दिया है; कहीं भी जली हुई लकड़ी के टुकड़े या सब्जी के छिलके या किसी तरह की गन्दगी नहीं है। क्षेमंकरी देखकर मन-ही-मन खुश हुईं; बोलीं, "बेटी, तुम ब्राह्मण की ही लड़की हो।"

नलिनाक्ष खाने बैठा, तो क्षेमंकरी उसके सामने बैठ गईं.; संकोच में डूबा एक और प्राणी कान लगाए दरवाजे की ओट में खड़ा था। झाँकने का साहस नहीं कर पा रहा था...भय से मरा जा रहा था, अगर कहीं खाना ठीक न बना हो तो!

क्षेमंकरी ने पूछा, "नलिन, आज खाना कैसा बना है?"

नलिनाक्ष खाने-पीने की चीज़ों के बारे में समझदार नहीं था, इसीलिए क्षेमंकरी उससे ऐसे अनावश्यक प्रश्न नहीं करतीं; आज विशेष कौतूहल के कारण ही पूछा।

नलिनाक्ष आज का रसोईघर का रहस्य जान चुका है, यह उसकी माँ को पता नहीं था। सम्प्रति, माँ का स्वास्थ्य बिगड़ जाने के कारण नलिनाक्ष खाना बनानेवाला आदमी लगाने के लिए माँ से बहुत अनुरोध करता रहा है, किन्तु उन्हें किसी भी तरह सहमत नहीं कर पाया। आज राँधने में नया आदमी लगा देखकर वह मन-ही-मन खुश हुआ। खाना कैसा बना है, इस पर उसने विशेष ध्यान नहीं दिया, फिर भी सोत्साह बोला, "खाना विलक्षण बना है, माँ!"

आड़ में से उत्साह-वाक्य सुनकर कमला और स्थिर होकर खड़ी नहीं रह पाई। उसने पासवाले एक कमरे में जाकर अपनी धड़कती छाती को दोनों बाहुओं में जोर से कसकर थाम लिया।

भोजन के पश्चात् नलिनाक्ष अपने मन की किसी अस्पष्टता को स्पष्ट करने के लिए प्रतिदिन के अभ्यास के अनुसार एकान्त अध्ययन-कक्ष में चला गया।

अपराह्न में क्षेमंकरी ने अपने हाथ से कमला के केश गूँथकर माँग में सिन्दूर पहना दिया; उसका चेहरा एक बार इधर से, एक बार उधर से घुमाकर अच्छी तरह देखा...कमला लाज के कारण आँखें झुकाए बैठी रही। क्षेमंकरी ने मन-ही-मन कहा, 'आहा, अगर मुझे ऐसी ही एक बहू मिलती!'

उसी रात क्षेमंकरी को फिर से बुखार चढ़ आया। नलिनाक्ष बेचैन हो उठा। बोला, "माँ, मैं आपको कुछ दिन के लिए काशी से कहीं दूसरी जगह ले जाऊँगा। यहाँ आपका स्वास्थ्य ठीक नहीं रह पा रहा है।"

क्षेमंकरी ने कहा, "वह नहीं हो सकता बेटा! दो-चार दिन बचाए रखने की आशा में मुझे काशी छोड़ अन्य कहीं भी ले जाकर मरवाओगे, वह नहीं हो सकता। यह क्या बेटी, तुम दरवाजे के पास खड़ी हो! जाओ, जाओ, सोने जाओ। सारी रात इस तरह जागकर काटने से नहीं चलेगा। मैं जितने दिन बीमार हूँ, तुम्हें ही तो सब देखना-भालना पड़ेगा। रात भर जागने से कैसे कर पाओगी? जा तो नलिन, ज़रा उस

कमरे में तो जा।''

नलिनाक्ष के पास वाले कमरे में जाते ही कमला क्षेमंकरी के चरणों में बैठकर उनके पाँव दबाने लगी। क्षेमंकरी ने कहा, ''पिछले जन्म में तुम निश्चय ही मेरी माँ थीं, बेटी! अन्यथा कहीं भी कुछ न होता, तो तुम इस तरह क्यों मिल जातीं? देखो, मेरी एक आदत है, मैं ऐसे-वैसे किसी आदमी की सेवा सहन नहीं कर पाती, किन्तु तुम मेरा शरीर सहलाती हो, तो मेरी देह को बड़ा आराम लगता है। यह आश्चर्य ही है, ऐसा लग रहा है, जैसे मैं तुम्हें पता नहीं कब से जानती हूँ। तुम तो ज़रा भी पराई नहीं लगतीं। तो, सुनो बेटी, तुम निश्चिन्त होकर सोने जाओ। नलिन पास वाले कमरे में ही है...माँ की सेवा वह और किसी के हाथों में नहीं छोड़ पाएगा...उसे हज़ार मना करूँ और जो भी करूँ...बताओ तो, उससे कौन पार पा सकता है! परन्तु उसका एक गुण है, रात भर जागे या जो भी करे, उसका चेहरा देखकर कुछ अनुमान नहीं लगाया जा सकता...इसका कारण, वह कभी किसी विषय में व्याकुल नहीं होता। मेरे साथ इसका ठीक उलटा है। बेटी, शायद तुम मन-ही-मन हँस रही हो! सोच रही होगी, लो, नलिन की कथा आरम्भ हो गई, अब खतम होने का नाम नहीं लेगी। तो बेटी, एक बेटा होने पर ऐसा ही होता है। और नलिन जैसा बेटा भी कितनी माँओं को होता है? सच कह रही हूँ, मैं कभी-कभी सोचती हूँ...नलिन तो मेरा पिता है, उसने मेरे लिए जितना किया है, क्या मैं उसके लिए उतना कर सकती हूँ! यह देखो, फिर-से नलिन की बात! लेकिन और नहीं, जाओ बेटी, तुम सोने जाओ। नहीं-नहीं, वह किसी तरह नहीं हो सकता, तुम जाओ...तुम्हारे रहते मुझे नींद नहीं आएगी। बूढ़ी मानुस, आदमी पास रहते ही केवल बकने की इच्छा करती है।''

अगले दिन कमला ने गृहस्थी की सारी जिम्मेदारी सँभाल ली। नलिनाक्ष ने पूरब की ओर वाले बरामदे के एक हिस्से को घेरकर मार्बल लगाकर एक छोटा-सा कमरा बनवा लिया था, यही उसका उपासना-गृह था और मध्याह्न में यहीं आसन पर बैठकर वह अध्ययन करता था। उस दिन प्रातः उसने उस कमरे में प्रवेश करते ही देखा, कमरा धुला, पुँछा, साफ़; धूप जलाने के लिए पीतल की एक धूपदानी थी, वह आज सोने की भाँति झक्-झक् कर रही है। शेल्फ पर उसकी थोड़ी-सी किताबें और कॉपियाँ करीने से सजी हैं। इस कमरे की प्रयत्नमार्जित स्वच्छता पर खुले द्वार से प्रभात की धूप की उज्ज्वलता छा गई है, देखकर, अभी-अभी स्नान करके लौटे नलिनाक्ष के मन में विशेष तृप्ति का संचार हुआ।

कमला प्रातःकाल लोटे में गंगा-जल लेकर क्षेमंकरी के बिछौने के पास आकर उपस्थित हो गई। वे उसे नहाया हुआ देखकर बोलीं, ''यह क्या बेटी, घाट पर तुम अकेली ही गई थीं? मैं आज भोर से ही चिन्ता कर रही थी, मैं बीमार हूँ, तुम किसके साथ नहाने जाओगी! लेकिन तुम कम-उम्र हो, इस तरह अकेली...''

कमला ने कहा, "माँ, मेरे मायके का एक नौकर रह नहीं पाया, कल रात ही मुझसे मिलने यहाँ आ पहुँचा। उसे साथ ले लिया था।"

क्षेमंकरी बोलीं, "वाह, लगता है, तुम्हारी चाची बेचैन हो उठी हैं, नौकर को भेज दिया। वह तो अच्छा हुआ...उसे अपने पास ही रख लो-ना, तुम्हारे काम-काज में सहायता कर देगा। वह कहाँ है, उसे बुलाओ-ना।"

कमला ने उमेश को लाकर हाजिर कर दिया। उमेश के क्षेमंकरी को दंडवत प्रणाम करते ही उन्होंने पूछा, "तेरा क्या नाम है, रे?"

वह बोला, "मेरा नाम उमेश है।"

कहकर अकारण फूट आई हँसी से उसका चेहरा खिल उठा।

क्षेमंकरी ने हँसकर पूछा, "उमेश, तेरी यह चमक-दमकवाली धोती तुझे किसने दी है, रे?"

उमेश ने कमला को दिखाते हुए कहा, "माँ ने दी है।"

क्षेमंकरी कमला की ओर देखकर परिहास करते हुए बोलीं, "मैं भी तो कहूँ, लगता है, उमेश को उसकी सास से जमाई-षष्ठी[1] मिली है!"

क्षेमंकरी का स्नेह पाकर उमेश यहीं रह गया।

उमेश की सहायता से कमला ने दिन का समस्त काम-काज निबटा लिया। अपने हाथ से नलिनाक्ष के सोनेवाले कमरे में झाड़ू देकर, उसका बिछौना धूप में डाल कर, उठाकर, सब साफ़ करके रख दिया। नलिनाक्ष की पहनी हुई मैली धोती कमरे के एक कोने में पड़ी थी। कमला ने उसे धोकर, सुखाकर, तह बनाकर आलने[2] पर टाँग दिया। कमरे की जो चीज़ें ज़रा-सी भी मैली नहीं थीं, वह उन्हें भी पोंछने के बहाने बार-बार इधर से उधर करने लगी। बिछौने के सिरहाने के पास एक दीवार-अलमारी थी; उसे खोलकर देखा, उसमें और कुछ नहीं, केवल नीचे के खाने में नलिनाक्ष की एक जोड़ी खड़ाऊँ हैं। कमला ने जल्दी से खड़ाऊँ की उस जोड़ी को उठाकर माथे से लगा लिया, और छोटे बालक के समान छाती के पास लेकर आँचल से बार-बार उसकी धूल पोंछने लगी।

कमला सन्ध्या समय क्षेमंकरी के पैरों के पास बैठी उनके पैर दबा रही थी, उसी समय फूलों की एक डलिया लिये हेमनलिनी ने कमरे में प्रवेश किया और क्षेमंकरी

---

1. जमाई-षष्ठी : यह जामाता से जुड़ी एक लोक-रीति या त्यौहार है। ज्येष्ठ माह के शुक्ल पक्ष की षष्ठी तिथि को जामाता को निमंत्रित किया जाता है। भोजन कराने के बाद उसे मिठाई, फल, वस्त्र आदि की भेंट दी जाती है। इस भेंट को विशेष रूप से 'जमाई-षष्ठी' कहा जाता है।
2. आलना : कपड़े टाँगने के काम आनेवाला लकड़ी का बना हुआ एक सामान। इसमें आमने-सामने वाले दो स्तम्भों के ऊपरी हिस्से में लम्बाई में तीन डंडे लगे रहते हैं। इनसे कभी समतल छत और कभी झोंपड़ी के आकार का आभास होता है। एक-दो डंडे स्तम्भों के बीच भी लगे रहते हैं। यह पूरा ढाँचा लकड़ी के ही एक मज़बूत आधार पर खड़ा रहता है।

को प्रणाम किया।

क्षेमंकरी उठकर बैठते हुए बोलीं, "आओ, आओ, हेम आओ, बैठो। अन्नदा बाबू ठीक तो हैं!"

हेमनलिनी ने कहा, "उनका शरीर ठीक न होने के कारण कल नहीं आ पाई, आज वे ठीक हैं।"

कमला को दिखाकर क्षेमंकरी बोलीं, "यह देखो बेटी, मेरी माँ बचपन में मर गई थीं, वे फिर से जन्म लेकर इतने दिन बाद कल अचानक मुझे रास्ते में दिखाई दीं। मेरी माँ का नाम था, हरिभाविनी, इस बार हरिदासी नाम रख लिया है। लेकिन हेम, ऐसी लक्ष्मी-मूरत और कहीं भी देखी है? बताओ तो!"

कमला ने लज्जा से चेहरा झुका लिया। धीरे-धीरे हेमनलिनी के साथ उसका परिचय हो गया।

हेमनालिनी ने क्षेमंकरी से पूछा, "माँ, आपकी तबीयत कैसी है?"

क्षेमंकरी ने कहा, "देखो, जितनी मेरी उम्र हो गई है, अब मुझसे तबीयत की बाबत पूछना बेकार है। मैं अभी हूँ, यही काफी है। परन्तु यही कहकर काल को हमेशा तो धोखा नहीं दिया जा सकता। वह, जब तुमने बात छेड़ी है, तो अच्छा ही हुआ है...कुछ दिन से तुमसे कहूँगी-कहूँगी कर रही हूँ, अवसर नहीं मिल रहा है। कल रात जब मुझे फिर से बुखार ने दबोचा, तो तय किया, और देरी करना अच्छा नहीं हो रहा है। देखो बेटी, अगर कोई मुझसे कम-उम्र में शादी की बात करता, तो लाज से मर ही जाती...लेकिन तुम लोगों की तो उस प्रकार की शिक्षा नहीं है। तुम लोगों ने पढ़ाई-लिखाई की है, उम्र भी हो गई है, तुम लोगों से ये सब बातें साफ़-साफ़ कही जा सकती हैं। इसी कारण बात उठा रही हूँ, तुम मुझसे शरमाना मत। अच्छा, बताओ तो बेटी, उस दिन तुम्हारे पिताजी के सामने जो प्रस्ताव रखा था, क्या उन्होंने तुमसे बताया नहीं?"

हेमनलिनी ने चेहरा झुकाकर कहा, "हाँ, बताया था।"

क्षेमंकरी बोलीं, "लेकिन बेटी, तुम उस बात से निश्चय ही सहमत नहीं हुईं। अगर सहमत हुई होतीं, तो अन्नदा बाबू तत्क्षण मेरे पास दौड़े चले आते। तुमने सोचा, मेरा नलिन तो संन्यासी आदमी है, दिन-रात क्या सब योग-याग लिये रहता है, उससे फिर क्यों विवाह करना? भले ही मेरा लड़का हो, पर बात उड़ा देने लायक नहीं है। उसे बाहर से देखने पर लगता है, मानो उसमें कभी भी कोई आसक्ति पैदा होने की सम्भावना नहीं है। लेकिन वह तुम लोगों की भूल है। मैं उसे जन्म से जानती हूँ, मेरी बात का यकीन करो। वह इतना अधिक प्यार कर सकता है कि उसी भय से वह अपना इस प्रकार दमन किए रखता है। उसके इस संन्यासी के खोल को तोड़कर जो उसका हृदय जीत लेगी, उसे बहुत सुख मिलेगा, यह मेरी भविष्यवाणी है। बेटी हेम,

तुम बच्ची नहीं हो, शिक्षित हो, तुमने मेरे नलिन से ही दीक्षा ली है, मैं यदि तुम्हें नलिन के घर में प्रतिष्ठित करके मरूँ, तो बड़ी निश्चिन्त होकर मर सकती हूँ। अन्यथा, मैं अच्छी तरह जानती हूँ, मेरी मृत्यु के बाद वह विवाह ही नहीं करेगा। ज़रा सोचकर देखो, तब उसकी क्या दशा हो जाएगी। यों ही इधर-उधर मारा-मारा फिरेगा। जो भी हो, बताओ तो बेटी, मैं जानती हूँ, तुम नलिनाक्ष को श्रद्धा करती हो, तो फिर तुम्हारे मन में आपत्ति क्यों उठ रही है?''

हेमनलिनी ने आँखें झुकाकर कहा, ''माँ, अगर आप मुझे योग्य समझती हैं, तो मुझे कोई आपत्ति नहीं है।''

सुनते ही क्षेमंकरी ने हेमनलिनी को निकट खींचकर उसका माथा चूम लिया। इस सम्बन्ध में और कोई बात नहीं की।

''हरिदासी, ये फूल...'' बोलते-बोलते आसपास देखा, हरिदासी नहीं है। वह कभी की दबे पाँव चली गई थी।

पूर्वोक्त चर्चा के बाद हेमनलिनी ने क्षेमंकरी के सामने संकोच अनुभव किया, क्षेमंकरी को भी बँधा-बँधा लगने लगा। तब हेम ने कहा, ''माँ, आज थोड़ा जल्दी चली जाऊँ! पिताजी की तबीयत ठीक नहीं है।''

कहकर क्षेमंकरी को प्रणाम किया। क्षेमंकरी ने उसके सिर पर हाथ रखकर कहा, ''जाओ बेटी, जाओ।''

हेमनलिनी के जाते ही क्षेमंकरी ने नलिनाक्ष को बुला भेजा; बोलीं, ''नलिन, मैं और देर नहीं कर सकती।''

नलिनाक्ष ने कहा, ''मामला क्या है?''

क्षेमंकरी ने कहा, ''मैंने आज हेम से सारी बातें खोलकर कह दीं; वह तो राजी हो गई है, अब मैं तुम्हारा और कोई बहाना सुनना नहीं चाहती। मेरा स्वास्थ्य तो देख ही रहा है। तुम लोगों का कोई ठिकाना किए बिना मुझे किसी तरह चैन नहीं पड़ रहा है। आधी रात को नींद टूट जाने पर मैं यही बात सोचती रहती हूँ।''

नलिनाक्ष ने कहा, ''अच्छा माँ, मत सोचिए, आप अच्छी तरह सोइए, आपकी जैसी इच्छा हो, वही होगा।''

नलिनाक्ष के जाते ही क्षेमंकरी ने पुकारा, ''हरिदासी!''

कमला पासवाले कमरे से चली आई। उस समय अपराह्न का आलोक धुँधला पड़ जाने से कमरा लगभग अँधेरा हो आया था। हरिदासी का चेहरा अच्छी तरह नहीं देखा जा सका। क्षेमंकरी ने कहा, ''बेटी, इन फूलों को पानी में रखकर कमरे में सजा दो।''

कहते हुए एक गुलाब चुनकर फूलों की डलिया कमला की ओर बढ़ा दी।

कमला ने उसमें से कुछ फूल लेकर एक थाली में सजाकर नलिनाक्ष के

उपासना-गृह में आसन के सामने रख दिए। और थोड़े-से एक फूलदान में नलिनाक्ष के सोनेवाले कमरे की तिपाई पर रख दिए। बचे हुए कुछ फूल लेकर दीवार में बनी अलमारी खोली और वे फूल उसी खड़ाऊँ की जोड़ी पर चढ़ाकर उस पर मत्था टेककर प्रणाम करते ही आज उसकी आँखों से झर झर आँसू गिरने लगे। इन खड़ाऊँ को छोड़कर संसार में उसका और कुछ नहीं है...चरण-सेवा का अधिकार भी खोने लगी है।

उसी समय अचानक कमरे में किसी के प्रवेश करते ही कमला हड़बड़ाकर उठ गई। जल्दी से अलमारी का दरवाजा बन्द करके देखा, नलिनाक्ष है। कमला किस ओर भागे, कोई रास्ता नहीं...लज्जा से भरी कमला उसी आसन्न सन्ध्या के अन्धकार में विलीन क्यों नहीं हो गई!

नलिनाक्ष कमरे में कमला को देखकर बाहर निकल गया। कमला भी और देर न करके तेज़ी से दूसरे कमरे में चली गई। तब नलिनाक्ष फिर से कमरे में आया। लड़की अलमारी खोलकर क्या कर रही थी, उसे देखते ही जल्दी से बन्द क्यों कर दी? कुतूहल के कारण नलिनाक्ष ने अलमारी खोलकर देखा, उसकी खड़ाऊँ पर थोड़े-से अभी-अभी भीगे फूल रखे हैं। वह अलमारी का दरवाजा फिर से बन्द करके सोनेवाले कमरे की खिड़की के सामने आकर खड़ा हो गया। बाहर आकाश की ओर देखते-देखते शीतकालीन सूर्यास्त की क्षणिक आभा धीरे-धीरे विलीन होकर अन्धकार घनीभूत हो उठा।

56

नलिनाक्ष के साथ विवाह की सहमति देने के बाद हेमनलिनी मन को समझाने लगी, 'मेरे लिए सौभाग्य का विषय है।' मन-ही-मन हज़ारों बार बोली, 'मेरा पुराना बन्धन टूट गया है, मेरे जीवनाकाश को घेरकर जो तूफानी बादल घिर आया था, वह पूरी तरह छँट चुका है। अब मैं स्वाधीन हूँ, अपने अतीत-काल के निरन्तर आक्रमण से मुक्त हूँ।' इस बात को बार-बार बोलकर उसने एक विशद वैराग्य का आनन्द अनुभव किया। श्मशान में दाह-कर्म के बाद यह विशाल संसार अपने विपुल भार का परिहार करके जब खेल के समान दिखाई देने लगता है, तब कुछ समय के लिए मन ज्यों हल्का हो जाता है, हेमनलिनी की ठीक वही अवस्था हो गई...उसने अपने जीवन के एक अंश के सम्पूर्ण अवसान से उपजी शान्ति प्राप्त की।

घर लौटकर हेमनलिनी ने सोचा, 'अगर माँ रहतीं, तो अपने आनन्द की बात बताकर आज उन्हें आनन्दित करती, पिताजी से सारी बातें कैसे कहूँ!'

शरीर दुर्बल होने की वजह से आज जब अन्नदा बाबू जल्दी सोने चले गए, तो

हेमनलिनी एक कॉपी निकालकर रात में अपने एकान्त शयन-कक्ष में टेबल पर लिखने लगी, 'मैं मृत्यु-जाल में फँसकर सारे संसार से बिछड़ गई थी। उससे उद्धार करके ईश्वर मुझे एक दिन फिर से नवीन जीवन में प्रतिष्ठित कर देंगे, यह मैं सोच भी नहीं पाती थी। आज उनके चरणों में सहस्र बार प्रणाम करके नूतन कर्तव्य-क्षेत्र में प्रवेश के लिए तैयार हो गई हूँ। मैं किसी भी प्रकार जिस सौभाग्य के उपयुक्त नहीं थी, उसे ही प्राप्त कर रही हूँ। ईश्वर मुझे चिर जीवन उसी की रक्षा का बल प्रदान करें। जिनके जीवन के साथ मेरा यह क्षुद्र जीवन एक होने चला है, वे मुझे सर्वांश में परिपूर्णता देंगे, यह मैं निश्चयपूर्वक जानती हूँ; मैं उस परिपूर्णता का सम्पूर्ण ऐश्वर्य सम्पूर्ण भाव से उन्हीं को प्रत्यर्पित कर सकूँ, मेरी एकमात्र यही प्रार्थना है।'

इसके बाद हेमनलिनी कॉपी बन्द करके उस नक्षत्र खचित अन्धकार में निस्तब्ध शीतकालीन रात्रि में बगीचे के कंकर बिछे रास्ते पर चहलकदमी करते हुए घूमने लगी। अनन्त आकाश उसके अश्रुधौत अन्तःकरण में निश्शब्द शान्ति-मन्त्र का पाठ करने लगा।

अगले दिन अपराह्न में जब अन्नदा बाबू हेमनलिनी को लेकर नलिनाक्ष के घर जाने को तैयार हो रहे थे, उसी समय उनके द्वार पर एक गाड़ी आकर रुकी। कोच-बक्से से उतरकर नलिनाक्ष के एक नौकर ने खबर दी, ''माँ आई हैं।''

अन्नदा बाबू के जल्दी से द्वार के निकट पहुँचते-पहुँचते क्षेमंकरी गाड़ी से उतर आईं। अन्नदा बाबू ने कहा, ''आज मेरा परम सौभाग्य है।''

क्षेमंकरी ने कहा, ''आज आपकी पुत्री को देखकर आशीर्वाद[1] कर जाऊँगी, इसीलिए आई हूँ।''

यह कहते हुए उन्होंने घर में प्रवेश किया। अन्नदा बाबू उन्हें बैठक में आदरपूर्वक एक सोफे पर बिठाकर बोले, ''आप बैठिए, मैं हेम को बुलाकर ला रहा हूँ।''

हेमनलिनी बाहर जाने के लिए सजकर तैयार हो रही थी, क्षेमंकरी आई हैं, सुनते ही जल्दी से बाहर आकर उन्हें प्रणाम किया; क्षेमंकरी बोलीं, ''सौभाग्यवती होओ, तुम्हें लम्बी उमर मिले। देखूँ बेटी, तुम्हारा हाथ तो देखूँ!''

---

1. आशीर्वाद : विवाह-सम्बन्ध के प्रस्ताव पर दोनों पक्षों की सहमति के बाद इस सम्बन्ध को पक्का करने के उद्देश्य से 'आशीर्वाद' की रीति निभाई जाती है। इसमें वर के माता-पिता, मामा, पंडित, कुछ पारिवारिक सदस्य आदि कन्या के घर जाते हैं। पंडित मन्त्र पढ़ता है तथा वहाँ धान और दूर्वा को कन्या के सिर पर रखा जाता है। उसे आभूषण (विशेष रूप से स्वर्णाभूषण), वस्त्र, मिष्ठान्न आदि की भेंट दी जाती है। 'आशीर्वाद' की यही रीति कन्या पक्ष द्वारा वर के घर जाकर सम्पन्न की जाती है।

कहकर, एक-एक कर उसके दोनों हाथों में सोने के मोटे-मोटे मकरमुखी कंगन पहना दिए। मोटे-मोटे कंगन हेमनलिनी के पतले हाथों में ढल्-ढल् करने लगे। कंगन पहनाना हो जाने पर हेमनलिनी ने फिर से भूमिष्ठ होकर क्षेमंकरी को प्रणाम किया; क्षेमंकरी ने दोनों हाथों में उसका चेहरा उठाकर उसका ललाट चूम लिया। इस आशीर्वाद और प्यार से हेमनलिनी का हृदय एक सुगहन माधुर्य से परिपूर्ण हो उठा।

क्षेमंकरी ने कहा, ''समधी जी, कल सुबह मेरे यहाँ आप दोनों का ही न्योता रहा।''

अगले दिन प्रातःकाल अन्नदा बाबू हेमनलिनी के साथ यथानियम बाहर चाय पीने बैठे हैं। अन्नदा बाबू का रोग से निस्तेज चेहरा एक ही रात में आनन्द से सरस और ताज़गीभरा हो आया है। क्षण-क्षण हेमनलिनी के शान्तोज्ज्वल मुख की ओर ताक रहे हैं और उन्हें लग रहा है, जैसे उनकी परलोकगता पत्नी का मंगल-मधुर आविर्भाव उनकी बेटी को घेरे हुए है तथा सुदूर व्याप्त अश्रु-जल के आभास ने सुख की अत्यधिक उज्ज्वलता को स्निग्ध-गम्भीर बना दिया है।

आज अन्नदा बाबू को लग रहा है, क्षेमंकरी के न्योते में जाने के लिए तैयार होने का समय हो गया है, और देरी करना उचित नहीं। हेमनलिनी उन्हें बार-बार याद दिला रही है, अभी बहुत समय है, अभी तो मात्र आठ बजे हैं। अन्नदा बाबू कह रहे हैं, ''नहाकर तैयार होने के लिए भी तो समय चाहिए। देर करने की अपेक्षा तनिक जल्दी जाना अच्छा है।''

इसी बीच कई ट्रंकों, बिछौने आदि सामान के साथ एक भाड़ा-गाड़ी बगीचे के प्रवेश-मार्ग के सामने आकर रुक गई।

हेमनलिनी सहसा, ''भैया आए हैं,'' कहते हुए आगे बढ़ गई। योगेन्द्र हँसते हुए गाड़ी से उतरा; बोला, ''क्या हेम, अच्छी तो हो?''

हेमनलिनी ने पूछा, ''आपकी गाड़ी में और भी कोई है क्या?''

योगेन्द्र ने हँसकर कहा, ''है ही तो। पिताजी के लिए क्रिसमस का एक उपहार लाया हूँ।''

इस बीच रमेश गाड़ी से उतर पड़ा। हेमनलिनी क्षण भर को एक बार देखते ही तुरन्त पीछे मुड़कर चली गई।

योगेन्द्र ने पुकारा, ''हेम, जाओ मत, बात है, सुनो।''

यह बुलावा हेमनलिनी के कानों तक भी नहीं पहुँचा, वह मानो किसी प्रेत-छाया के पीछा करने से अपने को बचाने के लिए तेज़ी से चलने लगी।

रमेश पल भर को ठिठककर खड़ा हो गया; सोच नहीं पाया कि आगे बढ़े या लौट जाए! योगेन्द्र ने कहा, ''रमेश, आओ, पिताजी यहाँ बाहर ही बैठे हैं।'' कहते

हुए रमेश का हाथ पकड़कर उसे अन्नदा बाबू के सामने लाकर उपस्थित कर दिया।

अन्नदा बाबू रमेश को दूर से ही देखकर हतबुद्धि हो गए। वे सिर पर हाथ फिराते-फिराते सोचने लगे, यह फिर से क्या विघ्न आ खड़ी हुई!

रमेश ने झुककर अन्नदा बाबू को नमस्कार किया। अन्नदा बाबू उसे बैठने के लिए कुर्सी दिखाकर योगेन्द्र से बोले, ''योगेन, तुम सही समय पर आए हो। मैं तुम्हें टेलीग्राम देने के लिए सोच ही रहा था।''

योगेन्द्र ने पूछा, ''क्यों?''

अन्नदा बाबू बोले, ''हेम का विवाह नलिनाक्ष के साथ तय हो गया है। नलिनाक्ष की माँ कल हेम को देखकर आशीर्वाद कर गई हैं।''

योगेन्द्र–पिताजी, क्या कह रहे हैं, विवाह पक्के तौर पर तय हो गया है? मुझसे एक बार पूछा तक नहीं?

अन्नदा बाबू–योगेन्द्र, तुम कब क्या कहोगे, कोई पता नहीं। जब मैं नलिनाक्ष को जानता भी नहीं था, तब तुम लोग ही तो इस विवाह की कोशिश में लगे थे।

योगेन्द्र–तब तो था, लेकिन वह जो भी हो, अभी भी समय निकल नहीं गया है। ढेर सारी बातें कहने को हैं। पहले उन्हें सुन लीजिए, उसके बाद जो करणीय हो, कीजिए।

अन्नदा बाबू ने कहा, ''एक दिन फुरसत से सुनूँगा, आज मुझे समय नहीं है। मुझे अभी ही बाहर जाना है।''

योगेन्द्र ने पूछा, ''कहाँ जाएँगे?''

अन्नदा बाबू ने कहा, ''नलिनाक्ष की माँ के यहाँ मेरा और हेम का न्योता है। योगेन्द्र, तुम्हारे लिए यहीं भोजन का...''

योगेन्द्र ने कहा, ''नहीं-नहीं, मेरे लिए परेशान होने की ज़रूरत नहीं। मैं रमेश के साथ यहाँ के किसी होटल में खाना-पीना कर लूँगा। आप लोग शाम तक तो लौट आएँगे? हम लोग तभी आ जाएँगे।''

अन्नदा बाबू रमेश के साथ किसी भी प्रकार कोई औपचारिक बातचीत नहीं कर पाए। उनके लिए उसके चेहरे की ओर देखना भी कठिन हो गया। रमेश भी इतनी देर चुप रहकर, जाते समय अन्नदा बाबू को नमस्कार करके चला गया।

57

क्षेमंकरी ने लौटकर कमला से कहा, ''बेटी, कल हेम और उसके पिताजी को यहाँ दोपहर के भोजन का न्योता दिया गया है। बताओ तो, कैसी तैयारी की जाए! समधी जी को इस प्रकार खिलाना आवश्यक है, जिससे वे निश्चिन्त हो जाएँ कि यहाँ उनकी

लड़की को खाने का कष्ट नहीं होगा। क्या विचार है बेटी? तुम जैसा खाना बनाती हो, उसमें अपयश नहीं मिलेगा, जानती हूँ। मेरा लड़का आज तक किसी भी तरह का खाना खाकर अच्छा-बुरा कुछ भी नहीं बोलता, किन्तु बेटी, कल तुम्हारे राँधने की प्रशंसा किए बिना नहीं रह पाया। लेकिन आज तुम्हारा चेहरा बड़ा सूखा-सूखा दिखाई दे रहा है? तबीयत ठीक नहीं है क्या?''

मलिन चेहरे पर किंचित् हँसी लाते हुए कमला बोली, ''ठीक हूँ, माँ!''

क्षेमंकरी ने गर्दन हिलाकर कहा, ''नहीं-नहीं, लगता है, तुम्हारा मन कुछ खराब है। वह तो हो ही सकता है, उसमें शर्म कैसी! मुझे पराई मत समझो बेटी। मैं तुम्हें अपनी बेटी के समान समझती हूँ, अगर यहाँ तुम्हें कोई असुविधा हो, या तुम अपने किसी से मिलना चाहती हो, तो मुझसे कहे बिना कैसे चलेगा?''

कमला ने व्याकुल होकर कहा, ''नहीं माँ, आपकी सेवा कर पाऊँ, मुझे और कुछ नहीं चाहिए।''

क्षेमंकरी ने इस बात पर ध्यान न देते हुए कहा, ''न हो तो, कुछ दिन के लिए अपने चाचा के घर जाकर रह लो, उसके बाद जब इच्छा हो, फिर चली आना।''

कमला बेचैन हो उठी; बोली, ''माँ, मैं जब तक आपके पास हूँ, संसार में किसी के लिए भी नहीं सोचूँगी। अगर मैं कभी आपकी शरण में रहते हुए अपराध करूँ, तो आप मुझे जो खुशी दंड देना, किन्तु एक दिन के लिए भी दूर मत भेजना।''

क्षेमंकरी ने दाहिने हाथ से कमला का दाहिना गाल थपथपाते हुए कहा, ''इसीलिए तो कहती हूँ, पिछले जन्म में तुम मेरी माँ थीं। अन्यथा मिलने भर से ऐसा बन्धन कैसे सम्भव है! तो, जाओ बेटी, जल्दी सोने जाओ। सारे दिन में एक पल भी बैठना नहीं जानती हो।''

कमला अपने सोनेवाले कमरे में जाकर, दरवाजा बन्द करके, दीया बढ़ाकर अँधेरे में फर्श पर बैठी रही। बहुत देर बैठकर, बहुत देर सोचकर, वह यह बात समझ गई...'तकदीर के दोष से जिस पर से अपना अधिकार खो चुकी हूँ, मैं उसकी रक्षा में सतर्क रहूँ, यह कैसे हो सकता है! सब कुछ को छोड़ने के लिए मन को तैयार करना होगा; केवल सेवा करने का सुयोग भर, जैसे भी हो, प्राणपण से बचाकर चलूँगी। भगवान करे, उतना-सा हँसते हुए कर पाऊँ; उससे अधिक और कुछ पर दृष्टि न डालूँ। बड़े कष्ट से जितना मिला है, अगर उतना भी प्रसन्न मन से न ले पाऊँ, अगर मुँह चढ़ाऊँ, तो सारा ही खो देना पड़ेगा।'

यह समझकर वह एकाग्र मन से संकल्प करने लगी, 'मैं कल से किसी दुख को मन में जगह न दूँ, एक पल को भी चेहरा मलिन न करूँ, जो आशा के परे है, उसके लिए कोई कामना मन में न रहे। केवल सेवा करूँगी, जब तक जीवन है, केवल सेवा करूँगी, और कुछ नहीं चाहूँगी...नहीं चाहूँगी...नहीं चाहूँगी।'

इसके बाद कमला लेटने गई। इस करवट उस करवट करते-करते सो गई। रात में दो-तीन बार नींद टूटी। जागते ही वह मन्त्र के समान दोहराने लगी, 'मैं कुछ भी नहीं चाहूँगी, नहीं चाहूँगी, नहीं चाहूँगी।' वह भोर में उठकर बिछौने पर हाथ जोड़कर बैठ गई और सम्पूर्ण चित्त को नियोजित करके बोली, 'मैं आमरण आपकी सेवा करूँगी; और कुछ नहीं चाहूँगी, नहीं चाहूँगी, नहीं चाहूँगी।'

यह कहकर, जल्दी से हाथ-मुँह धोकर, रात वाले कपड़े बदलकर नलिनाक्ष के उसी छोटे-से उपासना-गृह में गई; सारा कमरा अपने आँचल से पोंछकर साफ़ किया और आसन यथास्थान बिछाकर तेज चाल से गंगा-स्नान करने गई। नलिनाक्ष के काफी अनुरोध करने पर आजकल क्षेमंकरी ने सूर्योदय के पूर्व स्नान करने जाना छोड़ दिया है। इसीलिए उमेश को ही इस दुस्सह शीत के भोर में कमला के संग स्नान के लिए जाना पड़ा।

स्नान से लौटकर कमला ने प्रफुल्ल मन से क्षेमंकरी को प्रणाम किया। उस समय वे स्नान के लिए बाहर निकलने की तैयारी कर रही थीं। कमला से बोलीं, "इतनी भोर को क्यों नहाने चली गई? मेरे संग जाने से ही तो होता।"

कमला ने कहा, "आज काम जो है माँ! कल शाम को जो सब्जी आई है, उसे काटकर रख देती हूँ; और जो कुछ बाज़ार करना बाकी है, उमेश जल्दी-जल्दी निबटा आए।"

क्षेमंकरी बोलीं, "बेटी, ठीक ही सोचा है। जैसे ही समधी आएँगे, खाना तैयार मिलेगा।"

तभी नलिनाक्ष के बाहर निकलते ही कमला जल्दी से भीगे बालों पर घूँघट खींचकर भीतर चली गई। नलिनाक्ष ने कहा, "माँ, आप आज ही स्नान के लिए निकल पड़ीं? बस, कल थोड़ी-सी ठीक थीं।"

क्षेमंकरी बोलीं, "नलिन, अपनी डॉक्टरी रहने दे। सुबह गंगा-स्नान न करने से भी लोग अमर नहीं हो जाते। शायद तू अभी बाहर जा रहा है? ज़रा जल्दी लौट आना।"

नलिनाक्ष ने पूछा, "क्यों माँ?"

क्षेमंकरी-कल तुझे बोलना भूल गई थी, आज अन्नदा बाबू तुझे आशीर्वाद करने आएँगे।

नलिनाक्ष-आशीर्वाद करने आएँगे? मुझ पर अचानक इतने विशेष प्रसन्न क्यों हो गए? उनसे तो रोजाना ही मेरी भेंट होती है।

क्षेमंकरी-मैं जो कल हेमनलिनी को एक जोड़ा कंगन चढ़ाकर आशीर्वाद कर आई, अब अन्नदा बाबू को तुझे किए बिना कैसे चलेगा? जो हो, लौटने में देर मत करना, वे यहीं भोजन करेंगे।

यह कहकर क्षेमंकरी स्नान करने चली गईं। नलिनाक्ष सिर झुकाए सोचते-सोचते रास्ते पर निकल गया।

58

हेमनलिनी रमेश के सामने से तेज़ी से भागकर, कमरे का दरवाजा बन्द करके बिस्तर पर बैठ गई। प्रथम उद्वेग शान्त होते ही उसे लज्जा ने घेर लिया–'मैं रमेश बाबू के साथ सहज भाव से क्यों नहीं मिल पाई? जिसकी आशा नहीं करती, वही अचानक मुझमें ऐसे अशोभन रूप में क्यों झलक जाता है? विश्वास नहीं, तनिक भी विश्वास नहीं। इस तरह का ढुलमुल व्यवहार और नहीं चल सकता।'

यह कहकर उसने ज़बर्दस्ती उठकर दरवाजा खोल दिया, बाहर निकल आई; मन-ही-मन बोली, 'मैं भागूँगी नहीं, मैं जीतूँगी।' फिर से रमेश बाबू से मिलने चल दी। हठात् कुछ याद आया। फिर कमरे में गई। सन्दूक खोलकर उसमें से क्षेमंकरी का दिया कंगन का जोड़ा बाहर निकालकर पहना और वह अस्त्र धारण करके युद्ध में जाने के समान अपने को मज़बूत करके सिर उठाए बगीचे की ओर बढ़ी।

अन्नदा बाबू ने आकर कहा, "हेम, तुम कहाँ चल दीं?"

हेमनलिनी ने कहा, "रमेश बाबू नहीं हैं? भैया नहीं हैं?"

अन्नदा–नहीं, वे लोग चले गए।

तुरन्त आत्म-परीक्षा से निष्कृति पाकर हेमनलिनी ने राहत महसूस की।

अन्नदा बाबू ने कहा, "तो अब..."

हेमनलिनी ने कहा, "हाँ पिताजी, मैं चली; मुझे स्नान करके आने में देर नहीं लगेगी, आप गाड़ी मँगाने को कह दीजिए।"

इस प्रकार हेमनलिनी ने न्योते में जाने के लिए अचानक अपने स्वभाव के विरुद्ध अत्यन्त उत्साह प्रकट किया। उत्साह की इस अतिशयता में अन्नदा बाबू भूले नहीं, उनका मन और भी व्याकुल हो उठा।

हेमनलिनी जल्दी से स्नान करके तैयार होकर आकर बोली, "पिताजी, गाड़ी आ गई क्या?"

अन्नदा बाबू ने कहा, "नहीं, अभी तक नहीं आई।"

हेमनलिनी तत्क्षण बगीचे के रास्ते में चहलकदमी करते हुए घूमने लगी।

अन्नदा बाबू बरामदे में बैठकर सिर पर हाथ फेरने लगे।

जब अन्नदा बाबू नलिनाक्ष के घर पहुँचे, तब साढ़े-दस से अधिक नहीं बजे होंगे। तब तक नलिनाक्ष काम निबटाकर घर नहीं लौटा था। इस कारण अन्नदा बाबू के स्वागत-सत्कार की जिम्मेदारी क्षेमंकरी को उठानी पड़ी।

क्षेमंकरी ने अन्नदा बाबू के स्वास्थ्य और संसार की नाना बातों को लेकर सवाल और चर्चा उठाई; बीच-बीच में हेमनलिनी के चेहरे की ओर उनकी तीव्र दृष्टि दौड़ती। उस चेहरे पर उत्साह का कोई लक्षण क्यों नहीं है? आसन्न शुभ घटना ने उसके चेहरे पर सूर्योदय के पूर्व अरुण-रश्मि-छटा के समान चमक तो नहीं प्रसारित की, बल्कि हेमनलिनी की अन्यमनस्क दृष्टि में एक चिन्ता का अन्धकार दिखाई पड़ रहा था।

थोड़े में ही क्षेमंकरी को आघात लग जाता है। हेमनलिनी का इस प्रकार का म्लान-भाव लक्षित करके उनका मन बैठ गया-'नलिन के संग विवाह-सम्बन्ध किसी भी लड़की के लिए सौभाग्य का विषय है, लेकिन यह शिक्षा के मद में डूबी लड़की क्या मेरे नलिन को अपने योग्य ही नहीं समझ रही है? अन्यथा इतनी चिन्ता, इतनी दुविधा किसलिए? मेरा ही दोष है। बूढ़ी हो गई, तब भी धीरज नहीं रख पाई। जैसे ही इच्छा हुई, वैसे ही और सब्र नहीं हो सका। बड़ी आयु की लड़की के संग नलिन का विवाह तय कर दिया, परन्तु उसे अच्छी तरह पहचानने की कोशिश तक नहीं की। हाय-हाय, पहचान कर देखने का समय भी हाथ में नहीं, अब संसार के सारे काज जल्दी-जल्दी निबटाकर जाने का बुलावा आ गया है!'

अन्नदा बाबू के साथ बातें करते-करते यह पूरी चिन्ता क्षेमंकरी के मन में रह-रहकर घुगड़ने लगी। उनके लिए बातचीत करना कष्टकर हो उठा। वे अन्नदा बाबू से बोलीं, "देखिए, विवाह के सम्बन्ध में ज़्यादा जल्दी की ज़रूरत नहीं है। इन दोनों लोगों की ही उम्र हो गई है, अब ये स्वयं ही विचार करके काम करेंगे, हम लोगों का तकाजा अच्छा नहीं हो रहा है। हेम के मन का भाव मैं अवश्य ही नहीं समझती...किन्तु मैं नलिन की बात कह सकती हूँ, वह अभी तक मन पक्का नहीं कर पाया है।"

क्षेमंकरी ने यह बात विशेष रूप से हेमनलिनी को सुनाने के लिए कही। हेमनलिनी दुखी मन से सोच रही है और उन्हीं का बेटा विवाह के प्रस्ताव पर नाच उठा है, यह धारणा वे दूसरे पक्ष के मन में पैदा नहीं होने दे सकतीं।

हेमनलिनी आज यहाँ आते समय अत्यधिक चेष्टाकृत उत्साह का सहारा लेकर आई थी; उसी के चलते उसका विपरीत फल हुआ। क्षणिक उत्तेजना एक गहन अवसाद में डूब गई। जब क्षेमंकरी के घर में प्रवेश किया, तो उसके मन को अचानक एक आशंका ने आक्रमण करके दबोच लिया...वह जिस जीवन-यात्रा के पथ पर कदम बढ़ाने को तत्पर हो रही है, वह उसके सामने बहुत दूर ढलते दुर्गम पहाड़ी रास्ते की भाँति प्रत्यक्ष हो उठा।

समस्त औपचारिक बातचीत के बीच अपने प्रति अविश्वास आज हेमनलिनी के मन को भीतर-ही-भीतर व्यथित करने लगा।

इस दशा में जब क्षेमंकरी ने विवाह के प्रस्ताव को थोड़ा-सा अस्वीकार किया, तो हेमनलिनी के मन में दो विपरीत भावनाओं का उदय हुआ। विवाह-बन्धन में शीघ्र बँधकर अपनी संशय में झूलती अवस्था से जल्दी निष्कृति पाने की इच्छा से वह रुकते हुए प्रस्ताव को बिना देरी किए पक्का कर डालना चाहती है, इसके अलावा प्रस्ताव को दबा देने की कोशिश देखकर उसे आपाततः एक राहत भी मिली।

क्षेमंकरी ने बात कहकर टेढ़ी नज़र से हेमनलिनी के चेहरे का भाव लक्षित कर लिया। उन्हें लगा, जैसे इतनी देर बाद हेमनलिनी के चेहरे पर शान्ति भरी कोमलता आई। इससे तुरन्त उनका मन हेमनलिनी से विमुख हो उठा। वे मन-ही-मन बोलीं, 'अपने नलिन को मैं इतने सस्ते में लुटा बैठी थी।' नलिनाक्ष आज जो आने में देरी कर रहा है, इससे वे प्रसन्न हुईं। हेमनलिनी की ओर देखकर बोलीं, "देखी नलिनाक्ष की अकल? जानता है, आज आप लोग यहाँ आएँगे, तब भी उसका पता नहीं। न होता, आज काम कुछ कम ही करता। वैसे भी मेरे ज़रा-सा बीमार होते ही वह काम-काज बन्द करके घर में ही रहता है, उसमें इतना क्या नुकसान होता है?"

यह कहकर क्षेमंकरी, भोजन की तैयारी कहाँ तक पहुँची है, देखने के बहाने कुछ देर के लिए छुट्टी लेकर उठ आईं। उनकी इच्छा थी, हेमनलिनी को कमला से मिलवाकर वे निरीह वृद्ध से बातचीत करें।

उन्होंने देखा, तैयार भोजन को मंद आग की आँच पर बैठाकर कमला रसोईघर के एक कोने में चुपचाप इस प्रकार गम्भीर भाव से कुछ सोच रही है कि क्षेमंकरी के अचानक आ जाने से वह एकदम चौंक पड़ी। अगले ही पल लज्जित होकर स्मित मुख उठकर खड़ी हो गई।

क्षेमंकरी ने कहा, "ओ माँ, मैं तो सोच रही थी, शायद तुम राँधने के काम में बहुत व्यस्त हो!"

कमला ने कहा, "सब राँधना हो चुका है, माँ!"

क्षेमंकरी ने कहा, "तो, यहाँ चुपचाप क्यों बैठी हो बेटी? अन्नदा बाबू बूढ़े आदमी हैं, उनके सामने बाहर आने में लज्जा कैसी? हेम आई है, उसे अपने कमरे में बुलाकर गपशप करो। मैं बूढ़ी आदमन, अपने पास बिठाए रखकर उसे कष्ट क्यों दूँ?"

हेमनलिनी से चोट खाकर कमला के प्रति क्षेमंकरी का स्नेह दुगुना हो गया।

कमला ने सकुचाते हुए कहा, "माँ, मैं उनके साथ क्या बातें करूँगी! वे कितना पढ़ना-लिखना जानती हैं, मैं तो कुछ भी नहीं जानती।"

क्षेमंकरी बोलीं, "यह क्या बात! तुम किसी से भी कम नहीं हो बेटी! पढ़ना-लिखना सीखकर अपने को चाहे जितना बड़ा समझें, तुमसे अधिक आदर पाने

लायक कितने लोग हैं? किताबें पढ़कर सभी विद्वान हो सकते हैं, किन्तु तुम्हारे समान ऐसी लक्ष्मी होना क्या सबके वश में है? आओ बेटी, आओ। लेकिन तुम्हारा यह पहनावा नहीं चलेगा। आज तुम्हें तुम्हारे उपयुक्त परिधान में सजाऊँगी।''

क्षेमंकरी आज हर तरह से हेमनलिनी का घमंड चूर करने के लिए तत्पर हो गई हैं। रूप में भी वे उसे इस अल्प-शिक्षिता लड़की के सामने नीचा दिखाना चाहती हैं। कमला को आपत्ति जताने का मौक़ा नहीं मिला। क्षेमंकरी ने उसे निपुण हाथों से मन-माफिक सजा दिया, फीरोजी रंग की रेशमी साड़ी पहना दी, नए फैशन का जूड़ा बना दिया, कमला का चेहरा बार-बार इधर घुमाकर, उधर घुमाकर देखा और मुग्ध-भाव से उसके कपोल का चुम्बन करके कहा, ''अहा, यह रूप तो राजा के घर में शोभा पाता!''

कमला ने बीच-बीच में कहा, ''माँ, वे लोग अकेले बैठे हैं, देर हो रही है।''

क्षेमंकरी बोलीं, ''तो, देर हो जाने दे ना! मैं आज तुम्हें सजाए बिना जाऊँगी नहीं।''

समस्त साज-सिंगार हो जाने पर वे कमला को साथ लेकर चलीं, ''आओ आओ बेटी, शरमाओ मत। तुम्हें देखकर कालेज में पढ़नेवाली विदुषी रूपसियाँ शरमा जाएँगी, तुम सबके सामने सिर ऊँचा करके खड़ी हो सकती हो।''

यह कहकर, जिस कमरे में अन्नदा बाबू लोग बैठे थे, क्षेमंकरी उसी कमरे में कमला को ज़बर्दस्ती खींच ले गईं। जाकर देखा, नलिनाक्ष उनके साथ बातें कर रहा है। कमला जल्दी से लौटने को हुई, किन्तु क्षेमंकरी ने उसे पकड़े रखा; बोलीं, ''लज्जा कैसी बेटी, लजाना किससे! सब अपने ही लोग हैं।''

कमला के रूप और सिंगार में क्षेमंकरी अपने मन में एक गर्व अनुभव कर रही थीं; उसे देखकर सभी चमत्कृत हो जाएँ, उनकी यही इच्छा है। पुत्राभिमानिनी माँ अपने नलिनाक्ष के प्रति हेमनलिनी की अवज्ञा की कल्पना करके आज उत्तेजित हो उठी हैं, आज नलिनाक्ष के सामने भी हेमनलिनी को नीचा दिखा पाएँ, तो उन्हें खुशी हो।

कमला को देखकर सभी चमत्कृत हो उठे। जब पहले दिन उससे हेमनलिनी का परिचय हुआ था, तब कमला का साज-सिंगार कुछ भी नहीं था; वह निस्तेज सिकुड़ी-सी होकर एक किनारे बैठी थी, वह भी अधिक देर थी नहीं। उसे उस दिन अच्छी तरह देखना हुआ ही नहीं था। आज वह क्षण भर विस्मित हो रही, उसके बाद खड़ी होकर लजाती कमला का हाथ पकड़कर उसे अपने पास बैठा लिया।

क्षेमंकरी समझ गईं, उन्हें विजय मिल गई है; सभा में उपस्थित सभी ने मन-ही-मन स्वीकार कर लिया है, ऐसा रूप दैव के प्रासाद में ही देखने को मिलता है। तब उन्होंने कमला से कहा, ''जाओ तो बेटी, तुम हेम को अपने कमरे में लिवा

जाकर गपशप करो, जाओ। तब तक मैं भोजन की जगह को ठीक कर लूँ।''

कमला के मन में हलचल मचने लगी। वह सोचने लगी, 'क्या पता, मैं हेमनलिनी को कैसी लगूँगी!'

यही हेमनलिनी एक दिन इस घर की बहू बनकर आएगी, मालकिन हो जाएगी... कमला इसकी सुदृष्टि की उपेक्षा नहीं कर सकती। इस घर की गृहिणी का पद उसी का था, किन्तु यह बात वह मन में भी नहीं लाना चाहती...वह किसी भी तरह ईर्ष्या को अन्तर में स्थान नहीं देगी। उसका कोई अधिकार नहीं। इसीलिए हेमनलिनी के साथ चलते समय उसके पाँव काँपने लगे।

हेमनलिनी ने धीरे-धीरे कमला से कहा, ''तुम्हारी सारी बात मैंने माँ से सुन ली है। सुनकर बड़ा कष्ट हुआ। तुम मुझे अपनी बहन के समान मानना, सखी! क्या तुम्हारी कोई बहन है?''

कमला हेमनलिनी के स्नेह भरे करुण कंठ से आश्वस्त होकर बोली, ''मेरी अपनी कोई बहन नहीं है, एक मेरी चचेरी बहन है।''

हेमनलिनी ने कहा, ''सखी, मेरी कोई बहन नहीं है। मैं जब छोटी थी, तभी मेरी माँ मर गई थीं। कितनी बार, कितने सुख-दुख के समय सोचा है, माँ तो नहीं है, फिर भी अगर मेरी एक बहन होती! बचपन से ही सारी बातें केवल मन में दबाए रखनी पड़ी हैं, अन्त में ऐसी आदत ही हो गई कि आज मन खोलकर कोई बात ही नहीं कह पाती। लोग समझते हैं, मैं घमंडी हूँ...किन्तु सखी, तुम ऐसा कभी मत समझना। मेरा मन गूँगा हो गया है।''

कमला के मन की सारी बाधा दूर हो गई; वह बोली, ''दीदी, क्या मैं तुमको अच्छी लगूँगी? मुझे तो तुम जानती हो, मैं निरी मूर्ख हूँ।''

हेमनलिनी ने हँसकर कहा, ''जब तुम मुझे अच्छी तरह जान जाओगी, देखोगी मैं भी घोर मूर्ख हूँ। मैंने केवल कुछ किताबें पढ़कर रट ली हैं, और जानती कुछ भी नहीं। इसीलिए मैं तुमसे कह रही हूँ, अगर मेरा इस घर में आना हुआ, तो सखी, तुम मुझे कभी मत छोड़ देना। किसी दिन गृहस्थी का भार मुझ अकेली पर पड़ जाएगा, सोचकर डर लगता है।''

कमला ने बालक के समान सरल चित्त से कहा, ''सारा भार तुम मुझ पर छोड़ देना। मैं तो बचपन से काम-काज करती आ रही हूँ, मुझे कोई जिम्मेदारी लेने में डर नहीं सताता। हम दोनों बहनें मिलकर गृहस्थी चलाएँगी, तुम उन्हें सुखी रखना, मैं तुम लोगों की सेवा करूँगी।''

हेमनलिनी ने कहा, ''अच्छा सखी, तुमने अपने पति को तो अच्छी तरह देखा नहीं, तुम्हें उनकी याद आती है?''

कमला ने बात का स्पष्ट उत्तर न देकर कहा, ''दीदी! मुझे यह पता नहीं था कि

पति को याद करना पड़ता है। जब चाचा के घर आई, तो अपनी चचेरी बहन, शैल दीदी के साथ मेरा खूब हेलमेल हो गया। वे अपने पति की जिस प्रकार सेवा करती हैं, उसे आँखों से देखकर मुझमें पहली चेतना जन्मी। मैंने तो पति को कभी देखा नहीं, इस कारण मेरे मन की सम्पूर्ण भक्ति उनकी ओर किस प्रकार बढ़ी, यह मैं बता नहीं सकती। भगवान ने मेरी उसी पूजा का फल प्रदान कर दिया, अब मेरे पति मेरे मन के सामने साफ़-साफ़ प्रकट हो गए हैं, उन्होंने मुझे नहीं भी अपनाया हो...किन्तु मैंने अब उन्हें पा लिया है।''

कमला की इन थोड़ी-सी भक्तिमिश्रित बातों को सुनकर हेमनलिनी का अन्तःकरण भीग आया। उसने थोड़ी देर चुप रहने के बाद कहा, ''मैं तुम्हारी बात बहुत अच्छी तरह समझ पा रही हूँ। इस प्रकार पाना ही पाना है। और सारा पाना, लोभ का पाना है, वह नष्ट हो जाता है।''

नहीं कहा जा सकता कि कमला इस बात को पूरी तरह समझी या नहीं...वह हेमनलिनी की ओर देखती रही, कुछ देर बाद बोली, ''दीदी, तुम जो कह रही हो, सच ही होगा। मैं मन में कोई दुख नहीं आने देती। सखी, मैं ठीक ही हूँ। मुझे जितना मिला है, वही मेरा लाभ है।''

हेमनलिनी ने कमला का हाथ अपने हाथ में लेते हुए कहा, ''जब त्याग और लाभ पूरी तरह एक हो जाते हैं, तभी वह वास्तविक लाभ है, यह बात मेरे गुरु कहते हैं। सच कहती हूँ बहन, तुम्हारे समान सम्पूर्ण समर्पण की जो सार्थकता है, अगर वही मेरे साथ भी घटे, तो मैं धन्य हो जाऊँ।''

कमला ने कुछ विस्मित होते हुए कहा, ''क्यों दीदी, तुम्हें तो सब कुछ मिल जाएगा, तुम्हें तो कोई अभाव नहीं रहेगा।''

हेमनलिनी ने कहा, ''जितना पाने की तरह पाना है, वही पाकर सुखी हो सकती हूँ; उससे अधिक जितना मिलता है, वह बहुत भार है, बहुत दुखद। मेरे मुँह से ये सारी बातें तुम्हें आश्चर्यजनक लगेंगी, मुझे स्वयं भी आश्चर्यकर लगती हैं, लेकिन ईश्वर मुझसे इन सारी बातों का चिन्तन करवा रहे हैं। जानती नहीं हो बहन, आज मेरे हृदय को कौन-से भार ने दबा रखा था...तुम्हें पाकर मेरा हृदय हल्का हो गया, मुझे बल प्राप्त हुआ, इसी कारण मैं इतना बक रही हूँ। मैं कभी बात नहीं कह पाती, तुम कैसे मेरी सब बातें निकाल बाहर कर रही हो, सखी?''

59

क्षेमंकरी के यहाँ से लौटकर हेमनलिनी को अपनी बैठक की टेबल पर एक भारी-भरकम चिट्ठी मिली। लिफ़ाफ़े के ऊपर की हस्तलिपि देखते ही समझ गई, चिट्ठी

रमेश ने लिखी है। धड़कते हृदय से चिट्ठी हाथ में लेकर सोनेवाले कमरे का दरवाजा बन्द करके पढ़ने लगी।

रमेश ने चिट्ठी में कमला से जुड़ी सारी घटनाएँ प्रारम्भ से अन्त तक विस्तारपूर्वक लिखी हैं। उपसंहार में लिखा है...

> ईश्वर ने तुम्हारे साथ मेरा जो बन्धन मजबूत कर दिया था, उसे संसार ने छिन्न कर डाला। अब तुमने दूसरे के प्रति हृदय समर्पित कर दिया है...इसके लिए मैं तुम्हें कोई दोष नहीं दे सकता, लेकिन तुम भी मुझे कोई दोष मत देना। यद्यपि मैंने एक दिन भी कमला के साथ पत्नी जैसा बर्ताव नहीं किया, फिर भी उसने धीरे-धीरे मेरे हृदय को आकर्षित कर लिया था, तुम्हारे सामने यह बात स्वीकार करना मेरा कर्तव्य है। आज मेरा हृदय किस दशा में है, यह मैं निश्चयपूर्वक नहीं जानता। अगर तुम मुझे न छोड़ देतीं, तो मैं तुममें आश्रय खोज पाता। इसी विश्वास पर मैं अपना विक्षिप्त हृदय लिये तुम्हारे पास दौड़ा चला आया था। परन्तु आज जब साफ़ देख लिया, तुम मुझे घृणा करते हुए मुझसे विमुख हो गईं, जब सुन लिया, तुमने दूसरे के साथ विवाह-सम्बन्ध की सहमति दे दी, तो मेरा मन भी फिर से आन्दोलित हो उठा। देखा, अभी तक कमला को पूरी तरह भूल नहीं पाया हूँ। भूलूँ या न भूलूँ, इससे संसार में मेरे अलावा और किसी की क्षति नहीं। और मेरी ही कैसी क्षति! संसार में जिन दो रमणियों को हृदय में बसा पाया हूँ, उन्हें भूल पाने का सामर्थ्य मुझमें नहीं और उन्हें चिर जीवन याद रखने में ही मेरा परम लाभ है। आज सुबह, जब तुमसे हुई क्षणिक भेंट का बिजली के समान आघात पाकर घर लौटा, तो एक बार मन-ही-मन कहा, 'मैं हतभाग्य हूँ!' लेकिन मैं और इस बात को स्वीकार नहीं करूँगा। मैं सबल हृदय से, आनन्दपूर्वक तुमसे विदा की प्रार्थना कर रहा हूँ...मैं परिपूर्ण हृदय से तुम्हारे पास से चला जाऊँगा...तुम लोगों की शुभेच्छाओं से, विधाता की कृपा से मैं विदा की इस घड़ी में रंचमात्र की दीनता अनुभव न करूँ। तुम सुखी होओ, तुम्हारा मंगल हो। तुम मुझे घृणा मत करना, मुझसे घृणा करने का कोई कारण तुम्हारे पास नहीं है।

अन्नदा बाबू कुर्सी पर बैठे किताब पढ़ रहे थे। अचानक हेमनलिनी को देखकर चौंक पड़े; बोले, "हेम, तुम्हारी क्या तबीयत खराब है?"

हेमनलिनी ने कहा, "तबीयत खराब नहीं है। पिताजी, रमेश बाबू की एक चिट्ठी मिली है। यह लीजिए, पढ़कर मुझे वापस कर दीजिए।"

यह कहते हुए चिट्ठी देकर हेमनलिनी चली गई। अन्नदा बाबू ने चश्मा

लगाकर दो-एक बार चिट्ठी पढ़ी, उसके बाद हेमनलिनी के पास भेजकर बैठे हुए सोचने लगे। अन्त में सोचकर निष्कर्ष पर पहुँचे-यह एक प्रकार से अच्छा ही हुआ। वर के हिसाब से रमेश की अपेक्षा नलिनाक्ष बहुत अधिक विचारणीय है। रमेश खुद ही मैदान से हट गया, यह अच्छा हुआ।

यह बात सोच रहे थे, उसी समय नलिनाक्ष आ पहुँचा। उसे देखकर अन्नदा बाबू को थोड़ा आश्चर्य हुआ। आज पूर्वाह्न में ही तो नलिनाक्ष के साथ बहुत देर तक भेंट-मुलाक़ात हुई है, फिर वह कुछ घंटे बीतते-न-बीतते क्या सोचकर चला आया? वृद्ध ने मन-ही-मन तनिक हँसते हुए सोचा, हेमनलिनी की ओर नलिनाक्ष का मन खिंच आया है।

कल्पना कर रहे थे, किसी बहाने से हेमनलिनी के साथ नलिनाक्ष की भेंट करवाकर खुद हट जाएँगे, तभी नलिनाक्ष ने कहा, "अन्नदा बाबू, मेरे साथ आपकी बेटी के विवाह का प्रस्ताव उठा है। यह प्रस्ताव अधिक दूर बढ़ने के पूर्व मेरी जो बात है, उसे कहना चाहता हूँ।"

अन्नदा बाबू बोले, "सही बात है, उसे कहना तो कर्तव्य है।"

नलिनाक्ष ने कहा, "आप जानते नहीं, मेरा पहले विवाह हो चुका है।"

अन्नदा बाबू बोले, "जानता हूँ। लेकिन..."

नलिनाक्ष-आप जानते हैं, सुनकर अचम्भित हुआ। लेकिन उनकी मृत्यु हो गई है, आप ऐसा अनुमान कर रहे हैं। निश्चयपूर्वक नहीं कहा जा सकता। यहाँ तक कि मैं विश्वास करता हूँ, वे बच गई हैं।

अन्नदा बाबू ने कहा, "ईश्वर करें, वही सच हो। हेम, हेम!"

हेमनलिनी ने आकर कहा, "क्या है पिताजी!"

अन्नदा बाबू-रमेश ने जो चिट्ठी तुम्हें लिखी है, उसमें जो अंश...

हेमनलिनी वह चिट्ठी नलिनाक्ष के हाथ में देकर बोली, "यह चिट्ठी पूरी पढ़नी चाहिए।" कहकर हेमनलिनी चली गई।

चिट्ठी पढ़कर नलिनाक्ष स्तब्ध बैठा रह गया। अन्नदा बाबू ने कहा, "संसार में ऐसी शोचनीय घटना प्राय: नहीं घटती। चिट्ठी पढ़वाकर आपके मन को चोट पहुँचाई, लेकिन इसे आपसे छिपाना भी हमारे लिए अनुचित होता।"

नलिनाक्ष कुछ देर चुप बैठकर अन्नदा बाबू से विदा लेकर उठ गया। जाते समय उत्तर वाले बरामदे में हेमनलिनी को देखा।

हेमनलिनी को देखकर नलिनाक्ष के मन को चोट पहुँची। यह जो नारी स्तब्ध खड़ी है, इसका स्थिर-शान्त शरीर इसके अन्त:करण को कैसे ढो रहा है? इस क्षण इसके मन में क्या घट रहा है, इसे जानने का कोई उपाय नहीं है; नलिनाक्ष से उसका कोई प्रयोजन भी है या नहीं, यह सवाल भी नहीं किया जा सकता, इसका उत्तर पाना

भी कठिन है। नलिनाक्ष दुखी मन से सोचने लगा, इसे किसी प्रकार की सांत्वना दी जाए या नहीं! मनुष्य-मनुष्य के बीच कैसा दुर्भेद्य व्यवधान! एकाकी मन कैसा भयंकर होता है!

नलिनाक्ष ने तय किया, इस बरामदे में थोड़ा घूमकर गाड़ी में बैठेगा; सोचा, हो सकता है, हेमनलिनी उससे कोई बात पूछे! बरामदे के सामने आकर देखा, हेमनलिनी बरामदा छोड़कर कमरे में चली गई है। हृदय से हृदय का मेल सहज नहीं, मनुष्य के साथ मनुष्य का सम्बन्ध सरल नहीं, यह बात सोचते हुए नलिनाक्ष भाराक्रान्त हृदय लिये गाड़ी पर चढ़ गया।

नलिनाक्ष के जाते ही योगेन्द्र आ पहुँचा। अन्नदा बाबू ने पूछा, "क्या योगेन, अकेले?"

योगेन्द्र बोला, "ज़रा सुनूँ तो, दूसरे और किस व्यक्ति की आशा कर रहे हैं?"

अन्नदा ने कहा, "क्यों? रमेश?"

योगेन्द्र-उसकी पहले दिन की आवभगत क्या सज्जन आदमी के लिए काफी नहीं है? काशी की गंगा में छलाँग लगाकर मरने से उसे शिवत्व लाभ न हुआ हो, तो और क्या हो गया होगा, मैं पक्के तौर पर नहीं जानता। कल से अब तक वह और दिखाई नहीं दिया, टेबल पर एक कागज़ लिखा रखा है...'भाग रहा हूँ... तुम्हारा, रमेश।' मुझे कभी इस कवित्व की आदत नहीं। इसलिए मुझे भी यहाँ से कूच कर जाना होगा, मेरी हेडमास्टरी ही अच्छी है, उसमें सब कुछ एकदम साफ़ है...धुँधला कुछ भी नहीं।

अन्नदा बाबू ने कहा, "हेम के लिए तो थोड़ा कुछ तय..."

योगेन्द्र-और क्यों? मैं केवल ठीक करूँ, और आप लोग बिगाड़ते रहें, यह खेल अधिक दिन अच्छा नहीं लगता। मुझे और किसी में मत लपेटिए...मैं जिसे अच्छा नहीं समझता, उसे मेरा स्वभाव सहन नहीं करता। अचानक दुर्बोध हो जाने की जो आश्चर्यजनक क्षमता हेम में है, वह मुझे थोड़ा रोकती है। मैं कल सुबह की गाड़ी से विदा लूँगा, रास्ते में बाँकीपुर में मुझे काम है।

अन्नदा बाबू चुप बैठे सिर पर हाथ फेरने लगे। गृहस्थी की समस्या फिर से दुरूह हो आई है।

60

शैलजा और उसके पिताजी नलिनाक्ष के घर आए। शैलजा कोने वाले एक कमरे में कमला के साथ फुसफुसा रही है, चक्रवर्ती क्षेमंकरी के साथ बातें कर रहे हैं।

चक्रवर्ती–मेरी तो छुट्टी खतम होने को आई, कल ग़ाज़ीपुर जाना होगा। अगर हरिदासी ने आप लोगों को किसी प्रकार परेशान किया हो, अथवा अगर आप लोगों के लिए...

क्षेमंकरी–चक्रवर्ती जी, यह फिर कैसी बात? आपके मन में क्या बात है, सुनूँ तो! क्या आप कोई बहाना करके अपनी लड़की को ले जाना चाहते हैं?

चक्रवर्ती–मैं वैसा आदमी नहीं हूँ। मैं देकर लौटा लेनेवाला व्यक्ति नहीं हूँ, किन्तु अगर आपको रंचमात्र असुविधा हो...

क्षेमंकरी–चक्रवर्ती जी, वह आपकी सीधी बात नहीं है...मन-ही-मन अच्छी तरह जानते हैं, हरिदासी के समान लड़की को पास रखने में सुविधा की सीमा नहीं, फिर भी...

चक्रवर्ती–नहीं-नहीं, और मत कहिए, मैं पकड़ा गया। वह एक बहाना भर है...आपके मुँह से हरिदासी के गुण सुनने के लिए बात छेड़ी थी। किन्तु एक चिन्ता है...यदि नलिनाक्ष बाबू सोचें, यह फिर एक झंझट कहाँ से गले पड़ गया! हमारी लड़की अभिमानिनी है, अगर नलिनाक्ष का लेशमात्र भी असन्तोष का भाव देख लिया, तो उसके लिए बड़ा कठिन हो जाएगा।

क्षेमंकरी–हरी बोलो, नलिनाक्ष का फिर असन्तोष! उसमें यह क्षमता ही नहीं है।

चक्रवर्ती–यह बात ठीक है। लेकिन देखिए, हरिदासी को मैं प्राणों से भी अधिक प्यार करता हूँ, इसीलिए मैं उसके बारे में थोड़े में सन्तुष्ट नहीं हो पाता। नलिनाक्ष उससे असन्तुष्ट नहीं रहेंगे, उदासीन की भाँति रहेंगे, इतना-सा मुझे पर्याप्त नहीं लगता। जब हरिदासी उनके घर में है, तो वे उसे अपने आदमी की तरह स्नेह करें, ऐसा न होने से मन में बड़ा संकोच होता है। वह तो घर की दीवार नहीं है, वह एक मनुष्य है...उससे परेशान भी नहीं होंगे, स्नेह भी नहीं करेंगे, वह है, तो है, इतना-सा सम्बन्ध, वह जाने कैसा...

क्षेमंकरी–चक्रवर्ती जी, आप ज़्यादा चिन्ता मत कीजिए–किसी आदमी को अपना आदमी मानकर स्नेह करना मेरे नलिनाक्ष के लिए भारी नहीं है। बाहर से कुछ भी समझना आसान नहीं है, लेकिन हरिदासी हमारे यहाँ है, वह कैसे आजादी के साथ रहे, उसका किसमें भला है, यह चिन्ता निश्चय ही नलिनाक्ष के मन में लगी हुई है, बहुत सम्भव है, उस प्रकार की कुछ-न-कुछ व्यवस्था भी वह कर रहा हो, हम उसे जान ही नहीं पा रहे हैं।

चक्रवर्ती–सुनकर बहुत निश्चिन्त हुआ। फिर भी मैं जाने के पूर्व एक बार नलिनाक्ष बाबू से कहकर जाना चाहता हूँ। एक स्त्री का सम्पूर्ण भार उठा पाएँ, ऐसे पुरुष संसार में थोड़े ही मिलते हैं; जब भगवान ने वास्तव में नलिनाक्ष बाबू को वह

पौरुष प्रदान किया है, तो वे मिथ्या संकोच में हरिदासी से दूरी बनाकर न चलें, वे असली रिश्तेदार के समान उसे नितान्त सहज भाव से अपनाएँ और उसकी रक्षा करें, उनसे यही प्रार्थना करना चाहता हूँ।

नलिनाक्ष के प्रति चक्रवर्ती का यह विश्वास देखकर क्षेमंकरी का हृदय भर आया। वे बोलीं, "कहीं आप लोग कुछ न सोचें, इसी भय से मैं हरिदासी को नलिनाक्ष के सामने ज़्यादा नहीं निकलने देती; किन्तु मैं तो अपने लड़के को जानती हूँ, उस पर विश्वास करके आप निश्चिन्त रह सकते हैं।"

चक्रवर्ती–तब आपके सामने पूरी बात खोलकर ही कहूँ। सुना है, नलिनाक्ष बाबू के विवाह की बात चल रही है; वधू की उम्र भी कोई कम नहीं है और उनकी शिक्षा-दीक्षा हम लोगों के समाज से मेल नहीं खाती। इसीलिए सोच रहा था, शायद हरिदासी का...

क्षेमंकरी–क्या मैं वह समझती नहीं? वैसा होने पर चिन्ता होती ही है। परन्तु वह विवाह नहीं होगा...

चक्रवर्ती–सम्बन्ध टूट गया है?

क्षेमंकरी–जो बना ही नहीं था, उसका टूटेगा क्या? नलिन की कोई इच्छा ही नहीं थी, मैं ही जिद कर रही थी। किन्तु वह जिद छोड़ दी है। जो होना नहीं है, उसे ज़बर्दस्ती करके कल्याण नहीं होता। भगवान की इच्छा पता नहीं, लगता है मरने के पहले बहू देखकर नहीं जा पाऊँगी।

चक्रवर्ती–ऐसी बात मत कहिए। हम क्या करने के लिए हैं? घटक-विदाई[1] और मिष्ठान्न लिये बिना छोड़ूँगा क्या?

क्षेमंकरी–आपके मुँह फूल-चन्दन[2] चक्रवर्ती जी! मेरे मन में बड़ा दुख है, नलिन इस उम्र में भी मेरे ही कारण गृहस्थ-धर्म में प्रवेश नहीं कर पाया। इसीलिए मैं एकदम से परेशान होकर सब बातों को सोचे बिना एक रिश्ता तय कर बैठी थी...वह आशा छोड़ दी है, लेकिन आप लोग एक देख दीजिए। देरी मत कीजिए...मैं अधिक दिन नहीं बचूँगी।

चक्रवर्ती–वह बात नहीं सुननी। आपको रहना है, बहू का मुँह देखना है। आपको जैसी बहू की ज़रूरत है, वह मुझे पता है; नितान्त बच्ची होने से भी नहीं

1. घटक-विदाई : कन्या और वर पक्ष को विवाह-सम्बन्ध के लिए सहमति के बिन्दु तक पहुँचाने का काम करनेवाला पात्र 'घटक' कहलाता है। विवाह सम्पन्न हो जाने पर धन-वस्त्र-मिष्टान्न आदि भेंट करके उसे विदा किया जाता है। यही 'घटक-विदाई' है।
2. आपके मुँह फूल-चन्दन : बांग्ला का एक मुहावरा है, 'आपनार मुखे फूलचंदन पोड़क', जिसे हिन्दी-क्षेत्र में प्रचलित 'आपके मुँह में घी शक्कर' मुहावरे के अर्थ में प्रयोग किया जाता है। क्या इसके मूल भाषा-रूप अथवा हिन्दी-रूपान्तर को हिन्दी में अपनाया जा सकता है?

चलेगी, बल्कि आपकी भक्ति-श्रद्धा करे, बात मानकर चले...ऐसी न हुई, तो हमें पसन्द नहीं आएगी। तो, उस बारे में आप कोई चिन्ता मत कीजिए, ईश्वर की कृपा से वह अवश्य ही कहीं होगी। अब अगर अनुमति दें, तो एक बार हरिदासी को उसके कर्तव्य के सम्बन्ध में दो-चार बातें बता आऊँ, शैल को भी यहाँ भेज देता हूँ...आपको देखने के बाद से आपकी बातें उसके मुँह में रुकती ही नहीं।

क्षेमंकरी ने कहा, "नहीं, आप तीनों लोग ही एक कमरे में बैठिए, मुझे थोड़ा काम है।"

चक्रवर्ती ने हँसते हुए कहा, "संसार में आप लोगों का काम होने में ही हम लोगों का कल्याण है। काम का परिचय भी निश्चय ही यथासमय मिल जाएगा। नलिनाक्ष बाबू की बहू की बदौलत ब्राह्मण के भाग्य में मिष्टान्न की पाली शुरू हो जाए!"

चक्रवर्ती ने शैल और कमला के पास आकर देखा, कमला की दोनों आँखें आँसुओं से छलछला रही हैं। उन्होंने शैलजा के पास जाकर एक बार चुपचाप उसके चेहरे की ओर देखा। शैल बोली, "पिताजी, मैं कमल से कह रही थी, नलिनाक्ष बाबू से सारी बातें खोलकर कहने का समय आ पहुँचा है, उसी को लेकर आपकी यह निर्बोध हरिदासी मेरे साथ झगड़ रही है।"

कमला बोल उठी, "नहीं दीदी, नहीं, तुम्हारे पैरों पड़ती हूँ, तुम ऐसी बात मुँह पर मत लाओ। वह किसी भी तरह नहीं हो सकता।"

शैल ने कहा, "तुम्हारी बुद्धि कैसी है! तुम चुप रहो और हेमनलिनी के साथ नलिनाक्ष बाबू का विवाह हो जाए! विवाह के अगले दिन से आज तक केवल इतनी सारी अघट घटनाओं में उलझकर मर रही हो, फिर से एक और अघट की क्या आवश्यकता है?"

कमला बोली, "दीदी, मेरी बात किसी से कहने लायक नहीं है, मैं सब सहन कर लूँगी, लेकिन उसकी लज्जा सहन नहीं कर पाऊँगी। मैं जैसी हूँ, ठीक हूँ, मुझे कोई दुख नहीं है, लेकिन अगर सारी बातें खोल दोगे, तो मैं और एक पल भी किस मुँह से इस घर में रह पाऊँगी? तब मैं जिन्दा कैसे रहूँगी?"

शैल इस बात का कोई उत्तर नहीं दे पाई, लेकिन इसी कारण हेमनलिनी के साथ नलिनाक्ष का विवाह हो जाए, इसे चुपचाप सहन करना उसके लिए बहुत कठिन है।

चक्रवर्ती ने कहा, "जिस विवाह की बात कह रही हो, वह हो ही जाएगा, क्या ऐसी कोई बात है?"

शैल-क्या कह रहे हैं पिताजी, नलिनाक्ष बाबू की माँ आशीर्वाद जो कर आई हैं!"

चक्रवर्ती–विश्वेश्वर के आशीर्वाद से वह आशीर्वाद व्यर्थ हो गया है। बेटी कमल, तुम्हें कोई डर नहीं, धर्म तुम्हारे सहायक हैं।

कमला सारी बात साफ़ न समझने के कारण दोनों आँखें फाड़े चाचाजी के मुँह की ओर देखती रही।

वे बोले, "वह विवाह–प्रस्ताव भंग हो गया है। इस विवाह के लिए नलिनाक्ष बाबू सहमत नहीं हैं और उनकी माँ को भी सुबुद्धि आ गई है।"

शैलजा बहुत खुश होकर बोली, "पिताजी, बच गए! कल यह खबर सुनकर मैं रात भर सो नहीं पाई। लेकिन वह जो हो, कमल क्या अपने घर में चिर–दिन पराए के समान काटेगी? सब कुछ कब साफ़ होगा?"

चक्रवर्ती–बेचैन क्यों होती है शैल? जब सही समय आएगा, तब सब सहज हो जाएगा।

कमला ने कहा, "अब जो हो गया है, वही सहज है, इससे सहज और कुछ नहीं हो सकता। मैं बहुत सुख में हूँ, मुझे और सुख देने के चक्कर में फिर से मेरे भाग्य को उलट मत देना चाचाजी! मैं आपके पैर पकड़ती हूँ, आप लोग किसी से भी कुछ मत कहिए, मुझे इस घर के एक कोने में फेंककर मेरी बात भूल जाइए। मैं बड़े सुख में हूँ।"

बोलते–बोलते कमला की दोनों आँखों से झर–झर आँसू गिरने लगे।

चक्रवर्ती बहुत परेशान होते हुए बोले, "यह क्या बेटी, रोती क्यों हो? जो तुम कह रही हो, मैं अच्छी तरह समझ रहा हूँ। क्या तुम्हारी इस शान्ति को हम हाथ लगा सकते हैं? विधाता धीरे–धीरे स्वयं ही जो कर रहे हैं, हम अज्ञानी के समान उसमें पड़कर क्या सब नष्ट कर देंगे? कोई भय नहीं। मेरी इतनी आयु हो गई है, क्या मैं शान्त होकर रहना नहीं जानता?"

उसी समय उमेश कमरे में आकर आकर्ण फैली हँसी के साथ खड़ा हो गया।

चाचा ने पूछा, "क्या रे उमेश, क्या समाचार है?"

उमेश ने कहा, "रमेश बाबू नीचे खड़े हैं। डॉक्टर बाबू के बारे में पूछ रहे हैं।"

कमला का चेहरा पीला पड़ गया। चाचा जल्दी से उठ खड़े हुए; बोले, "डरो मत बेटी, मैं सब ठीक किए दे रहा हूँ।"

चाचा ने नीचे आकर रमेश का हाथ पकड़कर कहा, "आइए रमेश बाबू, रास्ते में घूमते–घूमते आपको कुछ बातें बताऊँगा।"

रमेश ने आश्चर्यचकित होते हुए कहा, "चाचाजी, आप यहाँ कहाँ से?"

चाचा ने कहा, "आपके लिए ही आया हूँ; मिल गए, बड़ा अच्छा हुआ। आइए, और देर नहीं, काम की बात खतम कर ली जाए!"

कहते हुए रमेश को रास्ते में खींचते हुए कुछ दूर ले जाकर बोले, "रमेश बाबू,

आप इस घर में क्यों आए हैं?''

रमेश ने कहा, ''डॉक्टर नलिनाक्ष की खोज में आया था। सोचता हूँ, उन्हें कमला की सारी बात शुरू से आखिर तक खोलकर बता देना उचित है। मुझे कभी-कभी लगता है, कमला जीवित है।''

चाचा ने कहा, ''यदि कमला जीवित है, और यदि वह नलिनाक्ष से मिलती है, तो क्या आपके मुँह से सारा इतिहास सुनकर नलिनाक्ष को अच्छा लगेगा! उसकी वृद्धा माँ हैं, उन्हें ये सब बातें पता चलेंगी, तो क्या कमला के लिए अच्छा होगा?''

रमेश ने कहा, ''सामाजिक दृष्टि से क्या फल होगा, पता नहीं; परन्तु कमला को किसी अपराध ने स्पर्श नहीं किया है, यह तो नलिनाक्ष को जानना चाहिए। अगर कमला की मृत्यु ही हो गई है, तो नलिनाक्ष बाबू उसकी स्मृति का सम्मान तो कर पाएँगे।''

चाचा ने कहा, ''आप लोगों की इस ज़माने की बातें मैं बिलकुल भी समझ नहीं पाता...अगर कमला मर चुकी है, तो उसके एक रात के पति के सामने उसकी स्मृति को लेकर खींचातानी करने की कोई आवश्यकता नहीं समझता। यह घर देख रहे हैं, यह घर ही मेरा निवास है। यदि कल सुबह एक बार आ सकें, तो आपको सारी बातें साफ़-साफ़ बता दूँ। लेकिन उसके पूर्व नलिनाक्ष बाबू से मत मिलिए, यह मेरा अनुरोध है।''

रमेश बोला, ''अच्छा।''

चाचा ने लौटकर कमला से कहा, ''बेटी, तुम्हें कल सुबह हमारे घर आना पड़ेगा। वहाँ तुम स्वयं रमेश बाबू को समझा देना, मैंने यही तय किया है।''

कमला सिर झुकाए बैठी रही। चाचा बोले, ''मैं निश्चित रूप से जानता हूँ, वैसा न होने से नहीं होगा...इस ज़माने के लड़कों की कर्तव्य-बुद्धि उस ज़माने के लोगों की बातों में नहीं आती। बेटी, मन से संकोच हटा फेंको...जहाँ तुम्हारा अधिकार है, वहाँ दूसरे लोगों को न घुसने दो, यह तो तुम्हें ही करना है। इस सम्बन्ध में हम लोगों का वैसा जोर काम नहीं करेगा।''

कमला तब भी सिर झुकाए रही। चाचा ने कहा, ''बेटी, बहुत कुछ साफ़ हो आया है, अब इस छोटे-मोटे जंजाल को आखिरी बार के समान बुहारकर फेंकने में संकोच मत करो।''

उसी समय पैरों की आहट सुनकर चेहरा उठाते ही कमला ने देखा, दरवाजे के सामने नलिनाक्ष। एकदम से उसकी आँखों से नलिनाक्ष की आँखें टकरा गईं...अन्य दिन नलिनाक्ष जैसे जल्दी से दृष्टि हटाकर चला जाता है, आज वैसे नहीं भागा। यद्यपि उसने क्षणमात्र के लिए कमला की ओर देखा था, लेकिन उसकी उसी

क्षणकालीन दृष्टि ने कमला के चेहरे से न जाने क्या वसूल कर लिया, अन्य दिन के समान अनधिकार भरे संकोच में वस्तु का अनादर नहीं किया। अगले ही पल शैलजा को देखकर चले जाने को होते ही चाचा ने कहा, ''नलिनाक्ष बाबू, भागिए मत...हम आपको रिश्तेदार ही समझते हैं। यह मेरी लड़की शैल है, इसी की बेटी का इलाज आपने किया है।''

शैल ने नलिनाक्ष को नमस्कार किया और नलिनाक्ष ने प्रति नमस्कार करके पूछा, ''आपकी लड़की ठीक है?''

शैल ने कहा, ''ठीक है।''

चाचा बोले, ''आपको मन भर देख लें, ऐसा अवसर तो आप देते नहीं...अब अगर आ गए हैं, तो थोड़ा बैठिए।''

नलिनाक्ष को बैठाकर चाचा ने देखा, कमला पीछे से कब की खिसक गई है। नलिनाक्ष की उस एक क्षण की दृष्टि के कारण पुलकित विस्मय में वह अपने कमरे में मन को नियंत्रित करने गई है। इसी बीच क्षेमंकरी ने आकर कहा, ''चक्रवर्ती जी, कष्ट करके ज़रा उठना होगा।''

चक्रवर्ती बोले, ''जब से आप काम के लिए गई थीं, मैं तभी से बैठा हुआ इतने से कष्ट के लिए राह देख रहा था।''

भोजन समाप्त होने के बाद बैठक में आकर चक्रवर्ती ने कहा, ''थोड़ा बैठिए, मैं आ रहा हूँ।''

कहकर, अगले ही पल दूसरे कमरे से कमला का हाथ पकड़कर उसे नलिनाक्ष और क्षेमंकरी के सामने ले आए। उन लोगों के पीछे शैलजा भी आ गई।

चक्रवर्ती ने कहा, ''नलिनाक्ष बाबू, आप हमारी हरिदासी को पराई समझकर संकोच न करें...मैं इस दुखिनी को आप लोगों के घर में छोड़े जा रहा हूँ, इसे आप पूरी तरह से अपना लीजिए। इसे और कुछ नहीं देना पड़ेगा, आप लोगों की सेवा का पूरा अधिकार दे दीजिए...आप निश्चय जानिए, वह जान-बूझकर आप लोगों के प्रति कभी भी अपराधिनी नहीं बनेगी।''

कमला लज्जा से मुँह लाल किए सिर झुकाए चुप बैठी रही। क्षेमंकरी ने कहा, ''चक्रवर्ती जी, आप ज़रा भी चिन्ता मत कीजिए, हरिदासी हमारे घर की ही लड़की हो गई है। उससे अपना कोई काम करवाने के लिए हम लोगों को अपनी ओर से कोई कोशिश करने की आवश्यकता नहीं पड़ती। अब तक इस घर के रसोईघर और भांडारघर पर एकमात्र मेरा ही शासन प्रबल था, अब मैं वहाँ कुछ भी नहीं हूँ। नौकर-चाकर भी मुझे इस घर की गृहिणी नहीं मानते। किस तरह धीरे-धीरे मेरी यह हालत हो गई, मैं समझ ही नहीं पाई। मेरे पास थोड़ी-सी चाबियाँ थीं, वे भी कौशलपूर्वक हरिदासी ने हड़प ली हैं...चक्रवर्ती जी, अपनी इस डकैत लड़की के लिए आप और

क्या चाहते हैं, कहिए! अब सबसे बड़ी डकैती होगी, अगर आप कहें कि हम इस लड़की को ले जाएँगे।''

चक्रवर्ती ने कहा, ''मान लीजिए, मैं कह भी दूँ, लेकिन क्या यह लड़की हिलेगी? ऐसा सोचिए भी मत। आप लोगों ने इसे ऐसा मुग्ध कर लिया है कि आज संसार में वह आप लोगों के अलावा किसी को भी नहीं पहचानती। दुख के जीवन में इतने दिन बाद से आज उसे आप लोगों के पास शान्ति मिली है...भगवान उसकी इस शान्ति को निर्विघ्न बनाएँ, आप लोग हमेशा उस पर प्रसन्न रहें, उसे यही आशीर्वाद देता हूँ।''

बोलते-बोलते चक्रवर्ती की आँखें सजल हो आईं। नलिनाक्ष बिना कुछ कहे चक्रवर्ती की बातें सुन रहा था; जब सारे विदा हो गए, तो वह धीरे-धीरे अपने कमरे में आया। उस समय शीत के सूर्यास्त-काल ने उसके सोनेवाले कमरे को नव-विवाह की रक्तिम-छटा के समान रंजित कर दिया था। उसी रक्तवर्णी आभा ने नलिनाक्ष के समस्त रोमकूपों को भेदकर उसके अन्तःकरण को रँग दिया।

आज सुबह नलिनाक्ष के एक हिन्दुस्तानी दोस्त के यहाँ से एक टोकरी गुलाब आए थे। क्षेमंकरी ने गुलाब की वह टोकरी घर सजाने के लिए कमला को पकड़ा दी थी। नलिनाक्ष के सोनेवाले कमरे के कोने में एक फूलदानी से उन्हीं गुलाबों की गन्ध उसके मस्तिष्क में प्रवेश करने लगी। गुलाबों की गन्ध ने उस निस्तब्ध कक्ष के वातायन की सन्ध्या के संग मिलकर नलिनाक्ष के मन को चंचल बना डाला। इतने दिन तक उसके संसार में चारों ओर संयम की शान्ति और ज्ञान की गम्भीरता थी, आज कहाँ से वहाँ नाना सुरों की ऐसी नौबत बजने लगी...कौन-से अदृश्य नृत्य की चरण-ताल और नूपुरों की झनकार से आज आकाश ऐसा चंचल होने लगा!

नलिनाक्ष ने खिड़की से मुड़कर कमरे में देखा, उसके बिस्तर के सिरहाने के पास वाले ताख में गुलाब सजे हुए थे। ये फूल पता नहीं किसकी आँखों के समान उसके चेहरे की ओर देखते रहे, निश्शब्द आत्म-निवेदन के समान उसके हृदय के द्वार पर नत हो गए।

नलिनाक्ष ने इनमें से एक फूल उठा लिया...कच्चे सोने के रंग का पीला गुलाब, पँखुड़ियाँ खुली नहीं, किन्तु गन्ध छिपा नहीं पा रहा है। उस गुलाब को हाथ में लेते ही उसने किसी की उँगलियों के समान अपनी उँगलियों का स्पर्श किया, उसकी देह का सम्पूर्ण स्नायु-तंत्र रिमझिम स्वर में बजने लगा। नलिनाक्ष उस स्निग्ध-कोमल पुष्प को अपने चेहरे पर, चक्षु-पल्लवों पर फिराने लगा।

देखते-देखते अस्तगत सूर्य की आभा सन्ध्याकाश में विलीन होने को आई। नलिनाक्ष ने कमरे के बाहर जाने के पूर्व अपनी चारपाई के निकट आकर बिछौने की

चादर हटा दी और वह गुलाब तकिए पर रख दिया। रखकर अभी आएगा; लेकिन चारपाई के उस किनारे फर्श पर वह कौन है, जिसने आँचल से मुँह छिपाकर लज्जा से एकदम धरती में समा जाना चाहा! हाय रे कमला, लाज बचाने की और जगह नहीं मिली। वह आज ताख में गुलाब सजाकर, अपने हाथ से नलिनाक्ष का बिछौना ठीक करके बाहर आ रही थी, तभी अचानक नलिनाक्ष के पैरों की आहट सुनकर हड़बड़ाते हुए चारपाई के उस किनारे जाकर छिप गई थी...अब भागना भी असम्भव, छिपना भी कठिन। वह राशि-राशि लज्जा के साथ इस धूल में एकदम से पकड़ ली गई।

नलिनाक्ष इस लज्जिता को मुक्ति देने के लिए जल्दी से कमरे से बाहर निकलने को हुआ। दरवाज़े तक जाकर खड़ा हो गया। कुछ पल क्या सोचा, धीरे-धीरे लौट आया; कमला के सम्मुख खड़ा होकर बोला, "तुम उठो, मुझसे लज्जा करने की कोई आवश्यकता नहीं।"

61

कमला अगले दिन सुबह ही चाचाजी के घर चली गई। अकेले में ज़रा-सा मौक़ा पाते ही उसने शैलजा को आलिंगन में बाँध लिया; शैल ने कमला की चिबुक पकड़कर कहा, "क्या बहन, इतनी खुशी किस बात की?"

कमला बोली, "मुझे पता नहीं दीदी, लेकिन मुझे लग रहा है, मेरे जीवन का समस्त भार हट गया।"

शैल-बता-ना, सारी बात बता-ना मुझे! यहीं तो कल शाम तक हम लोग थे, उसके बाद तुझे क्या हुआ?

कमला-ऐसा कुछ नहीं हुआ, लेकिन मुझे बस, महसूस हो रहा है, जैसे मैंने उन्हें पा लिया है, ठाकुर मुझ पर दयावान हो गए हैं।

शैल-वही हो बहन, लेकिन मुझसे कुछ छिपा मत।

कमला-दीदी, मेरे पास छिपाने को कुछ नहीं है, बोलने को क्या है, वह भी खोज नहीं पा रही हूँ। रात बीतने पर सुबह उठते ही अनुभव हुआ, मेरा जीवन सार्थक हो गया...मेरा सारा दिन ऐसा मधुर, मेरा सारा काम इतना हल्का हो गया कि मैं बता नहीं सकती। मैं इससे अधिक कुछ नहीं चाहती...केवल भय सताता है, अगर कहीं यह नष्ट हो गया...मैं हर दिन इसी तरह बिता सकूँगी, मेरा भाग्य इतना प्रसन्न हो जाएगा, यह मैं सोच ही नहीं पाई।

शैल-मैं तुझसे कह रही हूँ बहन, तेरा भाग्य तुझे इतना ही देकर धोखा नहीं दे जाएगा, तेरा जो प्राप्य है, तुझे उस सबका भुगतान होगा।

कमला–नहीं दीदी नहीं, वह बात मत कहो...मेरा सारा भुगतान हो चुका, मैं विधाता को कोई दोष नहीं देती, मुझे कोई अभाव नहीं है।

उसी समय चाचा ने आकर कहा, "बेटी, तुम्हें तनिक बाहर आना होगा, रमेश बाबू आए हैं।"

चाचा इतनी देर तक रमेश के साथ ही बातें कर रहे थे। रमेश से कह रहे थे, "आपके साथ कमला के सम्बन्ध को मैं पूरी तरह जान गया हूँ। आपको मेरा यही परामर्श है कि अब आपका जीवन एकदम परिष्कृत हो गया है, अतः आप कमला के समस्त प्रसंग का सम्पूर्णतः परित्याग कर दीजिए। कमला के सम्बन्ध में कहीं भी कोई गाँठ खोलने की आवश्यकता हो, तो उसका भार विधाता पर छोड़ दीजिए, आप और हाथ मत लगाइए।"

रमेश इसका उत्तर दे रहा था, "कमला के सम्बन्ध में सारी बात का पूरी तरह परित्याग करने के पहले नलिनाक्ष को समस्त घटना से अवगत कराए बिना मेरी निष्कृति नहीं होगी। इस संसार में कमला की बात उठाने की सारी आवश्यकता शायद समाप्त हो गई है, शायद समाप्त भी नहीं हुई...यदि न हुई हो, तो मुझे जितना कहना है, उसे कह डालने की छूट पाना चाहता हूँ।"

चाचा ने कहा, "अच्छा, आप थोड़ा बैठिए, मैं आ रहा हूँ।"

रमेश घूमकर बैठ शून्य–दृष्टि से खिड़की से जन–प्रवाह को देखता रहा; कुछ ही देर बाद पैरों की आहट से सावधान होकर देखा, एक रमणी ने भूमि पर सिर टिकाकर उसे प्रणाम किया। जब वह प्रणाम करके उठी, तो रमेश और बैठा नहीं रह पाया; जल्दी से उठकर खड़ा होते हुए कहा, "कमला!" कमला चुपचाप खड़ी रही।

चाचा ने कहा, "रमेश बाबू, कमला के समस्त दुख को सौभाग्य में परिणत करके ईश्वर उसके चारों ओर फैले कुहासे को छाँट दे रहे हैं। आपने जैसे संकट के समय उसकी रक्षा की, आपको उसके लिए जो विषम कष्ट स्वीकार करने पड़े, उस कारण आपके साथ सम्बन्ध विच्छेद करते समय कोई बात कहे बिना कमला विदा नहीं ले सकती। आज वह आपके पास आशीर्वाद लेने आई है।"

रमेश ने थोड़ी देर चुप रहकर बलपूर्वक रुँधा गला साफ़ करके कहा, "तुम सुखी होओ कमला...मैंने जाने और अनजाने तुम्हारा जो कुछ अपराध किया हो, सब माफ कर देना।"

कमला इसके उत्तर में कुछ भी नहीं कह पाई, दीवार पकड़े खड़ी रही।

कुछ क्षण बाद रमेश ने कहा, "यदि किसी को भी कुछ कहने के लिए, कोई बाधा दूर करने के लिए तुम्हें मेरी आवश्यकता हो, तो कहो"

कमला हाथ जोड़कर बोली, "मेरे बारे में किसी से मत कहिए, मेरी यह विनती

स्वीकार कीजिए।"

रमेश ने कहा, "बहुत दिन तक तुम्हारे बारे में किसी से भी कुछ नहीं कहा, बहुत झंझट में पड़ने पर भी चुप ही बना रहा। कुछ दिन हुए, जब सोचने लगा, तुम्हारी बात कह देने पर तुम्हारी कोई हानि नहीं होगी, तभी केवल एक परिवार में तुम्हारी बात प्रकट की। उसमें भी शायद तुम्हारा कोई अनिष्ट न होकर, भला ही हो सकता है। शायद चाचाजी को समाचार मिल जाए...अन्नदा बाबू, जिनकी लड़की के साथ..."

चाचा ने कहा, "हेमनलिनी, जानता तो हूँ। उन लोगों ने सब सुन लिया ष्टष्टष्टष्टहै?"

रमेश ने कहा, "हाँ, यदि उन लोगों से और कुछ कहने की आवश्यकता अनुभव करें, तो मैं जा सकता हूँ...लेकिन मेरी और इच्छा नहीं है...मेरा बहुत समय चला गया तथा मेरा और भी बहुत कुछ चला गया, अब मैं मुक्ति चाहता हूँ...हाथ का सारा देना-पावना चुकता करके अब बाहर निकल सकूँ, तो चैन मिले!"

चाचा ने रमेश का हाथ पकड़कर स्नेह भरे स्वर में कहा, "नहीं रमेश बाबू, आपको और कुछ भी नहीं करना पड़ेगा। आपको बहुत ढोना पड़ा है, अब भारमुक्त होकर अपने को स्वाधीनतापूर्वक चलाइए, सुखी होइए, सार्थक होइए, यही मेरा आशीर्वाद है!"

रमेश ने जाते समय कमला की ओर देखकर कहा, "तो मैं चलता हूँ।"

कमला ने कोई बात कहे बिना और एक बार भूमि पर सिर टिकाकर रमेश को प्रणाम किया।

रमेश रास्ते में स्वप्नाविष्ट की भाँति चलते-चलते सोचने लगा, 'कमला के साथ भेंट हुई, अच्छा ही हुआ; भेंट न होती, तो पाली अच्छी तरह पूरी न होती। यद्यपि ठीक से पता नहीं, कमला क्या जानकर, क्या समझकर उस रात अचानक ग़ाज़ीपुर का बँगला छोड़कर चली आई थी, लेकिन यह समझ में आ गया कि मैं अब पूरी तरह अनावश्यक हूँ। अब मेरे लिए आवश्यक है, केवल अपना जीवन लेकर, अब उसे ही सम्पूर्ण भाव से स्वीकार करके संसार से बाहर चला जाऊँ...मुझे और पीछे मुड़कर देखने की आवश्यकता नहीं।'

62

कमला ने घर लौटकर देखा...अन्नदा बाबू और हेमनलिनी क्षेमंकरी के पास बैठे हैं। कमला को देखकर क्षेमंकरी बोलीं, "यही तो रही हरिदासी, बेटी! अपनी सखी को अपने कमरे में ले जाओ। मैं अन्नदा बाबू को चाय पिला रही हूँ।"

कमला के कमरे में आते ही हेमनलिनी ने उसे गले से लपेटते हुए कहा, "कमला!"

कमला ने अधिक विस्मय में न पड़ते हुए कहा, "तुमने कैसे जाना, मेरा नाम कमला है!"

हेमनलिनी ने कहा, "मैंने एक आदमी से तुम्हारे जीवन की सारी घटनाएँ सुनी हैं। जैसे ही सुना, मेरे मन में सन्देह नहीं रहा कि तुम्हीं कमला हो। क्यों, वह नहीं बता सकती।"

कमला ने कहा, "सखी, मेरा नाम कोई जाने, मैं नहीं चाहती। मुझे अपने नाम से बहुत घृणा हो गई है।"

हेमनालिनी ने कहा, "किन्तु इसी नाम के बल पर तो तुम्हें अपना अधिकार पाना होगा।"

कमला ने गर्दन हिलाकर कहा, "वह मैं नहीं समझती। मेरे पास तनिक भी बल नहीं है, मेरा तनिक भी अधिकार नहीं है, मैं बल का प्रयोग ही नहीं करना चाहती।"

हेमनलिनी ने कहा, "परन्तु क्या कहकर अपने पति को अपने परिचय से वंचित करोगी! क्या अपना अच्छा-बुरा सब उनके सामने निवेदित नहीं करोगी? क्या उनसे कुछ छिपाना उचित होगा?"

अचानक जैसे कमला के चेहरे का रंग उतर गया...वह कोई उत्तर न खोज पाकर निरुपाय भाव से हेमनलिनी के मुँह की ओर देखती रही। कमला धीरे-धीरे फर्श पर चटाई पर बैठ गई; बोली, "भगवान तो जानते हैं, मैंने कोई अपराध नहीं किया, तो वे मुझे क्यों इस तरह लज्जा में धकेलेंगे? जो पाप मेरा नहीं है, उसका दंड मुझे क्यों देंगे? मैं कैसे उनके सामने सारी बातें कहूँगी?"

हेमनलिनी कमला का हाथ पकड़कर बोली, "दंड नहीं सखी, तुम्हारी मुक्ति होगी। तुम जितने दिन अपने को अपने पति से छिपाकर रख रही हो, उतने ही दिन तुम अपने को एक मिथ्या बन्धन में जकड़ रही हो...उसे बलपूर्वक तोड़कर फेंक दो, ईश्वर तुम्हारा मंगल करेंगे ही।"

कमला ने कहा, "कहीं फिर से सब खो न दूँ, जब यह भय मन में आता है, तो सारा बल चला जाता है। लेकिन तुम जो कह रही हो, वह मैं समझ गई हूँ...भाग्य में जो है, वह हो जाए, किन्तु अपने को उनसे और छिपाना सम्भव नहीं, वे मेरा सब जान जाएँगे।"

यह कहते-कहते उसने अपने दोनों हाथ मज़बूती से बाँध लिए।

हेमनलिनी ने करुणा भरे हृदय से कहा, "क्या तुम चाहती हो, कोई और उन्हें तुम्हारी बात से अवगत कराए?"

कमला ने तेज़ी से सिर हिलाकर कहा, "नहीं नहीं, वे और किसी के मुँह से नहीं सुनेंगे...अपनी बात मैं ही उन्हें बताऊँगी...मैं बोल सकती हूँ।"

हेमनलिनी ने कहा, "वही अच्छा है। नहीं जानती, तुम्हारे साथ मेरा और मिलना होगा या नहीं! हम लोग यहाँ से जा रहे हैं, आप लोगों को यही बताने आई हूँ।"

कमला ने पूछा, "कहाँ जाओगी?"

हेमनलिनी ने कहा, "कोलकाता। सुबह आप लोगों का काम-काज है, हम लोग और देरी नहीं करेंगे। तो मैं चलूँ सखी! बहन को याद रखना।"

कमला ने उसका हाथ पकड़कर कहा, "मुझे चिट्ठी नहीं लिखोगी?"

हेमनलिनी बोली, "अच्छा लिखूँगी।"

कमला ने कहा, "कब क्या करना है, तुम मुझे सलाह देकर लिखना...मुझे पता है, तुम्हारी चिट्ठी पाकर मुझे बल मिलेगा।"

हेमनलिनी ने तनिक हँसते हुए कहा, "मुझसे अच्छी सलाह देनेवाला व्यक्ति तुम्हें मिलेगा, उसके लिए कोई चिन्ता मत करना।"

कमला आज मन में हेमनलिनी के लिए बड़ी वेदना अनुभव करने लगी। हेमनलिनी के प्रशान्त चेहरे पर ऐसा एक भाव था, जिसे देखकर कमला की आँखों में आँसू भर आना चाह रहे थे। लेकिन हेमनलिनी में कैसा एक दूरत्व है...जैसे उससे कोई बात नहीं कही जा सकती, उससे प्रश्न करने से जैसे रोकता है। आज हेमनलिनी के सामने कमला की सारी बातें प्रकट हो गईं, किन्तु वह अपनी सुगम्भीर निस्तब्धता में छिपकर चली गई, केवल ऐसा कुछ छोड़ गई, जो विलीन होती गोधूलि के समान अपरिमित विषाद के वैराग्य से भरा है।

घर के काम से फुर्सत के समय पूरे दिन केवल हेमनलिनी की बातें और उसकी शान्त-करुण दृष्टि कमला के मन को चोट पहुँचाती रही। कमला को हेमनलिनी के जीवन की और किसी घटना का पता नहीं था...बस, जानती थी, नलिनाक्ष के साथ उसका विवाह-सम्बन्ध तय होकर टूट गया है। आज हेमनलिनी ने अपने बगीचे से एक डलिया फूल लाकर दिए थे। अपराह्न में सिर से नीचे नहाकर कमला उन्हीं फूलों से एक माला गूँथने बैठ गई। बीच में एक बार क्षेमंकरी उसके पास बैठकर दीर्घ निःश्वास छोड़ते हुए बोलीं, "अहा बेटी, आज जब हेम मुझे प्रणाम करके चली गई, मेरे मन में क्या होने लगा, बता नहीं सकती। जो भी कहो, हेम लड़की बहुत अच्छी है। मुझे केवल यही लग रहा था, अगर उसे अपनी बहू बनाती, तो बड़े सुख की बात होती। और ज़रा-सा होते ही तो हो जाता, किन्तु मेरे लड़के से तो पार पाना सम्भव नहीं...वह क्या सोचकर राजी नहीं हुआ, यह तो वही जाने!"

अन्त समय वे भी इस विवाह-प्रस्ताव से विमुख हो गई थीं, क्षेमंकरी इस बात

को मन में महत्त्व नहीं देना चाहतीं।

बाहर पैरों की आहट सुनकर क्षेमंकरी ने पुकारा, ''ओ नलिन, सुन जा।''

कमला ने जल्दी से आँचल के फूल और माला ढककर सिर पर घूँघट खींच लिया। नलिनाक्ष के कमरे में आते ही क्षेमंकरी बोलीं, ''हेम लोग आज चले गए। क्या तेरे साथ भेंट नहीं हुई?''

नलिन ने कहा, ''हाँ, मैं तो उन्हें गाड़ी पर चढ़ाकर आया हूँ।''

क्षेमंकरी ने कहा, ''जो भी बोल बेटा, हेम के जैसी लड़की हमेशा नहीं मिलती।''

नलिनाक्ष मानो, इस बारे में हमेशा ही उनका प्रतिवाद करता आ रहा है। वह चुप रहकर थोड़ा हँसा।

क्षेमंकरी ने कहा, ''बड़ा हँस रहा है! मैंने तेरे साथ हेम का रिश्ता तय किया, आशीर्वाद तक कर आई, और तूने जिद करके सब व्यर्थ कर दिया, अब क्या तेरे मन में कोई पश्चात्ताप नहीं हो रहा है?''

नलिनाक्ष ने एक बार आश्चर्यचकित के समान कमला के चेहरे की ओर दृष्टि दौड़ाई; देखा, कमला उत्सुक नेत्रों से उसकी ओर ताक रही है। चार आँखों का मिलन होते ही कमला ने लज्जा से पानी-पानी होकर आँखें झुका लीं।

नलिनाक्ष ने कहा, ''माँ, तुम्हारा बेटा क्या ऐसा सत्पात्र है, कि तुम्हारे रिश्ता कर देने से ही हो जाएगा? मेरे जैसा नीरस, गम्भीर आदमी क्या आसानी से किसी को भी पसन्द आ सकता है!''

इस बात पर कमला की आँखें फिर ऊपर उठ गईं, उठते ही देखा, नलिनाक्ष की हास्योज्ज्वल दृष्टि उसी पर टिकी है...अब कमला को लगने लगा, 'कमरे से जल्दी भाग पाए, तो छुटकारा मिले।'

क्षेमंकरी ने कहा, ''जा-जा, और बक-बक मत कर, तेरी बात सुनकर मुझे गुस्सा आता है।''

इस सभा के भंग होने के बाद कमला ने हेमनलिनी के सारे फूलों से एक बड़ी माला गूँथी। वह माला फूलों की डलिया में रखकर, उस पर पानी के छींटे देकर नलिनाक्ष के उपासना-गृह के एक कोने में रख दी। उसे लगने लगा, आज विदा होकर जाने का दिन होने के कारण हेमनलिनी डलिया भरकर फूल लाई थी...सोचकर उसकी आँखें छलछला आईं।

उसके बाद अपने कमरे में लौटकर अपने चेहरे पर नलिनाक्ष के उस दृष्टिपात के बारे में बहुत देर तक सोच-विचार करती रही। नलिनाक्ष कमला को क्या समझ रहा है? नलिनाक्ष के सामने कमला के मन की सारी बातें प्रकट हो चुकी हैं। जब पहले कमला नलिनाक्ष के सामने बाहर नहीं निकलती थी, तो वह एक प्रकार से

अच्छा था। अब कमला प्रतिदिन उसके सामने आ रही है। स्वयं को छिपाकर रखने का यही दंड है! कमला सोचने लगी, नलिनाक्ष निश्चय ही मन-ही-मन कह रहे हैं, 'इस लड़की, हरिदासी को माँ कहाँ से ले आई हैं, ऐसी निर्लज्ज तो देखी नहीं!' यदि नलिनाक्ष एक पल को भी ऐसी बात सोचते हैं, तो यह तो असहनीय है।

कमला ने रात को बिस्तर पर लेटकर मन-ही-मन खूब जोर लगाकर प्रतिज्ञा की, 'जैसे भी हो, कल ही अपना परिचय देना होगा, उसके बाद जो होना हो, हो जाए।'

अगले दिन कमला भोर में उठकर स्नान करने गई। स्नान के बाद प्रतिदिन वह एक छोटे लोटे में गंगा-जल लाकर नलिनाक्ष के उपासना-गृह को धोकर साफ़ करने के बाद दूसरे काम में ध्यान लगाती है। आज भी वह दिन के अपने पहले काम को निबटाने गई, तो देखा, नलिनाक्ष आज जल्दी ही अपने उपासना-गृह में आ गया है...ऐसा तो कभी नहीं होता। कमला अपने मन में असमाप्त काम का भार ढोते हुए धीरे-धीरे वहाँ से चली आई। थोड़ी दूर जाकर वह अचानक रुक गई, निश्चल खड़ी होकर कुछ सोचा। उसके बाद फिर धीरे-धीरे लौटकर उपासना-गृह के द्वार के निकट चुप होकर बैठी रही। उसे किसने आविष्ट करके पकड़ लिया, यह उसे नहीं पता; उसके लिए सम्पूर्ण जगत् छाया के समान हो आया, समय कितना बीत गया, उसे इसका बोध नहीं रहा। अचानक देखा, नलिनाक्ष कमरे से निकलकर उसके सम्मुख आ पहुँचा। कमला क्षण भर में उठ खड़ी हुई, तत्काल भूमि पर घुटने टिकाकर नलिनाक्ष के पैरों पर सिर रखकर उसे प्रणाम किया...उसके तभी-तभी नहाने के कारण गीले केश नलिनाक्ष के पैरों को ढकते हुए धरती पर फैल गए। कमला प्रणाम करने के बाद उठकर पाषाण-प्रतिमा के समान स्थिर खड़ी हो गई; उसे स्मरण नहीं रहा कि उसके सिर पर से पल्लू खिसक गया है...वह मानो, देख ही नहीं पाई कि नलिनाक्ष निर्निमेष स्थिर दृष्टि से उसके चेहरे की ओर देख रहा है...उसका बाह्य-ज्ञान लुप्त हो गया, उसने अन्तर की एक चैतन्य-आभा से अपूर्व रूप में दीप्त होकर अविचलित स्वर में कहा, ''मैं कमला हूँ।''

यह बात बोलने के बाद ही जैसे उसके अपने कंठ-स्वर से उसका ध्यान भंग हुआ; उसकी एकाग्र चेतना बाहर व्याप्त हुई। तब उसका सर्वांग काँपने लगा; सिर झुक गया; वहाँ से हिलने की ही शक्ति नहीं रही, खड़े रहना भी जैसे असाध्य हो उठा; उसने अपना सम्पूर्ण बल, सम्पूर्ण अस्तित्व 'मैं कमला हूँ' इस एक वाक्य में नलिनाक्ष के चरणों में निश्शेष करके उड़ेल दिया...अपने सामने अपनी लज्जा की रक्षा का

कोई उपाय भी उसने हाथ में नहीं रखा, अब सभी कुछ नलिनाक्ष की दया पर निर्भर है। नलिनाक्ष ने धीरे-धीरे उसका हाथ अपने हाथ पर उठाकर कहा, ''मैं जानता हूँ, तुम मेरी कमला हो। आओ, मेरे कमरे में आओ।''

उपासना-गृह में ले जाकर कमला द्वारा गूँथी गई वही माला उसके गले में पहना दी और कहा, ''आओ, हम उन्हें प्रणाम करें।''

जब दोनों जने पास-पास उस सफ़ेद पत्थर के फर्श पर झुके, तो खिड़की से प्रभात की धूप आकर दोनों के सिर पर फैल गई।

प्रणाम करने के बाद उठकर और एक बार नलिनाक्ष के चरणों की धूलि लेकर कमला जब खड़ी हुई, तो उसकी दुस्सह लज्जा ने उसे और पीड़ित नहीं किया। हर्ष का उल्लास नहीं, किन्तु एक वृहत् मुक्ति की अचंचल शान्ति ने उसके अस्तित्व को प्रभात के अकुंठित उदार निर्मल आलोक के साथ विस्तारित कर दिया। उसके हृदय का कोना-कोना एक गहन भक्ति से परिपूर्ण हो उठा, उसके अन्तर की पूजा ने सम्पूर्ण विश्व को धूप की पुण्य गन्ध में लपेट लिया। देखते-देखते कब अनजाने उसके दोनों नेत्रों में आँसू भर आए; आँसुओं की बड़ी-बड़ी बूँदें उसके दोनों कपोलों से बहते हुए झरने लगीं, उन्होंने और थमना नहीं चाहा, उसके अनाथ जीवन के समस्त दुख के मेघ आज आनन्दाश्रुओं के रूप में झर गए। नलिनाक्ष उससे और कोई बात कहे बिना एक बार केवल दाहिने हाथ से उसके ललाट से गीले केश हटाकर कमरे से चला गया।

कमला अपनी पूजा अभी भी शेष नहीं कर पाई...अपने परिपूर्ण हृदय की धारा को वह अभी भी उड़ेलना चाहती है, इसीलिए उसने नलिनाक्ष के कमरे में जाकर अपने गले की माला खड़ाऊँ की जोड़ी पर चढ़ा दी और उसे अपने सिर से छुआने के बाद सँभालकर यथास्थान उठाकर रख दिया।

उसके बाद सारा दिन उसे घर का काम मानो, देव-सेवा के समान प्रतीत होने लगा। प्रत्येक काम जैसे आकाश में आनन्द की एक-एक तरंग के समान उठने-गिरने लगा।

क्षेमंकरी ने उससे कहा, ''बेटी, तुम कर क्या रही हो? एक ही दिन में सारा घर धो-माँजकर, पोंछकर एकदम नया कर डालोगी क्या?''

अपराह्न के खाली समय में कमला आज सिलाई न करके अपने कमरे में फर्श पर शान्त बैठी है, तभी एक टोकरी में कुछ स्थल-कमल लिये नलिनाक्ष ने कमरे में प्रवेश किया; कहा, ''कमला, इन कुछ फूलों को तुम पानी छिड़ककर ताज़ा करके रखो, आज सन्ध्या के बाद हम दोनों माँ को प्रणाम करने चलेंगे।''

कमला गर्दन झुकाकर बोली, ''किन्तु मेरी सारी बातें तो सुनी नहीं।''

नलिनाक्ष ने कहा, "तुम्हें कुछ नहीं बताना है, मैं सब जानता हूँ।"

कमला ने दाहिनी हथेली मुँह पर रखते हुए कहा, "माँ क्या..."

बोलने जाकर बात पूरी नहीं कर पाई।

नलिनाक्ष उसके मुँह से हाथ हटाकर थामते हुए बोला, "माँ अपने जीवन में अनेक अपराध क्षमा करती आई हैं, जो अपराध नहीं है, उसे वे क्षमा कर ही सकेंगी।"

●●●